陈徒手 著

人有病 天知否

1949年后
中国文坛纪实

（修订版）

生活·讀書·新知 三联书店

Copyright © 2013 by SDX Joint Publishing Company.
All Rights Reserved.

本作品版权由生活·读书·新知三联书店所有。
未经许可,不得翻印。

图书在版编目(CIP)数据

人有病 天知否:1949年后中国文坛纪实/陈徒手著. —北京:
生活·读书·新知三联书店,2013.5 (2024.6重印)
ISBN 978-7-108-04316-0

Ⅰ.①人… Ⅱ.①陈… Ⅲ.①传记文学－作品集－中国－当代
②作家－生平事迹－中国－现代 Ⅳ.①I253.4②K825.6

中国版本图书馆CIP数据核字(2012)第250793号

责任编辑	唐明星	
装帧设计	康 健	
责任印制	卢 岳	
出版发行	生活·讀書·新知 三联书店	
	(北京市东城区美术馆东街22号)	
邮 编	100010	
网 址	www.sdxjpc.com	
经 销	新华书店	
印 刷	北京隆昌伟业印刷有限公司	
版 次	2013年5月北京第1版	
	2024年6月北京第16次印刷	
开 本	635毫米×965毫米 1/16 印张32.25	
字 数	387千字	
印 数	104,001-114,000册	
定 价	45.00元	

(印装查询:01064002715;邮购查询:01084010542)

目 录

善哉　林斤澜　2

人证与史证　王蒙　4

旧时月色下的俞平伯　10

午门城下的沈从文　28

老舍：花开花落有几回　66

丁玲的北大荒日子　148

1959年冬天的赵树理　200

郭小川：党组里的一个和八个　218

郭小川：团泊洼的秋天的思索　284

汪曾祺的"文革"十年　404

浩然：艳阳天中的阴影　440

浩然的历史场　466

严文井口述中的中宣部、作协琐事　480

林希翎女士　489

果戈理到中国也要有苦闷　496

初版后记　508

再版后记　513

三联版后记　515

善 哉

林斤澜

新时期到来,大家对假大空烦透了,提倡说真话。一声"真格的",无不喝彩。向真、仿真的自然沾光,连乱真也能"炒"一阵子。

知识分子有个天职是说话,不论用嘴还是用笔,若一声不响,是失职;若做假,是渎职,严重了还是公害。但知识分子深知说真话的难处,那不是好玩的,搭上自家性命都不稀罕,因此又有商量;真话不能说的时候,也不说假话。沉默未必真金,可有含金量。

说真话的文字与日俱增,虽不见得势不可挡,但不可逆转,已如春水东流。捎带着泥沙俱下,草叶纠缠,暗礁回旋本不可免。

好比千百人四面坐着,同时同地同看一场球,人人是见证人。你喊了好球,他看见犯规动作,这嫌哨子吹跑了,那挑吹早了,吹漏了,吹腻了……都可以是座位不一,角度不同,人人亲眼所见,各各参差。

史家与作家,又有"英雄所见""大略不同"。史家以为史无"如果",不能"想象"。也有竟把"虚构"与"戏说"一同挨"嗤"。有不搞"主义"的,有不取值道德的,有拿人说事的……

有作家说:史书除人名是真,别的都是假的;小说除人名是假,别的都是真的。

电视有个栏目开头说:历史有两种,一种是理性的历史,写在史书上；一种是感性的历史，在艺术作品里。这两种要是打起官司来呢？电视不管，或者没有官司好打，原是大路朝天，各走各边。

作家这边，生活的真实以外，还有艺术的真实。这和史家的道行不一样，再要把两个真实搅和起来，谁也搞不清。艺术的真实也许是可能的生活，也许是不可能的生活，可不可能都归属审美范围。有的作家半生蹭蹬，却不愿发生半句凄苦。一厢情愿，奉献和谐，或欢乐，或精致。这在作家，是修养，是境界，也是风格。史家若问真不真？作家倒会反问：美不美？

史家也不会给堵回去，自有法相庄严：历史是不可摧毁的，也不能抹杀，不能瞒，不能骗。还有，历史会再现。

再现在生活里。

以理性或感性再现在史书上，在艺术里，在真里或美里，不论喜剧或悲剧。果然再现了，就有震撼的力量，倒会是摧毁的手段。

阻挡真、美再现的人，你明白还是糊涂？至少要知道，你是站在庄严世界面前。这面如永远的明镜，也是永远的铁面。

在这面上辛苦工作的人，查档案，找材料，访人物。为真也为美，青灯黄卷，善哉善哉！

人证与史证

王 蒙

我在杂志上读到过几篇陈徒手写当代作家的遭际和故事的文章，对之非常感兴趣。在中国现当代，作家是一个很受注目的职业，文学曾经时时成为社会关注的焦点，成为发动大的政治斗争阶级斗争的由头或借口，文学成为政治的风向标、晴雨计。作家的戏剧性经历后面隐藏着的是中国的社会变迁史，也是人性的证明。日本的电影《人性的证明》中文译名是《人证》，陈君的文章就是现当代中国的重要的人证。而且他的文章写得细，生动，材料挖得深而且常有独得之秘至少是独得之深与细，他的文章十分好读。读着读着"于无声处"听到了惊雷，至少是一点点风雷。

虽说是有所谓"既然吃了鸡蛋就不必过问母鸡"的妙论，知人论世却是中国文论的一个强大的与合理的传统。如果既能吃鸡蛋和吸收蛋的营养又能知道母鸡的由来去向，趣闻逸事，秘辛隐痛，沧桑正道与不堪与人道的诸种花絮，那至少是满足读者的好奇心。

然而，弄清母鸡们的真相又谈何容易？人都有吹自己的过五关斩六将讳自己的走麦城的倾向。《草帽歌》里唱的"妈妈哟"是要杀掉自己的亲儿子的，目的是维护自身的光辉形象。江青的一些重要的迫害对象就是知道她的底细的人，这是一；社会在面对文本的时候早已经形成了思维定势，谁是什么角色谁不是什么角色早已被人们派定，叫做铁案如山,这是二;谁敢有不同的说法就是冒天下之大不韪,就是与人民为敌,就会遭到英勇捍卫定势者的堂皇反击。还有时尚,我们中国动不动搞风水轮流转,这是三;前几年热心革命的作家光荣伟大,过几年只有遗老遗少醉鬼性变态才吃得开;前几年三代贫农才吃得开,过几年却纷纷透露自己正是没落贵族的儿女,哪怕他的爹妈的唯一高贵证据是吸过一口鸦片。这样,人们根据时尚塑造出了各种作家类型典型形象,也是高贵的不容贬损,低贱的不容翻案,谁谁谁谁早就脸谱化了。最后还有是非,这是四;作家本是敏感和喜夸张的一群,文人相轻,自古已然,叫做老婆是人家的好,文章是自己的妙,托尔斯泰还看不上莎士比亚呢,何况我辈俗物?再加上种种斗来斗去的运动,今天你代表正确路线,过两年我代表上了,那些个是非除了一风吹难道还有别的办法扯个明白?

所以,陈先生的文章也只是真实的版本之一种罢了,陈先生是以一种极大的善意敬意写这些离我们不远的作家们的,善人写,写得对象也善了起来可敬了起来。话又说回来了,不往善里写你往恶里写一下试试,光吃官司的危险也足以令作者吓退的。不全面是肯定的,不粉饰也不歪曲却是有把握的。所以,这是一本好书,好书要会写,还要会看。这样,我们就可以从本书中发见许多亲切的、却也是强大的直至可畏的真实,还可以想一想,有哪些真实可能是被有意无意地删略了?

俞平伯

题记

在写俞平伯之前,认真读了俞先生的一些作品,他写于30年代的散文真是语词叠加、使用到极致,显示他对语言自如的操控能力,遇到合适的人与事,他的表述欲望都能超强发挥,一点儿没有浪费才情。再读他50年代写的思想检讨文章,似乎一下子丧失了与生俱来的写作天赋,语词发闷,语意飘零,靠拢主流而迟迟不得法。在20世纪的中国学者、作家中,我最感惋惜的就是俞平伯的语境退化,他仅有的十几年散文创作演化作几本别致的小书,竟成了他一生再也无法复制的"孤本"。

我很想找到俞先生的档案资料,试探能否从官方文件中解读他后半辈子的命运谜团。我通过原中国作协同事王素蓉的老父亲、原中国社科院文学所老书记王平凡老人的关系,从文学所方面突破,取得大力支持,辗转地把关系接到社科院人事局。人事局研究后答应可以查阅俞先生的档案，但要我从所在的单位开介绍信，明确查阅者是党员身份。而我却是一名非党员，这确是难为我了，总不能为此火线入党一番。苦恼之际，跟部门领导一说，党员领导说这好办，把她的名字加上，再加上"党员"二字括号一下，把我的名字排在她的前面。我带着这样的介绍信前往接洽，很容易就蒙混过关了，让我回去等通知。

过了一段时间不见回复，我又打电话催问，人事局的同志笑着说："不能急，要有一大堆领导签字同意才可以。"终于有一天通知前去查阅，我一早就赶到社科院大楼，人家还没上班我就堵在办公室门口。一阵查验之后，让我坐在一张桌子旁等候，过了一会儿，只见一位女同志抱着半米高、叠放的档案袋走过来，我一见心花怒放，笑脸相迎。女同志先细致地整理一遍，然后只拿出五六张发黄的档案纸给我，大都是俞先生当年手写的登记表。我不甘心地问："下面的档案能让我看看吗？"女同志说："不行，这都是俞平伯在政治运动中的材料，按规定你是不能查阅的……"我有点焦急，就问："那我再找哪位领导签字同意一下？"女同志不急不慢地说："你找谁都没用，政治运动档案多是揭发、批斗的东西，谁都不让看，谁签字都不管用……"哎，

俞平伯

费了那么大劲，只能抄几页纸，而且多是俞先生自己填写的简易人事表格，无非是学历、特长、简历之类的内容。离开时我望着摆放在桌上那高高的档案袋，心中充满不舍和遗憾。我知道，俞先生纠结半生的坎坷命运都浓缩在这些发黄的纸片中，这些纸片是无语的，也是无助的，黏附着斗争的神秘信息而永远沉睡在纸袋里。

后来我采访了俞老的女儿、外孙，走访了三十多位文学研究所和曲社的众多老先生，几次受邀参加曲社的排练活动，从中感受俞老曾经有过的环境氛围。这些采访都颇具生动性，讲述本身就带有许多难得的历史信息碎片。但是我心里明白，缺少那些档案袋中历史纸片的内容，我们再来写政治运动之中的俞先生就觉得有些轻薄，更多的是一种写作上的不踏实、不完美。

俞平伯(中)与夫人(右)

俞平伯在书房。墙上的对联是1976年吴玉如书俞平伯自撰联:欣处即欣留客住,晚来非晚借灯明

旧时月色下的俞平伯

在略为发黄的文管会《工作人员登记表》上,笔者见到俞平伯当年在"对工作意见及希望"一栏中填下的这几句话:"继续学习、努力,为新中国的建设,在政治、文化各方面服务。"此时是北平和平解放后的1949年6月16日,四十九岁的俞平伯身份为北大中文系教授。在1951年1月北大《教师及职员登记表》中,俞平伯如实地在"现在从事之研究工作"一栏中写了五个大字:整理《红楼梦》。

1952年俞平伯出版了《红楼梦研究》,引发了1954年一场来势凶猛的大批判运动。该书编辑、九十岁的文怀沙谈起当年,依然唏嘘而叹:

大约是1951年,有一天俞平伯因父亲去世等原因找我借钱,我答应帮助他从上海棠棣书店预支稿费旧币二百万元(新币二百元)。开棠棣书店的徐氏兄弟是鲁迅的同乡,书店的名字还是鲁迅改的。他们请我主编一套古典文学丛刊,我就同俞平伯商量:把二十七年前出的《红楼梦辨》再加新作,再出一次怎么样?俞平伯在旧作的黄纸上用红墨水删改,用浆糊、剪刀贴贴剪剪,弄成一本十三万字的书稿。徐氏兄弟是自负盈亏,担心《红楼梦辨》当年只印五百本,现在能否畅销。没想到销路很好,印了六版。据说喜欢《红楼梦》的毛泽东读后,还把统战部的李维汉、徐冰找来，后来便把俞平伯补为全国人大代表。

这是福，也留下祸。1954年大批判时，《人民日报》唱红脸，把《文艺报》弄成黑脸，戏是毛泽东布置的，意在打开一个缺口，对资产阶级上层人物进行批判。

（1999年6月4日口述）

中宣部文艺处的林默涵在1954年11月5日内部大会上明确阐述了大批判的动机："胡适是资产阶级中唯一比较大的学者，中国的资产阶级很可怜，没有多少学者，他是最有影响的。现在我们批判俞平伯，实际上是对他的老根胡适思想进行彻底地批判，对知识分子思想改造等都很有意义……如果不找一个具体的对象，只是尖锐地提出问题，说有这种倾向、那种倾向，这样排列起来大家也不注意。现在具体提出《红楼梦》的研究来，斗争就可以展开了。"林默涵提到俞平伯时表示："俞平伯是名人，把大家都吓倒了，因此就压迫了两个青年团员。"

林默涵在会上说："俞平伯可以不作检讨，要坚持他的思想也有他的自由，不能就因此给他减薪或把他扣起来。"大批判并不像林默涵预料的那么平和，在《人民日报》等单位收集到的一些反映中，可以看到知识界陷入人人自危的不安状态。北大教授游国恩说："太凶了，好厉害！"王瑶表示："俞的观点有问题，领导上早就知道，何必现在搞他一下子呢！"吴组缃觉得俞平伯看了《光明日报》的文章会一笑置之，因为该文既肯定俞在考据上的成绩，又否定了俞的结论。周汝昌的批判文章把俞平伯与胡适并排谩骂，金岳霖说："俞和胡应该分别看待，不然就会影响团结。"郑振铎在作协会上说："林庚，你的问题也该搞搞吧！"林庚心里更觉不安。

处在旋涡中心的俞平伯自然成了有关方面观察的重点，具体情况层层上报：

> 俞平伯教授没有服气，自我解嘲地说："我的书，这一来就一抢而光了。塞翁失马，焉知非福！"又说，王佩璋批评我的文章，说是我叫她写的。她写的文章，还不是乔木叫她写的。
>
> （《北京日报》办公室1954年11月5日编印《北大教授对红楼梦问题的反应》）

> 俞平伯看了《质问〈文艺报〉编者》一文后，认为错误重点不是在他一人身上，《文艺报》和《文学遗产》都犯了错误，他们也将要作检讨。据余冠英谈，俞平伯准备要写检讨文章。
>
> （《人民日报》文艺组《关于〈红楼梦研究〉批判的反映》第一号）

> 俞平伯本人此刻尚还在消极抵抗中，情绪当然是很激动、不安的，他说："我豁出去了。"这即是说一切都听天由命。
>
> （陈翔鹤《关于〈红楼梦〉座谈会的报告》）

1954年10月24日，在中国作协会议室举行第一次《红楼梦研究》座谈会，从上午九点三十分一直开到下午六点三十分，扣去午餐休息两个小时，共持续七个小时。俞平伯打乱会议原定议程，首先站起来要求发言。他简述了研究《红楼梦》文章的发表情形之后，木讷地表示道："我觉得自己思想是往前走的，这有历来讲演可证……我是从兴趣出发，不免就注意文章的鸡零狗碎。"会后，主持人陈翔鹤给作协党组的报告中对这段话评价道：其自处之道是颇为聪明的，因这样便可避免被别人揭发。事实上，俞平伯没有躲掉那些熟识的学者作家揭发性的表态发言,整个会议的基调是一边倒。只有谈到考据问题时才有不同声音,吴恩裕认为:"李、蓝文章中没有给考据以适当的地位。"浦江清表示:"他(俞平伯的考证)的劳绩我们是应该尊重的。"很快,这些话就被斥责为"同病相怜"。

中国社科院文学所研究员曹道衡当年是《文学遗产》编委会秘书,他形容那时涌到编辑部的批判稿件似如挡不住的潮水:"稿子两三天就是一堆,不敢不看,还得仔细看,紧张得很。文章的观点基本一样,同意俞平伯文章的几乎没有。俞先生去反驳不大可能,但一些问题依然想不通,譬如,'你们说贾宝玉是新人的萌芽,他踢丫环一脚,这怎么算新人?''说我是不可知论,可这里面就是有些弄不懂。'俞先生对大家的发言不是斤斤计较,老朋友也不是刺耳地骂他。"(1999年6月3日口述)

九三学社中央主席许德珩是俞平伯北大的同班同学,比俞大十岁。他派九三学社中央宣传部副部长孙承佩、副秘书长李毅来俞家劝说,当时的九三学社中央干部牟小东至今还记得许的苦心:

> 许德珩一直把俞平伯看作小弟弟,觉得俞在平静生活中没遇到暴风骤雨,怕他思想不通,怕他的对立情绪招来更激烈的围攻。九三学社沙滩支社基层成员大多是文化系统的人,开会帮助时也希望俞先生不要顶撞,要逆来顺受。
>
> 作为九三的中央委员,俞先生在九三学社的会上把检查同样念了一遍,念了有二三十分钟,有口吃。会议室里挤满了人。他自己说了"敝帚自珍",我一直记住这句话。

(1999年5月19日口述)

俞平伯的自宅老君堂很快门可罗雀,同单位老友王伯祥悄悄地上门看望。王伯祥的儿子王湜华告诉笔者:"批得厉害时,俞老情绪低落，压抑得厉害。父亲冒着风险看他，并邀他一起逛什刹海，在烤肉季小饮。父亲没说几句安慰话，却让俞老感动，拿出家传的好笺纸，写下'交游寥落似晨星'这样颓废情调的诗句。"（1999年3月29日口述）

那时担任文学所总支书记的王平凡谈起那几年不平静的情形：

所长郑振铎当时有些紧张："俞先生是我请来的，哎呀，没问题吗？"副所长何其芳请全所同志看俞先生的著作，看看究竟错在哪里。所里调子起得不高，不像社会上那么凶。何其芳在会上还说："我们还没成他（俞）的俘虏，投降还说不上……批判俞先生的人，艺术鉴赏还不如俞。《红楼梦》后四十回让俞先生来续的话，比高鹗要好。"

俞先生的检查文章《坚决与反动的胡适思想划清界限》在《文艺报》发表，"文革"中有人说这篇文章是别人代笔，但俞先生对其内容是同意发表的。他承认自己是从旧社会来的，有旧思想的痕迹，也应有改造的任务。他没有反抗，接受这些也很自然。

1956年评职称，所里与北大、清华、中国科学院专家教授平衡，内部一致同意给俞先生定为一级研究员。何其芳、毛星和我三人研究后，让我找俞先生谈话。俞先生听后，平淡地表示："我想，我是应该的。"何其芳向上面提出定级的两条理由，一是俞平伯有真才实学，二是有社会影响。陆定一、胡乔木、周扬、陈伯达对此表示同意，周总理也知道了。这两条意见使俞先生心里的一些疑问解决了，在某种程度上也是对他学问的肯定。

定了职称，就可以到好医院看病，看电影能坐在前排，进出城有车。倘若在其他单位不一定敢给俞先生这样的人评为一级。

（1999年6月14日口述）

大批判告一段落后，有一次高层领导接见学部的学者，周扬把俞平伯介绍给邓小平："他就是搞《红楼梦》的俞平伯。"事后俞对人说："看周扬介绍时的语气、神情，不像是要彻底否定我。"

文学所古典组老同事们谈起俞平伯都津津乐道：

> 所里继续让他校勘《红楼梦》，配了助手王佩璋。俞先生在有顾虑的情况下写了序言，何其芳看了劝他："你不必这样，还是按你的风格去写。"请他研究李白，社会上就传说由于俞先生挨批，所里不让他研究《红楼梦》。何其芳澄清说，俞先生对唐宋诗词很有研究，在大学里开过课，也是他的专长。我们几个年轻人到老君堂说起此事，俞先生咯咯地笑，觉得这传言有趣。他的特点是潇洒，不像一些老先生那么严肃。

（研究员邓绍基1999年6月1日口述）

> 我们古代组老先生说话结巴的多，越焦急越打手势。俞先生在政治上少说，业务上能高高兴兴地说几句。开会时，他坐沙发上抽烟很凶，烟叼在嘴唇上，烟灰落在胸前不拍不扫。
>
> 57年整风，北大学生冒尖，林希翎在食堂里演说，俞先生他们在食堂外听，不表态。何其芳是好领导，引不起所里的批评。后来所里定右派的，大多是从外单位调来、对外单位领导提过意见的人。

（研究员乔象钟1999年6月17日口述）

57年时刚毕业的大学生闹得厉害，俞平伯、钱锺书、余冠英等老先生就劝他们："我们老头都不这么说，你们怎么这样说？你们一些话出格了，我们老头说不出来。"当时所里的小环境不错，大家心情愉快，老先生都有一套好房子，工资一二百元，对所里的领导提不出意见，因此反右时大多没事。

（研究员曹道衡1999年6月3日口述）

我们毕业刚到所时，觉得俞先生像民间工艺品的秃头寿星。他对后辈和蔼可亲，对所里的研究现状很关心。60年代初，他编选《唐宋词选》，历经几年，后来内部出版了一个绿色封面的征求意见本，印数不多。他选婉约词偏多，注解部分能当作散文来读，艺术分析很深入。在那样大环境中，选篇目会受到一些干扰，但所里没有硬性规定，俞先生还是坚持自己的一家之言。可惜拿到书不久就赶上"四清"，大家没有来得及提意见，这本书就不了了之。

（研究员吴庚舜1999年6月23日口述）

1963年为纪念曹雪芹逝世二百周年，我们请老学者写文章。我去约平老写一篇，他同意了，很快交来谈《红楼梦》中关于"十二钗"描写的文章，发在当年《文学评论》第四期，外面很多人看后觉得惊讶。我对文章作了一些修改，他都同意了。我多心，有意帮他加了尾巴："重要的是不断提高思想水平，用马列主义的阶级观点和阶级分析的方法来做科学的研究。"

（研究员张白山1999年4月17日口述）

王平凡当时在文学所总支书记的位置上，对运动中的变幻有深切体会："解放后在北大经过几次思想改造，大家变得很谨慎。整风时北大大字报铺天盖地，老先生看了不说话。年轻人上街贴大字报，后来遭殃的多。所里不愿意搞运动，也没积极动员老学者发言。1958年拔白旗、批郑振铎、批钱锺书《宋诗选》等，人发疯了，写大字报比赛谁写得长，而俞先生不写文章，不吭声。就在运动中，俞先生他们校勘的《红楼梦》大量出版了，到1962年《红楼梦》印数有十四万部，'毛选'才五万部。俞先生那时说了这话：早先批判我考据烦琐，现在有些考据比我走得还远。这或许就是他对以前那些牵强附会的大批判文章的一种回答。"（1999年6月16日口述）

据俞平伯的外孙韦奈介绍，1954年大批判之后，外公外婆绝口不谈政治，不谈《红楼梦》。1954年的详情更是很少提起，家人轻易不敢去碰这一禁区。只是外婆后来一次闲谈中说："我和你外公都很慌，也很紧张，不知发生什么事。但总算还好，过去了。"1958年8月12日，俞平伯在上交的一份自述中简而又简地带过一笔："54年秋发生对《红楼梦研究》的批判，这事对我的影响很大，同时使我进步很多。通过具体的事实校正我过去对古代文艺错误的看法，那老一套的研究方法必须彻底改变才行。因在《文艺报》上已有专文，不再详说。"（见1958年《自述》原稿）

俞平伯不涉政治是有名的，可有一次邓绍基却听到他臧否政治人物：

> 60年代初我在古代组常为老先生跑腿，有一天我送学习资料到老君堂，俞先生看学习资料中提到瞿秋白，便突然给我说了他与瞿秋白交往的一件小事：有一年在杭州，瞿秋白建议一块去黄龙洞见胡适，俞先生认为瞿是共产党人、无产者，不会坐轿子，而自己走不动那么长的路，需要坐轿子，便说分头去。等俞先生下了轿子回头一看，瞿秋白也坐了轿子来了，俞先生连说，好笑，好笑。
>
> 俞先生在北大读书时，张国焘也在法学院。俞先生告诉我，

他对张印象极其不好,张在会上发言好大喜功,自高自大。

(1999年6月1日口述)

俞平伯淡泊了政治,对昆曲的兴致却越来越浓郁。每逢星期四上午,夫妇俩专门请来笛师伴唱。来了客人,也要坚持一曲唱罢才接待。每年夏天都要坐公共汽车或三轮车去颐和园,这给幼小的外孙韦奈留下童话般的印象:"外公租了人工摇的乌篷船,带了笛师,带了吃喝的东西,把船漂在后湖上唱曲子。一群游客围着听,都觉得很惊奇。"(1999年3月30日口述)

1956年8月19日,在文化部副部长丁西林、北京市副市长王昆仑这两位老友的帮助下,北京昆曲研习社召开成立大会,俞平伯当选社委会主任。10月19日在老君堂商量如何填写民政局取回的表格,俞平伯高兴地指点夫人填表。成立伊始,曲社内部摩擦产生,闲言碎语传来传去,俞平伯为团结之事焦虑不安。这一情况在发起人之一张允和当年日记中多有记载,如"56—10—21,今天又是一个多么紧张的日子……今天这个会,是个团结斗争的会,(在俞宅)上午九时半一直开到下午近三点,可把我累坏了,但是的确解决不少问题";"56—10—25,晚俞宅谈团结问题";"56—11—22,晨去俞宅,谈了不少社里的事"等等。一生都不愿涉入事务性工作的俞平伯此时显出了不厌其烦事事过问的另外一面。第二年8月排练《牡丹亭》面临内部矛盾,俞平伯往往开一整天会,来协调、磨合人际关系,他希望大家都退一步,事就好办了。

1957年上半年,俞平伯和曲社的人们都显得十分忙碌,全国政协、文联、北大、北师大等纷纷邀请演出。俞平伯既要负责向北昆借演出行头,又要动手抄写幻灯字幕。九十岁的张允和回忆道:"那时在老君堂经常开社务会议,又要进行彩排。俞老兴致很高,他在讨论会上谈了对《牡丹亭》整个修改设想,甚至设计每段演出时间。他还打算收集二十出不常见的台本出版。"

1957年5月16日戏曲座谈会上不少艺人吐苦水,主持人孟超还称赞田汉放火烧官僚主义。俞平伯只是谈了对昆曲的担忧:"《十五贯》唱红之后,昆曲并没有脱离危险时期,电台广播极少,自身力量不够,政府支持不够,对群众联系太少……过去的悲观,现在的乐观全不对。"到会的康生认同俞平伯的意见,在讲话中几次提到俞的名字:"俞先生说了,要同群众见面,见面后才能有结果。"

曲社的老社员们讲述了难以忘怀的一件件往事:

> 1959年曲社参加国庆汇演,10月8日俞老和我应邀出席大会堂国宴,有五百桌客人,只有我们是业余演出团体,俞先生显得很高兴。
>
> 康生常来看我们演出,说:"你们的戏可真不错,为什么不公演?"谁的笛子吹错了,他都听得出来,很内行。有一次我们演《人民公社好》,康生看了不说话。后来根据话剧改编《岗旗》,俞先生改词,写到"毛主席是太阳,咱就跟着走"、"共产党将咱挽救,险些儿掉进泥沟。立场须站稳,改过要从头"那几句时,不合工尺,四声不对,他就不高兴做了,让我续完。演现代戏我们觉得不行,没法排下去。
>
> (张允和1999年6月2日口述)

曲社内部分工明确,这一套章程是俞先生定下的,很民主,选剧目等事都要投票表决。当时人们功利心不强,只有奉献业务。俞先生一直交代,保持在高品位,不要沾染不良习气。

63年别的剧团演现代戏,俞先生一开始也觉得是一个方向，比较热情，带头学唱毛主席诗词。后来气氛越来越厉害，大家忙于下去"四清"，很难再演下去。

（楼宇烈1999年4月2日口述）

每次排练，俞先生敲鼓两个小时，样子非常入戏。他们这些老先生生活节奏舒缓，酷爱昆曲，蝇头小楷抄曲谱，抄错了就重来，心多么静。上海的俞振飞说，在北京只有这几位老先生心里有东西。《牡丹亭》真是下了大功夫，跟俞先生的组织领导分不开，他从上海请来四位传字辈教师传授，十分讲究艺术。

（许淑春1999年5月7日口述）

俞先生排戏一直盯着，看得很细。谁唱得好，就大声夸奖，并会说一些典故：谁谁以前这段唱得不错。《牡丹亭》满台声势，各有各的身段，特别热闹。周总理看了两次，并到后台接见。

1964年现代戏很火，请示王昆仑后，就说曲社停止活动，散了吧。散伙那天，康生原定要来，临时有事去天津，派人送信来。俞先生念了康生的信，大意是：昆曲既然不行，结束就结束吧。说得很婉转、伤感。

（樊书培1999年3月31日口述）

64年俞先生对形势看出来了，嗅出来了。他说，不对，不对。曲社停办时，账目很清楚。他唱曲子五音不齐，谁要录音，他就说："不能谬种流传。"但打节拍绝对准。那次演《牡丹亭》，幕没拉开，他在幕前只讲了一句："纪念汤显祖，最好的纪念就是演《牡丹亭》。"他对曲社投入很深，当了八年主委，实际操作了八年。"文革"后恢复曲社，他因年老不同意挂职，对我说："一辈子不担虚名。"

（王湜华1999年3月29日口述）

俞先生不是官场上的人。总理上台合影，找不到他，后来发现他上台了，可是他取了自家的三弦又下去了，大家笑他书呆子。文化部一位高官来看他，他不说话，只抽烟。人家问："身体好吗？""嗯。""我们走了。""嗯。"不善于应酬，他不要这些。

天津有一个学问好的外甥被打成右派，家人为他叫屈。有一回来北京过年，派出所来查户口，问："你们家来客人……"俞先生答："来了一个小孩。""多大？""我不知道……唔，四五十岁……""干吗？""我不知道，我们家都是做官的。"他气呼呼地走了，吓得老太太在一旁说："外甥犯一点错误，我们不晓得……"

（陈颖1999年6月9日口述）

"文革"开始时，街道一些乌合之众冲击了老君堂，抄走大量书籍和研究资料，把衣服打包，廉价卖给街道积极分子。俞老太太还在世，家中备有寿材，他们逼俞平伯哭妈。后来集中到学部牛棚办学习班，把俞平伯的书挂在墙上批判，时常有劳动、外调之累。有人逗俞平伯在食堂唱个歌，他真的唱了一首流行的革命歌曲："长江滚滚向东方……"他唱得认真，走调的嗓子把一位女同志笑倒在地。他用手指敲着桌面打节拍，对曹道衡他们年轻人说："你们看，这是工尺谱……"在河南干校劳累一天后，有时集中起来唱样板戏，俞平伯跟着众人张着嘴哼。熬过一年回京，老两口在黄昏时爬上一辆没有篷子的大货车，坐在行李上，双手紧紧抓住栏杆，一脸平静。蔡仪、乔象钟夫妇叮嘱他们，回去不要住老房子，将来不受街道欺负。

回京安排住在永安南里,他的日常生活以唱昆曲、打桥牌为主。朱复作为青年昆曲爱好者时常上俞家,他回忆道:"俞老每次约十来个人来家中,他报开场白,用老式录音机录下唱曲过程。我见他用毛笔敲打桌面,笔套敲飞了,竟没有察觉到。他自得其乐,度过了那段寂寞日子。"(1999年3月20日口述)

在邓绍基的眼里,俞平伯在"文革"中写东西依然从容,有一段他每天去所里,读恩格斯有关家庭的著作,联系到中国古典文学写笔记。乔象钟印象中,俞先生整日穿着简单的中式布衣服,回家路上经过饭馆,就买一点菜带回去。住在牛棚里,天天给夫人写一封信。造反派给他戴清代三角帽,敲锣走第一个,他也淡然处之。在《人民日报》批判文章的背后,他在家中用毛笔抄了不少曲谱。李希凡"文革"中把毛主席谈《红楼梦》的信放大贴满家中一面墙,陈颖偶然知道后告诉俞平伯,他听后不置一语。

韦奈谈到外公的晚年处境颇有几分感伤:

70年代初《人民日报》发表毛主席那封谈《红楼梦》的信,外公外婆格外紧张,担心是否要升温。我安慰他们说,信里还讲团结了。"文革"的阴影始终压着他,"文革"后情绪没有恢复过来,不爱讲学问,不爱见人,对后半生影响很大。

《红楼梦》的事情彻底把外公搞伤了,从学术角度讲,他对大批判一事心里肯定不服气。1986年去香港讲学,勾起他对《红楼梦》研究的余兴。去世前半个月神智不清楚,像是中了魔,常常坐桌前翻看《红楼梦》。睡觉时大声喊:"我要死了。"声音可怕极了,我们听了吓一跳,冲进去看他躺在床上没事。这是脑软化的症状。我们听了挺凄凉,我们有什么办法呢?

1986年在近代史礼堂开纪念外公学术活动六十五周年大会，调子很低，规模不大，连家属人数都要删减。各报没有什么报道。外公回家后不说，不是很兴奋。1990年10月15日外公去世，我跟单位说，要不要把消息告诉中央电视台一下，对方说不要。丧事依然很低调。

（1999年3月31日口述）

　　笔者在俞平伯二女儿俞欣家中，看到俞平伯最后几年在台历、纸片上顺手写下的不少随感，如"卫青不败因天幸，李广无功为数奇。两句切我生平。一九八九年试笔"、"赤条条来去无牵挂，心静自然凉。丁卯十月四日记"、"梦见横额'如归室'。己巳夏五月"、"人心似水，民动为烟"等等。俞欣动情地说："父亲虽在重病中，但思路异常活跃，把自己的一生想得很透，想到哪写到哪，写了我就收下来。"

　　把俞平伯送往八宝山火化时，同在一个告别室的是一位郊区老农妇遗体，众多的家人大哭大闹。而俞先生的亲友来得不多，情绪冷静，默默地送走这位一生追求平淡却不得宁静的老人。

　　张允和向笔者讲述了这么一个颇有意味的小故事：俞先生这一生恐怕仅有一次上台正式演昆曲，他扮的是丑角彩鹤，画了一个白鼻子。他在台上咳嗽一声，就说了这几句："好跌呀，此跌美跌，非凡之跌，乃天下第一跌也！"俞先生念得音调铿锵，声音出奇地大。回味着"天下第一跌"这几个字，看着台上认真演戏的老人，在场的人无不动容。

　　张允和又说，不过直到今天，我一想到俞先生当时演戏的神态，还要忍俊不禁的，因为俞先生带给大家更多的还是超脱、快乐和真挚，因为他是中国一位独特的好老头。

题记

当初起意要写沈从文先生时,我就突然想到"午门城下"这个语意。我曾经两次到历史博物馆采访沈先生的老友、著名文博大家史树青先生,史先生年过七十,还每天在单位乐呵呵地上班,主要是为文物鉴定及传授年轻人。他提到好几次,当初历史博物馆是在午门办公的,沈先生曾经多次自发地在午门展览现场为观众讲解。这让我对午门的整体感觉刹那间被放大,看出沈先生其间的深情,也感觉到高大建筑对人们的压迫和威慑。

史树青先生带我到一个老式办公室,指着一张桌子说:"沈先生用过这张桌子。"他就挨着老桌子依次讲起往事,他的讲述是最具历史感的,复述到沈先生自杀、挨斗、洗女厕所等关键细节时让人有窒息的痛楚。办公室的年轻人也在认真听着,还不时发问,对单位过去处置沈先生的不公做法颇有意见。

史先生是上天留下讲述沈从文故事的最佳人选，就为了一串故事的交代、一个现场图景的还原、一段难以置信的酸楚诉说，他似乎一直在耐心等待后辈采访者的到来。说完了，就有一种轻松的解脱。我把初稿寄给他审看，他改得很认真，尤其在时间、地点、事实内容等方面一一订正落实。可惜后来史先生身体不太好，让我们失去更多的采访机会。

我陆续采访了沈先生在历史博物馆的学生辈同事，他们大都退休在家，好几个依然在坚持做沈先生未完成的服饰专题。李之檀先生就是其中最投入的一个，家中摆满了各种资料，古装的画片叠放在桌上，煞是养眼。他说，当年沈先生也是这样在家中摊开资料做研究，而且居住条件较为恶劣。他谈起沈先生在单位遭遇的不公之事，依旧愤愤不平。在"文革"期间与沈先生来往密切的黄能馥、陈娟娟夫妇在家中接待我，说起恩师诸多的幸与不幸，陈娟娟老师多次眼红、哽咽，坐在小板凳上都不能自持。

最大的不足是，没有找到沈先生的官方档案文件，在几个单位中来回寻问都无下落，也没有正规的查问渠道，官方文献这一主要来源实际上是缺失的。幸亏历史博物馆这一批老人们的珍贵口述，多少弥补了这个缺憾。如果再迟几年，随着当事人年事已高，讲述也将变得格外困难。

见到沈老的二公子沈虎雏先生，应该是《午门城下的沈从文》最初文本在《读书》刊发以后，他对文章还是比较认同的，但也提出一些细部的修改意见。我在出书时都一一遵嘱订正。沈虎雏老师是我见过的最认真、最严谨的一位老先生，他是理工科出身，一辈子从事的机床行业技术工作。当时他已退休，正在家中负责编订《沈从文全集》一些分卷，足不出户，一遍遍地过滤文稿中的误差。我把以前抄录的作协档案中一些沈老的公务来往信件，打成电子版送给他，他审订后编入书信卷中。

沈虎雏老师对父亲的理解是贴切、周详的，他的口述部分加进文章后，顿时使全文有了充盈、丰润的感觉。尤其是讲到70年代父亲在单位的处境，他说得极为客观、中性，说到父亲强烈的事业心和受挫感，也说到单位领导的为难之处，说父亲与领导层之所以产生矛盾，也是因为父亲不能理解领导受到另一面的制约。能持公允之见，这作为子女来说极属不易。

这十几年中一直与沈老师保持联系，有空就去串门，听沈老师讲故事，尤其是抗战时云南沈家的旧事和北京第一机床厂的工作琐事，极其感性和灵动,听了就令人难以忘怀。沈家几代人都能写一手好文章,鲜活滋润,而且他们做事都极为低调,不张扬,处处为别人着想,做好事从不留名。

因为写作,有幸相识沈家人,并不断从中得到教益,这是我写书之中的额外人生收获,值得庆幸和珍惜。

沈从文

20世纪50年代初,沈从文在故宫

1972年沈从文自湖北回到北京，在东堂子胡同房门前。沈龙珠据照片绘

1965年沈从文给苏州丝绸工学院美术设计系学生讲课后，与大家合影

午门城下的沈从文

1949年是沈从文的一个重要关口，他转入了在历史博物馆三十年的日子，一生由此断然分成鲜明的两段：文学创作和文物研究。在那风云动荡的三十年里，他的同时代朋友对他充满巨大的不解、疑惑和同情，而后来人面对沈先生投向历史的瘦弱背影时则不由发出无尽的感慨。

1949年是沈从文的生死线。1951年11月11日他在《光明日报》发表检讨式的长文《我的学习》，其中就谈到1949年的困顿："北京城是和平解放的，对历史对新中国都极重要，我却在自己作成的思想战争里病倒下来。"沈从文不自觉地使用了当时流行的"思想战争"这几个字，恰好表达了情感枯竭、崩溃的真实状态。

事隔四十多年，沈从文的夫人张兆和在北京崇文门寓所平静地回忆道：

　　1949年2月、3月，沈从文不开心，闹情绪，原因主要是郭沫若在香港发表的那篇《斥反动文艺》，北大学生重新抄在大字报上。当时他压力很大，受刺激，心里紧张，觉得没有大希望。他想用保险片自杀，割脖子上的血管……

　　当时，我们觉得他落后，拖后腿，一家人乱糟糟的。现在想来不太理解他的痛苦心情……

韩寿萱那时是北大博物馆系主任，从文就去帮忙，给陈列馆捐了不少东西。很自然而然地就转到文物这一行，不在北大教书了。幸好他转了，转的时候有痛苦，有斗争。他确实觉得创作不好写了，难得很。

（1990年12月7日口述）

被沈从文称为"百科"的周有光是沈从文的连襟，著名的语言学家。谈到那一段岁月，九十二岁的周有光意犹未尽：

解放前中国知识分子大多倾向共产党，而沈从文感到恐慌。当时我不在国内，对这一点觉得很奇怪。那时情况知道得太少。现在想来，郭沫若批沈从文是不公平的，这是一种政治性贬低。郭为了政治意图一边倒，揣摩上面的意图，他当时批评许多人都是错误的。

沈从文自己讲，郭沫若对他很不好。

在没地方安放的情况下，把沈从文安排到历史博物馆，领导上不希望他做什么大事。整个处于在政治上被压制的状态，解放后的文学生活几乎没有了，创作萎缩了。沈从文的优点是随遇而安，把坏事变好事，发挥主观能动性，在倒霉的时候也能做出成绩。

后来让他上革命大学，让他改造思想，让他慢慢明白……

（1998年3月17日口述）

对沈从文相知较深的老同事、八十多岁的文物专家史树青当年曾同沈从文一起在革命大学学习，只不过沈在以社会名流为主的一部，而史在以普通职员为主的二部。史树青说：

在"革大"时，不少学员都抱着看看再说的态度，不知共产党能否长久。在那里学习，主要是交代思想，丢掉对美国、国民党的幻想,进行思想改造,洗脑筋。进去时压力大,沈从文有,我也有。记得那时几千人听艾思奇作报告,场面很大,有的人表态时痛哭流涕,有少数人不能毕业,后来被逮捕了。学习时,没有农业劳动,有时在校园里做一些力所能及的劳动。

(1998年4月14日口述)

张兆和记得,在"革大"毕业时,校长刘澜涛给沈从文发了毕业证书。隔了两年,沈从文在一封未寄出的长信中谈及当时心情:"在'革大'时,有一阵子体力精神均极劣,听李维汉讲话说,国家有了面子,在世界上有了面子,就好了,个人算什么?说得很好,我就那么在学习为人民服务意义下,学习为国家有面子体会下,一天又一天地沉默活下来了。个人渺小得很,算不了什么的!"他在信中连续四次说到"个人渺小"。

史树青回忆,沈先生的脖子上有刀割的痕迹,但他后来一概不谈自杀之事。

沈从文每逢政治运动来临,在奉命而写的思想交代中时常提到在"革大"结识的一位老炊事员,甚至表示之所以能够在历史博物馆安心工作,其中原因之一就是:"我总想念在(革大的)政治学院学习经年,每天在一起的那个老炊事员,我觉得向他学习,不声不响干下去,完全对。"(摘自1968年12月沈从文检查《我为什么始终不离开历史博物馆》)

沈从文当初还为此写了一篇短篇小说《老同志》,但他承认这次难得的试笔失败了。

笔者向史树青先生打听这位老炊事员的情况,他说:"我不太了解此事,但我知道沈从文在那样环境中,还是乐于与下层群众接触,一方面可以多了解信息，另一方面交这样朋友解闷比较放心。当时学校里什么人都有，有汉奸，有特务，比较复杂。"

据沈虎雏介绍，父亲沈从文在"革大"的学习成绩较差，大多在"丙"、"丁"类。父亲说过，对他教育最深的是说话最少的炊事员，教育没效果的恰恰是说话最多的人。

沈虎雏告诉笔者："父亲对使用政治术语的表态很低能，一说话就为难，比较反感。当时不少知识分子被陆续安排在报上亮相，发一些检讨文字。他理所当然属于应写的人，但文章发表得很晚。他那篇《我的学习》，文字非常生涩。他在'革大'时就准备写老炊事员，这位老炊事员是劳模，他的画像与马恩列斯像堂而皇之地挂在一起，这是延安传统。父亲去四川参加土改，还多次修改这篇小说，改了不止七稿。实际上没人组织他写这类稿子，他只想找回'用笔'的能力，歌颂朴素的劳动者，写得很吃力，投入很大精力。但写得不成功，不大像小说，文字不好，拿不出去。"（2000年3月14日口述）

沈从文感到，以前自如的文字没有了，现在滞住了，文字能力受到很大制约，面对的障碍太多。考虑这，考虑那，结果什么都写不好。

在历史博物馆早几年的工作情形，沈从文自己曾在笔下流露一二：

> 我在这里每天上班下班，从早七时到下午六时共十一个小时。从公务员而言，只是个越来越平庸的公务员，别的事通说不上。生活可怕的平板，不足念。
>
> 每天虽和一些人同在一起，其实许多同事就不相熟。自以为熟习我的，必然是极不理解我的。一听到大家说笑声，我似乎和梦里一样。生活浮在这类不相干的笑语中，越说越远。

关门时,独自站在午门城头上,看看暮色四合的北京城风景……明白我生命实完全的单独……因为明白生命的隔绝,理解之无可望……

这是沈从文1951年给一位青年记者未发出的信,文中透露出的那份伤感、孤独和无望贯穿他以后很长的岁月,尤其在遭遇政治风暴时,这种感伤就更被放大,也更为隐蔽,更加麻木。

历史博物馆及国家文物局历任领导对沈从文的"转业"充满复杂而微妙的情感。史树青回忆:"文物局长王冶秋接近郭老,业务上靠郭老。他觉得沈先生转行是文人来避风,文物界有无沈先生没关系。他对沈先生的使用没怎么安排。"长期担任历史博物馆副馆长的陈乔从另一角度解释说:"我是1958年筹建新馆时,王冶秋把我从故宫调到历博。沈从文是有名的小说家,为什么放在历博,我说不清楚,我没看过郭沫若批沈的文章,只是听王冶秋在背后说过几句。这么多年来,在专家使用方面我们不是很正确的,对于专家不重用,对他们的劳动不重视。"(1998年5月6日口述)

馆里老同事杨文和告诉笔者:"馆里有一段对沈先生不好,沈先生情绪低落。沈先生要什么不给什么,沈先生要一间办公室,当时办公室很多,我们也说,给沈先生一个房,馆里就是不撒口。我曾听一位副馆长说:'沈从文,哼,鸳鸯蝴蝶派!'"(1998年4月14日口述)

沈从文后来自己描述道:"事实上,我就在午门楼上和两廊转了十年……记得当时冬天比较冷,午门楼上穿堂风吹动,经常是在零下十度以下,上面是不许烤火的,在上面转来转去学习《为人民服务》,是要有较大耐心和持久热情的!我呢,觉得十分自然平常。组织上交给的任务等于打仗,我就尽可能坚持下去,一直打到底。"(见1968

年12月的一份检讨稿）

早十年，沈从文除了在馆里鉴定、收藏文物外，常到午门楼上展览会自愿当解说员，他自己称之为"唯一和人民碰头的机会"。

李之檀1955年从中央美院毕业，分到历史博物馆，沈从文当讲解员给他印象颇深："沈先生以普通工作人员的身份去讲解，愿意把历史知识给老百姓。别的人有派头，很少去，而沈先生是自愿去的。第一次敦煌展在午门举行，他整天在午门上，一大堆观众围着他。平常展览也去，自己看了看也就讲起来。"（1998年5月5日口述）

作家汪曾祺当年亲眼看见老师沈从文非常热情地向观众讲解的场面，不免唏嘘而叹："从一个大学教授到当讲解员，沈先生不觉有什么'丢份'。他那样子不但是自得其乐，简直是得其所哉。只是熟人看见他在讲解，心里总不免有些凄然。"沈从文逝世后不久，汪曾祺写下了《沈从文转业之谜》，解谜不得所解，留下满纸叹息。

这种凄然感在多年老友萧乾身上也曾出现过。1998年3月9日下午在北京医院病房，萧乾向笔者讲述了当年那一难堪局面：

> 那个时候他在故宫处境不好，一个那么有名的作家，到了新社会反而难处。当时有中苏友好协会、工会之类，挑着人入会。听说就没让沈从文加入，在政治上给他压力。
>
> 我跟他有几次接触，彼此的心情都很复杂。有一回我陪外宾去故宫参观，恰好是他在解说，拿一根讲解棍，非常认真。我看了很伤心，觉得这是一个青年人干的事，怎么让他干？我怕影响他，也怕伤害他，躲得远远的，没有上前跟他打招呼。

像沈这样的中国知识分子在那样年代里是很难抬头的。

周有光向笔者讲述了这么一个小故事："大约在50年代中，有一回馆里接到市委通知，说有领导同志要来馆里参观。沈从文被通知参加接待工作,他一早就来了,等了很长时间,终于把领导同志等来了,原来是副市长吴晗。沈从文见了就躲开了,事后领导追问,他只好说:'我怕他恭恭敬敬地对待我。'他解释说,因为吴晗是他的学生。"

周有光的夫人张允和在一旁补充道:"当时三妹兆和是蛮疯的女孩子,活泼,爱运动,在学校运动会上老是拿第一。很多人追我们的三妹,沈从文的情书最多,吴晗也写过一些。"

旧日情感的波澜牵涉到当下不同处境的当事人,这种微妙的刺激确实使自尊心极强的沈从文一时难于从容面对,敏感而文弱的他只能一躲了事。

老朋友郑振铎当上主管文物的文化部副部长,沈从文没有因私事找过他。1958年3月,郑振铎参加馆里工作会议,在会上作了总结:"历史博物馆在午门前面,国民党时期是灰溜溜的,一天只有三五人入门参观。而这几年来,进步很大、很快。"会后,沈从文遇到了郑振铎。史树青看到了两人见面的情景:"沈先生看见老朋友很激动,还掉了眼泪,说:'我现在不搞文艺了,研究文物还不够,你应该多关心文物。'郑振铎说什么话我忘了,但郑似乎感到沈先生还是落后分子。"

在老同事的记忆中,历史博物馆的几任领导尽管情况各异,但都依据上面精神,把沈从文看成是"统战对象",采取冷处理的办法:

张文教是馆里第一任书记,50年代初就到了馆里。他曾在抗战时期率领八路军队伍保护过金代藏经,还牺牲了几名战士。他看不起旧知识分子,对沈从文这样的专家不太客气,动不动就训人一顿,训人太严。而且张经常诈人,让人交代历史。他业务不行,过了许多年还不行。他曾跟我学铜器,学

《诗经》，但都白讲。

"文革"时，我们一起当上"黑帮"。张文教填表时，"专长"一项写了"打倒帝王将相"和"爱吃窝窝头"。他就是这么一个人，左得厉害，把我们都看成敌人。他认为沈从文是混饭吃，责问沈买那么多瓷器干什么？是不是浪费国家钱财？他主张应该买历史文物。而沈先生觉得中国瓷器工艺水平最高，有研究价值。

（同事史树青1998年4月14日口述）

馆里有一些领导派头大，脾气有些怪，常常训斥人，跟沈先生的关系都不算好。50年代那次开反浪费内部展览，就是想整沈先生，让沈先生难堪。这对他打击很大，很长时间都很难缓过来。

60年代初，龙潜来当馆长。他在中山大学批陈寅恪，遭到上面批评。原因是毛主席到苏联去，斯大林问到陈寅恪的情况。主席回来后打听，总理批了龙潜，龙潜被调离中大。他这回接受教训，就不太搞整人这些事。所以他尽管跟沈先生有距离，但对他还算不错。龙潜变得随便，爱开玩笑，喜欢给人写字。有一次还给沈先生和我们出谜语，谜底竟是"想断狗肠"四个字。相比其他领导，龙潜还算好接触。可听说他在南方整人厉害，被总理批评过。龙潜跟康生有来往，探讨过文房四宝。

"文革"中工、军宣队进驻，对落实沈先生的政策也爱理不理。工军宣队长说，现在忙，没时间。

（同事李之檀1998年5月5日口述）

王冶秋不让提沈先生，局里对他不感兴趣。沈先生的心情不愉快，但他从来不说，不求名不求利。有些领导不愿提沈的名字，有一次有人写文章说沈是权威，上面就有人说别提了，提了就不好办。

发现长沙马王堆文物，要组织分析团。我提请沈先生来参加。当时湖南有人不同意，说王冶秋一提沈从文就生气。我仔细一问，原来王说过："沈从文，乱七八糟，不知干什么。"

后来中央统战部来人到家中，要整理材料，并希望为沈先生配助手。统战部的人来时，沈先生、沈师母两位老人都掉了眼泪。

（学生陈娟娟1998年5月6日口述）

沈从文从干校回到北京，他在东堂子的房子被一位工人同志在"文革"中强占。沈提出落实房子和著作出版问题，但迟迟解决不了。为了出那本服饰的书，打了一个报告到文物局，一直压着。王冶秋在出版上不表态，他的老伴、文物出版社社长也就不积极。王冶秋不点头，怎么印出来？王冶秋对沈有看法，认为沈是灰色的旧知识分子，是在旧社会培养的，要控制使用。

那时沈找过我，发过牢骚。我只能做一些解释工作，我是副馆长，只能提意见，没有决定权。房子、出版问题，我说了话没人听，工人不会给你搬出去，不会腾出房子。没办法解决，我无能为力。杨振亚馆长认为沈不是主要人才，并说"要走就走"。沈很有意见，后来带着激愤的心情离开历博。

我们在专家使用方面，在思想工作方面不是很正确的。

有一点我说明一下，历史博物馆建成以后，由于挨着大会堂、天安门，公安部门曾来馆里审查，把一些右派分子、政治面目模糊的人员强行调离出去,而沈先生留下来了,说明当时政治上还是比较信任他的。

(原历史博物馆副馆长陈乔1998年5月6日口述)

在那漫长的岁月里,我们很难从沈从文的口中、笔下得到他对领导的意见。他是一个沉默的人。只是到了1968年"大批走资派"的年代,我们才在沈从文的检查稿中读到那样的义愤:"这是谁的责任?我想领导业务的应负责任。他本人对文物学了什么?只有天知道!说我飘飘荡荡不安心工作,到我搞出点成绩,他又有理由说我是'白专'了。全不想想直接领导业务,而对具体文物业务那么无知而不学,是什么?"

据张兆和介绍,沈从文有写日记的习惯,但只是简单记几笔。在现在已经公开的1953年3月的几则日记中,竟反复着一个"多事烦人"的主题。如"可能还是多事……多事可能对他们即是一种搅扰"(3月28日);"对人过于热心,对事过于热心,都易成多事,无补实际……极离奇,人人均若欣欣向荣,我却那样萎下去。相当奇怪"(3月30日);"……少说或不说馆中问题,凡事禀承馆中首长——馆长、主任、组长……要作什么即作什么,实事求是作一小职员,一切会好得多。对人,对我,对事,都比较有益"(3月31日)。

沈从文的学生黄能馥告诉笔者,沈先生很长时间内处事都很低调,不愿张扬。他记得有一次《人民画报》记者要拍一组怎样培养留学生的镜头,刚好接沈先生来讲课,沈先生知道要拍照,火了,大发脾气,坚决不让拍。

笔者在沈从文1957年3月给中国作协的《创作计划》中发现,他对历史博物馆的工作及自己从事研究的条件多有不满之处:

博物馆文物研究工作,实在相当薄弱,太配合不上新社会各方面需要，但是这一环继续落后，也影响到许多方面的科学进军。举个例说，没有人好好地扎扎实实搞一搞丝绸服装和一些杂文物制度问题，连环画中的历史故事画，历史电影，以及旧戏改良，问题就不能好好解决，作出的东西总不免是不三不四，违反历史本来。有些还十分歪曲历史，给人一种错觉。

我这方面有的虽只是一些常识，如把常识再加强扩大些，有几万材料在手边，我想这对于国家还是有很多好处，也可以减少许多人力物力浪费！

其实照目前情况，说"研究"条件也十分差，哪像个研究办法，我在历博办公处连一个固定桌位也没有了，书也没法使用，应当在手边的资料通（统）不能在手边，不让有用生命和重要材料好好结合起来，这方面浪费才真大！却没有一个人明白这是浪费，正如没有人明白这部门落后，对于其他部门工作影响一样，好急人！

（摘自1957年中国作协《创作计划》原稿）

这是沈从文生活和工作的质量都很低劣的时候，苦闷无法排遣。然而，一旦碰到具体的文物工作，沈从文就仿佛变了一个人。

看见好东西，沈先生就想办法买回来。自己先垫钱，再交给馆里。如果馆里不要，就自己留下。有时时间看长了，别人给弄糊涂了，结果变成公家库藏的，沈先生也不在意。如《阿房宫》长画卷他自己买了，后来弄成馆藏。现在历博中，织绣藏品基本上是他收购的，馆里收藏的服装、硬木家具、铜镜等不少文物都由他经手过。

沈先生逝世三周年时，我想把沈先生收购、保管的藏品展览一下。别人不同意，说会惹事，会有打不清的官司。

故宫办了一个《红楼梦》展览，沈先生很热心地把库房里的衣服找出来放在旁边，用实际文物来配合。馆里很多人在学问上得到他的帮助，大小事都能给人指教。记得有一本馆里图书《历代古人像赞》，沈先生加以批注，抄写字条贴在书里，让别人看时注意，比如此像在何处可找，为何比别处更好之类话语。

沈先生为社会做了很多服务工作，有求必应，把知道的东西全告诉你，很多人在学问上得到他的帮助。譬如来了一屋子工艺美院学生，沈先生给他们讲课，内容非常丰富；北京人艺经常来人找沈先生请教，如《虎符》剧组请他讲解古代服饰及生活习惯；轻工业部时常交给他技术性稿子，请他修改，他出了相当大的力量，一句一句地改下去；把故宫几个学生全带出来了，后来这几人全成了业务骨干。

据说总理推荐，沈先生做了政协委员。每次开会都很激动，在政协提了很多提案，涉及文物、工艺应用等，总想提高中国工艺水平。有时随政协视察，到地方看了很多文物，回来后把照片给大家看，激动地说半天。

沈先生在服装史领域是一个开创的人，没有人下过这么多功夫。他非常谦虚，编书时反复讲，不是写服装史，现在条件不具备，构不上史。坚持用"服饰研究"做书名，讲究分寸。

（同事李之檀1998年5月5日口述）

沈先生在馆里解说时，连小脚老太太都接待。他还在库房编目，规规矩矩地抄成大卡片，他的章草真好，真秀美。他还买来二十多件晚清瓷器做茶具，捐给馆里，便于接待外宾。对我们讲心里话，不讲虚话，常说："你们不读书怎么为党工作？"

陈伯达有一句"厚今薄古"的话，沈先生却说博物馆应厚今厚古，今天厚古还不够，应该多向古代学习。他说，不能把博物馆办成文化馆水平。对那样所谓普及有看法。为馆里读书风气不浓而焦急，认为领导不怎么读书，尽抓事，也不关心群众业务学习。

（同事史树青1998年5月8日口述）

我与沈先生做邻居将近十年，他住三间北房。"文革"中两间房被收回。他的那间小房里全是书，书围着他。他不串门，好相处，从不见他发火，在院子里坐着，常有客人来。我去他屋里，一谈起文物，他就讲个没完。

馆里的人挺尊重他的，沈先生能忍下来，与群众关系不错是一个原因。他对人很热情，爱说文物知识，沾上边就跟你讲。

"文革"中抄他家，据说也就四千元钱，也就那么一点家底积蓄。他买了不少服装、漆器等东西，捐了很多给馆里。

那些年间我们看沈先生，很舒畅的事没见过，开心事较少，心情郁闷的时候比较多。

（同事杨文和1998年4月14日口述）

1958年盖人民大会堂，同时筹建历史博物馆。领导下了死命令，为迎接国庆十周年，要多快好省地建起博物馆。建筑还没盖好，就已经开名单调文物，每段都有一个专家组出主意。我负责具体组织工作，记得后来约有三百多人参加建馆。

沈从文在建馆期间发挥了他的很多作用，他对库房家底清楚，在织绣、服装方面提了不少意见，提出皇帝、官僚和老百姓的穿戴款式。为了充实陈列,还把自己收集的陶瓷主动捐出来。在具体文物上,沈从文做了不少真假鉴定。

总理来审查两次,陈毅、康生、吴晗等也去了。总理说,历博先预展,听听群众的意见,然后再修改。当时确定六条原则,中宣部批准了,主要是把阶级斗争放在第一位,对历史人物要严格审查等。

(原副馆长陈乔1998年5月6日口述)

1957年沈先生到我们故宫织绣组当顾问,带我们上课,上荣宝斋、珠市口。老先生一点架子都没有,口音不清,后来我们也慢慢听习惯了。给中央美院学生讲课,学校给他一百元,他让我们退财务处,说,"不能再拿国家钱"。而他自己掏钱请人绘画,然后又租黄包车到学校,车上装了各种实物、绘画作品,以便让学生看明白。

1958年沈先生当教材顾问,把自己的笔记统统拿出来给大家参考。从全国调来写作的专家住在香山饭店,而沈先生不肯在饭店住,自己在家里白天黑夜地干,流着一身汗,工作量比编写的人还要大。沈先生一一审查,对提纲不满意,就自己重新写。

沈先生在我们面前从来不说苦恼,只谈业务。"文革"中他下乡看鸭子,无书可看,就利用手中一本《人民中国》,在空白处写满字寄给我们,内容大都是文物方面的考证。他在信中告诉我们,"什么材料没有,我就这样做学问"。我们要写《中国染织》,他就用毛笔抄了一大沓材料给我们。"文革"中吃了苦头,我们曾想不干文物了。沈先生知道了叫我们去,他躺在床上,精神不好,似乎要哭的样子。他说:"眼光看远一点，这些事你们不做谁做？"

"文革"后期，一直没有解决沈先生的房子问题，只给了一间半。厨房里还搭个台子，床上堆满一半书，留出只够睡一个人的地方。

（学生黄能馥、陈娟娟1998年5月6日口述）

1959年1月8日是沈从文五十八岁的生日，这一天他在故宫陪三十多个年轻美术学生看了一天绸缎和陶瓷，非常疲累，回家后独自一人听贝多芬第九交响乐，觉得声音那么欢乐而清静。在音乐声中，他给云六大哥写信，信中说："我总深信只要工作对国家整体向前有益，就够了。个人吃点亏或生活寂寞些，都无妨。"

他此时最大的感叹是，"没有一个真正知道我在为什么努力的人。"

旧日朋友已经渐渐隔绝联系，沈从文为此伤感许久："那些身在北京城圈子里的人，也像是北京城打听不出我的住地，从不想到找找我。"后来到了1968年12月，他在检查稿中把自己与文坛老友茅盾、郑振铎、巴金、老舍等人做了比较："……（他们）十分活跃，出国飞来飞去，当成大宾。当时的我呢，天不亮即出门，在北新桥买个烤白薯暖手，坐电车到天安门时，门还不开，即坐下来看天空星月，开了门再进去。晚上回家，有时大雨，即披个破麻袋。"

儿子沈虎雏向笔者提到一点："父亲1949年后对郑振铎有一种距离感，不太理解郑在官场上的处境。父亲看巴金、老舍等老友有时怀着仰视的心情，体会不了他们日子有时并不好过的滋味。提到他们时，写过一些酸溜溜的文字，这或许是他性格不够完美的地方。"（2000年3月14日口述）

与热闹的文坛遥遥相对，寂寞中的沈从文有时会悄悄地说出惊人的话："文坛实在太呆板了。""巴金或张天翼、曹禺等高手都呆住了。"这几句话是1951年说的，置身圈外，他对文坛的感觉比别人要敏感得多。1959年3月12日，他又给云六大哥写信，再次谈及他的感慨："一些作家写作差不多，永远在写，永远写不出丝毫精彩过人之处，真如四川人说的'不知咋个搞法！'"

但是他自己写东西也不能自如了，当时提倡的创作方法对他不适用。1958年大跃进时，沈从文去了五趟十三陵水库，既参加劳动，又进行一些参观采访。回来后写了一篇报道型散文《管木料厂的几个青年》，收入当年有关十三陵水库的小册子中。

几十年后编父亲全集，沈虎雏反复阅读手稿，留下一句长叹："他那时费了很大的劲写东西，可是一个工地的通讯员写这类文章比他还顺溜。"

沈虎雏评价道："平心而论，这篇遵命作品水平很差，他不会写这种东西。在配合形势方面，也没有老舍那样饱满的热情和能力。"

令家人惊喜的是，在一堆残稿中意外地发现了大约写于1958年、与土改有关系的小说《财主何人瑞和他的儿子》。虽然用了阶级斗争分析方法，但文字俏皮、老练，一些段落甚至展现出他原有的文学作品的风采。沈虎雏找出后给母亲张兆和看，母亲异常兴奋地说："不知道还有这种东西……"

沈虎雏说，家中谁也不知会有这篇作品，父亲从来没同家人谈过。

在1957年3月给中国作协递交的一份《创作计划》中，沈从文提到了两个中篇的写作安排：一是以安徽为背景，二是以四川内江丘陵区糖房生产和土改工作为背景。

他在此份计划中表示："这些东西如能有自己可使用的时间，又有能力可到想到的地方去住住，并到别的地方去如像青岛（没有文物的地方）住一阵，工作或可望能够逐渐顺手完成，又还想试再写些短篇游记特写,照情形看来,也得在暑中或暂时离开工作,到湘西自治州或别的地方去,才有希望从比较从容情形中说动笔。如照目下生活方式,大部分脑子中转的只是一堆待进行未能好好进行的研究工作,和越来越多的一些罐罐、绸子缎子、花花朵朵问题及将来如何转用到新的生产上的问题。用头脑方法不是写小说的,即拿起笔来,也难望写得出什么东西。(我写什么照过去经验,只要集中来做到头脑近乎疯的情况下,文字才见出生命的!)"

他在计划中虽然感到"近十年不曾好好地用笔",对"手中的笔是否还能恢复过去的活泼"存有疑虑,但他还是提出了一个颇为革命化的创作设想:

> 我还希望能在另一时有机会为一些老革命记录点近代史事情,例如为何长工部长记下些有关井冈山当时情况。如记下成绩还好,就再找别的一位,如记南昌起义、瑞金扎根、长征前夕、遵义情况、延安种种……或记人,或记事,用些不同方法,记下些过去不曾有人如此写过,将来也不易有人写,而又对年轻一代能有教育作用的故事特写。
>
> 这工作似乎不能从个人愿望出发,要看以后机会条件去了。能有机会,在这个工作多尽点力,为老一代英雄先进留下些历史画像,即当成历史资料保存下来,不发表它,也十分有意义。如写得好,又还能给后一代年轻同志起些鼓励教育作用,我觉得工作就更有意义了!
>
> (摘自1957年沈从文致中国作协《创作计划》原稿)

从后来的实际情况看,沈从文想为老红军记录并撰写特写之事无法实现。

汪曾祺、林斤澜等学生辈的作家见老师过于冷落,有时会拉他参加北京市文联的一些活动,他只是默默地坐在最后一排听着。林斤澜记得这样一次会议:"那次下乡回来的作家座谈,主持人最后礼节性地请沈先生说话,他只是说:'我不会写小说,我不太懂小说!'这是反话,意思是说你们这样下乡下工厂写小说我不懂,我有自己的理解。"(1998年5月30日口述)

林斤澜讲了自己所见的一件事:

> 1961年是个小阳春。有一次在新侨饭店开会,周扬到小组会上来,陈翔鹤说:"沈从文能否继续写作?"周扬一听有些不高兴,板着脸,凶得很。他是很会当领导的,可能考虑了一会儿,说:"可以,能不能给他创作假,十年。"陈翔鹤高兴地说:"好!好!"

陈翔鹤的过问只是一个契机,不久中宣部、中国作协有意安排沈从文"出山"。中国作协办公室1961年6月21日给沙汀及作协四川分会发出一封公函:

> 最近,经周扬同志指示,我们对沈从文的创作做了一些安排,并已向历史博物馆领导和齐燕铭同志为他请准了创作假,他将于6月25日左右动身去成都,初步打算住一个半月左右,动笔写酝酿已久的一部长篇小说(以其内兄——1936年牺牲的共产党员张鼎和同志一生斗争事迹为题材,写知识分子的革命道路,约二十万字),请对住宿等问题做安排。
>
> 沈从文同志患心脏冠状动脉硬化症,血压时有上升,并伴有心绞痛发生,请在安排住处时注意安静、医疗等条件。

但是,作协6月23日突然致电沙汀,告知领导又重新安排沈从文到青岛休息。沈从文事前提出自己付车费,他在致中国作协副秘书长张僖的信中写道:"我希望自己花合理一些,不必要公家破费,望你能够同意，免得我住下情绪上反而成为一种负担，也失去了组织上让我休息之原来好意！国家正在事事讲节约，我们能从小处做起，从本身做起，我觉得是应当的。"张僖于1961年7月12日回信说："旅费问题是小事，不要为这事影响休养和创作。"他在信中还说："如身体情况许可，兴致也好的话，可以试着写一写；否则，恐怕还是应以休养为主，不要急于写东西因而搞坏了身体。"

沈从文到青岛后，经医生检查血压偏高，心脏不适。他坚持看了几家绣艺工厂、印染厂，想在工艺上给工厂帮助。他在给张僖的信中提到自己的这个愿望："为老师傅服务、协助，（与）他们工作交换交换意见，对他们的工作或许有好处。因为每一部门生产都碰到一个民族形式学习问题，具体明白当前需要，回来时为编几本书，对千百老工人普及生产品中的提高，必有些帮助也。"

1961年7月18日，他在青岛写信给中国作协副秘书长张僖，谈到自己的写作状况："头脑能否使用到过去一半样子，也无多大把握了，毛病是一用过了头即有些乱，过一阵子又才恢复。心脏部分不太严重，已不容易好。初步设想把所收小说材料重誊一份，理出个顺序线索。万一我不能用，另外同志还可利用这份材料。最好当然是我自己能用它，好好整理出来个中型故事，初步估计用十六万字，安排可以写得清楚，如顺手，也不会要半年时间。"

笔者为此走访了张僖，他对沈从文1961年的写作热情印象至深：

61年那次是他一个人来到作协办公楼的，他说想写点东西，打算去四川。我说："您是老前辈，写东西好啊，您去吧，我们跟四川分会说一下。"他要写的张鼎和，我们都知道，他在抗战中写了不少抗战歌词，小有名气。那天沈从文情绪很好，我还陪他在楼里转了一圈，去他爱人张兆和的

《人民文学》办公室看了一下。他很谦虚，待人随和，容易让人接近。

后来我跟文物局领导王冶秋打电话，说老先生出去，请他在费用上照顾一下，给予保证。王冶秋说，我支持他到下面看看，写写东西，那也好啊！

（2000年3月15日口述）

这部作品最终没有完整地写出来，夫人张兆和谈及原因："堂哥牺牲了，堂嫂还在，从文从她那里收集了一些材料。还到宣化煤矿去了好几次，记了好几本。1961年热闹，他想写，但是框框太多，一碰到具体怎样写，他就不行了。没有多大把握，写了也写不好。"

沈虎雏叫张鼎和的夫人为"四舅妈"，小时留下的印象是她一脸憔悴，听四舅妈说过她在狱中备受折磨，挨了拷打，坐老虎凳。两家来往比较密切，张家大女儿被通缉，途经北平逃往解放区，就住在沈家。沈从文对张鼎和的女儿说过："我要写出你们家的事。"

沈从文一直没有忘记对张鼎和材料的收集，直到60年代初中宣部、作协出面给他安排创作假，他正式开始准备工作。沈虎雏回忆说："他又采访了四舅妈，去宣化几次，记了有十万字的素材。当时已是生活困难时期，四舅妈的女婿还是地方的书记，但家中过得也很艰难。父亲曾想到张鼎和工作过的安徽等省去实地看看，熟悉一下乡间风貌。我的一位大舅舅曾与张鼎和有来往，日记中多有记载。他当时在贵阳教书，父亲也很想去贵阳看他。但是当时供应那么困难，到安徽、贵阳吃饭都成问题，无法成行。"

1961年冬天，中国作协组织沈从文等一批作家去井冈山体验生活。沈从文觉得这回吃住不成问题，便把素材带去，准备在那里长住一段时间，完成有关张鼎和的长篇写作。可是四个多月后返京，长篇小说一字未落，只是与同去的作家们互相唱和，有生以来第一次留下了一组旧体诗。

"不过，从现在留下的遗稿看，父亲后来还是悄悄地试写了一个章节。"沈虎雏介绍说。这一章只是一个框架性稿子，留有不少空白，但有了基本的情节、对话，人物依次出场。主要是写张鼎和牺牲后家族怎么处理后事，写了一个地主圩子里人们不同的态度。

沈虎雏分析，写不下去的主要原因既不是他的用笔能力，也不是身体条件，而是他担心写出来会不会出问题，能不能适应新社会。当时社会上跌跟头的人太多了，那几年阶级斗争逐渐又成了主调。他对政治动向是有感觉的，知道自己大概不宜再想此事了。

沈虎雏说："他内心深处觉得离开文学很可惜，总梦想在文学上健步如飞。50年代末就曾思考是否归队，一些好心人也劝他应该拿起笔。50年代，胡乔木曾给父亲去信，希望为他归队创造条件。父亲没有回信。第二次文代会时，毛泽东、周恩来接见十二位作家代表，主席对父亲说：'可以再写吧……'他对外不说，但在暗暗使劲，看看自己能否找回重新创作的能力。这是他长期摆脱不掉的念头，时常勾起联想，内心矛盾反复出现。不过，批《武训传》、批胡风、批胡适，很吓人，他写作的政治方面顾虑也就越来越重。"

三十年唯一一次大的创作活动夭折了。

凌宇在《沈从文传》中曾写到1958年周扬拟请沈从文担任北京市文联主席。史树青证实此事，但在细节上稍有出入："毛主席请沈先生当文联主席，沈先生告我此事。沈先生说，这是主席的客气话，我也不能去，我还是爱好文物。"

把一个被冷落多年、长时间默默搁笔的老文人突然推到文坛显耀位置，确实是惊人、变幻莫测的举动。

沈从文很久以后跟沈虎雏提到被推荐出任市文联主席一事,大致说了一个轮廓:"让我接老舍的班,我站起来辞谢了,会场下面鼓掌……"

50年代中期,中央统战部部长李维汉出面宴请沈从文等人,李维汉席间表示:"党看中你们,可以提出参加申请……"大家态度并不明朗,有的人说:"我们不够条件……"李维汉说:"也可参加民主党派。"有人说:"那里的一些人太次……"李维汉又说:"你们参加进去了,不就改变领导成分了。"

据沈从文后来讲述,在场的人多数都不热心参加组织。而他则认为,自己入共产党没资格,也没有进入政治领域的欲望。

家人对沈从文重新写作之类的事情有些担忧,而最操心的时刻莫过于政治风暴来临之际。张兆和对1957年至今还有后怕:"整风时也有人动员从文大胆发言,他居然没说,我也不知道他为什么没说,否则他当右派跑不了……"

谈到1957年反右,同事杨文和回忆说:"沈先生不发言,别人找不着他什么问题。"李之檀说:"他没有讲过不满的话,领导抓不出什么问题。"史树青表示:"向党交心、反右,都躲过去了,主要原因就是沈先生不发言。沈先生曾向党交心,说我最怕划成右派,什么也不敢说。"

当时馆里鸣放时,一些同事侃侃而谈:"我感觉共产党与群众有壕有沟,不容易填平。""文物可以出口,争取外汇。""苏联很穷,也不怎么阔。""农村干部都是土皇帝,农民恨他们。"等等。结果几个月后,发言者大多被打成右派。

老同事张友明谈到反右时期的一些事情:

当时单位共划了四个右派,按比例是够了。如果没有比例，我担心沈先生也逃不了。有一次连着三天斗我，主要是我信仰基督教的一些问题。沈先生沉默了很长时间，最后一天不得不发言，也就几句话，很有意思。大意是说，"你这个人不像基督徒，我不是基督徒，比你还像……"在那样大批判的关口，沈先生的发言实际上说得很轻。

他为人太好了，身上不带刺。

（1998年3月6日口述）

对于反右运动，沈虎雏谈到沈从文当时身上真实的另一面："父亲一向不赞成文人从政，解放前就是保持这样个人理念。那时候邀请他参加，他不干。对一些政治活动家有反感，到了1957年，看了报上对全国著名右派的'言论'宣传，他当然不会转而认同，也不会有类似的政治主张要鸣放。"

但是，沈从文的许多熟人、好友，连他的长子不久也被打成右派。沈虎雏回忆说："哥哥成了右派，父亲心里很难过，但在家里也不太敢说打错了。学生汪曾祺也被打成右派，而且据说理由之一就是他对于沈从文的态度，为沈从文说过抱不平的话。"（2000年3月14日口述）

《一点回忆一点感想》写于1957年7月，沈从文在那种高压形势下写出了下面反右的表态文字，其中的况味值得后人仔细品味，其中复杂情感谁能道得清楚呢：

> 也只有在中国共产党领导下的新中国，才做得到这样步调整齐严肃，有条不紊……饮水思源，让我们明白保护人民革命的成果，十分重要。中国决不能退回到过去那种黑暗、野蛮、腐败、肮脏旧式样中去……试想想，这是一个什么样的新社会！把它和旧的种种对照对照，就知道我们想要赞美它，也

只会感觉文字不够用，认识不够深刻。哪能允许人有意来诽谤它、破坏它。

　　……就在这么社会面貌基本变化情况下，住在北京城里和几个大都市中，却居然还有些白日做梦的妄人，想使用点"政术"把人民成就抹杀，把领导人民的共产党的威信搞垮。利用党整风的机会，到处趁势放火。

　　……以为我几年来不写文章，就是受了委屈，一定有许多意见憋在肚里待放。料想不到我目下搞的研究，过去是不可能有人搞的，因为简直无从下手。唯有新中国才有机会来这么做，为新中国丝绸博物馆打个基础。目下做的事情，也远比过去我写点那种不三不四小说对国家人民有用。

（摘自《沈从文文集》）

　　沈从文后来几次说过，他对反右这样的政治实在看不懂。

　　但不管怎么样，1961年以后的几年间，沈从文变得少见的活跃，对文艺的看法也乐于表达。沙汀在1962年4月13日的日记中，就记录了沈从文和巴金、沙汀闲聊创作的一幕。沙汀还在别的场合转述了沈从文的意见，惹得作协党组的一些人惊讶不已："啊，他敢说这个话？"

　　后来搞政治运动，沈从文就找机会躲着不来。有时碰到李之檀，就悄悄地问："还没批判完？"

　　"文革"初期，沈从文终于没有躲过去。面对满墙大字报，他极为忧愁地告诉史树青："台湾骂我是反动文人、无聊文人、附和共产党，共产党说我是反共老手，我是有家难归，我往哪去呢？我怎么活呢？"

　　让沈从文震惊的是，写大字报揭发比较厉害的居然是他曾帮助过的范曾。沈从文在一张大字报中用了八个字来表达观后感："十分痛苦,巨大震动。"

1962年范曾来到历博当沈从文的助手,为编著中的《中国古代服饰研究》绘插图。此间调动工作,沈从文尽力最多。据知情者介绍,当时范曾不时给沈从文写信,有一次天刚亮就敲沈从文的家门:"昨晚梦见沈先生生病,我不放心,连夜赶来。"

"文革"期间与沈从文过从甚密的黄能馥、陈娟娟夫妇说:

> 那时,范曾画了一个屈原像。沈先生看后,还是善意地指出一些服饰上的错误,说:"错了。"范曾指着沈先生说:"你那套过时了,收起你那套。我这是中央批准的,你靠边吧。"
>
> 记得那是冬天,下着大雪,路上很滑,沈先生走了一个多小时到我们家。他气得眼睛红红的,一进门就讲了范曾的事情。他说:"一辈子没讲过别人的坏话,我今天不讲,会憋死的。"我们留下老人在家中吃了晚饭。记得沈先生说了这么一句:"好心带他,不认人。"

(1998年5月6日口述)

这是沈从文晚年最惨痛的一件事情,后来他再也不提范的名字。笔者在沈从文的儿子沈虎雏处,看到沈从文后来在两封信中涉及此事:

> 我们馆中有位"大画家",本来是一再托人说要长远做我学生,才经我负责介绍推荐来到馆中的。事实十年中,还学不到百分之一,离及格还早!却在一种"巧着"中成了"名人",也可说"中外知名"。有一回,画法家商鞅的形象,竟带一把亮亮的刀,别在腰带间上殿议事,善意告他"不成,秦代不会有这种刀,更不会用这种装扮上朝议政事。"这位大画家

真是"恼羞成怒",竟指着我额部说:"你过了时,早没有发言权了,这事我负责!"

　　大致因为是"文化革命"时,曾胡说我"家中是什么裴多斐俱乐部",有客人来,即由我女孩相陪跳舞,奏黄色唱片。害得我所有工具书和工作资料全部毁去。心中过意不去,索性来个"一不做,二不休",扮一回现代典型性的"中山狼"传奇,还以为早已踏着我的肩背上了天,料不到我一生看过了多少蠢人做的自以为聪敏的蠢事,哪会把这种小人的小玩意儿留在记忆中难受,但是也由此得到了些新知识,我搞的工作、方法和态度,和社会要求将长远有一段距离。因为要求不同是事实,得承认才合理。

　　过去搞创作失败在此,近三十年另起炉灶搞文物,到头来还是一个不折不扣的失败。特别是"四人帮"问题一公开,更证明在某一时、某种情况下,新社会做人的灵活性需要,远比工作踏实认真性重要得多。今年已七十进五了,做人倒似乎越来越天真,还不如许多二十来岁的人懂"政治世故"。

　　(摘自沈从文1977年4月7日致汪曾祺的信)

　　这个新社会人都像绝顶聪明,又还十分懂幽默感。我却总是像个半白痴,满脑子童心幻念,直到弄个焦头烂额……

　　……帮人忙却帮出个现代中山狼,在四人帮全盛时代,十分得意戳着额角告我已过了时,再无什么发言权。我见惯这类小事,还是与人为善好好告他,时间还早得很,待学才懂的还多。

(摘自沈从文1979年9月中旬致《中国现代作家传略》编辑组的信)(沈虎雏说明:此信因故未发)

沈虎雏告诉笔者:"1980年以后,父亲在闲谈中几次提到范曾指着他额头说'过时了'。这件事发生在历史博物馆美工组,在场的还有两三人,范围很小,因而不为外人所知。由于时间久远,在场者的复述在细节上有出入,如有人回忆是另一幅历史人物像。范曾想说他从未画过屈原像,以此来解脱这件事。但是从父亲的信件和他的闲谈,我感到这件事情本身肯定是存在的,而且给他印象很深。"(2000年3月14日口述)

"文革"初期,沈从文跟陈乔、史树青他们一起关进牛棚,挨斗挨批之余,就是清扫厕所、拔草。他有时发呆地看着天安门广场人来人往的景象,然后回过头对史树青说:"我去擦厕所上面的玻璃。"

陈乔介绍说:"我跟沈从文都住进牛棚里,一个屋子住好几个人,先是审查批斗,每个人挂一个黑牌子,弯腰低头。然后学毛选,参加劳动,搞卫生。他在那种境地中还总想读一点书,考虑他的编著计划。我劝他注意休息,他说:'不读书,生活没乐趣,活得无意义。'历史博物馆批斗还算文明,而旁边的革命博物馆就比较厉害,想办法折磨你、侮辱你,给你剃头、罚跪。沈先生也在会上表态,那段情绪不是很正常,有时哭鼻子。他怕在路上突然病倒出意外,在身上带了一个注明单位、住址的卡片。"

史树青回忆道:"他想参加游行,但上面说他无权加入。大干部赵尔陆跟沈先生的爱人有亲戚关系,估计他们曾在一起议论过毛主席政策的好与坏。赵尔陆'文革'中自杀了,沈从文觉得很惋惜。"

"沈先生在干校环境比较艰苦,搭的棚子漏雨,地上都是水,只能铺着砖头。买笔、纸要跑很远的路,他坐在床上,在家里寄来的杂志空白处，凭着记忆写东西。他觉得历博展览需要改进，要补充新材料。从干校回到北京后，馆里领导对他不好，扣服饰稿子，谈话都是训斥。工人造反，占了他的两间房，把他的书、家具扔到院子里。沈先生说：'硬木家具放在外面就毁了，你们要用就用吧。'他在小屋子里整天写稿子，屋里生了一个小炉子，也顾不上生火。我看他满屋书堆得比较乱，就用展览摆花的旧架子，搭了一个木头旧书架，放在屋里。"李之檀感叹说道，沈先生没有遇到一个好环境，后来他在馆里实在待不下去了。

沈虎雏对父亲当年强烈的"忧馆"意识印象最深：

> 几十年来，他始终觉得文物领域很重要，有开拓意义，可以纠正许多谬误，而且国家对挖掘研究比较重视。他感到事业有干头，可以把文学放一放。40年代在西南联大时，他曾希望当局出面扣下一位美国人在滇西收集的大批文物，但无能为力。
>
> 父亲既忧国忧民，又忧馆。对历博抱有过高的期望，操心馆里前景。辅导这个人钻研，又鼓动人家收集资料，又让人制定进修计划。他有时愤愤不平，认为领导为何不抓业务？当和尚为何不撞钟？
>
> 他的一些为社会服务的建议，馆里未必件件都支持，有些会觉得麻烦。
>
> 我自己感到，父亲当年没有从另一方面体会到当领导的难处。"文革"中馆里进来大批有背景的人，人增加很多，可搞业务的人越来越少。杨振亚、陈乔他们既要搞批林批孔运动，又要面对大批"文革"遗留的问题。权力有限，处境困难。而父亲却想抓紧几年时间出成果，希望领导能支持。他与领导层

产生矛盾,有过许多不满。社会处境不同,他不能理解领导受到另一面的制约。

他在家中要有起码的工作空间,摊开手中的研究资料。但是博物馆不能退出别人强占的住房,采取息事宁人的方法,却想让他搬到远处,给他造成不便。

(2000年3月14日口述)

"文革"渐近尾声,1974年七十二岁的沈从文找到馆长杨振亚,谈话中流下眼泪。他希望得到最后的帮助,但没有得到满意的结果。回来后,激动之中给杨振亚写长信,信中写道:

我应向你认真汇报一下,现在粗粗作大略估计,除服装外,绸缎史是拿下来了,我过手十多万绸缎;家具发展史拿下来了;漆工艺发展史拿下来了;前期山水画史拿下来了,唐以前部分,日本人作过,我们新材料比他们十倍多;陶瓷加工艺术史拿下来了,也过手了近十万件,重点注意在可否供生产;扇子和灯的应用史拿下来了,也都可即刻转到生产上;金石加工艺术史拿下来了;三千年来马的应用和装备进展史拿下来了;乐舞杂技演出的发展资料拿下来了……乍一看来,这么一大堆事物,怎么会忽然抓得下?简直不易设想。事实上,十分简单,只是一个肯学而已,毫无什么天才或神秘可言。

这么庞大的学术专题中,只有服装资料由于周恩来的关心一直编著着,等待着出版的机会。周恩来多次出访外国,常见到服装博物馆,各国把自己服装的历史当作文化史的重要方面。周恩来曾问文化部副部长齐燕铭,我们有没有这方面的工作。齐说,沈从文在研究。因而周把编著服饰研究大型图录的任务通过文化部,布置到历博,并准备以这本印制精美的书作为国家领导人出访时的国家级礼品之一。

然而沈从文其他的专题研究和出版都烟消云散,领导上无暇顾及这些亟须抢救的研究结晶。而且在"文革"中,部分"服饰研究"大样、画稿被贴在大字报上展览,说是宣传帝王将相、才子佳人,两麻袋的书稿清样险些被送到造纸厂化浆。后来黄能馥去历博仓库寻找时,发现清样制版零乱,与废纸扔在一起。

沈从文压抑不住悲愤,在给馆长的信中倾诉道:"无人接手,无可奈何,一切只有交付于天!"无尽的痛苦表露无遗,他用衰弱的生命做最后拼搏。无奈,还是无奈!那时馆里正在修改"中国通史陈列",沈从文还是热心地写了不少条子,建议增加什么内容,怎么写文字说明。

在给杨振亚的长信中,他还具体提到了现时他能解决的研究问题:

> 本馆对于陈列历史名人画,目前并未过关,近于凑合,分段负责同志,提不出有用材料供美工参考。美工方面也还要事先准备,调尽全国名画家也不可能做好!要求较严才可望得到上面点头时,也可不大费事,查查我编的目录,即可一一调出应用。
>
> 最实事求是的办法,是即早为我安排个工作地,我来和美工同志协作,试为解决约三十个单身人像或塑像,心中有谱即不费事。属于工农畜牧渔猎,也无不有图可分门别类备用。只要一个比较得力人手供我支配,我协助他,就可在一年内,掌握这方面上千种资料。而这些基本功,大致还是得由我来着手,十分省事易见功。

因为留在馆中二十五年，几乎全部生命，都是废寝忘食的用在这样或那样常识积累上面，预备为国家各方面应用，为后来人打个较结实基础，觉得才对得起党对我的教育、信任和鼓励。我放弃一切个人生活得失上的打算，能用个不折不扣的"普通一兵"的工作态度在午门楼上作了十年说明员，就是为了这个面对全国，面对世界的唯一历史博物馆在发展中的需要，特别是早就预见到和馆中少壮知识上差距越来越大，才近于独自为战的。在重重挫折中总不灰心丧气，还坚持下来。把不少工作近于一揽子包下，宁可牺牲一切，也不借故逃避责任，还肯定要坚持到底！

……我个人实在太不足道，虽写了二十年不三不四的小说，徒有虚名，在新社会已近于"空头作家"。因此即或还有机会，和茅盾、老舍、巴金、冰心一群老同道，用作家名分，长年向各国飞来飞去，享受友好国家的隆重款待，享尽了人间快乐热闹，还是不去。

……馆长，你明白这个十年，我是用一种什么心情来爱党和国家，你就理解一个七十二岁的人，和你第一次谈话中流泪的原因了！

沈从文为人处世一向自谦，不喜展露锋芒。他在这封信中以这样罕见的自夸语气、这样控制不住的情绪介绍情况，可见他当时心情的迫切，希望借此引起领导方面的重视和关注。长信最后恳求馆长能约个时间谈话，深切表示："若事经请求，还不易进行，我的责任已尽，将承认现实所学无多用处，一切探寻所得，都无多意义，可有可无，也就只得放弃种种不切现实的妄想，承认工作又复败北。"

发信后的效果没有显露出来，领导层表态依然模糊，未予认真考虑。住房等实际困难仍没能及时得到解决，修改出版"服饰研究"一稿迟迟未能实现。陈乔称，沈从文最后显得非常灰心失望，只好一走了之。

笔者采访到的历博老人们一再感叹，沈先生调走后，再也没有回到那待了二十多年的大建筑物里，其情伤得之深显而易见。

1980年11月，沈从文应邀到美国访问。1949年后他为什么改行，如何经历这么多年政治风雨，一直是美国学术界、媒体人士多方询问的话题，成了沈从文及中国知识分子熬过三十年后留给外部世界的一个硕大谜题。

沈从文的回答真是令人感慨万千，言语中的诚恳、机智和躲闪看出老人对世事的感悟和对当时国内环境的无奈：

> 由于社会变化过于迅速，我的工作方式适应不了新的要求，加上早料到参加这工作二十年，由于思想呆滞顽固，与其占据一个作家的名分，成为少壮有为的青年一代挡路石，还不如及早让路，改一工作，对于个人对于国家都比较有意义。因此就转了业，进入历史博物馆工作了三十年。
>
> （摘自1980年11月7日沈从文在
> 美国哥伦比亚大学的讲演）

我借此想纠正一下外面的传说。那些传说也许是好意的，但不太准确，就是说我在新中国成立后，备受虐待，受压迫，不能自由写作，这是不正确的。实因为我不能适应新的要求，要求不同了，所以我就转到研究历史文物方面。从个人认识来说，觉得比写点小说还有意义，因为在新的要求下，写小说有的是新手，年轻的，生活经验丰富，思想很好的少壮，能够填补这个空缺，写得肯定会比我更好。但是从文物研究来说，我所研究的问题多半是比较新的问题，是一般治历史、艺术史、作考古的，到现在为止还没有机会接触过的问题。

……从个人来说，我去搞考古，似乎比较可惜，因为我在写作上已有了底子；但对国家来说，我的转业却是有益而不是什么损失。

……我们中国有句俗语说："塞翁失马，焉知非福。"在中国近三十年的剧烈变动情况下，我许多很好很有成就的旧同行、老同事，都因为来不及适应这个环境中的新变化成了古人。我现在居然能在这里很快乐地和各位谈谈这些事情，证明我在适应环境上至少做了一个健康的选择，并不是消极的退隐。特别是国家变化大，社会变动过程太激烈了，许多人在运动当中都牺牲后，就更需要有人更顽强坚持工作，才能够保留下一些东西。在近三十年社会变动过程中，外面总有传说说我有段时间很委屈、很沮丧：我现在站在这里谈笑，那些曾经为我担心的好朋友，可以不用再担心！我活得很健康，这可不能够作假的。

……（幸好只懂得这么一点政治）要懂得稍多，这时我也许不会到这里来谈话了。

（摘自 1980 年 11 月 24 日沈从文在
美国圣若望大学的讲演）

沈从文很快老了。常去探望的林斤澜描述道，临近生命终点的沈从文常常一个人木然地看着电视，一坐就是半天，无所思无所欲。

一直陪伴沈从文晚年生活的孙女沈红在台湾一家民间艺术刊物上发表的《湿湿的想念》一文中，这样描述了沈从文最后的日子：

这一片水土的光辉，在爷爷生命中终生不灭，即使走向单独、孤寂和死亡之中，他也没有消退过他的倾心。我记得爷爷最后的日子，最后的冷暖，最后的目光，默默地，停留在窗外的四季中，停留在过去的风景里。

　　他默默地走去，他死得透明。

老舍

题记

在共和国的职业作家中,我一直很想写老舍,觉得他始终是一个歌颂性的"写作劳模",但没有善终,心中的委屈肯定比天还大。1966年8月他自沉于太平湖,那一天他究竟在想什么?一路走来一路想,他因何最后在昏暗的湖边身心崩溃?我听当时同在太庙批判现场的老作家林斤澜说,如果当时能扛过"恐怖红八月",再多扛几天,可能就不会找寻死路。一大批作家学者官员在同样的地方挨打受辱,为什么偏偏是老舍先生"自绝于人民"?他心里的痛苦纠结在哪里?解不开的思想疙瘩又在哪里?

我总想破解一下这个谜团,实际上这很难做到。但写写老舍先生却成为我那几年一个挥之不去的念想,苦于找不到合适的角度。有一次去北京人艺开会,与人艺宣传处处长刘章春先生闲聊,无意中从他的口中得知人艺保留非常完整的艺术档案,每个排演剧目都设有专门案卷。我想到老舍先生与人艺的密切合作关系,马上向人艺领导央求,以采访为名,能否让我接触一下档案?人艺领导豁达大度,很快获批。

　　人艺的档案室在人艺剧场的三楼,窗户向南,面积约有十五六平方米,立有几排高大的资料柜,里面整齐置放统一制式的案卷盒,一一标好历年演出话剧剧目的名称,有该剧目从建组伊始到演出结束的所有文件,包括剧本修改、导演阐述、业务讨论会记录、排练笔记、观众来信等。这真的是一座人艺丰厚的金矿,随意刨几下都有惊喜的发现,让我感叹的是人艺这么多年坚持下来的文件保管制度和细致的工作作风,人艺历届领导留住历史风貌的理念是相当值得赞颂的。

　　我主要看的是老舍创作剧目的案宗,不少案卷多年未打开过,取下来时已蒙上一层细末的灰尘,捆文件的小绳也显得脆弱。管理档案室的是热心的方大姐,她给我备了一张桌子,靠近阳光明媚的窗户,让我在屋内静静地摘抄,她有时外出忙公务,就放心地让我一人翻阅。这种惬意的查阅时光是可遇不可求的,是我梦寐以求的治史理想境地。事隔十几年,在此谢谢人艺的诸位领导、刘章春兄、方大姐,没有人艺这一批珍贵之至的原始档案,要想完成《老舍:花开花落有几回》最后的文章形态几乎是不可能的。我甚至想,就是光摘录老舍给《茶馆》演员说戏的精彩段落,就已经充满了神妙的传承价值,像"王掌柜的口要'老'点,松二爷的话要'润',太监说话漂亮,态度柔和,雅……"这样点拨表演的言语,读了之后常有贯通身心的感觉。有一点可惜的是,我十几年间留心到,这批几大架的人艺档案被研究者使用过少,人们对原创史料的东西还是在意不够。

　　就在这间档案室里,我惊喜地看到原北京人艺行政副院长周瑞祥与几位老同志合写的《北京人艺大事记》,为打印开本,上下两大本,约七十多万字。这是周老师他们费尽几年心血,查阅人艺档案和个人记忆而写的,详细记录了人艺历次政治运动和艺术发展的全过程,脉络清晰,条理分明。这是我们所见到的不可多得、居功至大的单位史,这是周瑞祥等几位人艺老同志晚年了不起的另类贡献。周老师在世时还告我,以后如有合适时机,可以将"大事记"介绍到出版社。这几年间,我一直惦记着这本静静地躺在抽屉里的书稿，有时遇到出版界朋友还会热心引荐几句，但由于"大事记"带有内部参考性质，还有一些内容不便公开引用，因此至今还无法正式出版。这本厚重的"大事记"足以与人艺辉煌、坎坷的历史相对称，是人艺老人们集体记忆与创作的不凡佳作，是人艺舞台之外给予人们反思与探究的参照物。相信过了几十年，后人在研究北京人艺时，这是一本最值得期待、最有用的参考书籍，周瑞祥等诸位人艺老作者默默无闻的付出最应该为戏迷们所记取。

在短短一个月时间内，除了于是之、林连昆等几位老师因重病卧床之外，我几乎走访了当时在世的人艺老演员，重点是《茶馆》50年代演出班子的艺术家们。他们回忆到位，叙述动人，对老舍先生、导演焦菊隐先生、党委书记赵起扬等故人怀有深深的缅怀之情。最有印象的是，到英若诚先生的方庄家中采访，聊到快结束时，英达、梁欢带着新生儿返家，家里一片喜庆喧闹，做爷爷的英若诚先生高兴地围着婴儿小床转圈；蓝天野老师在家中喜爱绘画写字，采访就在他的画室进行，墙上贴满字画，桌上铺设纸墨，墨香袭人，误以为是到了一位画家工作室；郑榕老师居住蒲黄榆立交桥旁边的老房子，一进门就发现屋内高度要高于门外，还有两级台阶，郑榕老师再三提醒要注意头部安全；话剧《骆驼祥子》第一位饰演"祥子"的李翔老师那时正在北影摄影棚拍戏，休息之余接受我的采访，聊到老舍打算续写"祥子"故事的计划，他戴着古式的头帽，坐在道具椅子上，伸开手指细算祥子的岁数，算完之后为老舍的"失误"莞尔而笑。

饰演《龙须沟》"丁四嫂"的叶子老人为人艺最早的演员队长，1998年我采访时她已年近九十。她住在北京市第一社会福利养老院，性格格外开朗，与邻舍老人们相处友好。采访时，不时有老人敲门催促她去打麻将，她乐呵呵地应对着。她知道太多的人艺升沉动荡的内幕，谈起来总是一脸惋惜和痛心。再与人艺原副院长、老导演欧阳山尊交谈时，问及过去极左岁月人艺的坎坷往事，老人不加回避，谈得深沉和无奈。

我最尊崇的两个艺术群体为北京人艺和上海电影译制厂，我曾有幸地采访过这两个群体的众多艺术家。采访之余，引发我内心强烈的不安，就是俗话所说的"人尖子多了，掐架最厉害"，这两个艺术群体的人际矛盾最为严重。具体到北京人艺，过去一连串惨烈的政治运动极大伤害艺术家们之间的私人关系,阴暗的内斗环境中促使他们格外敏感、脆弱,相互变得隔阂、抱怨和不和,几十年岁月冲刷后彼此依然还有解不开的思想疙瘩。最神奇的是,只要一上舞台,他们同台竞技,所有人世间的个人恩怨都化为轻微的碎屑,不值一提。艺术是破解人际矛盾的最好的排遣武器,是他们调节相互关系的大阀门。感谢老舍的《茶馆》,使这一群充满艺术灵性、充满交错矛盾的艺术家们满台生辉,各自达到自己一生的巅峰。

如果以后有合适的机会,我可以整理出采访《茶馆》老人们的完整口述记录,看出其间他们的艺术痴迷投入,也可见出他们深刻的裂痕及伤疤。这种裂痕或许一触及就让人伤神,但蕴藏着无比的真实度,显示了不正常岁月中光明与晦暗的两面性,缺一不可。它们衬托出《茶馆》戏中戏的独特分量,反射出老舍先生身上同样具备的复杂性和人生境界的暗喻性。

老舍与北京人艺演员

"文革"前夕,老舍与孙女

老舍：花开花落有几回

1949年12月12日，老舍从美国返回北京。新政权文艺方面的重要位置早已分配完毕，只能给老舍一个北京市人民政府委员的名义。

老舍之子舒乙谈到了当年父亲忘我工作的情景：

> 市政府委员有二十多人，开会非常民主。在那时记录稿上，发言人舒舍予（老舍）的名字频频出现，一会儿说哪个胡同灯坏了，哪个胡同下水道堵了，什么地方房屋又漏雨了，他觉得政府就应该为穷人办事。彭真乐于听取意见，马上派人去修。
>
> 他回京后听到三个亲姐姐的诉说，感受到的那种翻身喜悦是真实的。姐姐们原来跟乞丐一样，而现在虽然穿衣打补丁，但生活已有变化，儿女们都成了工人阶级。老舍高兴极了，翻身的喜悦是真实的。他感谢、欣赏新政府的做事风格，自己也愿意为政府多做事。
>
> 跟延安、国统区来的许多作家心态不一样，老舍心想自己是穷人出身，在很偶然的机会下免费上了学校，没上过大学，亲戚都是贫民，在感情上觉得跟共产党有天然关系，跟新政权是一头的。毛泽东认为知识分子是小资产阶级分子，要脱裤子

割尾巴。一些作家受到精神压力，谨慎小心，有的做投降状，生怕自己是否反映小资情调？是否背离党的要求？很多作家不敢写，写不出来。而老舍没有顾虑，如鱼得水。

（1998年10月30日口述）

北京人艺第一任院长为李伯钊，她从彭真的内部报告中得知要修龙须沟的信息，立即鼓动老舍就此写一个新剧本。

当时的人艺演员队长叶子1998年10月14日在北京第一社会福利院老人公寓接受笔者采访，披露了当年《龙须沟》排演的点滴情况：

看到新社会先为穷苦人修沟，老舍热情高涨，很快写出本子。剧院让我找在北师大任教的焦菊隐当导演，焦看剧本后说，太单薄了。我向院里汇报，领导又让我再去好好说明一下。后来焦说，让导演和演员共同丰富这部戏吧。他一边在那边上课，一边安排演员体验生活，每周批改演员日记。排戏时焦把学生也带来了，这等于又给演员排戏，又给学生上课。

戏成功了，剧院就希望焦来当副院长兼总导演，把那边的工作辞了。

老舍写《龙须沟》略嫌紧张，因为龙须沟还未竣工，戏就出来了，他觉得冒了一次前所未有的大险。焦菊隐根据舞台需要，对剧本进行腾挪、改动，对演员表演的要求尤为苛刻。叶子回忆道，焦先生认为穷人说话不会那么圆润，要求她演丁四嫂时从头到尾用哑嗓子。有人曾担心，弄坏嗓子怎么办？有一次演出嗓子没哑，焦看后竟写了一封长信，说舞台味道都变了。到了冬天，到京郊琉璃河水泥厂演出，在火炉旁化妆，又到露天台上表演，一热一冷，叶子的嗓子真的哑了，过了很长时间才恢复。

时光过去了四十多年,八十多岁的原北京人艺副院长欧阳山尊老人对当年排演《龙须沟》时爆发的激情依然感叹良久:"政府不修繁华地方,专修龙须沟,这使老舍产生不可克制的创作冲动。他说过:'我就抓住臭沟不放,要达到对人民政府修沟的歌颂。哪怕自己还不成熟,我也要反映它。'当时我是副院长,组织演员、舞美下去。这是人艺成立后的第一个话剧。"(1998年10月16日口述)

老演员郑榕向笔者描述了老舍当时深入北京金鱼池附近的贫民区情景:"我们下去体验生活,还没到那儿就闻到臭味。居民住在低洼地,一下雨就往家里灌水,脏东西全流进屋,人要站在炕上。路上很滑、窄小,随便倒脏水,小孩在门口尿尿。老舍发现,这里的人都有活。老舍问:'挣多少钱?生活能不能维持?……'小媳妇大嫂回答老舍问题时照样飞针走线,有人带着嬉笑,绘声绘色地讲述怎样一夜躲雨,房塌了就跑到街上。老舍先生对我们说:'他们并不以为是什么大灾难,你们看家里没有闲人。这虽苦,比挨饿要强得多。'老舍先生还说,我不熟悉高官,不十分懂政治,我只关注小人物,拿他们的变迁反映社会变迁,从侧面反映政治。"(1998年8月26日口述)

老舍喜欢焦菊隐和演员们通力创造出来的那种舞台味道,戏后他设家宴款待导演和演员。老演员郑榕至今还记得当时热闹尽兴的场面:"老舍先生按照老北京的规矩,在院子里搭大棚砌灶,一个大师傅带几个小伙计背着大饭锅来了,能弄出一百多道菜来,印象最深的是大碗红烧肉。老舍先生真的很兴奋,讲了许多话。"

病中的老演员英若诚在8月酷暑中,平缓地谈到《龙须沟》:"跟人艺的缘分,对老舍先生来说是惊喜。他发现,人艺有一群不知名的年轻人,北京生,北京长,对北京有感情。虽然有人指责《龙须沟》太自然主义,但年轻人演《龙须沟》一下子轰动起来,文艺界还是服气的。当时不能设想,人艺话剧团只有三十一个人,而三幕中有群众场面,人手不够,就从人艺舞蹈团、歌剧团借人演群众。焦菊隐要是在别的大剧院,恐怕某些大演员未必全听他的。而人艺年轻人听他的,演老舍的戏觉得特别过瘾。"(1998年8月18日口述)

在英若诚的回忆中,上演《龙须沟》时老舍异常兴奋,说话都带着特殊的幽默。看到最后一幕程疯子穿着新衣服上场,他笑眯眯地说道:"颜色别扭,像王八皮一样。"

《龙须沟》的成功,使人艺建院初期四巨头曹禺、焦菊隐、赵起扬、欧阳山尊倍加兴奋。曹禺、欧阳山尊刚从苏联回来,张口闭口就是莫斯科艺术剧院怎么怎么。四人海阔天空聊了一天,主题就是要把北京人艺办成像莫斯科艺术剧院那样的剧院。他们立志要为实现这个理想,"摽在一起干一辈子"。(引自周瑞祥《理想与追求——建院初期四巨头畅论》)

《龙须沟》使人艺有了极为漂亮的开端,也使人艺的人有了遐想的远大目标。

程疯子在戏中有这样几句台词:"你把你的手伸出来,给我瞅瞅——你的手也是人手,去吧。"周扬听后啧啧称道:"这台词有斤两啊!"1994年5月7日,于是之在家中和评论家童道明闲聊时,他们曾不胜感慨地感到,这样人道得可爱乃至天真的台词只能出现在50年代初,50年代中期以后,一个一个运动接踵而来,老舍先生恐怕也写不出了。

对《龙须沟》持批评意见较有代表性的是后任文化部副部长的刘芝明,他就是在1957年人艺会上还公开表示:"疯子嘛,有什么值得歌颂的!"认为从剧本到人物都有问题,"不足为训"。

当时,北京的一些理论家对《龙须沟》评价低调,认为过于直白,过于政治化。而周恩来认为这恰恰是党所需要的,人民不了解共产党怎么回事,我们的政权要在城市里扎下根来,光让人们学习社论不行,需要文艺作品帮忙。让人们在舞台上受到感动,明白为什么新的要代替旧的。他直言不讳地表示,它帮了我的大忙。周恩来希望周扬出面表扬,周扬在《人民日报》上撰文,号召人们"学习老舍先生真正的政治热情"。周扬想给老舍颁发"人民艺术家"称号,解放区来的一些作家、理论家不服气,认为老舍刚从美国回来,没有参加革命斗争,这样表彰他有些不合适。彭真得知周扬为难,就出来表态:那就由北京市颁发吧,因为《龙须沟》是写北京的。

热心的周恩来把《龙须沟》推荐给毛泽东,不爱看话剧的毛泽东总算在怀仁堂看完这部戏,事后没有过多的评价。有人猜测,或许剧本京味太浓,毛泽东听不太懂。

据北京文联老作家林斤澜介绍,老舍当年作为市文联主席是积极参加解放初几项政治运动的,天天来机关上班,连编辑部发稿时间都管,还在机关吃顿午饭。反"胡风运动"以后就不管事了,人家也不听他的,他只好离文联远一些。(1998年10月22日口述)

紧接《龙须沟》之后,在尚未结束"三反"、"五反"运动的1952年初,老舍应领导人点题,写出了反映该运动的剧本《两面虎》(后改名《春华秋实》)。5月14日由北京市委宣传部部长廖沫沙将剧本交给北京人艺副院长、导演欧阳山尊,由此开始长达一年多的修改过程。老舍为此改写了十二遍稿子,光尾声就改了六遍。

舒乙介绍说,每改一遍都是从头写起,现存遗稿的文字量有五六十万字之多。

欧阳山尊回忆,当初交给剧院的《两面虎》已是老舍的第三稿,戏是活报式的，单纯在揭露，作者对奸商的恨是看出来了，只是一种出气的结果。戏里还是很注意法律问题，找出了人证，工人也起了作用。

现在保留下来的欧阳山尊《导演日志》手稿里，详细记录了修改进展情况，如：6月10日，老舍动脉管破裂，大流鼻血，剧院领导去看望，并谈了修改意见；7月11日，到老舍处听他改写出来的第一幕；7月24日，我与夏淳找老舍，将大家对剧本意见交他；8月2日，大众铁工厂开七步犁试制成功庆功会，老舍参加，我们表演；8月23日，老舍冒雨到铁工厂读修改第七遍的剧本，工厂的职工来听，提了意见；9月10日，与老舍一起压缩第四幕；9月16日，院部重新讨论老舍剧本，决定还要修改；9月19日，为全体人员传达薄一波关于如何写"五反"剧本的谈话，老舍送来写好的尾声；9月23日，剧院开核心组会决定打散剧本重写提纲，这次打散改写先不告老舍；11月1日，到老舍处听他重新写的第一幕一场；11月15日，老舍向全体演员读重写过的第一、二幕，大家提出要着重写丁翼平的思想斗争（反"五毒思想"）；11月19日，到老舍处听第三幕一场，并讨论如何改写第三幕三场，并讨论如何改写第三幕二场；11月22日，老舍来为全体演员读第三幕；11月27日，到老舍处研究尾声的写法；12月17日，排三幕二场，复排三幕一场，告老舍改的地方……

一年间为单个剧本忙碌如此程度，对老舍来说近乎空前。1953年元旦刚过，剧院又将市委一些修改意见告诉老舍，这预示着新的一轮修改开始。1月10日，彭真、胡乔木、周扬、吴晗等审看彩排，他们肯定剧本有基础，写"三反"运动一直是很准确的记录，使身临其境的人们看了后又是一次旧地重游。但又表示为了更好地收到全面的教育效果，希望做些必要的修改。他们说，在这个戏里缺少正义力量上的描述，工人在戏中不要以资本家的客人出现，工会主席丰富的斗争经验少些、气派太小，没有比较积极、充满希望的描写。胡乔木指出，尾声要重写，第一幕要加一场工人的戏，"老虎窝"整场戏去掉。（摘自1953年1月10日《彩排后首长们的意见》记录手稿）

第二天，院长曹禺、总导演焦菊隐、党委书记赵起扬赶到老舍家中紧急会商，一直谈了两天才有初步修改框架。1月29日，老舍在剧院向全体演员通读重新写过的剧本，大家听了意犹未尽，继续提意见。1月30日，老舍不得不重写第二幕。2月5日，曹禺率部分演员到老舍处听改写后的尾声，老舍听完众人意见后只能答应再改。

于是之在《剧本》1956年第九期曾撰文表示，当时演员也争先恐后地给老舍提意见，建议要写检查组的活动，要加进工人的斗争活动，以此来加强"党的领导"。于是之形容，演员的心里都藏着一个教条主义的"批评家"，经常挺身而出起了作用。

眼看大功即将告成，2月6日全院开大会讨论剧本，突然又对主题展开争议，由最初的"打虎"改为"为团结而斗争"，直到最后确定为"为保卫劳动果实而斗争"，而且明确为"用大公无私和集体主义的工人阶级思想"来反对"资产阶级的个人主义、唯利主义思想"。剧本几乎一夜之间又推倒重来。

谈到老舍当年的创作困境，八十多岁的老导演欧阳山尊依然心存一份敬意：

老舍先生非常认真，不怕麻烦，那种十多遍从头写起的勇气、那种勇敢积极的劳动态度让我们每个人都感动。老舍先生不是党员，廖沫沙让我把党内文件多拿给老舍看看，使他掌握政策。廖沫沙说："你要给他看，不然，他很难写。"

上演前有六次彩排，请方方面面负责同志审查。老舍先生要参考这些意见进行修改，然后再彩排，再请负责同志看。有时老舍先生采用意见太多了，用得生硬，影响风格统一，我们还得马上提醒他。

帮助老舍写过具体提纲，以第三人称叙述，在内容上提出建议。在写作中，就想到由哪个演员扮演，我们也征求他对演员的意见。老舍家中请了一个老先生抄写文稿，抄得工整、漂亮。老舍先生会说单口相声，精通曲艺，听他念剧本是一种艺术享受，听得津津有味。他请我们吃小吃，喝绍兴酒、桂花酒，给我们看他收藏的艺术品，如齐白石题写的扇面。

老舍写出初稿后，拿到大众铁工厂念给工人、管理员听。老舍在剧中写了一个跑外的类似采购员的人物，有一个采购员提意见说，我"五反"前不会偏向工人说话，我会偏向资本家。老舍马上把剧中对话改过来。

（1998年10月16日口述）

剧院转送来大量文件供老舍阅读，这里有陈云在工商联的讲话、冯定关于分析资产阶级的文章等等，并请来区工会、工厂代表直接指导。剧中工会主席的报告台词，就直接采用了大众铁工厂工会主席刘守中的发言稿；一幕中关于卓娅的台词也是根据演员到学校体验生活时从一位女学生的日记中整理出来的。市委还特意把北京有关延安大楼贪污案的全部材料提供给剧组，以便改戏时参考。后来欧阳山尊给全体演职员作总结报告时，如实地说出顾虑："我们怕在政策上犯错误，很怕这点，于是就拼命死扣政策……老舍先生很虚心地接受我们的意见，但虚心过火了，写出来的东西好像是把人物给贴上去似的。"（1953年8月11日报告记录稿）

在1953年4月24日《人民日报》召开的《春华秋实》座谈会

上,有的与会者说:"老舍的创作热情值得学习,修改剧本的毅力也很可贵,搁到我们身上就未必能坚持了。另外,我们也感到这个创作方法确实不是个方法,其结果是不像老舍的戏,他在语言上的特点就没表现出来,而且很拘束,每一个问题都在照顾。真要是这么发展下去,最后是否就没有作者存在了。"欧阳山尊在会上也承认:"老舍先生每次修改后都读给我们听,而且极虚心地听取我们的意见。以致有一段时期,剧本风格有些不统一,因为老舍先生太虚心了,后来我们要求老舍先生把我们的意见吃下去,消化后再吐出来,不要原封不动。"(摘自座谈会记录稿)

在这次会上,大家在这点上达成了共识:"在《龙须沟》中老舍先生没写共产党员和干部,而这次居然写了,也是一个进步。"

正因为吸纳过多的各方意见,剧本大杂烩的色彩愈来愈重,像是支离破碎的拼盘,修改有失控的趋势。

胡乔木1953年2月15日、26日连续给老舍写信,表明自己的担忧,情急之下替老舍设计一些场景:"我只是觉得许多地方太老实了些,率直的教训(如工农联盟、工人是主人翁、"五反"如何伟大等等)的复述过多了,味不足。我以为写工人的一场,要在工人之间有些先进后进间的争论,作为后来发展的伏线,并且还要有更多的人情味。"五反"的一场也有些伏线,有些耐人寻味的幽默。尾声要回顾全剧和前面几场的人物、事件,对话要安排一些可以的对照和照应,包括工人、职员、经理和经理的女儿(可否入团?),结束最好有两个工人或工人与他的乡下亲属的回忆。在这里工人表露出对于前途的富于感情而又富于象征味的展望(例如《樱桃园》或者《曙光照耀着莫斯科》),造成气象万千、悠然不尽之致。这样的尾声才有力量,足以笼罩全局,不致让人看着觉得事情容易到天真和再没有文章

可做的地步。而且也可以不再对资本家的出路上太过费心,以致限制了戏剧的意义和生气。"(摘自2月15日来信原稿)

过了十天,他又来一封信,依然对剧中的问题念念不忘:"里面经过说话打算表现的东西太多了些,造机器、七步犁、物资交流展览会、念书、讽刺美国的漫画、男女平等、学成本会计、爱国卫生运动、利润、按计划找窍门、增产竞赛等等,虽是烘托了工人生活的丰富,但究竟失之蜻蜓点水,且多少有些造作。"他还建议:"在几个主要人物的心情上多花些工夫,可使戏剧的情绪较为饱满。"(摘自2月26日来信原稿)

接着,胡乔木在另一封信中毫不含糊地表示:"你的优美的作品必须要修改,修改得使真实的主人翁由资本家变为劳动者,这是一个有原则性的修改。"他用了一大段类似中央文件语气的文字阐述"三反"、"五反"运动的意义,要求剧本朝这方向努力。其中有这样的表述:"这个斗争,依我看是中国工人阶级在解放后对资产阶级的第一个回合,工人阶级在这个回合中打退了资产阶级的进攻而巩固自己的地位(也就是自己的前途),并不是只为着教资产阶级改邪归正,更不是相信或教人相信资产阶级从此就永远改邪归正了,因为斗争还是要继续,和团结还是要继续一样,而资产阶级在历史上——因此也在艺术作品中——都不会永远存在的。"他表示:"我以为这样,才是真正写到了1952年斗争中最本质的东西。"

老舍把胡的来信要点抄录下来,迅速地送往欧阳山尊手中,供他在排演场上传达。他在信中没有任何表态,照例只是写了一句:"请向朋友们传达为盼!"而他自己仿佛无所适从,只能关在家里埋头修改,一次次应付各方的需求。比如市委宣传部廖仲安致信老舍,肯定了剧本在揭露资产阶级的本质上是成功的,但信中表示:"我们看到了作家不熟悉工人生活，在政治、艺术的视野上所受的限制，因为这些人物（除小丁外）在观众心上留下印象是不如资本家来得深刻。"市公安局认为："应把政府对私企工商业的照顾与扶持、劳资关系等方面问题加一些进去。吸烟动作似乎多了些，警卫在看守时可以不吸。"宣武区委几位干部给剧院写信，针对"五反"后资本家经营信心不高是普遍严重的现象，信中建议剧本在如何解除资本家的思想顾虑方面应该更充实些，他们还觉得剧中对"五反"后劳资关系的改进、工人生活情绪的高涨写得不细致，不丰富。

老舍本人还间接听到一些资本家看戏后的反映，觉得尾声里未给他们找到出路。老舍马上给欧阳山尊写信，希望对此意见加以注意："这当然由于他们（资本家）不晓得，一入社会主义而无此阶级。不过，在表演上，可稍稍补救，即不把丁经理形容得太滑稽。我前天看戏，的确觉得丁太招笑，令人感到在'五反'后，他并未受到多少教育，反而更轻佻了，可否收敛一些。"（摘自北京人艺《春华秋实》档案信件原稿）

据欧阳山尊1953年8月11日总结报告透露，当时演出后似乎谁都可以提意见，尤其是剧中涉及到的工人、资本家、检查组、工商联等方面的一些观众马上到后台要求修改，其中有人提到"工商联应撤销丁经理的职务"，这一条很快加进戏中。

剧组还特意把大量意见中的刺耳的语句删除，再送给老舍参考，以免他受刺激。

在北京人艺的《春华秋实》档案袋里，保存了评论家王任叔致老舍的一封长达十二页的信件，字迹工整。信中对主人公提出高度的政治要求，描述了那一代人心目中最高大的工人阶级人物的模式，构想了共产党人建设一个新社会的理想人际目标：

要写一个工会主席，我认为他应是最主要的主人公——这个人物不仅既有高度的政策观点，要紧紧掌握"发展生产、繁荣经济、公私兼顾、劳资两利"这样一个政策观点，而且他还需要是一种完全新型的、有高度政治觉悟、一种工人阶级代表的高度；即在你所处理的场合里，他既是一个资产阶级所雇佣的工人，然而他又是国家的主人，国家政权的领导阶级的代表，而且他有确定的前进方向，把中国社会领导到社会主义社会去的方向。

　　……他（主人公）必须是既沉着又老练，能倾听群众的意见，有高度的阶级友爱，能看透资本家的心肠，有高度的原则精神，并且对事情有预见性，善于应付一切事变。总之，这样的形象是具有山鹰气概的形象。

　　……据你说，你在剧本中工会主任形象比较软弱，是因为在你所参观过的那家工厂的工会有点糟糕，你受了这种自然主义的印象所束缚……每个工人形象还必须加强刻画。

　　……你还必须根据你所体验的、所想到的、所要达到的目的而进行你的创作，不要太过于顾虑别人的意见。

　　　　（摘自 1955 年 3 月 21 日王任叔致老舍的信稿）

　　过了几天，老舍写了一封便条，把王任叔的长信退回欧阳山尊，淡淡地提了一句："任叔同志的信奉还。"又闲淡地加了一句："第一幕二场墙上的花蔓可撤去，北京春间不可能有牵牛花。"

　　一方面老舍对于实际生活确是不太熟悉，他走访天桥大众铁工厂时向工人们承认，不了解工农生活，原以为"车间"是"两个车轮中间"之意，下来后才明白是装机器的大房子，这番话说得在场工人都笑起来；另一方面"五反"运动尚未明朗化，相关政策一直处于变化之中，几乎同步创作的剧本根本无法定型。

舒乙认为父亲那时已到了举步维艰的境地，最后只能由周恩来出面干预：

> 一天，周恩来看了第九稿的彩排，觉得不行，就把父亲请去，说了这么一个意思：我要跟你彻底讲一下我党对民族资产阶级的政策，过去讲得不透彻，现在运动结束了，我们应该很明确讲出全部内容。你按照我讲的定论重新写一遍，要很艺术，不要公式化。背后要贯穿政策，让人们领会团结、斗争、改造的政策。
>
> 父亲每改一遍，几乎是完全重写。他对工人生活是陌生的，对运动也搞不清楚。只有改了第九稿以后，运动才结束，回过头来才算看得清晰。这个题是周恩来交下来的，他希望宣传政治运动，但希望不要图解。父亲是任劳任怨，并不以此为苦。
>
> 周恩来很细心，一一跟演员谈话，问演员在哪一场演得舒服或别扭，然后变成自己的话告诉父亲，供他参考。后来，这一遍稿总算基本合格，费了很大的劲。
>
> （舒乙1998年10月30日口述）

据《北京人艺大事记》记载，这次谈话时间占了整整一个下午，老舍在周恩来面前当场表示，七天之内把剧本改好。

看了剧中资本家丁经理留了分头，穿着皮鞋挺有气派地上场，周恩来批评说："既不京，也不海。"剧组急忙改装，刻意让演员模仿了北京的资本家的做派。

公演之前，剧院从六十多个暂定剧名中挑了三十四个，别出心裁地印了一个单子请观众挑选，这里有《保卫劳动果实》、《五反的胜利》、《明天更美丽》、《更上一层楼》、《为人民服务》、《在一九五二年》、《气象万千》、《邪不压正》、《在五反运动中》、《铁的锤炼》、《在一家私营铁工厂》等直露式的剧名。老舍坚持将这个戏定名为《春华秋实》，并写好了剧情说明。剧院一些人表示不同意，争议了一番。老舍在最后一刻有了难得的倔脾气，最后在周扬的支持下，总算保住了自己喜欢的剧名。

对于一年多不厌其烦的修改，老舍持平和、乐观其成的态度："像我这样的写家，不靠大家，一个人是写不出来的。我写这个戏与大家合作很愉快，愿意干到底。虽然原稿几乎完全被打碎，但我没有害怕，热情比害怕更有用。功到自然成，写十遍不算多。"（1952年12月12日与演员交谈记录稿）

耐人寻味的是，从记录稿中发现，欧阳山尊在闲谈时劝老舍："关于李大钊的事也可以写。"老舍说："关于大钊同志的事，我没有见过他，他的事我知道一些，但主要的事不知道。"他又感慨地说了一句："义和团的材料，我搜集得最多，抗日战争时全丢了。"

"义和团"是他最想操作的题材之一，可惜一直没有找到动笔的合适气候。

焦菊隐1956年所写的《导演手记》中描述了一位"谨小慎微的费大哥"，从中多少能看到老舍的一点影子。他写道："据我所知道的，有那么一位作家，把新写出来的剧本初稿，送到各方面征求意见。各方面都认为这个剧本基础很好，大有可为，再一加工，将会是很优秀的。但是，等到作家根据各方面一再提的意见，反复修改到十次的时候，连他自己都惊讶起来了，连他自己都不承认是自己的作品了！他诅咒自己，再也不写剧本了。"

文中还写道，提到各方强加的修改意见，"费大哥"开口说了几句:"我觉得我们是在用概念化的意见,要求剧作者克服他的剧本的概念化……概念化的意见,确实叫剧作者感到十分痛苦。"

焦菊隐不平地写道:"如果作者只是借用角色的嘴来发挥许多大道理,向观众间接作报告,而不是观众由舞台上活生生的人物的生活和行动中领悟那些大道理,那么观众很可以进新华书店而不必进剧场了。"(摘自《焦菊隐戏剧论文集》)

后任人艺副院长的周瑞祥认为《春华秋实》的修改幅度确实很大:"那时改东西是一种风气,大家加这加那,翻来覆去,把戏给加没了。没听说老舍有什么反感,他依然是满腔热情。这部戏当时没演几场,寿命不太长。"(1998年10月21日口述)

上演《春华秋实》之后,剧院方面采取了一个重大的举动,就是以剧组全体演员的名义,1953年4月14日给有关中央高层人士写致谢信。依据每个领导的所处位置、亲密程度、各自关心情况,在文字上颇费心思。

这么多领导人与一部戏有那么长时间的联系,涉入之深,命令之多,《春华秋实》可谓戏中之最。一部政策性极强的戏能吸引这么多领导人物的关注,一次次直接过问剧本修改,参与排演的加工,有时甚至把自己的意见好意地、生硬地强加给剧组,让剧组不堪重负。

剧院集体迸发的谢意却是衷心的,是感恩戴德的,是可遇不可求的。

——致周恩来:

……每当我们在观众的掌声中谢幕的时候,我们就不能不想起您所赐予我们正确的指示和殷切的关怀。我们记得您是怎样在百忙中冒着寒冷的天气,光临到我们的小排演厅,耐心地看我们的彩排和具体指示我们修改的意见,我们也听到您是怎样抽出整个下午的时间，约我们的院长、剧作者和导演去详谈。当山尊同志将以上这些情形和您的指示告诉我们的时候，我们真无法用言语来形容我们的感激的心情。

——致彭真：

我们遵照您的指示，紧接着在文艺整风以后，就下厂下乡体验生活，改造思想和进行创作。现在，事实证明，您的指示是何等的正确。

这次，在《春华秋实》的创作与排演中，您所给予我们的指示和帮助是如此之具体与巨大。您在百忙中一再挤出时间来看我们的彩排，您冒着寒冷的气候，在我们的小排演厅里，耐心地看到深夜，一面看一面提意见。看完了回去后，还打电话给我们，告诉我们您在归途中所想起的意见。您对我们这种关切，给了我们无限的温暖与鼓励，我们实无法形容我们内心感动的情形。

——致胡乔木：

这个戏得以演出是和您的关切、教导分不开的。您在百忙中，亲自来指导我们的彩排，亲自审阅剧本，亲自考虑剧名，并一再地写信给作者老舍先生，提出具体修改意见。您在养病的当中，还约了作者与导演到医院中去仔细研究、谈话。我们听到了这种情形，实无法形容我们心中的感动！您给予我们的宝贵意见使剧本得以弥补了很多原则性的缺点。在您的具体指示下，剧本的政治、艺术水平都提高了一步。今天，当我们从观众的反映中检查自己的创作成果时，回味您的指示，就更加感到它的正确。

从您多次的指示当中，我们也体会到了应当如何地从无产阶级立场、社会主义现实主义的创作方法去认识、反映生活矛盾及其本质。感谢您给予我们这一次极为具体的文艺思想的学习，我们一定在创作活动中努力体现您的指示。

我们更愿意以此为开始，继续在您亲切的教诲下，为建立祖国的剧场艺术贡献出全部力量。

——致周扬：

因为这次上演能获得这点成绩是跟您的热情扶植与正确指示分不开的。当我们的戏在困难的阶段里，您在百忙中抽出时间，亲自来一再看我们的戏。不但给予政策思想上的指示，而且对创作上、表演方法上以及舞台美术等方面的问题都给予具体指示。正因为您对我们这种关怀，才使我们这个戏的主题思想得以正确地表现，使我们塑造人物形象有了依据，因而使这个节目能较完整地及时和观众见面。

我们剧院还很年轻，今后更需要您给我们不断培养，使它更快地茁壮起来。

（摘自北京人艺档案室《春华秋实》档案卷）

笔者在采访中发现，至今仍让人艺老艺术家们感念的，是老一代领导人与他们之间艺术来往的密切关系和感情联系，把这些看成他们一生中抹不去的珍贵记忆。他们往往愿意看到艺术、感情层面的东西，而忽略去那种领导旨意中的负面、强迫、外行、粗糙的东西，忽略当时为之苦恼、惊慌、无奈的被迫感受。

从这种角度上看，剧院人更愿意接受周恩来的艺术直感，而且能在早期的周恩来身上体会到内行、平等的感觉。1961年6月看完重排《雷雨》后，周恩来细致地谈了修改意见，并由衷地说了一句："我是爱你们心切，所以要求苛（刻）一些。"据《北京人艺大事记》记载，曹禺传达时，抑制不住激动的心情说：总理看戏看得那么仔细，连台词的调子不对、演员处理台词的态度都注意到了，还指出有一句台词无论如何不应该删掉。这么仔细，这样一丝不苟，古往今来是少有的。总理是这样爱护我们，谈意见生怕伤害我们。

曾让焦菊隐动情的是，周恩来一发现演员的台词问题就提出来，提了将近十年。

焦菊隐记住了周恩来曾说过两句令人豁然开朗的话："藐视观众，重视观众。"

对于周恩来与人艺的关系，当时在党委工作的周瑞祥有切身感受："周恩来处理方式比较让人心服，像是朋友间探讨，不同意见可以说。有一次于是之就敢说，某某戏我看改改可演吧。周恩来批评了《潘金莲》，北京市委文化部韦明就要组织一场内部批判专场，被周恩来制止。《烈火红心》写几个复员军人搞工业，周恩来派人送来材料，看戏后长谈两次，指出问题。但终究基础是左的，改了还是不行。后来排演《雷雨》，给剧中人物划阶级成分，按左中右排队，总理一句话解决问题，让人豁然开朗：'《雷雨》主题是反封建。'"

周瑞祥表示："周恩来、彭真在人艺威信是高的，总理在夹缝中能贯彻一些正确的东西。陈毅一直是反左的，没有说过不讲理的意见。陈克寒比较左，说话也不近情理。赵起扬写了反映海南岛的戏《星火燎原》，陈克寒生硬地说：'不行，生面团子。'总理绝对不会这么说话。"（1998年10月21日口述）

对于《春华秋实》的效果，老舍后来说了大实话："给运动做结论——不管交代什么和交代多少,总是交代,不是戏!这是致命伤!"

在《我怎么写的〈春华秋实〉剧本》的文章里,他如实地写到自己的惶惑和担忧:

> 以前,我多少抱着这个态度,一篇作品里,只要把政策交代明白,就差不多了。可是,我在写作的时候就束手束脚,唯恐出了毛病,连我的幽默感都藏起来,怕人家说我不严肃。这样写出的东西就只能是一些什么的影子,而不是有血有肉、生气勃勃的艺术品。经过这次首长们的指导与鼓励,以后我写东西要放开胆子,不仅满足于交代明白政策,也必须不要委屈艺术。也只有这样,我才能写出像样子的东西来。
>
> ……以前为什么没想起这么写呢?主要原因是自己的生活不够丰富,而又急切地要交代政策,唯恐人家说:"这个'老'作家不行啊,不懂政策。"于是,我忽略了政策原本是从生活中来的,而去抓住政策的尾巴,死不放手——(写成了)面色苍白的宣传品。
>
> ……这样的创作方法——也正是我三年来因怕被指为不懂政策而采用的方法——是不太健全的。它是把政策看作生活而外的东西,随时被作者扯过来利用。结果是政策变成口号,剧中人成为喊口号用的喇叭。
>
> 的确交代明白了政策,可是怎看怎不像戏,它使观众的眼与耳都感到不舒服。改写以后,人物都活动开,连演员带观众都松了一口气。

这篇检讨式的文章刊发在《剧本》1953年第五期,表达了老舍强烈的自省精神,他的艺术家直觉可以本能地抵触外加的东西,他比外人更明白政策图解所带来的创作上的难堪。然而本是明白人的老舍却屡屡拐进艺术僵局中，被教条的绳索缚住而无所适从。

他基本上把原因归结于生活来源的不够丰富、不够深入，有着深深的自责和愧疚：

> 古语说，多财善贾。写作也如是，资料多了才能从容选择、安排。我的失败了的剧本之所以失败，主要原因是知道得太少，无从选择，无从去想象。知道得越少，就越会陷入自然主义，什么也舍不得放弃，残砖破瓦都视如珍宝，不能由大处落笔。我的较好的剧本不是这样的：我知道得较多，能够用类似的人与事来丰富我要写的人与事。
>
> ……专注意一件事和几个有关的人物，越写越觉得笔下枯窘，不能左右逢源。越没有可说的，便越想去拼凑一些东西虚张声势，拼凑来的东西很难有戏。我的《青年突击队》失败了，其原因就在我只接触到一个工地的工人。同样地，我也吃过写运动过程的亏。一个运动所涉及的人与事是很广的，可是，我自己仅接触到很小的一部分。这样，我就被见闻所及的事物缠绕住，只注意细节的正确与否，而忽略更大的事情。写来写去，我始终在一个小范围内打圈圈，而不能跳出去，登高一望，了解全局。结果是只写了一些琐细小事情，无关宏旨。所知越少，越容易被细节琐碎所迷住。
>
> （摘自老舍《热爱今天》）

濮思温作为助手，当年曾协助老舍收集《龙须沟》的素材。他听到老舍几次叹气，一脸苦恼地责备自己："对老北京人，他们吃喝拉撒、睡在哪儿我都一清二楚。到解放以后，可就不行啦，戏不够秧歌凑。"濮思温在他的纪念文章《老舍先生和他的〈龙须沟〉》中表示，

当老舍碰到某些不熟悉的生活时,他的娴熟技巧有时也无能为力。(摘自1980年第二辑《戏剧艺术论丛》)

老舍每写一出戏,都有一种不尽如人意的诚惶诚恐、一种难以尽兴的烦闷不安。给青艺写了《方珍珠》,上演时他特意给观众写了《欢迎批评》的说明书,把自己的心情和盘托出:

> 在动笔以前,我既怕因不了解新社会而不敢再写作,又怕大胆动笔而不能成篇。及至初稿既成,我十分兴奋。我明白了只要留心去认识新社会,就不怕没得可写;只要手勤,便能写出点东西;只要同情新社会,便能找到灵感与勇气。这不仅是敢写不敢写的问题,也是对新社会有无信心的问题;不相信新社会便不会想替它说什么,写什么;一旦相信它,找写作资料倒不太困难——在大革命里,事事都与革命的血脉相连。

写《方珍珠》时,有人建议老舍多写一些解放后的光明,于是老舍为了思想教育问题添加了后两幕戏。在这后两幕戏里摆出了北京曲艺界存在的一些问题,想对北京的艺人进行政治教育。老舍后来承认,这些问题却使人物软弱下来,使观众的注意不能再集中,最后的效果也就没有力量了。他在《文艺报》1951年1月25日发表的《谈〈方珍珠〉》一文中,坦率地表示:"因宣传思想而失去艺术效果。"

但是老舍并没有放弃赶写作品的追求,他在思想深处里有一个坚定的想法:"赶任务不单是应该的,而且是光荣的。"

在50年代初的一次全国文工团工作会议上,老舍应邀就剧本创作作了专题报告,较多地谈到自己对"赶任务"的认识和态度,很符合当时提倡的文学战斗精神和创作态度:

> 一提"赶任务",或者就有不少人赶紧皱起眉头来,有

的人认为文艺作品是不能"赶"的,"赶"就写不好。有的人亲自赶了任务,也抱歉地对别人声明:"赶出来的,不好,不好。"

……赶出来的作品不一定都好,但是永远不肯赶的,就连不好的作品也没有。我们不应当为怕作品不好,就失去赶写的勇气和热情。

……我知道,莎士比亚和狄更斯都赶过任务,而且赶得很好……我们若是有高度的政治热情与深入新事件的敏感,我们确是能把作品在短时间内写好的。

(摘自《中国当代文学研究资料——老舍专集》中的《剧本习作的一些经验》)

为了体现赶写的精神,腿脚不便的老舍总是在家中接待一批又一批剧院找好的采访对象,靠感觉去把握故事,快速搭起剧本架子。写《全家福》时,青艺从各种渠道找来了很多在旧社会离散的当事人,轮批送到老舍家中。有一天,一位姑娘想起从前的遭遇,只落泪,说不了话。老舍只好请剧院的人送走姑娘,转请姑娘的母亲来介绍她的不幸情况。老舍对那位一言不发、泪汪汪的姑娘留下很深的印象,有了写作《全家福》的最初感动。

青艺的人都记得,老舍一直有为青艺创作"天桥的变迁"三部曲的设想,青艺也曾专门为老舍搜集过材料。在剧院的组织下,一批老"天桥人"像过节一样穿着新衣服到老舍家中做客。据余林撰写的《老舍在中国青年艺术剧院》一文描述,谈到动情处,天桥的老人们哭了,老舍也不时抹眼泪。

老舍曾几次动容地说:"因为它与我记忆中的往事是那么不同,我无法不手舞足蹈地想去歌颂今天。"他在家中还有一句口头禅:"今天也比昨天更接近明天。"夫人胡絜青曾在《老舍剧作选》再版后记中介绍说,他的一些剧本的确是遵照毛主席指引的方向,遵照周总理的点题而创作。解放以后许多重大的政治题材本来是老舍并不太熟悉的,但是他觉得既然是党的要求,就应该写,边学边写。

老舍在1957年前后写的《生活、学习、工作》一文中,讲述了自己的真实想法:

> 眼见为实,事实胜于雄辩,用不着别人说服我,我没法不自动地热爱这个新社会,除非我承认自己没有眼,没有心。我就不能不说新社会好,真好,比旧社会强十倍百倍。我的政治热情是真的,那么,就写吧。谁能把好事关在心里,不说出来呢?

舒乙说,父亲总想把眼前发生的事情都写出来,写剧本有时一年能换三次题材。

据舒乙不完全统计,从《龙须沟》、《方珍珠》开始,老舍共写了三十多部剧本,其中发表的有二十二部,包括话剧十五部、歌剧三部、曲剧一部、京剧三部、翻译剧一部。还有一些已完成的剧作,如《第二个青春》、《人同此心》、《赌》等,早被老舍自己自动放弃。那些未出笼的半成品、反复修改的草稿量更是无从计算,不为外人所知。

老舍以快著称,但他下笔又总是考虑周到,生怕给新社会添一点点麻烦。哪怕是写揭露骗子的讽刺剧《西望长安》,他也是小心翼翼,对剧中干部角色竭力把握住分寸:"不忍心把自己的干部写得太坏。"

北京人艺老演员蓝天野感慨地说:"让谁写《春华秋实》都很难,戏都在资本家身上,工人、干部形象很难写。社会上出现什么大事,老舍先生很快就有作品出来反映。1955年写《青年突击队》,1958年

赶写《红大院》,都是配合一时一事,演完了,戏也就完了。"(1998年10月27日口述)

1955年4月24日召开《青年突击队》建组会,剧院党委书记赵起扬在讲话中不讳言剧本存在许多不足,但他仍肯定了老舍有很大的政治热情,写了这个计件工资的斗争内容的本子,并表示要演好这部上级推荐的新戏。

6月30日上午,老舍到剧院谈剧本,他直率地向大家承认,青年突击队并未在北京建筑工地推广,这剧本本身跑在事实前面。

他谈到了自己在工地所了解的一些情况,供演职人员参考:

剧本以写计件工资为主,因为按时包工不能刺激社会主义的劳动积极性,所以要反对磨洋工。实行计件,这就刺激大家找窍门,不然就干不完。

计件工资表很复杂,工人和外行都不能看懂。

苏联展览馆工程,听从专家的意见,接受青年工人的建议,(他们)总是先接受任务再找窍门,形成青年突击队的运动。而青年人的毛病是极易超额,可第二天一看都砌歪了,这些思想毛病都要扭正。又发生三种接不上,木工完了,瓦工接不上,而让技术员去挑沙子,是去年最麻烦的问题,没有整体计划。

党支书高于一切,所以一定要加强党支书的力量,话可不多,但要有力量。

就让青年们淘气,女瓦匠不要强调是女的,而突出她是人就行了。现在我们不提倡女瓦匠,所以剧本让她去学机械。

工人很怕人家把他写脏了。

这剧本土话少,大家也少加,这是国家统一语言的政策。

(摘自1955年6月30日老舍谈剧本记录手稿)

《青年突击队》上演颇费周折，屡屡被接二连三的政治运动打乱，导演和演员们已经无暇去顾及剧本、角色问题。1955年1月下旬，全院组织学习批判《〈红楼梦〉研究》的有关文件，并联系实际展开讨论。院内一些人把焦菊隐视为俞平伯式的资产阶级学术权威，把党委书记赵起扬看作"向资产阶级唯心论观点投降"、"压制新生力量"的《文艺报》式人物。

据内部印行的《北京人艺大事记》记载，4月16日刚刚请演员们初读《青年突击队》，不料又布置批判胡风文艺思想的政治学习，院里请来了杨献珍、孙定国、黄药眠等学者作学习辅导报告。5月底、6月初，白天举行报告会，晚上分组讨论。6月10日，全院召开反胡风反革命集团的动员大会，分组讨论报上公布的胡风反革命集团第三批材料及按语。就在这一天忙中偷闲，邀请老舍来剧组谈《青年突击队》剧本。

7月7日特邀当时北京建筑工地上著名的青年突击队队长张百发来剧院作报告，9日开始组织演员到建筑工地体验生活。谁知8月初全国开展肃反运动，剧院五人领导小组宣布，排练演出全部停止，转入声势浩大的群众运动，全院抓出一批历史上有问题的人，立案审查。

11月20日，肃反运动暂告一段落。在这前后，组织全院人员每天上午学习第一个五年计划的有关文件，进入12月又集中学习上级布置的《联共（布）党史》、《政治经济学》、《中共党史》，历时一个多月。

很奇异的是，经历了大轰大起的一连串政治运动之后，政治上不断生长的激进引发了艺术上的无比热情。1956年1月28日至31日，剧院连续召开制订十二年规划的会议，初步提出在七年内培养出具有国际水平的导演两人、演员四至五人、设计一人；在十二年内，培养出具有国际水平的导演两人以上、演员十人以上、设计两人以上。

剧院对"国际水平"的解释是，其艺术作品、水平均获国际公认，享有国际声望。

总导演焦菊隐做规划说明时强调，在十二年内使我院的总体艺术水平达到国际水平，首先要求做到作家成为我院最好的朋友，要争取作家乐意为我院写戏。

院长曹禺兴奋地表示："一个没有性格的剧院，群众一定不会喜欢。树立我们剧院这一派，在十二年里一定要做到这一点。"

在这样气氛里，拖延近一年的《青年突击队》总算进入彩排阶段，1956年2月6日正式公演。在体验生活时，就听到建筑部门不少意见。上演后招待青年突击队员和建筑工地领导观看，收到的意见之多更使剧组一下子难以消化。

一些青年突击队员表示，全剧的冲突矛盾不是正面展开，因而不够紧张。应注意党支书的出场，这样可以看到党是直接领导的力量。最后一场浪费，能否合并。

在四建公司座谈会上，工地一位姓蔡的主任表示，剧本中工人、工程师都不太像现实中的人物，让人感到青年突击队只重进度不重质量，对特务的描写过于简单化，剧本不吸引人。一位工程师认为，写的事太多，解决问题又太简单，像找窍门一场，"吊砖"一事绝不是普遍的，工地很少用吊车吊砖。一位队长指出，剧中有些歇后语不是工人说的，像"你有什么理由"、"你到底怀着"这样的句子也不太像工人说的。

演员们在台上演得有些吃力、枯燥，于是之在剧院会上发牢骚："对剧本不是真正的喜欢，大家都有将就思想。可是为了任务就需要演下去，希望大家都关心剧本的修改。"剧院党委书记赵起扬出面做工作："作者写出这样新的事物，我们应支持。我们每个人都应关心这个剧本的修改，就要求在剧本中体现尖锐的矛盾和发展的轨迹，尽可能修改得更好，就靠大家来共同创造。"（摘自北京人艺《青年突击队》排练记录本）

于是之演了以张百发为模型的队长，郑榕则在剧中演书记。在郑榕的印象里，老舍当初读剧本时就激情难抑，有几段声音是喊出来的。演员到建筑工地体验生活，收集到素材就送到老舍处。上演后给建筑工人演了几场，然后一些有兴趣的单位工会就来包场购票。

郑榕说："刚开始冒着一股劲演戏，演了演了就很快收了。"

老演员胡宗温也有同感："排戏花了很大力气，但演出效果不是很好。"

老演员黄宗洛回忆道："这个戏太粗糙了，为中心服务，像活报剧，把事件搁进去，做各种状态，演的人和看的人都烦了。"（1998年9月9日口述）

1958年大跃进高潮来临，因腰疼在家的老舍对前来看望的人艺导演夏淳说："大家都大跃进，我偏在这个时候出了毛病，腰直不起来，腿不好走路，可是脑子跟手还挺好。不能老这么呆着，你也帮我想想，看咱们能写点什么。不能写大的，写小的呀！这样一个时代，该写的东西太多了。"出乎夏淳意料，两个星期之后老舍竟拿出《红大院》初稿。他打去电话把夏淳他们叫到家里，因腿伤活动不便，半躺在床上念完了剧本。老舍解释说，看到街道上动员家庭妇女搞生产，办食堂、托儿所，想着想着就写了一大堆材料，这里面有真事，也有想出来的。

他告诉夏淳，他也为街道捐出了一些盆碗，还忍住腿痛到附近生产点转了转。

很快，老舍特地在《戏剧报》上撰文，对人民公社的产生大加赞颂：

> 这是了不起的事，最值得我们骄傲的事，今日的公社即是来日共产主义的核心。
>
> 我们应当多写点有关人民公社的作品。
>
> 这些作品将不仅引人去作深思，而且使人看见实现地上乐园的具体办法。我们能够说出最崇高的理想，并且能够说出实现这理想的步骤与方法。这些作品既能鼓舞我们自己，也能鼓舞全人类。
>
> 我们有责任写人民公社，使我们的手能摸到、眼能看到怎么由社会主义过渡到共产主义。
>
> 我们这些经验对谁都有参考价值，叫那些怕共产主义的人看看真正共产主义是什么，给那些歪曲共产主义的人以有力的驳斥。

（摘自《戏剧报》1958年第十九期）

8月19日开始排练《红大院》时，剧院大跃进的气氛已经异常的火热。剧院对口支援北京大兴，提出在国庆节前，要在大兴做到诗画满墙，街头见节目，日日地头见活动；创作鼓词一百篇、快板千篇、诗歌万篇；搞千管齐吹，各乡要有百管齐奏。

据《北京人艺大事记》记载，剧院领导对在大兴帮助跃进信心充足，提出如下口号："盖门头沟，压西城区，大干苦干创第一。争先进中的先进，做模范中的模范，要把群众文化的头号红旗插在大兴。"仅过了两天，剧院又修改了指标，力争在国庆节前创作鼓词、快板、诗歌、壁画、舞蹈、歌词二十万件，争取每乡有一个文化馆，每村有一个合唱团，每个生产小队有文艺小组。

8月26日上午，市文化局在天坛召开"北京市文化界开展群众文化工作跃进誓师大会"，几十个文艺团体竞相做了"比武"发言，各项指标不断被当场刷新。

在场的人艺党委秘书周瑞祥至今还对当时一路攀升的数字留有印象：

> 比武大会相当紧张，剧院党委成员全在会场楼梯口紧急开会商量，以便应付青艺等单位的挑战，当时青艺盯着人艺。舒绣文在台上报数字，等说到一年演出九百场这个数字时，书记赵起扬说，打住了，打住了，不能再高了。后来在火车上啦啦打快板算一场，下火车后在车站又打一通快板又算一场。

> 有一天中午传达上级指示，要求全院立即投入炼钢战斗，争取第二天出钢。院里立刻找人联系炼钢炉及原料，成立了"炼钢办公室"。汇集情况后，认定第二天出钢不可能，又缓了几天，终于在剧场后院花房的西侧建立炼钢炉，砸碎了管道，扔进炉中烧焦了。剧院快速写出了《烈火红心》，仅排出了三四天就首演。

（1998年10月21日口述）

欧阳山尊向笔者描述人艺搭建的小炼钢炉用吹风机捣腾，砸了不少钢锅、钢管的情景后，他讲了这样一件小事："那天日本戏剧家千田来剧院访问，我正跟他说话。下面有人喊：'欧阳院长，要出钢了。'千田知道后连连说道：'新经验，我要看看。'他到了现场，又连声夸奖，'向你们学习。'"

剧院演戏的快节奏也深深地感染了周恩来，他问新作《英雄万岁》几天能排出来，有的人回答是六天，有的说是十天，周恩来说：

"好吧，排出来以后给我打电话。"后来周恩来果然看了演出，对于县委书记形象的过于简单有些不满，谈到剧中一些不尊重科学和如何对待知识分子的问题，说："党的工作哪能那么容易！"

据在场的演员李婉芬、马群、英若诚回忆，那天周恩来还是兴致颇高地表示：你们人艺是老剧团了，明年应该放个"大卫星"吧。他引用了剧中的一句台词："我把这个合同就订在你们这儿了。"

在这前后，剧院提出了在剧本创作演出上要"放卫星"的要求，老舍成为首批联系的专业作家之一，其他的剧作家还有郭沫若、夏衍、阳翰笙、田汉、陈白尘等。而老舍已经先行一步，已两次来到剧院为演员朗读《红大院》的第一、二幕，并同导演研究剧本。

笔者翻阅过《红大院》的部分原稿，看得出作者在应急的情况下使用了不少当时"时髦"的革命化语言，如剧中彭四嫂说："公社就是由社会主义向共产主义的过渡，就是走到共产主义社会的一座大桥。"耿大爷也说："咱们今天的游行就是警告美帝，六亿人民是不好惹的。它要敢来碰一碰，它一定碰个头破血流。"

老舍也感觉到人物的语言存在一些生硬的问题，他给导演的短信中提到自己的担忧：

> 夏淳同志：看了一遍，修正了一些字。只觉得四嫂说公社那一段话似乎稍多了些，可以酌减。小唐未出场，可否添上，他先走，去街道演出。
>
> 我今早去安国，四五日后才能回来，三幕三（场）恐难参加修正了。您多分心了！致谢！
>
> 　　　　　　　　　　　　　　　　舍　23日

《红大院》尚未修改完毕，剧院把上演的日期都定了，老舍心里既兴奋又为难。剧院提出在一个月内帮老舍先生把戏写出来，演出来。导演夏淳称，在倒计时的七十多个小时里，剧本的创作和排练是一锅煮出来的。作者写完一场，我们排一场，我们又边排边修改，把修改意见又送给作者去加工。有些台词都是在排练场编出来的，实在弄不出来就去请教街道工作同志。甚至连续苦战两昼夜，把剧本重新翻了一翻。

老演员叶子记得，那时太仓促了，排第二幕时老舍只是写了两页纸的东西交给剧组，他觉得自己不好发展，没什么好材料，其他的要靠大家去补充、丰富。叶子还能从老舍的几页手稿中，感到他几笔写好人物的功力和对话的趣味，如剧中一个懒人最后也参加炼钢，看到钢水冒出了一句比喻："钢水像橘子水。"

排练场设立了一个红旗台，一方面检查迟到早退者，另一方面看看落实导演要求完成的排练情况，随时进行批评与自我批评。

离上演还有两天时，演员的台词、走位都还不熟，也不固定。但是凭着大跃进的气氛，剧作以粗糙的造势反而让观众有了不少亲切感、认同感。北京二龙路人民公社打字机零件加工车间的工人们看完戏后，认为戏中的那个忙乱劲与现实生活完全是一模一样，比如扭着秧歌去区里报喜，游行时把嗓子都喊哑了等等。但是他们还嫌《红大院》不够热闹，在一些地方还差点劲头。

最关键的是，超前创作的《红大院》所涉及的成立城市人民公社之事，在北京市迟迟不见动静。有一天突然听说天津鸿顺里街道成立了城市公社，剧院的人狂喜地要赶去体验生活。他们期盼北京居民也能成立起公社，以便上演时能有红火的氛围。演员们兴奋地说，老舍先生的笔不停地与现实赛跑，这次又跑到现实的前面。

欧阳山尊回忆说，看完《红大院》后，周恩来没有多说什么，他只是对尾声放礼花深感兴趣。欧阳山尊赶紧让美工表演了几次，周恩来说:"这是发明创造,应该推广。"

在郑榕、蓝天野等老演员的印象里,老舍天生就有与群众相融洽的本事。排演新戏《女店员》时,老舍随演员一起下去。郑榕吃惊地发现,老舍容易跟人见面熟,在店铺里跟周围的老人小孩三言两语就能搭上话,就能说自家话,彼此可以掏心。

梁秉堃当时作为演员,曾到北京护国寺妇女副食店参加劳动。他记得,老舍不顾腿脚不便也来到店里采访,用心地记下许多琐事。他高兴地对演员们说:"店里的劳模小张善于给顾客参谋,春节前一天要切几头猪,手上都是裂口子。一个人为别人做点事,要做得好,多么不容易。"

剧中有一场戏,是一位女店员切肉不准,把肉切得过碎,买肉的老人就开玩笑地说:"姑娘,你别切了,我回去炒肉片……"梁秉堃回忆说,类似这种细节大都是老舍体验生活时提炼出来的。

喜爱创作的梁秉堃记得那时一有机会就向老舍请教:

我问过老舍先生:"写东西有窍门吗?"他说:"勇敢写,不成功就勇敢地扔掉。"这话对我起了很大作用。剧院要接他去看《女店员》连排,我说:"我去接舒先生。"路上他告我:"写小说锻炼人的心理描写,写散文抒发自己的感情,写大鼓、单弦锻炼遣词造句本领,写相声可以练习结构。别看样式不同,里面是通的,艺不压身。"到了排练厅,我拉开门,他进去后转身说:"唐诗三百首,您得倒背如流,那样调词遣句就自由多了。"

后来我又问他:"写台词注意什么?"他说:"说得上口,听得入耳,容易记住,又不忍心把它忘掉。"他以后又告诉我:"实际上是六个字:想得深,说得巧。"这是他一生的写作经验，领我进门时影响很大。

（1998年8月7日口述）

带有轻喜剧色彩的《女店员》1959年初上演后，一下子就收到各方面传来二十六条修改意见，主要认为看不出党的领导和支持，对于社会主义商业工作的性质表现不够，在大跃进时代表现儿童捣乱不合适等等。西城区商业局提意见说："用女店员代替男店员，把男店员调去支援生产，并不是一个方向。"东城区百货大楼、隆福寺商场书记提出："看不出党的领导和支持，书记出来做了什么？"市委财贸部长也同样认为："党的领导表现无力，戏里三个女青年在她们决定去向的过程中似乎和党没有联系，戏里看不到这几个年轻人本身的思想斗争和变化……对男售货员小陶的处理有些过，过了就会起副作用，有些地方显得流气，如跪下求婚……最后一场戏乱，不集中，唱个歌就结束，很松，不过瘾，使戏减色。"

统战部门给剧院专门提了意见："《红大院》对于社会主义商业工作的性质表现不够，我们对资本家的政策是又团结又斗争，戏里对资本家有批评，但也应有鼓励。还有，女店员参加工作后似乎一点困难都没遇到。"

过了几天，剧院向上级报告：我们已与作者老舍先生共同研究这些意见，并做了必要的、适当的修改。刚喘了一口气，市委宣传部长陈克寒又来一道指示，要求删去女人推车一场戏，理由是："大跃进中有这种现象，也是好现象，但是不提倡，舞台形象也不美。六中全会决议中明文规定要照顾妇女生理特点，你们剧院常有外宾来看，每次演出都应特别注意影响，如有人把推车拍照在香港报上一登，对我们不利。齐母对推车的态度，会有一部分观众同情的。"

刚刚落实完这边的意见，老舍忽然又听到市委文化部长、周恩来原文教秘书韦明提出的新建议：

老舍先生在剧中没有多写党委书记，韦明说应该加一个党的领导者的形象。老舍说，这戏里本身就体现党的领导。韦明坚持要他改，说，不改就不演。老舍说，不演我也不改。后来没有加，总理看后没有提这个问题，韦明也就不好说什么了。

（北京人艺原副院长周瑞祥1998年10月21日口述）

这是老舍极其罕见的公开抵制之一，看出他柔中见刚的性格的另一面。

据于是之回忆周恩来的文章披露，1959年3月8日周恩来看完《女店员》后，在后台用商量的口吻问老舍："你这个齐母始终也没有转变呐？"老舍说："总得留一个吧。"周总理听后不强人所难地表示："嗯，留一个吧。"（摘自《人民日报》1978年11月刊登的于是之《幸福的回忆》）

后来写《茶馆》，有人建议用康顺子的遭遇和康大力参加革命为主线去发展剧情，他马上加以拒绝。就是周恩来到了后来委婉地提议调整第一幕发生的年份，他听说后也表示不认可。

北京人艺原副院长欧阳山尊对老舍毫不畏惧的写作劲头印象至深：

全国普选时，老舍先生写了一家人都成了代表的《一家代表》，人艺也排了。后来觉得这样描写不够典型，效果不一定好，就停下来了。我们去跟老舍解释，老舍非常痛快："你们说不行，就不要了，我再写。"话语中没有丝毫埋怨……没想到，他又说："我又想写一个，你们觉得不行，我就不写下去了。"

（1998年10月16日口述）

老演员英若诚回忆排练《一家代表》所遇到的尴尬场景:

> 我们排过《一家代表》,歌颂宪法,比较一般。我演一个资本家,正好开始"三反"、"五反",戏就不好演了。我们也不客气,对老舍先生说:"这不灵了。"老舍先生勤奋,不介意,真扔了《一家代表》,重新写新的。
>
> (1998年8月18日口述)

1956年8月,曹禺、焦菊隐、欧阳山尊等人听老舍朗读《一家代表》剧本时,曹禺就敏感地注意到其中第一幕茶馆里的戏非常生动精彩,而其他几幕相对较弱。经过商量,曹禺他们认为不妨以茶馆的戏为基础发展成一个多幕剧,通过茶馆反映整个社会的变迁。带着这个想法到了老舍家中,老舍听了以后最初只是习惯性地反应一下:"那就配合不上了。"

老作家林斤澜介绍说,老舍先生服从政治,一直保持紧跟姿态。他听到曹禺、焦菊隐他们的意见,一开始还是为难、犹豫。"配合不上"这句话很快在北京文艺圈小范围内传开了,成了当时一句经典的内部名言。

不管如何,老舍对于曹禺他们的提议最后还是满心欢喜,连连说道:"好!这个意见好!"说着说着,老舍添上一股豪爽:"我三个月后给你们交剧本。"

老作家康濯去世前与笔者在病房闲谈时,谈到老舍创作《茶馆》的一件小事:

> 那时老舍先生正在写《茶馆》,受当时公式化、概念化影响,写起来不顺畅。有一天我们一起在北京饭店与外宾座谈,结束以后老舍挽留大家:"别走了,回去做不了事。刚喝一道茶,坐下聊聊天。"郭小川、严文井有事先走了,刘白羽和我

等人就留下。

老舍先说,在美国时就考虑写一个北京的茶馆,写一个时代。他描述了第一幕情节,大家一听叫好,第二幕写了民国、国民党时代。老舍发愁的是怎么写下去:"最大的问题是解放后的茶馆怎么写?现在茶馆少了,没有生活了。想去四川看看,但不能把四川搬到北京来。戏拿不出来呢?"我们说:"老舍先生,别写这一幕了。"他很惊讶:"不写可以吗?""当然可以。""不写就不写。"他把手杖一立,起身说:"走,解放了我一个问题,我要回去写了。"

(1990年12月13日口述)

老舍躲在家中埋头写作,还没写完,就着急地把于是之找来,兴致勃勃地谈了笔下快呼之欲出的王利发这个角色。他说:"我这个掌柜的,可是从小演到老,二十几岁演到七八十,一共得有好几百句台词呢!"被老舍这么一说,于是之就有了一股创作冲动。等剧本一公布,他赶紧写了一篇很长的申请书,一再恳切地希望:"就让我演吧。"

欧阳山尊作为剧院负责人之一,直接参与了催生《茶馆》的过程:

老舍先生写了一家人都成了代表的《一家代表》,人艺也排了。后来觉得这样描写不够典型,效果不一定好,就停下来了。我们去跟老舍解释,老舍非常痛快:"你们说不行,就不要了,我再写。"话语中没有丝毫埋怨,也没责怪:我花了这么大力气,你们轻率就不排了。他从没这么说过。

接着,没想到,他又说:"我又想写一个,你们觉得不行,我就不写下去了。"我们听后大加赞赏,他说:"你们说行,我就写。提提意见,看看下面怎么写……"我说:"第一幕埋葬满清王朝，下面写写闹内战……"第二幕写完，我又提建议："第三幕应该埋葬蒋家王朝，写一二·九，革命高潮要来，写群众运动起来。"他点头，他说："我没有生活，那时我还在国外，我有困难……"

（1998年10月16日口述）

再听老舍朗读新作《茶馆》，是在剧院前厅二楼北侧会议室。大家一致认为第一幕超出一般水平，曹禺反复说了这么一个意思："古典"、"够古典水平"。然而与会者对后两幕觉得还不行，需要做进一步修改。老舍极为诚恳地表示："希望大家帮助，尤其是第三幕反映的年代，我当时不在国内，对情况不甚熟悉，更需大家帮助出主意。"

于是之曾在一篇《论民族化》学术文章的提纲中，提到曹禺院长在接触到《茶馆》第一幕时那种狂喜的状态。曹禺告诉于是之："我记得读到《茶馆》第一幕时，我的心怦怦然，几乎跳出来。我处在一种狂喜之中，这正是我一旦读到好作品的心情了。我曾对老舍先生说：'这第一幕是古今中外剧作中罕见的第一幕。'"

老人艺的人都知道，曹禺对剧本异常苛求，他读过的剧本存在脑里太多了。如果给他看一般的新剧本或拿出一个剧本的想法，他会严肃地说出四个字的评价："普通普通"或者"现成现成"。

笔者在焦菊隐写于1959年6月而未发表的手稿中看到，他形容《茶馆》第一幕是"一篇不朽的巨作"，称赞作者"在短短十分钟的戏里，同时刻画了几十个浮出纸面的活生生人物"。（摘自北京人艺资料室艺术档案）

那几年一直低调的章回小说家张恨水在1957年12月《文艺报》座谈会上难得说了一次话：

"我也觉得第一幕写得好，第二、三幕较差。"

老作家林斤澜与笔者闲谈时,对第一幕同第二、三幕的比较有一番感慨:"夸张地说,这里有两个老舍。"他说,老舍自己对第一幕也割舍不下,把茶馆这场戏来回搁,搁这不行,又搁在别的戏里。(1998年10月22日口述)

90年代初以来,演员姜文曾几次动议演出《茶馆》,甚至买下了演出权。但是迟迟不见动静,笔者偶然一次问他,他显得极为发愁:"我仔细研究了许多遍,感到第一幕很棒,可后面的戏太弱,目前没法演。"

姜文对老舍当年的写法、心境深表困惑,流露更多的还是无尽的遗憾。

1956年、1957年上半年,遇上宽松的环境,老舍的创作情绪异常地活跃。1956年中国作协收集会员对作协的建议和要求,老舍就写了两句话:"少教我参加会议与社会活动,允许我下乡数月。"由于处于文艺界头面人物的位置,需要出席不少应酬的场合,做出诸多的政治性表态。过多的社交差使,使老舍有了一种不堪重负的压迫感,渴望能有下去的机会。

他曾跟人艺老演员李翔发过牢骚:"作家是写书的,不要参加这会那会,去机场,让我写不了书。"(李翔1998年10月14日口述)

人艺老编剧梁秉堃后来听到老舍几次说过此类气话:"每天上午要写作、搬花,就是毛主席找我开会都不去。"

1957年春天,依照中国作协的布置,作协会员递交了个人的创作规划。老舍还是那几句老话:"社会活动太多,开会太多,希望有充裕的工作时间。"他为自己提出了近期的写作计划:"每年写一个话剧,改编一个京剧或曲剧;一两年内写成长篇小说《正红旗下》。"但是《正红旗下》迟迟没有下笔,直到60年代头几年偷偷地写了几万字,终成残卷。

有趣的是,曹禺上交的创作规划涉及今后十年,想表现的题材占全了新社会的主体结构或时兴领域:"写资本家改造的剧本,57年、58年;写农民生活的剧本,60年至62年;写大学生或高级知识分子,63年;写工人生活,64年至66年;想写关于岳飞和杜甫的历史剧。"(摘自中国作协1957年会员创作规划手稿)

应该说,老舍和曹禺考虑这些创作计划时态度是真诚的,体现了自己在新的生活中全新的追求,也表达了他们长期写作中的勤奋志向。然而事与愿违,他们往往陷在现实的两难境地中欲罢不能。

1957年初春,老舍在各种会议场合谈到自己写作中的苦恼,说话放松,没有以往的拘谨、束缚。3月6日下午,在讨论陈沂文章的座谈会上,老舍直爽地表示:"社会主义现实主义有些混乱,自己未想成熟,一时考虑弄不清。"他说到写讽刺剧、悲剧的难处:"我感到讽刺作品,是一刀直入心房。命运、意志、性格会造成悲剧,但是把人民内部矛盾反映到文学作品中就很难出现悲剧。革命英雄主义者死了,我们有,但不是悲剧,是要歌颂赞扬的。我们写悲剧、讽刺剧,不能像果戈理那样写,不能抹杀否定一切。可是这样写出来的东西,又不能赶上古典(作品)。"他又谨慎地补充道:"我爱新社会,并非提倡写悲剧……不是为悲剧而悲剧,是为了教育。"

他极其难得地批评社会上的一些人和事:"我看到好多地方,有一些人新名词嘴上挂的很多,完全是社会主义。碰到个人利益,马上就变……如果真能做到,闹事会少一点。自命为工人阶级,有一点不平一定带头闹。"他直言不讳地对文艺部门党的领导者提出意见:"是否有的老干部,别的不能干,就放到这方面来……他们忙枉了,什么都管,就是不搞业务,缺乏谈业务的空气,五个副局长应该起码有一人管业务。(他们)权很大,领导干部的思想里不拿这'二百'看作神圣责任,(文艺界)就不能贯彻……"

他诚恳地表示:"希望中宣部调查,希望文艺界党员干部配备强一点。"(摘自 1957 年 3 月 6 日讨论会记录稿)

在笔者所能看到的老舍内部发言中,可以说这是老舍说话较重的一次,也是他掏出内心想法、流露真情较多的一次。50 年代头几年,老舍也有上书直言的时候。北京要拆城墙,他同彭真当面争论:"拆了干吗?在外面盖不就行吗……"英若诚给笔者讲了这样一个细节:开最高国务会议,毛泽东狠狠批了梁漱溟,这给老舍很大震动。英若诚说:"老舍原来不是一个胆怯、胆小的人,他觉得这些不可理解,自己开始对高层政治有所体会。"

到了后来,老舍渐渐地控制住自己,他的放松、胆大仅仅限于 1957 年的初春,只在那年一瞬而过。或许在这前后他发过牢骚,发过脾气,但是让我们感念的依然是 1957 年春天老舍作为性情文人最为本色的直言,他隐秘的心境终被那年阳春搅乱,激情地涟漪了几下。

他在《人民中国》发表了《自由和作家》一文,与他前几年的文章形态明显不同:

> 如果作家在作品中片面地强调政治,看不到从实际生活体验出发来进行写作的重要性,他们的作品自然就会流于公式化、概念化、老一套……不管是出于有心,还是无意,假如他们的作品里充满了说教,情节纯属虚构臆造,立意陈腐,那路子就错了。
>
> ……行政干预,不论动机如何善良,总会妨碍作家创作出

真正的艺术作品来……乱打一气，不能鼓舞人们进行好的创作，反而毁了它。

……每个作家都应当写他所喜欢的并且能够掌握的事物——人物、生活和主题，作家应享有完全的自由，选择他所愿写的东西。除了毒化人民思想的东西之外，都值得一写，也应当可以发表。允许创作并出版这些东西，就是允许百花齐放。

……我们还应当鼓励每个作家发扬自己的风格，而不是阻碍他们。我们文学作品的风格应当是千变万变，而不是千篇一律，如出一辙。对文学创作上的不同流派，我们应当鼓励，而不是消极反对。

固然《人民中国》是对外刊物，所发表的言论有对外宣传的需要，内外有别。但是，在这里我们又难得地看到老舍真正本色的一面，看到在宽松环境下最为自由的倾诉，看到他心目中最理想的文学状态，也看到其中与现行文艺体制格格不入的微妙之处。

《茶馆》就是酝酿于这种真情勃发的时机，是剧作家复杂而奇妙、独一无二的产物。

焦菊隐划不划右派成了人艺反右斗争最大的难题。1957年4月已经确定由焦导演《茶馆》，而焦对剧院党组织某些人的批评意见在运动中已构成重大右派问题。北京市委宣传部、统战部几次专门研究，拿不出方案，最后彭真发话：你们认为焦今后在人艺有没有用？如果有用，就保护过关；如果没用，就划为右派。剧院书记赵起扬当即表示，焦在剧院工作中作用是很大的，他的问题并不太严重，主要是对剧院的意见，应该保护过关。

北京人艺建院以后，如何处理与总导演、副院长焦菊隐的关系一直是剧院党组织工作的重中之重。环境宽松时，市委就会指示剧院要倾听这位颇有建树的老专家意见，耐心细致地做好思想工作。剧院党组还为此专门开会，希望全体党员为了党的事业，为了剧院的工作，把焦先生团结好。等到形势紧张，好提意见、个性极强的焦菊隐往往就是最合适的斗争靶子。

1957年10月18日后连续三天，专门对焦菊隐进行了"保护性"的批判教育。焦菊隐在会上交代了他在鸣放期间的"反党"言行，接受大家轮番批判。焦菊隐表态说："经过这次检查，心情不是向下而是向上的。"主持整风小组的欧阳山尊做总结时表示："由于焦先生也愿意和党站在一起进行这一斗争，所以会开得很成功。"有意味的是，欧阳山尊与焦菊隐的关系一向比较紧张，在具体工作中不够协调一致，焦菊隐所提的意见中有不少是针对欧阳山尊等人的。欧阳山尊批判了焦菊隐的资产阶级思想后，不料过了两年他自己反而成了反右倾运动的重点，被认为是一个"不要党的领导的党内资产阶级专家"，其党内职务被撤销了。

据人艺一些老演员介绍，欧阳山尊30年代做过话剧《赛金花》剧组美工，后随崔嵬去延安，毛泽东曾给他写过信。欧阳山尊受苏联导演及中心制影响很大，作风强硬。他跟焦菊隐、赵起扬等人在一些艺术问题上有分歧，工作时有冲突。

周瑞祥当年在剧院党委工作，对领导层的矛盾有切身体会：

> 焦菊隐与欧阳山尊当面碰撞不多，有点文人相轻。在剧院二楼，焦在南边办公室，欧阳在北边，两人说事竟靠电话。有时山尊把我叫去，让我给焦先生传话。焦反说我一顿，我又得忍住，我在中间受罪。两人有时谈到剧院发展又很一致，谈艺术有时也谈得来。

> 我亲耳听山尊说过,焦的《虎符》连最次的京剧都不如。
>
> 焦对山尊的不满主要是有职无权,什么事都得党组织定夺。而书记赵起扬比较稳当,他在延安挨过整,有体会。反右时坚持可划可不划就不划这一条,要不然打八个右派也打不住。
>
> （1998年10月21日口述）

1957年11月18日全院反右小结,老演员戴涯等四人被划为右派,《虎符》、《风雪夜归人》两部戏受其影响而停演。焦菊隐被保护过关,剧院对外表示这是"治病救人"。群众中也因而传出焦是"不戴帽子的右派",让焦菊隐很长时间里心情不快。12月2日,老舍来到剧院二〇五会议室,向全体演员朗读新作《茶馆》。年底,侥幸躲过一劫的焦菊隐以戴罪立功的态度来到排练场,心情郁闷的他把一身本事都用到《茶馆》中。

老演员叶子向笔者讲述了人艺那些带来无限感慨的旧事:

> 当初,曹禺、焦菊隐、赵起扬、欧阳山尊四个大头,一心想把人艺弄成莫斯科艺术剧院,把这看作是他们的共同理想。可惜一个运动接着一个运动,到了"文革"就彻底乱了。有人给江青写信,有人又想把别人打成走资派。这是他们四人悲剧的地方。焦菊隐以为在"文革"后期没事,穿着整整齐齐的衣服去看人艺的新戏,可是没人理他,戏演完了没人请他开会。他失望极了,抽烟很凶,心情压抑,后来得了肺癌。
>
> 从我看来,焦菊隐不像个导演,他是水平最高的批评家、欣赏家,品位最高。需要好剧本、好演员,怎么演他不告诉你,但他知道哪不成。坐在沙发上抽烟说话,训人直哭,对演员要求高,骂演员太厉害,一个动作让你演十几遍,有时过于苛刻。

有一次焦菊隐排戏时，有一个演员要去外调，焦不高兴地说了一句："没时间，排戏，别去。"他急了说那演员是"党棍子"。反右时就把这话揭了出来。后来批他时，大家就说他：你是翻身导演，党是关心你的。他后来竟写了一万多字的检讨。

他跟老舍没有私交，是面子上的事，但两人相互是尊重的。有时焦菊隐没商量就改了台词，老舍心里有意见。老舍就一次一次来听，你们提，我自己改，不教你们改。老舍坚持要出文学本，也有保持自己东西的意味。

应该说，老舍认真，焦菊隐较真，戏排出来就有个样子，水平很高。

（1998年10月14日口述）

周瑞祥也认为，焦菊隐与老舍之间也有矛盾，但基本上还是彼此尊重。老舍毕竟是写小说的，写话剧有不适合舞台表演的地方。老舍对改动《龙须沟》有不满意之处。从现在来看，焦菊隐改得还是有道理的，更适合舞台。

老演员蓝天野持同样看法：

老舍先生有时候说，谁也不许改。焦菊隐改了《龙须沟》本子，老舍先生有点不高兴，但如果完全按剧本演又不行。那个时候改剧本都这样，进了排练场，导演和演员都在改，有时还通宵达旦地修改。

（1998年10月27日口述）

舒乙谈到父亲对自己作品的心爱程度：

父亲看重自己的语言，他为文字花了很多心血，下了很大功夫。写东西很慢，字字推敲，每天两千字，不超过三千。一些编辑改了他文章中的标点符号,他反感,说千万不要改,你改了,我要骂人。有的老编辑就说,老舍先生怎么这么狂?

焦先生对《龙须沟》改了那么多词,我想,他是有看法的,不是特别高兴。但对焦先生的才华还是尊重的。所以他说,你演你的,我出我的文学本。

写《茶馆》用了标致的土语、活泼极点的口语,焦先生就不敢改了。

(1998年10月30日口述)

笔者在北京人艺资料室意外地发现了焦菊隐庆贺国庆十周年的文章手稿,最初以为别人代作这种命题文章。但细细从原稿的写作、修改来看,可以说基本上是焦菊隐自己起草的,或许立意是上级指定的。

笔者吃惊的是,原本为人严谨、本色高傲的焦菊隐在经历政治打击之后,在忧郁的暗淡心情中,居然以戴罪之身,写出了这样今天看来极尽浮华的文字:

十年!每一年都是一个地质年、天文年!一切都是说不完的!一切都是歌颂不尽的站起来了的中国人民……在我们祖国,只有现在才真正是长绳系日,群星灿烂,只有在我们社会主义的祖国里,才长远地照耀着永不西落的太阳!

……因为在伟大的国庆节日,我是这么兴奋,这么愉快,感到这么幸福,以致我禁不住自己。就让我通过对于三位语言大师的敬爱,用一句非常简单的话,来表达我对于祖国无限伟大的歌颂:"是党使老作家们年轻了,而且永远年轻!是党使我们都年轻了,都更有劲了!"

在文中，焦菊隐称郭沫若早已远远超过了歌德，田汉的近作表现出无限的青春活力。由于与老舍合作多年的关系，文章花费不少篇幅称赞老舍高昂的政治热情：

> 作为剧作家，老舍先生在建国以来的十年当中，热烈地歌颂党，歌颂新社会，歌颂翻身作主的、怀着无比兴奋和感激的人们的忘我劳动，歌颂党对于各阶层人民的伟大的教育和改造。
>
> ……作者的政治热情是极高的，解放以后一直坚持写作。十年以来，仅仅就话剧来说，就写了有十部左右，而且每一部话剧都及时地配合和反映了当前的政治运动。每部作品都通过人物的欢腾鼓舞，表现出作者对于党的敬爱和拥护。在许多作品的许多人物口中，时常出现这样的对话："党和人民政府给了我力量，我干得更带劲！"的确，正是因为党和政府给了作家力量，作家也干得更带劲。
>
> 作家用以揭露旧社会、讽刺旧社会的那种犀利、幽默的笔调，初一想起来，是很不易用来歌颂新社会、新事物和新人物的；然而，作者却能保持并发展了这种风格，使自己复杂、丰富而又洗炼的、具有地方色彩而又变化万端的幽默词汇，成为刻画新人物的生动的语言，成为创造欢乐生活气氛的生动语言。
>
> （摘自焦菊隐 1959 年 9 月 21 日手稿）

焦菊隐对于老舍的感觉是有切身体会的，对老舍的热情和高度技巧是钦佩的。然而在政治风浪中，这种感受落在文字上却给后人一种变形、做作、强人所难的异样滋味。焦菊隐此时的微妙状态，可作为老舍政治态度的参照物，作为了解中国高级知识分子之所以皈依、依赖新政权的心理依据之一。

焦菊隐逃脱了戴右派帽子的厄运，然而他永远具备了右派的梦魇般情结。赎罪缠绕着他很苦很久，改造折磨着他难以适从。他的人格形象自我萎缩，对外界只有唯唯诺诺、顺从地表态。

只有在《茶馆》排演场上，老舍、焦菊隐才能找到一点点信心、尊严，找到平衡的支点，而焦菊隐更是找到从容训人、从容否定的机会，找到让人抬头注目他的时刻。

《茶馆》正因此才有两人超常发挥、鬼斧神工的一面，才有精雕细刻、叹为观止的一面。

反右运动渐近尾声，剧院最后确定上演《茶馆》。1957年12月3日，老舍来到剧院，与导演、演员谈了《茶馆》的一些立意、构想：

不能想象一个社会没有警察，贫瘠但也有一定的规矩，有时遇到一些事能"嗑"上两三个钟头。

鸟笼也有一定讲究，满清统治者把明代的文化——衣、食、住、行各方面提高到很高的水平，文化高，而又野蛮，没有法治精神。那社会，有许多人混得很好，放债，打群架，混得有趣味。因有文化，有少数人想活着，不想混。

甲午之战，烧圆明园，皇上跑到热河，震动人心，于是有了常四爷这样的人。当时京城军事、经济、宗教等方面侵略都厉害，有了吃教的人，两年后就有义和团事件。特务恨常四爷，认为他说大清国要亡，是"汉奸"。

清末，民族观念也不太重，旗人穷了，又失去了人心。茶馆中，民族分歧不大。那是旗人最挣扎、最混乱的时候，不劳动、没本事的人就完了。

一幕是闭关自守，二幕甘心做奴隶，"混"得更精。第一幕"混"有艺术性，第二幕"混"是为了吃饭。三幕庞四奶奶一群人，是国民党的助手。国民党利用他们，与地方上的恶势力合作，非常猖狂。女招待，是变形妓女。

刘麻子，他这种职业当时不受尊敬，贩卖人口是很受人看不起的。而当他替人做成事时，人们还是尊重他的。袁世凯时，一个议员来北京，他那一村的人都来北京会馆住着，找差事，钻门子。

黄胖子有流氓气，但不是流氓。当时没警察，就有一种人专门给人了事，能说会道，有规矩，从中间占便宜。

唐铁嘴这种人尽赶热闹地方，非常脏，没什么本事。

二德子，能打，能挨。二德子为什么那么怕马五爷，大概吃过他的彩。那时官都怕信教的，碰不得。马五爷拦住不让打架，是因为他受了教会的训练，人打你左脸，你应把右脸给他打，不赞成打架。

老顽固的是太监，代表西太后的死党。太监要太太，在当时是个特别的事。不少人要，太监住在黄化寺一带。清朝太监不准出京。我不知道太监是否可坐茶馆？太监一得势，有钱，对于做太监，很后悔，就想有个家。

清朝的小茶馆不卖吃食，只有大茶馆有吃食，有焖肉、烧饼等，与二荤铺不同。民国后，茶馆有雅座，食物讲究。

（摘自北京人艺1957年排练记录手稿）

在看完《茶馆》连排之后，老舍于1958年3月5日来到演员中间，针对表演所存在的一些问题，以他丰富的人生阅历和独特角度，坦率地谈出自己的看法：

王掌柜的口要"老"点，少年老成，能干得不得了。

穿灰大褂的不要坐在房口,这样没人敢进茶馆来。

松二爷的话要"润",说得有滋味,寻着人叫好的意思,怡然自得。

二德子走路不对,架子大,不像一般戏里的打手。

唐铁嘴,走要溜,像打侄上坟的穷生。

卖女儿的戏没做足,不是很感动人。

秦二爷是个人物,戏已交代清楚。

常四爷是旗人小官,身体壮,有正义感。那时看到大清国不成的人很少,承袭满族人跑马射箭。

太监,说话漂亮,态度柔和,雅。

刘麻子、人犯,应付人一人一样。

逃兵,我们现在看了他们的可笑。当时的兵相当讲究,有他们聪明之处。

(摘自北京人艺1958年《老舍先生看茶馆连排谈意见》记录手稿)

焦菊隐对老舍写人物的大手笔和看人世的眼光极为推崇,欣赏老舍又刁又狠的点评,认为这些三言两语恰恰能帮助演员们开窍,有一通百通之效。在老舍讲评后,他再次强调《茶馆》中人物的重要性:"许多人在这部戏中就是一两分钟戏,要使观众留下非常深的印象,要叫观众心里叫好。这个戏不是看故事,是要看人的。"

1958年3月5日北京各文艺团体抢着落实大跃进指标,北京人艺参照了青年艺术剧院的跃进指标,立即做了调整,定下全年演出场次为九百五十场,创作二百二十件,经济自给并上缴五万五千元,辅导十个工厂、农村、学校文艺点。当天组织全院人员敲锣打鼓、鞭炮齐鸣到全国文联"报喜"。《茶馆》在此时悄然排演,建立了以童超为队长，马群、胡宗温为副队长的演出队。4月份坚持在首都剧场演出，一演就是四十九场。

笔者先后走访了《茶馆》剧组的部分老艺术家们，从他们激情的讲述中可以还原当年一些场景，让我们记取一些值得感叹、值得深思的东西：

老舍先生写了配合宣传宪法的戏，讲了几个朝代的事。焦菊隐说，老舍先生这部配合的戏改起来很难，我看这一幕茶馆的戏非常精彩，能否就写茶馆的兴衰变化，不要光写宪法了。

我感觉到，老舍先生真的很喜欢这个意见。他说，我马上写出来。他对我们讲，《茶馆》里的人物都好像是我看过相、批过八字似的。

老舍先生第一次是在剧院二楼会议室读剧本，念一段他就停下来，讲一段这个人物为什么这样，为什么这么写。演员们都很激动，会后纷纷写申请书要求给角色，有的好演员没有上戏，情绪还波动很大。有的演员估计不行，就申请演小角色。

名单公布了，我演主要人物。有人说，这个人物多好啊。我说，感觉不出来。大家说，哎呀，你怎么这么想？我说，我不熟悉。老舍来排演场讲解，还请"北京通"金受申讲掌故。

我的印象中，排戏花在准备工作上较多，做很多人物小品。当时老北京的痕迹多一些，我们去前门、安定门一带茶馆喝茶，找过老的评书艺人，找了不止一个看命的人。演员与生活一步步接近，一进排演场就能抓住东西。

尾声三个老头祭奠这场戏，当时排的时间很长，难度大。有一天晚上，焦菊隐让我们在三楼排演场按舞台尺寸定位，他说，你们今天互相不要交流，你们每一个人看准台下某个观众说个不停，把几十年积累在心里的愤怒发泄出来。

58年这个戏真好，人物鲜明，真是老舍先生的大手笔，构成经典之作，导演、演员、舞美达到高峰。有人形容，这是一颗颗珍珠串在一起。

（《茶馆》中饰演秦二爷的蓝天野1998年10月27日口述）

老舍先生在全国普选时曾写了《一家代表》，排完了，没让上演。后来公布宪法，他觉得值得歌颂，写了《人同此心》。剧院书记赵起扬去世前跟我谈过，当年大家都觉得第一幕好，焦菊隐主张写茶馆的戏，不要光写宪法。但这样得把写作意图改了，变动很大。曹禺自告奋勇地要跟老舍谈修改意见，结果一谈，老舍特高兴。

我记得老舍读《茶馆》剧本不止一次，把剧本读活了，导演和演员最喜欢听他读剧本。连排一次后觉得有些地方演得不对，又读了一遍。他还做示范动作，比画黄胖子揉眼睛、库兵因为偷银子夹着屁股往外走、松二爷与二德子的请安动作，一台戏都出来了。他说，《茶馆》要演出文化来，那时候人们把精力、聪明才智搁在茶馆里，是那个时代悲剧的东西。

我那个时候受左的影响，演戏有错觉，总把常四爷当成硬汉子，一提帝国主义、卖孩子，就坐立不安，老想闹革命。只有到了"文革"以后，从老舍先生宁折不弯的遭遇中，才慢慢找到常四爷的依据，逐渐体会到老舍先生的写作意图，在舞台上逐步改过来，每场改一点，最后串起来。

后来红线加多了，改成常四爷给游行学生送水，讲革命话。台上口号声、歌声越来越响，学生上台讲演。头一次加时，觉得红线加得太多，曾想削弱一些。老舍先生看了没有说话。

他以后说过这话,我写的是洋柳树,你偏要黄花菜。他还讲过缘木求鱼的典故。

有的大作家瞧不起老舍,就老舍一人解放后的作品超过以前作品。他写得吃力,但老在写,对社会主义的热情是由衷的。

(饰演常四爷的郑榕1998年8月26日口述)

曹禺什么没见过,他看了《茶馆》第一幕,拍了桌子,用英文说:"经典。"还说:"看人家,一句话就是一个人物。"这是老舍先生的顶峰之作,我们见到的初稿基本上就是后来演出的那个样子。排练十分顺利,我们演过老舍不少戏,对他的风格、语言熟悉,那么大的戏排的时候却很短,别人都不信。

老舍先生最早指出我所演的人口贩子中的问题,说:"你这个人物伶牙俐齿是对的,但觉得你不够坏。"他又加了一句:"我不是让你去演那个坏。"我琢磨了好几天,什么叫"坏"?又为什么不能演那个"坏"呢?

演《茶馆》很有收获,于是之一辈子最出色的也是《茶馆》里的王掌柜,比程疯子还要深刻。

有些同志革命理论多了,就觉得《茶馆》不够革命。1963年重排前,我们做过一次荒唐的事,就是由于是之、童超和我三人修改小组去跟老舍谈怎么加红线。我们并不真想改,但无可奈何。我们也知道,这个玩艺不能瞎弄。老舍先生一向听我们的,很谦虚地表示:"大伙儿看吧——"戏能够演,他就高兴。

人艺只要排郭(沫若)老(舍)曹(禺)的戏,都是另眼看待，选择最强的阵容。

总政话剧团的蓝马1963年看《茶馆》，一边说好，一边说你们胆真大，什么时候还敢演这个？当时全国都在演《夺印》、《霓虹灯下的哨兵》，我们演《茶馆》非常不合时宜，吓得我们不敢演了。

这个戏分明批判旧社会，却被说成坏戏，文艺界那时是没理可讲。

后来演《骆驼祥子》也引起争议，导演梅阡不是党员，几个运动挨过整，害怕，所以让我演刘四时要演得更坏，要压迫车夫。我与导演有不同意见，我觉得角色有狠毒一面，也有讲义气、笼络人的一面，否则不可能维持车行。我的这一点感觉得益于老舍先生，他的北京市井生活底子之厚无人可比，真正钻到这些人的灵魂深处。老舍先生跟我们熟了，聊得就有兴致，他们家热闹。

（饰演刘麻子的英若诚1998年8月18日口述）

1963年，一个队演《霓虹灯下的哨兵》，一个队演《茶馆》，我演春妮，又演小丁宝。前一个戏是写主旋律的现代戏，但有戏的还是《茶馆》。

老舍先生读剧本有滋有味，有京味，他读时不笑，我们听了嘎嘎大笑。有时念一上午，那只猫就一直趴在桌上看着他。他给我们比画偷银子的库兵走路姿势，讲黄胖子眯眼。他注意听大家有什么反应，觉得合理的，他都接受。

老舍写了那么多的人物，怎么凑一台戏呢？每张桌子要干什么？导演真下了功夫，找来一个卖《福音》书的人在那转桌子。这就是导演的本事，是他调理出来的。排戏很困难，导演要一张桌子一张桌子排下去，旁边的人还要继续演下去。

旗人很讲规矩，我从来没看到老舍先生跟人大吵大闹，他从来不慷慨激昂，风度平和。生活基础雄厚，写过去的生活精彩。每次演出，我就爱听本子里的台词，比如第二幕唐铁嘴说的："两大国侍候我一个人……"把这个人物的没有骨气讽刺出来。

老舍先生自尊心非常强，有韧劲，他对新生活不太熟悉，很多东西限制他，他有困惑。

焦菊隐是一个博学、功底深厚的人，他帮你理解人物，而不是帮你演。他总想实验一点什么东西，有想法。他导的《蔡文姬》可以打满分，而别人是导不出的。欧阳山尊导戏是大刀阔斧，大而化之，不细致，不经看。我们跟他排戏害怕，还没琢磨透就公演了，大面上看得过去就行了。

很留恋那时排练场，焦菊隐有本事，创作气氛浓烈、讲究，排练场只能轻声走动。我们当时才二三十岁，演第一、二幕不在话下，没有顾虑。"文革"以后，就怕演年轻了。

（饰演小丁宝、康顺子的胡宗温1998年9月9日口述）

剧组一发榜就是我演松二爷，焦菊隐很喜欢用年轻人，一张白纸好画画。在焦菊隐的调教下，挑演员挑得准，你再换人演刘麻子，肯定不行了。我演的这个角色没有B角，演绝了，没有第二份。我们不少演员的风格、京味，是在老舍的作品里熏陶出来的。

老舍先生耐心教我"进一退二"请安动作，当场示范，提醒我注意不要撞人。导演要求一坐到桌子旁就要有故事，我每天提着鸟笼、端着早点到排练场吃，要求茶水是真的，买的两个包子请"茶房"热热。松二爷的台词一字没改,老舍不是胡写,不能乱加乱改。

1958年大家一块疯狂,以为共产主义马上就要来到了。在这种时候把《茶馆》排出来是一个邪门的事。就是它不朽了,其他的都是纸糊的灯,留不下来。

人家说我是"歪门邪道",我只有在老舍、焦菊隐底下才能成活。反右时如果把焦菊隐打了右派,焦菊隐没了,《茶馆》也就完了。真想用你,也不用你来凑右派的数,让别人来凑。

(饰演松二爷的黄宗洛1998年9月9日口述)

越来越火热的大跃进气氛如何能容忍《茶馆》的存在,文化部副部长刘芝明7月10日来到剧院,在党组扩大会上大加指责说:"《茶馆》第一幕为什么搞得那么红火热闹?第二幕逮学生为什么不让群众多一些并显示出反抗的力量?"他发出警告:"一个剧院的风格首先是政治风格,其次才是艺术风格,离开政治风格讲艺术风格就要犯错误。"

刘芝明这次长篇发言后来定名为《关于剧院艺术创作的倾向问题》,全篇自始至终抓住倾向问题:"你们现在偏重于艺术方面去建立风格,政治灵魂不在意了,不太注意政治,有点过多地追求形式……焦菊隐的斯坦尼是资产阶级,是资产阶级的教条主义。山尊、田冲、是之、绣文等同志,你们学的斯坦尼有没有教条主义?生产上我们很先进,比如白薯一亩地产五十万斤,本身就有很大的浪漫主义。惟(唯)独艺术上我们还像乌龟一样在爬。"

当时担任剧院党委秘书的周瑞祥对当时场景记忆犹新:

刘芝明越级跑到人艺开党组会,说话很严厉,大批一通。

当时连北京市委宣传部的人都不参加党组会，刘芝明来剧院确实很特殊。整整批了一个上午，点了于是之等好几个人的名字。党组的人心里不服也不敢说，只能决定停演。刚好当天晚上预定苏联专家彼得罗夫来看《茶馆》，由老舍、梅兰芳陪同，只好等到第二天停演，否则当天就要求退票。

没跟老舍先生说明真实的停演原因，没说党内的事，只说要轮换节目。

(1998年10月21日口述)

1958年停演前后，各种非议已经接踵而来，有的已提到路线、原则的高度，如认为全剧流露了"今不如昔"、"怀旧"的情绪，全剧是在"影射公私合营"、"反对社会主义"。

老演员郑榕告诉笔者，剧中秦二爷有这么一句台词："我的工厂封了。"就有领导说那不是指工商业改造，不是与党对着干吗？(1998年8月26日口述)

欧阳山尊在剧院领导层的位置听到外界的批评意见很多，其中有说戏全部结束时三个老头撒纸钱是为新社会唱葬歌，又有人说剧中秦仲义有句台词"这支笔原是签合同的，现在没用了"，是影射公私合营，污蔑新社会一天不如一天，等等。

欧阳山尊从《茶馆》的遭遇谈到人艺不少新作品逢到严峻尺度时的夭折命运：

那个时候，不能全怪刘芝明那样做。58年开始左倾，越来越厉害，一直到了"文革"。

有那样的左的思想，从《茶馆》中肯定能找出很多所谓毛病。

我们集体创作了《一九四九年》，写天津一位工会女同志同资本家斗争，天津负责同志说要"借鸡生蛋"，让资本家回来生产。彩排后，陈毅说好，要演。但后来不让演，说是替天津的黄克诚反党集团宣传，其实也没说黄克诚、黄敬什么的。

《北京的朝霞》是写人民大会堂建设的，李瑞环参加了创作，技术问题就是他提出来的。已经排出来了，又不让演，说替北京市赵鹏飞树碑立传。

我排了丛深写的《祝你健康》，上演以后，上面又让我们改台词，说是要突出阶级斗争，要搞成对抗性矛盾，改剧名为《千万不要忘记》，说这是对中央政策的态度问题。

"文革"前夕，市委改组之前市委张大中提议写剧本，反映第二毛纺织厂科长堕落贪污、工作组进厂挽救的事情。市委改组后，戏又没法演了。张大中来到剧院，脸色很不好看："赶快停止，不要演了，宣传消极因素……"他真是前言不搭后语，我也不知道犯了什么错误。

从这么看，《茶馆》被停演，就没有什么奇怪了。不是某一个人、某句话说要停演，而是当时越来越发展的左倾思潮，与整个气候有关系。

（1998年10月16日口述）

在北京人艺保存的《茶馆》档案中，笔者发现其中夹杂着《读书》1959年第二期，里面有一篇署名刘若泉、刘锡庆的文章《评老舍的〈茶馆〉》，字里行间划了很多圆珠笔、铅笔的线条，表明不少人认真地读过这篇颇具代表性的文章。

文章充满十足的火药味，体现了当时的主流思潮，足以让人们三思而后怕：

（该剧）没有充分地表现出日益发展中的人民革命力量，

也就不可能把光明的未来展示给读者……显示的光明是如此微弱，希望是这样渺茫。

王利发是一种典型的奴隶性格，难道不应该予以批判？作者对此没有有力量地给予批判，反而在最后通过王的自白，把他的这种行为美化了。

作者笔下的几个劳动人民形象也是消极的，不会斗争，逆来顺受，显然没有劳动人民的爱憎分明的情感。

剧中出现了不少迎合小市民阶层的庸俗趣味，如太监买老婆、两个逃兵合娶老婆的畸形故事告诉今天的读者，究竟有多大的现实教育意义？

剧中出现的人物，其阶级性格是极其模糊的，还没有真实地反映出当时阶级矛盾、民族矛盾错综复杂的严重斗争，对旧社会揭露得不深，鞭挞得不力。

全剧缺乏阶级观点，有浓厚的阶级调和色彩。

（摘自《评老舍的〈茶馆〉》）

不知道老舍看到这类文章有何感想，从北京人艺的艺术档案和老舍遗留下来的文字中没有找到只言片语，我们无从揣摩到他的真实评价。

但是，老舍的不舒服是可以想象到的，甚至暗地里会有些气恼、不安。不过，跟以往一样，他对这样的"批评"基本上持回避、沉默的态度。

由于停演过于仓促，收得过快，没有进行系统的总结；再加上大跃进时期精简了场记和资料人员，偌大的剧组竟未留下完整的艺术资料。到了1963年1月初复排时，剧院院务会、艺委会举行联席会，面对资料残缺不齐的现状，只得决定先建立一个整理小组，靠大家共同回忆搞出大样，然后再请焦菊隐细排。

据《北京人艺大事记》记载，1963年4月2日那天上午全院展开动员大会，决定以背靠背的方式开展"五反"运动（反贪污、铺张浪费、投机倒把、官僚主义、本位主义和分散主义）。当晚《茶馆》试妆、连排，老舍前来观看。4月4日上午，再次在人民剧场连排，请有关方面审查，老舍依然兴致颇高地再看一遍。

剧院的人发现，老舍此次看后话语不多，不像以往那么爱说话。舒乙告诉笔者，老舍回家后，对《茶馆》加红线问题依然不言语，难于说出内心想法。

7月7日，周恩来在乘飞机外出之前匆匆看了一遍《茶馆》，临走前只是简单地告诉焦菊隐等人：《茶馆》这个戏没问题，是一出好戏。如果还有点意见的话，只是第一幕发生的时间是否往后放一点，现在写的时间是戊戌政变以后，放在辛亥革命前夕就更好了。

细心的周恩来随即又叮嘱道，这个意见不要向下传达，以免说不清楚耽误事情。他表示，要亲自告诉老舍先生。

从后来《茶馆》演出很快夭折来看，周恩来或许已经没有机会亲口向老舍提出修改意见。

人艺党委秘书周瑞祥回忆道："总理先说了这部戏没问题，后来又推荐我们演《年轻的一代》。我们见形势逼得很紧，报上不让发演出报道，只好就收了，自个儿撤了《茶馆》。"（1998年10月21日口述）

老演员郑榕在接受采访时也证实了这一点："没有任何人正式通知禁演，谁也没有明确这点。宣传稿写了发不出去，报上不发消息。我们在人民剧场演着演着，也觉得不合拍了。一些梨园界老人很喜欢看，认为是怀旧，我们当时也么看。"（1998年8月26日口述）

剧院内外已经有人提出了有关执行文艺方针路线的问题，认为人艺对现代剧目重视不够，不如对古典戏下力气多。

于是之形容头两次演《茶馆》气氛太压抑，几乎连头都抬不起来。刘芝明副部长批评之后，《茶馆》剧组人心惶惶，不可终日。于是之1958年7月8日给爱人的家信中，沮丧地写道："有关领导和文艺界的一些同志根据《茶馆》、《威虎山》、《关汉卿》的演出对我们剧院提出了批评，大意是政治热情不足……"（摘自《演员于是之》）

1963年重排时，心有余悸的焦菊隐花了很大力气抓红线问题，他说："加的红线都是主要的戏，是为了提高戏的思想性。要搞好红线，才能压住那些表现旧的、要否定的生活的戏。"（摘自1963年4月4日焦菊隐与演员谈话记录稿）

实际上，早在1957年12月已经被反右运动搞得精疲力竭的焦菊隐就有预感，在一次会上主动提出是否在剧中加红线，让"积极因素更多一些"。在场的评论家李健吾当即表示不同意："我看不必，就这样排吧。作家给我们什么，我们只好接受什么，导演只好辛苦点。观众看了这些，自然会产生一种憎恨的情绪。老舍同志虽未写到解放后，实际上是暗示了……"

一向持艺术至上、唯美观点的焦菊隐居然能想到加进"革命"红线，实在是当时被残酷斗争之后企求自身保护的结果。老舍曾在初稿第二幕中，加进学生在茶馆开会，结果被抓走的一段戏。剧院讨论这些红线段落时一直觉得别扭、生硬，而焦菊隐此时走得比老舍还远，对"革命化"、"斗争性"要求之迫切反衬出运动对人畸形的压力。

现在保存在北京人艺档案室的《1963年整理排练〈茶馆〉导演谈话》，清晰地记录了当年焦菊隐等导演组成员竭力加强红线、唯恐拔高不够的紧张心态：

58年演《茶馆》时，不少同志对第三幕提出不少意见，认为剧本没有表现出解放前夕的时代特色，结尾不够有力，甚至显得低沉。

这次重排，征得老舍的同意，打算对第三幕进行一次删改补充，以弥补原有不足。

戏组组织了一个剧本整理小组，在导演指导下进行工作。

……事情发展的顺序大体上不更动，突出时代背景可以强调学生运动，点明当时时代主流，说明王掌柜在当时情境中，实在活不下去。

加强一下代表反动势力的几个人物，与学生运动敌对。

与老舍先生商量如何改，可根据老舍台词的特点（简练、筋斗、风趣）编词，也可以请老舍先生来看排戏时，请他润饰我们编的词。

不论怎么改、改多少，最后都要经老舍先生同意。但考虑修改方案的时候，可以尽量大胆想，放开搞，不合适再收。

要将学生游行示威的口号声、歌声处理为第三幕的主题歌，从幕起到结束时隐时现，这是这一幕的主要音响效果。要增加美军吉普车效果，比如撞人、刹车，然后猛然开走，显出美帝国主义在中国横行霸道。还要有那种黄色流行歌曲的声音。要在后台创造一台戏。

加了学生被特务打伤的一场戏，编这段台词时，由于情况紧急，时间短，应选择简练、明确的语言，这段对话要短而精。

（摘自《导演谈话》记录稿）

排练加进去学生戏时，焦菊隐同样持认真严谨的态度。他让饰演学生的演员反复做包扎伤口的实物练习,对演员们说:"可以是自然主义地练习包伤的形体动作,按习惯顺序地动作后再选择提炼。"

新整理出的学生戏很快打印出来,依次糅进了演出脚本中,成为1963年演出的一个醒目亮点。比如给剧中人物秦仲义加了这样几句话:"你告诉大家,我仗着年轻气盛,还想富国裕民。可是真给人家说中了,外国人伸出一个小手指,就把我推倒在地,再也爬不起来。"

从北京人艺档案室保存的当年铅印本里,还可看到生硬加进的红线"段落":

演讲学生:同胞们,请大家看看政府当局吧!正当各国列强要瓜分我国的生死存亡关头,政府当局甘愿做亡国奴!……

王掌柜:(劝说)咱们换个地方成不成,我明儿要开张……

演讲学生:王掌柜,国家兴亡,匹夫有责。现在中国是一盘散沙,我们要唤醒民众。(高呼)誓死不做亡国奴!

结尾一幕:

学生甲:老人家,城门打开了!

学生乙:我们的队伍进城了!

(二人将"反饥饿"、"美军滚出去"标语贴在墙上,学生们的歌声雄壮。)

那一次老舍来看重排的《茶馆》,没有多说什么话。演出后,当年北京人艺党委秘书周瑞祥只听到寡言的老舍淡淡地谈到了几句红线问题:我对这个情况不熟悉,你们看着办吧。

60年代初以后,老舍的创作明显地转移到历史、儿童、民族、国际政治题材,有意回避了现实题材。只有一次例外,就是想为《骆驼祥子》写一出话剧续集。

曾在话剧《骆驼祥子》饰演祥子的老演员李翔回忆道：

60年代初，老舍先生有一次突然问我："你说咱们祥子能活到现在吗？"我摇摇头，而先生则说："不尽然吧。"

我在话剧《同志，你走错了路》中演一位八路军支队司令员，这让老舍先生突发奇想，他觉得祥子也可以参加革命，也可以成为司令员。他就想了解北京人力车夫中有多少人参加革命，参加了北京解放斗争，起了什么作用。开了几个座谈会，三轮车的车夫们感到看话剧《骆驼祥子》太压抑，感到吐不出气来，也在会上提出希望祥子有个大团圆的结局。

老舍就考证设想祥子随冯玉祥下福建当兵，找了机会参加红军。他越想越精彩，对我说："老百姓想看大团圆，我们能不能续个话剧。我要写一个北京的老干部，太逗了。车夫们一定高兴，出了这么一个大人物……"他已写了两幕，写了已是解放军领导的祥子潜入北京，发动车夫迎接解放。第一幕是在胡同口馄饨摊上，一盏路灯晃荡；第二幕是在白塔寺庙会，祥子在出租小屋开展工作，写得生动，有意境。

老舍先生常常一个人夹着文稿，拄着手杖，从家里走到剧院，兴奋地为我们朗读初稿。

上面并没有人要他写或者干涉他，一般人不敢指手画脚，就是我们这些人童言无忌。他念给我们听，提了意见，他拿着本子记，并说："我就先写两场，写了后再说要多少幕。"他还说这话："莎士比亚的语言实在精彩。"

看得出他对新社会有惊人的热爱，总是想办法写点什么。

可是后来大家一算年龄，觉得祥子的岁数不太合适，挨个数，原著的人物都死了，小顺子还能参加革命吗？担心大家不能接受这样的故事，最后就不了了之。他有顾虑，就想搁在那，"以后咱们再说，先写其他。"

老舍先生一直想写理想的共产党人，但又觉得自己写不好。他曾给我说过，我写不了特殊材料的人，我写普通材料的人还可以。

当时正号召大写十三年，老舍先生还算过写祥子续集的事："我们写祥子续集，正好十三年，我们也写一个。"可是后来他自己对我们说："我熟悉老北京的人，写解放以后的人不成功，对新人不太了解，我怎么办？我写反面人物精彩，一写共产党员，别人说不像。要高度集中，我又集中不了。"他拼命想了解新生事物，但又觉得恐慌，对自己怀疑。

他从不在背后说人坏话，这是旗人的家规。他跟林语堂关系好，不说林什么。开会后对会上有人批林，他就感慨地说别人"迂腐"。

（1998年10月14日口述）

老演员叶子至今不明白，老舍当初兴之所至，为什么事先没想到祥子的年龄问题。她告诉笔者："老舍念了一部分后，我们说，那堆人活到现在都干不了，岁数太大了，老马走不动，祥子多大才参加革命呢？不可能，人家不相信的。他听了以后没说话，也没把剧本拿到剧院。"

像这样半成品的废品被老舍扔进纸篓的，舒乙表示已难于准确计算。老演员叶子记得，在大跃进时，老舍偷偷写了一部外国题材的戏，她听了吓一跳，连忙劝阻；人艺老编剧蓝荫海记得，在60年代初期老舍曾写过一部戏，剧名忘了，似乎只有两个字。大家听完剧本后哈哈大笑，蓝荫海至今对其中一句印象最深："敲门声像年三十剁饺子馅一样。"

有一次去苏联访问，老舍看中苏联讽刺官僚主义的喜剧《澡堂》，就让高莽找出翻译稿，由他自己改成中国版剧本。中央实验话剧院排练出来后，周扬一看就否决了。

笔者为此专访了高莽，他详细地讲述了老舍接触《澡堂》的情况：

> 1959年参加苏联作代会，老舍先生爱看戏，就看了一场诗人马雅可夫斯基的话剧《澡堂》。这个戏曾被批过，二十年没有上演。剧本讽刺挺厉害的，把那些官僚主义者送到时间快车。演出形式大胆，剧场内气氛好。他看戏时，我做翻译。演出后，院长或总导演还来征求意见，老舍说挺适度的，演技不错。

> 他问我，怎么翻译得那么细？我说，我已翻出来了，准备收进人民文学出版社作者的五卷集中。他很感兴趣，向我索取翻译稿。老舍就看中了《澡堂》，回家后就动手改了一个中国版。老舍善于写讽刺戏。两个月后，他请孙维世和我等人去他家听新剧本。

> 老舍念稿时有味道，不时自己发笑，朗读时间很长。剧中可笑、伤心的地方很多，与原剧差不多，只是把人名改成中国人。有一个人名就叫"万家宝"，大家听了大笑，说老舍拿曹禺开心。

> 有一次参加十月革命四十周年，中苏有分裂的迹象，中央上层知道。陈老总说："工作不多，只是祝贺，没有工作任务。"苏联记者知道老舍是党外人士，尽量问老舍。老舍对党

中央的话理解比较透，他嘻嘻哈哈地说："喝茶，喝茶……"不谈政治时就随意一些，给记者讲茶叶的性能。

（1998年8月26日口述）

在人艺，给老舍退稿是一件难事，但老舍的宽厚又让人艺的人感念。人艺老编剧梁秉堃讲了一个故事：有一回，剧院觉得老舍新作《过年》不太理想，就让夏淳、于是之去退。到了家中，于是之说不出口来。老舍请他们在东来顺吃饭，吃了一半，于是之吞吞吐吐地把来意说了，老舍把稿子接过来放在一旁说："我再写好的。"于是之如释重负，饭后他对人说，只有到了后半截，我才吃出涮羊肉味道。（1998年8月7日口述）

老舍1960年、1961年左右悄悄地写完了童话剧《青蛙骑士》，主动寄给《人民文学》编辑部。笔者查阅到当年《人民文学》那张发黄的审稿单，上面留有审稿人的诸种意见。值班编辑崔道怡首先肯定剧作"在思想上提高了一大步"，然后写下阅读感受："作为剧作家老舍，能够运用各种样式，无论巨细大小，紧密配合政治任务。没去西藏生活，就来改编西藏民间故事，这种精神是可敬的。"编辑部主任杜麦青感到作品中存在一些不足："主题和情节有些不太谐调，对话流畅通俗，但也有不少陈旧、别扭的地方。"

副主编陈白尘主张留用，但请作者进行一些修改。主编张天翼审看后，也做出同样的意见："从这一类的主题来说，即使不改，亦可以发。当然，能改一下更好。"

当时西藏平叛、边境问题频频引起国内外关注，老舍自然关注这个热点，从童话传说引申出民族团结的主题，依然不失紧跟形势、密切配合的创作本分。

那几年生活困难时期，老舍作为高级文化界人士，享受特殊的副食品补贴,每月凭证内部可买到肉两斤、鸡蛋两斤、糖两斤,还能购买一些烟、茶。但他始终保持自律,坚持低调的态度。1961年1月,他告诉来访的中国文联组联室干部陈慧:"我就看不得那些抢购东西的情况,看了令人生气。大家让一些,不一定要买的东西就不买,这就松了,不至于造成人为紧张的局面。我可以去政协三楼俱乐部、南河沿文化俱乐部吃饭,我从来没有去。因为想着人人都不肯放弃权利,就搞得很紧张。"(摘自1961年1月《文联访问艺术家简报》)

老舍还说道:"现在创作生活很多,《人民文学》常来看稿,儿童剧院要我写一个儿童剧。又要写关于天桥的史事,但不知从何写起,架子还没搭起。上个月天津河北梆子小百花剧团又来邀请——实在想下去体验生活,因为身体原因去不了……"

陈慧记下了老舍这一声长叹:"没有生活,写不出,没有来源……"

1963年底,从南京到上海,先后上演了名震一时的《夺印》、《霓虹灯下的哨兵》、《年轻的一代》等话剧,都不是北京文艺团体创作演出的。北京市领导对此有些焦虑,在11月11日召开的市委工作会议上,彭真把曹禺叫去,要他停下周恩来出题的《王昭君》写作。

《北京人艺大事记》中引用彭真当时所说的话:"以后谁要给你历史剧的任务,你就告诉他,市委决定要你百分之九十写现代戏。"彭真当场给曹禺创作河北抗洪斗争的任务:"河北发生那么大的洪水,战胜洪水是发挥群众的力量的,可以写写吧!"

第二天,市委宣传部长李琪问曹禺怎么样,剧院的人回答:"曹禺很紧张。"

老演员蓝天野谈到当时陪同曹禺下河北、协助他创作剧本的情况:

63年冬天,我陪着曹禺到河北收集抗洪材料,到了几个县,然后住在天津宾馆。老舍先生也住在宾馆里,他是给天津写剧本《王宝钏》。他对过去传统剧目有想法,想重新写一个新编历史剧。

晚饭就我们几个吃,老舍先生很实在,他知道我们下基层忙于找材料,就没有过多议论剧作。曹禺写《王昭君》正写到兴头上,想在宾馆多住几天,把两幕戏收一下。

记得老舍他们还画画,曹禺进来看看。我问了给齐白石出"蛙声一片"题目绘画的事情。老舍说,我找了四句唐诗,都是齐白石常画的东西,不是出难题。他讲了一些文人之间交往的事情。

老舍先生当时还算轻松,特地请曹禺到真正的狗不理饭馆楼上吃包子,就那一次觉得味道真的不一样。

运动来得那么快,比预感的要快。回来之后传达有关文艺界的两个批示,64年初就来了一个突变。

(1998年10月27日口述)

曹禺、焦菊隐他们还是没有放弃在北京人艺搞出世界水平的东西的理想,这种追求与现实的不协调困扰他们几年,风吹草动之时就垂头丧气,按下不表,但是一有机遇还是抓住不放。借着1963年大写现代戏,他们在讨论剧院五年计划时,焦菊隐还再三强调:"要有共产主义的民族自豪的雄心,在世界上要树起东西来。我们演出的戏,要让资本主义国家的人看了也说好,这就是国际水平。五年内要有个目标,要搞出几个好的现代戏来。"曹禺听后兴奋地说:"焦先生帮我们开出了一条道,焦先生的这条路,是一朵大花……要加一把劲,要追求最高境界,要培养出红得发紫的演员,硬是要从二十几岁的人里出人才，这才有盼头。"

事后他们焦急地找了老舍、郭沫若等剧作家，请他们再为人艺写剧本。1964年初剧院迫于形势，提出了"甩掉现代剧目落后的帽子"。那年大年初二，曹禺、焦菊隐等剧院领导邀请老舍、孟超等人在东来顺聚会，闲谈之中探讨写新作的可能。

老舍那个描写京郊旗人村的话剧构想，也开始为曹禺他们所惦记。

焦菊隐希望在1964年国庆前后搞出一个高标准的现代戏，而剧院分三组在京郊农村、京西矿区深入生活长达一两个月。然而8月底，市委宣传部已经迫于严峻形势，为应付斗争的需要，开始布置批判焦菊隐，发动大家回忆焦菊隐在文艺、政治思想和生活作风方面的情况，立意是要彻底清除其思想影响，更大的背景是要找到替罪羊抛出去。

批焦小组悄悄组建，市委要求在国庆节以前搞出两篇批判文章。谈到这一点时，周瑞祥作为剧院党委秘书，深有感触地说道："65年上面压下来，彭真顶不住，就以批反动学术权威的口径去批焦菊隐。让我、童超等人组织写批判文章，把我们几个关在剧院四楼小屋，从焦先生的书里、文章里挑骨头，断章取义，说是反毛泽东文艺思想。后来《北京日报》打出文章小样，不知为什么没有发表。赵起扬说，亏了没发，要不弯怎么转。这事做得绝对保密，焦先生不知道。"（1998年10月21日口述）

1965年底，北京人艺的舞台似乎要搬到天安门广场，11月30日全体演员参加反对美帝侵略刚果（布）的游行示威，并在广场持续几次演出活报剧、诗朗诵、对口词、单弦等节目。1966年1月3日上午通知出节目，下午排练革命歌曲大联唱，晚七时赴天安门广场参加选举刘少奇为国家主席的庆祝联欢会。2月9日上午十一时开始排练，下午二时到天安门演活报剧、合唱、快板，随后赴越南驻华使馆表示声援，递交声援书。

为了支持刚果反帝，剧院党委决定在十几天内写出斗争戏《刚果风雷》提纲。这边尚在操作，市文化局又布置创作反对美帝侵略越南、支援越南人民斗争的剧本。剧院只好在两个排练厅分组突击排练，每天分三班进行，在五天内排出大样。刚喘一口气，中央又决定举行支援多米尼加人民反美斗争的活动，剧院在当晚十时半召开全院动员会，确定第二天全天突击排练大型活报剧《反帝怒火》。

虽然曾安排焦菊隐出任一些反帝剧的导演，但内部筹备批判焦菊隐的工作一直没有松懈。焦菊隐无奈之下，曾请求调离北京人艺，要求全家下放到农村，按农民待遇，长期安家落户。剧院党委明显感觉到他的不满情绪，也悄悄地收集到他私下对公开批田汉的异议。

1960年以来，一旦形势许可，剧院党委会、艺委会时常开会议论艺术问题，尤其是那三个屡屡让人困扰的主要问题：1. 有哪些违反艺术规律？2. 艺术创作中是否适于搞群众运动？3. 领导工作和艺术创造中的民主作风问题。讨论时似乎容易达成共识，可是政治风暴袭来时，所有旧症新病只会愈演愈烈，谁都无法抵挡。具有不凡天赋的焦菊隐面对剧院的现状，只能在内心哀叹。

老舍感到自己已经完全不适应外面火热的形势，与剧院的关系渐渐地淡出，对批焦的举动不表露什么，也很少来看新排的反帝戏。只是剧院党委书记赵起扬等人创作的《矿山兄弟》在华北会演时，老舍默默地看完这出戏。很快这出戏因对工人的缺点错误的描写"过了限"，引起较大争议，为此组织演出专场，请周扬、林默涵等一大批负责人士会审，最后连彭真都出面说话："我没看出政治性的问题，如果有，我看戏的时候就会提出来了。"

创作的险恶连同政治上的莫测，敏感的老舍自然很容易体会得到，处事更加低调。1965年1月华北会演大会讨论骆宾基的新作，一些与会者对北京人艺旁敲侧击，调门起得很高："骆宾基的戏糟蹋老干部，不仅是不健康，而且是恶毒……北京人艺应当不应当给骆宾基抬轿子？过去是给老舍抬轿子，这是组织作家的阶级路线问题。"

北京人艺的压力愈来愈大，使用老舍搞创作也逐渐变成敏感的斗争问题。在那段政治高压加大的日子里，人艺与老舍从最初的不即不离演变到躲避不及，老舍终于成了剧院运动急于甩掉的包袱。以往人艺每年元旦、除夕活动，都特邀老舍参加，而此时邀请名单里早已没有老舍的名字。

剧院唯一正面涉及到老舍的就是日本关西艺术座不断索取有关《茶馆》的演出资料，以后他们又寄回在日本上演的《茶馆》剧照。

周恩来1965年1月批评新片《红色宣传员》思想性不够强，对在场的北京人艺演员们说："美学问题、审美观问题不能由你们自由飞翔。"过了几天，周恩来又明确无误地要求剧院加强对队伍的锻炼，每年要有半年时间深入生活，参加劳动。

很快，《龙腾虎跃》剧组到达佳木斯分局南岔机务段，开始三个多月的跟班劳动。并实行"开门排戏"，机务段领导和工人随时来看排练，随时提出意见。而曹禺则在北京阜成门门市部与售货员实行三同，一起站柜台，一起推车下街道售货。曹禺穿上工作服，卖油盐酱醋，营业动作不好掌握，老是算不过来账，让老太太顾客在一边焦急。有时，他还到街上吆喝："卖酱油……卖透明香皂，又洗衣服又洗脸……"

老演员郑榕感慨地说:"那时一个运动跟着一个,躲不过去。往往以运动为主,排戏为辅。演《矿山兄弟》,我们在西山矿区劳动很长时间,早晨四点半起床就下去推车。谈艺术很少,演不好就是演员思想改造得不好。我现在老了,晚上做梦从来不会做到剧场演出梦,做的是在农村没完没了的劳动。我在人艺这么多年,纯粹谈艺术的仅有两次,一次是1956年苏联专家办班,进行教学训练;第二次是'文革'过后百废待兴,于是之在《茶馆》组搞了一段艺术总结,也是为了清除派性,让大伙儿转到搞业务上来。"(1998年8月26日口述)

老舍就在那时到北京密云县檀营村居住了三个月,这是一个旗人居住较多的村子。

北京人艺老编剧蓝荫海1965年也在密云体验生活,他住的村子与老舍住的村子相距很近。他发现老舍虽然身体不好,仍挂着手杖在檀营旗人村走家串户,爬到山腰看新建的扬水站。蓝荫海问:"腿行吗?"他说:"没事,扶着我就上去了。修这个大工程,抽潮白河水上山。不上去看看,行吗?"

县里照顾他,给他找了一间糊了顶棚的干净房子。有时县里有活动,就派辆吉普车接他,到县城听县委书记作形势报告。他穿一件灰色干部服,跟一般干部一起,在台下听得认真。

蓝荫海告诉笔者:"我念我写的本子,他靠在炕上被子旁听。我写了这么几句,'大河流水小河满,大河没水小河干'。他告诉我:'这是文件里常见的,不要用人家写滥的词,要注意新鲜的语言。'他说,像'锅里有,碗里有'这类才是农民的话。"

老舍对旗人村出现的变化满心欢喜,他几次对蓝荫海说:"过去旗人肩不能挑,靠吃钱粮,不会劳动。解放后改造了,表现很好,学着种地,这是多么动人的事。但他们总想省事,把芝麻、玉米、谷子种子一起撒,没有长成。旗人过去是统治阶级,心眼都挺好的。这个村穷,以前连瓦片都揭下来卖,现在都盖了新房。这还不应该好好写写,多发现有趣的事。"

蓝荫海遗憾地表示:"受了当时路线斗争的气氛影响,听说老舍先生写《旗人村》的初稿引了很多语录。我没见过稿子,但感到他本人内心是不愿这么干的,写时是很无奈的。"(1998年10月30日口述)

英若诚记得,老舍从乡下回城后,紧张地问人:"出什么事了?连周扬都批了……"他很敏感,有点灾难临头的感觉。

梁秉堃1965年底在欧美同学会举行的座谈会上见到老舍,老舍兴致颇高地说:"我正写一个找乐的事,写计划生育,一个三十多岁的妇女手上一个孩子,怀里一个,背着一个……"主持会议的邓拓请老舍坐前排,老舍坚决不从,执意让年轻人坐前边。他说:"现在是年轻人干的时候。"

梁秉堃告诉笔者:"当时我坐在前排觉得不对劲,回头看他。他笑着说,没关系,我给你把着场。"(1998年8月7日口述)

舒乙回忆道,1964年以后老舍觉得慢慢被遗弃,心情日趋暗淡:

> 人艺、青艺已经不再找他写戏,与周恩来的联系明显减少。1965年赴日本访问很轰动,同去的两个"政委"刘白羽、张光年与人谈政治,而他很潇洒地谈茶道、武术、饮食等,日本人喜欢他。回来后反应冷淡,写了一篇很长的游记,寄出后石沉大海,这对他打击很大。现在这篇文章手稿只剩下首页、尾页。

他开始出游、下乡,客人少,说话少,产量下降。

看到党内朋友阳翰笙、田汉、夏衍倒了,批《北国江南》,

对他刺激不小。他去黄山旅游，途中给阳翰笙写信，一字不提批《北国江南》的事，只写自己旅途中的心情。但让人读后，觉得字字的背后都在提《北国江南》。

那时他的心情肯定很坏。他原来是有抱负的，在国外看到很多文艺形式演变，他想在国内试试。哪怕在61年、62年低潮时，他还玩命地写歌剧，共写了四个，还改了两大出戏《王宝钏》、《杨家将》。可是，政治把他弄成这样，政治形势又把他的创作生机阉割了。

北京市已确定拔两个白旗，一个是老舍，一个是焦菊隐，已暗地里组织批判文章，并在《北京日报》拼好版面待发。实际上已内定为北京市最大的反动权威。那一年住医院，没有一个朋友来探望，他心里很明白。

有一次市文联组织人员下去，偏偏不理他。他回家后带着微笑，但说话非常凄凉："他们不晓得我有用，我是有用的，我会写单弦、快板，当天晚上就能排——你看我多有用啊……"

悲剧就在这里，到了最后，上面仍然认为他是资产阶级分子，别人还是不相信他，只能自己死掉。

（1998年10月30日口述）

据舒乙介绍，老舍1963年发表短文四十多篇，1964年十篇，1965年九篇，1966年仅发了一篇。外国朋友问，他简单回答："身体不太好，不写什么了。"对当时批判"中间人物论"等活动，采取了不表态的缄默态度，不像以往参加运动那样去写声讨文章。

郑榕说，其实"文革"中批判老舍的言论观点，早在1964年就有了。市委怕负责任，欲把老舍抛出去。

老作家林斤澜告诉笔者,"文革"前夕老舍几次跟文联机关的人讲,七十岁以后我就退休,闭门不出。你们不要弄我了。他还时常提到,年轻时有人劝他不要干文学,干了没有好下场。他半是认真半是悔意地说,后悔没有听进这话。(1998年7月17日口述)

挚友吴组缃进城常到老舍家中喝酒,他告诉别人,老舍经常酒后发很多牢骚。80年代时,林斤澜曾几次劝吴组缃写出来留给后人。吴组缃不愿执笔,说:"不写实话没意思,还不如不写。但如果写了实话,两方面不满意,一是有关领导,二是夫人。"

可惜的是,这些牢骚话随着老舍、吴组缃先后去世而被永远带走。

周恩来对北京人艺有了一些失望,一些不满。1966年3月28日,看完反映越南英雄阮文追的话剧《像他那样生活》后,周恩来心情颇为沉重地对文艺界领导林默涵、周巍峙、李琪说:"我对北京人艺的《像他那样生活》不太喜欢,我看于是之那两位演员是自我陶醉,看样子他们深入生活比较差,似乎不如青艺那样有群众的生活气息。人艺腔也听不惯了,他们不像在演阮文追夫妻,而像演他们自己。"

周恩来又对北京市委宣传部长李琪说:"我这样说可能挖苦一些,不要直接对演员说。"

他说:"过去我对他们有些戏还是欣赏的,现在看不习惯了。"(摘自文化部1966年简报)

据说,苦闷之中的老舍曾给周恩来写信,周把信转给康生,康生批示道:"回原单位参加运动。"

据舒乙介绍,有一次演完意大利歌剧《女理发师》后,周恩来留下一些人讨论该剧存在的问题,一个个问过去。别人不敢说话,老舍说了一句"我反正听不懂"。他知道周受到江青等人的压力,他还是想以帮助朋友的心情对待周。周恩来没有料到的是,"文革"一爆发老舍这类朋友会被当成敌人,他原以为老舍只是没跟上时代前进步伐而已。(1998年10月30日口述)

1966年1月31日,市委决定撤销焦菊隐副院长职务,勒令《茶馆》演员们揭发焦菊隐在创作上的问题,并商定在适当时机批判文章公开见报;4月16日开始批"三家村",北京市委岌岌可危,市委宣传部指示批焦的工作立即上马;6月18日,赵起扬被批判,群众组织宣布夺权;6月20日,剧院领导一律列为"黑帮";8月23日,北京人艺改为"北京人民文工团",剧院领导被抄家;8月24日,老舍沉湖自杀;8月25日,剧院的人得知老舍死讯,心中慌乱,谁也不敢说什么。批判大会照旧如火如荼。

英若诚回忆了剧院那种麻木、惊慌的情形:"我们马上知道老舍的死讯。这么大的事,本来大家应该议论纷纷,但没有。这说明了一种精神状态,人艺很复杂啊!"

欧阳山尊告诉笔者,老舍的死使他联想到一次夏天出游。那天郭沫若、老舍等与人艺的领导、演员们一起坐船逛颐和园,演员狄辛下水了,曹禺也下去了。欧阳山尊在一旁劝老舍也下水,老舍说:"我扎猛子下去,半天都不上来,上来后又白又胖。"

欧阳山尊伤感地对笔者说:"这句幽默的话是无心说的,说时很高兴,没想到成了谶语,他真的后来扎进太平湖。我想,他万万没想到灾难会忽然降临,没有精神准备,一下子接受不了。最大的苦闷,就是'文革'一来他被揪出挨揍。"(1998年10月18日口述)

曾经出演过《龙须沟》、《茶馆》、《骆驼祥子》等戏的人艺终于淡漠了剧作家,老舍的名字只是在批判发言中屡屡使用。他的剧作全部被视为大毒草,有关演员多少受到牵连,剧组的人们很自然也随着运动的深入而分化、而相互斗争。譬如蓝天野曾被开除党籍、英若诚以"里通外国"罪被捕入狱、黄宗洛受到"五一六"清查,等等。

"文革"中,剧院花了几年时间排出《云泉战歌》。郑榕申请扮演第二号人物的B角,在会上引起争议,有人说:"郑榕只能演十六号以后的正面人物。"

郑榕回忆道:"那时每出一篇《人民日报》社论,《云泉战歌》就得改台词,主角天天背新词。"1972年,焦菊隐被允许看了欧阳山尊、夏淳执导的《云泉战歌》连排,戏里有他熟悉的演员童超、朱旭、童弟、黄宗洛、吕中、吕齐等人。看完戏后有人征求意见,焦菊隐直率地表示:"政治上刚及格,艺术上只能打二十分。"

人们奇怪,老导演怎么能拿《茶馆》的水平来打量"新生事物"呢?

很快,剧团临时党委决定把焦作为"靶子"之一开展批判,进行基本路线和文艺路线的教育,对焦成立专案组。

1975年2月18日,身心备受折磨的焦菊隐因患肺癌得不到及时治疗,郁郁而终。

此时,老舍已去世九年,两人所期望的舞台辉煌早已灰飞烟灭。1958年《茶馆》的一时盛事成了1949年以后中国文坛有异样感、有成就感的亮点之一,然而因注入太多太多的外界力量而使后人更多瞩目其中悲剧的意味,关注其间人们浮移、下堕的不堪回首的命运。

《茶馆》后面的故事依次展开,却以剧作者、导演、演员的悲惨遭遇演绎中国社会动荡的变迁,舞台背后的一幕幕场景比剧作本身更真实、更残酷、更无情。

老舍以他的沉湖为作品作了最后一次无言的讲解,把解不开的思想疙瘩不情愿地留给后世,那双充满热情、不停地歌颂政治的手终被无情的政治戛然毁掉。

等到"文革"一结束,《茶馆》剧组的人们一下子似乎重新读活了《茶馆》,读懂了老舍。

但他们又惶然表示:不能全懂。

老舍的死绝不能只怪罪于那几十个抡着皮带打人的红卫兵们!

题记

  对老作家丁玲,我一直怀着崇敬与不解的感情。外界对她的评价错落不一,她是20世纪一生充满矛盾、众口难于定论的著名作家之一。现在凡是遇到写丁玲的文章、著作,我已经习惯性地在第一时间抢先阅读,总是想破解她身上诸多的政治谜团。

  1980年我在厦门大学求学,学校坐落在偏僻的海边,信息不算灵通,有一种与改革开放形势相隔离的感觉,学生们对外面世界总有了解的渴望。有一次听说右派大作家丁玲要来学校作报告,大家奔走相告,苦苦等待,结果作报告时偌大的大礼堂座无虚席,连过道上都站满了人。这是厦门大学学生对受苦二十多年的老作家发自内心的礼遇,也是对岛外重要来客的政治上期待。可是丁玲老人满口都是我们熟悉的、略显陈旧的政治性言语,对过去持全面赞颂的态度,还在主席台上高声唱起红色歌曲。这让我们年轻学子多少有些失望和诧异,难道过去二十多年受罪的日子就这么轻易地放过了,不值得深刻地反思和追问吗?

1986年4月我调到中国作协机关工作,那时丁玲刚刚病逝,但是满机关里还是各种议论声不绝,有赞美的也有厌恶的,留下的《中国》杂志的后遗症还在发作,她的思想影响似乎还是无所不在。

写《丁玲的北大荒日子》的最初起因是读到一大批丁玲在北大荒劳动期间寄给中国作协的思想汇报,每次来信都是厚厚一叠,到了60年代前期她就干脆大段大段地抄报纸上的反修文章,再加几段自己的评价,读起来确实味同嚼蜡。有一点值得说的是,这些手写的思想汇报中错别字不少,在恶劣、封闭的劳动环境中,她的文字能力有了相当地弱化,选词择句非常单调,原来自身的写作劣势和不足都被一一放大。那些年中,中国作协党组收到后,往往择其部分较具典型的思想汇报打字上报,呈送给中宣部及周扬,周扬大都在第一页画圈,表示已阅。

当时代表中国作协先后去北大荒探视丁玲的,只有时任中国作协副秘书长张僖和作协党委秘书王翔云、高铮,1999年初我就抓紧时间采访这几位重要的当事者。张僖老人非常健谈,记忆力又很好,他对丁玲一向持同情的态度,当时就没有摆出像党组另外一些成员那样强硬的姿态,因而由他代表组织去北大荒探视,了解改造情况,也容易为陈明丁玲夫妇所接受。在丁玲难得回京参加全国文联代表会议时,他暗地里极力撮合周扬与丁玲见面,并提供自己的办公室供两人谈话。张僖老人谈及周扬与丁玲之间复杂微妙的关系,总是唏嘘而叹。丁玲到北大荒劳动之后,每天站着切菜八个小时,两腿微肿。在得知劳动强度如此之大后,周扬多少起了恻隐之心。张僖回忆,周扬听了情况介绍后默然许久,说了一句:"这不好吧。"

采访王翔云老人是在医院重症病房里,她当时患严重的心脏病,大夫嘱咐一定要卧床休息,情绪务必平稳。在这样病情下谈过去旧事,我心里总有点担心,但王翔云老人还是同意接受我的采访。她斜靠在病床上,面有倦色,谈了不少在北大荒农场走访取证的第一手情况,讲述当年她们所写《丁玲调查报告》的前后经过,正好弥补报告中间缺失的现场感性细节。事隔不久,王翔云老人就因病去世，张僖老人也相继过世。感谢他们及时、生动的回忆，留下了宝贵的口述材料，抢到一个关键的时间点。正因为他们是组织上委派的调查代表，他们所了解的层面比较广泛，再加上走访工作较为细致，因而他们的口述显得真切而珍贵。

到丁玲爱人陈明先生的木樨地家中采访数次，他的讲述极为生动，条理性也好，复原了他们在汤原农场劳动及日常生活的场景，不安和期盼、恐慌和应付、抵触和隐藏，都构成了十几年农场生活麻木的暗淡基调。我写完《丁玲的北大荒日子》初稿后，特意送去打印稿请陈明先生校正。过了几天，他打来电话让我去取修改样，我去后看到老人用铅笔删改不少地方，改得极其细腻，当面再三致谢，回家后我一一依此订正。没想到的是，该文在《南方周末》刊发后，陈明先生表示异议，并写了数千言的反驳文章要求刊发。我感到极为诧异，给老人打电话询问，他说："你的文章发表后，不少老同志打来电话，说有问题……"他说，扛不住老同志的压力，只有写文章提意见来缓解。放下电话后，我默然许久，《丁玲的北大荒日子》真实地写出北大荒劳动改造生活的图景，抱着极大的同情、悲悯之心，对丁玲没有丝毫负面的描写和评说。怎么会有这样的结果呢？延安的老战友们为何不能宽容这篇文章，一定要从根子上否定呢？过了几个月，在一个会议场合，陈明老人露出歉意的表情，握住我的手说："有空再上家里玩。"

对我而言，只留有一个遗憾，就是当时没有去成丁玲所在的北大荒汤原农场。真应该走一趟，找一找当年农场的干部职工聊聊天，看看他们住过的旧房子和工作场所。我曾向陈明老人详细询问乘车路线图，问了车次和下车后行走线路，可惜就因为自己的懒惰和工作的忙碌，错过一次实地探访的机遇。

我觉得，截至目前为止，大家对丁玲一生（尤其是晚年表现）的实际了解是远远不够的，有几人能靠近她的真实内心呢？多少年背运和折磨使她的处世方式粗疏和困惑，真实的她与场面上的她是有很大出入的，她自己也在为此相争和纠结，有时为了刻意突出自己的"左"反而让自己愈演愈烈下去，到了无法收拾的地步之后倒有了几分释然。

有一天，我偶然读到几份"文革"期间流传出来的丁玲交代的材料，她说，30年代中她在上海被捕后，与爱人冯先生被软禁在一个小院里，吃住待遇尚好。此时已叛变中共的原特科领导人顾顺章搬来住在后院，他的家人在事变中均遭横死，自己又不获军统彻底信任，情绪因而大坏。他跟丁玲讲了许多自己亲身经历的隐秘故事，发泄自己排遣不了的痛苦无望的情绪，一向文人气质的丁玲听了后"大惊失色"，深感灰色人生的无奈和惨烈斗争的压抑。她与顾顺章的交谈，应该是她人生中最为重要的心灵炼狱之一，她对严酷、没有私情的党内生活应该有所领悟。以后在山西、延安屡遭挫折，进城后又被多方围剿，不如意的事情十之七八，不被理解的事情更多。这些不适甚至是负面的阅历都给她的思想世界抹上既深重又暗灰的底色，轻易不敢示人。正因为她知悉的事情过多，又是一个天生有大局观、生性敏锐的女性文人，思想上打上了死结，因而活得很沉重，选择也很艰难，注定黏附着迷离而不能解脱的悲剧宿命。

20世纪80年代初，丁玲重返北大荒

丁玲的北大荒日子

1957年5月底形势骤变，6月中旬以后中国作协秘密成立了反右派斗争指挥部。在《作协反右派斗争计划》中，将解决"丁（玲）陈（企霞）问题"列为战斗任务之一，丁陈曾经领导过的《文艺报》被开辟为最主要的战场。当时的党内口号是"沉重打击右派分子、武装积极分子和争取中间分子"等。

中央高层明确指出，要充分发动群众，要开大会，大争大辩，集中力量首先打垮"丁陈反党集团"。7月初以后，中国作协以党组扩大会议名义连续召开了二十五次大会，在初秋时节终于取得"决定性胜利"（《作协整风运动总结报告》用语）。实际上，刚开了几次会，挨批者纷纷认罪，以致周扬在总结大会上如实说过："十六天的会议就揭露出一个反党集团的活动，这在文学史上恐怕也是很重要的、过去少有的斗争，翻一翻过去的历史来看，恐怕都是很少有的事。"

他把此战比喻为"换掉国民党放在共产党工事里的几根有白蚂蚁的大柱子"，他表示："如果这是一根大柱子，我们找不到很大的柱子来换。那么我们宁可用几根小柱子来换它。虽然小一点，但是没有白蚂蚁。"

周扬大声说道："丁玲说什么'肩上担负世界的痛苦'，担负那么多痛苦干什么？这正是没落阶级的思想，让他们担负着痛苦进坟墓去吧。你有痛苦你痛苦好了,不要抱紧我们。我们迎接新的时代,迎接新的社会,为什么要有那么多的痛苦呢?"(摘自中国作协会议记录原稿)

中宣部部长陆定一在会上表示:"我们对丁陈斗争搞得好,很坚决,今后的办法就是头上要长角。"他说:"现在,丁玲的问题我们还是等待她的觉悟。我们已经等了十多年了。她一到延安,就不太像一个共产党员。她这样下去,就不能做一个作家,也不能走社会主义的路。如果你是政治问题,不是反革命问题,你就表现出来给党看看吧。"

陆对反丁陈斗争赞誉有加,大声疾呼:"我们的文学家们,请你们起来赞扬赞扬这些东西吧:你们要赞美果实,因为我们已经学得成熟了。"

1957年8月15日,在文艺界一次内部通报会上,邵荃麟、刘白羽、林默涵传达几位中央常委关于"丁陈问题"的指示,决定把"丁陈问题"作为文艺界第一个大的突破口,为处理丁陈定下了基调。这些指示显示当时严峻的尺度:"文艺界反右已展开,但火力还不够,应该更彻底。不要有温情主义,不要认为搞得过火了、面宽了等等。个人主义在文艺方面很厉害,略有成就就反党,根本忘记他的成就是怎么来的。知识分子有各种各样的流氓性。不能有温情主义,不要认为搞得过火了、面宽了等等。今天不痛,将来不知道要怎么痛,将来就痛得不可收拾。顽抗的只好毁掉,淘汰一部分,这也是挽救更多人的好办法。这些人就是文艺界的败类,如不淘汰就起腐蚀作用。如这些人不整,则搞出的东西也是资产阶级的。不要姑息名演员、名导演,给他再次登报,扬扬臭名。"(摘自会议记录稿)

邵荃麟传达了周恩来的一句话:这个斗争要看长不看短。他还转述了周的几句感慨:曹禺和吴祖光就是两个不同的类型,吴祖光离开党、反党,曹禺走近党。就在这次关键的通报会上,刘白羽再三强调:"我们的斗争搞好,对全国是个推动。我们已突破反党集团,但离彻底胜利还差得远。雪峰与丁玲之间的关系还没打破。对艾青、李又然这些人要有各方面的材料,陈明在北影搞,马烽、白朗交代丁玲的问题太少。不要放松丁玲……"

林默涵说:"丁陈问题不仅是作协的事,而且是整个文艺界的事,各方面的斗争都与丁陈问题有直接、间接关系……这问题在文学史上十分重要,这是个重要的历史事件。"

郭小川在1967年7月11日写的交代中,涉及的反丁陈斗争之事可以作为我们了解整个反右运动的背景材料:

> 那时,文化部不太听周扬的,管事的副部长钱俊瑞是闹独立性的。周扬后来利用58年钱俊瑞不适当的工作方式,抓住了这个事。副部长刘芝明也看不起周扬,两人并不见有原则分歧。
>
> 原来文化方面是胡乔木管,后来由陆定一主管,拉来周扬。周扬有文艺界的实权是从54年或55年初开始的。当时周扬手上只有作协,当初只有作协归中宣部,其他协会归文化部管。
>
> 周扬要从作协打开缺口,掌握文艺界。55年底,康濯写了一个揭发丁玲的材料,说丁自由主义,攻击周扬。原来没准备搞丁陈的,刘白羽来作协后鬼得很,野心勃勃,对丁陈斗争是刘搞的。他一来作协就感到作协有一派势力,要搞作协,必须把丁玲这一派打下去。
>
> 因为反周扬的人很多,打丁是杀鸡吓猴,把作协的阵地抓

到自己的手上来。搞了丁玲，就要搞创作，搞出成绩给中央看。当时就学苏联的那一套，讨论了典型问题。

57年6月反右斗争，在陆定一家谈过丁陈问题。陆找我们说，对丁的斗争是对的，周扬没有宗派主义。

（摘自郭小川1967年交代材料）

作协党组在1957年10月7日汇报批判"丁陈反党集团"扩大会议的情况报告中，也承认在大鸣大放期间，估计作协机关中有百分之七十以上是受"丁陈集团"影响和迷惑的，只是在反右斗争中才逐渐改变了这一形势。

之后，作协党组在1957年10月26日发函给北京市委刘仁、张友渔，希望能占用北京市一百人左右的下放干部名额，安排作协机关一部分有思想倾向问题的干部参加劳动或基层工作。其中一条理由就是："作家协会是知识分子成了堆的地方，而且由于'丁陈反党集团'在这里活动多年，散布了极其不良的影响。现在这个集团刚被粉碎，机关正气方在抬头，急需抓紧这个时机整顿一下。"

丁陈被整肃后，党组一些人就急于把机关整顿得"干干净净"，同时斗争中涌现出来的积极分子不断被委以重任。整个机关再也听不到任何表示异议的声音，周扬、刘白羽在作协系统的领导权威得到最终、无可争议的确立。

周扬与丁玲的矛盾长达几十年，两人漫长的恩怨至今外人也无法说得清楚、看得明白。它实际上已构成文坛一个解不开的死结，直接影响了许多事件的产生和结果，由此决定了相关人的几十年各自盛与衰、荣与辱的命运。

50年代初，丁玲主编《文艺报》期间，一天偶尔谈到自己的长篇小说《太阳照在桑干河上》出版情景，丁玲忍不住说道："这本书曾被周扬压下来，不给出版。"她说一想起此事就伤心，结果当场当着编辑杨犁、唐因等人哭起来。《太阳照在桑干河上》获得斯大林文学奖，作者成了新中国文坛最为风光、最具代表性的人物。丁玲一度身为中宣部文艺处处长，以后还先后主管了《人民文学》《文艺报》这两个最重要的文艺刊物，并创办了声名显赫的文学讲习所。据当时在作协工作的人士介绍，每逢丁玲下车走进东总布胡同作协办公大院，总会有人前呼后拥地相迎。

然而好景不长，她与周扬冲突日益加重，加上毛泽东等中央高层人士的偏向，丁玲不断受到冷落，1955年最终以"反党小集团"落败，在文化界的影响力日渐消退。寂寞之时，丁玲对老友、老诗人柯仲平发牢骚："老柯，我这几年在北京是靠外国人吃饭的。"其实丁玲心里也明白，周扬、刘白羽批她"一本书主义"、"骄傲自满"，获奖的《太阳照在桑干河上》也改变不了她衰弱的境地。

张光年在1967年12月25日所写的交代材料中，曾谈及他与周扬在1955年前后说的几句话："周扬知道我在52年文艺整风期间对丁陈有些看法，半开玩笑地说：'现在是有冤报冤，有仇报仇啊！'我说：'丁玲同志改正了错误，才能领导我们工作。'周扬说：'丁玲做领导工作，那是不行了。'"

据陈学昭1955年所写的材料，丁玲曾对陈学昭说："作协里边没有一个不厉害，都是很凶。看起来只有张天翼同志还好些，这个人不肯得罪人，而且他自己身体不好，不太管闲事。"周扬有一次把布置好的批评《太阳照在桑干河上》的文章交给艾青，由艾青再送交丁玲。丁玲读了以后，当时就雇一辆三轮车回家，一路上哭着回来。她对陈学昭说："我不能忍受这样卑鄙无耻的人。"

1955年，在周扬的指导下，刘白羽具体组织了对"丁陈集团"

的审查工作。12月30日在传达大会上，刘白羽作了基调高昂的报告，为解决"丁陈"一案做了战前动员：

> 有些事情必须要弄清楚，作个结束。从1942年到现在，我们已经等待十几年了。我们还没看见丁玲向党、向人民公开地写过一个字，来承认这严重的反党错误，那我们为什么要不追究呢？
>
> ……丁玲到了延安，党和人民给予丁玲以热忱的欢迎。这种欢迎应该是丁玲铭刻在心的。丁玲不是爱讲究温暖吗？难道世界上还有比这更值得珍贵的温暖吗？
>
> ……在延安时，丁玲觉得太露骨，想一段一段发表《野百合花》，以免引起太大震动，想把毒药一节一节夹在面包里给人吃了。而陈企霞呢，第二天就把全文通通拿去发表了。
>
> ……丁玲觉得我们这个新社会太可怕了，缔造这个新社会的党太可怕了。
>
> （摘自1955年12月30日传达报告记录稿）

1955年定案后，丁玲心境暗淡，逐渐淡出了作协的活动圈子，摆脱了作协所有的事务性工作。她不时外出体验生活，或者躲在家中写作长篇。

1957年4月鸣放之初，丁玲的情绪不免为外界形势所感染，改变了一度超脱、躲避的态度，直接对中宣部、作协的甄别工作提出意见：

> 同志们接受中央的委托，就此进行的（甄别）工作，我必须向同志们表示由衷的感激和信任，并且表示，在我这方面，我将继续尽最大的努力，忍耐着，等待着，用一切办法帮助同志们正确地、完美地、早日结束这一工作。

……对这一工作,同志们的严肃、认真、细致,都是好的,也十分必要。但严肃、认真、细致,同时也还应该表现在大胆排除阻力,克服拖拉,迅速结案的上面。如果有人这样提出问题说:前年的作协党组错误地给丁玲戴上反党小集团的帽子的时候,是那样的勇敢,那样的坚决,那样的明确,那样的迅速。可是现在,将近两个整年过去了,纠正错误、平反工作却为什么进行得如此迟缓,这样束手束脚呢?到底有什么难以克服的困难和无法逾越的高墙?是什么原因作怪?什么东西作梗?对这个问题将怎样给予满意的回答呢?我很为难……我只再一次提出,希望快些!快些!再快些!

　　　　　　　　(摘自丁玲1957年4月26日致
　　　　　　　　　作协党组、中宣部党委信稿)

　　4月底开始,这封信在作协、中宣部党组织间转悠,最后落到周扬处时,原信上方已写满了四五个人诸如"抓紧甄别"、"快些结束"之类的批示。但到了反右阶段,这封信的下方又写了几条口气强硬的批语,譬如邵荃麟写道:"此信还是4月27日写的,气焰何等逼人!你跟他客气,他就跟你不客气,斗争就是如此,此信保留丁玲档案中。"

　　反右不到半个月,丁玲的右派问题几乎定局,整个作协呈现人人喊打的斗争趋势。8月初,作协总支向中宣部党委汇报会议的进展情况:"会上揭露丁玲曾四处活动,打听情况,寻找可以利用的错误和缺点,进行煽动,丁玲到处对人说她自己是'贫雇农'。丁玲和陈企霞曾密谋在今年10月全国第三次文代会向党大举进攻,公开分裂文艺界。丁说:'登报声明,公开退出中国作家协会。'当7月25日,党组扩大会开始向她们反击时,丁、陈之间密订攻守同盟,丁说她

'准备逆来顺受',企图顽抗。"

10月26日下午,中国作协各支部大会一致同意开除丁玲的党籍,建议让她下去参加实际工作锻炼。各支部材料中几乎都以这样的模式写道:"丁玲的言行渗透了剥削阶级的意识,而且党不止一次挽救她,这次就必须严肃处理。"有的支部建议,将丁玲放到最艰苦的地方去改造,甚至有人提出直接送到农垦部的王震将军处管理。

当时,中国作协党组将一份《关于丁玲、陈企霞反党集团分子的处理决定》上报中宣部,文中称:"关于丁玲、冯雪峰的作协副主席的职务,拟由作协向主席团建议,采用通讯方式征求作协理事的同意,解除他们的副主席职务。丁玲等人的其他行政职务及刊物编委等应一律解除。人民代表和作协理事等名义,在下届选举时,另行处理。作协会员的会籍,可不变动。拟让丁玲等人深入基层生活,改造思想,继续写作。"

12月16日下午,刘白羽代表作协党组先后找艾青、丁玲谈话。刘白羽一见艾青,说话就极为严厉:"你还这样,使人对你失去信心,上次开除丁玲党籍的会,你说你牙痛,没来,非常可惜。"艾青说:"我就是活到六十岁,也还有十二年,我是算了的。"刘白羽极为不满地说:"党对丁玲重做安排有二十年的打算,党对你也是这样。要有点思想准备,做农民也要做好农民。"

相比之下,刘白羽与延安时的老上级丁玲的谈话就比较缓和。当年丁玲夫妇与刘白羽夫妇在延安延河边时常散步交谈。那时一位左联老人劝丁玲注意:"刘白羽以后会代表周扬办事。"陈明对此话记得很深,因为这话后来果然被言中了。陈明告诉笔者,反右最厉害的时候,刘白羽碰到丁玲还颇为动情地表示:"怎么事情搞成这样?"丁玲所住的多福巷离作协不远,刘白羽还要派小车把丁玲送回家,丁玲摇头，说："不要送了。"

从保存下来的记录稿上看，两人此次说话前后不搭，像是漫不经心的一次闲谈。就是在这样的正式谈话里，一个人的政治命运已经悲剧性地内定了。

丁玲：我自己在家，煤搞得不好，这两天又好了。听说《文艺学习》要与《人民文学》合并。

刘白羽：《文艺学习》搞得好的是评论，现在准备把这一部分搞到《人民文学》去。机关精简百分之五十，放在怀柔、宣化，将来搞一个根据地。你的历史结论还要写一份，讨论时，我参加了，具体工作是张海做的。你现在近况如何？

丁玲：我的检讨我还要看一下，现在黎辛还没给我。我想找你谈谈，听听你的意见。

刘白羽：我也没再看，荃麟同志临走之前谈过，作为大会谈也行。但有些问题，看问题的焦点也不同。其实，很多毛病都是少奇同志谈过的，如何在这个基础上弄得更精练一点。最近报上批判右派的文章你看了没有？

丁玲：我很想老老实实地到下边去做点工作，做个普通农民，人家做什么，我就做什么。

刘白羽：一段时期把创作放一下，到实际中去锻炼改造有必要。

丁玲：前些时候，我看了少奇同志的书。

刘白羽：你可以看些文艺上有关批判修正主义的书。

丁玲：最近我想柯庆施，那时他是个傻小子，老实，也经过一些锻炼，因此马列主义也不是从书本上得来的。我过去是满不在乎，实际上是政治幼稚，觉得没关系，这就是没政治。

刘白羽：到下面做工作有好处，能锻炼阶级感情。我觉得从容点，根本问题是彻底改变。

丁玲：一个人投身于工作中去，就能改变，我想把我的检讨搞一搞。

刘白羽：你也可计划一下，到哪里去，要实事求是，能做到的。

丁玲：昨天黎辛给我打电话，谈这个问题。我想了很久，我想搞一搞林业，去伊春搞林业。伊春是个新城市，房子都有暖气。详细情况请组织上调查一下。我在大连时，给乔木写过一封信。他希望我下去做工作。我想还是下去好，这次应下决心。

刘白羽：短期可以，长期还要考虑。原来我们考虑过你的身体，不要太勉强。我们是考虑你和雪峰的年纪体力问题，要考虑周到一些。这里面有个长远做工作的问题，看你做什么工作。

丁玲：我想搞工业，大工业不行，就搞搞林业工作，我想到伐木场去工作……

刘白羽：陈明怎样？

丁玲：陈明提出哪里艰苦，就到哪里去。我们也有精神准备，分开就分开。

刘白羽：那倒不一定，长期下去还是在一起。我们的意见，你们还是在一起下去。

丁玲：那时我腰疼，不能下去，另外也想搞我的长篇，现在不搞了。组织上让我到哪里，就到哪里，也不一定安个家。我这样谈是很老实的。（以前）我母亲来这里，对我没有好处。现在这样倒很好，一下子就会好的。

刘白羽：你先安置好比较能适合于你的地方。既照顾了你，又能安排下去。到黑龙江不搞林业，也不搞农业。我可以和他们谈谈。伊春是否可去，现在都还没有考虑。迟一下，你的意见可以再考虑……如果能联系群众，完全会焕然一新。现在下边变化很大，条件总比过去好。一下去也会乱，头一年要苦一些，过一时期就会好的。

谈话之中，丁玲突然间喃喃说出："姚蓬子、冯雪峰管我叫冰之，左联同志都叫我丁玲。"这种忆旧让刘白羽诧异不已，最后说了"要读党报社论，一个作家首先是一个战士"几句就草草结束了谈话。刘白羽还交代，在下去之前，时间好好支配一下，有些批判大会还要参加。丁玲心里明白，这是以罪人之身陪斗。

1958年春节过后，丁玲爱人陈明作为文化部系统的右派将到北大荒监督劳动。陈明想让作协知道丁玲将一人留京的情况，丁玲不让陈明去作协："谈有什么用，不求人家怜悯。"夫妇俩商定，陈明先去北大荒，看看气候、环境能否适合丁玲。陈明在农场见到农垦部长王震，陈明说："作协考虑丁玲的年纪大了，还没有安排，但丁玲想来北大荒，请王震同志跟中央提一下。"

陈明走后，与外界隔绝的丁玲陷入空前的孤独苦闷之中。1958年4月11日上午给邵荃麟、严文井写信，催问组织何时对她安排：

近来我几乎每天都在想要写封信给你们，问一问关于组织上对我的处理，以及我什么时候可以下去参加劳动，获得一个重新做人、改过自新的起点。但我又想到你们很忙，如果组织上对我有了决定了，你们会通知我的，我应该静静地等候，但我常常又觉得很难克制，因此我不得不忍不住要写这封信。

我每时每刻都想着要到人里面去,不管做什么,我可以做任何工作,也可以参加重劳动,搬砖头,挑土,都行。我只要尽我的力量去做。我感到如果我做了,而这又是人们所须(需)要的,就不管什么都行,并且我会多么愉快,尽管时间不长,死了我也会快活的。

去年10月间我就曾经向白羽同志披露过我的感情,说我就怕一个人在家里。我一直都在竭力读书,写文章,但都压不住我要冲到人里面去的渴望。离开了人,一个人就不须(需)要什么生活了。一个人失去了政治生命,就等于没有了生命。这几月,快一年来,我的心所走过的道路的确不是一下能说得清楚的。我错了,过去全错了,我望着我的腐乱的尸体,是非常非常的难过的,而且我在这里变得非常敏感,很容易只要一点点都可以触到我的痛处。我抬不起头来,不是因为我的面子,而是因为我的心。但我努力挣扎,我要经受得住,我也经受了。这是因为我有希望,也有勇气去赎回这一切,而且相信也有机会,也有可能。我决心什么都不要,全部拿出我所有的全部生命,为人们服务,胼手胝足,以求补过,以求得我的心安。

世界是这样的美好,社会主义事业的花朵展开得是如此的绚丽,五彩缤纷,时时奏出的是这样高亢激烈的交响曲,汹涌澎湃,无处不浮泛着欢乐。我实在希望我能把我的力量,我的生命投进这个大熔炉里面去。

我实在希望党,希望你们能帮助我,不管怎样重的处理我都是高兴的。我对所有的、只要是在劳动中的人都是饱含着羡慕的眼光。如果我的问题组织上还须(需)要我等待一个时期，不能很快处理，也不能很快帮助我下去，我也希望你们帮助我战胜我热切要求下去改造的想念。

　　我写这封信时，的确又是在我感情冲动的时候，如果我能冷静些，我会说得比较理智而委婉，但我的确常常交替地处于感情冲动和冷静的情况之中，我想你们会了解我而且原谅我的。热盼回示！

　　（摘自1958年4月11日丁玲致邵荃麟、严文井信稿）

　　当时担任作协总支书记、五人整风小组成员的黎辛谈到1958年安置右派的情形："五人整风小组开会简单，邵荃麟、刘白羽说的都是周扬的意见，谁敢反对。当时领导上是这么安排，哪儿艰苦就去哪儿改造。郭小川曾当过三五九旅王震的秘书，领导就让郭找王震，让丁玲、艾青去北大荒。郭小川有顾虑，说很久未与王震联系，怕碰钉子。在人们脑里，北大荒是属于艰苦的地方，荒凉得可怜，我当时想，送北大荒，能活命吗？"（1999年2月3日口述）

　　在陈明的印象中，邵荃麟没有延安整风那一套东西，整丁玲没有张牙舞爪，比较善良。很多领导人不愿见右派，他见了丁玲，还谈了全国政协会议情况，并好心建议丁玲下乡时改一个名字。

　　从郭小川"文革"中留下的一份材料来看，当初王震愿意留下艾青，对要不要丁玲有一些顾虑。郭对王震说，丁玲没地方放。后来刘白羽通过黑龙江省委，设法把丁玲安排到北大荒农场，实际上这些农场还是归属了农垦部管理。

　　郭小川在另一份材料中也披露，周扬也曾有指示，要把右派安置好，说丁玲年纪大了，可以不离开北京，在安置时要考虑到以后创作。

　　郭小川还写道："（1957年）反右斗争前夕或中间，周扬与丁玲一次谈话，我感到周扬调子很沉痛，好像过去一起战斗过来，有一种惋惜的情绪。"

1958年6月1日丁玲致信邵荃麟，信中写道："我明天将去农垦部接头，可能最近就能走。我决心好好的去开始新的生活和工作，我必须谨慎的、谦虚的、无我的去从事劳动和改造，希望能为建设社会主义出一份力。在我走之前，我很想去看看你，你觉得你的身体能让我去么？"

丁玲从农垦部领来了介绍信，上面写着"由王震部长指示去汤原农场，具体工作到后再定"。6月12日，五十四岁的丁玲在专人陪同下乘火车北上。行前她曾给邵荃麟、刘白羽等写信，问还有何指示，但没有任何回复。丁玲给作协工作人员留下订书刊的一百元钱，并希望作协继续赠送《人民文学》、《收获》。但是，赠送刊物等原有待遇已经停止。

此时，教育部也已发文，丁玲、艾青的作品在文学史教材中将不再介绍，并要指出他们的反动政治面目，以加强本门课程的战斗性。

丁玲刚到密山农垦局招待所住下，中宣部一封急电就追到，让她写出所知的中宣部机关党委书记李之琏的材料。招待所拥挤，小孩吵闹，没有桌椅，丁玲在疲累的情况下写出材料。她意识到，又有人因为她而遭殃，受她牵连的人大概谁也逃不脱大网的追索。

1958年7月12日，丁玲从汤原农场向作协党组发出第一封信，介绍自己住在养鸡场，在孵化室工作。信中写道："我要极力在这生活的熔炉里，彻底地改变自己，我相信我可以在这里得到改造。"

佳木斯农垦局遵照王震的指示，决定丁玲在畜牧队体验生活，并参加一定的田间劳动。到了畜牧队后，并没有分配一定的工作，让丁玲自动参加劳动，形式可以自由，累了就休息，不一定同年轻人一样作息。一开始定下丁玲的工资待遇为一月三十元,丁玲找到政治部副主任,表示领取农工的工资光荣,但自己的经济情况可以不拿农场的工资。

陈明告诉笔者,到农场时有不到三万元的历年稿费存款。

农场的负责干部大都是抗战时期的老干部,参加过朝鲜上甘岭战役的志愿军十五军转业官兵也分散在农场各队,多是排长、班长。她在7月12日的信中写道:"我个人对新的环境和新的生活都感到很愉快。我在这里觉得自己是一个普通的人,又什么都需要学习和不如旁人,这样我就生活得很自如,而且不得不谦虚(也是很自然的),觉得谁对我都有帮助,都是我的先生……他们的作风,勤恳朴素,他们的集体观念、单纯、乐观、大跃进的干劲等等都使我觉得这些人真还是可爱,而且必须向他们学习,也就很自然地要求把自己的劳力全部放在里面。因此尽管我劳动得很少,可以说还只开始了一点点,我也觉得劳动的愉快。住在这里,在这样气氛的周围,人怎么也不能放着双手不动弹,否则真不好意思拿起反(饭)碗来的。"

第二年4月12日,丁玲奉命寄来一份思想汇报。5月30日周扬阅后有所触动,在原信上批道:"荃麟同志一阅。建议作协派同志去看一看这些人,丁身体如不好,可设法另外安置,她年(岁)已高,不要勉强劳动。"刘白羽看后,也加了几句话:"丁玲划在第五类——原来并没决定她必须下去,下去是她自己要求的。另外,她去时,我同她谈话,可不参加劳动,如无工作,争取做一部分工作。从材料看来,她做这类劳动是不适宜的。是否由张僖同志去一趟,还是根据第五类处理的原则商议安排。"

这封汇报所述的实情的确是周扬、刘白羽他们在北京预料不到的:

去年7月初到达农场，分配在畜牧队鸡场孵化室工作，主要工作是参加检蛋、上蛋、倒盘、出鸡、清除柜子等等，并学习一些孵化技术。8月初孵化工作结束前，便转到畜雏室帮助一个饲养员饲养小鸡，日常工作是喂料，洗水罐，洗饲料布，打扫鸡舍等。

　　……到畜牧队后，领导上根据我的体力条件，劳动上没有规定固定指标，在畜雏室、饲料室，劳动时间可以自由一些，单独饲养一部分鸡群时，为数都很少，去年刚到场，我的劳动量很少，经过一个时间的锻炼，对劳动比较习惯，我有意识地逐渐加重了劳动量，但比起其他同志，仍是很少。春节以后，由于我左臂膊疼痛，只喂养几十只鸡，劳动量更少。

　　我参加劳动是为了改造自己，这是党所指示给我的唯一正确的道路，同时既然在劳动岗位上，就一定把能完成劳动任务当着最高的愉快，我希望自己工作得尽可能好些，让群众认识到我虽然犯了错误，是一个右派分子，但因为曾经多年受到党的教育，因此在改正错误时，能像一个老党员那样受得住考验……我要求自己能够真正把劳动当着天经地义，当着自自然然，当着一种愉快。因为我是一个犯了罪的人，经常对人民对党有一种赎罪的要求，也就愈愿意更多地拿出力量。

　　……开始劳动的时候，工作虽是轻劳动，而且劳动时间不多，但大半都须（需）要弯腰，腰痛病曾犯过，我有所顾虑，怕腰垮台，像过去那样。不过我克制自己，注意休息，多做腰部活动，努力适应劳动的须（需）要。我帮助打扫鸡舍，每次劳动只一两小时，但比较吃力，经常是汗流浃背，直到腰不能支持时才回宿舍。但我这时都感到愉快，觉得终于我能够做一些比较重的工作了,只有使尽了力量以后的休息,才是真的休息。

原来我是不能挑水,挑煤,挑粪的,但当我单独负责一个鸡舍时,鸡少,屋子不大,我觉得还须(需)要另外找人帮我做重劳动,那是不好的,也不应该,这样就个人设法,半筐半筐地拉出去拉回来。在饲料室切菜,因为菜都冻硬了,须(需)要用大切菜刀砍,手臂很吃力,同时老是站着,我的腰也很累,每天晚上混(浑)身疼,两手攥不拢拳头,也伸不直,睡不着觉。我这时没有以为苦,只以为耻,不愿向人说。我每天在满天星辰朔风刺脸的时候,比上班早一个钟头,去饲料室生炉子(炉子常在夜晚灭了,早点生炉子,把火烧得旺,菜好切些)。

……在畜雏室洗饲料布,觉得上边尽是鸡粪,要拿手去搓洗它,太脏……又感到饲料布如果洗得不勤,不净,对畜雏不利。这样,在饲养第二代杂交小鸡时,全由我自己去洗,打扫鸡舍时,开始觉得鸡舍味道很大,特别是早晨,鸡粪既多,使人无处站脚,铲起来又很费力……把鸡舍打扫得很干净后,心里舒服,从此也不觉得鸡舍的脏臭了……

丁玲在信的结束处特意提到自己对政治的看法:"针对我过去犯错误的根本原因,是个人同党的关系位置摆得不对,因此在经过党的教育以后,我对这个问题特别警惕,我反复反省自己一生的错误,嘴(咀)嚼党屡次给我的教育。我比较经常阅读党报、《红旗》等杂志,和一些领导同志的文章,学习党的政策,从思想上尽力与党靠拢,一致。我看到整风反右以后,全国工农业、文化教育大跃进的伟大成就,我深深感到党的宏伟事业与个人的渺小,共产主义的崇高理想、奇迹般的创造，和资产阶级思想作风的卑鄙丑恶。我体会到个人离开了党，离开了集体是无能为力的。只有听党的话，依靠着党，才能进步，能为人民做事。只要离开了党，就一事无成，终不免于堕落、毁灭。"

受周扬指派，中国作协副秘书长张僖于1959年7月赴北大荒了解丁玲、艾青的改造情况。周扬说，去看一看他们吧。张僖说，拿作协的信不好使。周扬当即给王震打电话，要王震开个"路条"。张僖到王震处，王震在台历上撕下一张纸写了几个字，并提到要给丁玲适当安排。

张僖到汤原农场招待所刚放下东西，住在不远处的丁玲闻讯就赶来，进屋打招呼。张僖说："你先回去，我先跟党委谈一谈。"

农场党委书记程远哲告诉张僖，党委会对于丁玲摘帽问题意见不一致。张僖当日下午旁听党委会，发现在丁玲问题上大家争论相当激烈，有的委员说丁玲善于用小恩小惠拉拢青年人。

张僖回忆到，当时丁玲在鸡舍剁菜的场景对他刺激很大：

> 丁玲穿着两排扣子蓝布解放服，站在一个案板前，剁菜很用力气，速度很快。程书记说她一天要干八小时，我对程书记说，这样不行，将来要垮的，能否用她的长处来教文化课？丁玲给我看她浮肿的腿，我一摁就是一个坑。她还说，我挺得住。当时我心里很难过，一个老作家怎么弄成这样？

> 说实话，没有王震的条子，她当不了教员。她当时与党委一些人关系紧张，程书记也承认意见不一致。那时全国都是极左情绪，农场也是难免存在的。我临走时，两人都比较高兴，因为党委刚宣布给丁玲调换工作。

丁玲的住处很简单，十三四平方米小房间紧挨鸡舍，一张桌子上摆着刊物，有一个小柜子和两张凳子。篮子里装着土，种了两筐土豆。丁玲说，你在北京也可以种，当花来种。

当地气候不好，蚊子咬人厉害，我看见丁玲在屋里用草熏。

丁玲说，王胡子对她是关心的。对周扬派我来看她，半信半疑。我说，周扬不发话，我也来不了，王震也不会写条子的，组织上对下面还是关心的。

她不问作协的情况，一字不提。

回北京后，我在会上汇报农场意见和丁玲情况。讲到丁玲剁菜，腿都站肿了，一天站八个小时。周扬说，这不好吧。有人说，老太太在下面搞得这么苦。周扬对此没有多说什么。

（1999年2月5日口述）

丁玲曾向张僖诉说烦恼的心事：原来较为接近的养鸡场几位姑娘在程书记批评后，不敢与她说话了，工作时各人干各人的，互不理会。丁玲对张僖承认："从今年1月到4月，精神上很苦闷。"

丁玲曾问队里支部书记："党对右派分子的政策是否改变呢？为什么大家都不理我。"转业军人出身的支部书记为人爽直简单，答复是"我们就是要孤立你"。丁玲想雇一个人洗衣服做饭，党委以"影响不好"、"不合适"理由予以拒绝。丁玲当年4月到佳木斯时，特地又向地委书记张林池提出同样问题。张林池做了一番解释后，丁玲紧张数月的情绪才有所缓和。

农场领导向张僖提到，场里有个姓王的技术员，喜爱文艺，时常拿习作向丁玲请教，后来有一篇作品在《文艺月报》发表，大概经过丁玲修改。离农场不远有一个沈阳军区下级军官文化学校，丁玲的一个侄子在学校学习，不时带几个青年军官来看丁玲，春节时还特地赶来拜年。有一次丁玲问他:"你(入党)转正没有?"侄子说没有,丁玲说:"你以后少来。"

丁玲为此对张僖表示无奈的态度:"他们几个人要来,我也没办法。"

张僖对丁玲说了一些带有批评意味的话:"难道你丁玲一点值得检查的地方都没有?你都对吗?应该好好地在劳动人民的监督下改造思想,应该争取领导帮助。"张僖看见房间里有不少刊物,便问她:"有时间看书吗?"丁玲说:"北京、上海的文艺刊物、《人民日报》,我经常看。"

农场程书记也向张僖流露了党委会对待丁玲不即不离的复杂态度:"过去场里因为对她不放心,没有更多地让她接近群众,没有让她在群众的监督下去改造思想。领导上也没有找她谈话,了解她的思想情况,只是把她放在那里随她去,愿意劳动就劳动,也不管她。今后应每月找丁玲谈一次,了解她的情况以便帮助她改造思想。"

张僖回京后在正式报告中,汇总当地领导总的看法:"(丁玲)这个人表面上看来是叫干啥干啥,在劳动中也能挑土,挑鸡粪,切鸡菜等,干比较重的活,但此人并不简单。她原来的那一套还是原封不动,指望她的思想、立场有根本改造是比较困难的。"(摘自张僖1959年8月20日《给作协党组的报告》)

作协党组在1959年9月17日给中宣部的汇报中,将丁玲列为"对被划右派基本不服或完全不服"的第三类中的最后一名,理由是:"在黑龙江合江农垦局汤原农场养鸡场劳动,最初尚尽力参加劳动。后来由于她有拉拢人的企图,许多同志不理她,她就情绪消沉,质问农场书记,党对右派分子的政策是否变了?说明她的老毛病还没有变。"

张僖记得,他汇报时,周扬说了几句:"既然群众通不过,我们也不好说什么。"就在这年秋天,作协系统有两名右派分子因"表现较好,向党靠拢"而摘帽。

丁玲在农场前几年的处境颇为微妙,面临着许多冷漠性的歧视、监督行为,很难与周围的人们在感情上亲近。对于从京城官场、文坛全身而退的丁玲来说,没有一个从容做人的生存环境,没有一个抬头平视的人性感觉,情感交往上的枯竭比起物资条件的困苦还更可怕,更使人的情感演变成那种卑微的易碎品。

农场党委程书记在会上批评鸡场姑娘与丁玲过于接近,说"有人劳动观念不强,有些女孩子帮她提水、拿手提包"。丁玲回家哭了一场,说,有问题可以找我谈,在大会上这样讲,够呛。想去场党委谈一谈,走到半路上,丁玲冷静下来后又拐了回去。

党委后来总结说,经过不断敲脑袋并贴了大字报后,鸡场姑娘们才与丁玲接近少了一些。

丁玲刚到农场时非常不适应,多走一点路就觉得疲惫。开始有人帮忙给她提包,过一阵子也就没人敢帮她忙了。鸡场人们注意的是,她在鸡舍上班时还带了个收音机。刚出京城政治圈子的丁玲一下子难改长期养成的习惯,跟以往一样,需要一个信息的环境环绕着她。她更加关心外面的一举一动,凭着自己的政治经验,内心里暗暗品味公开报道的政界、文坛瞬息万变的信息。

尽管丁玲再三小心,畜牧队的一些人还是反映她的身上表现了过去的那个官气架子。有一天,丁玲上山提了一个照相机,队里文化水平较高的王进保在后面提包。队里就有人议论:"不管你丁玲过去怎样,你总是犯了错误,应该要求自己严格一些。"还有人说了王进保几句:"你这个勤务员当得很好。"

在农场头一年，丁玲较少参加职工会、政治课、形势报告会，平时难得出门，出门时还打着当地少见的洋伞。有人就反映，这像从前的大地主似的。

1959年春节农场不少人到她家，有人贴大字报认为不应该向右派分子拜年，丁玲说："这才冤枉，是他们来参观我，结果倒说成是给我拜年。"丁玲干脆不出家门，对外说是"闭门思过"。最让丁玲担忧的是，每逢星期天有成群结队的人来看她这个"稀罕大右派"。有一次开现场会，大家提出要到丁玲的鸡舍看看。人走后，丁玲哭着说："这不是看鸡，是看人来了。鸡早就瘟死了，报告早就打上去了，为什么还要叫人来看？"

到农场不久，丁玲曾热心地向农垦局刘局长表示，有兴趣搞个杂交试验站。获得支持后，她特意到牡丹江买回澳洲黑、九斤黄等鸡种，在返回的火车上细心照料种鸡。但是一场鸡瘟过后，这批鸡竟无法存活，这让丁玲伤感许久。

农场党委办公室行政秘书侯安生夫妇是丁玲的湖南常德老乡，两家常有一些私下来往。在他家里，丁玲才敢说一些她与毛泽东在延安相识相处的小故事，重点讲了毛泽东给她开介绍信去找萧劲光安排工作的前后经过。

丁玲感慨说道："过去对一些事情认识，是小孩脾气，幼稚得很。现在体会到自己说话不注意，什么话都说出来。"

1960年6月30日，汤原农场畜牧场一分场党总支致信中国作协党总支，详细汇报了两年来丁玲各方面表现。这份汇报在作协党组成员中迅速传阅，与过去不同的是没有人在汇报上作出任何评语。

工作方面：丁调我场劳动改造了有两年之久，当时由于年纪较大，体质不够好，初分配到畜牧队工作，虽是以劳动为主,但身体情况所限,只能做一般的轻微的体力劳动,如在58年夏秋两季帮助孵化室工作,冬季由于气候关系,她的气管炎复发,在饲料室帮助切青菜。59年的初春,领导上分配她单独育雏了一批小鸡,从劳动看来,态度还是老实的。

59年夏季,我场开始职工业余文化教育,指定丁玲担任队的文教。迄今一年,教学成绩还是良好。在教学过程中,群众观点还比较好,除自己把教学任务完成外,还自备了一部分通俗易懂的小书,辅导职工业务学习。除此之外,能配合队的中心工作,开展各种竞赛活动,在大学主席著作中能根据支部指示作一些名词解释。

政治方面:59年夏季之前,支部对丁要求不严,一切政治教育丁参加很少,认为丁主要是劳动改造,故放松了对她的政治教育。在59年夏季接场党委指示,除不该让丁参加的政治活动外,一般政治教育都应参加。从此以后,支部对丁亦抓紧对她的思想教育,丁亦能自动参加一般政治教育。

丁的政治学习从表面看来,还是关心和重视的,仅她本人,订有《人民日报》、《黑龙江日报》、《红旗》杂志、《中国画报》等十几种报纸书籍。有时领导到丁的宿舍去,总是看她在看书报。从学习来看还不坏,但没有什么反映。对总路线、大跃进、人民公社的态度,对目前形势的观点和态度,对当前文艺战线反对修正主义和批判地接受资产阶级文学遗产的看法和态度如何,没有听到什么反映。因此,对她的观点、立场很难作出结论。

丁有时也找领导,征求领导对她的意见,由于丁在政治态度上反映问题很少,领导上也只能从工作表现对丁谈些问题。

她曾给省委写过些反省检查材料，从检查材料来看，对其过去的错误认识仍是一般，在原则性的具体问题上，戴帽子多，反映思想活动较少。

丁有时反映时说，我对党和领袖始终是拥护和热爱的，自以为自己最严重的问题是自由主义和骄傲自满。至于立场、观点谈得较少。自从中央对部分右派分子特赦以后，丁对自己的问题有所考虑。丁曾有这样的反映，我愿意很好改造自己，使自己能从（重）回到党和人民的怀抱，为党和人民多做些有益的事，多贡献出一份力量。从这些反映中分析，丁对本人的问题，想征求领导对她的看法。

生活方面：丁的生活看来比较群众化，每天也只是普通的便饭，吃穿比较朴素，没有什么特殊的表现。

群众观点：对群众比较热情，接近群众比较多，对所担任的文教工作表现耐心，不烦不躁。有个别职工对学习文化认识不足，丁还能做些思想工作。

（摘自1960年6月30日汇报原稿）

基层党组织对汇报丁玲这样大右派的情况，在摸不清上级意图时，把握不定好坏的尺寸，往往持谨慎小心的态度，时常用一些模糊、中性的语句。在这份汇报中，农场党总支不断地表白所写的材料仅供参考："由于总支和支部对丁来我场两年多的思想变化摸得不深透，对她的立场、观点只能从现象来分析一下。""所述情况，仅是丁的一般表现。而她的立场观点、思想活动、对事物认识的态度，很难叙述。由于平时了解不够，观察不周，我们也说不出所以然来。"

笔者几次采访了丁玲的爱人陈明，谈到北大荒艰辛的生活场景，二十多年后他对此依然感慨万分：

> 我们去北大荒是做了思想准备的，那时订《人民画报》，看到林区图片，觉得有特殊风采。我们特别向往北京青年队杨华他们到北大荒创业。在北京多福巷时，我们一个星期吃一两次粗粮，就怕以后到乡下不习惯。下来后农场一些人对我们不是很友好，故意孤立我们。我问农垦局的延安老同事老彭："右派到农场改造，又要孤立我们，这怎么改造？"老彭说，你们跟罗隆基、章伯钧不同。
>
> 我要出去修铁路，走前专门做了两个小水桶，便于丁玲一人打水用。邻居女孩子喜欢小水桶，就借着用，场部人看见了，就说替右派打水。那张指责给右派拜年的大字报贴出后，丁玲说，干吗贴在门口，应该贴在大院，让更多人看到。
>
> 老丁养鸡认真，有愣劲。别人不要弱鸡，怕影响成活率。老丁说，我试试看。在炕上用竹席隔开，给鸡喂维他命C等营养药。剁菜手肿了，指导员说："右手肿了，还有左手吧……"老丁说："说对了，战士轻伤不下火线。"
>
> 张僖第一次来看我们，说李之琏他们都打成反党集团。我们心里明白，这实际上是让我们死了心。
>
> 冬闲时，我给丁玲准备热水壶，让她拄一个棍去教扫盲课。她有气管炎，咳嗽，但上课耐心。自编课本，在生产用具上写上字，实物教学。老丁讲"二战"故事，连干部都愿意听。畜牧队扫盲成绩很好，最后在食堂举办的展览会上展出大家的作业。我去北京时还买了几十本《为人民服务》小册子，带回来，免得他们去抄。
>
> 后来，我们在北京医院看望住院的作协党组书记邵荃麟，

他还对丁玲说:"你扫盲很有成绩,扫盲好。"

农场里排练《刘三姐》,我们从收音机里记下刘三姐与秀才们对歌的歌词,记下来就学,然后老丁帮他们排戏。

我们的生活比较简单,中午有一个半钟头做饭、休息,我捅炉子炒菜,老丁和面。有时到食堂买馒头。搁一个鸡蛋、细面,烤一下就是蛋糕。把调料装进小瓶子,在地里拌着凉面吃。晚上顿顿棒子面,放点辣椒、香油一拌,再吃腌白菜、腌鱼,当地人尝后都说有味道。

60年时生活紧张,有一位王班长吃不饱饭,中午用一小手帕包了四个小馒头当午饭,眼睛肿成一条缝。我们问指导员:"我们吃得不多,粮食可以支援一些,能不能把购粮本给王班长?"指导员说可以。

我们还听说北京供应困难,很多人面有菜色,连林默涵看病都分到黄豆,以补营养。所以我们就托张僖带一些大蒜回北京,说大家分分,不违反纪律。当时鸡队下蛋少,完成任务不够,我们就把下蛋鸡换给他们。

有一位不识字的农工叫杨凤生,在队里赶大车,时常送给我们一些鸭蛋、豆角。有个山东支边青年腿骨折,我们就到医院看望,并送去鸡蛋作营养品。

订了十几种报刊,老丁边吃边翻着看,对文学作品不是很满意,后来就觉得《解放军文艺》质量尚可。常听收音机重要新闻,对齐越声音很熟悉,再一个就是听天气预报。

有一年我们回北京治病,农场电影队托我们买发电机。我们找陈荒煤帮忙,陈荒煤给器材公司写了条子。因农场资金困难,我们就说不要还钱,也不要向外说。后来农场饭馆有了赚来的钱，电影队长提了一网兜碎钱，我们坚决不要。

跟过去生活几乎断绝，很少与人通信，不打听文艺界的事情。丁玲很爱儿女，但也与儿女没有联系。那一阵子她心里很难受，也很忧伤。她想何必害他们呢，尽量不惹事。

延安的老熟人、同是作协右派分子的李又然给我们写过一封信，向我们要钱。他真是不知道利害关系，不合时宜，互相会惹祸，我们哪里敢回信。

场里有人叫她"丁老"，我们说不能这么叫，可人家觉得合适。山东支边青年的家长说，这么好的教员去哪找？姑娘恋爱的事，老人也叮嘱，听丁老的。我们发扬愚公移山的精神，努力搞好与群众的关系，朋友越来越多。从部队转业回来的同志对我们说："哪个庙里没有屈死鬼？"可见，反右扩大化不得人心。

场里放电影，总有人替我们占位子，高声叫我们过去坐下。电影放完了，人群也散了。我们踏着雪原，搀扶着往家去，从哈尔滨来的铁路客车像火龙一样在我们身边跑过去……

（1999年1月15日、1月19日口述）

据农场党委书记程远哲后来向作协党委王翔云、高铮介绍，由于场内冻结资金，丁玲自己掏钱在北京买了急需的一个发电机和一些电影放映机零件，回来时对农场说："我的钱也是国家给我的，我不要了。"这件事经过党委研究予以淡化处理，没向干部群众宣布，群众根本不知内情。

农场党委宣传部长张鹏记得，丁玲、陈明为买机器花费了二千五百元。

令农场党委注意的是，丁玲一次也没有向场党委请求摘帽，她都是写信直接寄到北京。按党委人士的说法，头几年，她与党组织联系不是很密切，不爱接近人。叫干什么就干什么，很少向支部谈思想问题和过去错误问题，以致农场很多人（包括党委组织部长、宣传部长）都不知"丁陈反党集团"究竟搞些什么名堂，甚至有人误以为"丁陈集团"的"陈"指的是陈明。党委一些人称之为"思想不见面"。偶尔她会漏出几句，如对统计助理员赵发明说："我犯错误，是经常讲怪话。"又说："陈明成为右派，是吃了我的亏了。不然，不会成为右派。"

农垦部副部长萧克来时，丁玲讲到自己的问题："自己走错了道路。"

农场党委组织部长于义反映，丁玲不愿把自己的问题暴露给下边的同志们，她对农场的人说过："我的问题，是中央解决。"

丁玲1960年以后就时常到书记、场长家中走走，但说话还是慎重。当教员时能自己出钱找教材，细致辅导学员作业。她教课的这一队被公认为文化学习最好的一个队，学得也比较巩固，队里文盲较少。在开展俱乐部文娱活动时，她总是事先擦玻璃，扫地，提水。有些人到她家去，她买点高级糖果来招待。

农场党委副书记官振阁提到丁玲的细心，每次对职工讲时事之前，怕出毛病，她就先把内容向支部汇报一下。队里开会，谈到某某人工作不好时，丁玲也提了一些意见。事后说："有时我又想说，又不想说，因为地位不同。"

在官振阁的印象中，丁玲说话极为谨慎，警惕性很高，平时愿意接触文化程度高、爱说话的人。

有一回让她讲《实践论》、《矛盾论》，她不敢讲，特意找到畜牧队队长张正延说："我就是在这方面犯错误的，有些问题不敢发挥，怕说错了。"

丁玲对外面的世界还是未能忘怀，也从多种渠道得知外界变化。有一次她像讲故事似的讲道："大跃进时，广东有个地委书记，对于省委决定，在会上是'好好好'，回去根本没听这一套。结果，他那个地方生活搞得很好。现在中央知道了，还是挺信任他的。"

农垦局和作协得知丁玲讲的这个故事内容，颇感惊讶，不知她从何打听到的。不过幸亏没有人去追究，毕竟那已是全国生活困难、政治较为宽松的特殊时期。

据陈明介绍，1959年王震到了佳木斯，见到丁玲、陈明时说："今年有一些人摘帽，没有你（丁），也没有你（陈）。"丁玲说："我们还是锻炼一段时间为好。"1960年拟开第三次文代会，文联、作协开出了出席大会的名单，丁玲作为戴帽右派理事列入另册名单第一名，毛泽东签阅了这份名单。

张僖回忆了当时周扬从北戴河打电话的场景：

> 文代会前，周扬的秘书露菲让我去弓弦胡同周扬家接电话。我去了后，在北戴河的周扬用内部红机子告我："毛主席让右派代表人物参加文代会。你去农场一趟，让丁玲来，劝她来一趟为好。跟农场党委讲清楚，不要阻碍。"周扬是执行者，我也是执行者。

（1999年3月2日口述）

张僖特地又去汤原农场通知参加文代会之事，他清楚地记得，丁玲听后愣了一下，很高兴。张僖谈话中还表示："作协准备摘帽子，不可能全摘，也不可能一个不摘。"

张僖问程远哲书记："丁玲的群众关系怎么样？去年的事今年怎么样？你们有何想法？"程远哲又开了一次党委会，还是有人不同意摘帽。

给张僖留下印象的是,那年北京市面上非常困难,而丁玲这里还有东西可吃,家里养了鸡,农场还开了小卖部、小饭馆。丁玲想请他到饭馆吃饭,张僖赶紧婉谢。

开会通知中说可来可不来,丁玲与陈明商量后认为,干吗不回去,还要争取讲话。回北京后,丁玲在文代会上见到了许多熟人,怎么与人打招呼颇费心思,她的举动、状态让与会者时时关注。她在大会发言后特意问周扬意见如何,周扬说:"有两种意见,有说好的,也有说不好的。"

陈明告诉笔者:"丁玲回来后介绍,开会中周扬带着女儿周密,在众人面前很亲热地握着丁玲的手。个别谈话时,丁玲无意中说:'我这个人不善于斗争。'周扬说:'你还不善于斗争?你56年、57年斗得多厉害……'拍合影时,田间刚好站在她前边,丁玲拍他一下肩膀,田间不敢打招呼,躲到另外一边。丁玲回来后说,田间胆子小。"

据老作家林斤澜回忆,作协在文代会期间曾开了一个小型座谈会,丁玲来到会场时没人搭理,刘白羽铁板着脸说话。休息时只有老舍一点都不怕,走近丁玲,大声问道:"身体好吗?"丁玲赶紧笑着站起来应答。散会后去公共汽车站的路上,沈从文追上去要跟丁玲说话,但丁玲有意回避,不愿交谈。(1999年1月26日口述)

文代会结束后,周扬找到张僖说,在会上见到丁玲,还想找她再聊聊,但到中宣部不好。张僖说,那就到文联大楼四〇八号我的办公室谈。10月5日丁玲一早来到办公室,张僖马上通知周扬,几分钟后周扬坐车赶到。张僖泡上茶,说:"你们两位聊聊,我去办事。"张僖透露,事后没有打听谈话内容,但两人交谈两个小时,出门时表情都比较轻松。张僖感觉到,两人原本紧张的关系,到了丁玲受难几年后能否有些松动呢？

参加文代会以后，丁玲一回农场，就向总场领导汇报，说这次会议对她教育很大，感触很深，觉得自己是个有罪的人，党还这样关怀她。

当时正值夺秋大战，丁玲主动编排专刊，及时表扬好人好事，能完成领导上交给的任务。但据农场党委组织部1960年11月22日致作协人事室的信函所称："（此次回来）工作积极性不如以前，上班迟下班早，情绪消沉，对摘帽子有考虑。陈明曾向场党委宣传部干事说：'我们早承认输了，为什么还不摘掉帽子。'这话虽是陈明说的，但很大程度是丁玲思想的反映。她在我场两年多来，从不暴露自己的真实思想，究竟对自己的错误认识如何，对我党的重大问题及当前批判修正主义持何观点均不表示己见。"

1961年时又摘了一批右派帽子，其中包括陈明。农垦局打电话委托农场程远哲书记到家中通知说："老陈摘了帽子啦。"陈明急忙问："没说到老丁？"来人说："没有通知。"丁玲在一旁说道："我再接受一段考验，也好。"

程远哲书记后来对作协党委调查者王翔云、高铮回忆道："组织上给陈明摘帽子，没给丁玲摘。什么理由我也不知道，叫我找他们谈话。我是这样讲的：'你的问题严重，牵扯到国际影响。你们集团八个人，错误有轻有重，改造也不一样，有快些的，有慢些的。'我是这样笼统讲的，问他们有什么意见，丁玲就问：'没摘帽子是什么理由？有没有文件？'表面说是给她指明缺点好改正，实际是想摸底。我说：'你没摘帽子，没有什么材料。'在说话时，她又说：'我的问题主要是同周扬同志的关系问题。'当时我说'不是关系问题'，陈明就赶紧说：'是和党的关系问题。'"

丁玲还对场长薛枫说过："我不是反中央，也不是反毛主席，主要是和当时搞运动的人联系起来，和周扬搞不好才犯了错误。"

她到佳木斯见了王震回来后，对畜牧队支部书记李志功说："陈沂摘帽子了。"又说："我去年不希望摘，我们是一个集团，有那么多人没摘，我不可能摘。今年希望摘，孙悟空的金箍咒戴着不好受。"

她又感伤地对李志功说："我是个头头，不会摘的。决定不在我，是在中央。"

王震托人传话说："告诉老丁，要认真改造自己。"丁玲表示："我的问题不是一个人，而是一个集团。我也不着急，要很好改造自己。"

王震说过，对丁玲生活上要照顾，政治上要严格，出了问题我负责。

陈明告诉笔者："那时我摘了帽，在丁玲面前就尽量避免刺激她。"

陈明记得，王震请他们到佳木斯来看电影，陪着他们坐大沙发，而那些局长们都坐在后边。王震举办舞会，请丁玲、陈明参加，在场者都知道这是部长的客人。丁玲没跳，静静地坐在那里看着。

1961年1月中旬，王震以寻找斯诺借去的长征地图为由，把丁玲、陈明叫到北京。那天王震披着军大衣走进办公室，拖着布鞋露着脚后跟。王震一句不提地图之事，只说"帮你们解决问题"。

丁玲、陈明一到北京，就给邵荃麟、郭小川写信："我和陈明已于昨晚到了北京，很想去看看你们，不知你们什么时候有时间？我们现住农垦部招待所，办公厅、秘书处就可以联系到。"1月20日，邵荃麟在信上批道："请文井同志问一下周扬同志，如周扬同志同意接谈，文井同志可一起接谈，否则由白羽或文井找她一谈。"如何与丁玲谈摘帽问题，一下子成了作协领导层棘手的难题。

王震督促下面给丁玲摘帽，报告一直打到中央。王震对丁玲表示："你的问题我负责到底了。"后来严文井把实情告诉来访的陈明："农场申请了，局里同意，农垦部也同意，中宣部也点头了，送到上面，一平衡丁玲就拉下了。"

知道自己再次无法摘帽，丁玲为了表态，于1962年3月3日致信刘白羽：

> 春节前陈明回场后，知道你正患感冒，当时即想写信给你，却因忙着畜牧队的春节演出，抽不出时间，春节后我们又到双鸭山林区去了。前几天又忙着研究全年队里工作和筹备党代会的演出节目，因此这封信拖到现在才写。想来你一定早已恢复健康了，近几年来你的身体常常不很好，希望多加保重！
>
> 关于我的问题，和你对我的意见，陈明也转告我了……我没有任何意见，虽然有过一些难过，但一想到个人的进步，离党对我的希望还很远，成绩与罪过也不可能相比。如果因为许多人都解决了问题，脱了帽子，而自己就自卑自弃，这是违反党和同志们的希望的。我既然已下定决心，又下来了三四年，在生活上、在思想上都努过力，怎么能再经不起这一点考验呢？请你们放心！我非常感谢你们对我的关心！并且希望常得到你们的指导！
>
> 我的身体还好，虽然脊柱增殖发展了，腰背容易疼痛，但这不是医疗问题，在农场常常有什么活动还是比较好的。如果严重了，须（需）要治疗时，即时回北京找医生。
>
> 今年农场为了增加生产，体制上有个变动，精简机关和人员，各队的文化教员全部取消了，只有我仍是畜牧队的文化教

员。但以后，学习的事也不会多，就帮助干点别的。陈明也调到畜牧队当统计，他学习一门新的业务也很好。今年北大荒很暖和，春播可以提早……工作会更紧张起来，这里的生活，总是这样吸引人和使人留恋的。

（摘自丁玲原信稿）

丁玲曾跟王震提出，希望能给一些创作条件。王震说，开全国农垦局长会议时，我去打一声招呼。

这一段时间里，丁玲在农场没有参加什么体力劳动，主要担任文化教员的工作，并根据上级部门的意见，每天有半天时间进行创作。丁玲曾提出到其他较好的队里去看看，为将来创作准备条件。她设想过，如果有条件，有可能，在摘掉帽子之后，继续完成自己没写完的作品。

她对支部书记李志功讲过："我是尽了力量，能写多少是多少。可惜，从56年到现在浪费了很多时间。"

由于王震的干预，丁玲的工作安排比较松快，上班较为随意。主要的工作就是抄黑板报，向队长要现成的好人好事材料往上抄写，很少下基层。一些不知内情的群众又反映，丁玲今年不如去年，领导不给工作，她也不找工作干，上下班不请假，高兴来就来，不高兴来就不来。

畜牧队支委周继海就说："下边大家有这个感觉，丁玲跟王部长去了趟北京，脱帽子没脱下来，思想表现就不如以前带劲了。"

1962年，王震为丁玲摘帽再给作协写信。中宣部副部长张子意当面批评作协秘书长郭小川：作协怎么搞的，为什么不给丁玲摘帽？

1962年11月28日，中宣部委派作协党委办公室王翔云、高铮到农场调查，重点是"了解丁玲是否真正认识错误，口服心服，确实悔改方面"。开了几个座谈会,与会者和个别约谈者共有二十六人,其中有农垦部副部长兼合江地委书记张林池,合江农垦局副局长、党委书记、组织部长,汤原农场正副书记、正副场长、宣传部长、组织部长、监委书记以及丁玲所在的畜牧队正副队长、支部书记、支部委员、部分青年团员等。

有的农场干部说,丁玲的内心活动很少向人暴露,很讲究讲话方式,好像是在外交场合。党办秘书反映,陈明曾说过,现在我们彻底认输了,为什么还不摘帽呢?畜牧队支书李志功说,丁玲社会经历多,很多人不敢接近,怕来了大运动沾上;农场场长薛枫说,丁玲买猪叫别人养着,年底可分肉。有一次传达十中全会报告,我就举这个例子说明这是剥削人;监委书记李迁群说,这口猪已经有一百多斤了,群众对此事意见比较多。党小组长邓明春表示,有一次丁玲讲,自己如果在斯大林的领导下,早就枪毙了,因为在中国,毛主席不同。丁玲还说过,她自己想长期住在农场,多修改旧作,最大的愿望是想当一个小畜牧场场长。

据王翔云、高铮所写的《关于调查丁玲情况的报告》透露,农场几个负责同志是这样看待丁玲的,觉得她年纪大了,又是女人,过去的地位又高。现在能够在农场比较安心地生活下来,就已经很不错了。因此农场在生活上能对她进行照顾的就尽量照顾,例如场里杀了猪,她可以不受限制随便买肉;每天可以喝到一斤半的奶;天冷了给她搭热炕等等。

农场场长薛枫介绍说:"丁玲近一年来,第一,肯对组织谈思想问题了,比如南京自首问题、55年情况、反右派时的情况、自己是个人主义野心家等等;第二,畜牧队中有些职工资格很老,但思想落后,有闹工资问题等等,她就讲她因为主观主义、个人主义、骄傲自满犯错误的例子来劝诫他们。但是只讲骄傲、个人主义，不说自己反党；第三，对组织接近了，接近时也比较自然（在1960年以前很少讲话），开会时也讲些意见；第四，丁玲有两个收音机，能听中外广播，订的书刊杂志也多，因此对国际时事比较关心，能辨别是非，和领导接近，也敢表示态度。靠近组织时，感情也融洽了。"

座谈会上，不少人承认："我们对丁玲摸不透。"农场党委秘书宁文成说："丁玲的内心活动很少对支部暴露，对其他人也很少谈，是否丁玲有这想法，'我就是好好锻炼，反正我的错误上边也知道，只要中央知道我在老老实实地劳动就行了'；还是故意隐瞒自己的错误，不是心服口服？这两种情况很难判断。"农场党委宣传部长张鹏也表示："我个人觉得，丁玲现在是否心悦诚服地认输了，还是因为斗不过你认输了，还是个问题。"

涉及到给不给丁玲摘帽子时，在1962年秋天强调阶级斗争之后，农场领导表现了一些谨慎、犹豫。王翔云、高铮在这方面的记录汇报极为详细，基层组织那种后怕、不知所措、留有余地的情绪可以清晰地读到：

> 大家谈到给不给丁玲摘帽子时，（场长）薛枫讲："我们同意给丁玲摘帽子是从她现在的表现，从国家形势来看的，她那么大年纪了，摘了比不摘好，摘了还可以多做几年工作，因此三次写报告同意给她摘帽子，这个意见是在党委会上讲过的。"同时他又说："摘帽子的标准，我们也不知道，我们在上送材料时就想过，丁玲能不能摘帽子，还是个问题。"
>
> （畜牧队支部书记）李志功讲："同意不同意摘帽子，决定不了。但内心感觉，丁玲是没真正改造好。支部讨论时，就有一个支委不同意给丁玲摘帽子，有的职工也有意见，说丁玲现

在还不如过去好，还摘帽子，上边也不派人来看看。"

（农场党委宣传部长）张鹏则说："我个人觉得给丁玲摘帽子，还要等一等。"程远哲书记在和我们谈丁玲问题时，首先就说："去年对丁玲摘右派帽子的鉴定，不大严肃，这也是受点影响，摘就摘吧！现在拿十中全会的精神来看，我们对阶级斗争这个问题认识较模糊，中央没批准，我们也没意见。（注：今年讨论给丁玲摘帽子时，程书记不在农场。）"

（摘自王翔云、高铮1962年12月12日《关于调查丁玲
情况的报告》）

场长薛枫对王翔云、高铮说："我想如果摘了之后，到年底出了事怎么办？我想应该由丁玲自己负责。丁玲这人是否会真的脱胎换骨？不一定。这个人年纪很大，阅历多，我们十个人也顶不上她一个人。"

据薛枫说，丁玲在吃的方面比较好，有钱就买东西，时常到农场小饭馆点菜。在生活方面，比场党委同志们好得多，这也引起一些人的反感。

王翔云、高铮从汤原农场一回到佳木斯，地委书记张林池就将她们调查到的材料要去阅读，并请地委组织部、农垦局组织部内部传阅。北京高层阶级斗争形势不断升温，而且政治动向不明朗，都使地委对丁玲的材料愈加小心对待，生怕稍有不慎惹火上身。尤其是丁玲作为"反面通天人物"，处理不当，危险性极大。

农垦局党委书记赵希义特意赶来，用心地作了一番表示："原来领导上要材料，我们根据下边报的材料转报上面，同意给丁玲摘帽子。现在根据所调查的材料及座谈会的情况，丁玲不能摘帽子。上次讨论给丁玲摘帽子时，许多党委委员不在家，我们也不了解具体情

况,只是根据农场的报告。"

当王翔云、高铮把记录稿交给地委签字时,书记张林池专门开了一个小会,集体决定把上报的丁玲材料改动为:"根据新的调查材料看,丁玲是否摘帽子,值得考虑。"这样,地委就巧妙地将"球"踢回到北京。

张林池说:"丁玲的问题主要是在政治思想上,她的错误是有历史性的。比如《三八节有感》,到现在看,还是有毒的。同时她是个大右派,是个有代表性的人物,比一般右派不同。"

时至今日,王翔云对当年调查谈话中丁玲那双亮亮的大眼睛印象最深。她回忆道:"丁玲那间房子分内外屋,外屋还有一个鸡窝,里屋有火炕,暖和一些。她介绍自家的鸡下了多少只蛋,表情自然、高兴。双方说话都非常谨慎,生怕说漏嘴,言多必失。那时大气氛有些紧张,我们各有担心。"

"那次从北京走之前我就感到不会给丁玲摘帽。"七十多岁的王翔云在北京隆福医院病房接受笔者采访时,刚刚经历心脏重症的抢救。她躺在病床上说:"我心里明白,那不是真正为了解决她的问题去的。"(1999年2月5日口述)

1963年2月20日,丁玲几年以来首次给作协党组书记邵荃麟写信,这封信长达五六千字,可以看作是她在那一阶段中颇具代表性的思想汇报:

在感情上,我总是靠拢你们的,总愿多给你们写信。我想,这种感情你们是容易理解的:一个离开了家的儿子,一个离开了队伍的战士,他对家的怀念,对队伍的怀念,想重新回到家,重新回到队伍的感情。这种对家里人的想望,就是我对你们的感情和想望。我曾经对文井同志说过:过去在一块,有一致,有矛盾,有好感,有坏感,一致慢慢变得少了,矛盾变得大了,并且变质了。但现在没有矛盾了,对立面去了,就只剩一致了,就只剩好感了。特别过去咎在我,是我对不起党。那么,自然我现在对党的倾向就更多,我越想靠紧党,越认识到过去自己的错误,那么就很自然要想到你们,想念你们,想和你们谈心,关心你们的身体,关心你们的工作。

……我是一个多感的人,只要我不麻木,不心死,只要我还有一丝希望,只要我有决心改造,那么,几年来,我的境遇,看到的,听到的,想到的,做到的,我怎么能不多感呢?所谓多感,就是把新的去比较旧的,把好的去代替坏的。我会有愉快,也会有沉痛,我有勇气,也有自卑,我逐渐客观,冷静,刻苦,但又要自我斗争,我常觉得一举一动,一谈话,一翻书,都可以使我思想激越,真是有时欣喜若狂,有时疾首痛心,有时想高歌,有时想疾呼。不过这种心情,我确实不易整理,要用笔写下来也不是容易写清楚的。你们知道我这个人敏于感受而拙于条理,而且长久不拿笔,笔又重又锈,教文化课时特别觉得自己文化不高,拿笔时也特别觉得表现能力低弱。

……我是一个犯了错误的人,心里清楚自己有罪,我是下来改造,既然是改造,就要放下包袱,重新做人,但这不等于往事已成过去,可以轻松。所以既要勇气,一切从头来,当一个普通劳动者,向劳动人民学习。人家怎么生活,我就怎么生活。人家怎么工作,我就怎么工作。而且要发现他们的好品质,向他们学习。同时要记住错误,时时警惕,改变思想,改变作风,吸取新的经验,提高认识,更深刻地批判过去……几年来，自问还是勤勤恳恳地做了一些工作，既没有浮躁，也没有悲观，在相信党的信念之下，在党和同志们的指导帮助关怀下我愉快地过下来了。

……生活越久，越平常，但却连成一体，我常常不想别的，安心做一个饲养员，安心当一个文化教员，而且觉得能管一些现金出纳也很好。

……我不能不承认，另外有一个埋在我心底里的声音，偶然当我想到什么，或说到什么的时候，它会忽然跳出来，悄悄地向我说："你不配这样想，你不配这样说，你是一个坏人，你不只做过坏事，而且品质很坏。"我不得不沉默了。我想，为什么我不能甩掉这种自卑感？……我是彻底地认识了自己的，是错了，是不好，是丑，是坏。至于面子，更没有，那面子已同我没有什么相干了。那是死了的丁玲的面子，我早已看见那具尸身漂过去了，我对那具死尸也是无情的，而且高兴它漂得远远的……我懂得，这须（需）要我更刻苦，更努力，只有更多的赎罪，把罪赎完了，才能得到安宁。

……1955年，周扬同志曾经告诫我，不要相信自己，不依靠党，就依靠资产阶级。那个时候我实在不能理解这句话，甚至不理解他为什么同我说这句话。现在一切都看得很明白，不革命就会反革命，不站在无产阶级立场，就站在资产阶级立场。

……1955年以前一段时期，我现在也不敢回忆我那种骄傲到极点，放肆到极点的一些行为。目中无人，心中无党，一切只有"我"，这个"我"已经大到无以复加了。听不得一句不顺耳的话，见不得一点不顺心的事。党为了照顾团结，尽量优容我，教育我，周扬同志，你，还有别的同志，累次三番来找我，和我谈话，难道我不理解吗？但总是不满意，要闹意见，要标新立异，要独树一帜，要唱对台戏。为什么呢？现在很清楚了，就是要同党较量，要党批准我，要党跟我走，要党让位给我……尽管党再三警告，我却不知悬崖勒马。真所谓飞蛾扑火，至死方休，不放弃"我"就不能有所觉悟，阶级斗争的规律，就是这样残酷和无情的！

年底、年初和最近我们报纸上几篇反对现代修正主义的社论、资料和反面文章，我都仔细阅读过。我认识到在国际范围内，阶级斗争的日益激烈、复杂。对现代修正主义者的叛徒论调和丑恶行径，我深深愤慨。只要时间许可，我一定尽快地把学习的心得整理起来，向你们汇报，请你们指示。

到了1963年，作协党组商议后对丁玲工作安排提出了三个方案：调换单位的工作、垦区调动和调到气候温和的江西农场。后来经周扬指示，开会时又商定，不管怎么样，丁玲这么大岁数不要搁在下面，把她调回北京整理自己的东西，陈明分到文化部群众艺术局。丁玲、陈明去农垦部取调令，刚巧分管副部长江一真出差，调令锁在柜子里。丁玲他们决定先回汤原，一边等候调令，一边参观几个大型农场。

陈明回忆道："63年那次在沙滩中宣部见到周扬，周扬说：'你们可以回北京了。'我们有些担心，说报上都提倡往下跑。周扬说：'上来了，还可以再下去嘛。'谈话时间不长，话题不多。我说起刚看到的苏联电影《铁匠的旗》不错，周扬淡淡地说，没看过。我们隐约感到，周扬的心里对我们有些过意不去，是否觉得整得有些过分。"

（1999年2月2日口述）

毛泽东的第二个文艺批示下达后，文艺界的火药味愈加浓厚，丁玲上调之事立即成了棘手难题。丁玲在1964年6月22日来信中最后曾提道："如果作协或文化部一时房子不好找，那么是否暂时就不急于去找，让我们再留在垦区一两年。究竟组织上如何决定，何时调动，我们自然完全服从。"

本来作协经办人已向文化部党组发函，询问文化部怎么安排陈明，以便答复农垦部和丁玲、陈明。此前，文化部副部长夏衍已答应可由文化部接收陈明，而丁玲则由作协安排。但是，仅隔数天，刘白羽抓住丁玲的几句话立即在信上批道："丁玲觉得目前在下面对她改造有利，同时文化部和我们现在都忙于抓文化革命，可考虑她暂不回来。"周扬随即写上："默涵同志一阅，同意白羽同志意见。"8月8日，张僖给丁玲写信，信中写道："关于你今后工作的安排，党组已请示周扬同志，同意你的意见，可以继续留在下边。"刘白羽删去了张僖起草的信中原有的"既然在下边对你改造有利"这一句话。

写6月22日这封信时，丁玲正在一边等待北京调令，一边在大农场参观。在信中大发一番对革命形势的感慨，没想到却在北京的阅读者中引发别的想法。正是这封信，导致了她和陈明无法回京，这是她情绪昂扬地写信时所预料不到的。

我们离开佳木斯后，到达八五二农场，到达八五三农场。这次计划多走几个场，每个场停留时间不长，少则十天，多则二十天。但我每到一处，都不想离开，火热的工作和火热的人们都使我倾心，觉得可学之处太多，不能不使自己涌起许多感想。

农场是一个生产单位，也是一个战斗集体。农业生产的学问很深，很复杂，从事农业生产的人，要有知识，还要有革命干劲。而学习毛主席著作,用毛主席思想,科学、灵活地去掌握生产规律,搞好经营管理,做好人的思想工作,真是不容易。这必须兢兢业业学习,不断去实践而又善于总结,因此农场实在是一个大学校。农业生产要向大自然作斗争,农场也是锻炼人的革命意志的好地方,也是一个革命洪炉,是改造思想、兴无灭资的好园地。

我走了两个大型农场,听到他们建场历史的简单的介绍,看到了目前生产热火朝天的情况,接触了一些先进人物,了解到职工在去年冬天经过社会主义教育之后,学习大庆大寨,大学毛主席著作,有问题就学,学了就用,人的精神面貌改变了,生产情况更好了。想不到的事,做不到的事,做到了。拿过去比现在,从现在看将来,真使人感情激发。有个初来的年轻人看到这里的一望无边的麦地之后,不禁大喊道:"我要喊!我要喊啊!"这种激情的呼声,是很切合人们的心境的。

对着这些动人的事物,我十分觉得我几年来改造得不够,在汤原六年,尽管我对过去的错误有批判,也的确勤恳地劳动过,谨慎地工作过,虚心地学习过。可是同现实,同社会的发展,同党对我的要求,距离都还很远。我觉得我吃苦还没吃透(实际根本没有怎么吃苦),读书没有读透,力量没有发挥透。我感到我还必须继续从头再来,再生活,再学习,再工作,再改造,要求严,要求高,要求一言一行,所有言、行、思想都必须合党的意,合党的心,对党有利。我有决心,有勇气,继续从头再来。此外,对个人我没有任何要求。俗话说得好,"朝闻道,夕死可矣"。只要我有一天能达到党对我的要求,我就能稍安于心了。

作协的回信基本断绝了回京的愿望,这对期待摘帽已久的丁玲来说,无疑是一个不小的打击。但是鉴于外面世界复杂的斗争形势,心里不时掠过一丝恐惧的预感,他们对此时回京也会感到有些不安、犹豫。陈明回忆说,当时不愿回北京,与文艺界领导相处复杂,也是顾虑原因之一。不过,陈明向笔者表示,当时确实不知道毛泽东的两个批示内容,也不知道文艺界上层人物的情况。

1963年9月4日,丁玲再次致信周扬、邵荃麟,诚恳地希望能够摘掉右派帽子。信中写道:"我的这顶右派帽子同人民之间有一道鸿沟,我跳不过去。这时我不能不痛苦,恨自己的改造不够,又迷茫于不知道今后还该如何改造。"

信后附着一份批判苏联上层统治集团叛徒性质的思想汇报,基本上抄自报刊观点,今天读来十分单调乏味。在说到叛徒赫鲁晓夫时,又联想到自己的反党罪行,给自己的错误不断拔高:"我现在对自己的错误,真正是彻头彻尾明白了。正因为我认识了自己的错误,我就在思想上、感情上,热烈地拥护党的反右斗争和欢呼这个斗争的胜利……党批判我,揭露我,处分我,我从心里欢迎,我对党的领导、党的组织、党员同志,都丝毫没有恶感,抱着感激的心情,没有二心,也永远不会有……我向党保证:决不重犯错误,我一定全心全意,一心一意,老老实实听党的话,服从领导,做党的驯服工具,为革命,为无产阶级埋头工作,奋斗到底。"(摘自丁玲原信稿)

此时,丁玲正在畜牧队里帮助工会开展"五好运动",负责俱乐部的一些活动。尤其是辅导学习雷锋日记,与学习毛泽东著作相辅相成,突出了阶级斗争的主线。而陈明与业余文工队经常下生产队,在地头田间以好人好事、真人真事为素材,现编现演,用小喇叭念快板。

丁玲在信中称，现在把所有的精力都放在畜牧队的工作上，放在对青年人多宣传阶级斗争、阶级压迫的历史上面，创作方面已经很少考虑了。

她在信中流露出几句感情亲近的话语："最近，在报纸上见到你们行动的消息，知道你们都在北京，身体健康，感到很安慰。不知白羽同志病好些了没有？我常常想你们，很想见到你们，希望同你们谈心，倾听你们对我的意见。这种想见到你们的心情，我想你们一定很理解。"

1964年9月10日，她在致邵荃麟、严文井的信中一方面表达了留在北大荒的心态，另一方面委婉地诉说了参加劳动的一些困难：

领导批准我继续留在下边，实在太好了。每当我感到党对我仍然抱有希望时，我就增加信心和力量。尽管我能力不及，心有余力不足，但我一定竭尽余力，好好学习，继续改造，努力工作，以不辜负党对自己的希望和你们的帮助。

……现在既然暂时回不去北京，原来存在的这些困难，我们迫切地请求组织上帮助解决。以我过去所犯的错误，本不该再对党有此要求。但不论自我改造也好，创作工作也好，生活学习的安排也好，不依靠党，个人实在是寸步难行的。事实上，以我现在的身体腰痛、脑神经痛，我很难继续在基层生产单位坚持上班工作。因此，我不能不请求你们的帮助和安排。

在政治学习和政策学习方面，我们在这里的条件是不具备的。特别希望作协给予帮助，发给我们一些文件和资料。如北京太远，是否可以请省作协分会就近和我们联系，经常给我们以指导。

我深深认识到，改造对于我是长期的，永远须（需）要的。我也认识到,改造的目的,在于能自觉地克服个人主义、清除资产阶级思想,使自己的工作,能合乎党的须(需)要,合乎党的利益,合乎当前的革命形势。我会在各级党组织的帮助下,继续朝这方面努力的。

作协党组传阅信后,经过一番研究,决定从形势入手,以张僖的名义回信:"丁玲:你9月10日写给荃麟、文井的信已经收到。作协机关根据中央指示马上就要抽百分之六十的人长期下去参加农村的社会主义教育运动,几年之内机关百分之百的人都要轮流长期下去,希望你能安心在下面改造和锻炼。"

1964年10月底,农垦局党委得到农垦部的指示,又参照1958年中宣部介绍信中所说"以创作为主,也可以参加基层工作"的内容,把丁玲、陈明调到条件较好的宝泉岭农场。这个农场面积较大,光是场部周围的人口就超过一万人。这次不给丁玲分配固定工作,只把关系放在工会,冬季就在总场部做些家属教育工作。

这一年12月29日,丁玲致信邵荃麟、刘白羽、严文井,再次要求摘帽:

> 我现在没有创作计划或打算,在目前国际、国内阶级斗争内容复杂、形势尖锐的时候,我特别感到学习、劳动、工作中继续改造是我的首要任务,我将利用时间,联系实际,学习主席著作,努力自我改造……
>
> 我过去犯的错误是严重的,时间愈久,学习愈多,愈能认识清楚。党对我的处分,我一直心甘情愿。我只希望今后能给党和人民多做一点有利的工作。这种心情在以前的检查中或汇报中都提到过。目前阶级斗争日益激烈,社会主义教育运动正在全国逐步展开深入。阶级斗争的教育,形势的教育,学习、

工作、改造的须（需）要，都迫使自己不能不再一次提出：请求党根据我几年来的决心、态度、思想和工作表现，考虑给我摘掉右派帽子，批准我回到人民的队伍里来。使我能更无间地（客观存在）参与工作、接近群众，能更好地改造，为党工作。（人民群众与右派的阶级界限，是个客观存在，不是主观愿望能取消的。）自信我决不会再辜负党对自己的希望和同志们对我的帮助。

（摘自丁玲原信稿）

那几年间，丁玲写了不少反修防修、紧跟形势的思想汇报，大都引自报上的观点，一遍遍重复赎罪改造之意。中国作协收到后打印，供领导层传阅。只不过等到了1964年，主要收信人邵荃麟被抛出批判，遭到了灭顶之灾。

陈明告诉笔者："在农场，丁玲几乎没写过什么作品，不写日记。《在严寒的日子里》老在脑子里构思，一个字没写。有时帮职工改点文章，写得最多的是汇报、检讨。我记得，她只写了短文《雷锋就在我旁边》，不敢发表，还写了几篇队里干部家史。长时间不写，写作感觉迟钝了，她自己有点担心，有时还让我帮她写检讨。"

"文革"初期挨过造反派毒打的张僖曾想过，如果丁玲1963年调回北京，很难熬过作协"文革"这一关。陈明也有同样感慨："那时如果回到北京，或者继续在农场挨斗，1970年不关到秦城监狱，丁玲不一定能活过来，她被整得太累了。"

谈到丁玲回到北京彻底平反后的情形，陈明意犹未尽：

打倒"四人帮"后，我们想去看望陆定一，临去之前听人转述，说陆定一表示，在丁玲问题上他与周扬的意见一致，我们就不想去看他了。

周扬要去日本访问，我们一是想见见他，二是想让他在日本访问时便于回答记者，便找了甘露一起去看他。周扬对丁玲过去的事一句不提，也不问情况，哪怕说这几年你辛苦了。他只说自己耳朵被打聋了。我坐在他旁边，听到他仰着头在沙发上轻声说："责任也不能全推在一个人身上……"回来后我把这话告诉丁玲，我们还猜"这个人"是谁，是指他自己，指默涵、白羽，还是指主席？

丁玲一直到死，都没有听到周扬说一句道歉的话。

我们说过，毛主席领导的中国革命百分之九十九是正确的，但整丁玲是百分之百错误的……

（1999年1月15日口述）

"文革"前后那几年间，熟悉丁玲的人们发现，老太太在北大荒改造之后，变得表情单一，说话谨慎，动作迟缓，变得人云亦云，很难再有自己思索过的声音，原本驰骋文坛的那种感觉、那种泼辣粗犷的工作作风、那种爽快率真的为人风格已经难于见到了。

赵树理

题记

  这篇文章,是我写作《人有病,天知否》系列文章的处女作,首先刊发在我一向仰慕的《读书》杂志,备受鼓舞,由此引来自己一发不可收拾的写作热情。这篇文章于我而言,是一块自己能否成功写作的试金石,是摸着石头过河的那块石头。

  记得1998年的一天,三联书店相熟的编辑曾蔷打电话告我,说在一楼书店营业厅看到新一期《读书》上有我写的有关赵树理的文章。接到电话后,我几乎是飞车赶到三联,捧着《读书》连读几遍,依然不敢确定是否真实?一个初学者的深度恍惚和过分欣喜都在那个时刻充分地表现出来。

  正是由于头次写作此类文章,文字显得过于严谨和工整,略显拘束,无法舒展。但这也带来一个小优点，就是完全贴着档案材料来写，全篇结构较为紧凑，衔接讲究，干货甚多。

有关赵树理的档案较为完整，我在抄录时就已经十分在意和兴奋，看到赵树理亲笔写的检讨书和思想检查，感叹于他的农民式真诚和不明事理的"迂腐"。所抄录的档案都是最原始的记录和报告，批判发言也是由党组秘书速记的，因而有一种趴在原生态中写作的味道。一旦有了这种踏实的写字感觉，就显得比较放松和自如。文章刊出后，获得文学圈内外朋友的鼓励，"第一枪"的被认可就意味着自己总算放下包袱，能够信心满满地走上史料文章的写作之路。

记得准备这篇文章时，只采访了三四位原在中国作协工作的老人，如老诗人杨子敏、老作家康濯和夫人王勉思、原《人民文学》老编辑胡海珠，他们当年与赵树理有不少私下来往。他们回忆中的细节一经引用，就使文章变得感性十足，柔软有致，人物的形象也得以丰富而变得可亲可爱，极大弥补了文件刚性一面的不足。1997年、1998年人们还没意识到口述采访的重要性和必要性，多少有些忽略和大意。我只有到了写俞平伯、老舍、郭小川时，才开始成批量、大投入地集中做口述工作，做老舍一文时已采访四十多位人士，采访时间长短不一，重要性不一，但大面积地走访相关人士就成了以后的工作定式，没有一定的采访量就无从下笔。老实说，当时对口述作品没有什么有意识的认知，对海外的口述纪实热也关注不够，只是凭着一个直观的想法去做。后来陈远先生称我为"口述文学的推动者"，让我有点诚惶诚恐。

细想一下，《1959年冬天的赵树理》还产生一个额外的效果，就是在文章中写到陈伯达代表《红旗》向赵树理约稿，而且是约他写小说，也首次引用了1959年1月9日陈伯达致毛泽东的一封信。陈伯达在信中明确表示要避免大跃进中的缺点，还直率地写道："当群众不同意干的时候，即使有黄金万两，也不要去捞。"在当时的政治条件下，大胆地引用了陈伯达的信，多从正面去引述和描写，没有像过去那样恶意去贬低和谩骂，而且在《读书》这样的杂志正式刊发，敏感的一些读者读了这样"异动"的内容多少有些惊诧和不适应。整个20世纪八九十年代对陈伯达、"四人帮"的描述基本上是负面的、反动的,容不得说一句好话,出现陈伯达稍微正面的形象也是难上加难。但在整个社会趋向平和、稳健的过程中,人们对历史人物的包容度和理解力也在增加,慢慢地对文章中的一些突破性表述也能宽容对待。我后来读陈伯达的儿子陈晓农先生撰写的有关父亲回忆录,里面特意提到拙文《1959年冬天的赵树理》,委婉地表示一种谢意。我看到此处时,心中多少有些欣慰。前不久,陈晓农先生在给我的一封信中引用了龚自珍一首咏史诗的句子:"万重恩怨属名流。"他在信中写道:"但愿此情状已成过去时。"

只有靠文字才能留住过去情状,"万重恩怨"在文字中著作中漂流时才显出历史的那份厚重和凝滞。

赵树理

1959年冬天的赵树理

1959年,赵树理五十四岁。在这之前,他一路顺利,被誉为文坛的"旗帜"。那一年,他从北京到省、县里,为农业问题上上下下折腾数次,写了几封分量很重、与众不同的信件及文章给地委书记、省委书记,直至中国作协党组书记邵荃麟和当时的政治局候补委员兼《红旗》总编辑陈伯达。就是这几封信和文章酿成"祸根",在当年冬天开展的反右倾运动中,使赵树理成了中国作协整风中内部重点帮助对象之一。这个寒冷冬天的印象,郁结成赵树理一块难于治愈的心病。

据知情人介绍,赵树理平时并不爱写信、写汇报,他是一个谨慎、交际拘束的人,之所以在1959年频繁地向上面写信,是来自于他对山西家乡农村实地观察后发自内心的焦虑、不安情绪。这里有一个外因,就是陈伯达刚刚创办理论刊物《红旗》,在1959年4月全国二届人大会议期间,别出心裁地约请赵树理为《红旗》写小说。赵树理把它视为"光荣的任务",不时在心里惦记着此事。

"可惜自去年冬季以来,发现公社对农业生产的领导有些抓不着要处,而且这些事又都是自上而下形成一套体系的工作安排,也不能由公社或县来加以改变。在这种情况下,我到了基层生产单位的管理区,对有些事情就进退失据。"事隔四个月,赵树理8月20日写信给陈伯达,把自己在农村的苦恼和创作上的困境和盘托出。他在信中写道:"我就在这种情况下游来游去,起不到什么积极作用……我不但写不成小说,也找不到点对国计民生有补的事。因此我才把写小说的主意打消,来把我在农业方面(现阶段的)的一些体会写成了意见书式的文章寄给你。"

这篇长达万言的文章起了一个带有学问意味和个性色彩的题目:《公社应该如何领导农业生产之我见》。"应该如何领导"这种句式颇让后来的批判者不快。赵树理或许事先有些预感,为了避免批评领导的口气,写作时曾换过四五种写法,竭力想把那种口气去掉。他坦率地告诉陈伯达:"这文章仍与现行的领导之法是抵触的,我估计不便发表,请你看看,给我提出些指正——说不定是我思想上有了毛病,不过即使是那样,我也应该说出来请你指正。"

不知道陈伯达看了信和文章后的感想,只是他(或者是《红旗》编辑部)在晚些时候将它们转给了作协党组。后来印成作协党员会议绝密文件,供大家内部批判时使用。笔者注意到,在《红旗》杂志该文的"来稿处理单"上,有一位编辑大笔一挥,写下几句意见:"我觉得这篇文章中的一些观点很怪,有的甚至很荒谬。"

所谓"荒谬观点"之一就是赵树理在信中提到的公社领导身份的问题,他写道:"公社最好是不要以政权那个身份在人家做计划的时候提出种植作物种类、亩数、亩产、总产等类似规定性的建议,也不要以政权那个身份代替人家的全体社员大会对人家的计划草案作最后的审查批准。要是那样做了,会使各管理区感到掣肘因而放弃其主动性，减弱其积极性。"中国作协党组由此于1959年11月24日向中宣部汇报时，把赵的观点归纳为："让公社处于顾问性的协助地位，实际上是改变了公社的性能，否定了公社的必要性和优越性。"

庐山会议后，这种观点无疑是与中央政策大唱反调的反面言论，其大胆程度在当时寥寥可数。批判赵树理的战火悄然点起后，老实的赵树理又交出另一封给陈伯达未发出的信，其观点比第一封信有过之而无不及，再加上公布的1959年元宵节致邵荃麟的信，更给批判火上添油。在信中，他再次表露了"进退失据"的感受："在这八九年中，前三年感到工作还顺利，以后便逐渐难于插手，到去年公社化以后，更感到彻底无能为力。"在国家与集体矛盾的时候，不知道该站在哪一方面说话。赵树理痛苦地表示："每遇这种矛盾出现，我便感到难于开口。"他在信中随手举了四个在生产上瞎指挥、官僚主义、虚报等例子，指出"这种例证多到无法计算"。

赵树理凭着作家的敏感，说出了对那一时期描述最妥帖的警句："计划得不恰当了，它是不服从规定的。什么也规定，好像是都纳入国家规范了，就是产量偏不就范。"这种略带幽默、嘲讽的语气让上面的一些人看了很不舒服，愈发觉得赵树理身上滋长着一种别人所没有的异样感觉，他的姿态在当时大背景中显得很不和谐。赵树理自己也意识到这种境地，他左看右看，终于停笔了，自己解释其中原因："这封信所以没有继续写下去，是感到会使领导看了前半截觉得我也是故意找难题的人。"

这封未完成的信稿，字迹认真工整，几乎没有任何修改痕迹，可以想象作者深思熟虑、下笔千斤重的情景。但是九页稿纸中，用了几种墨水，表明作者断断续续在不同地点写信，拖了很长时间。

尽管赵树理后来有意设防，但事情的结果比他所预料的要严重，这几封信导致一个多月的大会批判、小会帮助。前几年曾有文章指责陈伯达转信是别有用心，是政治陷害。后来笔者看到1959年1月9日陈伯达致毛泽东的信（作为中央宣传工作座谈会文件之一散发），才发觉陈伯达在信中也有与赵树理相近似的感受，他在福建家乡走了一圈后，对密植、深耕、干部作风、虚报数字等问题对毛泽东直抒己见，他甚至明确地说："当群众不同意干的时候，即使有黄金万两，也不要去捞。"他强调，这是大跃进难以避免的副产品，是十个指头中的一个指头，既然群众有意见，引起我们相应的注意，并且力求在今后的行动中避免重复同样的缺点，也是必要的。

可以想象，陈伯达在读赵树理的信时会有一些同感，起码不会有恶感。当后来批赵达到高潮时，作协党组曾约请陈伯达、周扬同赵谈一次话。陈伯达同意了，但是后来不知何故没有谈成，或许陈伯达也有难言的苦衷，他不知如何面对赵树理来解释这一切。

不仅身居高层的陈伯达对农村形势有不乐观的看法，在当时的干部队伍中普遍存在怀疑、不解的情绪。1959年9月9日和9月15日，作协党组开整风生活会，与会者就披露了一些零星感受：

> 我们对形势的估计有时也不是很正确的，如有人说大炼钢铁赔本，我会同意这个意见的。（邵荃麟）
>
> 有段时间，我忧虑重重，是不够相信党中央的看法……

（郭小川）

对总路线、大跃进，我的态度是坚决拥护，问题是我对人民公社没有思想准备……对副产品，我有过意见，觉得是大跃进搞得过了头。（刘白羽）

热时过了头，冷下来也就冷了，就否定了自己过去所歌颂的东西，怀疑大跃进搞得太快。（李季）

买不到菜，不满意，接着灯泡也没有，纸烟也买不到了，对抽烟的人说是有情绪。肥皂问题又来了，不能换洗衣服，自己心里不满意，有牢骚，有些对老婆说过。（严文井）

如有人怀疑大跃进，我不说同意，也不说反对。让我写文章否定大跃进，我不写，别人写了，我也不反对……（张天翼）

与这些人人过关时的简单表态相比，赵树理的几封信就显得更系统，更具危险性，更有爆炸性效果。

当时中宣部已揪出九条"大鲨鱼"，并且开了中直系统现场会推广经验。作协反右倾初期过于冷清，被上级领导部门批评为"温情主义"。于是，作协的整风运动层层加码，10月底贴出一千五百多张大字报。从11月4日开始批判王谷林、王鸿漠、高炳伍、冯振山等四位中低级干部。斗完后，下一步目标自然而然对准作协中层以上干部。当时明文要求整肃领导层中的动摇分子，提出"抓得紧，搞得透，搞得细"的口号，十三级以上干部人人自危。先是楼适夷被抛出，赵树理和郭小川紧挨着就撞上"枪口"。看到有人被正式立案批判，众人才松了一口气，庆幸自己又躲过一劫。然后，心情轻松地参加批斗别人的会议，发言比上级定下的调子更为严厉，更为尖锐，力争显出自己的战斗倾向。这是政治运动的惯例，谁也无法摆脱这种"游戏规则"和"游戏心情"。

赵树理走入"批判怪圈"也有自己的独特方式。听了庐山会议传达后，别人不轻易表态，他却向党组书记邵荃麟说，他不敢看彭德怀给主席的信，怕引起共鸣。邵荃麟问他为什么，他说他也有过"农业生产领导方法的错误是上面来的"和"浮夸作风是小资产阶级狂热性"的想法。后来党组责成他去看，并和他开了一次谈心会，对他进行了初步的批评。这样，赵以他自己不顾风险的率直，不由自主地踏上被批判之路，这是他事先万万没有想到的。

他弄不明白怎么回事，在挨批之前，曾找副总理谭震林、山西省委领导陶鲁笳谈过有关公社的问题，依然无所适从。整风会一开始，赵表现了令人惊诧的顽强性，他相信自己的眼睛，坚持原有的观点。11月24日，作协给中宣部的报告中记载了这一场面：

> 此次整风会上，许多同志对他作了严正而诚恳的批评。但到11月18日的会上，他仍然认为他的意见是"基本上正确的"，并且公然说："关于粮食总产量问题，我们打外仗时可以说粮食问题解决了，但外仗打完了，对内就应该摸清，我们的粮食究竟有多少？"又说："六中全会决议，我认为中央对成绩估计乐观了一些。这不怨中央，是大家哄了中央。"又说，办公共食堂"只是为了表现一下共产主义风格，在食堂吃不如回各家各户吃的省"等荒谬的话。邵荃麟同志严厉批评了他这种无原则态度，责成他检讨。

到会同志都很气愤。

邵荃麟是一个温和、书生气十足的领导人，在这次会上却少见地发怒。他自己在 11 月 22 日大会上说："我不太容易激动，那天激动了，是要求老赵要有一个态度。"他说话的措辞已相当严厉："老赵今天不像个作家，会开了很多次，许多同志满腔热情帮助老赵，为了发言，看了书。许多发言都心平气和，讲道理。直到前天，老赵还说他'基本上是正确的'，也就是说，大家基本上是错的。我想，我们的发言能否说服他呢？但另一方面，作为一个党员，应该帮助他，知无不言，言无不尽，还是应该发言，不管他听进听不进去。"

翻开当时的会议记录，可以闻见浓烈的火药味，已难以见到邵荃麟所说的"心平气和"：

○赵树理采取与党对立的态度，有些发言是污蔑党的，说中央受了哄骗，这难道不是说中央无能，与右倾机会主义的话有什么区别……

○我们要问树理同志，你究竟悲观什么？难道广大群众沿着社会主义前进，还不应该乐观，倒应该悲观吗？树理同志，我们要向你大喝一声，你是个党员，可是你的思想已经和那些想走资本主义道路的人，沿着一个方向前进。

○你还执迷不悟，进行辩解，这难道不是一种抗拒党的挽救的态度吗？难道你把毒放在肚子里，就不怕把自己毒坏吗？我觉得赵树理同志也太低估了同志们的辨别能力，太不相信同志们有帮助他消毒的力量了……

○……赵树理的态度很不好，到了使人不能容忍的地步了。他对党和党中央公然采取讥讽、嘲笑和污蔑的态度，实在太恶毒了。仿佛应批判的不是他，而是党和党中央……

○真理只有一个，是党对了还是你对了？中央错了还是你错了？这是赵树理必须表示和回答的一个尖锐性的问题，必须服从真理……

……

每个与会者的发言方式不尽相同，譬如，萧三每批一段赵的言论，就引申一句："那么，请看马克思是怎么说的——"他形容赵的思想深处像一座"堡垒"，是"很难攻下的马其诺防线"。他质问："看，这样一所建筑，还有什么好砖吗？"他好心建议老赵要有新鲜事物感，去工业中心和工人中生活一个时期，多快好省地改变世界观，不要有抵触情绪。

上纲上线，轮番冲击，使会议的斗争气氛直线上升。作协给中宣部的报告中称："党组采取展开辩论的方式，由同志们作有系统的发言，批驳其各个论点，然后由赵树理同志答辩，答辩后再由同志们发言辩驳。"实际上，赵树理已经难于从容答辩，他只是顺着大会的气氛做一些解释，甚至对耐火砖、造纸厂建造是否纳入国家生产计划、缝纫工厂对解决家务劳动所起作用等小枝节问题都谈得很细，让大家听了不胜其烦，不知老赵此时用意何在。

11月18日下午，赵树理在会议开始时首先表达歉意："大家为了帮助我，准备时间比我长，看了不少书，很对不起大家。"在经过几个小时的猛烈炮轰后，他最后嗫嚅地说了几句："这篇文章（指给陈伯达的信）我写了两个月，像农民一样固执了两个月。住上房子，现在马上把它拆掉，不容易。"他固执、为难的情绪又通过这几句话，委婉地表露出来，让精疲力竭的与会者添了几许恨铁不成钢的意味。

邵荃麟代表组织者再次责问："老赵和同志们的认识相反，遥遥相对，究竟谁是谁非……这是一个原则问题，否则，不会开这样大会批评你。你狭隘的农民世界观会影响千百读者，所以不能不帮助你。"邵承认，老赵举出的一些例子，如强迫命令等，我们并不否定这些现象。他引用毛泽东一个内部讲话说："六亿人民的大运动不产生一些缺点，那才是怪事。"赵树理无言以答，在会议构织的言语矛盾网中左冲右突，陷入长时间的思考。会议记录本已经很少有他发言的记录，他只能迷惘地、似懂非懂地听完一个个大会发言。在这种压力和威胁面前，心里的防线逐渐地崩溃，他开始考虑自己是否只有无奈地低头或认同，他在想：自己真的错了吗？

会议上汇总了若干个问题，请赵树理回答，近乎最后通牒：1. 中央文件当中有哪些对情况的估计与事实不符，希望具体谈谈；2. 赵树理同志认为右倾机会主义分子的言论中，哪些是对的，可以具体谈谈；3. 在当前这样好的形势下，赵树理同志为什么看不见大量存在的先进事物，老把个别地区的产量问题孤立起来谈……

经历过几次政治运动的险风恶雨，赵树理此时对自己的处境深有感悟。他顾不上回答这些带有陷阱意味的提问，11月23日递交一份报告，不得不对自己进行"政治宣判"：

荃麟同志并转党组：

我于18日在党组整风会议会场上的发言中，对中央决议、粮产、食堂三事说了无原则的话，经你和好多同志们提出批评，使我认识到问题的严重性。全党服从中央是每个党员起码的常识，把中央明了的事随便加以猜测，且引为辩解的理由,是党所不能允许的。别人是那样说了我也会起来反对,但为了维护自己的右倾立场(固执己见的农民立场)竟会说出那样的话来,实在不像多年党龄的党员。为了严肃党纪,我愿接受党的严厉处分。

赵树理　11月23日

当时他的情绪波动很大,他对友人伤感地说:"我是农民中的圣人,知识分子中的傻瓜。"

他奉命开始写长达数千言的书面检查,从根子上追究犯错误的原因,一遍遍地否定自己的所作所为。最有戏剧性的是,当他苦思冥想寻找出路的时候,反右倾运动戛然而止,巨大的运动机器慢慢地减速,批判大会无形中被通知取消,赵树理和与会者又一次被置于不知所措、头脑空白的境地。

严文井作为当时党组负责人之一,后来透露了其中一些内情:"庐山会议后整彭、黄军事集团,林彪生怕在军队里要斗倒一大批人,就授意总政发指示,要刹住反右倾运动。后来农村形势越来越恶劣,中央也批转总政的通知,决定反右倾一律不戴帽子,一风吹……"(1997年5月19日口述)

赵树理有惊无险,在来得突然的转折时期,他诚惶诚恐了一段时日。到了1960年3月,他交出一份书面检查,本性难改,又自动恢复了对公社等问题的解释权,他说:"我向各级所反映的问题及自己建议的解决办法,姑无论其合适与否,其精神都是想把问题解决了而把公社办好的。""我自信我还是个敢想的人,虽然学得的马列主义不多,遇事难免有想错的地方,但是想对了的地方也还不少,不要妄自菲薄,应该随着敲紧的锣鼓活跃起来。"

运动进入收尾，没有人肯为这些问题再去大会上批判他，整个机关失去政治性反应，一两个月前火爆的批判场面冷却了，只是变成痛苦的记忆碎片留在当事人的心里。作协总支1960年2月21日做了整风总结，对赵树理留下了几句化大为小的评价："由于他还未彻底克服的经验主义的思想方法，由于在他身上保留着狭隘保守的农民观点，对人民公社存在的问题及其发展前途的看法是有原则性错误的。"实际上后来也没有形成正式文字，内部批判的最终结果是：没给他任何处分，也没做结论。

严文井回忆说，中央当时可能有一个指示，对赵要低调处理。

对赵树理来说，心灵的风暴虽然也已平息，但打击却是毁灭性的，让他几年间都难于平静。好友孙犁说："他的创作迟缓了，拘束了，严密了，慎重了。"不仅仅创作上出现衰竭，身心上也变得疲惫烦躁，不堪重负。

曾经参加当年批判大会的杨子敏（后任作协书记处书记、《诗刊》主编）回忆说："会场设在文联大楼四〇一室，赵树理坐在圆桌中间。看上去他很沉着，很认真。我就注意到，每逢开斗争会，赵树理有一个动作就是嘴里叼着烟，手上不断划火柴，有时一盒火柴都划完了，烟还没点着。他是在不自然的状态下有这些动作的，看得出心里不平静……"（1997年12月25日口述）

当时《人民文学》编辑部负责人、评论家侯金镜的夫人胡海珠表示："那时空气非常紧张，老赵有压力。但他对事实部分很坦然。老赵说话有时让人听不清，一方面是口音问题，另一方面是他说话的特点。以前大家就说，老赵小说写得那么出色，可讲话就怎么听不懂？看他在会上吃力发言，在心里对他是同情的。开会时他拿着一支笔，随手在纸上画几个字，不像其他挨批者那么认真记录。会开得很晚,冬天又冷,散会后大家都急于赶回家,而老赵往往坐在那儿发愣,想半天,动作很迟缓。有时金镜就陪他坐一会儿,说话无非是'注意身体'之类。"(1997年12月26日口述)

挨批期间,赵树理无法排遣苦闷,有时就去老友康濯那里坐坐。当时康濯在和平宾馆写长篇《东方红》。作协党组曾有意让康濯做做赵的工作,康濯12月中旬给邵荃麟、严文井的信中,反映了赵对批判发言中一些不实之词的意见,认为他的看法并非如此。

有一次他们两人在家中吃饺子,赵树理忽然有感,说公社搞了食堂,像饺子这类费劳力的事怕不好办,社员吃饺子也就困难。康濯不同意,认为发明了大机械工具,吃吃饺子完全不成问题。康濯还没讲完话,赵就改变看法,连忙说一些公社食堂的优越性。康濯在信中谈到,赵的改变相当明显,大会对他的影响太大了。

康濯夫人王勉思回忆道,当时中东政局动乱,老赵时常唠叨说,我还不如出去打游击,去支援世界革命。

赵树理心情黯淡地返回家乡,几年间很少露面。直至1962年8月大连会议,赵树理才在整个形势鼓动下,作了农村形势问题的长篇发言,比1959年的观点更推进一大步,更具锋芒,是整个中国文坛在"文革"前夜最凄美的"天鹅绝唱"。到会的李准在事隔二十多年后仍忍不住地为赵喝彩:"赵树理了不起,大胆反思,敢于说心里话,精彩极了。没人能赶上他,他走在知识分子的前头。"(1989年8月29日口述)

经历三年困难之后,痛定思痛,邵荃麟在大连会议上首先对1959年的批判表示歉意:"这次要给以翻案,为什么称赞老赵?因为他写出了长期性、艰苦性,这个同志是不会刮五风的。在别人头脑发热时,他很苦闷,我们还批评了他。现在看来他是看得更深刻一些,这是现实主义的胜利。""我们的社会常常忽略独立思考,而老赵,认识力、理解力、独立思考,我们是赶不上的,59年他就看得深刻。"(摘自会议记录原稿)

周扬在会上几句话定评:"他对农村有自己的见解,敢于坚持,你贴大字报也不动摇。"

对赵树理又是一面倒,以致1964年8月3日作协党员大会上批判者为此愤愤不平:"在现代文学史上,当面受到这么多作家的恭维、吹嘘,恐怕没有先例吧。"

1962年,作协根据上级精神,由邵荃麟牵头,作出1959年反右倾运动甄别报告,其中谈及赵的一段是这样写的:"根据三年来农村的情况和人民公社六十条及去年中央扩大会议的精神来看,赵树理同志所写的文章和信,没有什么原则性的错误,而且有些意见应该说是正确的。因此,当时根据以上文章和信对赵树理同志在十二级以上的党员干部范围内进行批判,是错误的。"

邵荃麟很用心地在报告原稿上做了多处修改,最后一句原来用语是"不妥当",是邵改为"错误"。可惜,赵树理没有及时看见甄别报告。因为1962年夏秋,阶级斗争理论又占上风,作协已经不便拿出这个报告给当事人阅看。

等待赵树理、邵荃麟、周扬他们的是更残酷的政治风暴,有关农业方面的言论成了他们被置于死地的"罪证"之一,1959年大批判的双方大多数人都以同样罪名被凌辱,被折磨得死去活来。1970年,赵树理和邵荃麟先后被迫害致死。事隔一年,陈伯达在庐山会议倒台,其中罪状之一就是大跃进时期偏激的意见书。

据说,赵树理在临死前极度失望地说了一句:"唉,我总算是想通了,明白过来了。"对1959年大批判他一定会有新解,一定会记住当年连夜赶写检讨稿时冒出的一句话:"我五十四岁了,怎么还写这种文章?"

郭小川

1950年,郭小川与夫人杜惠

题记

  这两篇写郭小川的文章共十万字,占《人有病 天知否》全书三分之一的比例。这些年来,有不少朋友看完书后问我,为何郭小川部分写得这么长,其他人物的篇幅都较短?为何有此体例上的不当问题?

  这归之于我一时的创作空想。1999年,我突然间有了做一本《一个人和一个单位》的想法,就是从一个人、一个单位入手,展示一个人、一个单位在1949年后漫长的政治运动中诸多经历和变迁过程,以横断面的形式展现政治运动对人和单位具体的侵袭和伤害,又打通几十年时间段的上下关联,从纵的方面展示长波段内的真实蠕动状态。于是,就在那一年我开始准备材料,大展宏图立壮志,有一种不达目的不罢休的劲头。那一年我38岁,志大才疏,多少有点不自量力的感觉。但这种妄想无形中也是一种超强的动力。

我细读抄录的资料，再三梳理，最后确定这样写作的目标："一个人"为诗人郭小川，"一个单位"为《人民文学》编辑部。郭小川时任中国作协秘书长、作协党组副书记，又是闻名的诗人，身份特殊，他在1959年遭到内部整肃，心灰意冷，1962年自愿去《人民日报》当记者，写了一批响当当的红色长篇通讯，"文革"中再次遭难，困顿多年，在粉碎"四人帮"之后却因烟熏致死。这是一个不幸连着更大不幸的特殊诗人，他的厄运贯穿了整个作协几次重大的政治运动过程，而且多是不可或缺的关键人物。他真的完全具备我们所企求的文坛标本意义，其资料之多之全也是别的文人作家所没有的。

郭小川的儿子郭小林为我在作协工作时的同事，时常在我们的办公室聊天玩牌，也是一个厚道真诚的诗人。他写的父亲的长篇散文曾经风靡一时，其反思和探究精神深深地影响了我们这拨人。通过他的联系，我一一采访了他们的全家人，杜惠老人已是八十多岁高龄，还坚持骑车去游泳，性格开朗，记忆力甚好。郭小川的大女儿郭岭梅在新影厂当编导，长年在外拍片子，约她采访不易，她那时好像在广西、广东拍摄纪录片，一待就是数月，只能在她回京休息时插空见面。小女儿郭晓惠在人大教书，那时她正全力投入到《郭小川全集》的编辑工作，家中摆满了收集来的诸多资料，父亲所写的检讨、日记、书信全部按原样收入，这种尊重原貌的勇气在名人家属中还属少见。

1999年初秋的一天，郭小川在作协的老同事、《团泊洼的秋天》诗稿的保存者刘晓姗阿姨，带着郭小林、郭晓惠和《北京晚报》孙小宁，由我开车，前往天津郊区团泊洼探访文化部文联干校旧址。郭小林、郭晓惠兄妹曾经去过，知道大体的方向，我们一路前行较为顺利。临近团泊洼时，就看到几座旧日残留的水塔和墙垛，上面还留有"文革"期间的标语。刘晓姗阿姨看到后忍不住惊叫起来，一切似乎还保持原样，时光在这里停滞不前。我们在校部打听时，原来就在劳改农场兼干校工作的老干部孙继存热情出面接待我们，并带我们寻访郭小川的居住地。郭小川住过的那一排平房已被拆除，变成一个养鱼的大池塘，杂草丛生，波澜不惊。原本喧闹的干校变成荒芜的教育基地，黑板上居然有学生所写的以"团泊洼的秋天"为名的诗作，与郭小川同名作品的内容完全不搭。

这里曾是几千个文化人在"文革"期间不堪回首的流放之地，历史上也少有这样一个凝聚辛酸和血汗的文化集结地。我们在团泊洼小饭馆吃饭时，就不断议论能否把这块地方作为"文革"遗址保存下来,让后人有机会看看当年文化人劳动受累、思想受折磨的特殊地方。

　　此次采访可以说是我最用心、最投入的一次,时间花费很多,在大稿纸上根据时间、事件依次排出采访顺序,每采访一位就打钩画去。除了集中采访中国作协老同志、《人民日报》社老同事之外,我还加强外围人员的查找工作,争取采访到了当时在国家体委任主任的庄则栋、同在团泊洼劳动的漫画家华君武、画家钟灵等。有一些同志曾经短暂地与郭小川相处过,如从湖北陪同(实为押送)郭小川去团泊洼的张玉祥、文化部派到林县审查郭小川的调查人员王秀山,虽然只是几天时间的相处,但工作职责所在,他们毕竟有过难得的交集,从他们的口中能够了解到大风暴中的当事人的情状。找到这几位老同志的下落,非常费劲,转弯抹角地向人打听,总算一一有了结果。我记得,张玉祥老人后来在新华书店工作,我去了阜成门外新华书店的大仓库,真是书山书海,老人就坐在摆满书籍的书架前接受采访。他很惊奇我是如何能够找到他的,因为他后来经历不顺,变换了好几个单位。

　　在做郭小川专题的同时,我也准备收集《人民文学》的各种史料,开始一本一本地阅读《人民文学》编辑部的编辑会议记录、党支部会议记录、审稿会记录,似乎与他们一起开会一起经历运动的波动、摧残。郭小川专题的采访接近尾声时,我就转头接着采访《人民文学》退休的老编辑,沈从文先生的夫人张兆和、1957年时任编辑部主任的李清泉等老人就是在那时采访的。

　　可惜正是由于资料、事件的敏感,距离发生的时间太近,人们在政治运动中的陋处和软弱毕竟过多,心理承受能力有限,现实中还是遇到不少阻力。我只好放弃了"一个单位"的选题写作,把已收集到的《人民文学》资料封存起来。这样就留下十万字规模的郭小川专题,而遗憾地空缺《人民文学》的专题。如果当时能够坚持下去,《一个人和一个单位》能够按照设想完成,我感觉真的将是一本独特而有意味的书稿,纵横交错之中,将能领略苦雨腥风中一个人和一群人狼狈不堪的身影。

　　生活就是留存一堆遗憾,让你在过后的日子慢慢咀嚼,一直想到尽头。命运的手掌来回拨弄,我们只能身不由己,无奈地唱起无奈歌。不落文字,我只有在空想中一遍遍地想象《人民文学》过去的沧桑时光,和其间众多人物忧郁的神色。

1971年，郭小川在向阳湖畔（郭小林摄）

20世纪50年代初，郭小川全家合影（杜惠提供）

署名安岗、郭小川、程晓侯的通讯报道。载1966年1月9日《人民日报》

郭小川：党组里的一个和八个

1955年8月，中宣部领导层就酝酿着一个加强中国作协工作的人事安排：从中宣部文艺处负责人林默涵、郭小川之中抽调一个去作协。三十六岁的郭小川惶然地表示：我不去，我没有认真搞过文艺，不敢跟那些大作家打交道。9月6日，郭小川在作协反丁陈斗争会上发言，其发言稿被中宣部部长陆定一看中，认为具有战斗力，当即拍板让郭担任作协秘书长。

在这之前，郭小川曾与刘白羽、林默涵到公安部，参加整理胡风信件的绝密工作，亲手抄录了不少毛泽东的按语。这是他第一次接触高层政治斗争运作的内幕，斗争的神秘感给他留下很深的印象。1999年9月3日上午笔者与郭小川的小女儿郭晓惠探望林默涵，林默涵年已八十七岁，记忆已不甚清晰，他只是简单地谈到当年郭的模样："郭小川是一个漂亮、聪明的小青年，有朝气，有才干，胡乔木、陆定一欣赏他……他在左派，但他同情（右派）。有自由主义，党性一般般。"

到作协不久，郭小川充分显示其快手的特点，起草了不少工作报告和《文艺报》社论。1956年底，郭小川刚刚升任作协党组副书记，就被迫接受了一个人人都回避不及的任务：为甄别中的丁（玲）陈（企霞）问题写结论。在实际接触文艺界的矛盾状态之后，他苦不堪言地躲在家中，光写结论就花费了两三个月，一再形容自己的写作为"蜗牛速度"。

曾任作协外委会办公室副主任的林绍纲当时抽调到丁陈问题甄别调查组，同在组内的还有丁宁、唐达成。林绍纲回忆道："当年丁陈不服，提出上诉，中宣部、作协就成立了以中宣部常务副部长张际春为首的调查组，张的资格比周扬还老。我们根据1955年发言材料，向一百多位作家进行核实，不少人把原来发言材料中尖锐的、上纲上线的词语抹了。我们把调查的材料打印成册，堆在桌上成了很高的一叠。在这基础上得出结论，丁陈不是反党集团。记得那时由唐达成、丁宁写初稿，然后郭小川一遍遍修改。他熬夜写稿，努力掌握分寸，很苦啊！他改了有六七遍之多，可是每回到中宣部就通不过，郭小川回来就说：'（稿子）不行，再改。'"（1999年10月21日口述）

在郭小川当时的日记中，写结论的牢骚和苦闷比比皆是，如："57—1—2，看材料一天，事情之艰难和复杂真是达到严重的程度。""57—1—11，八时起，就为眼前这件事煎熬着，弄得心情非常之坏，似乎感到这文艺界的混乱状况是没有希望改变的。""57—2—11，作协的事简直没有完结的时候，四面八方都把我逼住，真是叫人烦恼，我实在不想干下去了。"等等。写结论的难度在于甄别时作协很多人对于1955年斗争丁陈会议上所提供的材料不认账，中宣部党委又要求摆出充分的事实。郭小川采取折中的态度，力求使结论能为多数人同意。结果，周扬、邵荃麟、刘白羽、林默涵看后大为不满，周扬尤其对向丁陈"赔礼道歉"的提法耿耿于怀。

当时郭小川在会上无奈地表示，既然"反党小集团"的帽子要摘掉，也只能说成是"宗派主义"、"自由主义"之类，别的帽子我想不出来。大家为如何措辞一筹莫展，突然有人想出一个"向党闹独立性的宗派结合"的提法,周扬一听马上认可,并决定由郭小川根据新提法继续修改。郭小川的这一摇摆,始终让周扬、刘白羽他们心中不满,构成了他 1959 年挨批的罪状之一。1959 年刘白羽批他时说到这一点:"小川说他写丁陈结论,是'慨然应诺'。这不是一个党员的话,我听了这四个字非常难过。这四个字就是说,我们四个人没有写,委屈了小川。要说清楚这点,不能把写丁陈结论看作委屈。那时研究了这个问题,觉得小川写比较合适的……考验一个党员就在变化的时候,有些党员就是要在激烈的战斗时接受任务的。小川在形势发生变化时,由摇摆走向右倾。"(见 1959 年作协会议记录稿)

一份篇幅不长、历经周折的结论草稿,成了 1959 年郭小川受批时很难迈过的一道门槛:

> 更为严重的是,我写的陈企霞结论稿是一个彻头彻尾的投降主义的文件,在那上面,不仅把陈企霞的反党罪行说成是宗派主义、自由主义,而且在末尾还要由组织上向他们道歉。——当时我纠缠在一个奇怪的逻辑上,觉得把肃反对象搞错了,要道歉;既然把宗派主义的错误当作反党集团,也要道歉……所幸周扬同志等审查了这个草稿,马上给以纠正,我当即同意了周扬同志等的意见,我又根据这些意见写了第二遍稿、第三遍稿……现在想来,犹感不寒而栗,这些错误即使我后半生为党工作,也不足以赎罪于万一。
>
> (摘自郭小川 1959 年 11 月 25 日在作协十二级以上党员干部会上的检查原稿)

时任中国作协副秘书长的张僖回忆道,写丁陈结论,人家不满意,小川只能按照别人的意思去改写。他感到作协太复杂了,不愿意呆下去了。

张僖至今还记得郭小川初到作协的情景："没有架子，待人热情。他不要小车，上下班坚持骑自行车，有一次前闸坏了，摔得鼻青脸肿。"他告诉笔者："其实，小川在中宣部后期已经很不愉快，有人指责他专搞创作，他感到不被人理解；来作协后，中宣部还是有一些人对他有意见，譬如说他写的诗句'我号召你们'所流露的自负、在《文艺报》新年漫画《万象更新图》中所表现的骄傲等等，在食堂吃饭经常拿这些问题开玩笑似的讽刺他，小川心情不好。他来作协时没有多大名气，人家把他当作工作劳力来看待，工作稍不令人满意就有人盯着。当时作协的情况比较复杂，30年代的矛盾、延安与国统区的矛盾、几个解放区之间的矛盾全带到机关。小川跟作协党组的一些人搞不到一块，有些人认为他的思想太右，为丁陈事训他，认为他没有出力。有的人板着脸孔训人训惯了，抓住一点事就批。小川很倔，有时拍桌子去顶。有一次小川和我到王震家，王震说他：'你这个脾气跟我一样，你记得当年我们拍桌子吵架后怎么叫你，你都不理我……'后来我想，正由于他曾当过王震的秘书，作协党组的一些人没敢动他，否则1958年很可能被补划上右派。"（1999年8月6日口述）

1957年4月完成丁陈结论稿前后，他离开作协的请求没有获准。

1957年春天的鸣放带来了诸多的变化，郭小川内心里既困惑又不安：

> 看到一些人"闹事"，一些人用反官僚主义之名，行反领导之实，一些人利用"干预生活"的口号揭露生活的阴暗面，我便忧心忡忡，害怕这样下去，甚至可能出匈牙利事变……因为怕，因为心虚，我才有时过急地去顶。一面企图顶住反官僚主义的潮流，不满《组织部新来的年轻人》这个小说，想在自

己的作品中"鞭打"我眼前的这些知识分子；一面又在处理丁陈问题上表现妥协，在处理作协的人事纠纷中一再忧虑团结问题，在写《深深的山谷》时对知识分子的情调表现了同情。

……我自己并无明确的"钓鲨鱼"的思想，而且我这时特别强调党内的主观主义、教条主义、官僚主义、宗派主义是相当严重的，必须整一整。

(郭小川1967年《在反右派斗争前后——我的初步检查之十》)

在听了毛泽东几次讲话之后，郭小川开始转变了态度，模糊地认为鸣放出毒草来也不要紧，反正是可以锄的。5月3日，主抓运动的刘白羽从外地回来后，马上主张党内党外一起放，郭小川予以赞成。两人常常一起参加各单位的鸣放会，鼓动大家发言。6月1日下午开碰头会，为了出大字报问题争论很久，郭小川坚持把整风小字报和大字报都弄出来，免得使领导陷于被动。有人认为北大学生要闹到街上是一种偏向，而郭小川却表示北大学生的行为基本上是健康的。

在征求意见的座谈会上，老诗人臧克家说，别的党员他不敢接近，只有对郭小川可以无话不谈。还有人表示，文艺界党员中只有四个人与党外人士之间没有"墙"，郭小川是其中之一。后来郭小川私下里说，听了这些话以后有些飘飘然。到了1959年批判时，他只能这样承认："这种流言恰好是我当时和以前所表现的政治上软弱、不敢得罪人等等低级趣味的反映。"

在鸣放的日子里，郭小川身居作协决策层，不断听到周扬传来毛泽东的内部指示，亦步亦趋地相随着。他在2月主持召开的《组织部新来的年轻人》讨论会上，基本上否定了这篇引起争议的作品，支持陈其通等人的文章所提出的某些看法。但听了毛泽东的讲话精神后，他又很快同意将王蒙的这篇作品选入《1956年小说选》和推荐到《中国文学》发表。后来他为此检讨说:"我当时思想混乱了,认为自己搞错了,心想,我们真是跟不上吗?其实,主席的意思是放手让毒草出来,放出来再加以扑灭。我误解了主席的指示,思想情绪于是更向右的方向发展。"(摘自郭小川1959年10月24日检查原稿)

郭小川此时显得十分忙碌,他身上那种善于协调、与人为善的特点完全发挥出来。在肃反中被视为"坏分子"的诗人李又然在会上历数周扬、刘白羽的错误,会后郭小川找到李又然做工作,说周、刘虽有缺点,但他们对党是忠诚的、正派的。并且向他解释,陈企霞之所以被隔离,并非是刘白羽的意见,而是冯雪峰的主意。作协机关的一些干部在会上诉苦,讲述生活困难的境况,郭小川听后深表同情,当场就答应予以解决,有的增加生活补贴,有的在会后边吃饭边谈问题。

在这时期,郭小川的胆大与谨慎、外表兴奋与内心疑虑相辅相成:

> 我当时实际上是支持《文艺报》放出毒草的,海默曾写一篇咒骂我国文学粉饰现实、主张揭露阴暗面的文章,在整风以前给我看了,认为不能发表。到了整风初期,《文艺报》要放而没有文章,我又请《文艺报》侯金镜去约他把这篇文章的修改稿拿来,准备发表。海默又觉得不对,把文章抽回。
>
> 一次,周扬同志在路上碰到我,谈到《文艺报》不应这样乱"放"。我当时回答说:"可以有两个办法,一是不放毒草,二是放了以后再批判。"我实际上是赞成第二个办法的。周扬同志说:"放了会使党受损失。"我这才同意了,并将这一精神告诉《新观察》和《文艺报》。

(摘自郭小川在1959年11月25日作协十二级以上
党员干部扩大会上的检查原稿)

1957年6月8日《人民日报》突然发表社论《这是为什么》，郭小川怀着极其复杂的兴奋心情写下当晚日记："这一天终于到来了！"过了几天，《文艺报》的杨犁在会上对社论有不同看法，郭小川当即严厉地斥责他，制止了他的发言。

郭小川感觉到了政治空气中的凝重，7月初写下了两首反右派的诗歌，其中一首名为《射出我的第一枪》："人民啊！我的母亲／我要向你请罪，／我的阶级的眼睛被迷住啦／……在奸人发出第一声狞笑的时候，／我没有举起利剑般的笔，／剖开那肥厚的肚皮，／掏出那毒臭的心脏。"诗人解释说，自己想通过这两首诗来进行自我批评和表示坚决斗争的决心。

在风云变幻之际，诗人想强调的是："今天，当右派分子还在奋力挣扎的时候，／用我这由于愤怒和惭愧而发抖的笔，／发出我的第一枪。"

时任中国作协副秘书长的黎辛回忆中谈到郭的这种状态：

反右开始后，郭小川斗人是很厉害的。批丁玲时发言很尖锐，发言中有"你该明白，批斗你是主席、中央让的"这样语气。批冯雪峰的假材料不是他造的，但他大声跟着嚷嚷。

周扬用干部一是听话，二是斗争性。当年周扬找到刘白羽说，毛主席抓王实味，是让陈伯达去的；这次抓胡风，要让你去。提拔郭小川为党组副书记，就看到了他的斗争表现。

斗争我为右派的会上场面乱哄哄的，发言者冲到你面前，跺着地板呱呱直叫，不让你解释，只能认罪。我记得，郭小川的劲头是很大的，说话的语气很厉害，他严厉地说："黎辛不仅残酷地对待同志，而且还残忍……"

（1999年9月1日口述）

从现在保留的郭小川1959年6月7日致刘白羽、严文井的信中，可以看到他远在东北陪同茅盾访问，还对北京如何斗争黎辛提出了一些看法："关于黎辛的材料，使我大为震惊……黎辛恶劣已极，不可等闲视之。必须弄得他无话可说，方会低头。斗争一定会很艰难……"他在信中还说，已鼓励张僖发言，并批评他斗争性太差这个弱点。

信中最重要的表态是他检讨了自己的软弱："这次会议斗争黎辛同志，使我猛醒。两三年来，我精力分散，勇气不足，嗅觉不灵，妥协性太重，个人主义的孽根未除，思想感情还未无产阶级化，教训至深！然而我很长时间并不自觉，现在总算明白了一些，将急起直追，勇往直前，相信是有希望的，可以成为一个名副其实的无产阶级战士。耿耿此心，仅此一表。"

在这种外力催逼之下，在这样的心态中，郭小川后来批判别人之激烈是很自然的。

反右派斗争很快白热化，郭小川迅速进入角色。从他留下的日记来看，这一时期的繁忙是空前的，他承担了很多幕后的、琐碎的、承上启下的事务性工作。

1957年8月13日日记中记载了一次夜间紧急会议：

> 晚十时半，林默涵突然把我叫到刘白羽处……谈了一下会议的组织问题，决定把各单位的与会者都及时组织起来，及时告诉他们意图，供给他们材料。

从日记中发现，陈荒煤、沙汀、周立波、郑振铎、何其芳、陈笑雨、邹荻帆等人在批判大会的发言稿大都是郭小川参与组织、督促完成的。在作协楼上办公室，看到陈荒煤、沙汀、周立波正趴在桌上准备发言稿，郭小川把这一场景作为闲笔记入日记。在陈笑雨、邹荻帆的发言草稿中，郭小川还根据当时定下的基调，加入了一段话："党委托周扬同志来领导文艺工作，因此反党首先必须反对人——具体的就是周扬同志等……通过周扬同志等体现出来的党的政治路线和组织路线，是一条红线。"

这段话"文革"中被作协造反派斥为"吹捧至极，恶毒至极"。

其实被造反派和郭小川视为最严重的还是他在1957年8月20日第十九次作协党组扩大会上批判冯雪峰的发言，造反派直接定性为"围攻鲁迅"、"污蔑了鲁迅所代表的无产阶级文艺路线"。

在郭小川"文革"交代的这一问题材料中，周扬和冯雪峰谈话的场面着墨较多：

> 真正使我感到惊奇，动了感情的，还是1957年8月12日下午四时，周扬和冯雪峰那一次谈话（林默涵、邵荃麟、刘白羽和我参加了这次谈话）。谈毕，我在日记上记着："四时，与雪峰谈话，周扬谈了许多过去的问题，雪峰从苏区来，马上怀疑周扬，相信胡风；雪峰在重庆住到姚蓬子家里，许多事是敌我不分的；雪峰表示他怕给他加上小集团成员的帽子。"
>
> 此外，还记得周扬似乎还指责冯雪峰欺骗了鲁迅，打击了"左联"，搞得他们很困难。说到这时，周扬哭了，这就引起我的同情。我觉得，周扬受了那么大的委屈，多年不说，真不容易。
>
> （摘自郭小川1967年《我的最严重的罪行——我的初步检查之三》）

周扬的失控痛哭和冯雪峰的惧怕退让，这种几十年人际关系的恩怨所带来的变幻无常给郭小川很大的刺激，体验到政治斗争那种难以言尽的威力和魅力。8月14日下午,夏衍爆炸性的发言引起会场的激动,郭小川称之为"把冯雪峰的野心家的面孔暴露无遗"。紧接着许广平、沙汀、楼适夷、张光年的发言又掀起高潮,再由郭小川宣读了两封信而结束了这扣人心弦的一天。

当晚,郭小川在林默涵家吃饭,两人一致赞扬了夏衍的发言,说他平常政治上不强,这次却很有战斗力。

在保存下来的郭小川记录本里,发现了他记录了一段8月15日党组会发言提要。那天周扬召集作协党组成员开会,谈到反右斗争近况,他说:"这些问题,左联时期都搞过,没有搞彻底,这一次一定要彻底。"林默涵说:"这次斗争不但要改变过去的文学史,而且要直接影响到当前和以后。"

8月17日郭小川在日记本上写道:"十一时到大楼,与周扬、荃麟、默涵、白羽商量了一下会议的开法,决定叫我就冯雪峰的问题发言。我带着紧张的心情回来。"郭小川忙着访问王学文等左联时期的老人,到处索取材料,从林默涵处取来胡风的供词。匆忙了几天,直到20日当天从清晨整理材料到下午四时,从办公室直接来到会场,傍晚六时在主席台上众人的注视下上台发言,主旨是"冯雪峰和胡风共谋,利用了鲁迅生病的身体,那几篇重要文章都在鲁迅病重甚至连话都说不出来的情况下通过发出的"。在不许申辩的情况下,这次发言又给予冯雪峰致命性的一击,与会者感受到郭小川掌握了不少鲜为人知的内部材料。

事隔三十多年,楼适夷老人对郭的发言一直郁结在心:

> 鲁迅文章的原稿在北京鲁迅博物馆,作协党组的一些人特意去看了原稿,回来后在批冯雪峰的大会上宣布,信看过了,确是冯雪峰写的。这是骗人啊!后来才明白,文章重要部分实

际上还是鲁迅写的，修改了几千字，"四条汉子"的提法就是鲁迅亲自写的。党组的人当众说假话，骗了我们。

（1990年11月12日口述）

郭小川夫人杜惠谈及此事时告诉笔者：

很多次斗争都把他推到前台，利用他冲锋陷阵。周扬、刘白羽他们决定让郭小川做批判冯雪峰的发言，小川完全被利用，不了解情况，因被重用而昏昏然；那时冯雪峰也被迫承认欺骗了鲁迅。小川发言后，周总理秘书许明打电话来，说你的发言不好。我后来发现，小川的这天日记有涂抹的地方，我估计一是保护总理秘书的电话号码，二是看出他当时内心有复杂的斗争过程。

在批斗冯雪峰之前，小川没有看过鲁迅文章的原稿。在小川发言受到许明批评后，周扬赶紧派人去鲁迅博物馆，周扬看了，估计小川这时也看了原稿。批冯斗争立即停止了，斗争又转向批丁陈。

小川感到作协乱七八糟，钩心斗角，他很想离开。

（1999年7月12日口述）

这次批判发言因为涉及到鲁迅，"文革"中郭小川为此吃了不少苦头。他一再在检查中表示："这是最重要的最大的罪行，我深陷在周扬、夏衍的圈套之中，我的发言主要观点也是从夏衍、冯雪峰、陈荒煤等人的谣言和谰言中形成和引申出来的……我成了他们可耻的打手。"（摘自郭小川1966年底检查稿《在两条路线斗争中——关于我解放后十七年的基本情况》）

在1959年11月检查稿中，郭小川如实地谈到自己的一个思想倾向："我历史上从来没有跟谁闹过不团结，也从来没有在我提议下发动什么原则的斗争。"他承认，他一向惧怕党内斗争，同情被斗争、批判和受审查的人。

郭小川当年在延安时，曾与王实味在一个研究室。郭曾形容王的讲话很能俘虏青年知识分子，大部分青年都觉得他的讲话好得不得了。开始"抢救运动"后，王被整肃给郭小川巨大的震动。郭写检讨十一次，并糊里糊涂地一度给自己戴上"特务"的帽子。最为恐惧的是，刚结婚一个月的新婚妻子杜惠被关进社会部监狱，长达两年四个月。当时不少夫妻因运动而离婚，郭小川坚定而又茫然地等着，以为妻子在牢里成了泪人。杜惠出狱后不久，两人先后奔赴郭小川的家乡，郭担任丰宁县县长。那时杜惠只是简单地告诉郭小川，监狱里总想把人精神压垮，几天几夜车轮战，反复问你是CC还是复兴社，承认了就给你吃鸡蛋挂面。

在等待的时间里，郭小川对冤屈、恐怖和无望体会尤深。他颇有感触地对友人说："政治斗争真可怕！"他屡屡地表示，从"延安整风运动"中得出至死不忘的教训，就是相信群众，相信党绝对正确。

第二次让他说出"真可怕"的是"高饶事件"，听了周恩来传达后大为震惊，他又害怕又不能理解：一个老党员、老干部为什么成为敌人呢？以后他曾仔细分析过，认为搞政治太可怕，1954年他之所以转做文艺工作是与"高饶事件"分不开的，他以为在文艺界可以找到一个避风港。

斯大林之死以及后来赫鲁晓夫的秘密报告，使他紧张的内心没有喘息的机会，在一段时间里他从心里感到必须反对个人崇拜，酝酿很久的长诗《毛泽东》也因而拖延下去。夫人杜惠回忆说，在中南海院中七八个人听赫鲁晓夫的报告，对斯大林这样残杀干部非常惊骇、失望，小川听完不说话。中宣部食堂里许立群等中层干部高谈阔论，谈论各国党的情况，小川比较内向，只是静静地听着。
（1999年7月12日口述）

反右运动展开时，郭小川这一层的干部既要态度坚决，斗争绝不手软；同时也不时掠过一丝惶惑。病中的韦君宜曾告诉过笔者："斗丁陈的会越开越大，越开越可怕。丁玲和周扬的关系太复杂，外面人真看不出名堂来。我问郭小川：'你是秘书长，管一点事吧。'他说：'他们的事我们管不了，都不懂。'有一次袁水拍悄悄地告诉我：'不要卷入他们的事，他们之间像是滚雪球，会越滚越大。'"
（1992年8月19日口述）

划分右派的工作开始后，郭小川的低调在领导层中格外突出。

对艾青的严重错误，我实际上也是包庇的，没有支持和参与对他的斗争。在反右派的斗争中，我总希望斗争对象越少越好，只要别人不揭发，我就不提出来为斗争对象。如谢冰心、臧克家、韦君宜、黄秋耘，我都不主张划为右派分子。邓小平保护了《文艺报》的头子张光年、侯金镜、陈笑雨，我心里特别高兴。

在讨论秦兆阳为右派分子时，我一言不发，只等着刘白羽开口提出不划。

（摘自郭小川1969年7月14日《我的书面检查》）

对于秦兆阳划右派问题，我一直是动摇的；对李清泉，我更觉得可以不划，我的理由是作协划的右派已经够多了。实际上我看不清他们的右派实质，在思想上和他们有共同之处。刘白羽坚持要划，我才同意了。

我在反丁陈斗争的后期，就担心扩大化。会议上批判到一些作家，我是很不安的。我觉得，这些人不要都打倒，因为文学还要发展,还需要有作家。

(摘自郭小川1967年《在反右派斗争前后——我的初步检查之十》)

1957年底,划右派工作进入了尾声,郭小川作为秘书长,承担了汇总、谈话、处理等诸项组织工作。现在所发现的一张作协便笺,上面是他1957年12月25日写给邵荃麟、刘白羽的一段汇报:"右派分子的处理问题,昨天送去了十份结论,请抽空一阅。如你们同意的,即可陆续处理,最近仍应抓紧时间催写结论。此事由我们办。"郭小川在他力所能及的情况下,还是想减缓机关内部反右的程度,譬如机关反右派办公室认为《人民文学》老编辑唐祈应按右派、反动分子双料处理,郭小川不同意,坚持只按右派处理,不开除公职。几个人和他争辩,郭不耐烦地说,你们为什么非要坚持你们的意见?最后按照郭的意见办理。1959年被批判时郭因此事受到质问:"这是什么立场?什么感情?为什么把他的犯罪性质减轻?"

当年被划为右派的人们谈起郭小川,总是怀有一种特殊的情绪:

> 郭与我是老朋友,在三五九旅认识的。划右派后,他代表组织找我谈话,气氛还是轻松的,他说王震同志关心我,问我情况,表示可惜。他说了一句话我忘不了:"摊上的和没摊上的,都要进行思想改造。"他做事被迫,但有分寸。

(时任《人民文学》编辑部主任李清泉
1991年10月30日口述)

有一天郭小川找我谈话,他首先说个人主义每个人都会有,他又说反丁陈是毛主席定的,你在信中为丁玲说话,闯了大祸。

作协太黑暗了,弄得乱七八糟,我一想起这些事就难受。

郭小川说穿了是一个悲剧人物，我有个隐约感觉，他59年出事，因为心里矛盾痛苦，有了一种不安。他知道太多事情，因而就想走，这一点就不容于人。

（时任作协党组成员、《人民文学》副主编秦兆阳
1991年10月28日口述）

郭小川找我谈话时，我看出他是同情我的，也能理解我。我大哭，说宁愿行政降十级，也不要开除党籍。他说，你还年轻，好好改造两年后就可以了，你犯错误，组织上也有责任，把你派到丁玲那里，组织上教育不够。不像有的老朋友见了面，就会对我说几句冷冰冰的话，我听了都呆住了。

（丁玲原秘书、时任《新观察》编辑张凤珠
1991年11月29日口述）

看到反右的形势日益升级，郭小川在投入、紧跟的同时，内心显得无奈和烦躁。最令他吃惊的是，首都各新闻单位报道文艺界反右运动的记者原有七八个人，运动一深入，记者们大多被调回划成右派或打入另册，只剩下《人民日报》女记者叶遥单兵作战。

叶遥白天参加批斗大会，晚上列席作协党组会，然后再根据领导的意图写稿、发稿。

紧张的日子竟使叶遥有了抽烟的习惯，无法像平常那样安然入睡了。她告诉笔者："写这样的报道很累，政治性太强。小川在党组内不起主要作用，不能决定什么事情，他只起一个秘书长的功能。我写报道，就希望他能核实每天大会发言事实。有时修改得很迟，我们就在沙滩附近的清真馆吃夜宵，两人都觉得很疲乏。我拿来文章小样，在一个词的旁边再附上另一个相近词，请郭小川酌情取舍，要考虑词的分量、轻重、内涵。小川想得认真，反复比较，有时就

忍不住摇头叹气。当年文艺界反右报道几乎都是我写、郭小川改的，由此欠了很多人的债，还也还不清。"（1999年8月31日口述）

在郭小川为处理作协反右问题而焦头烂额的时候，夫人杜惠却有被划成右派的危险，这让郭小川大惊失色。杜惠因"思想右倾"，中宣部不分配工作，自己报名到北京市东郊参加社教，分到一所中学。鸣放时她积极鼓励教师们发言，结果几个月后一个教师被打成右派。杜惠来到区委为这位教师辩护，东郊区委负责人说："你要是不划他右派，我们就要划你为右派。"作协副秘书长黎辛清晰地记得郭小川当时坐立不安的情景，郭再三地给中宣部干部处处长张海打电话，张海一次次地劝慰他，告诉他正在想办法把杜惠保护回来。

郭小川深知其中所包含的巨大危险性，他在日记中写道："如果有什么变动，那真是痛苦的。"他熟悉政治斗争的残酷性，同时也为妻子"对领导上的某种反抗情绪、自矜的性格和毫无警惕的同情心"（日记中的话）而担忧。1957年12月10日事情有了结果，紧张数日的郭小川才稍稍松一口气。他在当晚的日记中写道："今天，下午张海来电话，说杜惠的右派问题是不存在的了，但要开会批判。这才使我稍为安心，于此，家庭可以不致破碎了。"

八十岁的杜惠谈起当年旧事，话语中依然有着几分激动：

> 张海找郭小川和我谈话，说东郊区委划右派是有数字的，我们还是把你调回来，走之前把那位教师划了。强迫我划人家为右派，太亏心。我憋了一肚子气，哭着说，共产党干这事太不光彩，一开始热情动员，反过来又打人家耳光。郭小川和张海听了没有说话。
>
> 我从东郊回来的那天晚上，郭小川在桌子旁给我朗读刚刚完成的诗作《一个和八个》片断，念得缓慢，有激情，又

很清晰。听完了我感动得流泪，我明白他这是给我做工作。他拿诗作中的人物来开导我，他说，在复杂的环境中，这样一个党员还做思想工作，还在战斗，要学这样的人。

我说，把土匪、特务写成绿色的脸，非常可怕，要把他们转变过来。

（1999年7月12日口述）

郭小川没有重视杜惠的提醒，更没有想到《一个和八个》给他带来这么大的祸害。他曾沉痛地说过，十几年来只要一提起《一个和八个》，他就情不自禁地有一种恐惧的感情。（摘自郭小川1969年夏《再检查》笔记本）

周扬、刘白羽他们很在意的一点是，《一个和八个》诗稿竟是在"右派分子向党猖狂进攻的五六月间"完成的，这个时机真是耐人寻味。

在作协给中宣部的一份报告中明确提道："在反右斗争最紧张的时候，（郭小川）仍迷恋于写诗。他在作协四年期间，一共写了一万余行诗，出了五本诗集和一本杂文集，但仍然叫嚷创作与工作的矛盾……他借口'要在作协工作就要有创作，才好领导'，因而急于经营个人事业上面，当个人取得一些成就的时候，就沾沾自喜，对领导和同志们的批评有抱怨情绪。"（摘自1959年12月17日《中国作协党组关于批判郭小川同志错误的汇报》）

他们最不能容忍的还是郭居然写出了《一个和八个》，这篇从未公开发表的作品成了那个年代最有名的"异端"。诗作打印稿给与会者人手一册，但很少有人敢在社会上传播。

在郭小川后来一遍遍的交代中，可以看出海默讲述的故事是这首长诗创作的契机：

（1957年）4月20日晚上，北影的海默来我家谈"创作问题"。他跟我谈了与后来写的《一个和八个》相类似的故事。本来,像这样的故事,我1937年至1940年在部队工作时,是屡有所闻的,那时我也曾想写过。不过,海默讲的这个故事,比过去听到的完整得多。一开始,我就迷住这个故事,而且要写"一个坚定的革命家的悲剧"。

为什么要写这个东西呢?显然与当时的气氛分不开。在这以前,老舍一再提出"我们这时代的悲剧有什么规律?"而且他还写了谈悲剧的文章。我自己在3月8日全国宣传工作会议上听了老舍、茅盾的发言后,也提出了(在我的日记本)一个问题:"可否把农村的主观主义、命令主义害死人的事件写出来?这当然是值得研究的问题。"话虽如此,我心里以为,革命者的悲剧也是可以写的,只看怎样写。当然,海默给我讲的故事,是发生在张国焘实行错误的肃反政策的时代,我把它搬到抗日战争时期,那就不能写肃反的错误,所以我主观上极力想证明主人公王金的不幸遭遇是敌人造成的,可是仍然是一个悲剧,这种悲剧我认为更可以写。

……我为什么写了那么一些杀人犯?为什么让他们都被"感化"过来?这也反映了我当时的复杂的思想感情。这期间,我对于周围的许多人都是很讨厌的。我觉得,这批人勾心斗角,追名逐利,有时又凶暴得很,残酷得很,简直没有什么好人。生活在这里,甚至像生活在土匪窝里一般。我想,在这样一种环境里生活,一定得有一种"出于污泥而不染的坚贞性格",一定要忍辱负重,委曲求全,从自己做起,才能有些用处。

……那时候,我又不断听到周扬他们说:要当大作家,一定要言人之所不敢言，写人之所不敢写。这样的话，印入我的骨髓。我成天想当大作家，而且自以为了不起，骄傲得很，从来没有想自己犯什么错误的可能性。什么题材，什么主题，我都不怕。

我之所以看中了这个题材，在相当大的程度上是因为我觉得这个题材"新鲜"、"强烈"。我常常讲，写东西一定要"新鲜"、"强烈"，陈词滥调固然不行，不痛不痒也不顶事。

（摘自郭小川1967年《在反右派斗争前后——我的

初步检查之十》）

远在延安时期，郭小川就听了这样一个故事：张国焘肃反时期押了一批犯人，都是被冤枉的好同志。一次敌人围攻时，这批犯人就起而抵抗，大部壮烈牺牲，只剩下几个人逃出。这同样的故事后来还听过几回，郭在延安就有意想写成一篇小说，以表达自己对被斗错的同志的特殊情感。

从5月12日到26日，郭小川只用了几个夜晚和星期天就完成了初稿。在5月12日的日记中他欣喜地写道："（开始写《一个和八个》）由于快乐，也由于对自己这个人的欣赏，我简直狂热了。"5月26日他整整写了九个小时，初步完成长诗的框架。当晚日记里的一句话表达了他的由衷之感："这是一首真正用心写的诗。"因忙于反右运动，无暇修改，只好拖到11月才开始修修补补。这次发觉主人公被判处死刑是一个很大的敏感问题，他特意增加了第五段加以弥补。《人民文学》副主编陈白尘看了初稿后，也马上意识到主人公被判死刑的严重性，建议郭小川多加修改，不要使人感到是党组织犯了错误，而要让人觉得是敌人造成的。郭重新做了修改，12月8日又交给陈白尘。陈看后还是有些为难，便主张打印出来给一些诗人传阅。印发后，郭没有听到什么否定的意见。

郭小川知道陈白尘的难处,便转寄给上海《收获》的靳以。在这之前,臧克家、徐迟和《诗刊》一些编辑看后赞不绝口,但是郭不想在自己分管的《诗刊》上过多地发表作品。1958年1月21日靳以寄回一封信,说《收获》的一些编委巴金、周而复、孔罗荪、吴强、峻青、肖岱特地开了一个小会讨论了这部作品,决定还是不发表为好。

靳以在信中直率地说出理由,颇让郭小川思考了几天:

> 主要是因为这个主题很难掌握,发表出来起什么样的作用很难说,从积极方面来说,作品起什么样的教育作用?可能要引起读者很多意见,尤其是会被不良分子钻空子,说:党是常会冤枉好人的。
>
> 对于那个共产党员的光辉形象写得并不像,他首先对那些特务、汉奸、叛徒泄密,后来对他们的帮助主要是转移行军的时候背行李;可是,后来敌人突袭,这些待决的犯人,反倒能挡住了敌人,最后则是不了了之。对待一个被冤枉的共产党员,没有调查清楚,只听坏分子的一面之辞(词),就判决了死刑,这也是极不好的。虽然是在战争环境中,可能发生这样的事件,可是也不能做一个典型来处理的。尤其在目前的时候,这样的作品发表是很不恰当的。不知道你对这些意见如何?巴金同志到北京开会,当面也会和你详谈的。

(摘自靳以来信)

靳以在信尾还希望郭火速另外寄诗来,长诗组诗均可,表示"我们在迫切地等待着"。可是郭小川阅信后情绪大为低落,已无心再写新作。

郭小川承认,刚开始看信时,心里颇有些不服,心想我怎么会写出有严重问题的作品来呢?他慢慢地也觉得没有把握,等臧克家、王任叔闻讯前来索稿，再也不敢答应。2月16日周扬要到湖南，郭小川把诗作交给他审阅，附上的一封信中说，《收获》对作品意见很大，自己觉得未必那么严重。

周扬回来后，我问他有什么意见，他说："我只看了一个头……"过一个月后，我又问他，他说："苏灵扬看了，她不赞成这个题材。"这时我才感到这个题材大概是有问题的，于是没有再管它。一直到59年6月，周扬才拿出来交给作协党组，要他们批判我。

（摘自郭小川1967年《在反右派斗争前后——我的
初步检查之十》）

我认为，周扬、刘白羽的手法是不正派的。《一个和八个》诗稿在周扬那里放了一年零四个月，当我给他们驯服地工作时，他一声不吭的；当我跟他们闹了别扭时，他就批下来叫作协党组批判。我写给刘白羽的信，也在刘的手中放了几个月，后来才忽然拿出来批判。

（摘自郭小川1967年《1959年对我的批判和我的
翻案活动——我的初步检查之十二》）

1959年11月初，《一个和八个》被打印出来，首页上标着"内部批判"的字样。在党组谈心会上，几个人指出作品的严重性，郭小川闻之大惊，他后来形容"简直是晴天霹雳"。严文井在会上突发感慨：如果发表出去，就可能划为右派。

刘白羽说："这正如一个同志看了《一个和八个》后，简直不相信这会是参加斗争的作协党组副书记郭小川写的！"

经历了七次大小会批判帮助后，郭小川从抵触慢慢地转到接受批判者的观点，从内心里真的感觉自己的作品存在了致命性问题。在11

月 25 日作协十二级以上党员干部扩大会上,他不得不当众承认:"现在看来,这首诗的反动性是异常明白的……按照这篇作品的观点,则我们的镇压反革命、肃反都是犯罪的,这是最严重的颠倒黑白。诬蔑了党,歪曲了党的政策。按照这个作品所表现的,党是诬陷了好人的,党的组织、党的政策是混淆是非的,这是天大的谎言……显而易见,如果这首诗发表出去,将会给党造成怎样的损失,将会使敌人怎样的高兴!将会亲手交给右派分子、反党分子一支反党的利箭。"(摘自郭小川检查原稿)

他诚恳地对人说:"我写《一个和八个》是没有经验,不知还有些题材是根本不能动的。"他自己划了一个界限:《白雪的赞歌》不能写了,《深深的山谷》不能写了,《一个和八个》再也不写了,写了就要出问题。

1959 年以后的十几年里,郭小川对 1959 年挨批之事心里始终不服,但是对于批判《一个和八个》却一直心服口服,不持异议。

外人很难理解批判《一个和八个》给郭小川带来怎样的震动和伤害,直接动摇了他刚刚萌生的、鲜活的、充满生机的创作观念,无形中为他规定了一大片无法逾越的创作禁区。诗人活跃的思维搁置了,创作生命力明显萎缩。在读了以后那些生硬的、过于政治化、口号味甚浓的郭小川诗歌之后,我们会格外怀念《一个和八个》、《望星空》等那种明朗、自由、开拓、处处显示勇敢和智慧的创作心境。

对于郭小川来说,当时的环境已不允许他去品味过去一度的美好。相反,在几次运动中他先后写了几万字,不厌其烦地"挖掘"《一个和八个》的"罪恶动机"和效果。他在"文革"中曾对人们说过这样的实话:为了《一个和八个》,我背了十多年包袱,它在我心中是一块伤疤。

1959年3月初，郭小川代表作协奉命参加文化部批判刘芝明的大会，闲淡而又迷惑地看着别人的热闹：

> 看了看刘芝明的材料，明天起，文化部开会了。他们让我发言，我不想发了。一个人总难免犯错误，但为什么要犯这种性质的错误呢？

（3月3日日记）

> 急到文化部，陈克寒正发言。（我）边开会，边看小说《红日》。会一直开到一时多。陈的发言中，对刘芝明已用了个人野心家和反党的字眼了。

（3月4日日记）

郭小川没有想到的是，短短几个月后他便成了作协的"刘芝明"。

后来郭小川在回忆中一直认定，1959年6月他在讨论《文艺报》工作的党组会上的发言是批判的导火线。他自认为在这次会上提了一个尖锐的意见："我想提出一个问题：现在到底是党领导文艺，还是几个非党的编辑在领导文艺？因为编辑们是读作品、接近作家、经常接触生活的，而我们这些人却不是这样。"据郭的描述，《文艺报》主编张光年听了十分恼怒，林默涵也大为不满。

实际上，从1958年下半年参加塔什干会议回国后，郭小川希望下去工作的要求被党组书记邵荃麟拒绝，邵的严厉态度让郭心里不快。

1959年初春，因工作上有不同看法，郭小川与刘白羽连续发生冲突，郭甚至脱口而出"混蛋"的字句，他后来也认为自己过于莽撞。4月9日中午在接到刘白羽的信后，他当即回信：

> 我始终把你看做是我们最好的同志之一，我尊重你，不止是当做领导者，而且当做最好的诤友和严师；对周扬同志、默涵同志也是这样看的。对前天的一些善意的批评，在总的方面

是接受的，尽管还有一些无关重要的不完全相同的看法。至于，你平常有时发急，或者态度上稍微有些生硬之处，我也毫无反感。（还应当说，我的发急和生硬之处也决不比你少。）我一定会从一切正确的甚至有时不完全恰当的批评中吸取有益的东西。

……一方面（我）感到应当更加慎重，另方面也使我感到现在这工作非我所能胜任，尤其在你为我的莽撞和无能而发急的时候，我更感到实在是自己太不行了，你对我的责备又大多是在行政事务方面，这些事我本来就不太喜欢做，现在就更胆怯了……又管行政，又管业务，弄得什么事也不能仔细考虑，只有把事情做坏，两头落空。说来说去，消极情绪不过如此。这种情绪主要是我自己的弱点所造成的，而你对我的一些责备都是正确的。

……当然，我也想到，在集体领导更好地建立起来，你似乎可以在某一任务制定之后，不是零星地而是有系统地检查和督促，以便使每个同志有了明确分工之后，发挥他的积极性，而不致缩手缩脚，他们主管的工作该集体讨论的就集体讨论，该经过你批准的就经过你批准，可以不必在细小的问题去一一做具体的指点，这也许更能加强他们的责任感。当然，如果这样，像我这样的人又可能犯更多的错误，或者处理得不适当。但我想这有时也是没有办法的，人常常需要在错误中学习，处处去管他，反而使他处处依赖，也不见得好。

……我也想到，无论是书记处，也无论是党组，总之在作家协会的领导集团内，应当建立一种严肃的自我批评和认真负责的工作作风。批评应当是尖锐的，同时也不忙于下结论，鉴于事情的复杂性、全面了解情况的不容易,有许多事情是不可能一下弄清楚的。另一方面,也应当有一种能够共同商量的空气,彼此都虚心地听取意见。我不是说,现在不是这样,现在基本上是这样的。问题是:以后有四五个人共事了,问题也就更多一些了(尽管都是些好同志),也就值得注意。

……我一定从你的坚强的性格、原则的精神中吸收力量。我知道,我有一个严重的弱点,我也许并不害怕事情本身的困难和外部的扰乱,却有时经不起来自领导方面不恰当的责备,这是极端危险的。大概正是因为这一点,在以前的工作上造成了不少损失。也正因为这一点,前天的谈话中的某几点内容使我久久不能释于心,今天我可说已经平静了。

郭小川的这封信写得极尽委婉、含蓄,既有自我检讨又谈了工作感受,隐藏着太多的潜台词,倾泻了内心的苦闷,其中的反批评意味是显而易见的。

刘白羽后来抓住郭的另外一封信中的几句话,作为批判材料的内容。在信里,郭小川写道:"在自己的心中尽可能做到是非分明,对待别人的好处和缺点也是非分明。在文艺界,我觉得,是多么需要是非分明啊!"他还写道,他写每一篇作品总还是企图解决一点实际问题,这大概是没有错误的。然而他又抱怨道,不写这些作品,可以免去多少不必要的麻烦!(摘自郭小川1959年4月8日致刘白羽的信)

那一段时间,因身体有病,医院检查又没有结果,治疗一时也无效果,郭小川提出在夏天工作淡季下去休整,刘白羽没有同意。在情绪低落的情况下,郭小川一时克制不住,于6月9日深夜给刘白羽写了一封信。这封信后来造成的后果,让郭小川痛悔不已。

这封信连同郭小川致邵荃麟的另一封信,在1959年11月18日被作协整风办公室作为"十二级以上党员干部文件"打印出来，明确标上"供同志们在批判郭小川同志时参考"的字样。

郭小川在这封信中是从作协领导干部的工作安排引申出自己的感慨：

> 我到作协工作已将四年，最近越来越感觉难以工作下去。说句丧气话，再这样下去，有沦为"政治上的庸人"的危险。1957年是搞运动的一年，不去说它了。1958年到现在，我只到国外三月（差几天不到），到江西参加会议七天。此外一天没有出北京。今年半年已快过去，对生活中发生的新问题、新事物，毫无直接的接触。一天到晚被事务纠缠着，弄得身体垮下去，不能读书，不能下去，也不能认真写作。老实说，这个时期，我忧虑得很，常常为此心跳，夜不成眠。
>
> 当然，我是梦寐想着离开作协到下面去工作。但，如果组织上不批准，我又怎能坚持（那决不是一个党员应有的态度）！同时，我也觉得，只要正确地合理地加以安排，事情还是有希望的。比方说，是否每年有几个月的时间下去和读书、写作？这本来是可以轮流得开的，夏天只留一个人（党组正副书记）在家，事先把工作做一安排，再定期地集中在一起讨论一下工作（下面的人可以得到创作假期，我们可以也应该不例外）。这样，我觉得不仅不会影响工作，相反地，从长远看会有助于工作的开展，也可以使这些长期坐机关的人了解一下生活，精神开朗一下，合法地（而不是提心吊胆地）写点东西，于公于私，都是说得过去的。我们不能眼看着一些同志精神上和身体上都倒下去。
>
> ……请你批评我的不安心吧！这些心里话，还是要向你说一说。我总相信，如果在下边，在省里，我是可以多做些事情

的。我并不把无休止地在作协工作看作刑罚，但我知道这样下去是不会持久的，身体和精神简直似乎要崩溃了……

原信写满了四页，字距适当，没有涂改一个字。在精神焦虑之时，还写得如此工整，可以想象这些话在他心里酝酿许久，不吐不快。

刘白羽接信后敏感地回了一封信，大意是既然问题发展到了这种程度，就提供党组织解决，否则对你和党都不利。郭小川不想多做解释，只同邵荃麟谈了一次话。此时作协党组几个人已内定开一次帮助郭的谈心会，郭小川得到通知后情绪一落千丈。开会的前一天晚上，他很无奈地写下日记："明天要与荃麟他们谈话，这些天来，情绪实在败坏得很，夜不能眠，白天昏昏沉沉，真是如何是好？创作情绪一点也没有了，连给《作家通讯》写个短论都这样困难。"

6月20日郭小川一早起床，带着紧张的心情吃了饭，然后坐三轮车赶到邵荃麟家中。上午的会气氛凝重，郭小川对别人的发言始终带着抵触的情绪，反复辩驳和解释。大家谈的主要是两点，一是郭的不安心工作，二是《一个和八个》的问题。中午心情暗淡，他没有吃下一口饭。下午终于克制住自己，态度有所缓和，直至六时多散会。查他的当日日记，只有寥寥几句话，其中说："晚上什么事也没做，十时多就睡了。"这是一个一反常态的夜晚，又是一个无法入睡的苦闷之夜。

4月有那么几天的功夫，情绪十分不好，思想也十分混乱，似乎自己已不久于人世，于是在一天晚上的冲动之下，给白羽写了一封信。这当然是故作惊人之笔，发泄一通，以求得跟我很好的同志的安慰。附带说一下，多年以来，我一直有这样的低级趣味，有什么话就要对领导发泄出来，听听好话或安慰的话。但是这一点也不会减轻这个问题的严重性，这封信分明表现了我的观点，分明说出了我久积在心的意见，分明是一种政治行为，而且实质上是个人主义的一次大爆发。党组敏锐地注意到这个问题，立即找我谈话，我是非常抵触的。后来又开了一次谈心会，整个上午，同志们的话我根本听不进去，觉得十分委屈。我觉得，我的信只是一种偶然的冲动，原因是身体不好，用不着这样大惊小怪。到下午，我才平静下来，转过了弯。

……多年以来，我没有受过什么稍微尖锐一些的批评，那次谈心会上的批评实在觉得有些痛……如果不是党组织伸出手来，大喝一声，我是会坠落的，组织上及时地挽救了我。

（摘自郭小川1959年11月25日在作协十二级以上党员干部扩大会上的检查原稿）

作协党组事后给中宣部的报告中，简要地概述了郭的状况："到了6月间，这种对立情绪到了不能遏止的程度，郭小川向邵荃麟、刘白羽同志写了两封极无原则的信，说是'无法在作协工作下去，否则身体和精神简直似乎要崩溃'，实际上是向党组负责同志对他批评的抗议。党组少数同志当即找他开了一整天谈心会，进行批评。郭小川同志十分激动，直到最后才平静下来。这以后郭小川同志有所克制，但未能从思想上彻底解决问题……党组认为根本问题是他个人利益与党的利益的矛盾，形成他长期和党的关系不正常的状态，在个人欲望不能得到满足时就和党闹对立。"

以往这些作协报告往往都是郭小川起草的，而这次很自然地就被排除在外，毫不知情。郭心里明白，他已经暗暗地被人推入他所稔熟的党内批判程序。

6月28日以后的日记中，连续出现"心情不好"、"心情极不好，实在是有委屈情绪"、"心境的确不好，感到许多委屈"等字样。6月

28日是一个星期日，郭小川当晚去北京剧场看纪录片《珍珠记》，他承认影片并不理想，但他观看时却从头到尾一直流着泪。他在日记中表达得格外无奈："现在变得如此易感，这又如何解释呢？"

实际上，在谈心会以前郭小川已经感觉到自己压抑、异常的精神状况。6月15日给邵荃麟的信中，一方面解释写给刘白羽的信里所提的意见是经过考虑的，但承认用了一些过分夸张的词句；另一方面也袒露了"精神依然很坏"的身心近况。

> 使我惊异的是：反常的兴奋、激动。看了梅兰芳的"穆桂英挂帅"（这是一个令人愉快的剧目），竟激动得终夜不能睡眠；看了"蔡文姬"，几乎浑身抖动，挥泪不止。有一点小事都想不开。关于我最近提的意见，本来也没有什么了不起。我心里很想下去工作，若不可能，也用不着斤斤计较。对工作的意见也是如此，完全可以按照正常的轨道去处理，更无须大动感情。我过去总算是个豁达的人，并不是那么狭窄的，不知道最近为什么这样怪？一天到晚，在一种又兴奋，又疲倦，又急躁的状态中过日子。我当然是极力控制的，但仍不能奏效。天天扎针、吃药，也无济于事。这种情况更使我苦恼异常。我真有点害怕，是不是精神分裂症初期的症状？……我想在合适的时候到公社或部队去住些时候，这也许会好些。但还是以工作需要为准则。

这封信迅速在党组内部传阅，并在10月打印成内部秘密文件。在这封信的原稿上方，刘白羽用红笔批了几个字："光年同志：荃麟同志送来此信，请你看完转默涵。"可以想象，像"用不着斤斤计较"、"无须大动感情"这样的字句对刘白羽他们的刺激程度。刘白羽后来在批判大会上如此严厉地说道："（这些信）说明他阴暗的个人主义是长期的，掩盖在各种表面现象之下，而且是很顽固的。他总把个人放在至高无上的地位的。"

郭小川后来也感到那时"精神错乱"的严重性，一遍遍地承认已经控制不了自己的情绪，并为谈心会上最初的抵触而痛苦不堪："在党组同志的谈心会上，我还斤斤计较同志们在批评中的某些词句和个别事实，斤斤计较同志们在批评时不说到我的所谓优点，这实际上是对批评不服气的表现。"（摘自1960年2月28日郭小川《思想总结》）

这就意味着郭小川开始放弃抵抗，自己走到众人已团团围住的受审的位置。

岁月流逝四十年，当年与郭小川同为作协党组副书记的严文井谈起往事，平淡的语气中也蕴含着复杂、难以言尽的意味：

> 1959年反右倾时批到郭小川，主要是郭给刘白羽写信想调走，刘很生气，在会上勃然大怒，就拿《一个和八个》、《望星空》等许多问题做把柄，说他不安心工作、个人主义。刘平时比较霸道，盛气凌人，没有什么（人情）味道。狠狠地用郭小川，最后又狠狠地整他。
>
> 作协里有几个周扬的左右杀手，内心隐秘不向人说。
>
> 郭小川比刘白羽天真。他也到周扬面前告刘白羽的状，这是周扬后来说的。刘当然记住了这个。
>
> 党组会上批郭，肯定是一边倒，不过这更增强他调走的决心。我在会上也批他，说我们也想创作，能行吗？况且你这几年写了不少东西，我们也有意见。
>
> 郭看上去还算随意，会后还是有一些说笑。被斗得最厉害的实际上是赵树理、楼适夷，要比批郭小川严重得多。
>
> （1999年7月21日口述）

据当时担任作协党组机要秘书的高铮介绍，1959年9月发下彭德怀的"万言书"，还让党组讨论。高铮说："我记得那次开会从白天开到晚上，大家吃不上饭，就吃饼干。党组的人还是很严肃的，有的人说同意'万言书'，有的人就不敢说。"

高铮回忆，国庆节以后调子就变了，开始批彭反右倾。组织作协机关人员到中宣部看大字报，大字报从墙壁上贴下来，给人一种顶天立地的感觉，大家发现批判调子提得那么高。

作协的运动气氛不够浓烈，上级部门深感不满。据郭小川10月16日日记记载，邵荃麟在下午二时召开的党组会上传达上级指示时说，中宣部刚开了文教小组会议，中央各部的反右倾斗争很彻底，作协等单位则差。第二天党组紧急开会谈排队问题，根据摸到的情况，内定几个人为重点批判对象，并仔细计算出各占十二级以上干部、全体党员人数的百分比。过了三天，就把赵树理召到邵荃麟家，以谈话方式对赵的经验主义展开批判，由此启动机关运动的运转。郭小川在日记中提到对赵的批判，并有意无意地加了一句："他当然是个好同志、好作家。"

10月22日下午党组会，郭小川首先说道："要很快转入重点，很快展开斗争。没有斗争，群众很难帮助……"邵荃麟显得有些焦虑："进展很不够，到现在我们没有形成高潮。要注意，为什么没有？斗志还不是昂扬，关键在哪里？十天之内一定要把高潮引起来，应排队，方法是他自己把思想谈出来，大家批判，别人提供。十二级以上干部开会还是客客气气，不是很深刻地提意见。"（摘自会议记录稿）

10月23日在作协党员大会上，党组正副书记邵荃麟、严文井、郭小川首先进行了个人思想检查。在第二天的机关干部大会上又着重号召党外群众帮助党整风，主张放手发动群众大鸣大放；而在内部深入摸底,重新决定重点批判对象和帮助对象。

11月5日作协党组给中宣部送交一份整风报告:

> 作家协会机关以反右倾、鼓干劲、保卫党的总路线为中心的整风运动,已于最近一周内开始进入高潮。
>
> ……在中央宣传部的现场会议以后,作协整风办公室和各支部连夜召开会议,检查了具体领导工作,严厉克服斗争的温情主义情绪。从29日起,整个运动的面貌为之一变,绝大多数党内外同志表现了日益高涨的革命精神,大字报的数量和质量猛然上升,现已贴出一千五百六十四张。我们的主要经验是:第一,领导同志必须挂帅,抓紧抓狠,指定专人,日夜督战;第二,要不断地反复地交代政策,彻底发动群众;第三,要不断反对和克服领导工作中的右倾情绪和温情主义;第四,一定要斗,也要帮,斗争中必须充分摆事实,讲道理。
>
> 各单位的绝大多数党员都已进行了检查,其中有些同志群众意见比较多,或个人主义问题较多的,拟再进行第二次检查,并在大字报上充分揭发和猛烧各种资产阶级思想毒菌……我们打算在大辩论会开过之后,间隔几天再组织几次大辩论会……以求彻底肃清右倾机会主义及党员干部中其他资产阶级思想,大大提高思想觉悟,便于更深入地批判重点对象,普遍地展开交心运动。

这样的报告都经过郭小川的参与、过目,报告中所提的一些批判办法,譬如举办农村形势问题的大辩论会,布置一个取材于本单位贫雇农出身的干部高炳伍忘本的漫画展览,郭小川也热心指导。从10月20日一直到11月初,郭一口气写了十篇反右倾的大小文章。

在10月11日开除诗人沙鸥党籍的党员大会上,十几个人勒令沙鸥交代，狂轰之下沙鸥一时语无伦次，很快与会者一致举手赞成开除其党籍。郭小川站起来做总结发言，语气极其严肃："这次会议是党的一次胜利，证明党的光明伟大，证明党是发展壮大了。党不断地从自己的阶级里吸收先进分子进自己的队伍来，同时有阶级异己坏分子被不断清洗出来，这没有什么奇怪。党的机体不断地健全起来，说明党对健全自己的队伍，是采取严肃的态度……沙鸥参加了一小撮右倾机会主义分子反社会主义的大合唱，老问题加上了新问题，老账新账要一起算。"

根据事先安排，大会主席、作协副秘书长王亚凡大声喝令："沙鸥请你退出会场。"在全场人的注视下，沙鸥欲哭无泪地退出会议室。以后他被清理出作协，下放到大西南沉沦几十年。

沙鸥作为《诗刊》编辑，曾与郭小川有过一些业务往来，两人在一起谈论过诗作。运动一来，郭小川无法躲避他所承担的领导责任，批判时丝毫不留情。沙鸥退出后，郭小川在会上继续说道："沙鸥不止五毒，他有十毒以上还不止。具有资产阶级最肮脏的东西，又像黄世仁，又像资产阶级少爷，有地主和流氓的东西，又具备右倾机会主义者的一些东西。他虽然没自杀成，但也败坏了党的性质。我们这样出身的人，会有错误的，但是有不少人变成了好同志，因为经过教育，自己改正。但沙鸥是屡教不改，把他拿来讨论一下，大家揭发一下，对大家都有教育意义。"他同时也表示，大家提出开除他会籍、劳动改造是对的，但还可以看看他下去的表现，除非他自己想带着花岗岩脑袋见上帝。（摘自会议记录稿）

后来"文革"中郭小川对《诗刊》编辑丁力说，当时处理沙鸥太重了，过左了。

丁力在病逝前告诉笔者："沙鸥写东西快，反右时很积极，给每个右派写了一首诗，人称'快手沙'。1959年他自己也出事了，他不服，就跑到十三陵水库想自杀，在水边冻了一夜，被公安人员发现，事情就闹大了。郭小川曾说，不要热处理，冷处理吧。下放到下面后，沙鸥还与李女士继续来往，通过一位女同志中转，那女同志害怕，以为是特务活动，就报告给公安局，查出来就开除他的党籍。再加上他说了徐水人民公社的坏话，一块算了。"（1990年10月28日口述）

1959年10月底，郭小川身不由己地、缓缓地进入了被批判的视野。当时党组三位正副书记做完个人思想检查之后，陆续地听取大家的意见，最后重点落在了郭小川的身上。

> 八时，到大楼，看了满楼的大字报，整风运动已经初具规模。
>
> 下午二时半开会，大家给我们三个党组书记荃麟、文井和我提意见。光年比较尖锐，使我有些沉重。开至六时多，回来吃点饭。
>
> 六时半开整风办公室的会，开至十点，决定了许多问题，推动高潮的到来。
>
> 十二时睡，彻底失眠，想着自己的各种毛病，心头激动。
>
> （10月26日日记）
>
> 四五时就起来，给荃麟、文井写了一信，但忽又觉得没有必要发信，信也不知放到哪里去了。
>
> 参加了一下支部会，听取了大家对我的一些意见。
>
> 下午二时半又开会，大家继续给我们三人提意见，最后荃麟讲了一些。
>
> （10月27日日记）

在郭小川的小女儿郭晓惠处看到的郭小川日记中，1959年的日记本到了10月27日这一天文字戛然而止，几十年养成的写日记习惯终因无情的运动的冲击而改变。这一天也预示着多事之秋的阴影将渐渐地笼罩诗人，他已经没有什么好心情来记录他所看到和听到的一切。

直到第二年9月底，他才在国庆前的气氛里记了几笔："差不多整整一年不记日记了，现在决心把它恢复。"然而那一年里也就仅仅记了四天，长时间的搁笔反衬出心情的暗淡。

在1959年10月26日这一天下午，刚刚从中宣部现场会赶回来的副秘书长王亚凡在中心组学习会传达上级精神，其中转述一句毛泽东的话："对资产阶级思想要搞五十世纪。"

就在这次会上，大家对党组正副书记提意见，邵荃麟、郭小川也相互提出看法。说到郭小川时，人们的语气比较温和、谨慎，与一个月以后的升级气氛明显不同：

> 与小川日常接触多一些。小川在会上讲话有时走火，走到右的方面去。黄秋耘对"驯服工具"之说有意见，并说小川也有这个看法，这样说不太好。（《文艺报》副主编侯金镜）

> 小川对党交给他自己的工作与创作任务有矛盾，流露的情绪对下边有影响。现有转变，希望巩固下去。小川有时处理问题讲话要注意。（副秘书长张僖）

> 小川作品写得很多，工作中有时间写是好的，但有点温……创作上有时草率，58年的一首长诗没发表，公木为此抗议过。（《人民文学》副主编陈白尘）

> 小川同志在延安时就认识了，我对他写作估价高，做秘书长还写作，是有才华的一个诗人。到作协来，是55年，斗丁陈，他的发言好。丁玲讲："怪不怪？又刮来一个郭小

川。"这可见反映是好的,有斗争性,工作精神好。(党组成员萧三)

对小川,他工作积极努力,对党忠实……小川的文艺思想中有不十分健康的东西,小川到作协后,逻辑思维衰退,是否有某种政治敏感的衰退?他有波浪式的起伏,走火时右的东西较多。(《新观察》副主编陈笑雨)

小川有光明面,也有阴暗面。在一个相当短的时间内,在阶级斗争复杂时,思想发展得很危险。自己应努力把自己当成重点。对自己右倾情绪的分析是很不够的,我听了是不满足的……《一个和八个》反映了世界观的阴暗面,这首诗写得不是时候,是5月初乌云翻滚的时候,恰好是作协党组最困难的时候。对这一点,白羽最不满意……要利用这个机会彻底搞一下子。(党组成员、《文艺报》主编张光年)

小川世界观里还是有些问题,没完全端出来。小川做人的情绪有消极的东西,如最近这首《一个和八个》就有异常感。(党组成员、《人民文学》主编张天翼)

(以上摘自作协会议记录稿)

家属保留的几十本郭小川笔记中,数1959年的笔记本最为繁杂,这里既有他详细记录的别人批判他的发言内容,又有苦熬之中的思考片断,更多的还是那些不厌其烦地写出的自我检查稿。据不完全统计,在11月份里他大约写了五六万字的检查。

笔者在笔记本中翻到了诗人顺手写在空白处的两首小诗,旁边均是记得密密麻麻的、别人批判他的发言。小诗其一是:"同志们／责备我吧／我有许多过错／闹过急性病／翻过车／误解过人／搞糟过工作／然而我永不失悔。"其二是:"生活特别宠爱我们这一代／让我们失败,受苦／风在发脾气，海也在发／这一代懂得骄傲／也许我们急躁／探索中国的秘密／懂得大地上顶天立地的诗。"

第二首诗语意纷杂，内涵难于穷尽，读后令人不由心头微微一颤。

1959年12月17日，作协党组给中宣部送交一份名为《关于批判郭小川同志错误的汇报》，把郭的错误划分为四大类：对党的关系长时期不正常；有严重的个人主义、名位思想；在反右斗争中有过右倾妥协的错误，在日常工作中有放弃政治领导的右倾表现；创作上严重的错误突出地表现在《一个和八个》与《望星空》两首诗里。

报告简略地汇报了批判过程和郭小川的状况：

> 作协党组从11月25日开始至12月2日，在十二级以上党员干部整风扩大会议上，对党组副书记、作协秘书长郭小川同志作为重点帮助对象进行了批判。会议已经开了七次。参加会的有三十多人，除了十二级以上党员干部外，还吸收了各支部书记和个别单位的有关党员干部。25日的会上由郭小川同志作检查，其余六次会议是大家对他的错误进行分析和批判。
>
> ……郭小川同志已经作过两次检查，第一次检查极不深刻，第二次检查也仍不深刻。
>
> 事先，党组还召集了小会进行帮助。在25日的会上，他仅一般地检查了个人主义和右倾思想，避开了他和党的关系不谈。会议初期，他对批评有抵触情绪，态度很不好。11月28日，对他批评的会议仅举行三次，很多同志还没有发言，当晚他给邵荃麟同志打电话，说他检讨已有轮廓，希望早日作第三次检查发言；又说他没有反党反领导，没有伸手思想等等，当即受到邵荃麟同志的批评。会议后期，他的情绪有所改变，承

认了错误，态度也比较好转。

这次批判进行得比较深透细致，同志们都做了充分准备的发言，采取严肃的批评与热情的帮助的态度，参加会议的干部认为在会议上有很大启发和教育作用。

（摘自报告原稿）

在最初召开的批判会上，郭小川的老友、"马铁丁"之一陈笑雨发言时化重为轻："我认为小川同志是积极的，努力的，有才能的，愿意在党的领导下做好工作，而他确实做了不少工作。过去这样看，现在依然这样看。我希望，而且也完全相信，小川能够改正自己的错误，继续前进。"马上就有人出来指责："我们认为笑雨同志为自己的温情主义寻找藏身的地方，希望笑雨同志克服温情主义。"

陈笑雨看出会议的气氛，再次发言时只能对平时开惯玩笑的郭小川加重火药味：

我愿意在同志们的帮助和鞭策下，鼓足干劲，力争上游。上次发言所说《一个和八个》"即使动机是好的"、"一个革命者的悲剧"等提法都是错误的。

……小川同志是个党员，从诗里都嗅不出一点点党的味道。在《望星空》中一共用了三个"惆怅"、两个"迷惘"、一个"暗淡无光"、一个"忧伤"，就可以使我们大吃一惊。《一个和八个》是说党糟蹋了好人，根本没有什么阶级观点，把我们的监狱写成国民党监狱一样，这首诗将受到丁玲、陈企霞的欢迎。……你的资产阶级个人主义思想，已经和胡风的思想在同一条轨道上。

……同志们批判你，是架一张梯，把你扶下来，同志们用双手等待着你，你还有什么个人的得失不能抛弃呢？时不可失，机不再来，勇敢地抛弃资产阶级个人主义的旧我，建立一个工人阶级的新我！同志，回到党的怀抱来吧！

（摘自会议记录稿）

党组成员、老诗人萧三素来说话简洁，爱用比喻，喜欢在小便笺上用中文、俄文交叉地写上一串词组，并做上各种引文记号。笔者见到当年他在便笺上写出如下发言提纲：

认识二十年，从未谈心——思想见面。

1955年斗争到作协——认为是新鲜血液。

小川想不通之事：1. 向党伸手；2. 反党。承认是痛的，但一定要有勇气承认，承认它是为了消灭它！有了些成就，就向党闹独立性，向党和人民讨价还价，甚至站在党和人民的头上，一切为了自己的名誉地位。

文学界的刘介梅！

我想起《日瓦戈医生》，作者因《新世界》不发表而寄去意大利。

郭因两处不发表而不满。

如有《日》的作者交游译出来，一定获得诺贝尔奖金！

已成"政治上的庸人"。

郭小川终日惶惶不安，不敢多接触人，不敢回信。党组谈心会之后，他给邵荃麟的信中突发一句感慨："伟大的整风运动对犯错误的人发生起死回生的作用的。"他后来在会上诚恳地解释说，"起死回生"这句话当然是夸张的，但不如此不足以表示我当时的情绪。

有一次到刘白羽家开党组会，郭小川对大家所提的意见觉得太尖锐，他给自己也给与会者提出了一个问题："我来作协进步了，但又有那么多缺点？"刘白羽指出，从历史的观点来看，小川的发展趋势是个人主义，和党有了对立的情绪，到了今年春天有了暴发，暴发也是一种斗争，党对此是投降还是斗争？

到了第三次检查时，郭小川无奈地承认自己的个人主义是发展的，但尽力地把问题说得不严重。在与党组成员另一次谈心会上，他又突然提出，不同意说自己"充满了阴暗情绪"、"名誉地位思想极端严重"、"对党组同志有多少意见"等等，结果遭到几位与会者的激烈反驳。郭形容自己那时显得"十分可笑和无聊"，在下一次会上只好痛骂自己："我争的是什么？我在向谁争？除了是为资产阶级世界观争得一点地位以外，不能有别的解释。这时我觉得，我真成了政治上的庸人了，我落后得很，小气得很，鼠目寸光，可耻得很。"

1958年，对郭素有好感的湖北省委书记王任重、广西省委书记刘建勋曾分别提出调郭小川任省委秘书长，郭一口答应下来，并在别人看来显出了迫不及待的态度。王任重找到周扬，周扬不同意郭调走。后来刘白羽在1959年批判会上非常严厉地说道："小川活动到湖北去，很不好。一个党员作家做党的驯服工具，党叫做什么就做什么，不让你做什么，不要伸手。党的命运就是我们的命运。我发现他这种活动，对他很不客气，说他们找你，是他们非组织活动，你找他们，是你非组织活动。以后不要再做这种事情，危险得很，这是无原则性的非组织问题。"

在会议的压力下，郭小川不得不在检查稿初稿中，顺着与会者深挖的思路往下走，把尺度尽量往高提："我为什么不愿当（作协）秘书长呢？根本原因是秘书长这个职位不能满足我个人的欲望，甚至可以说，是妨碍我满足个人的欲望的缘故。从个人的角度看来，这个职位好像没有什么前途，升书记处书记吗？这也是不大的职位；升主席吗？不可能，我也做不了……我去省委做秘书长，也可以由此而书记,而第一书记,干一番事业……"等他说完这段话,一位与会者就大声说道:"这不是野心家吗?"

郭小川立即为这段话懊悔不已,后来不断解释说自己没有这样明确的想法,要求删去此段。但无济于事,会议领导者斥之为"态度很不老实",并责问此举是否害怕中宣部领导同志知道。以后在中宣部召开的全国文化工作会议上,中宣部几位领导就是拿郭的这几段检查反复渲染,强调个人主义的恶劣性,使郭在会上感到无颜见人。

难堪的还有在作协十二级党员干部扩大会议上,轮番地接受党组成员、下属干部的批判发言。在这样的会上,昔日被人尊敬的党组副书记的形象没有了,只有一个低着头、唯唯诺诺地、认真地记着人们发言的挨斗者模样的人坐在会场中央。郭小川的小女儿郭晓惠告诉笔者,父亲对别人发言的重点部分记得相当详细,所记的文字大约有数万字。

我们从众多的发言中选摘几个颇具代表性的片段:

> 我们应该无条件地服从党的利益,不允许跟党半条心。而小川同志在会上却不赞成"党员要做党的驯服工具"的提法,认为从字面上觉得这个太死板了,限制了个人的创造性,限制了个人的独立思考,会不会抹杀了党员的主动性、积极性、自觉性。小川同志近几年虽然还是在做党的工具,但已经很不驯服了,只要有机会就向党伸手,要求满足个人主义的欲望。在传达周总理关于文艺工作两条腿走路的指示时,小川同志在传达到浪漫主义和现实主义的关系这一条时,当场就表示保留的态度。在全体工作人员的大会上,这种态度是不正确的,它表明小川在政治上共产主义的理想没有占主导地位。(陈默、刘剑青)

> 反右时,向小川提意见:过去对《新观察》管得少了,到

底是谁分工领导我们呢？小川说："不要说你们不知道，连我也不知道。翻翻日记本，才想起党组分工是我管你们的。"多么轻率，居然忘了，和党的关系不正常。（王致远）

国庆前夕，你向全体工作人员作报告时，你动员大家不去排队抢购物资，这当然对，怕造成市场紧张，给外宾印象不好。但你又说某些产品质量不高，要大家把钱存起来以后再买好。这使人觉得大跃进的产品质量都不高，失去了严肃意义。你对大跃进是否有阴暗看法？（李希毓）

现在，我想请小川同志回答几个问题：1. 57年与李兴华等几个右派想办杂文小品文性质的刊物，是不是党组决定的，不是党组决定的，是谁决定的？2. 如果是小川同志个人想办的，那么动机是什么？3. 小川同志个人约人办的，那么这个刊物自然是个"同人刊物"了，小川同志对胡风提出的同人刊物主张究竟怎样看待？4. 既是"同人刊物"，计划中还有那（哪）些同人？……小川同志有个人野心，有一种向党伸手的思想，在党外进行非组织活动。（杜麦青）

小川同志过高估计自己的才能和自己的成就，对党给他的期待和信任怀着不正确的看法，使自己向着资产阶级个人主义道路上退却并从而放出霉气。他还说自己的个人主义是不自觉，这种说法实质仍然是在美化自己。（王亚凡）

（以上摘自中国作协会议记录原稿）

会议空隙，郭小川在笔记本的上方写出自己所归纳别人发言的要点：名位思想，个人欲望，严重右倾，丧失立场，对党不满，怨气阴暗，向党伸手，与党对抗。

当时担任党组会议记录的高铮至今对会场的火药味留有深刻印

象:"一些人的意见比较尖锐,算总账,有的发言过分。小川同志把火气压住了,比较克制,坐在那里记录。他说的最多的话就是:'我有想不通的地方,我回去再考虑一下。'有人批评他写得多,他不服,会下说过:'我工作完成了,工作之余写作有何错,有的人不动笔反而没错?'"(1999年9月9日口述)

郭小川以后私下曾向高铮流露过,他对作协的这一段挺伤心的。

当年杨子敏作为与会者之一,曾在会上被指定发言批判《一个和八个》。他记得,散会后一块骑车回家,郭小川诚恳说道:你刚才发言讲得很好。时至今日,杨子敏一直深怀歉意。他告诉笔者:"那时候郭小川的诗越写越好,对于人生和革命历史的探索,往往突破禁区,敢为天下之先。而我们在当时理解不了这些。"(1997年12月25日口述)

时任作协秘书室副主任的关木琴回忆郭小川挨批后的情景,印象最深的就是他沉默、沮丧的表情。关木琴说:"郭小川平时讲话很有激情,有深度,对新事物敏感。很多文件都是自己动手写,有水平。他待人平等,从不发火。到了1959年11月,刘白羽他们对他批得要命,他还怎么抓工作。他不敢跟我们说什么,什么事也不敢张罗,开会后就赶紧低着头回去写材料。"(1999年8月12日口述)

夫人杜惠看到郭小川回家后一脸疲惫地躺在床上,不爱说话,有一种平常很少见到的消沉、无奈。杜惠问:"怎么了?"他还是不说话。有一天《光明日报》同事把事情告诉杜惠,杜惠从单位给郭小川打了一个电话:"听说你挨批了,你要冷静对待……"郭小川还是没有更多的言语。

刘白羽在11月22日会议上做了长篇讲话,代表组织对郭小川的错误进行了系统的、有力的分析和批判,为大批判定下了调子。这篇讲话颇具个人色彩,应用大段大段的排比句式、反问句式。听了这样气势的批判发言,郭小川事后用了三句话表态:"努力改造自己,努力学习毛泽东思想,努力做党的驯服工具。"

刘白羽在讲话的开篇还是说了几句肯定的话:"小川同志是党组成员,做了很多有益的工作,付出很多辛苦,有一定的结果。"这几句表扬的话带出了近万字的批判性文字:

> 小川参加过反胡风的斗争、反丁陈的斗争,他的发言是好的。他年轻(比我们年轻几岁),党总要挑选年轻的放到党的领导岗位上来,所以对他寄予期望。后来有所变化,党仍然对他团结、信任、期望,但要加上批评和帮助。发现他写了《一个和八个》,那时中宣部周扬、林默涵和作协光年等同志曾多次和小川同志谈过。去年在莫斯科旅店,我也和他谈过半夜。后来再发展,党组和中宣部就不得不和小川同志作斗争……人家讲我们好斗,一个共产党人看到问题该斗而不斗,这个问题值得考虑。该斗而不斗,那就说可以付出和牺牲党的利益。
>
> 我们最初没想让黎辛做总支书记,而是想让小川同志做总支书记,认为同丁陈斗争,支部掌握在谁的手上很重要,但小川同志不愿做。我就想不通小川为什么在那样一个重要的历史关头,坚持不做总支书记?后来小川做秘书长工作,多次向我讲,秘书长多是事务性的工作,写信也谈这个问题,总是把党委托的工作叫做事务性工作,小川这种提法就是不安于党所期望他做的那个工作。
>
> ……回想一下,我们这些年进行了一系列斗争,就是为了党的原则空气在这个阵地上。党希望小川同志做一个与反党作斗争的可靠的支点,而他在斗争中右倾;党希望他为党的文学事业做好工作,而他在工作中搞起个人主义;党希望他作为一

个党的作家,而他在创作中发展到攻击党的地步。

……他经常以一个党的积极工作者的姿态出现,但实际上对党的工作极端厌倦;他说他约束自己不出头露面,但实际上却顽强地为个人欲望而奋斗;党对他抓紧时他表现好,松一点就不好,在有的时候,好也有限度;他表面看起来年轻、有朝气,但思想感情深处暮气沉沉;他写诗教育青年,但自己内心有阴暗情绪;他是左派,但在斗争中有右的东西。

……小川在诗里有"我号召你们"的字样,我们觉得他这种以青年人的导师自居不合适,但他没有改,后来发展到《一个和八个》。《望星空》是唯心论,他说人是渺小的,我们认为人是征服宇宙的,我们感到他身上有18世纪的气息。

……小川到塔什干,收了稿费,而且买了电唱机。我让他把这电唱机收起来,他说:"是呀,不要让人家看得眼热。"这是什么话?什么世界观?

……小川对"我"花了很大精力,养病期间写长诗,这不付出健康?这不是找个人出路?……向党闹对立的人,一种是带着本钱来入股的,而小川属于到党里头经营本钱、股份的。因此要斤斤计较,想在党内找个人出路,必然找到资产阶级那里去……

……最后,我想对小川同志做一次赠言:只有彻底抛弃这一套个人欲望、个人打算,才能得到彻底纠正。

(摘自会议记录稿)

郭小川真的有了一种被抛弃的感觉,他后来几次谈到那时的心境:"我简直几乎绝望了"、"那几天痛苦得简直不堪言状"、"实在不忍卒读我的那些乱七八糟的作品"等等。邵荃麟在11月24日上午看了检查后，还特意叮嘱郭小川："心情舒畅是不容易的，一定要心情舒畅……整风的目的是使同志工作得更好，干劲更足。为什么要首先批评领导干部呢？正是为了要依靠这些同志。"但这些劝说已无济于事，郭已处于惊弓之鸟状态。12月24日《光明日报》"东风"版刊登了郭小川杂文《火焰集》中的一篇文章，引发了党组一些成员的不满。郭慌忙解释说，这是《光明日报》的穆欣在整风前约写的。他表示，我看了这篇文章深为反感，从昨天的"东风"起，我就不再撰稿了。安徽省委宣传部转来一封公函，揭发郭在省委宣传部来人调查作家菡子时态度不认真。郭赶紧在12月28日给邵荃麟、刘白羽去信，又作了一番检讨："回想在几年工作中，错误累累，缺点百出，皆因个人主义的世界观未得彻底改造所致。这两位同志对我的揭发是值得感谢的……两月以来，深感为党造成的损失极大，虽终生积极工作，亦不能够弥补于万一。"

在作协党组11月中旬到12月中旬之间的会议记录中，可以发现郭小川虽然次次出席，但很少发言表态。只在12月3日党组扩大会上，郭介绍了丁宁起草的肯定十年成就、作家下去方式的方案。但是就在这次会上，邵荃麟布置任务时说："小川的《望星空》恰当地批评一下，有些人的发言可以稍改即变成文章。"张光年说："批《望星空》，《文艺报》应有一篇。巴人的文章也有可批评的。"12月中下旬张光年在《文艺报》二十三期以"华夫"笔名公开发表了批判文章，实际上《望星空》刚刚刊载在11月的《人民文学》，郭小川自嘲道："自己送货上门去批判。"70年代中期在林县，郭小川曾告诉北影编剧李保元："他们批《望星空》没批到点子上，戴了一大堆帽子，无法接受。"

当时任《文艺报》文学评论组长兼理论组长的杨志一至今还记得

张光年批判文章交来的情景:"批《望星空》的文章发稿前,我们事先一点都不知道。张光年是总编辑,他的文章来了就照发,一个字都不敢动。我们知道这样的文章都有来头,文章的观点没有完全说服我。当时《文艺报》的基调就是那样,很会上纲上线。我觉得小川写诗过于抽象,就私下劝他:'写诗最好学闻捷,不管是抒情,还是叙事,都用情节控制住感情。太抽象容易跑调,容易被人抓住把柄。'他没有反驳我,只是笑笑而已。"(1999年10月20日口述)

12月中旬即将召开全国文化工作会议,打断了批郭的预定时间表。12月17日作协党组向中宣部报告:"现在因全国文化工作会议开幕,十二级以上整风会议暂停,党组责成他(郭小川)认真考虑大家意见,准备新的检查发言,同时参加文化工作会议。待文化工作会议结束后,再继续召开作协十二级以上的党员扩大会议,让他作进一步检讨。"

郭小川对参加文化工作会议有一种恐惧感,觉得在会上无颜见人,也害怕陆定一等领导在会上点名批评。作为与会者,他自然也收到会议材料,其中一份名为《一些不良倾向的作品》的文件中就选载了《望星空》,从作者的目录中看出他的级别最高。12月21日,中宣部副部长张子意在大会讲话中果然谈到《望星空》,郭小川听到时只觉得"非常震动"。

下面是他在震动状态下记录的张子意讲话的片断:

《望星空》"星空……万寿无疆"、"远不辉煌",人民大跃进、伟大的建设根本不在话下,没有生命的宇宙不死不活,呆相,骂倒了,人生也骂倒了。仅有我有资格挺起胸膛,由我把宇宙改造。这不是浪漫主义、现实主义的作品,这是一种唯我主义、资产阶级极端的唯心主义,在资产阶级世界观上发展到悲观主义、厌世主义(还不是无政府主义)。诗有积极的词句,是装饰和外衣,整个说来,表现作者不健康的世界观。这是爱护郭小川同志,绝无一棍子打死的意思。这同个人主义发展到唯我主义有关系。(信中)"夜不成眠,在作家协会……崩溃了",为什么精神和身体都崩溃了,(却想到)外地可以升官。

"我们不能眼看一些同志精神上身体上倒下去",同意(他的信中)这句话,提出善意批评。

(摘自郭晓惠提供的郭小川1959年笔记本)

郭小川回去后谈到了对张子意讲话的感受:"张子意同志热情的批评真使我感动万分……中宣部几位负责同志为我化(花)费了很多精力,我感到不安,也从心里感激……我相信,我会成为一个好的共产党员的,那么,这一次整风所受到的教育,将有决定的意义。"(摘自1960年2月《思想检查》)

据郭小川"文革"初期的思想检查披露,陆定一、周扬、许立群、林默涵等人在文化工作会议的讲话或报告中先后点名批判了《望星空》,郭本人不得不在小组会上做了一些自我批评。他后来曾形容自己出席这样全国性的会议真是"无地自容"、"狼狈万分"。

在1971年12月初,干校进行第二次斗私批修。郭小川深挖病根时,谈到1959年自己被批判时曾飘过一丝杂念:"一个有才能的作家受到摧残,这是党的损失啊!"

曾参加过这次文化工作会议的老作家曲波谈到了当时的情形:

张子意副部长批他很厉害,我看了这首诗却看不出问题。批判的事,郭小川没跟我说,我一点都不知道。那时我们住新侨饭店,有一次他到我的房间洗澡,我问他:"怎么穷凶极恶地点你的名?"他说了一声:"哎呀——"我又问:"你没有包袱?"他说:"背包袱的时间过去了,难过的时间也过去了。"

他的表情看上去还是轻松。

极左东西害死人。有时候跟他聊天,感到他的思想上比较自由、坦率,谈问题很诚恳。记得有一次说到反右和民主问题,他连声叹气,对自己57年批右派,觉得虽不是决策人,内心里还是不舒服的,有一些反悔的。他说过这样的话:"民主的问题岂止是现在,从57年开始就没有好过。"他还问过:"中国党的民主还要不要?"

1960年初,我在四川出事了,李井泉在会上点我的名,说我同情彭德怀的思想。问我与彭的关系,我说:"是统帅与士兵的关系。"彭总表扬过《林海雪原》,是贺总告诉我的。

把我斗了以后,我病了,就回北京,闷着写《山呼海啸》。郭小川来家中看我,我说:"我被打倒了,臭了,你怎么来看我?别跟我沾包。"他说:"正因为你挨批,我要看你。"他带了一个编辑来,问我有没有单篇作品。我说:"不能发,莫把《人民文学》给扯进去。"他很坦然,说:"群众喜欢你的作品。"看到我有点灰心,他劝我:"你要冷处理。"结果《人民文学》从长篇中挑选了两篇发表,这对我是一个很大支持,小说发了以后,我就平安无事,四川方面不敢找我麻烦。

后来罗荣桓发话把我调回:"曲波同志利用业余时间写《林海雪原》,给我们军队添彩。我们要作品,把他调到总政。"肖华与罗瑞卿商量后立即下令调回。

我感谢郭小川同志,这件事我很受感动。他知道磨难之后的感受,他的这种支持是需要胆略的。他同时也批评我讲话不谨慎,军队的二杆子气又来了。我笑道:"从小养成的,改不了。"

(1999年9月14日口述)

郭小川回机关后，发现运动已是风声大、雨点却越来越小，批判会议无形中被取消，他只是照例交了几份思想检查。周扬此时对他说："你下决心改正错误，你就主动了。至于你的优点，人家是忘不了的……"这种宽心的话是郭几个月来从未听到的。

从文化工作会议散会回家的车上，谈到张子意的点名批判发言，中宣部文艺处的黎之听到周扬叹了一口气说："没有想到子意同志讲得这么厉害。我看刘真、郭小川不要批评了。听说南斯拉夫作家看了《望星空》——他们译成《北京的天空》，称赞郭小川是天才诗人。"黎之在他所著《文坛风云录》中表示，由此看出周扬对突如其来的反右倾、反修正主义运动没有思想准备，对批判的对象也并非心中有底。

郭小川躲过这一劫，据梅白文章《在毛主席身边的日子》透露，毛泽东曾暗地里保护过他。文章中写道，毛在东湖游泳时，听到珞珈山有人背诵郭小川的诗句"我号召"，回来后对梅白笑道：我毛泽东也没有自己写过"我号召"。毛泽东从香港《真报》上看到"号召"郭小川到香港去"避难"的文章，问梅白："你的朋友郭小川出了什么事？"当毛读了梅白送去的《望星空》，莞尔一笑："没有幻想，就没有科学、文学和艺术，像郭小川那样忠于宣传职守的人，也寄希望于所发出的幻想啊！……我给有关人士打过招呼，只说了一句，不要做受《真报》欢迎，也就是受蒋委员长欢迎的蠢事，应当给这个善于思索，长于幻想的热爱祖国的诗人、公民、党员、老战士以绝对的自由。"

这篇文章的说法只是一个孤证，从作协文件和郭小川遗留下来的文字中一直找不到有分量的旁证。而且梅白文章中所引的丁玲、邵荃麟的回信，远在北大荒逆境中的丁玲与谨慎处事的邵荃麟那时写信似乎都不会有那样的语气。笔者对此宁愿抱着半信半疑的态度。

笔者为此询问过丁玲的爱人陈明，他认定丁玲那时不会给不相熟的梅白回信,而且身在困境中的丁玲根本不会就文艺问题随意答复。

反右倾运动的结局是不了了之,既没有给当事人处分,也没有结论,最后大家对批判问题都采取回避、淡化的态度。1960年1月9日郭小川给邵荃麟、严文井写信,询问何时在党组会上作新的检查:

> 荃麟同志去广州之前,曾指示要我在党组会议上作一次思想检查,听取同志们的批评。这是完全正确的和必要的。后来,因为白羽没有回来,不久,天翼和我又出去了。我回来以后,根据文井同志意见,还是等荃麟同志回来再进行。荃麟同志回来后,事太忙,身体不太好,所以我一直没有主动提出来。近一两周,事情已作了初步安排,可否在下周开一次会议由我作一次检查?请决定。
>
> 我已写了一个思想检查草稿,不深刻,下周初我即可腾出手来,重写一遍,写好后先送你们审阅。
>
> 如以为事太多,会议太多,可否先开个限于党组成员(加上默涵同志)的党组会来进行?因为,我的检查,各刊副主编等同志已听过两次(我在中型会议上作了两次检查),重复听来一定感到乏味,而且人少较易召集。不知以为如何?

这封信发出后没有反应,会议迟迟不见召开。

郭小川在1960年、1961年重点参加了起草"文艺十条"和筹备作协理事会,其他则是"无所用心"地"混"日子。他在"文革"初期的检查中谈道:"(当时)我希望逐步摆脱旧作协的工作,并且在一定程度上采取消极怠工的态度,尽量避免与周扬、林默涵和旧作协党组的主要负责人接近。"(摘自郭小川1966年《在两条路线斗争中——关于我解放后十七年来的基本情况》)

大致说来，1960年我没有进行什么活动，当时的政治气候也没有这个条件。那期间，我的基本思想是一走了事。因此，2、3月间，我辞去党组副书记的职务（我一提出，刘白羽他们很快就作了决定）。不久，又辞去了《诗刊》编委的职务（也是我提出，刘白羽当场同意的）。对于机关工作，我是抓小的，避免大的；叫我做什么，我做什么；不叫我做什么，我决不强求。我怕周扬他们继续整我，也怕他们一生气，硬是不让我走，我不敢进行什么翻案活动。

（摘自郭小川1967年《我的初步检查之十二》）

断续受到三个月的批判后，在心的深处增长了消极情绪，反正是"唯命是听"，叫做什么就做什么，写作中止了，工作也只求完成任务而已。时至今日，我的思想情绪上，消沉和盲目乱撞的东西都有，遇到不愉快的事情时常常不考虑后果，好像再闯祸也不过像那次批判那样倒霉而已；做工作，常常提不起劲儿来，信心不高，自卑感很强（尤其在文学创作上）。

（摘自郭小川1962年×月25日致邵荃麟的信）

从文化工作会议以后，我采取闭门思过的态度，与党和同志们保持一种距离，自卑得很，跟谁接触也没有多少热情。我再也不想招惹是非，我怕批评得很厉害。

（摘自郭小川1959年11月《再检查》）

我对作协的工作有了厌倦情绪，心里有了不少牢骚。到作协几年，却受了多次批评，刘白羽的态度有时非常坏，工作上稍不中他的意，就受他一顿申斥……我想离他们远远的去搞创作……我和张光年、林默涵、刘白羽的关系也不太好，觉得他们看不起我,总说我"年轻",意思就是幼稚。和他们在一起,我感到"屈辱"。

(摘自郭小川1967年《我的初步检查之三》)

杨子敏告诉笔者:"1959年挨整后,郭小川就算半靠边站。那时三年困难,作协几乎没什么活动,他也就落个轻闲。"1961年初,郭小川到了鞍山和抚顺,3月回京一直在家写《两都颂》,直至5月中旬。第二年10月,周扬、刘白羽先后向郭小川说,明年给他一年创作假,随即让他到一些地区负责安排作家创作问题。10月初,与刘白羽、林默涵同赴上海,后与林默涵前往福建、广东一带。1962年初,郭再去厦门、广州等地,5月初才返回北京。

1961年8月初至9月初,中国作协党组连续召开了七次扩大会议,讨论中宣部下发的"文艺十条"(即《关于文学艺术工作的意见》)。细阅这些会议的记录本,可以发现郭小川的发言次数很多,而且矛头指向非常明确。考虑到刘白羽、严文井、张光年、张天翼、陈白尘、冯牧、张僖等1959年批判会议的与会者都在场,郭的发言中怨气、不满和大胆是很容易让人感受到的,但在当时正调整政策的政治困难时期,已经没有人去计较发言的是与非了,有趣的是大家此时所谈的方向大致一样,场面气氛还极为热烈。

文艺领导犯了一般化的毛病,一般化就简单化,因为它看不清艺术的规律。这几年就是政治与艺术的关系没搞好。

文艺首先是党的事业的一部分,除此之外,什么也不要管,应当是最自由的。只要作家为社会主义服务,你就不必管他。省市文化局长、部长报告都要作家去听,他们能讲出些什么来(不是工作总结也不是学术报告)。戏演完后一定要文化局长点头才能演,这没道理。《剧本》、《人民文学》发的剧本,为什么部、局长、书记点头才能演？

……这几年毒草一共出了多少？应统计一下。孙谦的《一个奇异的离婚故事》算不算毒草？如不是毒草，当作毒草批了，应怎么办？这才能解放作家思想。

党的小组会、支部会也谈文学作品，批评作品，是否合适？政治生活可以不必谈文学作品，文学作品应是社会式的。当然违反六条标准、世界观有问题，就可谈。一般的文学作品，党的会议可不必谈。党不必引导，不必组织这样的活动，除非有严重的政治问题。

我以为北京市委开了很长时间的会批评孙谦的作品，是没必要的，谈不清楚。文化工作会议印那个小册子，批评某些作品（也涉及到了我）也值得考虑。中宣部有时也有些"发明"，默涵、周扬同志也有急躁的时候，我以为有些问题不必回避。周扬同志也有简单化的地方，只是二十步笑百步，简单化的地方还是有的，但没有好好想，虽然有些讲的也很重。

（刘白羽插话：批评了以后还要帮助。有些人犯了错误，受批评后挺不起来了，也不好，应好好帮。）

这次会和电影会上的批评，是否全是事实，受批评者是否全服了？也值得考虑。我以为恐怕有很多人是未必全服的。把有些娱乐性质的、无思想内容的作品是否也说成为政治服务的，我以为有点牵强，有庸俗化……既然是总结经验，就要全面地考虑，最主要的还是考虑根据主席的文艺路线，使文艺的发展更正确，更健康。

……文化工作会议，周扬同志想的不够，我对这个会有怀疑，这会的目的是什么？是否反修正主义？如是，会议是否要这样开法？规模、方式，如是反国内的修正主义，也不多，就是一个巴人，李何林，修正主义不占主导地位。批判一些不健康的作品，也不必这样开，不必要这么多的作家艺术家参加。从结果看，下去是一系列的斗争。东北的木柯宇，云南的王松，河北的方纪、刘真，内蒙古的孟和博彦、玛拉沁夫，部队的徐怀中，湖北的赵寻、于黑丁、胡青坡，北京的孙谦、海默，西安的霍松林，上海的蒋孔阳、钱谷融、任钧，山西的李古北。形成了文学界的一个大批判运动，规模非常大，一般都开了一月以上。这个会是不是一定要开，能否顶住，是值得考虑的。会上散播了很多简单化的意见，如说《五朵金花》是毒草。

　　这次的会，界限也应划清楚，最好不要一边倒，免得出了错误以后又要纠正。以后可以不要再开这样的会了，（文化工作会议）会上被批评的同志很多是有意见的。对此，周扬同志没仔细考虑，我是有意见的。

（摘自1961年8月11日讨论会记录稿）

　　笔者初次读到这些记录时，感到的是震惊和不可思议。在经历了1959年长达一个多月的内部大批判后，事隔两年郭小川面对着当年的批判者，还是依然保持他的过人的锋芒和见识，公开对周扬等人的做法提出异议。而且从自己个人际遇，联想到了全国一大片被批判者的不愉快的境地，敢于对文艺和党的关系公开摆出自己的看法。

　　这种发言的分量、胆略和情怀在那次会上数万字的会议记录中显得很不一般，阅读时总让人目眩、让人无法平静。

　　在1959年至1962年那几年间，郭小川只要有机会就要求调整自己的工作或调离作协，可以说几乎不放过任何一个机遇、任何一个可能。

1959年涉及《诗刊》人事安排时,郭小川突发异想,欲把自己降职处理:

> 我还大胆地想了一个意见,只对你们说说。我想,你们不会认为我还有什么情绪。
>
> 我的方案是:调阮章竞代替我原来的工作,我着重去搞《诗刊》,也可兼副秘书长,为党组做些起草工作和文字工作。我这个想法不是消极。我两个月来的检查即使还不能说已深刻地认识错误,也已经至少发觉了自己的严重错误,心中充满了向党赎罪的愿望。无论叫我做什么工作,都将积极以赴,这是不成问题的。但我现在更了解到,阮章竞在政治上比我强,而我们的工作又首先是政治挂帅,他代替我一定对党组有更大的帮助,他起草东西稍慢些,我可以辅助他。同时,我犯了如此严重的错误,即使党宽大处理,我自己坚决改正,百倍奋发,也不容易在短期间彻底改变了个人主义世界观……
>
> (摘自郭小川1959年×月29日致邵荃麟、
> 刘白羽、严文井的信)

这个建议没有被讨论,党组会上也没有议论。刘白羽只是在郭的信上批道:"《诗刊》的党的领导问题必须下决心立即解决,照顾克家这个统战关系,但必须使这阵地成为党的阵地,这一点更重要。"根本没有谈及郭的建议。

1961年6月23日晚上,从湖北调回的赵寻看望郭小川,谈话中提到他愿来作协工作。第二天清晨郭小川就给邵荃麟、刘白羽写信,希望由赵寻代替他的秘书长职务:

> 我来作协即将六年,积六年的经验证明,我在作协所能起的作用,主要是起草一些东西。而这一点,也正是我自己说服

自己安心工作的重要理由。其他一些较大的业务问题，限于水平，我的确管不了；至于其他一些机构事务，我也并不擅长，可代替我的同志很多。所以，我离开作协，本不会成什么问题。赵寻同志如来，他起草文件完全可以胜任，那就更不成什么问题。

……我希望能把目前的许多重大事情安排妥善后，允许我下去工作和生活，十年八载，三年五年，一年两年，均无不可；下去后，担任实际工作也行，当专业作家也行。我十分盼望让我在目前的困难时期，在我年纪尚不老、身体尚健康的情况下，长期在群众中锻炼，做一些工作。

……我身体尚好，完全可以在艰苦的条件下工作，我还有点群众工作的经验；我的文学才能只能说是中等的，但也可以写点东西。不管以后做什么，也可以算是文学界的一个劳动力。现在，还需要解放一部分劳动力从事精神生产，能否考虑一下把我解放出来呢？

我这个念头实在太久了，这中间可能有不正确的部分，但的确也说明我对事业的态度。

附带说明一下：1. 我并不是很急，不要因为我影响到工作；2. 我一定服从决定；3. 我这次提意见，并不是由于"娇气"，或因为前年受到批判，以此来要挟组织；4. 我自己决不进行任何个人活动（这次，李尔重同志来，我们曾谈话多次，我都矢口不谈要求调我的问题），严格地听候组织决定；5. 我这次是最后一次提调工作的意见，以后不管如何决定，我决不再提；6. 请相信我的要求是多年一贯如此的，不是虚伪的、冲动的，而是真实的、冷静的。以上，如有不当，请给我以严厉的批评。如同意调赵寻同志，须早些与默涵同志商谈，晚了就可能另外分配他的工作。

（摘自郭小川 1961 年 6 月 24 日致邵荃麟、刘白羽的信）

赵寻后来因故没有来到作协，使郭小川的一片苦心未能如愿。

到了 1961 年，周围的环境略显宽松。2、3 月间，郭小川已能获准外出，假期时间宽泛到了一年左右。他先在鞍山、抚顺停留了三十八天，每天写诗到深夜两点。他 2 月 14 日给杜惠去信高兴地写道："跟钢铁工人接触接触，得到很大的力量，人真是要和基层群众经常生活在一起。"年底又沿着厦门、汕头、广州、昆明、成都、洛阳等地，走访了近七十天。3 月初《人民日报》想尽快发表他描述鞍钢的诗作，请他用电报把七百多行的全诗传回报社，郭小川兴奋地在沈阳忙了一夜，方将诗稿传送完毕。

1961 年 12 月 20 日他给杜惠写了这么一封信："我想，一年期满后，我一定赖下去，不知怎的，我再也无心于作协的工作了，甚至不想再打什么交道……我真想长期住在一个中等城市里，一直到老，在那里写作、生活。"

这一年 9 月 19 日，周扬找郭小川谈话，周扬作了这样表示："批判你就是为了依靠你，荃麟可以少做工作，你和白羽能干，多做工作。"郭只是希望得到假期，周当场同意。

第二天一早郭小川给刘白羽写信，首先表示昨天与周扬谈话很愉快，信中写道：

> 好些天来，我就深深地感到，我个人的意见已经说尽，同志们"对不起"自己的地方已澄清，某些不愉快的阴影已经逐步消散；现在的问题是怎样使自己真正对得起党和同志们，更加严格地要求自己，使自己具有一个共产党员的最大的原则性和胸襟。

1959年的批判，对我有个很大的好处，就是：削弱了个人的欲望，什么名誉、地位，什么多劳和少劳，多怨和少怨的计较，都是不值得看重的。我觉得，这一点，将使我终生受用不尽。

为了约束我自己，也为了把这一段风浪告一段落，我想表白两点：

1. 从此以后，决不向任何人透露我的所谓"委屈"，决不在任何人面前发泄不满情绪。

2. 和同志们在大目标下很好团结，对于过去的事决不计较。请相信我可以成为一个明白的人，原则上的意见当然要提，个人的"恩怨"是能够烟消云散的。

过了一段，郭小川再次给邵荃麟写信，坚持请求离开作协，直到组织上做出决定为止。他在信中表示，下去生活已向往了近三十年，在创作上刻苦地钻下去，给刊物补补空白还是可以做到的，留在作协又有何益呢？

在信中，他再次重申了自己对1959年大批判的低调态度：

我还是不同意再讨论我的问题，因为问题已经解决。别的同志要讲，我不能反对，但我自己则坚决不再说什么。你了解，这是我多月思考的结果。我是有很多毛病的人，批判一下并无坏处。对其他同志的某些言论，还可以再考虑几年，观察几年，我对个别同志的品质的怀疑，以后事实自可做出论断，现在我自己也是完全没有把握的。

我说问题已经解决，理由有二：1. 总支总结出的那些结论不能成立，已为明显，不难一致；2. 批判中某些过火的言词是不可避免的，批判别人时，我也可能说过，计较这些是不客观、不全面的；3. 有些问题，如对《望星空》的看法和批判后的处理是不需要争论的,也不需要公开平反的,任何同志完全可以保留对《望星空》的看法(今天,阮章竞就说了他自己的看法),不必一致,目前也不可能一致,不一致也无妨。批判后,又已被敌人利用,即使批判文章有缺点,也不宜公开纠正;4.有些部分失实的地方,也不需要再加甄别,如我对丁陈问题的态度,对沙鸥问题的处理的态度,在苏联用会议发的三百五十个卢布买留声机的问题等等,都不是大不了的问题,有关同志略加冷静回忆,就可以弄清的。

而且,批判后的处理,我是一直满意的,尤其是你恢复工作以后:1.没有给我任何处理;2.在我工作上遇到困难时,党组给我以有力的支持;3.同志们并没有歧视我(至于有些同志的背后攻击,那是不可避免的,谁不受到一些攻击呢?喜欢骂人的人是有的);4.对我的作品也再未进行批评(只有最近的《文艺红旗》上谈过一下我在东北写的东西)。近来,我因为冷静地想到以上种种,故而心平气和起来,并认真地想了我自己的一些弱点、缺点和错误。

(摘自郭小川1962年×月25日致邵荃麟的信)

郭小川对于大批判的冷处理和不计较,为他顺利地离开作协减轻了阻力。他后来承认,当时只考虑把这件事了结就算了,不再纠缠,赶快下去写东西为最重要。

他甚至这样想过:只要能离开作协,即使受点处分也在所不惜,也是值得的。

七千人大会之后,周扬找到郭小川表达挽留之意,说:"荃麟年纪大了,身体很坏。以后白羽、文井和你多做一些工作,你不能离开……"郭小川没有同意留下,只是难得地倾诉一肚子"苦水",讲到了文艺界的反右倾斗争和全国文化工作会议。他在周扬面前强调的一点是，这些斗争打击了一些不该打击的人，而真正反对三面红旗的右倾机会主义分子，可能并未受到打击。到底谁是好人，谁是坏人？"文革"中郭写检查时回忆到这次谈话，觉得自己"当时的气焰是很嚣张的，就是要在周扬黑线内彻底翻身，然后去搞创作"。

1962年6月开始为反右倾运动甄别，陆续为被批判者开会解脱，在原批判的范围内宣布甄别意见，并以支部名义表示道歉。6月20日邵荃麟在作协甄别会上首先表态："对于小川同志的问题，现在看来：1. 当时作为重点批判对象是不恰当的；2. 批判时有些话批判得过重；3. 不应在1959年进行批判。"（摘自会议记录稿）

6月27日作协党组、总支向中宣部送交《中国作协59年反右倾运动甄别总结》初稿，在"郭小川同志的问题的甄别意见"的条文中写道："郭小川同志的个人主义等问题，在性质上是属于世界观的问题，而不是右倾机会主义路线的问题。当时，根据以上问题在反右倾运动中，在十二级以上的党员干部范围内，对郭小川同志进行批判，在方式上有过火之处。对某些问题的提法上，也有些过重或不恰当的地方。如说小川同志有'伸手思想'，以及说小川同志不把长诗《一个和八个》请党组审阅，而直接寄给周扬同志。这样的提法是不恰当的。又如引用反右派斗争中，某右派分子说小川同志是'文艺界没有墙的党员干部'的一句话，来说明小川同志当时有右的倾向，也是不恰当的。又如说小川同志给党组负责同志的信中表露了和党对立的情绪，'和党对立'的提法是过重的。至于郭小川同志在《一个和八个》和《望星空》两首诗中有错误倾向和不健康的情绪，党组同志仍然维持这个看法。"

原稿中原有这样几句话："（评价两首诗）认为这是创作上的问题，

可以在党的日常的组织中，或在同志之间去进行批评和展开讨论，并允许小川同志保留其自己的意见，而不必在1959年的反右倾运动中拿来批判。"这段话被删除，有人在旁边加注："说得太花了，前后矛盾。"

1962年6月8日，郭小川上午在家中写完诗作《甘蔗林——青纱帐》。下午游泳后即去作协机关，邵荃麟、严文井代表作协党组正式与他谈话，说："1959年在反右派斗争中斗争你是错误的，经过调查了解，你没有右倾机会主义的言论。"就这几句话为多年的烦恼、痛苦做了了结，郭对这种平反的意见及方式没有表示异议。

作协召开甄别平反大会，郭小川找了一个借口不去参加。

这一年5月31日，郭小川应约为已去世的王亚凡的诗集作序，他写道："他和他的诗到底有多么大的价值，时间和群众会公平地给以评价，这是用不着着急的。金子总是金子，且把这个工作留给公正的明丽的来日。"郭原来还写了一段一个人为什么犯错误的问题，作家出版社看了以为他在为自己解释，提出了意见，郭思考了以后便动手删去。

在胡乔木的过问下，1962年10月底郭小川正式办手续，调到《人民日报》当记者。11月3日，作协为郭小川开鉴定会，张光年提出郭写的王亚凡诗集的序言有问题，并指出郭还删去了其中的一段。郭承认1959年的批判基本上是正确的，做了一些自我批评。据"文革"中郭小川所写的检查可以看出，张光年的发言又强烈刺激了他："我讲完之后，张光年又尖锐地批评了我，指责我为《王亚凡诗抄》写的序言是我不服的表现。他这一讲，我又激动起来，说我写《一个和八个》是没有经验……我不满他们对我的整个批判。"（摘自郭小川1967年检查《1959年对我的批判和我的翻案活动》）

当天郭小川在日记中写道："上午，作协开鉴定会，为我鉴定，近二时始完。回来未吃饭即睡，五时半起。"心情之郁闷由此可见一斑,后来作协的不少人都知道郭小川在会上顶撞的事情。

四十多年过去了,人们的感慨依旧有几分沉重,更多的还是颇有意味的反思。张光年1990年2月2日与郭小川的小女儿郭晓惠交谈时,曾诚恳地说道:"当时我的思想里,我认为小川不会反党,是好人。但批他个人主义、不安心工作、名利思想,这是我与刘(白羽)、林(默涵)的共同点。我的发言和文章出于我当时的真心,没人给我改的。我有意避免把《一个和八个》作为尖锐问题,只作为思想问题,不作为政治问题来批。批了以后,小川还有几封信给我。"(摘自郭晓惠1990年笔记本)1989年欲把当年张光年化名批《望星空》的文章收在《郭小川全集》附录中,张光年给杜惠回信表示"没有意见"。

到《人民日报》后,郭时常与一些熟人如侯金镜、贺敬之、冯牧等谈到文艺界的事情,如"作协领导人不看作品,不接触作家,也不去深入生活"、"周扬的报告那么多,到底哪些是毛主席和中央的指示,哪些是他自己的,简直搞不清楚"、"文艺界太黑暗,是非不分,好坏不分,好人坏人不分"等等。

在那几年间,郭小川极力避免与作协发生关系,不与周扬等人见面,不参加作协的会议,不作为作家出国访问,不接受作协发给的观礼证、戏票、电影票和宴会请柬。后来在"文革"中郭小川曾仔细回忆过,他在不得已的情况下只同作协打过两次交道,一是1963年奉胡乔木之命,参加由胡本人主持的作协诗歌形式座谈会;二是由《人民日报》安排,出席了1963年作协报告文学座谈会。

1964年郭参加"四清"因病回京,听说作协批倒了邵荃麟等一批人,他对来看他的作协老同事激动地表示:"现在看出来了,到底谁是好人,谁是坏人?"后来他也承认,这些气话是他多年不满情绪的变相发作。

以后华山又告诉郭,说刘白羽还想整他。他听了显得十分气愤,半天难于平静。

1966年5月,"文革"已起波澜。31日这一天,听完李富春的报告后,郭小川在会场外碰到了一同开会的刘白羽,刘执意要郭上他的车子。当时刘白羽已是文化部副部长、作协党组书记,在文化界已是一个举足轻重的重要人物。面对当时日趋复杂的形势,两人没有更多交谈什么。郭小川在车上还是说他的老话:"现在可以看清楚,文艺界到底谁是左派,谁是右派。"

在风雨欲来的时节,郭小川还是在意自己心中的那块情结、那个难以磨灭的重重的伤痕。他多么企冀在新的运动翻腾的时候,能有机会证明自己的无辜和忠诚及对方的错误,能使自己压抑已久的心灵得以解脱。郭小川的儿子郭小林告诉笔者:"当时父亲觉得自己还是一位宣传毛泽东思想的能手,是一位党靠得住的无产阶级文化战士。他对王力、关锋、戚本禹他们有点看不起,对金敬迈、李英儒等人进入'文革文艺组'不以为然,认为自己才是真正的左派。"(1999年10月13日口述)

他很快又被作协的造反派揪回作协,与邵荃麟、刘白羽、严文井、张光年等一起接受轮番批斗。他曾经不解地、不屑地跟儿子郭小林说过:"把我和×××、×××这样的人关在一起!我怎么能和他们一样呢!"儿子记住了父亲当时愁闷的表情。

他痛苦地面对这样的事实:他依然还是旧作协党组的一个,哪怕他以往曾经受过委屈,曾是旧党组的打击对象,他依然还是身陷在黑线内。在那样的运动环境下,谁也无权把他从中剔掉。苦难远远没有结束,思想的暴风雨永远吹击着他不得安宁。

郭小川

1965年春,郭小川采访中国乒乓球队,与教练员、运动员等合影。前排左二起为郭小川、傅其芳、徐寅生、李富荣,后右三为庄则栋

1976年冬,郭小川与女儿在林县第四招待所

郭小川与张仲瀚（右）、贺敬之（左）

20世纪70年代初，郭小川重返延安

1997年2月，作者（左二）与郭小林（右一）、郭晓惠（左一）、刘小珊（左三）等重返团泊洼干校旧址

郭小川：团泊洼的秋天的思索

1962年10月29日上午，郭小川赶到中宣部机关转组织关系，下午即去人民日报社报到。11月3日开完中国作协为他所作的鉴定会后，他就正式在报社开始工作，了结了多年来不能离开作协的莫大烦恼。

时任人民日报社国内部主任的张沛是郭小川1939年在延安绥德时的老战友，他知道郭小川在作协的处境后，建议郭不妨转到《人民日报》试试：

> 我知道作协内部关系复杂，他在那很不对劲。他说过作协多事，跟刘白羽等人合不来。我对他说："你干脆来当记者，比较简单。"我找吴冷西谈了一下，他同意，说："欢迎，欢迎。"吴跟胡乔木谈过，往中宣部、中组部报了一下。
>
> 他是知名作家，比较特殊。他当时是十级干部，行政上没有什么安排。国内部开会，他来参加，不固定上班。他水平高，不需要我们说什么。选题自己定，想写什么就写什么，一般不要报批，对他没有规定工作量。
>
> 小川写新闻刚开始不习惯，后来慢慢就好了。他写东西快，结构好。当时像小川写那么长文章的不算多，也很少能发大块文章。那时提倡写短文，胡乔木说过："短些，再短些。"

> 他在《人民日报》挺高兴的，至少不像在作协那样不舒服。
>
> （1999年10月6日口述）

八十一岁的安岗当时担任人民日报社副总编辑，他至今还记得从胡乔木的一个电话才得知郭小川要调来的消息，从电话中的语气听出胡乔木对郭很赞赏：

> 那一天，胡乔木打来一个电话，语气很平淡："给你介绍一个同志……"我问："谁呀？"他说："郭小川。"我知道他是一个大诗人，就说："诗人当记者，我们还没有过……"乔木好像这么回答："诗人也可以当记者。"
>
> 小川来时，部里开会欢迎他。他脾气很好，跟大家合得来，没有大诗人的架子，不像有的诗人的想法、说话跟我们不一样。他有比较强的政治工作能力，对党的政策方针、当时部署、群众意见善于做政治分析，采访中真像个记者，观察很认真。小川文章的特点是下手很细，能使读者感受到强烈的共鸣，这得力于他搞诗。
>
> 我们对大记者的要求不死板，给他充分的时间，按他的感觉去自由地写大文章。胡乔木说过文章不要太长，但不是指郭。我说："长可以变成长处，问题是否有人愿意看下去。"
>
> 大家反映小川的文章都爱看，很有感染力，不是干巴巴的，也不是用公式看待生活。我说："《人民日报》记者部应把全国有名的、有特色的人都吸引过来，这样文章才有多样性、独创性。"
>
> （1999年11月16日口述）

李庄作为当年人民日报社国内部负责人，郭小川出去采访、发稿等事宜均由他联系和组织。他告诉郭小川的女儿郭晓惠："你父亲来

《人民日报》之前，我们不认识，但闻名久矣，一见如故，不分彼此。他是个特殊人物，不是他自己要特殊，他是很有名望的人物。按照他的水平、声望，当编委没问题，比编委更高都没问题，但他对这些很淡漠。因为他是著名诗人，我们对他都很尊重。分工上我和张沛联系他，实际上他的文章我们只能拜读。小川想去什么地方就去什么地方，又有我们替他做后勤工作，领钱、报账、打电话等跑腿的事我都管。"（摘自郭晓惠1999年10月5日采访笔记）

刚到报社不久，1962年11月17日郭小川就随老上级、农垦部长王震到东北林区及北大荒，年底才返京。第二年4月再次与王震、贺敬之等人走访福建福州、泉州、厦门、漳州等地，6月中旬返回。紧接着，他又访问新疆生产建设兵团，到了伊犁、阿勒泰、喀什、阿克苏、和田等地，时间长达五个多月。这种走南闯北、毫无拘束的采访方式，令久受机关羁绊的郭小川有了一种彻底的解放感，此时他沉寂许久的诗歌创作又到了井喷的阶段，几篇有分量的通讯报道令人刮目相看。他自己的心情也大为振奋："我几篇文章发表后，引起举世的震动，太好了。"（摘自1963年3月11日日记）

曾是作协党组同事的严文井后来听到，郭小川私下里自言自语："我到了《人民日报》，才真正出了名。"（严文井1999年7月21日口述）

胡乔木对郭小川的诗歌创作一直很在意，曾向中央高层人士推荐过郭的新作《厦门风姿》等。1963年2月16日，正在颐和园云松巢休养、修改诗作《祝酒歌》的郭小川给胡乔木写信，首先表示"我到《人民日报》后，一切都好"，信中还写道："您在病中，尚对诗的问题十分关注。您看过我们写的一些东西，您认为我们应该怎样工作？应该注意哪些问题？怎样提高？……在这方面您随便谈谈，都将会给我们的工作以真正的益处。"这封信勾起胡乔木的谈兴，2月21日他特意来到郭小川等诗人休养的颐和园住所，就诗歌创作问题谈了两个多小时。他举了很多例子，说明"节"在全诗中的作用，并认为"节"写不好，就完成不了全诗的美。郭小川在日记中还记载道："他不太赞成用四行一节写长诗，而认为以八行为宜……新诗，必须在古典诗词的基础上与之竞争，不管它是不行的。"

胡乔木对郭小川的工作调动起了主导作用，并且在创作专业方面能有沟通，这让郭小川感念许久。那天郭小川到颐和园门口迎接，没想到胡乔木一行已先入园，为寻找住所花费不少时间，这让郭小川心存歉意，而胡却不以为然。

《人民日报》资深女记者金凤对见到郭小川的第一面留有很深的印象：

> 那天小川来到办公室，穿一身旧毛料中山装，戴了一顶鸭舌帽，脸比较阔，笑眯眯的，像个党内老同志的模样。他走到我的面前说："我是郭小川。"他又跟记者部副主任、刘白羽的夫人汪琦打招呼："汪琦同志，我向你报到了。"汪琦说："小川，你何必那么客气。"汪琦介绍了部内的情况，小川说："我可没当过记者，是新兵。"汪琦说："你客气，你是大诗人，你来是我们的光荣，是我们的主力军，给我们报社增添光彩。"
>
> 我从小就喜欢唐诗宋词，但不怎么欣赏新诗，觉得新诗好吵，像白开水一样。但有两个例外，一个是郭小川，一个是贺敬之，觉得他们的诗有味道。我说："我要向你好好学习。"小川说："哎呀，我要向你学习，你做了这么多年的记者。"我奇怪他和贺敬之怎么都到《人民日报》来呢？汪琦说："他们是来躲风。"
>
> 过了一段时间，他要送我新诗朗诵会的票，我说话很直：

"我不喜欢新诗,就是你和贺敬之的诗还好。我受不了装腔作势,北京人艺演郭老的戏都演出了摆势,我不去……"他宽厚地笑笑,说:"没事,别人还要。"

他到东北林区,写了一篇《白银世界的黄金季节》,题目很不一般,写得很壮美,文字功底好。他真是出手不凡,我跟人说:"郭小川就是与人不一样。"福建漳州出了让水的故事,就是后来被人写成《龙江颂》的那段事。郭小川赶去采访,但新华社记者也去了,小川打电话回来问:"还写不写呢?"胡绩伟在编委会上说:"当仁不让。"小川就写出了《旱天不旱地》,文字和题目都很好,我对他说:"我要认真向你学习。"

当时《人民日报》内部传说,报社有两个人骄傲,一是我,一是王若水。别人说我是"个人英雄主义"、"自由主义",我这人看得起的人确实不多,让我佩服一个人不容易。但我对小川真的服了,他跟我熟悉的老记者的处理方法不一样,高出一筹。我对他说:"我要跟你出去,看你怎么思考,怎么提炼。"

当年《人民日报》有的文章跟中央文件一样,最高领导和下面群众都要看,有的还要组织学习。郭小川对报社来说,是一将难求,可惜以后再也没有这样的诗人大记者。

(1999年11月11日口述)

1963年3月,郭小川奉命来到上海,开始接触声誉初起的南京路上好八连,很快就为八连的事迹所着迷。他给夫人杜惠的信中写道:"(了解'八连'的情况后)使我深深地爱上它了,这真是一个伟大的集体,它的意义不下于雷锋,许多事实都动人极了。因此,我决定在此写一篇长篇通讯(约一至两万字),写完再走。"(摘自1963年3月19日来信)他在连队整整访问了十天,忙得连写信的时间都没有。他一直苦恼一个问题：事情都很平凡，却又得写得不平凡，怎么办？该如何下笔？写作的进度十分缓慢，一周过去了，只完成四千多字。郭小川在考虑许久之后，决定发挥自己的长处，把它写成政论式的大通讯。

采访中，他与《解放军报》记者组在报道思想上产生分歧，时常争论。他给杜惠的信中谈到分歧所在："他们总把南京路说得很可怕，似乎就是资产阶级生活方式集中的地方；我则认为它有两个方面，主要的方面是美好的社会主义城市的中心；他们强调宣传个人生活上的艰苦朴素的作风，我则更强调工作上的艰苦奋斗；他们总是讲作风，我则着重地谈思想……"（摘自1963年4月22日来信）经过一个多月的写作，总算大功告成，通讯报道终于获得通过，并且《人民日报》同意郭小川的建议，与军报一样，只署"本报记者"。

然而4月26日，陆定一转告王震说：总政不同意郭小川对好八连的宣传方针。郭得知后，情绪有些低落，这可能是他第一次在报道中遇到不顺手的事。但让他欣慰的是，采访"八连"有了一个重要心得，就是突出"八连"的成绩归功于毛泽东思想，强调"八连"学习毛著的政治热情。这次采访把郭小川身上的政治情结强化了，一下子把他的政治那根弦拧得很紧很紧。

当时毛泽东对文艺工作的批示已经使文艺界风声骤急，生性脆弱而敏感的意识形态部门对毛泽东思想的宣传有加剧之势，而且争相比毛泽东所起的调子还要高，把问题提得还尖锐。尤其反复强调阶级斗争的严重性，使报纸版面的火药味愈加浓郁。郭小川敏锐地觉察到政治波动的走向，对毛的批示中有关文艺的一部分指责有认同感，与他早先对文艺界的现状的不满相融合，使他对毛泽东那种发自内心的、本能的推崇更加细化。宣传毛泽东思想渐渐成了他以后的作品中最显著的主题,成为他不可推卸的政治使命。

郭小川激情的写作风格,一遇上政治激荡,很自然就一拍即合。他在这样的创作活动中,既不是带头者,也不是佼佼者,只是跟着社会思潮往前涌动。

1964年2月至4月,郭小川回忆前几年到昆仑山一带采访的情景,联想到毛泽东的诗作《昆仑》,仿佛又置身在莽莽高原,他情不自禁地写出了八九百行的长诗《昆仑行》,明确说明这是一首对伟大领袖的颂歌。他的写作激情再次迸发,用尽了豪华的文字阵势。

吴冷西身兼《人民日报》、新华社总编辑,时常在毛泽东身边走动,掌握中央高层的动向。他在审查《昆仑行》时,对郭小川激情发挥的超常范围也有些把握不住。长诗的第二段用二百多行的篇幅回顾了毛泽东成为党的领袖的历史过程,吴冷西在这一段大多数句子下面画了红杠杠。郭小川觉得无法修补,最后无奈之下只得将第二段全部删除。

当年4月,郭小川写出那一时期的代表作《他们下山开会去了》,较早地涉及学习毛著的活动:"世间再没有别的珍宝,／比它更为坚实、深广;／大敌当前,／它就是反抗的长枪;／狂风袭来,／它就是高大的屏障;／困难挡道,／它就是排山的巨浪;／云雾迷漫,／它就是明丽的霞光!"

这种革命化、情致化的诗作不能说是郭小川首创,它很快为一批诗人熟练掌握,也为读者们所熟悉,以至到了"文革"已可以成批量地生产,在全国范围内形成诗歌写作的某种定势。而郭小川自己坚持写了十几年,乐此不疲。

这一年9月,郭小川从南方刚回到北京,就被大型歌舞《东方红》创作组抽调去,写出了歌词《毛泽东颂》和《东方红》解说词的部分段落。在《毛泽东颂》的初稿中，郭小川下笔称毛是"世界的太阳"，主持《东方红》创作的周巍峙不同意，郭又改为"人间的太阳"。周巍峙仍觉不妥，再三争论之后，最后定稿为"光辉的太阳"。

1965年夏天，郭小川几次向《人民日报》副总编辑安岗提议大张旗鼓地宣传工农兵活学活用毛泽东思想的群众运动。据"文革"中郭小川写的交代材料，当时安岗不是含糊其词，就是以"我们不搞声势，要搞声势很容易"为由推托。

笔者为此询问安岗，老人对此事记得有些模糊，他想了想回答说："当时对毛主席是很崇拜的，活学活用毛著在群众中是一股热潮，从中央到地方都是有组织、有领导的群众思想运动，但不像'文革'时期那么厉害。我只是不愿意空洞地宣传，希望有分寸感，还觉得有更重要的事要抓。小川有很高的政治热情，这是可以理解的。"（1999年11月16日口述）

1965年7月，由报社指令郭小川和另一位记者王日东到北京积水潭医院，采访创伤骨科烧伤专业组活学活用毛著的经验。郭小川在医院生活了二十多天，整理出五六万字的人物访谈笔记，执笔写出了一篇题为《为革命，会革命》的长篇通讯。"文革"初期，郭小川在交代的材料中不无自豪地表示："这篇通讯是以宣传毛泽东思想为目的，在读者中发生了较大的影响。"他还写道，同年8月在内蒙古伊盟乌审召公社，深入采访一个多月后赶写的通讯《乌审召人——新愚公》，长达五万多字，同样也是"宣传毛泽东思想，突出了阶级斗争"。（摘自郭小川1966年底检查稿《在两条路线斗争中》）

在这前后，郭小川应邀到八一电影制片厂与人合作写了纪录片《军垦战歌》的解说词，并改写其中的三首歌词。他有意强化了政治含量，多处添置了诗情的文字，渲染学毛著、学政治的诸多效果和影响。而且郭小川一改以往的和气，态度略嫌强硬、坚决，对影片提出了不少意见。他甚至说了这个话："如果不补拍学用毛主席著作，我就不写解说词。"据郭小川"文革"所写的交代材料，离开前，他对八一厂副厂长夏川毫不讳言，认为八一厂不像解放军的电影制片厂，导演不突出政治。

笔者为此走访八十二岁的夏川老人，他对郭小川当年所说的话记得有些模糊。他回忆道："那年拍了一个新疆军垦建设的纪录片，长度有一个多小时。考虑到小川对新疆了解，与王震熟悉，就请他写解说词和歌词。小川不推辞，搞创作很认真，而且他还找来袁鹰、贺敬之写另外的歌词。他改了好几稿，难度大，我们对着画面一块商量怎么改。他写的解说词很漂亮，与一般解说词的作者的水平大不一样。八一厂的人说，能找到这样的诗人写解说词真不容易。"

夏川介绍说，当时八一厂内部已经开始文艺整风，已有人在主持批判厂级领导。一般来讲气氛还不是很紧张，但对政治问题抓得是否很落实，就不见得。八一厂内部存在的问题很多，小川对此也了解一些。小川的政治热情一直没有消沉，他对毛泽东思想确实看得很重很重。（1999年12月3日口述）

1965年12月底，郭小川随安岗等人一起到了大庆，只采访了两三天就匆匆赶回北京，根据在大庆、哈尔滨的访问所得和书面材料，以最快速度抢写出三篇通讯，其中一篇题目直接就叫《怎样突出政治》，由安岗拟定提纲，郭小川执笔完成。在写作过程中，郭小川加进了"紧跟毛泽东思想"一大段。

第二年1月，郭小川又奉命来到鞍钢，在钢城上上下下走访了一个多月，为预定的写作主题收集大量资料。他已经很难对生活有具体的感性认识，只是按照上面布置的条条框框去生硬地装配素材。同去的记者部同事金凤看到他随身带着一本毛选,时常翻阅。郭小川还告诉金凤:"(毛选)有的文章要反复读,学思想方法,学辩证法。"他在那里写成两篇通讯,一篇《为用户服务就是为人民服务》,直接阐述为人民服务的思想;另一篇《认识不能中断》,以鞍钢的实际工作来注解毛泽东的《实践论》观点。奇怪的是,这两篇报道获得报社领导口头认可,却不知何故没有发表。

郭小川后来在检查中感慨地写了一句:"(稿子)被人压死了。"

1964年5月郭小川一度有了去中南局工作的念头,陶铸也想让郭担任中南局副秘书长一职。王震鼓励郭去广州:"毛主席是很重视陶铸的,你可以跟他学习学习。"郭小川考虑到不应辜负王震、陶铸的一番好心,又觉得当记者到了地方只受到优待,不受到重视。与报社商量后,就想以《人民日报》记者名义长驻中南。

毛泽东的批示传达后,文艺界开展了声势浩大的整风运动。对文艺界的恐惧也是他远避京城的一个原因:"我自己的问题也伤脑筋,近来我对文艺界的某些人物实在想避之远远的。要搞创作,不如在文艺界之外搞。否则,不知何时就得叫他们再整一通。我自己,言语又不能噤若寒蝉,容易惹事。这是我为什么愈来愈坚决地到中南去的主要原因之一。"(摘自郭小川1964年5月5日致杜惠的信)

老友王匡、李普都劝郭小川把组织关系转来,在广州安家落户,但他还是想等两年后再说。1964年8月随陶铸到广西走了一趟,他发现跟陶铸搞文件也没有什么意思,搞创作在陶铸身边是不行的,而且在华南语言又不通。他遂向陶铸提出到河南灾区的县里锻炼,既与群众接近,又为创作做准备。他向人表示过,他的理想是当一位县委书记,把灾区变为富裕的粮仓成了他企盼达到的一生幸福大事。然而老熟人、省委候补书记兼商丘地委书记纪登奎坚决不同意他到重灾区商丘的任何一个县工作："我们那里太苦，情况特殊，你还是到一个稳定的地方去。"

这一次河南之行给郭小川不小的震动，最主要的是两点：一是他亲眼看见商丘的农民家中四壁空空，食不果腹，衣不蔽体，他在给杜惠的信中心情沉重地写道："这种景象，我从来没有看到过，也没有想到过——以上情况，当然不可与人语。"（摘自1964年8月28日信件）他反过来又想到纪登奎不让他下去，不让他接触真实的生活，其用意也是保护他不犯错误；第二是毛泽东的批示使地方干部对文艺界有了恶劣的印象，对文化人的感觉很糟糕，郭小川强烈地感受到他们的戒备心。

1964年9月因中宣部不同意调中南局，郭小川只能返回北京，随《人民日报》工作队到北京通县参加"四清"。他后来说，我很喜欢《人民日报》，不想再动了。他对通讯报道和创作又投入很大的精力，似乎无心于其他什么工作。1964年8月在广州，他渐渐地坚定了这个念头："我想，为了社会主义文学事业，我还是准备搞下去，只是决不与文艺界发生什么关系……这一辈子，还是献给无产阶级的阶级斗争及其文艺吧。"（摘自郭小川1964年8月10日致杜惠的信）

那段时期，郭小川对形势发展是亦步亦趋，先人一步。毛泽东已有指示，对教育制度提出批评，鼓励学生到大社会中去。郭小川非常认可，觉得自己也不是科班出身，却做出创作成绩。他曾去新疆联系，希望儿子能去自己的老部队锻炼，想让孩子在下面有出息，可以搞创作。后来北京市劳动局却安排所有报名的北京知青去北大荒支边，在外地出差的郭小川匆匆赶回来送站。

郭小林告诉笔者："1964年9月，整个景山学校就我和另外一个人去，走时全校师生夹队欢送。北大荒真苦，七年没有吃过鸡蛋，一

个月内只能吃到一次猪肉。"（1999年10月28日口述）

李庄作为当年的直接上级，经手发过不少郭小川的通讯作品。他至今对郭小川的文笔仍格外赞赏，认为郭自创了这样一种体裁：既不是一般的报告文学，也不是简单的新闻作品，有真人真事，有文采，有思想，有想象，有渲染。

李庄说，正因为文笔好，选材能力强，又注意时代的特点，所以他的作品在当时能较长期地为人关注。给人印象深的通讯报道，一个是写积水潭医院，另一个就是名震一时的报道乒乓球队的《小将们在挑战》。（摘自郭晓惠1999年10月5日采访笔记）

《小将们在挑战》在有意无意之间成了"文革"前夕最亮丽、最具变化的信号旗帜之一。

1965年3月，郭小川看到了毛泽东关于徐寅生的《如何打乒乓球》一文的批示，又得知中国乒乓球队马上要去参加第二十八届世乒赛。素来喜欢体育的他一下子意识到这个题材的重要性，迅速放下手头的工作，立即赶到国家乒乓球队，采访历时一周。

当年陪同郭小川到国家队的是《体育报》副刊编辑鲁光，他回忆了当时的采访情景：

> 与小川最早认识是在63年，那年要参加第二十七届比赛，我想请作家诗人为国家队壮行。小川给我一首短诗，很有气魄，其中写道："踏破万里雪／轧平千层浪／心红／眼亮／切记啊／中国是英雄的故乡！"
>
> 小川喜欢体育，有一次我陪他在工人文化宫看露天篮球赛，小川在观众席中发现："哎呀，周立波也来了。"在乒乓球队出征前，我把迷恋体育的几位作家郭小川、周立波、玛拉沁夫、

康濯等约到工人体育馆,看了一次乒乓球队的训练,与教练、队员聊天。

65年毛主席对徐寅生一文有批示,给徐那么高的评价,背景很复杂。小川找到我,谈了意图,我便陪他一个个地找人,天天在一起。小川在政治上敏感,及时捕捉重大的信息。他事先准备工作很充分,能看到的东西全看了,哪怕是枯燥的工作报告。采访时间并不长,可是写作需要的东西很快能得到。他思考问题很严密,能抓住典型,一下子切入主题,思考水平很不一样。

他对运动员平易近人,人情味很浓,没有大诗人的架子。他送给队中女秀才、女单冠军李赫男一本自己的作品集《昆仑行》,请李赫男指教。李赫男不好意思,说:"我很喜欢你的诗。"小川采访中的作风、写作技巧对我都有潜移默化的影响,是我写报告文学最早的启蒙,在主题提炼、构思布局、技巧等方面对我帮助很大。

罗瑞卿过问了这篇文章,很快《小将们在挑战》在《人民日报》、《体育报》同一天发表,反应热烈。毛主席的批示没有公开,但大概意思在小川的文章里都有了。

(1999年11月10日口述)

庄则栋作为国家队的主力选手,当年接受了郭小川的采访。1999年10月11日在北京宽街的寓所里,他情绪激动地告诉笔者:"我一直把郭小川当做老师来敬重,他的东西有人情味。当时他来队里采访很细致,虽然时间短,但能抓住每个人的个性,突出人的思想状态。他的文章非常华美,充满激情,写出了那种热爱祖国、热爱集体的革命气概。"他还透露,"小将们在挑战"这话有政治含义,实际上是"文革"的信号,毛主席利用这打刘少奇,成了一块石头。这是周总理

1967年告诉的,当年郭小川并不知道这个情况。

郭小川写出通讯的初稿后,送交报社领导层审阅,历经一些波折。"文革"开始后,郭小川在检查中对此事一直耿耿于怀,以此来佐证自己写作历史的革命性和坚定性:

> 副总编辑胡绩伟批评道:"现在有一种倾向,打球打赢了,就说是毛泽东思想的胜利。那么,打输了怎么办?……你叫陈伯达去打,他能打赢吗?要有技术……"(大意)于是,我根据他的指示改了六处,突出了技术和战术。现在看来,有两处改坏了。但是胡绩伟仍嫌不足,他亲手把原稿中的"凡是符合毛泽东思想和唯物辩证法的,就必然胜利;反之,就要失败"(大意)改为"通过活学活用毛泽东思想来提高技术和战术水平,原本是连续获得胜利的主要原因"。而在发表的头一天晚上,胡绩伟还对这篇稿子表示不满,几乎不叫发表。

(摘自郭小川1966年底检查《在两条路线斗争中》)

"文革"初期,郭小川对作协工作的七年时间基本上持否定态度,认为自己受到文艺"黑线"的直接控制,身陷其中,反思起来总是惶惶不可终日。而对自己四年半的《人民日报》经历则有扬眉吐气之感,一一数起通讯作品颇生几分自豪,而且这些通讯也为报社、群众所认可。报社内外一提起《小将们在挑战》,人们就会很自然地对作者另眼看待。这无形中给了郭小川几分安全感,也是他在运动纷乱的头几个月中最重要的一颗定心丸。

那时他在内部表态性质的讲话中只是平淡地表示:"由于有机会与工农兵群众接触,又受到解放军活学活用毛泽东思想的影响,所以有了一些宣传毛泽东思想的自觉性,写了一些宣传毛泽东思想的文章。"话语低调,近于轻描淡写,但还是让人觉得是有分量的。

1966年秋天报社"文革"组织要求每人做自我总结,按黑线、红线、不黑不红三类划分。他坚决地把《人民日报》写作的日子统统归入红线,正是因为有《小将们在挑战》这类通讯压底。

在运动浪潮袭来时,郭小川习惯地把自己当作运动中的健儿来要求。运动裹拥着他往前涌动,他则在浪涛中做着姿势呐喊助威。在严格意义上他视自己为"战士诗人",与革命斗争有着天然的一脉相承的关系。在响应党的号召、投入运动的时候,郭小川从不含糊。

1966年3月间,郭小川在一次编委会上批评报社"不紧跟林彪同志高举毛泽东思想伟大红旗,不宣传工农兵活学活用毛主席著作的群众运动",说《人民日报》比《解放军报》晚了六年。这番话只引来一位在座者的响应,让郭小川在偌大的会议室里感受到莫名的孤独。紧接着他在4月奉命参加解放军创作会议,就在这次会上读到后来震动全国的《林彪同志委托江青同志召开的部队文艺工作座谈会纪要》(以下简称《纪要》)。他在会上表示衷心地拥护这一历史性的文件,从《纪要》的字里行间他很自然地感到一种扑面而来的斗争气氛。在这种激情的状态中,他对会议的安排颇为不满,对会议每天只看电影、讨论电影兴致不大,中途赶回报社,参与了批判"毒草"《长短录》的文章修改。

夫人杜惠曾问郭小川:"这样重要的会议,你怎么不参加到底?"郭小川悄悄地说:"把这么多的电影都批为毒草,让人听不进去。"时至今日,杜惠还清晰地记得郭小川内心隐秘的矛盾状态。

1966年5月21日下午,郭小川参加《人民日报》编委会,在会上听到了陈伯达4月18日对《人民日报》的意见。郭小川回来后在日记里简单扼要地记了几句:"外边有些压力,内部未动,一潭死水。"《人民日报》要内外夹攻,外帮内攻(康老的原话)。""要学陈胜、吴广……要揭竿而起,中央保护你们,你们反修斗争有作用,但不是吴冷西的功……国际反修易接受，国内反修有人就下不得手。"王力说："既要清算邓拓的阴魂，更要清算吴冷西的阳魂。"康生的一段插话，颇让郭小川心里一阵紧张一阵惶惑："应对1957年以后每年发生什么事情，要总结。自己不革命，中央也不好帮助。"

从郭小川的日记里可以看到，第二天他就匆忙写出笔记《宜将剩勇追穷寇》。5月24日下午四时参加党员大会，听了吴冷西的检查。5月26日全天都在看《海瑞罢官》的材料，并着手整理内定毒草的《长短录》资料。6月1日，他在苦闷、茫然之中，顺便来到乒乓球队看望，触到的依然还是运动波涛的浪花。6月5日下午，他听了陈伯达会上的讲话后，与众人一样，写了两张大字报。

他心里明白，由于他过去在作协所担负的领导职务，再也无法逃脱"文艺黑线"的巨大阴影。运动初期出自自己的热情，无论做出更高的政治姿态，还是积极参与各项活动，他始终挤不进主力队伍。他开始为自己的处境担惊受怕，为自己不能发挥应有的战斗作用而焦虑。

7月报社要宣传毛泽东的最新指示，找到新疆生产建设兵团这个典型。报社"文革"组织选派了郭小川、金凤和小李三人前往采访，金凤至今还记得郭小川当时惊喜的样子：

> 小川一下子觉得自己政治上没问题，还是受到信任，真的很高兴。我们三人坐飞机到兰州，又从兰州飞到新疆。机上就我们三个乘客，当时许多高级干部都成了走资派，都卷入运动中，根本坐不了飞机。我说："小川同志，今天成了我们的专机。"他闷闷地说："你还说笑话。"我们三人打扑克，打最简单的"争上游"，心里七上八下，索然无味。
>
> 我们在新疆分头采访了一个多月，这期间北京出了《我的一张大字报》，刘少奇党内位置下降。小川一天到晚带一架小

收音机,听了总说:"不得了,不得了。"一个月前接待我们的王恩茂、张仲瀚、赛福鼎等新疆领导都被揪出来,书店的书在广场上烧。我们不敢住原先安排的昆仑宾馆,但自治区办公厅还要我们照住。小川不想让人为难,只好一个人孤零零地住进冷落的大宾馆。记得那年年初,郭小川和我们几个去鞍钢采访,主人安排到千山风景区游玩,宾馆把中午饭菜带去,我们觉得特殊化,都不敢去。实际上是暴风雨迫近,知识分子干部对即将到来的政治运动有预感,有预防。

我们坐飞机回来,他写了一张字条给我看,记得上面写着:"存款四千元,金表一个,金笔一个……"他想把这些交给组织,我说:"这次政治运动,不像'三反'、'五反'。你工资高,有稿费,劳动所得。"他说:"取之于民,还之于民。"我说:"这体现不了党的政策,你过虑了……"

他对这场运动的估计比我要严重得多,我以为一年就够了,他了解上层,想得更复杂些。在飞机上我还说他:"从思想到作风,你没问题。干部排队,我看你在'比较好'那类。"他摇摇头,说:"应算'比较严重'一类吧。"他问我:"群众把你说成三反分子,你怎么办?"我说:"我不承认。"他又问:"群众给你戴高帽子,怎么办?"我简简单单地回答:"我把它撕了。"他就低头想问题了,闷得很。

下飞机时,我把那张纸条撕了,我对他说:"运动还会过去的,我们都会平安无事。"谁会想到,郭小川第二年被揪回作协,而我68年关进监牢,长达五年。

(1999年11月11日口述)

从新疆回来时,郭小川所住的《人民日报》煤渣胡同宿舍区已贴满大字报。杜惠清楚地记得，大院墙壁上有一条大字标语的内容是："把文艺'黑线'周扬的黑干将郭小川揪出来！"

当时正上中学的女儿郭岭梅焦虑地问他："你是几类干部？你是黑帮吗？"郭小川只能含糊地回答："我不算一类干部，也算得上二类干部。"（1999年10月4日郭岭梅口述）

郭小川回到报社，很长时间一直处在运动的边缘，时常一个人在房间里挥笔撰写没完没了的检查和交代。据金凤回忆，《人民日报》群众组织似乎为郭小川只开过一次会，说过郭的一些作品。但造反派对他过去的作品不了解，一些人士表态："我们自己的事都忙不过来，顾不上郭小川。"逢上外调，群众组织还与来人说："革命群众反映他在报社宣传毛泽东思想，效果是很好的。"

据郭晓惠所作的《郭小川年表》记载，1966年9月报社造反派贴出大字报，内容是"揪出周扬的黑干将郭小川"。12月29日郭在报社受到批判斗争，四人就有了难得的畅谈机会，而且晚上和星期天可以回家。那时曾有人鼓动郭小川站出来亮相，自己起来"革命"，但郭小川犹豫再三。

曾任作协副秘书长的张僖还记得当时对郭小川叮嘱再三的情景：

在"牛棚"里，小川闲不下来，关得不严时就往外跑，星期天东窜西窜，还到中央"文革"接待站反映情况。我急了，几次劝他要小心，提醒他注意。我说，你在江青底下工作过，你跟叶群有一段关系，有同学友谊，你不能去找她们。

江青解放初当过中宣部电影处处长，小川与她同过事。据说江青私下里评价过小川：批《武训传》不积极，批《清宫秘史》不热心。

（1999年8月6日口述）

杨子敏告诉笔者,当年"牛棚"小屋里始终烟雾迷漫,谈兴颇浓:

我们把门一关,人人抽烟,一天到晚不停,屋子里烟雾腾腾,从门外都看不清里面人的脸。我们互相推荐最便宜的烟,结果大家共同认定一角一分钱的"红红"牌烟最合适,八分钱一盒的"蜜蜂"牌烟比较糟糕。

我们对形势议论,不敢涉及毛主席,只能议论到徐向前、贺龙、彭德怀、王震等这一层。说得最多的是小川、张僖和我,话题较广。譬如造反派抄来外面的大字报,说徐向前是"胆小鬼"。我是十八兵团的,徐是司令员。我说,"胆小鬼"这说法荒谬,当年徐带着病,车里安着床,在床上指挥战斗。太原一解放,他就病倒了,住院几年。可见战斗前病得很重,他坚持不下火线。我说这些事,小川他们就听着。

我们还说,宣传林彪当排长就领导北伐不妥。但也说到苏联要用几个坦克师换林彪。诸如此类轻轻重重的话题说了不少。我们偷偷地议论单位造反派的是非,说本单位运动的事情。没想到被造反派发现,选择一个突破口审问,最后各个击破,一个个被迫交代。

最后把我们这屋的人拆开,小川被看作是重犯,又加上涉及"天津黑会"事件,把他单独关在作协黄图岗宿舍六号门口东侧小屋,由专人看管长达三个多月。

(1999年11月19日口述)

在那段时期,郭小川挨过别人的打,晚上睡觉时身子疼痛不止。后来老友夏川谈到在八一厂被人用拳头打脑壳起包的过程,郭小川听了唏嘘而叹,承认自己也挨年轻人的打,讯问时被恶声恶气的人打过耳光。

有一天，郭小川被押送回文联大楼交代，杨子敏在楼道里碰见了他，两个人互相看了一眼，不敢说话。几个月不见，杨子敏惊诧地发现郭小川完全变样：手上挂着一根破木棍，脚跟蹭着地往前挪，摇摇晃晃，眼神已聚不了光。杨子敏回家后伤感地告诉爱人："今天看见了郭小川，他可能不久于人世。"

"没想到，他的生命力这么强，以后竟缓了过来。"杨子敏回忆时很重地说了一句。

到了1968年底，运动斗争的主要对象从原来的走资派、牛鬼蛇神转移到群众组织两派内部的人。早期的专政对象由此被放松，郭小川他们有了喘息的机会，时常参加搬白菜、挖坑、铲煤等劳动。外调的人逐渐减少，有一次广东来人了解原中宣部干部处长张海的材料，郭小川记不得许多事情，焦急得不知怎么才好，中午回家后忍不住哭了一场。

此时令郭小川预料不到的是，自己更多的却是为不能及时、完整地背诵毛泽东的语录、林彪的指示而苦不堪言。

在郭小川那一段日记中，当日背诵情况如何成了最主体的内容：

68—11—12　读了一天的老三篇。五组已有三人可以一字不错地背下，其中包括我。晚上，继续背老三篇。

68—11—21　上班后，背《纪念白求恩》，错了一个地方。

68—11—29　背诵《愚公移山》，未错。

68—12—7　八时，背诵《愚公移山》，未错。

68—12—8　向杜惠背诵了《愚公移山》，未错。

68—12—10　早，学习时背了老三篇，错了两处，共三个字。

68—12—12　学习时，背诵老三篇，一字未错。

68—12—16　读《文汇报》两个社论，背诵《再版前言》。晚，回家熬药，背诵老三篇。

68—12—18　一时去上班，先背诵老三篇。用了一下午的时间，背会了两个批示和《再版前言》。这，早已下了决心，今天才实现。过去背过《再版前言》，一直不熟，放了一段时间又生了。

68—12—19　学习时间，背诵老三篇，全组四人无误。

68—12—21　早，去中医门诊部看病，在那里背诵了《反对自由主义》。

68—12—24　晚上，背三个批示，咳嗽仍不轻。

一直到第二年三四月间，他的日记内容依然还是以背诵情况为主，而且后来一天能背十五条最新指示，并表示："对每一条最新指示都要下决心去努力理解。"（1969年1月18日日记）1968年12月31日晚八时广播了元旦社论，其中有两条毛泽东的最新指示，郭小川连听了两遍，迅速把最新指示背诵下来。

那时人们养成了一个习惯，就是凭上级通知或自己揣摩，往往在夜间等待广播最新指示，收音机成了大家最不可缺少的"小伙伴"。郭小川此时的日记中就有这样的文字："夜十时才睡，以为有最新指示，结果没有。"

1969年1月8日下午四时半，郭小川正与杨子敏一起背老三篇，突然听到楼下锣鼓齐鸣。知道军宣队、工宣队进驻作协，郭小川显得异常激动，他把他们看作是毛主席派来的亲人。他当即给大家抄写毛泽东在"文革"以来关于民主集中制的最新指示和新发表的有关语录，一直抄写到晚上八时半。回家后在日记中激情地写道："今后我必须抓紧一切时间交代检查自己的问题，革面洗心，重新做人……往日的罪过,将成为我永生永世的教训,伟大的毛泽东思想将是我的强大武器。伟大领袖毛主席啊,下半生我将永远忠于您!"

军、工宣队的到来,给困顿中的郭小川带来莫大的希望,压抑许久的情感又有舒张的机会。1月13日,军、工宣队与作协干部群众见面,郭小川形容场面"感奋之至",令他想起三十一年前参军的情景。他在日记里写道:"现在犯了罪,可是心情一样激动,一样兴奋。"第二天早晨六时四十分起床上早操,跑步时感到浑身是劲,他在日记中称之为"青春之火又燃烧了"。

有一天在外调前,一位工宣队员或许是无意,问郭小川:"一二一批示是什么?"郭小川一下子不知道哪几条是一二一批示,焦急地站在那里不知怎么回答。他自己以为背诵语录不错,没想到当场被工宣队员发现了问题。他心情沮丧,回来后补上一笔日记:"站了很久,听他的教育,对我还是很重要的,我就是要老老实实地接受工宣队的教育。"(1969年1月30日日记)在这之后,他利用一个星期天,从早晨开始就伏在桌上,将1966年以后毛泽东的最新语录工整地抄成一本,借此温习一遍,并为以后交代检查做准备。

同在"牛棚"的丁宁对背诵语录的活动至今还颇有几分感触:

> 那个时候找你谈话,或问你问题,会突然让你背哪一段毛主席语录,考验你的革命性。后来早请示,晚汇报,更要你一定会背语录。人就跟疯子一样,都在比谁背得多。冯牧还能把毛主席的诗词从头背到尾。

(1999年11月30日口述)

那几年间,郭小川是一个很容易动感情的人,外部环境时常刺激他,更使他原本奔放的诗人才情无法遏制,无形中使他强化了对时代的顺从感和崇拜感这一面,有时顺势压过了思想矛盾和痛苦的这一面。

1968年12月28日夜里十时多，外面爆竹声响成一片，郭小川赶紧打开收音机，听到广播："我国又成功地试验了一颗氢弹。"他连听了十几遍，激动得无法入睡，零点后又收听了一遍记录速度的广播。

1968年12月26日是毛泽东七十五岁生日，那天郭小川特意一早起床，六时半从家中出发，坐9路车到王府井新华书店，发现已有几千人站立门口，等着买毛主席语录和像章。郭小川感慨道：壮观，壮观！

第二天部分群众到家中搜查文件、日记。第二年年初宣布"靠边站"，在报社开始打扫卫生。

1967年9月18日作协群众组织正式派人来到人民日报社，把郭小川揪回作协批斗，关在黑帮集中的文联大楼地下室。一到作协他就陷入写交代材料的恶性循环之中，随叫随写，群众组织点名要的陆定一、周扬、刘白羽、邵荃麟等材料大都是紧急索取，数十万言的《我的初步检查》基本上就是这时候完成的。从他的日记中可以看出，在短短的一个月中，他竟写出了他所知道文艺界三十多人的材料，用力之深，涉及之广，写作之勤，在他写作生涯中也是特别的一段。他有了伤筋动骨、抽吸脑髓一般的痛感。他很想卸下所有的包袱，以此来赎罪，减缓运动更大的冲击，在折磨人的窒息气氛里争得喘气的机会。

刚揪回作协不久，就发生了天津作家方纪到京活动的事情，涉及到郭小川。群众组织当即把郭隔离，派出不少人轮流陪他住一屋，查他和方纪的关系。

当时担任作协群众组织核心组组长的胡德培谈及郭小川揪回后的情景：

66年底、67年初，我作为年轻党员，被推到抓运动的位置。后来很快大联合，我又担任斗批组组长，得的票数比较多。现在想来，整个"文革"都是荒唐的梦，颠来倒去。

作协派人到《人民日报》揪回郭小川,当时觉得他是"黑线"人物。初期时批小川不厉害,批斗次数少,让他写交代。群众对他印象不错,认为他在《人民日报》写了几篇很有战斗力的通讯报道。他的认罪态度较好,一直检讨自己,承认自己革命意志衰退。

作协冲击过三四十个人,人越多,小川就越不显了。

(1999年11月7日口述)

1967年11月22日、23日、25日,郭小川连续三天参加了批斗刘白羽的大会,他在日记里只记了一两句话:"斗争刘白羽,批刘态度"、"刘白羽狼狈万状"。

"文革"前担任作协秘书室、办公室主任的丁宁清晰地记得郭小川揪回作协的处境:

据我了解,揪回后作协没有专门开他的斗争会,作协开大会主要是斗刘白羽、邵荃麟,郭小川他们是陪斗。批判他的大字报还是有的,给他压力不小。他这个人宁愿在《人民日报》审查批判,也不愿意到作协来。

59年前他的思想比较解放,经常琢磨新诗的形式,创作上不保守。59年在党内批《一个和八个》,他受不了,经不起上纲上线,那些"帽子"伤他的感情,离开作协时心情很苦。"文革"又被无奈地弄回作协,没有精神准备。

一开始先住地下室,后来又到办公室。跟上班一样,给你一个桌子,每天都要写检查,要学习、交代,接受外调。串联的人不停地来大楼,把厕所搞得很脏。我们这些住"牛棚"的人还要一天到晚打扫厕所,参加劳动。

(1999年11月30日口述)

回作协初期，郭小川和严文井、张僖、杨子敏关在一屋。形势松弛一阵，他在日记中描述了那天参加机关仪式的虔诚感受：

七时四十分钟到了大楼，八时举行了仪式，向毛主席致敬，向毛主席请罪，朗读了林彪同志写的《毛主席语录再版前言》。

我要永远向毛主席请罪的。

我特别大声地朗诵了"敬祝毛主席万寿无疆，万寿无疆，万寿无疆！"

今天的心情万分激动。

中午，去王府井买了一些桌上摆的毛主席像，上面写着"伟大的导师、伟大的领袖、伟大的统帅、伟大的舵手毛主席万岁！"真是高兴极了，这是毛主席七十五诞辰的珍贵纪念。

（摘自1968年12月26日日记）

对毛主席请罪的念头一直缠绕着他，既让他生发许多崇敬，内心又滋长潜在的恐惧和不安。他的思想状态很长时间都被"文革"主体思潮占据，只能用上面认可的语言去表达，按报纸上规定的途径去思索，而且他自己多少次被运动中层出不穷的事情所感动，有时情不自禁地为"文革""壮举"所着迷。1969年1月16日郭小川在作协大会上发言，畅谈了文化大革命的实质和必要性。接着《人民文学》原编辑部主任胡海珠发言时一句一泪，郭小川也陪着她哭了一场。他在日记里表示："在我，并不是因为委屈情绪，实在是觉得自己太对不起毛主席了。"1月19日是星期天，很多人都请假回家。郭小川主动留下来，与昔日党组同事、老作家张天翼谈话，"满腔热情地帮助他一下，要给他以信心"。（摘自郭小川日记中的语句）

军、工宣队进驻后，工宣队政委王坤找郭小川谈话，问了1957年反右批冯雪峰时"围攻鲁迅"的情况。王坤说："假如你是犯错误的好人,你要老老实实地交代自己的问题,接受群众的批判。"郭小川明确地表白了态度,回家后竟彻夜不眠。

他以罪人之身,对运动采取了服从和配合的鲜明姿态。1969年2月8日,他写日记时已有不少乐观的口吻:"我认识到,尽快解决自己的问题还是有可能的,必须在最短的时间把问题交代清楚,这也是可能的。"

3月14日晨八时,广播了一篇关于总结经验的《红旗》杂志社论,里面传达了毛泽东的最新指示。整个北京城立即变成沸腾的水锅,街道上挤满兴高采烈的游行人群。郭小川第一次允许与机关群众一起上街,这对他来说是一件非同小可的政治生活的大事。

> 八时半以后,与群众一起上街游行。到了天安门,兴奋极了,时时都想流泪;我不是认为我已经成为群众的一员了,不,我现在还不是。我还没有真正认识错误,还没有真正总结自己的反面经验。但是毛主席在挽救我,群众在挽救我。和群众在一起游行,和工人、解放军毛泽东思想宣传队一起游行,使我非常深切地感到这一点……
>
> 这是我的历史中有数的重要时刻之一,我永远记住这一天。
>
> (摘自1969年3月14日日记)

1969年夏天,作协机关在军、工宣队领导下,又掀起新的一轮批判热潮。譬如7月22日全天批判严文井,8月1日批谢冰心,8月23日批《文艺报》的侯金镜、冯牧。郭小川几乎参加了所有批判场次,并在会上作了揭批发言。在谈到冰心时,为会议主持者所迫,郭小川就自己所知,重点讲述了她与文艺"黑线"的关系。

实际上这些批判大会已与"文革"初期的批判会有明显不同,斗争的语气、会场的气氛比较缓和。杨匡满当年是《文艺报》年轻编辑,他告诉笔者:"1969年夏天,准备开一系列批判大会,大都有解脱性质。领导让我对郭小川的作品做批判发言,我就按上面定的调子,无限上纲,认为他的作品是毒草。批郭小川的大会上我就照发言稿读了一遍,散会后小川在文联大楼门口见到我就笑了,说:'你的发言让我出了一身汗。'又说:'找个时间到我家去,咱们好好聊聊。'我不好意思,在大学里我曾写过他的诗歌评论文章,现在却在会上批他。但我觉得情感上与小川很接近。"(1999年9月6日口述)

作协的老同事们对郭小川"文革"期间的言行、态度留有很深的印象:

> 那个时候,不少人在会上都显得很激动,有时还声色俱厉。而小川做检讨时声音也不高,好像跟你闲聊天。斗他时他也不低头,也不怨恨地盯着人,而是平静地站在那里,看上去有时还像在思索问题。当年有的人软骨头,尽量满足造反派的要求,说自己如何如何坏。而小川基本上是该怎样就怎样。

(刘小珊1999年9月2日口述)

> 小川是一个很单纯的人,"文革"中他跟人争,说:"我就是作协这一段是'黑线',其他的都是'红线'。"我私下里说他:"你就像个孩子,这年头'黑线'、'红线'能说清楚?!"他说:"我也得说,是怎么回事就怎么回事。"很多人打成黑帮后是顺从的,公开与人争论不多见。

(高铮1999年9月9日口述)

> "文革"中他写的交代材料很多,他对当时的革命运动是信任的,总想把问题早一点说清楚。我说过他:"谁也没有你写得多。"他很诚恳,努力按那时的思维、口径去套。

(曹琳1998年8月31日口述)

"文革"起来时,作协一百三四十人中,有一百零八人是反周扬、刘白羽的,这可说明一些问题的。小川也思考了很多事情。

当时军宣队是来自张家口部队的,管得很严,一位军宣队干部说:"要不是党的政策管着,我就拿枪扫你们。"

军、工宣队进驻后,曾到群众中摸底。后来政委找小川个别谈话,说群众反映郭小川是作协最好的干部之一,准备让他三结合。但后来没有照办。小川跟我谈过此事,他搞不懂,说好了三结合又没实行,他自己觉得是一个谜。

(雷奔1999年10月19日口述)

这一年9月2日是郭小川五十岁的生日,这天清晨六时多他就来到机关大楼,静静地打扫门外的人行道。行人寥寥,初秋的北京街头有些凉意。上午是批判会,下午依然是批判会。这一天充满了火药味,在日记中,他称之为"一个新的起点"。

他的内心激情还是与运动节奏相协调,与所有以革命名义出现的事物相融洽,很自然地投入,很自然地化解疑虑和忧愁。有一阵他对"文革"的语言形式深感兴趣,社论的语句、煽情的句式、播音员的语气都令他入迷,很容易让他沉浸在一种革命化的语境中。1969年12月31日晚,播发了两报一刊社论《迎接伟大的七十年代》,这个标题恰好与他想写的诗作题目相同,这不由使他心里微微一震。他在日记中记下了听后感:"好极了,大气磅礴,对世界形势做了最深刻的概括。听了两遍广播。"

他认为自己的文艺"黑线"问题能够解脱,不会拖延很长的时间。中苏边境紧张的局势,"九大"显示的团结气氛,"文革"趋于整合的走向,都使他有了迫不及待的情绪:

我现在身体精神俱好,作协的人都已下放湖北五七干校,只我一人留下来。等待上级批准解放,解放后,马上就回报社……在锻炼改造中,我将继续学习使用笔杆子保卫毛泽东思想,宣传毛泽东思想。

(摘自郭小川1969年10月19日致女儿
郭岭梅、郭晓惠的信)

我已经做好了一切准备,一经解放,就朝气蓬勃地大干一番。到前线,到五七干校,到基层都好。我很想到前线,用笔杆子,甚至用枪杆子,狠揍那些叛徒、修正主义匪帮,那些王八蛋们!

(摘自郭小川1969年10月24日致郭岭梅的信)

郭小川相隔数天就写了这几封信,始终处于动情的状态,他对自己又有几分自信。他在信尾告诉女儿,他是流着泪写完信的。

《人民文学》原编辑部副主任涂光群谈到了郭小川一时意气风发的心境:"1969年中苏边境冲突,围绕这个题材,苏联诗人叶甫图申科写了一首影响很大的诗歌,在当时看作属于反华性质的作品。这激发了小川的政治情感,他就很想回《人民日报》,重新当记者,到乌苏里江去采访,写出针对叶甫图申科的诗作。可是人民日报社把材料退回作协,不让他回报社,这对他是沉重的一击。他情绪很快变得低落,显出无可奈何的样子。"(1999年11月2日口述)

1969年9月,作协大部分人开赴湖北咸宁五七干校,只把郭小川和少数老弱病者留在北京。留下郭小川,是想让他等"解放"后回《人民日报》。对这个安排,郭小川比较满意,因为他在武汉工作过,不喜欢当地炎热的气候。而《人民日报》的干校选在河南,他个人觉得河南比湖北好多了。

大队人马前往干校，郭小川到火车站送行。在《文艺报》原编辑沈季平的印象里，那一次郭小川在车站月台上显出难得的一份轻松，一份友情：

> 当时大家的心情很复杂，下乡种田，脱胎换骨是有决心，但不知将来怎么样，以后能不能回北京呢？开车前，郭小川跟大家握手后，特意走过来扶着我的肩膀，跟我聊了一会儿创作问题。我记得，我说，对民歌你还应该下功夫，你写的东西精炼还不够。他也谈了语言问题，他说，有些东西用民歌表达还是有局限性。车快开时，他说了一句话我忘不了："做一个革命文艺工作者，必须是一个思想家。"
>
> （1999年11月12日口述）

郭小川回《人民日报》的计划又碰了壁，人民日报社军宣队奉上级指示表示不接收他回来。他只得做好去咸宁的准备，为了适应农村环境，他开始拔掉坏牙。没想到，在拔完最后一颗坏牙的当天，工宣队突然通知剩余人员前往干校。郭小川情急之下，立即找到工宣队魏队长，说没有牙怎么劳动？魏队长表示可以考虑一下。但是到了晚上，郭小川又马上写了一封信给魏队长，认为困难还是可以克服的，希望按计划下去。这个变化的原因是下午见魏队长时，老作家谢冰心也在场，也向队长提出了下去怎么办。这促使他想到自己的革命性、斗争性是否存在问题："我觉得谢冰心是个资产阶级作家，我和她不同，不能同样要求；第二，因为北京实在无聊，什么事也没有，不如下去锻炼一下好。"（摘自郭小川1971年12月检查稿《第二次斗私批修》）

1970年1月5日离京，坐火车辗转抵达咸宁时已是9日，下午四时郭小川和谢冰心他们来到干校作协所在的五连，他被编入三班。

第二天就参加控沙劳动,晚上又听了批评郑世军的小会发言。他在日记中记下八个大字:"生活沸腾,心情开朗。"1月11日,又接受了砌"毛主席万岁"五个大字的任务,他把它看作是领导信任、本人光荣的政治任务。

干校的艰苦很快就让郭小川体验到了,他甚至觉得比战争时代还要艰辛:

> 昨天,我第一次下水田劳动,在水里泥里滚了一天。今天又休息,浑身酸痛,头部发烧(是晒的,这里的太阳已经很灼热了)……在战天斗地的劳动中,一定能够把自己锻炼出来,为党为人民为毛主席作出贡献。

(郭小川1970年4月21日致郭岭梅、郭晓惠的信)

> 这里忙极,每天要到十里外的湖中水田劳动,经常泡在膝盖深的沼泽中,到晚上还不断开会,所以一点时间也没有。今天是伟大的五一节,放了半天假,才能给你们写几个字——这里真是锻炼的极好处所,我总算还是过过艰苦的人,但是比起现在来,那不算什么了。现在才真正要过硬啊!

(郭小川1970年5月1日致郭岭梅、郭晓惠的信)

> 说起来,我们这里是相当艰苦的,每天要到十多里外去劳动,一天要走三十里路。快速地插一天秧,在水田(沼泽地)里泡一天,风里来,雨里去,水里滚,泥里爬,晚上还经常要开会,搞运动。因为我的体力到底不算十分好,所以一到晚上,就累得几乎不能动了,只好安静地卧在床上,休息一下,以利再战。而在水里劳动,天晴时晒得满身发烧,下雨时又冷得厉害,脚上时常被菱角刺伤或碰伤,我的伤几乎没有断过(别人也是如此)。晚上也要上点药,包扎一下,以便第二天继续下

水。所以不但不能写信,连报纸也没有精力去细读了。我们住的是一个生产队的仓库,人多拥挤,又没有灯,除了床上,也没有地方可以展开纸页。

……同志们都说我有朝气,精神状态好,我自己也是愉快而振作。

(郭小川1970年5月31日致杜惠的信)

五六千名干校人员突然散住在方圆几公里的沼泽地湖边,住处极为简陋,大都设在当地生产队报废的仓库和农民多余的简易土房,人声嘈杂,每人生活空间狭窄。前期后勤一时供应困难,吃发霉的粗米,咸宁县城及附近村庄食品部的咸菜大都被干校人抢购一空。气候条件之差,劳动强度之大,军宣队管教之严,思想整肃之深,清查各种层次、各种类型的"反革命分子"的运动接二连三,都使干校人们不堪精神重负,内在危机重重。

后来不少干校人说,干校头几年是大家刻骨铭心的心灵黑洞时期,人生活得很苍白、很疲乏、很无力。郭小川也同样处于困顿之中,难免陷入了一生最低潮的境地。

我们一早下地干活,天黑才回来。军宣队看见谁表现不好就训话,在田头训半天。军宣队爱说,要战役连着战役。那时特别累,没有牛,就用二十多人拉着犁干活。向阳湖是一个几千年的沉湖,水臭无比,手、脚有伤口下田很容易招来发烧。

小川跟我的爱人陈笑雨是无话不谈的老朋友,像兄弟一样。两个人在中宣部大院洗完澡,光着滴着水珠的膀子,边走边聊天开玩笑。"文革"初笑雨自杀,小川不愿在我面前再提旧事。他知道我的大女儿有病,就给了一些钱,让我给女儿动手术。那时他儿子在黑龙江,也需要接济。他给儿子写信:"爸爸要管管她,这个月就不给你寄钱了。"听说,他还去单位借钱。

(黄寅 1999 年 8 月 5 日口述)

大队人马落脚在一处荒凉的山丘上,零零落落住着几户农家,大人小孩破衣烂衫,见到收音机都觉得稀奇,以为我们这一群是"天外来客"。离武汉三镇这么近,老乡还如此贫困,大家都不敢相信。

小川能吃苦,他吃饭时跟我讲:"我比着干,插秧三四个钟头。"我说他:"岁数不一样,跟小伙子一块干何必呢?"他自己不愿落于人后,从来不在人面前叫苦。我现在还记得,他在田里肩上披着一个有颜色的塑料布,裤角卷得很高。泥土特别黏,下雨时脚踩进去拔不出来,干了以后又像一把刀。大家经常摔倒,有时我一个月能摔几个热水瓶。

(丁宁 1999 年 11 月 30 日口述)

小川一开始在班里劳动,人还乐观、自信。他是插秧快手,把手指插肿了,做农活很认真,不叫苦。当地老乡都不这样干活,他们说,啧啧,真造孽,大雨大干,小雨小干,天晴不干,开会批判。最累的时候是犁翻地,天热难忍,又饿又渴,白天连着黑夜转。

有一次小川的黄色手表不小心掉到秧田,收工后才发现。大家就排着横队,连踩带摸,顺着往前找,终于在下水口找到。

我跟他住过一个房间,他的桌子上全摆满药瓶。他吃药能吃一大把,我说:"药是分先后吃的。"他说:"没关系,反正都是药。"吃了药,就昏昏沉沉,抽着烟灼了手,烧了被子一个洞。有时我们半夜醒来,发现他躲在被窝里打着手电筒写东西,我们问:"写诗?"他不肯定,也不否认。有时他写着写着就睡了,本子丢在地上,我们也不偷看。

军宣队张参谋长说:"把你们安置这里就不错了,你们这些人要长期接受劳动改造。"完全是训斥,听了不是滋味。小川看不惯军宣队一些刚穿四个口袋军衣的小干部的训人态度,说:"军宣队×××还没我儿子大,就跑来说这个说那个……"有人汇报上去,当天晚上一百多人饭后站在那里挨训,军宣队不点名批评:"这是什么态度……"

(林绍纲1999年10月21日口述)

小川曾给干校领导写信,说现在生产劳动太累太苦,应该把干校办成党培养干部的学校,应该半劳动半学习,粮油肉菜应自给。干校李副政委后来见了小川就批,弄得小川到处躲。有一天李副政委带人到五连开阶级斗争现场会,眼看要撞上,小川顾不上手脚都是泥,慌忙躲到我的牛棚里。我问:"怎么呢?"他坐在地上说:"你没看到李副政委来吗……"

小川插秧真是拼体力,脚碰伤了,腰受不了,他还坚持在快手组。黑帮之间不让讲话,他也不敢随便说,情绪有时不好。

(雷奔1999年10月19日口述)

干校初期军宣队有纪律,大家很少交流,没有以前上下级关系,也没有"文革"派别的界限。劳动量太大,回来就想休息。衣服湿了,在屋里弄火烤,话也少。

有一次中央专案组让小川交代"胡风事件"中的按语,哪些是毛主席加的。小川在屋里写了好几天,闷头不说话。我记得,他的表情严肃、认真,写得非常仔细。

他吃安眠药,药量吓人,四五种十九粒一把就下去,然后躺在被窝里看书抽烟。我劝他千万要注意，引起火灾怎么办？他说："我一直是这个习惯。"没想到，这个习惯最后毁了他。

（王树舜1999年8月12日口述）

我跟他住一屋，当时我的问题没解决，小川认为这不成问题："你要相信党，相信群众，问题会实事求是解决的。"他对我一视同仁，跟平常一样，没有另眼看待，对我上幼儿园的孩子很关心，老给孩子吃的东西。

半夜醒来常发现他靠在床上抽烟，烟头火光一明一暗，他心里的矛盾不愿说。

他跟被挨整的年轻人来往多，领导就说他立场、态度有问题，指导员开会时常常不点名刺刺他。

（胡德培1999年11月7日口述）

整个干校清查"五一六"分子运动很快就弄成腥风血雨，"文革"初期响应号召起来造反的年轻人大都遭到不同程度的清算。逼供信及打骂现象极为普遍，因为听不惯半夜挨打的哭叫声，一些农民还到连部抗议。连队还成立了各敦促投降小组，对"五一六"分子实行长时间的大小会围攻，限期要求交代。同时让"五一六"分子参加重体力劳动，有专人监管。白天晚上采取不停顿的战斗措施，力求使"五一六"分子失去抵抗。

1971年2月23日干校连队负责人、诗人李季给在北京探亲的郭小川写信：

想在你的探亲假期满了之后，请你主持一项工作——专案审查，请你主持，由王翔云、林绍纲二同志参加，任务是复查自文化大革命以来所有曾被审查的同志的结论，性质重否？文字妥当否？工作量不太大，但政治性很强，此事很有意义，在同志们大量安排工作之前，认真复查一遍，对党、对这些同志，都是我们应尽的责任。如可能，我们想争取在5月前把清队、清查（"五一六"组织）和这项复查工作告一段落。能如此，形势不论怎么发展，咱们就比较主动了。

郭小川从北京回来后就调到大队部做专案，出于他几十年来参加党内斗争的经验教训以及善良的本性，很自然同政治运动方式有着本能的、不顾风险的抵触。随着专案的深入和复杂化，无尽的痛楚每天都在吞噬他的内心。

郭小川乐于同被审查的年轻人相处，尤其是开始具体清查"五一六"分子后，干校领导对他这种不讲政治的做法耿耿于怀，始终对他持异议的态度，这构成郭小川在干校很长一段时间闷闷不乐而又不改初衷的生活情状。

干校的人们谈到郭小川在清查运动中的言行，无不神色严峻：

小川跟我讲过，他看过作协五连一大箱子的"五一六"分子材料，觉得对不上口径，互相之间乱咬。他找到副指导员说："这些材料互相搭不上，尽是废品，根本没用。"副指导员承认搞过诱供，但实际上打得很厉害，不让你喝水吃饭，他们自己吃饭，让你在一旁干看着。

（雷奔1999年10月19日口述）

来了一个要运动刹车的三二七号文件，可是军宣队扣压文件几个月，想多打一批人。小川那时已解放，日子好过了，参加专案组。连里逼供信很厉害，小川一块与我们下地，不好说话，但我们看到他脸上沉默、苦笑的表情。

后来文件终于下来，我们几个挨整的年轻人自由了。有一次我们走二三十里到温泉放松，吃湖北豆皮，在饭馆里互相交流搞逼供信的情况,发泄对这种审查方式的不满,觉得自己年轻单纯,怎么整成了反革命?连里知道了,又作为阶级斗争动向来抓,又使我们处于高压之中。小川认为我们没有阶级斗争经验,见到我们时严肃批评道:"你们不像话,我们党有个传统,无话不对党说……"他又说:"我知道你们的材料都是假的。"他的意思是有意见不能这样表达,这些话让我们终生难忘。

小川自己对军宣队的做法敢于批评,挺身保护"文革"初那些造过他的反的年轻人,军宣队对此也很恼火。到了这时,年轻人自己受整,不少老同志同情、帮助他们,很快这两拨人关系亲密,走到一起。后来"文革"初期的作协造反派中几乎没有什么人跟着"四人帮"走,他们在挫折中学到不少东西。相反,有的人"文革"初表现保守,但后来比造反派还左,跟着军宣队、"四人帮"走了。

(杨匡满1999年9月16日口述)

小川同情"五一六",他心里很清楚。他希望年轻人能相信党,在艰苦的环境中能有忍耐性。他悄悄说过,这么大的国家,文学队伍总不能七零八落,总不会老是这样的混乱局面。

小川说话有时容易冲动,不考虑方式,是一个很直的人。他跟诗人李季友谊不变,但两人经常闹得不愉快。李季当了连长,任务重,有时必须执行左的路线。他不希望小川多管闲事,出于好心,怕引起别人的误解。小川又爱讲话,爱关照一些事,譬如小川对清查"五一六"做法有意见,总与李季发生冲突。

(丁宁1999年11月30日口述)

查"五一六"时，小川与李季产生矛盾，在动员大会上小川说要实事求是。小川还说："真的假不了，假的真不了。"会下李季找小川谈话，劝他不要为他们开脱。两人拍桌子大吵，后来有一段时间两人不说话。上面就认为小川没有政治立场，后来对他比较冷落。

大周明（作协有两个同名周明，以大、小区分）打成"五一六"重点分子，被整得很厉害，谁也不敢跟他沾边，非常孤独。而小川经常跟大周明下象棋。小川管大队专案，心里有数，胆大，不在乎，偏跟他下棋。领导认为郭小川简直成问题，曾经批评他，最后领导层也不大理他。

（刘小珊1999年9月2日口述）

70年斗"五一六"时，空气非常紧张，天天晚上斗人，弄得很厉害。大周明就是天天挨整，还批陈白尘的《石达开》剧本。干校内部来往谈话受限制，不能随便串组。"文革"开始时大家一块斗刘白羽、张光年，后来就渐渐分化，派别矛盾慢慢激化。

（许瀚如1999年9月15日口述）

过了大半年后，清查"五一六"草草收场，结果发现都是冤案假案。给不少人解脱后，大家才真正意识到紧张的空气有所缓和，在这千年古湖旁人们终于有了一个平和、踏实的平常夜晚。

被整的年轻人随着这场打击而对"文革"有了重新的认识，像郭小川这样对新社会充满理想的诗人、从延安培养出来的文化人是不是从这时开始有了一点一滴的怀疑？这种疑问的产生是战战兢兢的，害怕这种念头的缠绕，竭力想在心头掩饰住什么。要正视它同样需要巨大的勇气。郭小川敢在运动关头表白自己不赞成的保留态度，并同斗争对象保持不避嫌疑的接触。他慢慢地憋出了与时代唱反调的小小声音，也有了不计后果的微弱的抗争举动。

几十年如一日的激情正在退潮，由此开始的却是痛苦万分、一步一回头的思想跋涉过程。这个过程充满了曲折，付出了代价。既有跳跃，又有反复；既有憧憬，又有幻灭。

杨子敏记得，在作协"牛棚"里郭小川曾很认真地关注过江青的讲话：

> 他一有时间就到处收集江青的各种讲话版本，譬如江青谈样板戏如何如何，读得非常认真、细致，然后对我们说："江青这个人确实懂得文艺。"当时我觉得他这话是说得有道理，江青这个人还是有艺术品位的，欣赏的格调高。
>
> （1992年9月17日口述）

郭小川1969年10月19日给女儿的信中提到这一点："近几个月，我仔细地学习了江青同志的所有指示（已经搜集到的）和样板戏，得到不少教益，也准备同你们谈一谈。"

他曾对人说过，熟读过江青对样板戏的所有指示。只要在北京，他都要争取看一看样板戏的现场演出，研究过各样板戏的定稿本，像《智取威虎山》、《红灯记》、《沙家浜》等剧的台词都背得稔熟。看了《红灯记》后他非常满足，连连对人赞叹道："从来没有看过这样的好戏。"

1970年三四月间，郭小川到武汉镶牙，利用空闲时间，写了一首一千八百多行的长诗草稿，名为《长江上》。他自己表示，这是想把样板戏的经验运用到诗创作上，带有试验性质，而且并不成功。写完后没有公开发表的意图，只是想让家人看一看。

1970年6月24日下午，干校军宣队、革委会宣布正式"解放"

第一批名单,其中有郭小川。在这之后,他这方面希望联系回人民日报社,先转到报社河南干校;另一方面干校却希望他参与大批判和报道工作,不要急于马上回《人民日报》。

正式宣布"解放"后,郭小川急于给儿女们发信发电报报喜。杨匡满在路上碰到他,开玩笑说道:"你怎么又给你弟弟、妹妹写信。"郭小川喜滋滋地回击道:"是啊,我是给你弟弟、妹妹写信。"

7月1日在庆祝党的生日的班、排、连会上,郭小川讲用了学习新党章的体会,这是他多年来第一次以正面角色在大会上讲话。他兴奋地给夫人杜惠写信:"解放,这是继续革命的新起点;解放,就意味着挑重担子。"(摘自1970年7月4日致杜惠的信)

在这半年时间里,郭小川先后四次到武昌治牙。由作协干校涂光群介绍,涂的妻弟率武汉淀粉厂七位工人,约定7月15日陪同治牙空隙的郭小川横渡长江。"文革"中毛泽东以七十多岁的高龄游过长江后,渡江成了人们一时的政治时尚。那天郭小川正患感冒咳嗽,略有发烧,但他坚持与工人们一起下水,大约游了一万米。他们只带了一个救生用的排球,一位工人在江中抽筋,速度不得不减慢。第三天,他给杜惠的信中兴致勃勃地表述道:"(我们)被流速很快的江流推了去,未能在预定的地点上岸,但也算是胜利。上了岸后,我几乎没有倦意。在我五十岁时横渡长江,对我的政治生活是很有意义的。"

后来为郭小川招来祸害的诗作《万里长江横渡》就是这次渡江之后酝酿而成的,当时他的眼睛在水里泡红了,看着泛红的水面和阳光照着汉口岸边的高楼,觉得今日的太阳与平日不太相同。于是他写出这样的句子:"崭新崭新的阳光照遍了/千街万户。"上面有人怀疑"崭新的太阳"暗指的是林彪,因为林彪恰好那时就在武汉。

这成了后来立案审查的理由之一,郭小川为此花费大量笔墨去解释,也难于讲清楚。本来对他而言,五十岁渡江颇具浓郁的政治意味,是他对大江大河抒发人生感慨的诗人举动,也是他想打破停滞板块生活的自我振奋的行动。后来竟涉及专案,这是他始料不及的。

他在干校中只要处境稍好,写诗的兴致丝毫不减。《文艺报》老编辑沈季平向笔者讲述了诗人略显活跃的创作状态:

> 下干校后,几十个人挤在大仓库里,蚊子多,气温热。我们尽写检讨,写思想汇报,别人都不写东西。我没想到,有一天小川给我看他新写的长诗,是写长江的,写得那么长。
>
> 有一次从湖里劳动回来,我在路上碰见他。当时上面正整他,谁想浮出水面就把谁摁下去。我问他:"最近写什么?"他说:"将来我写,一定要写长诗,写焦裕禄。"
>
> 我在作协五连负责食堂墙报,让连长李季写稿,他笑着推托:"现在忙,以后再说。"找冯牧,他也不写。我找了小川,他很快就给我一首写长江的诗。我在纪念"七一"那期抄写贴出,我还画了延安宝塔山的刊头,把宝塔给变长了。严文井看了说:"延安的宝塔山可没那么高。"诗一出来,大家都来看,其他连队也有人来看,军宣队政委闻讯也看了。

(1999年11月12日口述)

笔者采访到的原作协五连人士几乎都谈到这首《长江边上的五七路》的墙报诗,谈到这首实际上歌颂五七道路、颂扬继续革命的诗作所引发的轰动效果。当时这首诗抄在白纸上,占满了食堂的一面墙。老诗人牛汉告诉笔者,那时正逢收割季节,郭小川和我们一样都光着膀子,各自站在车上装捆好的麦子。烈日炎炎下,他大声对牛汉喊道:"你看到我的诗了吗?在墙报上,是歌颂毛主席横渡长江的。"

(1999年8月26日口述)

军宣队一些领导对"我们剧烈跳动的心脏……直通着伟大祖国的心脏——北京街头"这一诗句尤感不满,认为郭小川不安心劳动,不安心接受再教育,一心想回北京。军宣队领导在多种场合给予批评,还要求各连队都组织人来看,以便今后进行大批判。

曾任作协党委秘书的高铮记得,郭小川多次表示不服,为自己辩解说:"全世界人民都向往北京,我有什么错?"最后的结果只能是不了了之,又一次把郭小川置于哭笑不得、欲辩无力的境地。(1999年9月9日口述)

1970年9月初,郭小川突然收到《人民日报》编辑部的一封约稿信,希望能在建国二十一周年之前,写一篇反映下放干部精神面貌变化的通讯。郭小川一阵欣喜之后,却为寻找报道中的典型人物发愁,又为自己能否把握住题材暗暗担忧。确定了采访对象后,他每天跑到七八里外找人谈话,慢慢地寻觅、恢复几年前的写作状态。人们发现,他的桌上又摆满了各种材料和烟头,旧日的新闻瘾被诱发出来。他感念从前在《人民日报》的日子,尤其是知道有几个人返回原单位后,一再向人感叹:"这里就是闭塞,在《人民日报》呆惯了,政治生活总想多一些。当然,搞运动也是政治生活,只不过不能及时了解中央的指示。"(摘自1970年10月23日致家人的信)

9月21日,咸宁县汀泗区委慕名来干校借调郭小川,请他采写该区老雇农杨佳大,最后完成一篇规模较大的通讯。在一个月的采访中,郭小川跑遍了杨佳大生活过的几个村庄。他对当地干部乐观地表示:"国家给我们这么高的工资,不会让我们只来劳动。"写完后,草稿请县革委会负责人审阅,根据他们的意见需要修改,郭小川一看就明白实际上要求重新写过。他毫无怨言地重起框架,把这看成是自己练笔的机会:"努力把它写好,这是一个重要的任务。我已久不从事此项工作，手生了，一面写，一面学习。看来，今后还免不了干这一行，真得好好学习才行。"（摘自1970年10月17日致杜惠的信）

这一年的冬天，远在北大荒的儿子郭小林寄来了一首歌颂毛泽东的长诗，郭小川兴奋地予以首肯。郭小林回忆时，认为父亲那时尚未从个人迷信的狂热中挣扎出来，内心耽于自责："父亲那时热情还是很高的，他几次说歌颂毛泽东思想是当代文学的最高使命，责备自己做得不够。在江青拍的照片上题诗。他一直想成为大诗人，但也知道环境不允许。"（1999年12月9日口述）

郭小川此时的私人信件中具有不少责怪自己、与家人共勉的内容和经验之谈：

> 我过去写的东西，有些实在是不行的。那时候，没有认真活学活用毛泽东思想，没有用毛泽东思想加以检验。今后，决不能这样瞎干了。处处要突出毛泽东思想，一定要准确，文学这东西是生活的能动的反映……不要以为诗可以由自己随意去写。
>
> （摘自1970年12月10日致郭小林的信）

> （诗歌）题目要改，现在没有体现出"忠于毛主席"的思想，重要的是这一点：忠！副题中，献给毛主席，必须加上"无产阶级伟大导师"或"伟大领袖"，这是政治。不能在这上面"标新立异"……一切反革命修正主义的、"左"的和右的，都不行了，完蛋了，惟（唯）有毛主席是正确的，伟大的。
>
> （摘自1971年1月7日致郭小林的信）

1970年10月，郭小川发现自己患高血压症、肝大。12月初第一次回北京探亲，郭小川借此机会到人民日报社探听消息，报社军宣队领导与他谈话时透露，是中央有关领导不同意他返回。这使他原先的设想落空，在茫然之中他又悲观地想在农村落户，彻底放弃做文艺工作的念头。

据郭晓惠所作的《郭小川年表》记载，在北京期间领到了《人民日报》补发的1968年6月至1969年7月被扣工资一千四百余元，他在毛泽东生日的前夕把它作为党费全部上交。这时他在家中整理自己题名为"练笔集"的笔记本，上面有干校陆续所写的《长江上》等三十多首诗作与歌词，当时根本没有公开发表的途径，只是自己不断在其中添加新诗内容，聊以自慰。

翻检诗稿，对他来说还夹杂着伤感和无奈。在干校时，郭小川对自己的创作过程颇有几分生疏感。长时间的劳动，思想管制的粗糙，与政治中心脱节，缺乏发表渠道，写作范围窄小，使他丧失了不少创作冲动，艺术感觉远远不能尽兴发挥，这些都使他拿起笔时非常不自信。《人民文学》老编辑刘小珊在接受笔者采访时谈及这一点："当年在干校，小川老问我：'我是否还能搞创作？'他问了我好几次，担心自己今后写不出东西，这种担忧有时很强烈。"（1999年9月2日口述）

1971年1月中旬探亲结束后，郭小川返回干校，继续参加劳动和清查"反革命"的工作。3月中旬，武汉军区借调他参与纪录片《前进在光辉的五七道路上》解说词的写作，这使他有机会重返延安。没想到郭小川善写解说词的名声在军内传播开来，夏天时兰州军区也借调他前往兰州，撰写新片的解说词。恰好沈阳军区、长影看了武汉军区完成的纪录片后，一致认为郭小川所写的解说词充满革命激情，艺术性较强，遂与郭小川去信联系，询问办什么手续，才能借他去写沈阳军区同一主题影片的解说词。郭小川回了一封信，言简意赅："我去不了，因为兰州军区也要我写解说词。"

三大军区抢着借调，这是干校期间颇让郭小川生发自豪感的一件事情。连队的人看着他一会儿回来，一会儿又不见了，有一次大家意外地发现他前不久去了一趟延安。林绍纲跟他开玩笑说："来无影，去无踪。"他摆摆手说："没什么，没什么。"

纪录片陆续上映，郭小川的名字引起人们的注意。据张僖披露，等到郭小川后来出事，江青说了一句："郭小川到处窜，有没有人管？"这句话传出后，不知有多少相关的人听了不由后怕。（1999年8月6日口述）

郭小川从兰州回北京时，背了两个白兰瓜，特意请老友张铁夫（著名的杂文写作组"马铁丁"之一，另两位是郭小川、陈笑雨）来家中吃瓜。张铁夫后来告诉郭晓惠："你爸当时苦闷，说：'铁夫啊，我不能在那个干校干下去了，我要工作。'我劝他：'小川，现在时机不到，你还是耐心一点，到时候你会工作的……'他说不行。后来郑律成、李德伦两人介绍他到样板团，给人写歌词。我跑去劝阻：'小川，咱们不能廉价出卖。'"（摘自郭晓惠采访笔记）

不过在这之前，干校一位消息灵通人士悄悄地告诉郭小川，并保证消息确切：中央出版口曾想调郭小川去做行政工作，但被中央分管宣传的姚文元阻止："他还是搞创作好，不要叫他搞行政工作。"姚文元出面肯定他的创作，并有意让他继续写作，这无疑让他万分欣喜。他赶紧于1971年5月17日给杜惠报喜："可以预见，我不可能在干校待得太久……可能在不久的将来就会安排我的创作。"

1971年底干校正式宣布恢复郭小川党的组织生活，12月5日他参加了五年以来第一次党小组会，大家纷纷向一脸激动的郭小川表示祝贺。他向家人写信介绍情况时特意写道，这次第一批恢复组织生活只有十三人，尚有三十多人待解决。

郭小川恢复组织生活后，第二年2月回北京探亲，吸引了不少文艺圈人士来家中串门。"文革"期间创作活跃的浩然听了工人诗人李学鳌与郭小川相见的情形，一夜睡得不安稳，凌晨六点给郭小川写了这么一封信：

> 要说的话非常多，到如今又似乎无须多说了。大概是前半个月吧，一位关心你的同志，知我们关心你，把你恢复了组织生活的好消息，告诉了我们两个……从那时起，我觉得党已经给了你新的生命，我们就并起肩头，一同沿着革命的大道前进吧！
>
> 群众和朋友和领导，都不会忘记你。这点，我从许多文学爱好者对你津津有味地议论，想方设法地打听你的"下落"，甚至某些谣传等等现象上，都深深地体会到了。正因为这么多人关心你，才加重了我对你的关心。
>
> 人民需要自己的歌手，你、杨沫、柳青、志民（后两位近况不知）是能唱出无产阶级好歌的歌手。我们对你抱着希望，而且抱着极大的希望。经过无产阶级文化大革命的战斗洗礼，这种希望更有了坚固的基础和百倍的信心。这就使我那对你加重了的关心越发强烈。
>
> 希望你千万不要急躁，趁机会总结一下过去的经验和教训，包括各方面的，做好准备，以便参加新的战斗，为党立新功。
>
> 我这一段十分紧张，春节不回家，继续战斗；加上，估计这几日看望你的人不少，不便谈心。跟学鳌商量，等过了节，致远同志回来，约个时间，聚会在一起，畅谈一番，你会谅解我的。

远在广州的老作家陈残云1971年10月18日来信介绍了黄秋耘、欧阳山、周钢鸣、王匡等老友的近况，他在谈到自己的情况时写道：

上个月，我省曾举行一次全省性的创作会议，二百多人参加。我在会上作了一次表态性的发言，算是老一辈人中的代表性的发言。文艺这一行已经有点生疏了，说起话来似乎不很顺畅。

在年龄上，我已经是老人了。政治和思想还是很幼稚，跟不上跃进的要求。但身体还算好，还有一点创作愿望，争取在新的起点上继续前进……准备下东莞深入生活，领导上交给任务，两三年内写一长篇，有信心完成。

……最近参加了一些学习，想你也进行过学习了。惊心动魄的阶级斗争，对我们是一个很好的教育。斗争现实告诉我们，一定要跟着毛主席干革命，风风雨雨不迷航。一切打着红旗反红旗的野心家、阴谋家、政治骗子，都要被前进的历史车轮辗得粉碎。

从保存下来的这么一批内容相近的信件中，可以清晰地看到经历"文革"初期轰轰烈烈的斗争浪潮后，相当一部分文化人对郭小川的为人、作品抱着尊重、亲近、期待的态度，总愿意向他倾诉什么，希望他有所作为。而郭小川自己也从中感受到许多温暖和鼓励。

"文革"深入开展下去后，他在黑帮中解脱一直比较顺利，到了干校不到半年就得到"解放"，这次又是第一批重新获得党内生活许可证。这使他容易感受到政治上的上进和名分，忽然觉察到组织的体贴和信任。运动折腾之中或过后不断把人归类，让人在消沉之际又有一种步入正常位置的快慰，又满足于运动之后那种给人喘息的暂时平静状态。人们为恐惧所震慑，为平安而苟全，懒于深究，怯于思索，重复过着低能、麻木、简单的生活。

在运动初期暴风骤雨的惨烈之后，往往施以"团结挽救大多数"的善后政策，让人从无望置换成轻松，从犯罪感解脱成平安感，使人对运动的结局总有几分期待，几分把握。"文革"中大量关进监狱的人们大都靠着这样的信念支撑着。

再者，运动初期形成人人被整、人人过关的局面，平民起来斗争的角色让不少人感念，原本大权在手、缺乏监督的政治体制下一批有民愤的、说一不二的当权者被整倒，防修反修的理论实际上从民众的角度很容易被理解、掌握。"文革"爆发之前存在如此之多的政治弊端，在体制内根本无法解决，这也成了民众积极投入斗争、解决国家大事的催化剂之一。在政治表达不畅的渠道下，在不满积压到一定程度后，人们很自然渴望政治运动，向往那种摧枯拉朽的神奇力量。在某种意义说，"文革"的发生，是以一定的民心做基础的，是一种一触即发的系统工程。

在这样循环的机制下，人的愤怒容易被转移，疑惑很快被抵消，不快渐渐被化解，往往又以感恩戴德的心情来对待运动，以虔诚和绝对信赖的情感对待最高指示，以伟大领袖的旨意和中央文件精神作为大脑的全部零件。

这就可以理解郭小川为什么频频地感谢运动的斗争和教育，感谢党的挽救和宽大，并在长达数年间对"文革"运动表示内在认同感。读一读他在"文革"期间所写的诗歌、所写的思想检查，你会感受到一种亢奋，一种顺从，一种欲跃马扬鞭的紧迫感。

郭小川身上的矛盾心态，实际上折射了"文革"的复杂成分。

郭小川与叶群认识大约在1941年秋天，那时刚确定爱人关系的杜惠在延安女大，叶群则在那时担任女大的干部科长，郭由此与叶群有了较为接近的来往。

八十岁的杜惠老人在北京邻近方庄的蒲安里寓所回忆了当年交往的情况：

在延安中央研究院一排窑洞下，从山头伸向延河畔有一片漫坡地，四季花草鲜艳，是情侣们爱去的地方，人们叫它是"巴尔干半岛"。我和小川常去那里，夜深了，小川回他的集体宿舍，我就借住在叶群房里。

我跟叶群关系不错，来延安时党的介绍信就是交给她的，她很喜欢我，实际上我是她的小朋友。她在延安算是一个挺漂亮的女子，她把林彪的求爱信给我和小川看。小川不同意她跟林彪好，叶群一开始也说军事干部中很多人不懂感情。

（1999年7月2日口述）

郭小川、杜惠常和叶群聊天，一方面谈国内外抗战形势，郭小川自己觉得对战争形势比较熟悉，这类话题就以他主说；另一方面主要谈外国作品和周围琐事，郭小川发现北平女二中毕业的叶群对此兴趣较浓，颇有浪漫的文化情调。

叶群爱上了一位好朋友的丈夫，既实实在在地爱上那个男人，又不能夺好友所爱，处于极端的矛盾之中，几次把苦恼告诉郭小川、杜惠他们。郭小川不赞成她发展那种暧昧关系，便想给她另介绍一位男朋友。叶群对郭小川不止一次地说过："我也知道不对，只是控制不住感情。"

在延安整风之前，林彪作为风头正劲的年轻军事将领，在延安引人注目。他对叶群有了好感，但第一次见面竟谈得不欢而散。叶群在校门口碰到郭小川，大骂林彪，说了林品质不好这类的话。郭小川劝她，可以不爱他，但不要对领导干部采取这种态度。

令郭小川吃惊的是，过了不久叶群就和林彪结婚了。

郭小川对叶群的政治敏感性留有较深印象，觉得她常以"政治开展得好"自命：

在1943年3月审干初期中，见到她一次。那时她已调到党校（中央研究院已改为党校三部）组教科了。她一见我，就训我一通，说："你这人太单纯了，太没有警惕性了。这些外来的知识分子百分之九十都是特务，你都不知道。"我听了，对于特务这么多感到惊奇，同时我对她这个人也不满，我心想：过去你不也"没有警惕"吗？你什么时候知道百分之八九十是特务呢？

（摘自郭小川1973年《我的初步交代》）

在这之后郭小川一直没有见到叶群，直到1949年底在武汉中南局宣传部。那时郭小川在宣传处，有一天宣传部长赵毅敏把叶群领到办公室，交代只让叶群翻译苏联报刊上的宣传文章，业务由部里负责，让郭小川他们负责她的生活。

郭小川在楼下给叶群找了一间办公室，但她很少来上班，几个月以后就根本不来了。叶群把郭小川看作多年未遇的老朋友，在这期间与他颇为知心地闲聊几次，谈到自己在东北几年因为生孩子，没有做什么工作。又哭泣着讲述了彭真、周宝中、李立三等如何打击林彪，甚至要撤销林彪的东北抗日民主联军总司令的职务。叶群透露了不少细节，让郭小川知道了很多东北局、四野的高层内幕，他听后多次激动地表示，认为林彪"了不起"。

郭小川和杜惠曾去武汉林彪住所看望一次，在叶群的房间外坐了一会儿，叶群说林彪不能见风。郭小川本人同林彪见过六次，感觉到林彪不爱说话，交代任务极为简练干脆。有一次林彪把郭小川叫到家中，让郭代他起草一份谈国际问题的广播稿，三言两语就说清楚。几天后郭小川送去稿子，林彪读完后就说了三个字："很概括。"郭小川看他无话要说，便退出房间。

1960年10月1日国庆庆典，郭小川在天安门前观礼时见到了叶群，两人在喧闹的游行声中抽空交谈几句，时间断断续续，长达两个小时。在这次聊天之后或更长以后的日子，叶群在笔记本里顺手写下"文艺问郭"字样。"九一三"事件后搜查毛家湾，办案人员看到叶群这行亲笔字。不久即以查出叶群笔记为由直接对郭小川立案审查，他只好在干校搜索记忆，一遍遍反复交代：

> （我们两人在天安门谈话）主要谈了十年来的各自生活和工作情况，以及一些熟人（如陈伯达的前妻文菲等）的情况。因为我听说林彪从1952年、1953年起一直生病，后来才在彭垮台后当了国防部长，我不知道他们这些年都在哪里，叶群好像说，她和林彪经常不在北京，而在外地休养。由于对领导人的行踪不便过问，她也不肯多说，谈谈就算了。我记得最清楚的，就是她要我介绍中国小说，林彪想找一些生动的语言，作为教育战士的口号。我说：我没有看过多少古代小说，也就是《三国》、《红楼梦》这些书，别的我也没有看过。另外，说到林彪时，她说："林彪这个人确实是能想问题的。"我说："当然，他甚至是一个伟大的将领。"

（摘自郭小川1973年《我的初步交代》）

郭小川向家人、朋友介绍过这次谈话的情况，后来实际上与叶群还是断了联系，"文革"中也没有同政治上直线上升的林彪、叶群有任何来往。杜惠老人告诉笔者："国庆时小川和叶群聊天，叶群说道：'林彪同志想看一点文艺书籍。'小川就推荐了一批书。林彪有个特点，喜欢找一些警句式的短语，作为开展部队工作的辅助手段。林彪想看书，可能是想从书中找到一些名言。叶群与小川这次谈话其实是没什么的，但后来把小川弄得很难受。"（1999年7月2日口述）

郭小川对林彪素来崇敬，对他领导的四野战绩向来赞赏不已，再加上他自己曾是中南局的干部，对林彪的领导作风有直接好感。"文革"初期几年间，他在交谈中时常流露这种好感。他看了林彪"文革"中的一些讲话，认为林彪分析问题还是很厉害，具有大军事家指挥若定的气派。

（涂光群1999年11月2日口述）

郭小川的女儿郭岭梅告诉笔者："父亲对林彪等四野首长印象很好，说林彪善于打仗，一直没有说过林彪的坏话。"（1999年10月4日口述）

1971年10月，正在连队做专案工作的郭小川忽然发现军宣队负责人从咸宁温泉开会回来时，一个个脸色严峻，一再说要召开大会，但坚决不透露内容。军宣队还让郭小川把发下去的会议票一一填上到会者的名字，这让郭小川他们开始猜测党内又出了什么大事。开会前一天，同事徐扬收到她爱人的一封信，叫她看《解放军报》，说一看就知道了。郭小川立即跑到办公室，飞快地找到一捆军报，从9月一直翻阅到10月上旬。他细心地发现从9月上旬起报纸就不提林彪，也不见林彪的语录，与前一阶段的报纸面貌截然不同。郭小川大为震动，半天没有回过神来，他悄悄地告诉徐扬："可能是林出了问题。"徐扬吓得不敢说话，缓过来后小心地劝郭："咱们不敢瞎猜，反正一开会就知道了。"

那天晚上郭小川几乎一夜无法入睡，反复想着这件事。后来他用一句话总结了那天晚上艰难的思索过程："林彪要是出问题，是不可想象的。"

第二天传达中央文件的内容大大超出了郭小川的想象范围，政治斗争的残酷性、复杂性一下子让他的书生意气变得苍白无力。他想到了寡语而又冷峻的林彪，想到延安时谈话活跃、任性的叶群，这两个熟悉的政治人物竟有如此颓败的结局，尤其是林彪竟想以如此反领袖的极端行为了结原本辉煌、不容置疑的一生。

会场经过短暂的惊愕之后，很快爆发了运动中必备的义愤填膺的态度。郭小川在发言中说了大实话："要不是林贼谋害伟大领袖毛主席，并搞了那么多的反革命活动，我的思想恐怕转不过弯来。"党内高层还有这样令人目瞪口呆的路线斗争，还有这样秘不示人、激烈的对抗过程，尤其是作为接班人的林彪一夜之间身败名裂，臭不可闻，这种巨大的现实反差是无法让郭小川一下子承受住的。他承认已无法适应犹如海啸般掀起的政坛风暴，这直接动摇了他几十年坚定不移、誓死维护的思维定式。

很长一段时间，郭小川始终觉得没有缓过来。

妻子杜惠在河北《光明日报》干校听完传达后表示迷惑：毛主席亲自选定的接班人，又是新党章确定了的，这事不可能发生。杜惠后来为此事多次受到组织上批评，郭小川几次在信中急切地劝她："政治理论水平不高，又爱乱说话。"

杨子敏形容当时人们对政治天生敏感，本能地觉察到出了问题，但没想到出了大事：

> 林彪摔死后，突然间停止宣传国庆游行练队，多天没有林彪的报道。小川和我们谈过这事，觉得北京太沉寂了，凭着多年经验，感觉要出事。那时还看见《人民画报》登了林彪读毛著的光头像，又让我们胡乱猜了半天，不知怎么回事。
>
> 我们还是觉得出了一点事。那几天大家排着队去校部开会，有人在路上唱歌，唱着唱着，有一首歌就牵涉到林彪。小川和我暗示他别唱，几次暗示都没用。小川和我们都感到他怎

么那么糊涂？怎么那么傻？

(1999年11月19日口述)

林彪垮台三年后，清查余波的威力尚在。郭小川被召回干校受审，诗作《万里长江横渡》涉及林彪和叶群笔记中"文艺问郭"就是审查原因之一，而专案组偏偏不说审查缘由。

1974年11月，郭小川在干校被专案审查搞得焦头烂额，他不知自己到底有几条罪名。有一天住在隔壁的年轻人李基凯闲谈时无意问他："你的《万里长江横渡》是不是1971年7月写的？听说那时候林彪正在武汉，你知道不知道？"一开始郭小川觉得这个问题提得奇怪，后来想了许久，断定这恰恰是专案组要深究的地方。

同在干校的王树舜谈到了当年郭小川的苦恼之处：

> 小川始终不明白中央专案组为什么审他。有一天夜里，我把我所知道的内容告诉他，我说，那首写毛主席横渡长江的长诗，里面有类似"崭新的太阳"的句子，上面认为有意为林彪唱颂歌。他听了以后简直不敢相信。我说，这是你的要害问题。他很委屈地说，这是写毛主席的，是很自然的。

(1999年8月12日口述)

郭小川决定为自己辩护，遂在1974年9月给上级写信，强调说明自己的诗作与林彪毫无关系：

> 无论是过去还是1970年、1971年，我从来不注意林彪的行踪，更从来没有打听过。他当了副主席以后，我更毫无所知，没有任何人告诉我；尤其是1971年7月中旬，我正在与郝夫逸、丁树奇一起写批判陈伯达的文章。这期间，我接触的人都是干校五七战士，而且很少，他们谁能知道林彪的行踪？7月28日，我请事假回了北京，8月间曾到兰州七八天，

9月2日又到武汉军区住了几天,9月6日又回到干校,我所接触的人谁知道林彪的行踪?更不要说有谁告诉我了。

有人坚持认为,其中"崭新崭新的阳光"诗句暗喻林彪。这种政治问题容易被人布满陷阱,稍稍不慎,随时都有灭顶之灾。郭小川情急之下,多次主动交代,极力表白自己写这句诗的初衷:"我记得,马克思说,'真理是常青的'。我体会,毛主席的光辉是永远新鲜的。毛著虽已读过多少遍,但每一次都感觉新鲜,都有新的收获,尤其受过一次大风大浪的考验之后,更觉得毛主席的教导十分新鲜,好像此时此地说的一样。这些,我自认为是合情合理的。"(摘自郭小川1974年9月《我的初步检查》)

"九一三"事件及以后的清查,犹如大小地震在郭小川的思想深处擂擂作响。

很多中国文化人说过,"九一三"事件是他们思想发展脉络的转折点,是清醒剂,也是一剂浓浓的苦药。

经历"文革"波折的乒乓球世界冠军庄则栋对笔者说了一句意味深长的话:"林彪的事一出来,就证明'文革'不行了。"(1999年10月11日口述)

1972年9月,出于郭小川"文革"前曾采访过乒乓球队的缘故,国家体委借调他回京,为享誉体坛、乒乓外交的风云人物庄则栋撰写报告文学。体委为他配备了采访用的吉普车,在时间上也给予宽松的余地。

鲁光就在那时见到了几年未遇的郭小川,发现他写作的激情依然未变:

那年《新体育》复刊,小川就被借到体委,给他一个办公室。当时我在体委简报写作组,经常到他的屋里聊天。他告诉我，写庄则栋一文，其中"笨鸟先飞"的思想很有写头。

《笨鸟先飞》发了，"郭小川写文章"成了文艺界传开的大新闻，后来触动了上面。

（1999年11月10日口述）

庄则栋以崇敬的口吻讲述了郭小川采访的过程，并拿出当年的笔记本作为佐证：

那时我说过，徐寅生、李富荣等比我聪明，我是一个功率很低的发动机，笨鸟先飞才能早入林。小川借用了我这句话，做了标题，产生了一定影响。

小川到我的母校北京二十二中采访了校长、老师、同班同学，还到少年宫找了我的体育辅导员，经过仔细了解，深入调查。他的文章华美，用事实说话，用材料为观点服务。

闲聊时他说："我当了十几天的走资派……"我不相信，我不是搞政治的，对他的过去情况不了解。但我愿意跟他接触，73年4月武汉、广州、昆明、成都邀请我和邱钟惠两位世界冠军去作报告，我看他因没有工作而内心痛苦、压抑，就请他跟我们一起外出，作为我们报告团的秘书。我说："你没事，跟我们一起去吧。"

那一个月中，我们天天在一起，我们住一屋，经常深夜长谈，主要谈怎么落实业务工作。我在文学上是个幼儿园学生，向他请教如何写诗，写文章，如何用词、构思、提炼。这个月对我文学上的帮助很大，他说的每一句话都在我心里扎下根。作的小诗也受了他的影响，我当时觉得很幸福、很幸运，这对我今天能拿起笔来写书起了很大的作用。在他的影响下，我攻了二十年文学，写出了《邓小平批准我们结婚》一书。作家出版社的人说,写的不仅是爱情,写的是历史。

他给我一本马铁丁的书,里面有不少他的文章。我有意抄了不少文章,注意他在文章中怎么提出问题,解决问题,这套思路对我以后观察生活、分析问题有帮助。

我每讲一次报告,他事后都帮我总结一次。他主张让我多讲勤学苦练,讲集体主义精神,强调苦练和动脑筋钻研。他帮我高度概括,归纳了几个字:严、难、苦、钻、快、猛、准、活,以便我作报告时灵活掌握。这个总结是高水平的,非常精彩。

我作报告时,小川也坐在台上,我介绍他是"诗人、作家",台下就给一片掌声。他对大家笑笑,从不讲话。

(1999年10月11日口述)

《笨鸟先飞》在1973年4月《新体育》杂志上刊登,是"文革"中第一次以本名发表作品。很快香港报纸注意到郭小川最新的动向,先后转载了这篇报道,并称之为"久违了郭小川"。

安徽老诗人严阵从合肥高兴地寄来一封信,信中写道:"与同志们谈话中,大家都欣喜相告您在《新体育》发表了文章。这篇文章虽然应该予以充分肯定,但我觉得同志们最主要的是因为重新看到您的为他们所早已熟知的名字而高兴。工农兵群众是热爱您和关心您的。"

(摘自严阵原信稿)

身在上海的工人作家胡万春特地写来一封信:"前些日子,看到报刊上有你的文章,真为之高兴。我想,你是个党一手培养起来的老同志,党总是要很好使用的,你也一定会把有用之年华贡献给党的革命事业,也一定会保持充沛的革命青春……写作不是我们的目的,当作家更不是我们的目的,我们共产党人的目的只有一个,那就是革命。"

(摘自胡万春1973年12月9日致郭小川信)

这年7月中旬,《体育报》以较大的篇幅刊发了长诗《万里长江横渡》。《体育报》文艺知识组编辑先后到了《人民日报》、《解放军文艺》等单位,在这几个单位工作的老诗人袁鹰、纪鹏等均表示这首诗不错。北京雕漆厂、北京四十九中、解放军一八〇七部队三个评报点认为《体育报》的报道形式多样,版面活泼清新,有图有文,有诗有画,比较吸引人。

云南诗人晓雪1973年8月6日兴奋地从昆明写信给郭小川:"《万里长江横渡》我一看到就连续朗诵了两遍,确实是好!气魄大,激情充沛,洋溢着鲜明的时代精神!它标志着无产阶级文化大革命后,一位大家熟悉的老诗人创作道路的新开端,一个多么可喜可贺的新开端!其他这里熟悉和热爱您的诗的同志,也都为这个新开端感到十分兴奋……希望《万里长江横渡》成为老诗人纷纷挥笔上阵的一个响亮的信号!"

在天津一所大学任教的王榕树当时正在南昌出差,在街头的报窗上读了长诗,当即写信给郭小川:"连读数遍,深感改得真好!其气势有如瀑布倾泻而下……好久没读到这样的好诗了!真是从血管里喷射出来的力作。"(摘自王榕树1973年7月21日致郭小川的信)

1973年9月18日,军队诗人纪鹏写来的信简略、有激情:"您在《体育报》发的诗已拜读,很为您高兴。真是期望你们这些老诗人多写些,再为当前的诗坛树立些新标杆。"

这一阶段,郭小川收到不少同行朋友类似内容的来信。看完后,他都细心地收在一个大信袋中。2000年3月初,笔者从杜惠老人处借阅了这一批来信,深感这些信对逆境中的郭小川一定是一个不小的震动。

一封署名"计佑安"的干校人士在当年7月19日写信给郭小川,

转告何其芳的问候之意:"何其芳很想看看您,但由于年老多病,去一趟颇为不易。倘若您在便中到他家谈谈,他是非常高兴的。他所译的席勒诗选,要请您看一看。'中国诗坛的希望寄予小川同志',这位老夫子如此深情,令人感动。"

信中还披露,干校十二级以上的干部,中央将要包下来。或许因为郭小川的长诗此时恰巧在《体育报》发表,人们又传说"郭小川要出任《体育报》总编辑"。他还写道:"此间已确证'《体育报》总编'事,做了辟谣。但人们不相信这辟谣,而是认为您持重。"

涂光群已从咸宁干校调到《体育报》任副刊编辑,《万里长江横渡》这首长诗是他经手负责编发的:

> 事前我拿这首诗给体委主任王猛审查,王猛对我说:"文责自负,你们负责吧,不一定要我看。"长诗发表后反响很大,有不少熟人向小川索要,我给小川送了几次报纸。
>
> 后来出事了,据说姚文元对此事有批示。小川对我说:"你看,姚文元过去对我的诗给过好评,对我写的《两都颂》就特别称赞。现在地位那么高,发起整我也是他,香港报纸登了,他也要查。"小川觉得姚变化太快,怎么这样呢?他有不少感慨。
>
> 江青看中庄则栋,王猛有点失势。乒乓球队开始批王猛,并开始查小川怎么到体委的。说王猛包庇郭小川。我们面临的压力很大,我附和两位年轻人写了批郭小川的大字报,后来上面文化组把大字报内容编进简报,对小川有很大的伤害。那时非逼你揭发不可,顶住是可贵的,是硬汉子,可是我没有这样的修养、水平。我不是存心要整小川,我只是想减轻人家对我的压力。我对这事情一直很抱歉,心里特别过意不去。我也知

道小川心里肯定不愉快，可惜小川后来不在人世了，我不能当面向他说"对不起"。

我记得，后来不让小川去北戴河采访体育活动，我曾到他家，我劝他："现在这个情况不可能去了，你就放弃吧。要宽心，不要太在意。"他说话不多，表情挺难受的。

（1999年11月2日口述）

姚文元曾想调阅郭小川文章、诗作的手稿，但王猛只送了刊发文章的杂志。鲁光随王猛到南方出差，在火车的软卧里王猛睡不着觉，深夜里与鲁光聊郭小川的事。王猛说："我想保郭小川，这个作家是我请来的，有什么问题就找我。"他又叹了口气说："自身难保了，我也许保不了他了。"江青有意拉过王猛，请王猛看电影，他看了一半就走了。江青要同王猛掰手腕，手伸出去了，王猛婉言谢绝："首长，我的手没劲。"

后来王猛离开体委回部队，由庄则栋主持体委工作。在庄则栋召开的大会上，传达了江青的讲话，大意是："王猛天马行空，独来不能独往……王猛你猛不了。"王猛事后说："你就是把我砸碎了，我也不是反党。"

笔者采访鲁光时，他的腰部刚刚不慎摔伤，他靠在椅子里坚持把话说完：

《体育报》批郭小川批得很厉害，大字报很多，也发了一些揭批文章，上纲上线，说长诗有影射。

以前小庄曾跟我说过："这次郭小川跟我们下去，他的水平实在是高，他是我的好老师。"他对小川确实充满崇敬之情。可是整郭小川是江青那边来的，与大的背景有关系。

有一天，已当了体委主任的庄则栋路过我的办公室，我把他叫进来:"小庄,郭小川写的东西是你的思想。郭小川就那么坏?你主持大会就这么批下去?"他半天说不出话,最后憋出一句话:"谁叫他是反革命修正主义分子的……"我问:"谁说的?"他漏嘴:"江青。"他赶紧用手掩住嘴,出去了。

小庄是一个简单、单纯的人。"四人帮"倒台后他受审,有一次他去打开水,我悄悄地问他:"外面传得厉害,说'天不怕,地不怕,就怕江青半夜打电话'。"他说:"我和江青没有单独在一起。"我又问:"总理对你那么好,你怎么会反对总理?"他回答说:"上了贼船。"

(1999年11月10日口述)

笔者与庄则栋接触时,可以清晰地感受到他至今还对郭小川怀有深厚的感情,那份感情几乎是掩饰不住的。他一再表示:"我欣赏他的才华,对他的印象非常好。他说过这个话:'占三尺地位,放万丈光芒。'我看这话也可以说他自己,这也是他的人格魅力。"

采访时恰好国家体委评选出建国五十年最优秀运动员名单,里面没有庄则栋的名字。他也不掩饰地向笔者谈出自己的真切感受:"中近台两路攻是我独创的,也创立了理论,我是创造历史的,我要骄傲地活着。日本人认为,这是世界乒坛里程碑的地位,人达到这个地步很难。我在东西方'冷战'的世界格局中参与进去,起了一点点作用,主席、总理肯定过。国家体委不评我为优秀运动员,这怎么说呢?"

事先约定的采访时间到了,他离开那所改装过的平房寓所,开着那一带居民都熟悉的红旗轿车,去接下班的夫人。日本籍夫人在北京的日本公司工作,每天下班后两人开着车寻找新的饭馆吃晚餐,喜欢一种新鲜、平和、浪漫的情怀。夕阳照着不算宽敞的北京胡同,整个街面出奇地安静,远处的安定门大街却是一派喧哗。庄则栋对笔者低声说了一句:"一个世界冠军,让日本来的夫人上班赚钱养着,真是不好意思。"

笔者问起当年批王猛、郭小川的事情,他眯着眼,在暗红色的夕阳光线中颇为深沉地说道:"江青插进来了,你说我听谁的?江青说王猛是大军阀,说郭小川是修正主义分子……"他没有更多说出什么,跚跚地走在行人显得越来越多的大街上。

正由于郭小川同国家乒乓球队相熟的缘故,中国话剧团四位编导写完反映乒乓球队生活的话剧《友谊的春天》第三稿后,即请郭小川提出修改意见,并邀他在这基础上草拟第四稿。1974年7月20日,郭小川随同他们到北戴河体验生活,时间近一个月。

长影年轻编辑李玲修作为长影的创作组编剧,当年也一同在北戴河海滨:

> 赵云声他们和郭小川是写话剧,我们是写乒乓健儿少年生活,两个创作组都随乒乓球队在北戴河采访。我们吃职工灶,跟运动员一块上早操。晚上空闲时小川他们还打桥牌。
>
> 当时"三突出"是铁律,对我们都有很大影响。我所写的本子是反映小孩打球的事,小川看后提了意见:"一号人物太完美了,儿童必须写成长,人物有受教育的过程。"我就跟他辩论:"一号人物不能写成长……"他说得很婉转,似乎指出这不符合文艺规律。于是,我开始写人的缺点,写成长。本来本子长影要拍,赶上批《三上桃峰》,厂里就说我的剧本里有旧人物,一号人物塑造问题也挨批。厂里让我揭发,我不能落井下石,没说小川的事。

(1999年11月5日口述)

实际上，郭小川在修改《友谊的春天》时心里还是不踏实，"文革"题材能否写作、怎么展开，他难下决心。他在一份交代中写道："我们都有一个想法，文化大革命是不能写的……实际上就是认为文化大革命只有消极的东西，派性、武斗、生产受到影响、无政府主义、把干部整得很厉害，等等。所以一开始就想避开文化大革命。"（摘自1974年9月《我的初步检查》）他明白，写"文革"题材稍稍深入一些，就难免要触犯禁区。

写庄则栋的文章时，涉及到"文革"前的学校教育问题，郭小川左右为难，不知如何下笔。他后来在检查中承认："（在教育上）说他们执行'黑线'没有根据，说他们执行毛主席革命路线，我自己也不信，结果写成了宣扬技术第一等黑货的东西，这本来是文化大革命中批判过的，我也知道。写完这一篇，没有再写下去，是我害怕。尽管《体育报》王凌一再督促（她的意思是先写出来，以后再考虑发表），我一直也不肯动。"（摘自郭小川1974年9月《我的初步检查》）

他在运动中的身份问题也困扰着他，一直视公开发表东西为畏途。譬如长诗《万里长江横渡》抒情主人公"我们"是以无产阶级的名义出现的，而外人一向认定他为"黑线"人物。他担心人们读完作品会产生混乱，不容易接受他这个作者的政治问题。

如何看待"文革"存在的问题，郭小川觉得也不是他这类被控制的人物能把握住的。"九一三"事件后全国曾掀起一阵批极"左"思潮，他感到这次批左是大势所趋，觉得像火烧英代办处、抗缅声明、在干部问题上打击面过大等都是极"左"的表现。干校领导让他发言批极"左"思潮，他竟犹豫再三，不敢贸然而定。他跟领导解释说："我觉得我是犯了错误的干部，群众冲击我是完全对的。我去批极'左'思潮，很容易造成'翻案'的效果，而我是决不翻案的。"在一度许可的情况下，郭小川也谨慎从事，尽量做到不让"祸"从口出。

他认定，在政治大问题上他已经不能轻易表态，已丧失了基本的发言权。他无奈地表示过："对于诗、通讯和纪录影片解说词，我是下过一番工夫。在诗的形式上，做过较多的探索。照理，我还可以写出一些较好的东西的。我的困难是在伟大的文化大革命中我是受批判的，而不是冲锋陷阵的战士。"（摘自郭小川1973年11月9日致王榕树的信）

他参与修改《友谊的春天》，一方面为自己有机会歌颂"文革"而热情洋溢，另一方面也因涉及"文革"而如履薄冰。果然，1974年3月底文化部长于会泳公开指责《友谊的春天》是"攻击文化大革命的大毒草"，再一次把郭小川推到被批判的老位置。李玲修到他家中探望，发现他躲在家里闷头抽烟，烟缸里全是烟头。李玲修问他："外面传说知道了吗？"他说："唉，王震的夫人都给我说了，我不能对外面说呀……"

李玲修至今还记得当时政治上有形无形的压迫感，那种让人寝食不安的紧张："江青在文化组内部刊物《文化动态》上看到郭小川活动的简讯后，说了'这个人是个修正主义分子'的话。挨整后，《体育报》不敢再借用他了，不让他接着写庄则栋的续篇。江青随便点人的名字，如果严重的话就意味着政治上被判死刑。我觉得郭小川不像修正主义分子，生活朴素，家里极为简朴，也没说过反党的话。这是我第一次对江青这个人产生怀疑。"（1999年11月5日口述）

1974年4月15日，震惊之余的郭小川被勒令返回咸宁干校，要求他参加种菜、养猪等劳动，不久就宣布隔离审查，写出交代材料。在连日发烧、屡犯心绞痛的情况下，他绞尽脑汁，竭力深挖：

当我听到于会泳同志指出中国话剧团的《友谊的春天》是

"攻击文化大革命"的大毒草时,我感到十分震惊,怎么也想不到问题竟严重到这种地步!

……至少在下列三个问题上"攻击文化大革命":

1. 偏偏写了"70年代的一个深秋"我乒乓球国家队在欧洲一次比赛的失败(男队的失败),这不就是说,文化大革命使我们的国家队失败吗?毒草剧本还写到从欧洲回国"两个月后"技术上有了提高,这就完全背离了文化大革命解放了生产力这一根本规律,也就是攻击了文化大革命。

2. 毒草剧本通过剧中人"老金"的口,多次宣称一定要赢球,以便为"文化大革命争光",而又未对这种提法予以否定。这也颠倒了因果关系,意在说明:文化大革命失败了,因此需要通过赢球"为文化大革命争光",这不也是攻击文化大革命吗?

3. 毒草剧本完全没有写出经过文化大革命锻炼的革命小将和革命干部的精神面貌,相反,一个个都是精神低下,满台中间人物和落后人物,这不仅违反了革命样板戏的基本原则,而且也在实际上攻击了文化大革命。

(摘自1974年5月27日《关于我参与炮制毒草剧本
〈友谊的春天〉的交代材料》)

这一次批判,让郭小川大伤元气,真正到了心灰意冷的地步。此前发在《北京文艺》上的《秋收歌》是用假名发表的,他想通过干校的生活描写,反击苏修霸权主义者的污蔑。然而也有人批《秋收歌》是"发泄个人不满",并且有所"影射"。郭小川无奈地反驳过,说了这样的实话:我有什么"个人不满"呢?即使有,我也不会而且不敢在作品中发泄。

郭小川经常同人谈起自己的害怕心理:"我在家养病什么事也没

有，工作就不知道出什么事，落个什么下场。"1974年很长一段时间，郭小川的写作劲头大大衰退，精神不振，以致干校军宣队姓张的干部不满地对他说："你并不是辛辛苦苦为党工作的人。"

作为文艺圈人，已有几分落魄之意的郭小川却不时关注时下的创作作品，曾对几部作品所表达的政治情致流露好感，内心有几分羡慕，几分遐想。1973年10月间，郭小川读了名噪一时的小说《金钟长鸣》，他好几次在不同场合夸奖过这篇作品："这里面，把文化大革命表现得多么好啊！真使我开了眼界。"

1974年初春，诗人张永枚完成了长诗《西沙之战》，全国报纸纷纷转载。郭小川读罢，给天津友人王榕树的信中对长诗连声称赞："从这部史诗中，可以看到样板戏的威力，也可以看出毛主席革命文艺路线的威力……诗中的几个工农兵形象也塑造得十分高大，军民关系、官兵关系、中越关系都处理得很恰当。"就在这封信里，郭小川关切地询问对方写批林批孔的诗作情况，认为这类诗作颇为重要："这主题，十分广大而深远。目前，我觉得中心是捍卫文化大革命成果的问题，否定和攻击文化大革命，就是复辟。"（摘自郭小川1974年3月20日致王榕树的信）

但是郭小川对诗歌创作的总体状况不甚满意，认为远远没有跟上时代的要求，不够讲究艺术性，想象力过弱，他自己有一种使不上劲的焦虑：

> 近来，读诗不少，请允许我大言不惭地说吧，我有两条意见：一、很少有人触及当代的重大题材；二、缺少奇思妙想。还有一点，有人不会押韵……有的作者太不肯下工夫了。

（摘自郭小川1973年11月15日致晓雪的信）

目前诗的状况不如小说，这也是我在休闲中感到着急的一件事。当然，只有好诗，才能获得广大的读者，样板戏之所以引起如此之多的观众和听众，就是因为它政治艺术都好。

我多年来都有矛盾，有时就不想写诗了，有时连文学都不想搞了。但是，这都不过是想想、说说而已；至今不能忘怀的原因，实在因为它们是一种战斗武器，为革命难免要"发言"，所以，诗之类其实都是"发言集"。

（摘自郭小川1973年12月15日致王榕树的信）

那一时期，郭小川回北京探亲时，总有一些青年文学爱好者和儿女的朋友们上门探讨创作问题。开始时郭小川有意避开文艺话题，淡而化之。当青年人说到了"不喜欢京剧"、"不喜欢文化大革命以后的作品"、"现在作品太少，样板戏满足不了群众的需要"这样内容时，郭小川总是性急地批评他们，并说他们拼命地读欧洲资产阶级文艺作品是不对的。

郭小川渐渐地发现，自己根本说服不了他们，自己的理由是那样无力、乏味。

当郭小川一个人面对这些问题时，他也有些迷惑不解。他在后来的检查中，如实地交代了自己独自思考时的活思想：

我想，作品是少，为什么不可以把文化大革命以前的较好作品（再经作者改一改）拿出来，印一印呢？那时，我已经知道人民出版社要重新印贺敬之的书，我就想，过去社会上认为我的作品（当然不是指那些有问题的作品）与贺敬之的成绩差不多，为什么不印我的呢？

（摘自郭小川1974年9月《我的初步检查》）

其实，他心里也明白在这个岁月出自己的书，实在是一种奢想。

1973年左右，王震让郭小川与中共中央政治局委员、国务院副总理纪登奎取得了联系，1952年时郭小川写过一篇河南许昌地委搞好宣传工作的报告,颇受毛泽东的好评,那时纪登奎正是地委主管宣传的负责人。也就是从那时起,纪登奎开始引起毛的注意,一步步提携,直到"文革"中担任了中央高层要职。

郭小川那时正被传言围困,在北京赋闲而不得其所。纪登奎好意地劝说老朋友不要再继续写庄则栋的文章,并和王震商量后曾想让郭先去女儿插队的河南农村,等待分配。王震多次找郭小川谈话,提醒他说:"你不要辜负中央领导同志的关怀,中央领导同志直接教育批评你,你应该写一个报告。"于是,1972年9月17日郭小川写信给纪登奎,诚恳地表示:"像我这样犯过严重错误、年过五十的人,最好是长期到农村去落户、去工作、去劳动、去改造、去斗争,力争在改造中为党为人民做些有益的工作。"

纪登奎、王震想做的是,怎样让郭小川赶快找个理由,离开京城去"躲风"。

1973年11月10日,王震为郭小川之事专门给纪登奎写信:

登奎同志:找了很久才找了郭小川,我向他传达了你的指示。小川给你的请示报告的信,送上请阅。我看可以分配到河南省的地、县委去,在强的党委领导下,一面向贫下中农再学习,一面做些宣传教育工作,谨此报告,顺致

敬礼

王震 73年11月10日

纪登奎于1974年1月10日,给王震回信:

王震同志:我赞成郭小川同志下去,到工农兵中去锻炼,改造世界观。如《人民日报》领导小组同意,即可由中组部办。

纪登奎 1974年1月10日

又及:此件送鲁瑛、郭玉峰同志阅批。

信中所提的鲁瑛、郭玉峰分别是《人民日报》、中组部负责人。

不久，在一次国务院的会议上，纪登奎又对王震说了让郭下去锻炼，并说已同河南省委书记刘建勋打了招呼，请刘安排郭的工作。在王震的指示下，王震的秘书伍绍祖将这些信件转给郭小川，嘱咐郭调到河南后，可找刘建勋谈谈。

郭小川尚未离开北京，政治漩涡的波及面越来越大，他置身漩涡中心，感受到了湍水的冲击力：

（8月）24日以后，我被各种传闻围住了，说什么的都有。我自己精神上早有准备，四句话："为党工作，至死不悔；如有错误，愿意改正。"有的人早就怪我"不甘寂寞"，这次可该振振有词了。

（摘自郭小川1973年9月22日致严阵的信）

两个月来，我精神上受了极大的打击，大概"十大"以前不久，关于我的传说是非常之多，把我写的《笨鸟先飞》和《秋收歌》，传说成是对党的恶意攻击或是修正主义的，等等，一人说的一样，我不敢相信，也不敢不信。

……这以后，如不是中央领导同志分配我写作任务，我无论如何不敢再写了。我和一些年轻同志不一样，过去犯过错误。

（摘自郭小川1973年10月17日致王榕树的信）

我怕就怕从此把我抛弃，使我没有为党工作、将功补过的机会。我是犯过错误的，而且是很大的错误，路线错误，这使我常有负罪的感觉。因此，在文化大革命中，不管怎样冲击我，都毫无怨言。

（摘自郭小川1973年10月25日致王榕树的信）

这几年，一直在这种气氛中过的，我想通了，不能闲散，永远要革命，有错误就改。说我"不甘寂寞"的人，幸而未言中。即使为了做工作受了批评，我也不悔。我永远不会消极怠工，这是我的世界观和斗争史决定的，没有办法。宁愿在工作中垮台、累坏，也不在无聊中消磨时光。

（摘自郭小川1973年9月16日致郭岭梅、郭晓惠的信）

确如郭小川信中所说，他并没有消极地无事可做，只不过放弃了在外面活动的机会，躲在家中阅读大量的批林批孔材料。他把当时官方下达的儒、法两家的学习材料大体浏览一遍，集中读了秦始皇、司马迁、曹操、王安石等法家的文章。他以前一直很欣赏苏东坡，但他这次从运动的批判材料中，发现苏东坡是王安石的死对头，是政治上的保守派，立即为苏东坡惋惜不已。

与往常一样，他轻而易举地就为上面钦定的批林批孔语言体系所"俘虏"，为运动中极力张扬的理论热点而兴奋不止，由此他认定："批孔问题首先是一个政治问题，是批孔子这个奴隶制的复辟者、保守派，这直接涉及对待文化大革命的态度问题。当然，这个问题也是解决整个政治史、哲学史的关键之一……这么一批，可以弄清许多问题。"他很看重运动中对历史的那种新颖的评说姿态，简而又简的以人划线的儒法两家斗争史让他入迷，使他仿佛对历史又有恍然大悟般的新解："中国的历史，在很多历史学家手里是一笔糊涂账，现在开始有点眉目了。可见了解一个人是难的，有的人需要一千年、两千年才能了解清楚。"（摘自郭小川1973年10月21日致杨晓杰的信）

杨荣国是当年批林批孔中最为显眼的"明星式教授"，他的大块头文章一直被指定为必读篇目。郭小川对杨荣国的文章力度及影响程度啧啧称叹："我这个人现在是不想赶风头，赶也赶不上。但杨荣国这个历史学家实在了不起,他的治学方法也很高明,一部哲学史,他可以用几万字说得相当清楚。这人很懂辩证法,会抓主要矛盾。"(摘自郭小川1973年10月21日致杨晓杰的信)

那时,毛泽东论述《红楼梦》的讲话内容时常被传达到相当一级的干部中,讲《红楼梦》成了干部中有革命性、有身份、有能力的表现,"评红"一向是中国政治人物、文化人在那个年代始终不衰的常设性话题,而且可以随意引申到现实中,作为批判的辅助工具。

到北京家中串门的熟人们发现,郭小川在桌上备有一套《红楼梦》,闲时手捧不释。以致1975年到了林县,北影编剧李保元还看到他把《红楼梦》压在枕头下,随便翻到哪一页都读得津津有味。在团泊洼干校,精神和体力都临近崩溃,桌上还摆着一部翻烂的《红楼梦》。

他特意找来俞平伯的《红楼梦研究》、何其芳的《论红楼梦》、李希凡有关《红楼梦》的小册子,关在屋子里苦读了几天。在与外人交谈时,总是把读书心得与现实联系得很紧密,力求使自己找到毛泽东所说的"读活书"的状态。譬如在给杨晓杰的信中,他提到读《红楼梦》的一点感触:"(《红楼梦》)这些人物形象,对于我们认识林贼那一帮王八蛋,不是很有借鉴作用吗?"(摘自郭小川1973年10月21日致杨晓杰的信)

政治的东西毕竟还是枯燥,还是有遥不可及的一面,也不是解闷的长期办法。对于郭小川来说,不能忘情的依然还是文学创作,暗地里苦思冥想的还是漂浮渺茫的那些诗句。

他在北京时,我去他家聊天。他说,从小就对声韵倒背如流。他觉得新诗要有韵律,不赞成诗歌不讲格律。他就举例子,背了他自己的《林区三唱》精彩段落,声音铿锵有力。他几次说,将来一定要写出有现代感情、又有古诗韵味的东西,自己要做探索。

（胡德培1999年11月7日口述）

73年我从监狱里放出来，我想了很多问题，对"文革"看透了。在《人民日报》我只管编稿子，咬定主意一个字不写，大庆大寨我也不想去。

有一次去看一个农业展览会，我遇到了郭小川，他穿着浅蓝色的布衣服，很热情地握着我的手说："知道你受苦了……"我听说他写东西得罪了江青，我问他，他显得有苦难言的样子："一言难尽……"我低声地告诉他："处在这个时候，我认为最好不写东西。你听说有这么一个新名词，叫'逍遥派'。保全自己吧！"他不吭声，也不敢多说什么。

（金凤1999年11月11日口述）

那一阵，虽然他对写东西有一种欲罢不能的内心冲动，但是周遭环境的压迫、限制，使他那种惶恐、不安、迷惑的感觉与日俱增，他比圈外人更能深深地理解金凤所说"保全自己"的涵义，理解社会上一大批人当"逍遥派"的超脱和无奈。

1973年10月21日，他在北京给杨晓杰的信中谈到写作的困惑和茫然：

> 我现在对我这个人的五十四年生涯，只觉得做得太少，贡献得太少（也许一点也没有），而错误太多。似乎还有点信心的是：对新诗这一行，还算有点经验，有点想法，将来一下子烂到肚子里，倒好像有点可惜，但我不知交给谁，怎么交法？

到了1974年，这种悲观、凄凉的情绪被放大，弥漫了很长很长的时间。

在江青给郭小川扣上"这个人是个修正主义分子"大帽子的情况下,文化部长于会泳于1974年3月底开始指责话剧《友谊的春天》存在攻击"文革"的政治问题,文化部咸宁干校不断催促郭小川早日返回。他于1974年4月15日抵达干校,在别人眼里他已是一个戴罪之身,成了一个被中央领导钦点的、重新待审的修正主义分子。

离京前,郭小川已是坐立不安。朋友来访,他就低声说,门口有人监视,出入不方便。杨匡满只好戴着口罩,两次去他家。他说:"我自信没上贼船,什么也不怕。"

送他上火车回干校时,上车时杨匡满发现他提前穿上凉鞋,四五个人彼此说了几句安慰话、几句无关紧要的笑话后竟无语许久。郭小川知道有人整他,心中有预感,但表情还算轻松。他的言语中藏着自己的感觉:又发配回干校,又要倒霉了。

他那时给女儿的信中,已是满纸牢骚,满腹辛酸,孤立无援的绝望充溢于字里行间:

> 从此后,决心与文艺工作告别,自己不写了,别人的也不帮了。将来到农村,只想把一个生产队或大队的事当当参谋。劳动学习,了此一生。在这些事上面,鞠躬尽瘁,死而后已。
>
> ……干校的生活是不错的,只是身体不灵,十几天的功夫已犯病四五次,夜间从睡梦中憋醒。这里的气候,对我实在是极不适应的。到夏天太热时,如有可能,即去你们那里住两个月,不回北京。
>
> ……在此不过二百(人),现分三个班,种菜,养猪,做饭,上午劳动,下午学习,一点也不紧张,有充分的时间,可以看书看报。

(摘自郭小川1974年5月1日致郭岭梅、郭晓惠的信)

今天，我来干校整整一个月，我却犯病八次了。过去似乎告诉过你们，一犯病，就喘息不止，出不来气，其势凶猛。最近，又连日低烧（头一天三十八度，以后约在三十七度以上三十八度以下）。

……"与文艺告别"，我记得是你的意思。这不是"伤心话"，我实在不敢搞了，这工作太容易出问题，我的年龄、身体都不能胜任了。文艺这事，以后还得由组织决定，现在怎么说，都没有用处。

（摘自郭小川1974年5月14日致郭岭梅的信）

而我已五十五岁，再有三年五载，我这个人也就报废了。贺敬之、李季这几年为什么一个字不写呢？这是耐人深思的，他们了解情况，犯过文艺"黑线"错误的人，是不能轻易再写的。这一点，我现在才明白。何况，我们的路线觉悟又低，难免出岔子。两年来，许多朋友鼓励我继续革命，重新执笔，都是好意，但我听了后都吃了苦果。

（摘自1974年8月6日致郭岭梅的信）

就在郭小川写这些家信、寻不到思想出路的时候，中央文化部奉命加紧收集他的材料。6月30日文化部内部刊物《文化动态》第十七期刊登了一篇题为《修正主义分子郭小川的复辟活动》的专题文章，江青看后作了批示："成立专案，进行审查。"

在这之前，江青对郭小川四出写电影解说词颇为不满："郭小川满天飞，又窜到西北去了！"并指责兰州军区："谁叫他到兰州去的？"

在1977年11月文化部清查批判"四人帮"办公室编印的《关于"四人帮"迫害郭小川同志和炮打中央领导同志的调查报告》中，转引和评述了《文化动态》那篇文章所列举的郭小川四条罪状：

（一）由于郭在中南局宣传处工作时，叶群也曾在那里挂名工作过几个月，便借叶群1961年的黑笔记本上有"文艺问郭"一语，污蔑郭与林彪反党集团"关系密切"；

（二）把歌颂伟大领袖毛主席的《万里长江横渡》诗篇歪曲附会为是歌颂林彪的，"是一份反革命宣言书"，"是明目张胆地为林彪反党集团摇幡招魂"，把诗内"我们深知：自己肩头上负有迎接大风大浪的任务；在大风大浪中缚苍龙伏猛虎，学得一身反潮流的真功夫"这样的字句，歪曲附会为"还与《五七一工程纪要》中鼓吹的'革命领导权历史地落在我们舰队头上'相呼应"；

（三）由于郭曾通过组织参加修改原中国青年艺术剧院创作的话剧《友谊的春天》和打算把一位朋友写的话剧《要有这座桥》推荐给西安电影制片厂，便污蔑郭等"以青艺为据点，与八一厂和西影厂挂了钩"，"搞起了一个裴多菲俱乐部式的'小团体'"；

（四）污蔑郭的家庭有问题。

当年8月13日中央专案组宣布对郭小川进行专案审查，干校军宣队负责人念完后，郭小川望着在场的那么多面孔严肃的人，只能口头表示拥护这项审查决定。走回宿舍，郭小川百感交集，越想越想不通。他后来在检查中提到当时的真实想法："我认为，我的错误并不严重，中央绝不可能决定审查我。我估计可能有两种情形，一是可能传错了，关于我的传说本来很多；二是中央领导同志可能批评了我的某些作品，到下面就成了'审查'。总之，我的抵触情绪很大。"（摘自郭小川1974年9月《我的初步检查》）

9月1日，军宣队一位姓张的干部找郭小川谈话时，严肃地说了一些话，用了诸如"阴谋"、"反党"、"坦白从宽"等等词语，让郭小川听了浑身不自在，觉得那是处理敌我矛盾的常用词句。他非常低调地承认："如果组织上对我的结论是敌我矛盾，我也是接受的，有什么办法呢？自己的所作所为是不能改变的，惋惜是没有用的，痛苦是多余的，后悔已经来不及了。"

笔者找到了当年专案组成员之一的张玉祥老师傅，他曾在北京市新华书店系统工作几十年：

> 江青点名要审查郭小川，口头给我们传达时，我记得还有这么一个理由：江青去看一个展览，发现一幅作品画有阴影，江青就说这是写阴暗面。画上有郭小川的题诗，小川就由此倒霉，说成是"利用画来攻击社会主义"。
>
> 对小川立案审查，尚未下结论。我们到他的家乡外调，找了一些单位，听到了对他的一片赞扬声。人家谈完后就盖章，写上"仅供参考"。
>
> 武汉警备区科长张立功带着框框来的，他与郭小川顶撞得很厉害，谈话总是平静不下来，张幼稚一些，小川发火后还能刹得住。张科长说："郭态度很恶劣，他顶我，不老实，顽固到底。"
>
> 审查后就不参加干校劳动，张科长布置写各种材料，郭小川就在屋子里写检查，写完了交给专案组研究，再找出新问题。写检查之余，他跟我聊一些家事，说两个女儿在林县当妇女队长，还把儿子郭小林发表的一篇文章推荐给我看。我离开干校回北京，到他宿舍向他告别。他很诚恳地说，将来有机会回北京聚聚。他对我没有敌意，没有反感。

（1999年9月21日口述）

丁力记得，郭小川对张立功科长提了意见："不客气，凶，像审查犯人……"

郭小川返回咸宁干校前后，大批人员已通过各种渠道调回北京，连队建制被缩编，干校进入萧条低落、人心慌乱的时期。原作协秘书长许瀚如此时已解决了自己的政治问题，担任干校五连连长、支部书记。他在接受笔者采访时，具体谈到了郭小川当年置身的困境："'四人帮'把他作为一个重要案犯，中央专案组对他看管得很严。以后又把他放到连队，我们只属于行政监护，我们不审他的案子，对他没什么限制。"（1999年9月15日口述）

1974年9月，在北大荒兵团插队十年的儿子郭小林出来旅行结婚，要求与父亲见面，遭到干校军宣队方面的委婉拒绝。

人民文学出版社老编辑牛汉因涉及胡风问题，政治上难于翻身，他此时也滞留在干校，迟迟不得归家。他记得，1974年五六月间来了一场暴风雨，想到搭架子的苦瓜是否会被风吹倒，急忙冒雨跑去。他发现郭小川已经光着膀子，全身都是泥，认认真真地在那扶架子。

牛汉说到郭小川在干校时的情景，心情颇为沉重，几次语塞：

> 小川被"林彪事件"牵涉进去，处境很困难。上午菜班劳动，下午学习交代，处于隔离状态。开始没有人与他谈心，他觉得我毕竟写诗，有共同语言，就向我提出想聊天、喝茶。我进城买了"麻城绿茶"，简称"麻绿"。我们俩身份相近，没有高下，归了一类。
>
> 那时一星期要学习两三次，小川闷得很，爱发言，但他晚上吃安眠药，精神上迷迷糊糊，说话就容易不着边际。有的人故意让他出丑，有意逗着他玩，解闷，耍弄他，幸灾乐祸，这是知识分子的劣根性。有一次我劝他："你别发言了，你在会

上打盹吧。"他跟我说:"我在政治上不像你想象得那么强,我在政治上很幼稚……"他一再说"幼稚",说时很沉痛。我反问:"你幼稚吗?"后来回避谈这些事。他是幼稚、简单,这些经历对他以后总是有所触动。

我们回忆到57年批冯雪峰大会,我记得他打了一个活领结,在台上批得很厉害,还提到我:"反革命分子牛汉供词……"我在干校就告诉他,当时我就在会场,是王任叔让我去的。他听了很吃惊,不知道我就坐在台下。

那一段他精神上迷糊,吃大把的安眠药,起得很晚。有时从床上滚下来,在潮湿的地上睡着了。

中华书局的几个人围棋下得不错,小川常陪着看。小川的下棋水平太臭,别人不愿跟他下,他觉得很寂寞。

咸宁干校最后一次聚餐,邀请了不少人,对当地有感谢之意。猪肉、鱼都有,很丰盛。可是会餐时却不让小川上桌,给他一人拨了一些菜,让他坐在食堂角落里马扎上吃。这个情形特别惨,小川痛苦的表情看上去就像傻子一样。

其实人很简单,可是弄了一辈子革命,却把人弄得很复杂。

(1999年8月26日口述)

郭小川在1975年初给两个女儿的信中,透出了人生难以说清的滋味:

"我曾经'名噪一时'(这大概不是夸大吧),味道尝过了,辛酸也受尽了,现在才懂得它不值得羡慕了。"

1974年12月,咸宁干校解散,剩余人员一律转移到天津团泊洼文化部静海干校。大部分人都可以经过北京中转,唯独正受审查的郭小川中途在丰台转车，不准进京回家。

行前，湖北军区分管干校的政治部王副主任专门对郭小川说："为了尽快地审查清楚你的问题，不使问题复杂化，决定你不回北京，直接到静海干校。"

郭小川表示同意这个决定，并开始做转移的准备。他对牛汉说："不让我在北京下车……"离开时他请牛汉过来帮忙："帮我扛扛行李，好吗？"牛汉见行李捆得不像样，就重新帮他整理。牛汉帮助把行李放到车上，郭小川吃力地爬上了大卡车，车上还有两三位押送人员。

张玉祥是当时的陪送人之一，他向笔者描述了当时的情景：

> 那时怕走露风声，怕问题复杂化，就在丰台转车。我们几个人变相押送，买的是火车硬卧票。他在车上谈笑风生，抽好烟，聊家常。钱放在口袋里，抓一把出来，很慷慨，热情。在丰台车站下车换乘，他不问，很明智。他的身份、经验体现在这些小事上。
>
> 过了几天，公安部苏学宽处长来到干校，他当时借调到中央专案组一办。苏比较老练，谈话干净利索，比较客观。出面讲话的是他，大意是对郭小川的审查告一段落，下不了结论，原专案组撤去。静海干校的责任是管好，不要出事，要安全，等待结论。

（1999年9月21日口述）

据当时陪同前往团泊洼的丁力介绍，在火车上大家对郭小川照顾还是细心的，买饭、买烟、一块聊天。中央专案组人士曾表示，郭小川一案已从专案组二办（清查林彪集团）转到一办（清查刘少奇一条线），这表明专案组初步认定郭小川与林彪一案无关，只存在一般性文艺路线问题。连里知道了他的问题不大，对他的监护也大大放松。

郭小川要求回京治牙，专案组答复说："快了，忍一段吧。"专案组还希望郭不要与各协会老熟人发牢骚，以免增加新问题。

曾在中国作协任郭小川副手的张僖，此时担任文化部文联各协会干部安置办公室副组长。知道中央专案组不让郭进京，从丰台转车，张僖赶紧坐车到团泊洼干校，发现郭小川抽烟喝酒很凶，时常醉倒后钻在桌子底下。张僖劝他，他说这是灵芝何首乌泡的酒。

张僖找了天津警备区派到干校的宋副政委，请他对郭适当照顾。离开团泊洼时，张僖又一次劝郭小川等待消息，不要轻易离开干校。

中国剧协的李超曾是团泊洼干校副校长，他在1991年2月告诉郭小川的女儿郭晓惠："你爸来干校前，我曾问上级：'怎么管？'上级回答：'不要离开干校，不要写东西，不要跟外面联系，不要跟社会关系来往……''思想管不管？''可以管，有情况汇报。'"

李超记得，郭刚到时每天晚上弄来一盆热水，坐在屋里泡脚。

华君武在团泊洼呆了四年，他快要离开干校时郭小川却来了。他以漫画家的夸张感觉，至今还记得郭小川那双就像"忠实的大黄狗一般"的眼睛，没有一丝奸诈。他感到郭小川身上那种异常的压力和无奈的感叹，见到郭说话没有遮拦，劝他要谨慎，郭却悲哀地说道："我要革命，革命！"这让华君武真切地感受到郭小川初到时的精神焦灼、烦躁。

作协机关老同事、老邻居曹琳曾陪郭小川看病，郭身体虚弱，走一段路就得蹲在路边歇一会儿。老中医悄悄地对曹琳说："这个老头身体不好。"

原中国美协秘书长钟灵是郭小川延安时的老友，当时在团泊洼干校食堂负责采购管理。他告诉笔者，真没想到在这独流减河边的盐碱地，能见到多年未遇的老朋友：

郭小川来之前，军宣队就打了招呼："最近要来一位新同学，是重点审查对象。你们不管认识与否，都不准与他接触，不能与他交谈，更不准打听他的案情。"我说："见了面不打招呼，恐怕不太好……"

过了几天，在干校小卖部碰到郭小川，后面有人跟着他，我们只是点头微笑。宋副政委是忠厚长者，他说："你们说说话也没有关系嘛，不要让郭小川感到紧张。"我在伙房当管理员，有一个房间，又可以到天津采购，买些熟肉回来。独流减河上有渔民打渔，我常去买鱼。我和小川经常在一起喝酒聊天打扑克，喝得晕乎乎的，说话没有顾虑，互相信任。我跟监视他的人说，我已请示了军宣队，可以聊天。他的酒量大，能喝一斤白酒。那时团泊洼劳改农场做一种高粱酿的白酒，九毛一斤，度数五十五。

我们两个对江青的事是明说，说她是"祸水"、"太坏"，说她"自称半个红学家，不学无术"，"中国受这种人领导倒霉了"。对毛主席还是有感情，当时认为功劳也是太大。他告诉我，王震接见他三次，小平同志复出后各方面整顿有成绩，周总理住院令人担心等等。对于会泳他们有意见，觉得他们真正吃得香，文化部彻底完蛋了，文联各协会受尽迫害，都去了干校。还谈到要整顿文化部，主张恢复文联、各协会。正因为意见大，很天真地觉得应该撤掉文化部班子。

他给胡乔木写万言书时，十几天不来喝酒，躲在屋里写，时常观察门外的动静。万言书的内容主要是提出必须改组目前的文化部，必须恢复文联和各个协会的职能，打破一言堂，反对文化专制主义。我觉得火药味太浓，口气上应平心静气一些,不能只图痛快而不讲究策略。

我们一面喝酒,一面动手修改,几乎干了一个通宵,最后写成十二条意见,还是有一万多字。我担心信怎么送到小平、乔木同志手里,小川笑了,神秘地说:"我自有上可通天的渠道。"他重抄一遍,没有上款,也没有下款。我还是担心地问:"送得到吗?"他说:"你放心吧。"他不希望联名,说了这么一句:"不要拉扯别人,现在情况复杂。"

(1999年11月2日口述)

到了1976年夏天,文化部清查成风,钟灵因这封万言书被隔离审查,八个人轮流看管他,一直到"四人帮"粉碎几天后才得以离开学习班。

1999年10月29日,笔者与郭小川的子女郭小林、郭晓惠陪同原干校"五七老战士"、资深老编辑刘小珊,重返天津近郊的团泊洼。二十五年过去了,刘小珊发现这里已是面目全非:干校人居住的那一排排土坯房几年前已陆续拆除,郭小川住过的地方已挖成一个大鱼塘;郭小川常去游泳的独流减河早已断流,河床裸露;通往河边的路上,那两座写有"文革"标语的门柱还在,但已是残壁断砖;环观原有几千人生活的整个干校范围,旧房中只保留了干校校部的食堂和两间破房,郭小川与钟灵喝酒长聊的小屋已堆满杂物。

在那间原本是干校医务室的小屋前,五十五岁的原劳改农场管教干部孙继存告诉我们:"当年郭小川天天来这里领取安眠药,当众吃完药后才让离开,这样才让人放心。"老孙指着食堂外的一棵大树说,郭小川常与我们在树下聊天,他是一个爱说话、和蔼的人。

当年干校紧挨着劳改农场、右派农场,聚集了不少全国知名的文艺界人士,如华君武、蔡若虹、吴祖光下地干农活,丁聪养猪等等。

等郭小川去时，人数已大为减少。老孙指着原劳改农场内五六米高的水塔说："这水塔成了团泊洼的标志，你看上面还有'毛主席万岁'的大字。不少干校的老文化人再来团泊洼，老远一看到这水塔，就情不自禁地哭了。"

这里现在建有学生培训基地，每年天津市区一万多名中学生来此劳动。我们有趣地看到，学生们留下了黑板报，大标题就叫"团泊洼的秋天"。与郭小川那首著名的同题诗歌不同的是，学生们流露的是对郊区农居生活的新鲜感和活泼天性，文字充满了稚气。少小的学生早已不解当年诗人秋天的忧愁滋味，也许他们根本就不了解那个年代还有这样一首凝重、深沉的诗作。

要理解这首诗很难，诗里既有那个岁月里左的主题痕迹，又有贯穿郭小川一生的战斗豪情。然而郭小川在其中暗藏着反思的私人话语，有着不能示人的内心躁动，有着与当年格格不入的一丝丝反叛情绪，再加上颇具匠心的创作技巧，使人们后来读到后产生一种本能的震颤。有了这样的"地下"文学作品，才使我们如履薄冰地经历大动乱之后寻觅到活下来的纪念依据，才使我们空荡荡的心灵世界有了一点点可怜的着落地，才能在那样暮气沉沉的年代留下一件易碎却无比高贵的珍品。它使整个"文革"时期原本辉煌的东西暗淡下去，在历史空白之处填入了最具个性、充满复杂性的诗人注解。

《团泊洼的秋天》是郭小川寄给干校老同事刘小珊的，抄写得很工整的原稿还保留在她的手中。那天她站在学生黑板报前端详了半天，思绪很难一下子拉回到现实中来：

  当时干校右边是劳改农场，左边是右派农场，我们夹在中间。小川两年没有回家，住在放鸭子的平房里，极其简陋，窗户很小。那时他负责组织学习，讨论《哥达纲领批判》。他对我们说:"可以等待分配,但不能等待革命,要迎接希望的一天到来。"

75年夏天那一个月个人接触比较多,话题比较广泛,也比较零碎,有不少弦外之音。他讲过反右问题,说太扩大了,当年在是否扩大与缩小右派范围上跟人有分歧。他说过作协党组的一些人个人东西太强烈,为自己捞地位,很难与他们相处。对59年大批判他提得不多,但能感到对他伤害很大,创作受到扼杀,不想留在作协。这说明他思考自己的问题比较深入,角度也新。

有时一起到附近镇子,买一点吃的,他想吃猪大肠之类的东西。回来时坐在田埂上,看着明媚的阳光下,农田里水稻很绿,而劳作的农民却穿着红衣。他说:"你看多漂亮啊!红和绿本是对立,但放在一起也好看。这跟创作一样,有对立,也有统一,艺术就是一种矛盾……"他对写作一直有想法的,这些话给我印象很深。

我曾希望他能写一首战斗的诗篇赠给我,他慨然允诺。主席对《创业》批示传出后,已经支离破碎的文艺队伍又有了抑制不住的欣喜与期望。我已回北京,与他常有书信往来。我写信告他:"我喜欢北京的秋天,洁净,有丰收的喜悦,但不知团泊洼的秋天如何?"他高兴地回信说:"你给我送来诗的主题……"他寄来了《团泊洼的秋天》,在原稿的结尾叮嘱道:"初稿的初稿,还需要做多次多次的修改,属于《参考消息》一类,万勿外传。"后来他回到北京,特意索取原稿,改了两个字。

我记得,他给我一封信里专门谈到作家的责任,论述在中国政治的大背景下,一个作家应担负什么责任。这封信写得很有水平,从理智到情感,结合得比较好。他还将寄给胡乔木关于文艺工作的五条意见寄给我。后来他去林县后曾再三叮嘱我把给我的书信烧掉，说："如果你不烧，是否准备揭发我？"到了76年8月清查，我被迫烧了一批他的书信，但我想《团泊洼的秋天》无论如何不能烧，把诗稿藏在衣柜里。

　　后来才知道，这是他最后冲杀的一批诗稿。

（1999年10月29日、9月2日口述）

　　那天，独流减河风势很大，绵延数里的河堤柳树吹得"哗哗"作响。二十多年前，这里曾是郭小川他们散步聊天的地方，是他们海阔天空、思想云游的场所。在禁锢的年代里，这是唯一耽于幻想、排解忧愁的天地，是他们心胸暂时得以开放、与蓝天河流相融的自由时刻。一切归于宁静，一切系于平淡，一切又难于释怀，一切怯于安身。

　　刘小珊许久地望着望着，她说："堤上的小路，一排排柳树，堤下的果树林，什么都没变，跟以前好像一样……"

　　人呢？

　　从干校的作协老同事的叙述中，可以看到郭小川是怎样熬过团泊洼的春夏秋冬：

　　　那时小川的情绪非常低落，我劝过他："事情搞得清楚的。"他觉得失望，问题一直拖着不解决。专案组的人有时来看看，后来就放松了。种一点地，收成无所谓。

　　　吃安眠药有麻醉作用，吃下去了在迷蒙中得到解脱，当时就没有烦恼，像吸毒一样。我自己也有这种感觉。他在房里吃午饭，安眠药发作，一下子晕倒在桌上，睡了一觉才醒过来。下象棋后回房间，药劲上来了，走路时东倒西歪。这说明他苦闷到极点。

有一次趁厕所里没人，他悄悄地告我："闻捷死了……"我问："怎么回事？"他说了闻捷与戴厚英产生感情，但上面不批准结婚，闻捷用煤气自杀了。他说了详细过程，连连表示遗憾。

当时听说江青发话：不让干校这拨人回北京。又听到江青挨毛主席批评，小川说："这下子好了，我们回去有希望了。"他时常给我们讲述从高层听来的信息，譬如"上层斗争很激烈，（江青他们）招架不住了"等等。有些人就劝："不要嚷嚷厉害，到时再说。"他找我说："将来回去，咱们办一个刊物，你一定要参加……"他跟很多人说过这话，总是鼓励说："干吧！"他确是过于乐观，说话随意，直爽天真。

他私下里称江青他们是"那几个人"、"那位旗手"、"那位棍子"，说这些人不搞百花齐放，这么多人口只有八个样板戏够吗？对"周总理是大儒"的说法有意见，发牢骚。

他让我讲讲"四人帮"的文艺理论，"'三突出'你谈谈看"。他与我谈过几次，了解情况。他觉得有解冻的味道。

我的孩子杨舰才十几岁，外号叫"大头"。他有一次到团泊洼特意去看郭伯伯，两人谈了一通宵，孩子背他的诗，他谈了很多诗歌理论，大头听了似懂非懂。直到今天，大头在日本读博士，对郭伯伯依然非常怀念。

作协领导层有些人让人亲近不了，敬而远之，搞运动更是金刚怒目，不可侵犯。但大家唯独对郭小川普遍有好感，感到他的稳重和善良。他不会搞过火的东西，不会使人觉得为私利整人。

（杨志—1999年10月20日口述）

那次中转不让回北京，他到干校后几乎一落千丈，情绪坏极了，不太爱说话。专案组要控制住他，怕他到北京不好管理。

一个人生炉子,他也懒得收拾,老在门前抽烟转悠。有时自己做饭,下一点挂面。那年春节,我爱人来干校,大家一块张罗包饺子,小川擀皮特别快,可以供应几个人包。大雪封门,那种气氛印象还很深刻。

附近劳改农场有部队岗哨,晚上时常听到枪声。有一次坐卡车回来,路上查得很严,原来犯人跑了。劳改犯穿黑棉袄,背后都有号码。劳改犯叫我们是"队长",这对小川有不小刺激。

小川对人很体贴,跟人的感情容易相通。记得在向阳湖,从韶山归来,我挑行李摔了一跤,左胳膊抬不起来。小川扶着我走了好几里地,到医院拍片,又扶着我住旅馆,第二天送我回连队,照顾我一天一夜。我很感念在那种战天斗地的环境中的手足之情,永远不能忘记他。

在那样环境中,小川做人依然出色,有才有德,是值得作为楷模的人。从作品到为人,对我们影响很大。从那以后,我总拿小川来衡量领导我的人,他们都不如郭小川。

十几年来,老作协的人时常聚会,凑在一起就跟当年干校那样热闹,还动手动脚。聚会是以纪念小川的名义召集的,大家愿意聊聊他。

(王树舜1999年8月12日口述)

团泊洼干校到了后期,一个连剩十几个人。有一次大家到天津,我为了照顾生病的老伴,没有出门。支部给我任务:"你陪郭小川聊天,别出问题。"我们聊了一天,他说专案组所审查的四个问题,均是莫须有,追查《万里长江横渡》是把时间搞错了,叶群笔记本写了"文艺问郭",但实际上没有联系。

他的心情比较郁闷,天黑了就跑到西头找熟人聊天,要不就找一帮孩子讲故事。后来让他管连里学习,组织我们学《国家与革命》第三、五章,跟人辩论平等问题,与年轻人侃大山,推心置腹。

大家都不愿去干校,连里就动员说:"轮流去,去干校一个月,再回京呆一段。"小川就说:"看你们像走马灯一样,可我却走不了。"看病有时去劳改农场医护室,医生也是劳改犯,小川去后也怀疑其可靠性。

75年8月,小川给胡乔木写了一封三千多字的信,谈了自己对文艺工作的五条意见。信的内容给我们聊过,我们也提了一些看法。这封信尖锐地指向江青、于会泳,认为"文艺政策执行有偏差","不能让《基督山恩仇记》这样不入流的作品风行一时"。当时毛泽东提出读《哥达纲领批判》等六本书,江青也提出文艺界要学《红与黑》、《基督山恩仇记》等六本书。小川这样写针对性很强,是要冒风险的。

(雷奔1999年10月19日口述)

他到团泊洼时垮得很,身体虚弱,牙长脓,不能吃东西,无法吸收。劝他订奶,他说:"不订,太特殊了。"劝他打报告治牙,他又说:"不会批的。"勉强打了报告,果然不批。这是他一生压力最大的时期。他给女儿写信说:"他们现在要我的命,不知我能否挺住。"他挑水挑不动了,我们给他挑水,帮他生炉子。

有一次我回北京,在南小街碰到华君武,他让我转告小川:"哎呀,你可得告诉他,叫他在食堂不要乱说。有人问他审查的事,他说,就像一出滑稽戏。这么说,还得了。"回去后我说了华君武的意思,让他说话注意。

他那一段老看《红楼梦》，我说："你不要看《红楼梦》，情绪对你身体不好。"我推荐了北京新出的列宁四卷本，跟他讨论，想在里面找到答案。列宁已经谈到一些问题，比如人民要掌握政权，要公仆，要粉碎旧的国家机器，还说现在苏联工农大众文化水平不够，很难直接参政。小川和我彼此谈了学习体会，认为人民掌握政权，有一些坏蛋捣鬼。如林彪、刚出现的《创业》问题等等。他写了不少读后感，这是精神状态的需要。

他吃安眠药太多，有时手指神经末梢失去知觉，我说："你这样不行……"他低声说道："不吃，我一宿睡不着……"他在政治风雨中几起几伏，前途很难预料，心情好不了。

（沈季平1999年11月12日口述）

小川到团泊洼是个寒冷的冬天，风很厉害，刺骨，干校萧条，像在荒野。劳改农场盖有岗楼，哨兵发现情况可随时开枪，有时打死了逃跑的犯人。那个季节、环境都很糟糕，有点苏武牧羊的味道。

75年4月，我们作协一批人到了团泊洼，这给郭小川带去温暖。我们看到他的屋子里乱七八糟，门推不开，堵着煤块、炉渣，他的生活能力很差。他知道我们要来，就要烧水给我们，但我们都到了，水还未烧开。一激动就更乱了。找了一个机会，我们七八个人帮他"起圈"，打扫房间，糊窗户，拆炉子，他也在一旁忙着。

他在我们屋里聊天，聊得晚了，就晕晕乎乎的。我们劝他："别太露锋芒。"他不听，绝对改不了。我们这个小集体很有水平，骂骂咧咧，说一点不能公开的话，心开始活跃。他说了王震、邓小平、胡耀邦，能听出、看出他们中谁的报告。他也说了家庭、孩子，说了自己过去的历史，说了自己的感情生活，很透明，跟谁都不设防。

（李昌荣1999年11月8日口述）

我们觉得小川岁数大，学问大，就请他给我们当教员。常在房前树下边乘凉，他给大家讲点哲学。对江青在文艺方面的问题也敢于说出自己的看法，他看不惯那一套。好在连队里都是熟悉的人，讲话自由一些，顾虑也少一些。

夏天他去河里游泳，经常游到对岸，游得相当不错，还给孩子们讲游泳的注意事项。

到了干校晚期，对郭小川的管理越来越松，家人也时常来干校探望。作协有班车，每月往返一次。杜惠常来帮他整理内务，帮他染头发。染料有多余，小川他们就叫我过去，说："过来，过来。"顺便把我的头发也染了。

小川和几个牌友晚上就聚在屋里打桥牌，赤膊上阵，能打到深夜两三点。我们能从窗外看见，灯光下蚊子多得很。

（许瀚如1999年9月15日口述）

到了团泊洼干校的晚期，生活状态已变得很松弛、随意。人越来越少，气氛冷落，被迫留在干校的人愈发觉得寂寞无边。一天，中央专案组来干校，宣布解放张光年。郭小川和大家一起送张光年上车回京，张劝慰郭说："你不要焦急，你的问题很快就会解决的，要耐心。"郭小川说："一路珍重。"张光年拍着他的肩膀，上汽车前又说："你也快了。"

有传说郭小川要回北京，甚至有人说得更细："郭小川要主持重新复刊的《诗刊》。"郭小川夜晚与尹一之他们聊天时，聊到深夜尽兴时，忍不住也说了这个话："你们剩下这些人甭焦急，我一出去就把你们带出去。"说完这些话以后,似乎又是遥遥无期的期盼。后来又有人说,于会泳让袁水拍管《诗刊》,袁不干,实际工作又让李季主持。郭小川既觉得闷在鼓里,又有点不知所措。

团泊洼的衰败和人气的低迷,郭小川体会得真真切切。

1975年10月6日,中央专案组来人宣布审查结果:郭小川问题澄清。

郭小川兴奋地从校部跑到另一头宿舍,逢人就说。他冲到雷奔的屋子里:"我解放了,要回北京了。结论上连'错误'两个字都没有。"雷奔至今还记得,郭小川喜形于色,情感根本隐藏不住。他回忆说:"小川那时真的变了一个人。"

10月9日回北京的当天,他就给相识的年轻编剧邢益勋、陈祖芬、赵云声写信报喜:

> 我已于今天中午回京。10月6日,中央派人向我宣布了审查结果。详情不谈了,总之,一切都已澄清。使我感到不安的是:连一丁点儿缺点都没有提,而我总感到自己是有不少缺点的。更使我感到亲切的是,中央领导同志还特地用铅笔批了一句:"由国务院政工组安排工作"。

信中所提的中央领导是他的老熟人、副总理纪登奎,纪决定把郭的关系顺便给转到政工组、中组部系统,离开了原属的文化部、文联系统。

当专案组来通知时,郭小川正陪女儿郭岭梅到塘沽盐厂参观,干校请郭小川立即回来。

郭岭梅讲述了父亲那一段喜怒交织的经历,烘托出当时不平静的起伏心情:

> 那时我刚从团泊洼回来,王震却通知我再去看爸爸:"你

一定要去,你不要回河南了。"我说:"我刚回来。"他说:"你一定去。"10月2日我坐车又过去,爸爸就陪我去塘沽。干校来了通知,我们就赶回来了。

审查结论是康生的秘书李鑫写的,爸爸看后佩服李鑫的文字能力,高兴地说:"李鑫写得滴水不漏,所有的问题都没有了,连个尾巴都没留,什么里通外国、叶群笔记本、跟林彪集团关系等等,都没了……"

10月9日我陪他回北京,先看了王震,然后又被通知纪登奎要接见。10月13日先是纪登奎一个人接见,后来又见到了李先念、陈锡联、华国锋,共是四位副总理。主要是了解文艺界情况,爸爸谈到对江青、"四人帮"的意见,有一种实话实说的感觉。刚从干校回来,中央领导接见,一高兴他就没什么毛病,什么都好了,就是牙不好。他连夜向吴雪、贺敬之传达接见内容,找了不少人了解情况,有点组织队伍的感觉。很快他的组织关系转到中组部,住在万寿路中组部招待所,中组部给他配车。

在招待所里,他看望了出狱不久的周扬,他把周扬当做老领导,见面很亲切。回来后说:"周扬其实没有亲自整过我们,对我们还是好的,都是下面人整的……"我爸厚道,以己度人,认为别人不会整他。

他那时有一个想法:主席明白过来了,才有"十大"指示,文艺有希望,主席到底是主席。觉得批周公批总理,国家要乱。

他到处找人了解情况,他说过这话:"能多救一个人,就多拉一个。"白天忙得兴奋,晚上就在招待所房间里唠叨,说着说着我都睡着了。

要安排他工作,实际上想让他调查研究。首先安排到河南,本来还要接着去湖南、广东,纪登奎只提醒一句"除了上海"。到了林县,中组部通知他只能在河南。后来又来了一道通知,说他只能到林县。范围不断受限制,看出形势日益紧张。

(1999年10月4日口述)

郭小川曾向杨匡满和小周明透露了四位副总理接见的大致情况:"他们谈,我也谈。主要是纪登奎说话。陈锡联和华国锋只是过来见了一面,握握手,没多说就有事走了。李先念说话时带了一些愤激的'脏话',谈到国庆招待会前与江青、张春桥各加人员名单的事情。"

也就是在这次,杨匡满第一次从郭小川的嘴中知道"四人帮"这个词。郭小川从纪登奎那里听到这样对话——邓小平说:"他们是上海帮。"毛泽东说:"不!他们是四人帮。"邓小平说:"是不是早一点解决他们的问题?"毛泽东回答:"再等一等。"

郭小川甚至这样直接问:"陈永贵的态度怎么样?"纪登奎说:"早就过来了。"郭又问:"吴桂贤呢?"纪说:"不起什么作用的。"

杨匡满感觉到,纪登奎是向郭小川悄悄地交了中央高层内部斗争的底牌。(1999年9月16日口述)

不少人觉察到,郭小川喜欢分析全国政治形势,喜欢讲述他所知的"四人帮"的动向,也愿意向人打听各种小道消息。他变得激奋、大度、豁达,在略有些火药味的政治布局面前重新找到久违的使命感。他对来访的杨匡满、小周明他们说:"有些人跟我疏远,揭发我,我不计较。我的手里有个小本子,有个排队名单。有些同志我可以无话不谈,交底,毫无保留。有些同志我会打个招呼,对李季我是有意见,但要跟他打招呼;还有一些人,我根本不跟他们说一句。"

郭小川曾要杨匡满找一些署名"初澜"的文章，但没说用处。

又有不少人前来看望郭小川，他又陷入繁忙的阶段。他热心地给人介绍工作，替人参谋，劝慰大家对工作岗位不要太挑剔。他爱说一句话："一个人能等待分配，但不能等待革命。"

说到自己，他只是这样表示："我老了，有一份工作就行了。"作协老同事关木琴常看到他的屋子里杂乱无章，他忙着与作曲家郑律成、词作家田歌合作写一组歌颂军队的作品。关木琴告诉笔者："文化部派人找他谈话，让他到文化部。他不太想去，找我们商量该怎么拒绝，马可就说不去。"（1999年8月12日口述）

1975年，郭小川与朋友的通信中时常交流民间流传的毛泽东诸多批示，互相订正手抄语录。1975年8月26日，《人民文学》老编辑王朝垠致信郭小川，详细抄送了毛泽东有关《创业》、文艺政策、知识分子问题等批示内容。他告诉郭小川："在北京，凡见到跟文艺挨边的人，几乎无不要谈谈主席关于《创业》的批示，以及以此为中心展开的一些问题……依我看，主席三条重要指示及此次批示，的确给我们整个国家各个方面都带来了勃勃生气，文艺界也如此。"

信中抄录的毛泽东批示无不给郭小川莫大的欣慰，直接促使他的政治神经活跃起来："邓副总理在科技会议上传达了主席的几点指示精神：1. 文艺要活跃起来；2. 现在电影、戏剧、小说、诗歌、散文少；3. 不要怕；4. 如果鲁迅还健在，周扬的问题早解决了；5. 一年、两年、三年、四年、五年文艺能不能繁荣起来。（大意）……主席还说，有人说知识分子是臭老九，我说老九不要走，老九大有用。知识分子有缺点，要帮助，要提供便利条件，让他们专心致志工作，这对党的事业很有意义的。"（摘自王朝垠1975年8月26日致郭小川原信稿）

而在同时，刘小珊在信中抄录了韦国清向广东省委传达毛泽东的指示内容,大意相近,字句稍有不同:"现在文艺工作不活跃,要在两三年内把文艺工作活跃起来。现在诗歌、戏剧、散文、小说、评论少……对文艺工作者还是惩前毖后,治病救人。如果鲁迅还健在,也不同意把周扬关这么久……"

郭小川给刘小珊回信中,谈及形势用了八个字:"大局已定,斗争复杂"。

"文革"前著名的"和平里四大诗人"除了闻捷自杀外,郭小川、贺敬之和李季此时又有所来往。1999年初冬,贺敬之与郭小川的女儿郭晓惠谈到当时的情景:

> 小川75年从团泊洼回来后,他说见了纪登奎,纪对他挺好的。好像有了解情况、组织队伍的意思,串联一下当时认为可靠、知根知底的人。他挺兴奋的,好像写了个材料,征求我们的意见,和我们讨论。我也很高兴,那时我在首钢监督劳动,境遇和他不一样。我的意思是他不要太过天真,太兴奋了。我觉得他对形势估计太乐观,好像马上就要出来工作了。我觉得不一定,要留点心眼儿。
>
> 我和小川一起看过周扬同志。这时李季也回来了。我们一起去过熊复那里,是与乔木有关的事。乔木委托熊与文艺界人接触一下。文艺界从上面来的有点松动,一个是从纪登奎那边,他是左派人物,当时很吃得开的;另一个是熊复从乔木那儿来的。记得在这总的情况下,我和小川谈过文艺界的情况,好像他吸收了我的意见。

(摘自郭晓惠采访笔记)

郭小川根据大家意见,拟写了数千言的关于文艺问题的长信。据说是在中组部招待所讨论了一夜之后一气呵成的,不少条内容明显指向江青、于会泳,语气中用了"认为应该……""我们建议……"这样的句式。不久之后,郭岭梅陪郭小川、贺敬之去了胡乔木住处,听取他的意见。胡乔木批评郭小川把女儿带来,郭小川只好解释说:"她是党员……"

在郭岭梅的印象中,那天去时已是半夜,胡家灯光灰暗。胡乔木一说话就给人当头一棒,态度较为严厉:"你说得太乐观,太幼稚了,把问题想得太简单……"郭岭梅记不得,给胡乔木的信最后是被谁烧掉的,所有的底稿、修改稿一一烧毁,以致现在靠众人的回忆都难于全部复原。(1990年9月21日口述)

或许郭小川打招呼面太广,传播的信息渐渐地反馈到高层,于会泳方面开始捕捉情况。1975年秋天反右倾翻案风骤起,形势又一次逆转,邓小平、胡乔木等逐渐淡出。纪登奎又找郭小川谈话,怪他泄露,对他严厉批评说:"这是党内高级干部问题,不能向外说。"

10月20日晚,郭小川给小周明、杨匡满写了一封"十万火急"的短函,紧急向他们报警:

> 我听来的话,只无保留地说给为数极少的几个同志;但领导上已知道,我受了批评。再说,就要受处分了。望为殷鉴。我说的话,千万不可语人,甚至不要说到我见到你们。至要至要。
>
> 我只好到郊外暂避一时,这十天来,已使我穷于应付。

信尾又加一句强调:"你们如真正爱护我,万勿把这封信当儿戏。"杨匡满回忆道,当时他和小周明看完信后,沉默了许久,小周明说:"处理了吧。"点燃的火柴慢慢地把信件吞噬了,心里明白:政治上的高压又要到来,郭小川为了防患于未然、为了保护众人,早早地订立了"攻守同盟"。

杨匡满他们曾经分析过：郭小川跟上层的一些人接近，被人发现了线索，肯定有人把他出卖了。譬如司机时间等长了，有抱怨，就会说看了谁，见了何人。

据1977年11月文化部清查批判"四人帮"办公室编印的《关于"四人帮"迫害郭小川同志和炮打中央领导同志的调查报告》记载：文化部核心组成员、办公厅主任侯再林曾亲自追问送郭到中南海的司机，得知送郭出来时，有一位"个子高高的、胖胖的"领导人时，意识到这也许是华国锋。他们拿来《人民日报》刊登的中央领导人接见会议代表的照片，一一对照查对，与人核实时说："王震是瘦瘦的，纪登奎戴眼镜……"

1975年11月中旬，经上面安排，郭小川匆匆走过了郑州、新郑、林县、辉县后，最后落脚在林县，一方面躲避北京的追查风，另一方面他又被严格限制在林县活动。从郭小川1975年12月初给家人、友人的信中，我们注意到原来中组部安排郭在辉县、林县、大寨、遵化四县各住一个月，分别写出调查研究报告。然而最终中组部电话通知，只允许在林县调查。郭小川实际上被"困"在林县近一年之久，而且也没有要求一定写出什么调研报告，这也许是纪登奎他们实在无奈的保护之举。

两个女儿均在林县插队，得空就来照顾，这使久违家庭气氛的郭小川有了不少欣慰之感。他对林县令世人瞩目的红旗渠工程格外关注，几次走访工地，访问修渠民工，用心地收集创作素材，曾给未来这部描写红旗渠的文学作品定名为《被感动的上帝》。为了不使自己对写作有生疏感，他有意在练习簿上时常写上几句诗句，便于找到文字感觉。1976年3月24日，他给八一厂老友夏川夫妇谈到了自己近况："我决心下林县，主要考虑是：1. 未来的时日中只想做一件事，写好红旗渠；2. 年龄大了，孩子在这里，有所依靠。有病事未细想，觉得哪里都差不多。"

林县当时是全国著名的对外开放模范县，有一个招待所专门接待外宾。外宾来了，招待所里就供应热水，住在所里的郭小川就可以洗上一个难得的热水澡。刚去时，县里领导照顾周到，吃住方面予以方便，不时陪他下乡。但是到了1976年春天大刮"批邓反击右倾翻案风"，他的处境又变得微妙起来。

也许由于郭小川此前在餐厅里不时提到邓小平，这给县里领导有了一种感觉，认为他是邓小平线上的人物，有"右"倾嫌疑。尤其是县委书记杨贵提拔到北京，担任公安部副部长，卷入到"批邓运动"中，这使得县里干部对郭小川的安排有些冷淡。

当时北影年轻编剧李保元在林县已生活了一年多，正在写反映红旗渠的电影剧本。在招待所里与郭小川的长谈，成了记忆中那段暗淡日子最具亮色的部分：

> 他谈论最多的是政治，忧国忧民，老在思考形势会怎么变化，国家该怎么走。尽管对毛泽东的不少做法、指示有看法，有怀疑，但他那时并不认为是主席的问题，而是主席身边的江青、张春桥有问题。
>
> 也许是因为他太寂寞了，我们跟他很快就熟了，吃饭、散步都在一起。他对我们什么都说，甚至是过头的话。有一次他住医院，我和赵绍义去看他，聊得尽兴。他一定要送我们，结果边走边说，竟送到招待所，没办法，我们又得把他送回医院。
>
> 他讲了江青的私生活，我们都是第一次听到，大吃一惊，不敢想象真会是那样。他还说了主席批江青、邓小平与江青的矛盾，这些大概都是王胡子、纪登奎跟他谈过的。我们问："主

席批江,干吗不把江拿下去?"郭小川不回答,他担忧弄不好中国会分两块。

郭小川跟我们无话不谈,同在林县的老作家华山对他大发脾气:"你跟那两个年轻人瞎说什么?捅出去,就得掉脑袋……"他有一次给我写信:"如果他们上台,再上太行打游击,我相信我拿起枪来绝对不比拿笔差……"接着又来了第二封信,嘱我把上封信烧掉。

王震让他别说话,等待时机。他把自己出版的诗集都带到了林县,高兴了就朗诵几段。他有自知之明,认为自己写不好歌词,与写诗绝对是两回事。他自视很高,对一些人的诗作不以为然,说有些诗人连韵都不会押。但对他所崇拜的作家又极尽赞美之词,他说过这样的话:"我们承认柳青是大作家,可柳青不承认我们是诗人。"

由于思虑过度,他有时变得有点神经质,有了幻听:"广播里说我们乒乓球队得了世界冠军了……"急于让小林去查报纸,其实那段时间根本就没有举行比赛。

(1999年8月5日口述)

1976年1月8日周恩来去世,对郭小川在感情上是一个沉重的打击。据郭小川儿子郭小林介绍,那时父亲把对毛泽东的崇拜慢慢地转移到周恩来的身上,那种破灭感要靠像周恩来这样的人物形象来支撑,这是当时不少人的一种心理,是真实的依托。

郭岭梅回忆道:"总理死时父亲使劲哭,全身无力,上厕所得有人扶着。"招待所里的小服务员不明白地问:"你们哭什么呢?"

开周恩来追悼会的那天,郭小川从上午就开始守在收音机旁听转播,心神不安,和大家议论邓小平是否出了什么事。一直到晚上十一点钟才听到邓小平致悼词的声音,他才叹了一口气:"小平同志没事了……"李保元在一旁担心地表示:"很难说。"

郭小川后来告诉郭晓惠:"总理去世时,难过极了,听了广播,哭得几乎起不了床。我担心我们的国家……"郭小川含着泪写完了《痛悼敬爱的周总理》,并复写和油印了几十份寄给外地友人。有人好心地劝阻:"不要印,不要寄,不要老出声……"他激动地表示:"我就是要这样,这是我的声音,我的态度,你们别管。我这条命,打仗时没丢,现在就得干。"

儿子郭小林感觉到政治上十分敏感的父亲心情更加郁悒:县委领导春节请他吃饭,人武部招待他实弹打靶,都无法排遣他的哀伤。

当时在林县插队的北京知青徐寒梅是郭小川的忘年交,郭小川对她说:"我昨天哭了一夜……"徐寒梅问:"你哭什么?"他说:"总理在,还好一点;总理不在,更完了……"徐寒梅记得,郭小川曾这样表示,自己曾见过总理,非常佩服,对他有真感情,认为他是共产党领导干部中值得称颂的人物。(1999年12月1日口述)

1976年1月26日,尚在悲痛阴影中的郭小川给已回北京的徐寒梅写信道:

> 关于总理逝世后的情况,已接几封北京来信,都做了很多描述,你的信也如此。我现在是一接触此事,泪水就涌出。没有办法,虽想尽量排解,悲痛之深沉与日俱增,真要"吞蚀自己不尽的泪水"。不过,我还是觉得应当"化悲痛为力量",现在实在难得很啊!
>
> ……悼诗又改了一遍,河南的一位朋友说我不该铅印,担心再出声。不过,我倒不在乎,总理死了,我们还怕死吗?心中无鬼,一切坦然。所以,还是寄你一份,以为纪念。当然,

你的爸爸看看就算了,再不要给别人看了……

据我想,反正就是那么回事,大不了,掉脑袋。只要对党忠诚,扪心无愧,一切都无所谓。当然,我也赞成谨慎,有时提醒几句也有用。

你爸爸的工作完了没有?希望快些解决。干了几十年了,谁不想为党、为人民多做点工作!

徐寒梅告诉笔者:"那一段他每天生活在忧虑中,对自己的复出有点绝望。思考了很多问题,心情矛盾,神经状态控制不住了,要靠药物。他跟我们常说到夜里两点,认为党还是至高无上的,但路线坏了,希望党能恢复原样。他不说毛主席不好,把江青和毛主席分开了,说过'毛主席怎么看中她的'这样的话。反对'四人帮'坚决,拥护毛主席又很坚决。他逢人就说,毛主席评论小平同志绵里藏针,人才难得。总理去世后批邓,他又低落了。"

1976年初又有迹象显出让郭小川复出,徐寒梅逗他说:"你如果当文化部副部长,我们就可以当个小职员。"他笑道:"哎呀,我还想这事?能回北京就不错了。"

有时陪县里领导下去,下面人前呼后拥,郭小川不喜欢这种阵势。吃饭时看到盛着大盆的肉菜,他连连说道:"吃得太好了,太浪费了。"

徐寒梅感到,郭小川害怕这种场面的东西,他宁愿独自咀嚼苦涩地思考东西。有一天在参观辉县的途中,住在一户飘满落叶的农家小院,灯光昏暗,可以感受到冬天的肃穆和凄凉。郭小川心情不好,但他还是靠着灯光,朗读了近作《秋歌》。徐寒梅听了生出了无限凉意,觉得郭伯伯心中压抑到了极点。

郭小川念完后问:"觉得怎样?"徐寒梅直爽地表示:"我喜欢《厦门风姿》、《林区三唱》那样明快的诗。"郭小川听了不说话,苦笑了一下。

二十多年过去，徐寒梅记住的那个场景的唯一特点就是愁苦："郭伯伯为了躲避'四人帮'的迫害，被逼着呆在这里，也不知熬到何时何日。他的心情除了苦闷还是苦闷。"（1999年12月1日口述）

1976年4月天安门事件爆发，郭岭梅连夜坐大卡车去北京，带回不少广场上抄来的诗歌。她注意到父亲的神情有了很多变化，感到他的思想深处又经历了一次撕心掏肺般的裂变：

> 我念着天安门广场的诗作，他特别爱听，我感到他离我们特别近。他抽烟很凶，想得多，不怎么说话，也不阻止我们说什么。
>
> "天安门事件"后，他对毛泽东的做法有所怀疑。以前根本不让我们提这个问题，一说，他就烦躁："你们不懂。"毕竟是多少年党培养成的，看到违背理想的事情，他是没想到的，心里苦得不得了。一直没理清矛盾心理，说不出口。我们说到"主席做法做的不对"，他听了不说话；说到"江青当政"、《红都女皇》事件，他也不说话；说到整老干部，他也不说。
>
> 他说到江青生活糜烂，在延安就知道她的事情，但说话时并不是谩骂。
>
> 我们说他太沉重了，劝慰他只要跟群众在一起，碰到困难也没什么了不起，就不会有忧愁了。有时他就去宋家庄跟老农聊天，帮他们掰玉米，说一点家长里短，干一点轻活。他愿意去那里，可以使心情安静下来。
>
> 在林县能痛快地与他聊天的人很少，他确实挺苦闷的。
>
> 他曾经说过这话，说时很沉重：大不了上山打游击。
>
> （1999年10月4日口述）

郭小川身体每况愈下，去县医院住院竟达半年之久。每天早上在病床上准时听收音机里的新闻联播节目，听完了就生气发愁。郭晓惠劝他："不听行吗？没关系的……"他还是坚持听下去，情绪一直无法缓过来。

儿子郭小林一家人从北大荒调到林县，使郭小川十几年来有机会感受到一些家庭气氛。郭小林在文章中多次提到这么几个温馨的小场景：父亲常常蹲在我们租住的农舍门口，许久地看着我们为这个新家忙这忙那。他可以不再穿脏衣服，不再吃单调的病号伙食了，他甚至要求每天能包一次嗜好的饺子。刚满一岁、多病却可爱的小孙女给他一种天伦之乐，在病床上欢喜地低下头轻轻咬她的小脚丫。

郭小林感叹一场政治风暴把原本体魄壮健的父亲摧残得心身俱损，五十七岁的父亲像是一个风烛残年的垂老之人：他满脸皱纹，眼睑松垂，患有脑动脉硬化和冠心病，满口牙已拔光，镶的假牙又不合适，硌得牙床疼。他的衣襟上满是油渍和大大小小被香烟余烬灼烧的洞眼。他更加依赖安眠药物，常会出现一种"药醉"状，抖动的右手夹不准菜肴，说话时口部肌肉也迟钝多了，最后变成了蠕动。

郭小林酸楚地写道："最重大的损伤莫过于对他心灵上的戕贼。先是对他的满腔忠诚视为粪土，把他排斥在革命队伍之外；继而剥夺了他写诗的权利：这两条无异要他的命！而这些犹嫌不足，又复加之于打骂、侮辱、隔离、监禁，上厕所有人监视，往来家信被拆检……真是满目疮痍，'人间何世'！"（摘自郭小林文章《对床夜雨》）

在团泊洼，在北京，郭小林的讲述就像他那一组让人过目不忘的描写父亲文章，充满的是强烈的反思和无畏的追索，理性的力量时时扑面而来：

我当时幼稚，还在写"祖国破浪前进"这样的诗句。父亲看后很不满意，制止我再唱那些空泛的高调："都什么时候了，还写这种东西。"他跟我讲过，形势不好，党内出了"四人帮"，斗争很激烈。顿时我就对"祖国欣欣向荣"的说法产生破灭感，陷入混乱，有点分不清了。

他的内心是很痛苦的，想当一个大诗人，但不敢说，环境不允许。知道许多内情，对党和国家的命运深深忧虑。怎样写，写什么，他处于难堪的境地：还歌颂毛泽东，没心思；赞美"文革"，没激情；反走资派，不愿意。

虽然那时他对社会的批判还欠深化，但他独立人格的意识还是有些觉醒。他有些明白了，我没事，你们为何折腾我十几年，为什么要扼杀、限制我的精神，一个正常的人能不愤怒吗？！

他在林县偷偷地在写自传体长诗，不让我们看，把小本子一直藏在身上。从他保密的程度来看，或许里面有他对自己一生、对革命、对领袖真实的思考结果。父亲出事后，据说小本子被中组部收走了，我们至今没有找到下落。

（1999年10月28日、11月1日口述）

郭小林曾这样说过："父亲有近十年没有过正常的家庭生活，也得不到亲人的温暖。可那时母亲不理解他，我们也不理解他。"

当时同在林县的李保元说："郭小川说过：'家人不认识我的价值。'这是他感到要命的地方，对家庭生活有很多说不清的苦恼。"（1999年8月5日口述）

从现存的郭小川家庭通信中，可以看出在"文革"前大量炽热的情书之后，最后几年的家信渐渐减少，在林县期间更显得稀少。

当年杜惠单身从四川来到延安参加革命，郭小川为她的勇敢和活泼所深深吸引。杜惠在政治上的热情、开朗、坚强，也给郭小川的一生以很大的感染和支持,这让他长久地感念着。

1957年所写的长篇叙事诗《白雪的赞歌》中,就有他们爱情生活的痕迹。

杜惠身上的一股冲劲,有时让郭小川十分不安、后怕。1956年"波匈事件"后,杜惠听了传达斯大林肃反扩大化后,不由痛哭起来,并在党小组会上发言说"领导上的不民主也有责任",这引起单位领导的不放心。借着刊物停办,不给她分配工作。中宣部开始整风后,一些人贴出反对在机关分大、中灶的大字报,她签名赞同,并从即日起退出中灶伙食。但她为此却失去了参加整风运动的权利。无奈之下,她只好去京郊工作组,因保护别人差一点被划为右派。1962年在中央党校涉及杨献珍问题,大小会批评之后也险遭厄运,受审查多年,曾遭到全校点名批判。

在几次长谈中,杜惠老人向笔者谈到了自己的那种坚定性,谈到因追求政治信仰上的纯洁而带来一系列的坎坷,侧面反映了"文革"期间人们复杂、微妙的思想状况:

"文革"后期,我所在的《光明日报》军宣队动员郭小川说服我,只要我承认反党反社会主义,就可以恢复党籍。那天下午我下班回来,正在邻居家的郭小川就把我叫到邻居家,他劝我说:"你干吗不承认呢?《光明日报》就你一人没有恢复党籍,你影响了运动。"我说:"我从来没有反党反社会主义,只有思想认识问题。看谁坚持到最后吧。"他急得举手装着要打我,我不服软,大声说:"你敢打我,我立刻到公安局跟你离婚!"他就走出屋子去了,回到自己家中彼此也没气了。

他性格里也有很软弱的一面。回家就不愿多说,很多事我都不知道。双方工作都很忙,都维护着个性。我喜欢坚强,在报社打扫厕所，我还哼着歌。

"文革"中闹别扭，我批评小川，他有时受不了，他到别人屋里抽烟喝酒打扑克，很苦闷。我看不过去，声色俱厉地对他说："不许打，不许抽烟……"我是很凶的样子。

他有时检讨很过火，不敢理直气壮地坚持自己的革命性。有时跟人打牌、喝酒，拼命抽烟，情绪不好。我就最不喜欢他这些，而我从小养成了天不怕地不怕的性格，越挨整越坚强，整天唱歌欢笑，这是我们"文革"中性格上的主要冲突。"文革"中我拉小川的后腿，不同意他站出来亮相，不让他接受被重用。

还应该说，"文革"中我理解、照顾他不够。

他老认为我水平低，爱乱说话，我认为我说话没错，是说心里的实话、真心话。62年听刘少奇讲话后，又有毛主席"三不"做鼓励，我在党小组会上说："毛主席头脑也发热……"我觉得主席老说只有一个指头缺点，不够虚心。我的积怨很深，结果不让我说下去。我这个人素来追求自由、民主，看不惯这一切，很想把自己这几年所想的全说出来。有意见非在党的会议上说出来不可，多次"放炮"，多次吃苦头。小川老替我担心，怕我出去说。

讨论姚文元文章《论林彪反党集团的社会基础》，我指出其中一句话不科学。组里的人听了我的发言，说："你又在反党反社会主义……"我说："起码有语病。"小川知道后，从团泊洼给我写信："你又乱说话，我为你捏一把汗……"

我们两个平等，我的性格直率，比他左，运动一来就积极。他曾在诗里写道："我的妻子动员我……"

（1999年7月12日口述）

杜惠称自己上当受骗而发生的两件错误，使郭小川大为不满。

1975年9月底，《光明日报》社保卫科传达了中央紧急指示，号召揭发社会上分裂党中央的谣言，杜惠立即去汇报所听到的关于《红都女皇》的"谣传"，这其中包括郭小川的外甥女所说的话。杜惠老人向笔者谈到当时的动机："在此前后，我从未听人说过江青不好，而且还在文艺部由张常海正式传达，说周总理和叶帅与江青同到大寨参观，他们称江青'是毛主席的得力助手'。这话给我印象特别深。而毛主席、党中央当时一再强调的中心口号是'安定团结'。在延安时，江青又代表毛主席招待过我们几个为毛主席抄写过著作的小同志。这些情况，使我这个共产党员在中央的紧急号召下，不能不立即响应，忠诚地如实地作了汇报。"

郭小川从团泊洼平反回京后，杜惠立即告诉他这件事，他焦急地对杜惠说："只有你才这样傻！这样幼稚！这样糊涂！"他又说："我在延安就听到过一些中央同志对江青的批评，但我从来不想告诉你这些事，现在也还不能向你细说。斗争很复杂，不一定什么事都去汇报，这件事你做得很不好。现在既然已经汇报，那就算了吧。"

紧接着在"批邓运动"中，杜惠很自然地响应党的号召，汇报了郭小川在团泊洼时听人说到的关于邓小平的谈话内容。

杜惠后来才明白，这反而促使郭小川在林县受到追查，成了被迫害的原因之一。二十多年过后，她痛切地想到自己的愚忠、盲目给家人带来的灾难，在文章中反复强调自己的忏悔和反思，从另一方面剖析极左制度对人性、家庭毁灭性的摧残：

> 现在当然明白：是我完全做错了。因此小川1976年，几乎没有给我写信。这几年，我才听说，小川后期对我产生了严重的不满，几乎想到可能跟我决裂的程度。这是在党和国家遭

受历史浩劫的大悲剧中的一个家庭悲剧,是"四人帮"之流的坏人,利用我的过分幼稚、过分无知和愚昧而搞他们那不可告人的阴谋而造成的。想起来,我感到万分痛悔。当然,小川会很明白,我是受骗了,只要他有机会向我讲清情况,我会完全赞同他的。从几十年的深情和理解,他当然绝不会与我决裂。

(摘自杜惠《忆小川》)

以革命的名义,以斗私批修的形式,号召人们向组织汇报自己和他人的思想动态,意在表白革命的纯粹性和忠诚。这在当时已构成人人自危、防不胜防的红色恐怖氛围,造成社会、家庭严重的信誉危机和情感痛苦,"祸从口出"已是人们心照不宣的生存戒律。

难以想象这种汇报组织的制度对郭小川所造成的伤害有多么大,由此对所谓政治的崇高有着深深的怀疑,他以一种极为痛楚的心情来躲避这种伤筋动骨的侵袭。在干校是如此,在家里也如此。原本健谈的他收敛了许多,强迫自己沉默,有意地不谈一些敏感的政治话题,并善意地提醒来访的亲友说话注意。

他跟友人谈到过家庭生活的一些困惑和苦恼,伤感地谈到无情政治强加给家庭的负面影响,大家明显地觉察到他爱恨交织、无可奈何的茫然情绪。郭岭梅告诉笔者,父亲曾在三位儿女的面前,说到自己的困顿和种种无奈之举。父亲黯然的表情、木讷的言语、不知所措的心境,都给儿女们留下难于磨灭的印象。

那几年间,他在家信里经常谈到"文化大革命中围绕我们家发生的问题"(1972年5月5日致郭岭梅、郭晓惠信中语),几次表示这种家庭的争执"使我的精神和身体都垮了一半"、"把我的心灵深深地刺伤",向组织写材料"为我造成极大困难"。他给女儿的一封信中感伤地写道:"我的年龄、我的身心都不能放在上面消耗了……爸爸想到

这个家庭时是痛苦的。"（摘自1972年6月24日致郭晓惠的信）

他万万没想到革命几十年后，政治运动的诱导和逼迫，能使人变形，能使家庭失去许多快乐，出现难以弥补的裂痕。而且这种裂痕带着明显的政治色彩，使原本浓烈的感情变得稀化。他痛心和反思的就在于，以"正确、革命"名义展开的政治运动为何对人的压榨和催化会如此强烈。

在林县插队的徐寒梅曾听郭小川说过这种感慨："在延安很欣赏杜惠那种不管不顾的坚定，那种冒着敌人的飞机往前走的勇敢。我觉得好的女性就是如此，符合自己的审美标准。以后每次与杜惠有了分歧，过得很苦时，就想起当年延安那位勇敢的女性。"

徐寒梅感触最深的是郭小川反复痛苦地思索，"文革"运动竟使家人的心无法沟通？那位勇敢的女性、自己亲密的爱人为何有这样令人焦虑的变化呢？

1976年9月9日毛泽东去世，郭小川第二天即给中组部打电报："惊悉主席逝世，至极哀恸！极盼回京参加追悼会，请速电示。"他最终还是没有获准进京悼念。

开追悼会那天上午十时，因身体原因，他没有参加县一中大操场举行的全县大会，只是在医院二楼的病房里，由郭小林搀着他面向会场而立。在哀乐绵绵的时候，流出浑浊的老泪，两腿瑟瑟抖动。

郭小林描述道，父亲给自己规定写一首悼诗，他按照报纸上公布的《告全党全国人民书》讣告式的内容，加以诗意的铺排。写肿了右手，哭肿的眼睛引发了泪囊炎。度过几个不眠之夜后，写了二百三十五行，把毛泽东一生的经历大致罗列出来，展现了当年所能想象到的最高格的文字描写。可是写到1949年以后，他有点力不从心,有点语不达意,写完"想不尽呵／批判《武训传》／批判《清宫秘史》／远不是两部电影的"这几句时,不知何因一下子戛然而止。需要指出的是,正是参与批判这两部电影的组织工作之后不久,开始了诗人在北京中央机关的政治生活,他比别人懂得更多的批判内幕。

这次停笔,使这首《痛悼我们的领袖和导师》残篇成了诗人最后的一篇手稿。写毛泽东的诗难以为继,这对郭小川来说颇具象征意味。郭小林分析说:"写这么一首颂歌,不可避免地要涉及对'文革'的评价。父亲已经感到这场大革命并不真的是为了使人的灵魂更美好更纯洁,于情于理父亲都已无法写好这首诗。"

郭小林发现,父亲虽然呈现悲痛的神色,但是远不如对周恩来去世那样的悲恸。他甚至还暗暗感到父亲他们还有一种轻松,产生了一种当时还难以说清的朦胧希望。

儿女们也注意到,在这之后的中秋节那天,父亲竟一改病容,兴奋地与大家一起爬龙头山,身体状况显得异常地不错,最后还登上了山头,神情也不那么忧郁。

郭晓惠的讲述更突出了郭家儿女们对父亲那种惊讶的发现:

> 毛主席去世时,父亲的悲痛程度确实不如周恩来那一次,他反显得有些冷静。
>
> 有一次私下里他悄悄地说:"毛主席啊,我们真跟不上⋯⋯"他说,在百家争鸣中一会儿这个,一会儿又那个。我印象非常深的是,他摊开手掌,翻过来后又翻过去,意思是说翻云覆雨。他说这些很认真,很严肃,说明他一直在思考主席的事。
>
> (1999年7月16日口述)

就在毛泽东逝世前后,文化部展开了新的一轮"批邓反击右倾翻案风"、追查反革命谣言的行动。7月初,文化部来了两位审查组成员,到林县要找郭小川谈话。郭小川慌忙表示:"我不能见他们,就说我病了。"他以头晕、身体不舒适为由,住进了县医院二楼病房。郭岭梅出面接待北京来人:"我爸又病了,住了医院。"医生也配合挡驾,两位审查组人员只好在招待所里等候。

眼看躲避不掉,郭小川对女儿说,见这两个人之前,吃安眠药,要弄得昏昏沉沉。

王秀山是当年去林县调查的两位人员之一,笔者通过电话询问了当时谈话的情景:

"文革"中乱糟糟的,合并成一个中国歌舞团。那年去林县由高××负责,我陪同,我们代表中国歌舞团去林县,主要想通过郭小川了解王昆的情况。跟郭小川见了面,他当时身体不太好,没谈出什么,知道的就说,没谈郭本人什么事。他在情绪上没什么,有时还笑嘻嘻的。

那个时候,谁不紧张呢?

(1999年11月3日口述)

据说,给胡乔木谈文艺问题的那封信草稿在王昆家中的抽屉里查获,因此追究王昆的审查组欲从郭小川的口中得到情况。郭小川认为王昆是战友,应该护着她。他对徐寒梅说:"有人想通过我整王昆,这个事我不干,我真的没说她任何坏话。"

毛泽东逝世后,文化部追查的速度明显加快,在朝阳门二〇三号大院建立了专门的学习班,集中了文联三百多位干部,整整学习了五十多天。以"追谣、查谣、清查反革命"的名义,给学习班成员施加压力。打倒"四人帮"后,分管运动的常务副部长张维民交代说:"于会泳曾不断催促,'首长等着要材料','要赶快搞,赶快送','春桥同志要原始材料'……"

9月14日以后，陆续给于会泳等上报了《简报增刊》、《关于郭小川问题的材料》、《关于目前正在追查的几个问题》等三份有关郭小川问题的材料。从这些文字中，还可看到当时气氛的凌厉程度，看到政治运动这张无所不在的大网搜括的范围，看到毛泽东去世后高层权力斗争短兵相接的白热化局面。郭小川生命的最后一段时光依然被政治运动的探照灯照射得苍白，又一次向着他熟悉的斗争深渊滑下去：

○据××反映，××曾说：郭小川来信了。他回京后，已见到纪登奎、王震同志。

○去年11月，×××听××说过：郭的结论一做，回京后不久，王震、纪登奎同志都接见了他。

○10月底，郭给×来信称：已将信递上去了，并见到了两位副总理（也有人讲三位，其中有纪登奎、王震同志，另一不详）。

○据×××揭发，13日晚十时，送郭进国务院北门后，向东行不远，停下车进入室内，谈话至凌晨二时许，一位穿中山服的人送郭出来，那人乘"吉姆"或"红旗"牌车走了。

（摘自文化部清查办公室《关于"四人帮"迫害郭小川同志和炮打中央领导同志的调查报告》）

从后来披露的文化部党的核心组会议记录来看，1976年9月18日，于会泳在会上指示要把学习班的追查材料整理上报张春桥。9月30日，于会泳直接表示："搞郭不是目的……郭是通天人物，要一追到底。"张维民补充道："郭只不过是个上蹿下跳的人物……把郭调到组织部，在批邓时放到河南，有高人指点。放到哪，追到哪！组织部也可以追！"

10月5日，核心组再次开会，布置怎么追查，突出强调要把郭小川的材料整理齐全后直送张春桥，请中央有关部委协助，把郭的问题挖开。

10月6日突然召开学习班全体大会，宣布对与郭小川过往较密切的钟灵实行隔离审查。主持人在会上厉声说道："有人提出议论某某人（指王震同志）行不行，我们说，以毛主席革命路线衡量，只要不符合的，就要敢于揭。重点是党内走资派。对通天人物，要一追到底！"就在这天夜晚，"四人帮"被宣布隔离。然而学习班的清查惯性一直到10月11日才刹住，郭小川由此逃过行将到来的一劫。

钟灵清楚地记得，10月6日上午八点半被抓到学习班，罪名之一是与郭小川商量写万言书，暗地搞阴谋，搞黑线复辟。由八个人轮流看管，直到10月14日才放出来。

当年的文化部副部长刘庆棠与笔者谈到了当时文化部办追查学习班的内幕及追查主事人的背景：

> 当年我分管剧团、制片厂，参与过这些单位的追查，当作大事情来做。文化部追查的特点是连环追。我对查郭小川没有什么印象，不属于我负责的范围。
>
> 张维民在吉林做过多年县委书记，"文革"时是东北局干部，搞过宋任穷的专案，后来担任管农业的省革委会副主任。由于同毛远新还有吴德的关系，调任文化部常务副部长，管办公厅、简报组，管理整个部内运动，学习班一类归他负责。他属于很左一类，运动积极，能干能说。
>
> 10月6日以后三四天，他灵机一动，马上掉过头，在部里夺权。念完"粉碎四人帮"的中央文件后就自动主持会议，把矛头对准于会泳、浩亮和我。他还说那些老话："你们得赶紧揭发……"又对浩亮说："你表个态。"我们说："你不明不

白，向你表态算什么……"说着说着就吵起来，他说我们很猖狂。于会泳在一旁不吱声。

很快，半年以后，别人还是不相信他，也让他交代是怎么来北京的？在运动中整了什么人？把他赶回东北。

（1999年11月3日口述）

饶有意味的是，在这变幻莫测的动荡岁月，在1976年10月起伏跌宕的日子里，审查人和被审查者的角色屡屡置换，进出学习班时的身份屡屡变化，今天你审查别人，明天你却被人看守、被迫交代问题。每个人都要经历悲喜交织、欲哭无泪的境地，充满了极端的、无法置信的政治悲喜剧色彩。

恐怖的学习班彻底结束了，远在林县的郭小川也终于松了口气。他逃脱了运动的追索，却没有逃脱生死的劫难。

据郭小林介绍，从10月6日以后的广播中，从报纸的字里行间，觉察到其中语气变化和用语转换，身处偏僻山区的父亲很快判断出国家政治生活发生了非同寻常的大事。

他决定回北京看一看，对外面世界一转乾坤的大转折有一种冥冥之中的契合。因种种原因，他提前坐车赶到安阳，停留了几天。10月13日，在那里听到粉碎"四人帮"的消息。

郭小林告诉笔者："在安阳时他说得比较隐晦，跟我二姑说：'明天我就到郑州，跟省委刘建勋书记告别后，我要回北京参加战斗。'"（1999年11月1日口述）

没想到当天晚上（10月18日），在安阳招待所一楼房间，郭小川吃了安眠药，因未灭的烟头点燃衣被，窒息身死。冯牧、贺敬之、柯岩先是听到噩耗，隔几天又收到郭小川从安阳寄来的"我要回京"短信，他们又惊又喜，以为先前的消息是假的。

贺敬之后来一见到郭岭梅、郭晓惠，就会感叹道："你爸在，多好啊！"

那天北京全城公开欢庆粉碎"四人帮"的历史胜利，熬过多少困苦的资深女记者金凤正随着《人民日报》队伍在大街上游行，到处看到兴高采烈的、洋溢着喜庆笑脸的人们，那是真正发自内心的狂喜。突然间，报社文艺部的徐刚挤过来说："小川死了……"徐刚告诉惊讶万分的金凤："他夜里兴奋得抽烟，睡着了把被子点着了……"在金凤眼里，天地间一下子暗淡下来，原来的情绪刹那间没有了。她走在人流中忧伤地想了很多很多，不自觉地流出热泪，最后自持不住，在游行队伍中痛哭失声。

历经这么多的磨难，却不能享受胜利、享受解脱。这种世间的不公平重重地击倒郭小川的朋友们，他们在惊愕中迎来了诗人的骨灰盒，意识到诗人真正远离的事实。人们不由想起诗人一年前在《秋歌》中不祥的谶语："我知道，总有一天，我会化烟，烟气腾空；／但愿它像硝烟，火药味很浓，很浓。"

在车站接灵的人们看到，下火车时家人们早已悲痛欲绝，郭岭梅紧紧地抱着骨灰盒不愿撒手。

在朋友圈中纷纷传说，当时中央已内定郭小川为文化部部长（或副部长）人选，他的意外去世使北京高层甚感震惊。中组部一位部级负责干部赶赴安阳出事现场，公安部侦查专家、法医专门从北京来到出事的招待所房间勘察，排除了自杀、他杀的可能性。

王震不能接受自己欣赏的老部属的突然离去，那一段时间每次看到郭岭梅，就泪水汪汪地说道："你爸是被害死的，被人害死的……"他一遍遍地叙述："正要给你爸写信，让他马上回北京，你爸却死了。"去世消息欲发在《人民日报》，但由于级别问题受阻。开追悼会时，王震亲自找邓力群协商，要求消息见报。王震气呼呼地告诉郭岭梅："你爸爸当然是部长、副部长级别。"由此人们推断，高层对郭小川确有很重要的工作安排，尤其是在十年动乱之后文艺界百废待兴，亟须要资格老、有影响、人品好的文化人担当重任。

王震又出任了国务院副总理，对能担当重任、相知很深的老部下郭小川过早离去，有"爱才"之称的王震比别人更加体会到那种万分的遗憾。

从内部渠道知道郭将担任文化部长的北影导演谢铁骊知道其死讯后，第一句话就是"小川太可惜了"。

笔者采访到的一批文化人都不约而同地谈到一个共同感受：

"小川当文化界领导，我们的日子会好过一些。"

60年代初，送艾青到新疆农场劳动，郭小川曾做了这样的表示："以后我一定要告诉你，你是怎么被划成右派的。"艾青后来感叹，可惜没有机会听到郭小川的解释了。

作协的人说，如果郭小川还活着，相信他会跟艾青讲清事实的真相。

然而，更多更多的文坛惨烈的事情，更多更多运动中不堪回首的黑暗内幕，他还愿意说吗？他能否讲清自己和别人所应负的责任？能否有深刻的反思和忏悔？能否对过去岁月作出严峻的、超前的评判？能否用历史的眼光来审视和批判自己投身的事业中的弊端？会为自己的国家设置什么样的建构来防止过去的人为灾难重新发生？

汪曾祺

题记

20世纪80年代在中国作协工作时,曾有幸与汪曾祺先生有过几次交往,去过他在蒲黄榆的家中做客。他好客,但有时却安静得可怕,个性鲜明。汪先生去世后,我多半是从汪先生的好友、老作家林斤澜先生那里获知他的有趣故事。

汪曾祺先生的儿女都非常出色,待人诚恳,乐于助人,像汪朗、汪朝都是有求必应,这么多年帮了我很多忙。他们所写的父亲著作,我一直认为是作家家属中写作最棒的书籍,从不讳莫如深,情趣荡漾,乐不可支。

当时我最想读到的是汪曾祺的档案,因为知道1976年、1977年汪先生曾被迫写了十多万字的交代,以此来换取政治上的解脱。原本查阅档案之事想象很复杂,难度很大,但没想到去北京京剧团联系时,一递上介绍信,就受到老干部处同志热情接待。经过领导研究,他们同意我查阅部分档案。记得我第二次去剧团时,那一天刚好有京剧团老人去世,老干部处的同志大都去八宝山经办丧事,只留下一两位小姑娘看家。小姑娘打开柜子,抱出两捆东西,用一根塑料绳捆了十字结,上面有毛笔写的"汪曾祺"三个大字。

打开一看,大都是汪先生写的交代材料,约有十几万字,几乎每一个专题都有专文解释、辩解,有时一个题目会写好几次。汪先生用圆珠笔写,下面有复写纸,一式三份,笔触很有力量。还有一些是外调、揭发材料,大都涉及汪先生在样板戏的一些经历。我大约用了两三天时间在办公室查阅,对一些关键的资料做了笔录。这些手写的材料极为重要,如果书稿中缺失这部分材料,《汪曾祺的"文革"十年》就难以成篇。谢谢北京京剧团老干部处诸位同志,你们的好心好意成全一个写作的梦想,成全一种史料的流传。

在此次采访中,我曾经想努力接近京剧团"文革"中两派人士,尽力想取得考证的平衡,但又很难成功,不少人不愿再去沾"文革"中琐碎、说不清是非的事情,有的人谈了最后又不让在文中引用。最难以忘怀的是老团长萧甲、老编剧梁清廉、老导演张滨江等老人,他们先后几次接受我拉锯般的采访,不厌其烦,细微至极。他们均是汪先生创作时的重要领导者、合作者、观察者,他们的口述绵长而又生动,是最出色的佐证材料。

在《汪曾祺的"文革"十年》中,我引用了一些当时身居文化部副部长的刘庆棠(芭蕾舞剧《红色娘子军》党代表扮演者)、钱浩梁老师(京剧《红灯记》李玉和的扮演者)的口述材料,从高层的角度来印证汪先生当时的创作状态。这十几年间与刘老师、钱老师私下来往较多,他们对我的个人影响很大,教会我如何看待复杂历史的奥秘,平淡对待生活中的中意和失意。

《汪曾祺的"文革"十年》较早写到江青在艺术方面较为内行的提法,写到江青指点彩排、关心剧团事务的诸多杂事,通过萧甲的讲述,在相当程度上还原了江青的一些为人特点:"她对作者到了哪一层不在意,是什么分子也不看重,谁有才气就敢用谁,见了有才的人很客气。"当时写这些内容时还是有些怯场,畏手畏脚,生怕惹上麻烦。相隔十几年,我们看待历史人物的态度似乎变得更加从容和客观,没有恶意的漫画,没有恣意的丑化。

汪曾祺去世后,老作家林斤澜一再感慨:"一生最好的谈话伙伴没有了,世上无人可谈了。"林老心境的落寞和荒芜是我们这一代人难以等同身受的,他们在过去险恶政治环境中生存艰难的境遇又何尝是我们所能体察周全的?

1958年,汪曾祺(右)被划为"右派",在张家口农业科学研究所下放劳动

1964年，汪曾祺写作《沙家浜》时在颐和园留影（汪朝提供）

"文革"时期的汪曾祺

汪曾祺的"文革"十年

1960年初秋,在张家口农科所劳动两年的汪曾祺摘掉了右派帽子,单位作了如下鉴定意见:"(汪)有决心放弃反动立场,自觉向人民低头认罪,思想上基本解决问题,表现心服口服。"单位党组织建议摘帽,并分配到政治力量坚强的部门做适当工作。北京的原单位没有接收之意,汪曾祺在等待一年的无奈情况下,给西南联大老同学、北京京剧团艺术室主任杨毓珉写信。

现年八十岁、刚做完胃癌手术的杨毓珉至今还清晰记得当时的情景:

> 那时他信中告我已摘帽,我就想把他弄回来。跟团里一说,党委书记薛恩厚、副团长萧甲都同意。又去找人事局,局长孙房山是个戏迷,业余喜欢写京剧本,写过《河伯娶妇》《洛阳宫》,后来"文革"时有人认为《洛阳宫》影射人民大会堂的建设而差点把他整死。他知道汪曾祺,就一口答应下来,曾祺就这样到团里当了专职编剧。

(1999年6月19日口述)

孙房山曾当过延安评剧院协理员,毕业于山西大学历史系,喜欢写历史剧。他看过汪曾祺50年代创作的剧本《范进中举》,欣赏汪的才华。50年代初汪曾祺做过《说说唱唱》编辑,写过一些研究民间文学的文章,在北京的文化圈子中颇有名气。因此作为北京市人事局长,孙房山一出面,原以为有难度的调动工作就顺利地解决了。

袁韵宜当年在戏曲指导委员会剧目组工作,曾把《范进中举》推荐给副市长王昆仑,王觉得不错。但剧团认为戏冷,不热闹,不叫座。奚啸伯有文化,让好友欧阳中石动笔调整。袁韵宜回忆说:"汪曾祺的本子有基础,善于刻画人物,但故事性不强,没有太多冲突。演出后在奚派中算一个保留剧,但很难推广。"(1998年6月26日口述)

汪曾祺会写戏,爱表现人物内心活动,在北京文艺圈内已小有影响,不少人认可他文字上的功力。

老作家林斤澜介绍说,老舍等北京文化界一些人都关心过汪曾祺调动之事。

1963年汪曾祺开始参与改编沪剧《芦荡火种》,由此揭开了他与样板戏、与江青十多年的恩怨与纠葛,构成他一生写作最奇异、最复杂、最微妙的特殊时期。

当时担任北京京剧团副团长的萧甲讲述道:

> 为了赶1964年现代戏汇演,团里迅速充实创作力量。改《芦荡火种》第一稿时,汪曾祺、杨毓珉和我住在颐和园里,记得当时已结冰,游人很少,我们伙食吃得不错。许多环境描写、生活描写是从沪剧来的,改动不小,但相当粗糙。江青看了以后,让她的警卫参谋打电话来不让再演。彭真、李琪、赵鼎新等北京市领导认为不妨演几场,在报上做了广告,但最后还得听江青的。这出戏在艺术上无可非议,就是因为赶任务,以精品来要求还是有差距的。
>
> 我们又到了文化局广渠门招待所,薛恩厚工资高,老请我们吃涮羊肉。这次剧本改出来效果不错,大家出主意,分头写,

最后由汪曾祺统稿。曾祺随和、认真,写东西苦熬,是强烈的脑力劳动,我们之间能说通,互相理解,没有太多不同意见。沪剧本有两个茶馆戏,我们添了一场,变成三个茶馆戏,后来被江青否定了。

汪曾祺才气逼人,涉猎面很广。他看的东西多,屋里凳子上全是书。年轻人请教,他就谈怎么借鉴、化用,怎么取其意境。

当时他比较谨慎、谦虚,据说解放初时是比较傲的。剧中胡司令有一句唱词特别长,周和桐唱砸了,观众哄笑。周和桐情绪不好,找我说:"团长,我怎么唱?"我说:"改一改吧。"结果改成十个字。曾祺不太同意,但后来还是改了。

江青比较欣赏他,到上海去,她问:"作者干吗的?"她对作者到了哪一层不在意,是什么分子也不看重,谁有才气就敢用谁,见了有才的人很客气。有一次在上海修改《沙家浜》的一场戏,汪写了一段新唱词,江青看后亲自打电话来:"这段唱词写得挺好,但不太合适,就不要用了。"赵燕侠发牢骚:"练了半天不用了,练了干吗?"而汪曾祺依旧那么兢兢业业,在阶级斗争高度压力下,他过得很本分。谈不上重用,就是被使用而已,他没有去依附江青。

他根本不聊政治,不敢说江青意见好坏。对政治既不是老练,也不是圆滑。君子之交淡如水,不跟人打得火热,交往时义气不浓。

戏剧团体有时没有政治头脑,乱起来很没水平。他受过冲击,多少次审他。我们这个社会再不容忍他,就没什么道理了。

(1998年6月22日口述)

据汪曾祺1978年4月20日所写的材料，在上海修改剧本期间，江青曾问汪什么文化程度、多大岁数。《沙家浜》定稿时，江青坐下来就问："汪曾祺同志，听说你对我有意见？"汪说："没有。"江青"嗯"了一声说："哦，没有。"江青没有细说什么意见，但她对此事始终耿耿于怀。她曾与萧甲说过："汪曾祺懂得一些声韵，但写了一些陈词滥调，我改了，他不高兴。"直到1968年冬天，饰演刁德一的马长礼传达江青指示时，还有这么一条："汪曾祺可以控制使用，我改了他的唱词，他对我有意见。"

杨毓珉说："江青曾调汪的档案看，第二天就有了指示，此人控制使用。"汪曾祺心里明白，自己在政治上有"前科"，地主家庭出身，有一段历史问题，1958年打成右派。萧甲也表示："江青说过'控制使用'这句话，在领导范围内说过，积极分子都知道，'文革'中全抖了出来。'文革'前去香港演出，团内有防备谁、警惕谁的内部措施，也被说了出去。"

京剧团创作室老同事梁清廉回忆道：

> 江青批了"控制使用"，是我事后告诉汪的，他老兄在饭桌上汗如雨下，不说话，脸都白了。当时不是夏天，他出了这么多汗，自己后来解释说："反右时挨整得了毛病，一紧张就出汗，生理上有反应。"
>
> 他觉得江青这个女人不寻常，说不定何处就碰上事。那几年他战战兢兢，不能犯错误，就像一个大动物似的苦熬着，累了、时间长了也就麻木了。
>
> （1998年7月6日口述）

杨毓珉认为："汪当时确实不能再犯错误，因为谁也不知江青的控制分寸。"

就在那段期间，江青改组了北京京剧团，把它变成了样板团，砍掉了北昆、实验剧团等单位。江青认为马连良、张君秋演不了现代戏，彭真就说，你不要，我要。彭真特地指示，把马、张放到京剧二团。

汪曾祺他们看得很明白，改编《芦荡火种》时彭真下令把上海沪剧团调北京演出，让北京京剧团观摩学习。北京市委同时决定，也要把歌剧《洪湖赤卫队》改编成京剧，而江青执意要参与该剧修改。北京京剧团老编剧袁韵宜告诉笔者："江青往里挤，彭真也不愿撒手。高层矛盾集中到京剧团，汪曾祺他们夹在中间有时就显得为难。"

据说，彭真坐车本想到北京京剧团指导演出，看到剧场门口停着江青的小车，就只能让司机开车掉头回去。

汪曾祺之子汪朗对当时的排戏情景尚有印象：

> 父亲说过，江青曾拿了两个戏来，一是《芦荡火种》，一是《革命自有后来人》，想让赵燕侠演一个。赵燕侠认为《红灯记》中李铁梅才十几岁，演起来不合适，她看中了《芦荡火种》。
>
> 我曾和父亲到政协礼堂看了来京演出的沪剧《地下联络员》，乱七八糟，尤其是假结婚一场特别闹，艺术上没法跟后来的比。
>
> 后来就排了这出戏，突出赵燕侠的阿庆嫂形象。彭真抓得比江青多，《北京日报》发了几篇社论。那次我去看了，似乎已经成形。彭真与江青弄得很僵，彭一看江青在，扭头就走。父亲有所察觉，非常无奈。
>
> 他们在颐和园、护国寺梅兰芳住宅改剧本时，我去送过换洗衣服。
>
> （1998年6月25日口述）

江青以"种植试验田"名义，逐步把北京市委的领导权排除开了。江青对北京市委宣传部长李琪说："以后剧团的创作，你只要知道一下情况就行了，不要干涉。"而张春桥对李琪说："我们这里，所有的人都听她调，她要谁给谁。"涉及高层人事矛盾，汪曾祺自然回避不及，处事更加谨慎，始终有提防之心。不料彭真很快倒台，江青在文艺领域的领导权威无人敢于藐视。

"百家争鸣，一家作主"的说法就是在这时传出来的。

熟知北京京剧界情况的杨毓珉告诉笔者："'文革'初期，剧团有人斗当权派，斗主要演员赵燕侠、马长礼、谭元寿等人。江青就把这几个斗人的人打成'反革命'，关了十年。公安局不知怎么处理，没有江青的命令不敢放。这样一处理，样板团都得听江青的旨意。"

"江青对汪曾祺是防范的。"当时与汪同在创作组的阎肃回忆道，"为了改编《红岩》，江青告我：'从京剧团找一个人跟你合作……'我说：'一定跟这个同志好好合作。'江青纠正说：'他不是同志，是右派。'江青用他，赏识他，但又不放心，老忘不了他是一个右派。"（1998年7月7日口述）

有一回，汪曾祺伤感地对剧团党委书记薛恩厚说："我现在的地位不能再多说了，我是控制使用。"想不到薛回答："我也和你一样，她不信任我。"汪后来曾形容，江青稍发脾气，薛恩厚就汗出如浆，辗转反侧。1965年5月，江青在上海反而这样说薛："老薛，怕什么！回家种地也是革命。"

有一天，江青在人民大会堂小礼堂审查剧目，她突然对薛恩厚说："你这个名字太封建了。"薛说："那您给我改一个。"江青让在场的康生改改，康生说："唔，你得天独厚，叫个'薛天厚'吧。"江青说："更封建了，你过去厚古薄今，今后要厚今薄古，叫'薛今厚'吧。"

私下里薛恩厚对汪曾祺说："我五十几岁的人了，要你给我改名字。"他表示，他并未在户口本上去改名字。

《沙家浜》剧中"八千里风吹不倒，九万个雷霆也难轰"是薛恩厚写的，但是后来编剧中取消他的名字。原来是有一天江青碰到他说："你把党委工作做好了，不要再去创作。"薛吓得赶紧不署名，提心吊胆地看江青的脸色行事。

江青曾说，《红灯记》剧组的阿甲损害了她的健康，《沙家浜》里又有人顶牛，也损害了她的健康。薛恩厚得知后，在检查中非常内疚地说："一听说损害了江青同志的健康，我就什么罪名都愿意承认了。"

汪曾祺后来回忆，薛恩厚事后不止一次谈过这些事。

江青对汪曾祺的写作才能印象颇深：

> 对《沙家浜》的定稿，江青满意。在讨论第二场时，姚文元提出："江青××为了这场的朝霞，花了很多心血，要用几句好一点的词句形容一下。"江青叫我想两句，我当场就想了两句，她当时表示很赞赏。

> （摘自1978年4月汪曾祺《我的检查》）

历经几年"文革"风雨，1972年4月决定北京京剧团排练《草原烽火》时，还是江青一锤定音："写词也有人，叫汪曾祺写。"可见江青对汪曾祺手中那支笔的看重程度。正因为如此，汪曾祺在"文革"中很快就从"牛棚"解放出来，重新参加样板戏创作组。

> 1968年4月17日前几天，在宣内院内，军代表李英儒见了我，问我最近在干什么呢，我说正写检查呢。他说："写什么检查？你学习学习毛选吧。"

> 17日的早晨，李英儒找我和薛恩厚到后院会议室去谈话，对我说："准备解放你，但是你那个《小翠》（我和薛合写的一个《聊斋》剧本）还是一个反党反社会主义的毒草。"我说："那你解放我干什么？"李说："我们知道，你是个很不易驯服

的人……你去准备一下，做一个检查。"

快到中午的时候，李英儒又找我，说："不要检查了，你上去表一个态。"等群众到了礼堂，他又说："只要三分钟。"我当时很激动，不知道说什么好，大概说了这样几句："我是有错误的，如果江青××还允许我在革命现代戏上贡献一点力量，我愿意鞠躬尽瘁，死而后已。"

表态之后，就发给我一张票，让我当晚看《山城旭日》，不一会儿又将原票收回，换了一张请柬。又过了一些时，李英儒找我，说让我和阎肃坐在江青旁边，陪她看戏。开演前半小时，李又说："陪江青××看戏，这是个很大的荣誉，这个荣誉给了你。但是，你要注意，不该说的话不要说。"

（摘自1978年5月13日汪曾祺《关于
我的"解放"和上天安门》）

汪曾祺形容自己当时如在梦中，心情很激动。江青来看戏时并没有问到"解放"之事，幕间休息，她对汪曾祺说了一句观后感："不好吧？但是总比帝王将相戏好！"

后来，汪曾祺谈到自己内心的真实想法："她'解放'了我，我当时是很感恩的，我的这种感恩思想延续了很长时间。我对江青，最初只是觉得她说话有流氓气，张嘴就是'老子'，另外突出地感觉她思想破碎，缺乏逻辑，有时简直语无伦次，再就是非常喜欢吹嘘自己。这个人喜怒无常，随时可以翻脸，这一点我是深有感受的。因此相当长一个时期，我对她既是感恩戴德，又是诚惶诚恐。"（摘自1977年5月6日汪曾祺《我和江青、于会泳的关系》）

由于汪曾祺较早地介入样板戏的写作，使他免去了"文革"运动的过多冲击。杨毓珉依稀记得，外面红卫兵冲到剧团，拿着皮带抽人，问到汪曾祺干什么,汪如实说道:"我写《沙家浜》。"红卫兵竟不敢下手打他。

杨毓珉回忆道:"汪曾祺没有受到什么皮肉之苦,就有一次罚跪,一次挂牌在院子里游行一圈。红卫兵'西纠'强攻过京剧团,打开大门冲进来后不知我们干什么的,内部的人没有通报,他们闹了一阵就走了,'黑帮分子'躲避在一个屋子里。他曾和剧团领导关在一起。他主要是历史问题,他比别人早出来。"(1998年7月1日口述)

按当时惯例,《红旗》杂志要发表各个样板戏的定稿本。1970年5月15日,江青找汪曾祺他们讨论《沙家浜》,以便定稿发表。江青说哪句要改,汪即根据她的意见及时修改,直到江青认可为止。全剧通读修改完毕,江青深感满意,汪曾祺也认为自己"应对得比较敏捷"。没想到,5月19日晚十时半,江青的秘书忽然打电话到京剧团,通知汪曾祺第二天上天安门,原定团里参加五二〇群众大会并上天安门城楼的只有谭元寿、马长礼、洪雪飞三位主要演员。那天,汪正在为《红旗》赶写《沙家浜》的文章,他跟军代表田广文说:"那文章怎么办?能不能叫杨毓珉去?"田广文说:"什么事先都放下,这件事别人怎么能代替。"

第二天天亮,汪曾祺他们先在一个招待所集中,然后登上天安门城楼的西侧。这天,江青没有出席大会。《人民日报》刊出消息,在几百人出席的名单中出现了汪曾祺的名字,他划在文艺团体序列里,排在总名单的倒数第二行。老作家林斤澜当时正关在"牛棚"里,看到报纸一阵惊喜。十几年后他笑着告诉汪曾祺:"我看你上天安门,还等你来救我呢。"

上天安门一事确实救了人。那时,汪曾祺的儿子汪朗在西北插队遇到麻烦,不服从第一批招工安排,不愿到县城做商业工作,惹得大队干部极为不快。正好赶上父亲上天安门,大队干部对政治风向敏感,就不敢贸然处理,只说了"深刻认识"就敷衍过去。汪朗说:"老头无意中帮我渡过小小的难关。他以后给我描述这事时很兴奋,当作殊荣,说看见了主席,说林彪念错了稿子。"

汪曾祺"文革"后在材料中谈到当时的心情:"上天安门,我一点思想准备都没有,第二天报纸上登出了我的名字。站在天安门城楼上,在距离那样近的地方看到伟大领袖毛主席,是很难忘的幸福。但是我不该得到这种荣誉。"(摘自1978年4月汪曾祺《我的检查》)

从天安门回来后不久,剧团军代表田广文与汪曾祺谈话,曾问汪对上天安门的意义怎么理解。汪说:"不理解。"田说:"这是让你在全国人民面前亮一次相。"

汪曾祺那时有了受宠若惊的知遇之感。汪朗提到一件事情:"那时在长影拍《沙家浜》,剧团的人大都在长春。有一次江青要开会,特意说如果汪曾祺在长春,要派专机接回北京。其实当时他还在北京。"汪朗表示,父亲是一个摘帽右派,"文革"中没有被打入十八层地狱,这与江青对他的看重很有关系。而且父亲觉得江青懂得一些京剧,对唱词好坏有鉴别力。

当时马连良、张君秋、荀慧生等人都关在"牛棚",张君秋被人打过胸口。他们不时参加惩罚性劳动,在团门口卸下两千多斤煤,再一筐筐地抬进去。而汪曾祺慢慢地在团里成了走红的人物,碰到"黑帮分子"就点点头,没有恶意去揭发什么。

汪曾祺做事还是十分小心,里外考虑周详。儿子汪朗1970年春节回北京探亲,偷偷地带了一个空军"黑帮分子"的儿子来家中居住。当时所住的甘家口一带查得很严,汪曾祺夫妇对此深感不安,生怕出事。汪朗回忆说:"我爸我妈压力大,看到他们紧张的样子,我忍不住哭了一场。"

江青对样板戏剧团"关怀"备至,对办公、剧目、演出、生活待遇等诸多方面一一过问。有一次,饰演刁德一的老演员马长礼告诉江青,现在剧团在后台办公不方便,房间窄小。江青问:"你说哪有好的?"马长礼说,工人俱乐部旁边有一座小楼。事后江青一句话,把那座小楼拨给北京京剧团。江青嫌原来饰演十八位新四军伤病员的演员岁数过大,称他们为"胡子兵",就调换来戏校年轻学生,表示这群伤病员的戏要整齐。在讨论芦荡一场戏时,江青忽然想出一句台词:"敌人的气艇过来了。"以此来烘托气氛。

这一切给汪曾祺留下很深印象,他认为江青在当时高层领导人中比较懂戏,对京戏比较内行,而且提供了当时算是优越的工作条件。

"文革"前,江青曾向剧团主创人员赠送《毛选》。送给汪曾祺时,江青在扉页上写了"赠汪曾祺同志,江青"几个字,江青写字很有力,人们看后评价写得相当不错。粉碎"四人帮"后,汪曾祺的夫人把江青题写的扉页撕碎了。据说,这一套《毛选》非常难得,第一次印刷只印了两千册精装本,是毛泽东、江青自留或赠人的。汪曾祺得到一套,当时备感珍惜,心存一份感激。

身为剧团负责人、《沙家浜》的导演,事隔三十多年,萧甲认为对过去日子应持客观态度:

> 谁都得按当时的气氛生活,江青是那个地位,我们都得尊重她。当时我们就是这样,不管有什么看法,都应该热爱毛主席,尊重江青,但说不上到了敬仰得不得了的程度。我们在延安时就知道江青,跟保姆发脾气,有上海明星的味道。在延安时她很特别,自己改装合身材的服装,比较讲究。
>
> 我个人觉得离江青越远越好,感到她身上有一股混世魔王的气势。她到史东山家呆到晚上两三点钟,去了两三次,史就

自杀了；她找了两次黄敬，黄敬得了神经病。1967年时，很多人从各个渠道给江青写信，有的人拼命承认错误，后来就解放了。军代表找我："赶紧给江青同志写封信。"我推了："还有很多问题没学好。"我被打怕了，知道她的为人。

排练《沙家浜》时，江青一边看戏，我一边记录，不能说她全不懂。如果她事后单独谈，那就表明她经过了思考，回去琢磨过。有时她说话就比较随意，她说："柳树呆板，太大了。"我们改了，她又说，"我跟你们说了，怎么弄成这样？"如果弄得不太好，她还会觉得你跟她捣乱。有一次，演员们不太同意江青的意见，说减去的那场茶馆有戏。我说："别争了，这是江青的生死簿。"还有一次，江青说："看《红灯记》就落泪。"我在背后说："这不好，这会损寿。"有人汇报上去，江青说："咒我早死。"市委很紧张，就让我在党内检讨。我说，没恶意，只是诙谐。

那时排戏前总要小整风一番，江青在排《沙家浜》前，曾说："给萧甲提意见。"

"文革"时群众斗我，一上纲就不得了，谁都上来打你，内耗厉害。汪曾祺自身难保，上面让他对党忠诚。他也贴了我的大字报，说了我们之间的背后话，揭了一些隐私。当时谁都这样。

上天安门，是江青说了算。当时江青确实是想拉汪曾祺一把，赏识他的才干。汪曾祺觉得意外，但没有拍马屁，而是老老实实地写东西。他在团里挺有人缘，主要演员都看得起他，他在剧作上很有贡献。

（1998年6月22日口述）

汪曾祺是个严谨认真的性情中人，他把江青历次对《沙家浜》的指示制成卡片，供导演和演员参考。在第一届全国样板戏交流会上，他奉命两次到大会上作有关《沙家浜》的报告。有一次在团里传达江青接见的情况，他在最后情不自禁地建议喊三声"乌拉"，以示庆贺。

儿子汪朗记得，那时在样板团发了样板服，是灰色的确良布做成的。汪曾祺穿了几次，奇怪的是他竟没有留下一张穿样板服的照片。

汪曾祺后来告诉林斤澜，在江青面前，他是唯一可以跷着二郎腿抽烟的人，江青谁都可以训斥，就是没有训斥过他。

汪曾祺形容江青就像上海人所称的"白相人嫂嫂"，身上有江湖气。

汪曾祺以后反省时，感到自己那时也陷入狂热和迷信的地步：

> 我对江青操心京剧革命留下深刻印象，她说她身体不好，出来散步，带一个马扎，走几步，休息一下。她说一直在考虑北京京剧团的剧目，说她身边没有人，只好跟护士说："北京京剧团今年没有一个戏，全团同志会很难过的。"我为她的装腔作态所迷惑，心里很感动。

（摘自1978年4月汪曾祺《我的检查》）

他曾先后为《沙家浜》写过三篇文章，其中一篇《披荆斩棘，推陈出新》刊登在1970年2月8日《人民日报》，执笔之前领导指示要突出宣传江青在样板戏中的功绩，一切功劳归功于江青。一位领导还叮嘱道："千万不要记错了账。"汪曾祺在文中注意用小细节去显露江青的一些想法，如"我们最近根据江青同志的指示，在开打中，让郭建光和黑田开打，最后把黑田踩在脚下"，"江青同志曾经指出，应当是有主角的英雄群像"，"江青同志要求在关键的地方，小节骨眼上，不放过"，等等。

1971年5月23日，江青要接见样板团的代表人物，特意让秘书打电话到长春找汪曾祺。1972年春节,江青指定让汪曾祺参加政治局召开的电影工作会议。如何看待这些情况,汪曾祺"文革"后在追查的压力下不得不拔高:"我这时以样板戏的功臣自居,对江青的忠诚和感激也到了狂热的地步……她分明已经把我当作她的最亲信人物。我和江青的关系经过这样几个阶段:感恩、受宠、动摇、紧跟。"(摘自1978年汪曾祺检查《关于我和江青的关系》)

跟着江青搞创作,往往是折腾几年,有的剧本最后还是胎死腹中。阎肃回忆说:"我们住在一起改《敌后武工队》,楼旁边盖了宿舍楼,有人搬进去住,还生了孩子,而我们的剧本还没通过。汪曾祺讨论剧本最有韧性,原作者冯志有一句口头语:'咱再琢磨琢磨!'冯志是个老八路,文化水平低,但故事多,熟悉风土人情,抗战时冀中平原啥模样,人们穿什么、吃什么,他都一清二楚,经常问:'你还要啥情节?'剧本否定了,我们劝冯志别回去,他不听,回去后就被整死了。"

当时汪曾祺在改编过程中话语不多,很少张扬。阎肃谈到汪写作中的书卷气特点:"他不擅长结构剧情,长处在于炼词炼句。写词方面很精彩,能写许多佳句,就是在夭折的剧本里也有佳句。"

阎肃称,汪曾祺做事大度,看得很透,不会斤斤计较。他说:"有时我写一稿,汪曾祺改得一塌糊涂;他写一稿,我也改得面目全非。大家不计较哪一个字是我的,否则休想合作下去。这个群体没有红过脸,谁也不害怕谁。"

大家对江青的变化无常难以适应,因为对作者罗广斌的一句话不满,江青忽然就对《红岩》不感兴趣。阎肃告诉笔者:"《敌后武工队》为什么放弃,我至今都不懂。是不是与《平原作战》相冲突?我们不得而知。我们搞得越好的时候,往往就是越完蛋的时候。"(1998年7月7日口述)

从 1964 年底就开始改编《红岩》，几易其稿。一次讨论时，江青谈到要对《红岩》做最大的修改，就是不让江姐牺牲，也不让她入狱，让她率游击队回来营救。江青说："重庆都要解放了，还死那么多人，这是给我们党抹黑。"后来汪曾祺才知道，"江姐不死"是毛泽东讲过的话。

江青有一次谈到江姐的扮相和表演，说："她长得很文秀，眉宇之间有一股英气。"罗广斌对演员说："你们就照着江青同志那样演，就行了。"江青说："我叫你们演江姐，谁叫你们演我呢。"江青还指示罗广斌说："将来戏改出来了，小说也可以照着改。"罗广斌和四川省委领导任白戈立刻表态："一定照办。"

1966 年初，江青忽然从上海打电话，叫北京市委宣传部长李琪带着薛恩厚、阎肃、汪曾祺到上海听她的指示。到上海后，到处打电话找联系人张春桥，李琪写了一个便条托人转去："江青同志，我们已到上海，何时接见？此问近祺。"汪曾祺看了便条有些不安，因为他知道中国文牍习惯中，"近祺"是平辈对平辈或长辈对晚辈的用语。他隐约感到，李琪有点看不起刚刚浮出政坛的江青。

江青见面就说："我万万没有想到，四川党在那个时候还有王明路线。"她决定离开原著，重新写一个戏，由二野先遣部队派一个干部，到重庆深入工厂，配合西南解放。她当即让汪、阎二人据此编提纲，二人夜以继日，两三天内居然拿出故事大纲。阎肃私下跟汪曾祺发牢骚："找这样材料，我们上哪儿调查去？"

从江姐入狱说起，勾起江青的心思，她向众人讲到了自己在上海的一次被捕经历，怎样在狱中打滚，跟狱中警卫吵闹："你们把我抓来，我出去还怎么找事呢？"晚上看电影《聂耳》时，江青有感而发："当时就是这样，有一次，我赶了去，已经一个人都没有了。赵丹看见了我，拉起我就跑。我和赵丹的友谊就是这样开始的。"

汪曾祺问江青对提纲的看法:"您还有什么意见?"江青高兴地说:"没有了,你们就写吧!"由于以往改编居多,她还补充道:"我们这回搞了个创作。"李琪看了提纲后觉得稀奇,说:"看来没有生活,也能创作呀!"

汪曾祺印象很深的一点是,李琪随身带了一篇批评《海瑞罢官》的文章,趁机送给江青,江青只说了一句:"太长了。"

后来看这出改名为《山城旭日》的新戏,江青问陈伯达意见,陈没有说什么,康生冷不丁说了一句实话:"净是概念。"江青为什么最后放弃了这出戏,汪、阎二人当时一直没弄懂真正的原因。

公安部长谢富治在座谈会上兴致颇高地谈了一些进军大西南的情况,说那天怎样下大雨,他的警卫员怎样找了谷仓让他睡了一夜。他还说到,他是头一个率领部队打进重庆的,曾到渣滓洞看过。根据他对地形的观察,根本不可能逃出一个人。汪曾祺在现场听后不由后怕,他事后对人说:"这不等于说,小说《红岩》的两位作者都是叛徒。"

汪曾祺对于当时的一个场景一直难以忘怀:

> 在康平桥张春桥那个办事处,江青来回溜达着,声色俱厉地说:"叫老子在这里试验,老子就在这里试验。不叫老子在这里试验,老子到别处试验!"当时我和阎肃面面相觑,薛恩厚满头大汗,李琪一言不发。回到招待所,薛还是满面通红,汗出不止,李琪说:"你就爱出汗。"

(摘自 1978 年 5 月汪曾祺《关于红岩》)

江青有一次指示道,到四川体验生活,要坐坐牢。于是,大家集体关进渣滓洞一星期。阎肃描述道:"十几个人睡在稻草上,不准说话,不准抽烟。我是被反铐的,马上感觉到失去自由的滋味。由罗广斌、杨益言指挥，像受刑、开追悼大会，都搞得很逼真。楼下不时有游人参观，他们奇怪怎么楼上还有人坐牢。"马长礼扮演许云峰，在渣滓洞里念悼词后说一句："同志们，高唱《国际歌》……"结果听错了，大家唱成了《国歌》。体验山上暴动一场戏时，赵燕侠坐吉普车上山，在农家避雨。怕猫的赵燕侠突然发现农家里有一只猫，她吓得飞快地跑回招待所。

杨毓珉说："我们戴上镣铐，戴了最轻的脚镣，天天晚上被'审讯'。每天吃两个窝窝头，一碗白开水、白菜汤。把我和薛恩厚拖出去枪毙，真放枪，开枪的解放军战士把领章摘下。我喊：'毛主席万岁！'里面的人喊：'共产党万岁！'痛哭流涕。而我们已坐小车回招待所睡觉了。后来上华蓥山夜行军，伸手不见五指，一个人抓前一个人的衣服前进，第二天天亮一看吓坏了，旁边均是万丈深渊。还好，没死人。"

在杨毓珉的印象中，他们正在重庆北碚写《红岩》剧本，江青来了一个电话，把萧甲、杨毓珉、李慕良等人用小飞机接到上海，小飞机的机翼上还结着冰。这次由张春桥接待，江青传达了毛泽东对《沙家浜》的修改意见。

于是由汪曾祺通改一遍，在其中加上了一段毛泽东语录。至此，《沙家浜》最终形成了定稿本，不久就在《红旗》正式发表。

杨毓珉告诉笔者："回北京后，在梅兰芳故居继续修改《红岩》，由徐怀中当组长，把原作者罗、杨也调来。代表江青抓戏的是部队作家李英儒。有一天江青突然不让搞《红岩》，不知为什么。后来江青透了一句：'我问了别人，渣滓洞防范得那么严，能够越狱吗？'罗广斌'文革'中被整死了。再后来，江青指定改编《敌后武工队》，也把原作者冯志调来。创作组解散后，冯志回家没几天也被整死了。"

（1998年6月19日口述）

江青又授意改编《草原烽火》，汪曾祺、杨毓珉、阎肃他们又在草原上奔波两个月，一辆吉普车的玻璃全震碎了。回来汇报说，日本人没进过草原，只是大青山游击队进草原躲避扫荡。发动牧民斗争王爷，不符实际。有一位领导听了汇报后说，算了吧。于会泳却说："那就更好了，海阔天空，你们去想啊！"

"很早就听曾祺讲述这个故事，几次听他在会上讲。既把它当作笑话，也看作是悲剧。"与汪多年好友的林斤澜谈及此事，不由长叹一声。

杨毓珉介绍说，《杜鹃山》第二、六、八场是汪曾祺执笔写的。他谈到创作该剧的一些具体情况：

> 1972年江青调王树元、黎中诚从上海来北京，准备把两地剧本合二为一。汪、杨、王、黎四个人研究京、沪两本子的特点，一起讨论。第一场上海本好，我们本比较零乱；第二场上海本好，劫两个法场，情节好；第三场用我们的，感情写得比较自然，他们写得乱；第四场原名《吐翠》，是雷刚识字，铺垫戏，基本上用上海的；第五场用北京稿，雷刚下山，柯湘反复思考，不断有人报告，温其久煽动；第六场完全是我们几个人琢磨出来的，加了母子见面悔恨，感情丰满；第七场叫《飞渡》，走山间小道，也是新写的。第八场《雾岭初晴》，发现温其久勾结，审问他，也是后写的；第九场就写《开打》两个字，让导演去策划。

> 江青说："可以撇开话剧，可以杜撰。"原来话剧里没有写到上井冈山。

> 于会泳说要有韵白，带有音乐性。开天辟地，这是惟（唯）一说话也要押韵的本子。押韵效果很好，听了舒服。我们一场

一场地修改，改了一个多月。

于会泳也在场，他也提意见。他在我们的基础上搞，主要唱段《乱云飞》是他搞的，的确不错。他在音乐上贡献大，对曲艺、评书非常熟悉，顺着嘴就出来了。搞完《杜鹃山》，他就升任文化部长。他说，《杜鹃山》署名不要写四个人，就写"王树元等"。我们没意见，真有意见说出去，还有我们好果子吃？《敌后武工队》也是这样，署"张永枚执笔"，大家也没意见。

江青看《杜鹃山》韵白很好，高兴之下又要我们把《沙家浜》的台词也改成韵白。我们费劲费大了，两人分头干了一个多月，真写出来了，江青来电话说，算了，别动了。

"文革"十年，深入生活多。写码头工人，就到船舱里背矿石，强度大。改《节振国》，到唐山煤矿铲煤两个星期。那时写的剧本也多，写了也不排。江青忘了，又吩咐写新的，有时一年得写好几个。

（1998年6月19日口述）

在写《杜鹃山》雷刚犯了错误还被信任的台词时，汪曾祺联想到自己的际遇，一时动了感情。他对别人说："你们没有犯过错误，很难体会这样的感情。"

那时他抽烟写了一夜，写了十几句，颇感欣慰。他告诉导演张滨江："写的过程泪流满面，动了真感情。"

于会泳每天来排练场，一干就到半夜十二点，编剧都要在现场守候，以便随时处理文字问题。于会泳一坐下来就谈剧本，不谈别的事，到了钟点他站起来就走。大家深夜回家就得坐半小时一趟的公交夜班车，冬天夜里时常顶着风。最苦的是武打演员，于会泳不允许随便比画地走过场，要求该怎么样就得怎么样，照翻多少个跟头，丝毫不许马虎。

杨毓珉表示:"于会泳确实下了功夫,那时基本上他有一个艺术家的感觉。"不过剧团军代表原是黑山狙击战的英雄,当时是师长,有山东人的耿直。不知何故,他不喜欢于会泳,每次上剧场都坐最后一排。人们劝他坐在于会泳旁边,他说,我才不尿他呢!

据汪朗介绍,汪曾祺与于会泳的关系并不融洽:"父亲认为于会泳对京剧现代戏音乐创作作出巨大贡献,对《杜鹃山》管得比较多,是总牵头的人物。但他又认为于会泳不太尊重人,对台词喜欢说三道四。父亲用了比较文的一个字'怅',于会泳说这不通。父亲就把《杜甫全集》找来,找出这个字的出处给他看。唱词因而没改,于会泳却不痛快。"(1998年6月26日口述)

1977年汪曾祺写交代材料时,曾说自己吹嘘过于会泳的才能:"我曾为他的古典文学修养所惊讶,向人介绍过他能背不少诗词和古文。听人说,于曾对五十几种戏曲音乐进行系统分析,能唱一百多段京韵大鼓。我曾向人转述过,对他的那套工作方法,我也曾佩服过,宣传过。"(摘自1977年5月6日汪曾祺《我和江青、于会泳的关系》)

张滨江作为《杜鹃山》导演之一,对汪曾祺所起的作用肯定甚多:

我们整天在一起考虑情节、事件、关系,讨论时吵架,有的地方否定干净了,再接着写。《杜鹃山》的押韵念白,汪曾祺写起来得心应手。他的火花太多,文字滋味浓,很鲜美。

排戏时演员很累,倒在幕后就不想起来,排练到夜里很迟。汪曾祺也在台下坐着,让他发表意见,譬如哪句台词说得不尽如人意,没按规定情景去演,汪曾祺在这方面敢说话,许多演员很尊重他,愿意听听他的意见,经常问他:"老汪,这句怎么讲?"他有时说话重一些,但大家不反感。老实说,他是把知识传授给你，大家不会责怪他，反而愿意请教。

（1998年7月7日口述）

后来汪曾祺告诉林斤澜，有的演员理解唱词有问题，不太懂其中的意思，表演时就显得有些可笑，他在排练场听时觉得挺纳闷。

但他对演员依然抱着诚恳的态度，有求必应，有错敢于指出来。

70年代初担任文化部副部长的刘庆棠回忆说："北京京剧团有一批有才干的人，汪曾祺是突出的，他在《杜鹃山》的创作中起了重要作用。于会泳跟我说过，汪很有才华，应该很好发挥他的这种才干。"（1998年7月15日口述）

1973年后，江青与张永枚、浩然等作家有了更多的联系，于会泳又培植自己的嫡系队伍，汪曾祺与他们的关系相对疏远一些。

汪曾祺对当了部长后的于会泳的表现有些失望："我觉得于很专横，很会弄权术，把党的正常的组织手续完全打乱了。他弄了张伯凡当联络员，完全成了北京京剧团的太上皇。董国臣在我面前大骂于：'于是个什么东西，他把北京京剧团的家全当了，还要我们做什么？'他把他在上海音乐学院那个教研室的人都弄到文化部，把住几个要害部门，文化组简直成了上海同乡会。"（摘自1977年5月6日汪曾祺《我和江青、于会泳的关系》）

汪曾祺对于会泳的态度是：不卑不亢，敬而远之。有时他也敢于说出一点意见，譬如一次讨论创作会议，说到创作必须来源于生活，汪曾祺说："浩亮同志在这儿，你们关于《红灯记》的文章为什么只是提那些豪言壮语，对于一些从生活中来的、寓于朴素的哲理的语言，像'穷人的孩子早当家'之类，为什么不提？"于会泳、浩亮听后不置可否。

从内蒙古作家玛拉沁夫那里，得知了毛泽东对电影《创业》的批示，他禁不住连声说道:"党中央伟大!毛主席伟大!"

"《红都女皇》事件"引发了各种各样的传言,汪曾祺由此对江青的一些看法发生了变化,隐约地感到中国要出大事。1976年5月,汪曾祺悄悄地与杨毓珉说:"我们这个岁数还能赶上一次大的政治变化。我告诉你,让你心里有个数。"

那时原副团长萧甲已被"解放",重回北京京剧团。他带了汪曾祺等八个人去西藏体验生活,他觉得经历"文革"后的汪曾祺锋芒更加不外露,内心更沉淀。

那次,张滨江与萧甲、汪曾祺等一同前往西藏,他觉得汪曾祺对词句更下功夫:"我感到他对词句到了崇拜的地步,夜里睡不好觉,三五个小时才憋出八句台词。他看了西藏水流很急的特点,康定招待所外面的河水响了一夜。他写了'排空拍岸',问我怎么样。那个本子写出来,但没有排演。看看他写的词,好极了。"(1998年7月7日口述)

1974年7月,于会泳通知汪参加《新三字经》的修改小组,此书将作为小靳庄贫下中农编的"批林批孔"读物出版。江青让大学学者、剧团创作人员分成几组修改润色,并定下完成时间。汪只参与了其中几句话的修改:"孔复礼,林复辟,两千年,一出戏。""学劲松,立险峰,乱云飞,仍从容。"等等。

1976年2月,于会泳又要把电影《决裂》改成京剧,他提出敢不敢把走资派的级别写得高一点,敢不敢写到省、市级,写出斗争的尖锐、复杂和曲折。并表示如果样板戏不注意质量,就有可能被人攻倒。于会泳说:"样板戏被攻倒,这意味着什么,你们想过吗?你们是剧团的领导和创作干部,应该意识到自己的责任。"

演员杨春霞在1978年5月18日的交代材料中写道:"记忆中

在有关《决裂》剧本改编会议上，于会泳讲到过《决裂》写走资派，可以写到县长、省长，甚至是部长。"

后来于会泳对以电影剧本为基础而改编的《决裂》彩排不满意，批评说像是一根绳上挂了许多茶碗。而这一稿是汪曾祺最后定稿付印的，薛恩厚曾对汪说："救场如救火，你把唱词风格'统'一下吧。"汪曾祺表示了为难情绪："我们对'三自一包'毫无感性认识，无从下笔。"

汪曾祺此时因"统战对象"的缘故，担任了京剧团革委会的委员。在这之前，汪曾祺发现于会泳有一段时间很沉闷，而在布置写《决裂》时又谈笑自如，若无其事。写《决裂》难度很大，他们很难跟上于会泳不断变化的要求，实在想不出办法，只好每人读有关"三自一包"的材料。

戏剧家马少波1978年5月23日所写的材料中，涉及了《决裂》修改一事：

> 于会泳提出增加与走资派作斗争的新内容，要增加"三自一包"内容，用反对"三自一包"的情节贯穿全剧。

> 评论组逐场提意见，创作组接受不了，强烈地表示抵制。双方争执不下，我当时十分为难。既摸不清于会泳的意图，又不敢公然违抗。另方面我是赞同创作组的意见，并同情他们的困难。最后只有抹稀泥的办法："请创作组同志们根据可以接受的意见自己去商定吧，考虑好就写本子，提纲不再讨论。"

1976年10月11日开会，原定汇报各自的写作设想，可是谁也没有说什么，因为暗地里已经知道"四人帮"垮台了。

就在那时，汪曾祺兴奋地告诉林斤澜："知道'四人帮'倒了，我是又解放，又解脱。"他从自己的角度感受喜悦，比别人多了一点自己的独特心情。

同事梁清廉回忆说:"江青倒了,汪曾祺心花怒放,从来没见他这么高兴。"

> 我在游行中觉得心情非常舒畅,我曾说:"哪次运动都可能搞上我,这次运动跟我没有关系。"我当时很兴奋,很活跃,也很冲动。我写标语,写大字报,对运动发表自己看法,参加各种座谈会,还写了一些作品,在团内张贴,向报社投稿,送到剧团希望人家朗诵、演出。
>
> 我觉得和江青只是工作关系,我没整过、害过人。我还说江青在《沙家浜》初期还没有结成"四人帮",还没有反党篡权的野心,并表示这段问题搞起来要慎重,搞不好就会否定文化大革命。

(摘自1978年9月汪曾祺《综合检查》)

> 我对于许多同志身受的痛苦,对他们对江青的刻骨仇恨,看不到,感受不到。因为江青对我有恩,我一直感念她的好处,觉得她在十大以前、在"文革"期间没有干过多少坏事,或干了坏事也算不了什么。所以竭力强调重点在于会泳控制时期,在"十大"以后——这样坚持了一年多。
>
> 我对江青的义愤不像对于会泳的仇恨那样直接,那样入骨三分。我认为江青控制北京京剧团时期的问题已经基本上清楚。
>
> 朱丹南同志指出,我的改造有一定的艰巨性,十多年来,我中毒很深。要做到脱胎换骨,是很不容易的;我不想自暴自弃,希望为党为人民做一些有益的事。

(摘自1978年4月汪曾祺《我的检查》)

> 我没有任何行政职务,江青也没有给我太大的荣誉,因为

我有政治上的弱点。

她一到节骨眼上,就想起我,我就得给她去卖命。有的同志说我是"御用文人",这是个丑恶的称号,但是这是事实。我觉得很痛心,很悔恨。我今年五十八岁,我还能再工作几年,至少比较像样地做几年。

(摘自1978年汪曾祺《关于〈山城旭日〉、〈新三字经〉、〈决裂〉》)

1977年4月,团内给汪曾祺贴了第一批大字报,其中有的写道:"我们总怀疑有些曾被江青重用过的人在干扰运动的大方向。"5月,汪曾祺在创作组做过一次检查。8月,勒令再做一次深刻检查。当时文化部长黄镇认为,文艺界清查不彻底,高压锅做夹生饭,火候不够,要采取非常手段。很快,汪曾祺被当众宣布为重点审查对象,一挂就是两年。

党委书记薛恩厚也被挂了起来,情绪起伏较大。有一阵,他看了谁都说:"揭(发)呀,揭(发)呀。"他曾跟汪曾祺说:"我给我这十几年总结了两条:胆小怕事,保存自己。"过了几天,他颇有感触地又对汪曾祺说:"我发现,我们都成了杨春霞的底色了。"

汪曾祺写了这样一封保证书:"除了替创作组或党委起草的工作报告外,我没有给江青、于会泳写过任何信。"专案组负责人批了两个字:待查。

汪曾祺在1978年4月11日写了《我的态度》一文,明确地表示:"我将尽我所知、毫不隐瞒地揭发江青和于会泳的罪行,交代自己的问题。我也希望早一点把我的问题搞清楚,并且坚决相信组织上一定会对我的问题作出恰如其分的处理。我相信北京京剧团的运动一定能搞好!"

汪曾祺在"挂起来"的日子里心境愁苦,家人和同事深知其况味:

当时上面认为江青还有第二套应变班子，老头成了怀疑对象。老头天真，别人觉得他日子过得风光，他觉得受苦受累大了，别人对他的认识与他的自我认识有很大反差。一般人认为样板团是江青的铁杆队伍，吃香喝辣，对江青知根知底，关系非同一般。把他挂起来，他接受不了，心里不平衡，跳得挺厉害，说我们也是受害者。在家里发脾气，喝酒，骂人，要把手剁下来证明自己清白无辜。天天晚上乱涂乱抹，画八大山人的老鹰、怪鸟，题上字，"八大山人无此霸悍"，抒发不平之气。老头不是一直平和，年轻时曾傲得没边。

我感到，他的思想深处跟"文革"不合拍，不认同。在创作上痛苦不堪，他是从这个角度认识"四人帮"的。68年我们下乡插队，他对这个运动有看法，但没法反对。他说，把你们送下去我还没认识清，你们用行动改变我的想法吧。

在大环境中若即若离，骨子里还保留一些东西，没有完全化成那一套，没有成为被政治塑造的变形人。那时他给老同学朱德熙写信，从不写样板戏如何如何，最多只写"我等首长看戏，回不了家"，谈服装、考古，一直保持日常生活的情趣。

"四人帮"倒了，他觉得应该，自己获得极大解放。挂起来有一两年时间，很难做结论，只能不了了之，但不给他安排工作。

（儿子汪朗1998年6月26日口述）

打倒"四人帮"后，一些人反而拿他开刀，整他，这其中有年轻的创作人员。整得很厉害，大字报很多，骂得狗血喷头，想打死汪曾祺这只"死老虎"。汪曾祺说："把我弄得够呛。"

我认为不能这样整汪，冤得很。他尽量躲开我，怕影响我，这是他的好意。有一天在厕所里见到他，他问我："你害怕不害怕？"我说："我没做亏心事。"

那时多少人给"四人帮"写效忠信，拍马屁，写小汇报。我说："你们在于会泳处看到有张滨江的一个字，你们随便把我送哪！"

汪曾祺在创作上没得罪过人，没挑过别人什么毛病，也没有呵斥过谁。他在团里没造次过，为什么这些人攻击他呢？就是有人有私心，借打他想在政治上捞稻草。知识分子患得患失，汪曾祺理解这些，不记恨。

（北京京剧团老同事张滨江1998年7月7日口述）

那时他写了不少反驳材料，不同意人家写的结论。人家让他签字，他逐条辩驳。他被单独审查一阵，让回家，但不让串联。

他不懂政治，在"四人帮"倒之前，却没少传小道消息，把我们吓死了。《红都女皇》之事就是他告诉我的，说："出事了，毛主席批了……"很高兴，手舞足蹈。

后来有一阵审查松懈，无人管理。刚好曹禺《王昭君》发表，曹禺写舞台指示很漂亮。闲来消遣，汪曾祺把它改成昆剧，我改成京剧。那时他已开始收集《汉武帝》的资料，自己做卡片，想分析汉武帝的人格。后来体力不行，住房太小，没有条件写下去。

我们劝他搞小说，他说："我没有生活，写不出来。"实际那时已在打小说腹稿，还找出47年写的小说给我们看，让我们说归什么类。

他说，样板戏十年磨一戏，很精致。但主题先行，极左思潮影响下出了一批高大全人物，那不叫艺术。他认为立得住的就是《沙家浜》《红灯记》《智取威虎山》，有些唱段可能会流行。他心里有底，让你们先写本子，最后还是我上。骨子里傲气。他改我们的唱词，划了一段："不要煽情。"又划掉一段："这段没用，白唱。"

王蒙、邓友梅说不能听样板戏，老夫子很同情，觉得是这么回事。他说过，我们吃样板饭，对他们能理解。

（北京京剧团老同事梁清廉1998年7月6日口述）

京剧团创作室老同事袁韵宜记得那时见到汪曾祺进出办公室，总是低头进低头出，灰溜溜过了一段时间，见到熟人说："我又挨整了。"清查组要求他系统地交代"文革"问题，一遍遍地要讲清与江青的关系。闲时无处可去，只好在资料室喝茶、看报纸，不敢与人随便交谈。有人愤怒地表示："汪曾祺对别人作品看不上，很高傲。但他没有傲骨，江青拉他，他就上天安门。"

《杜鹃山》导演张滨江说："他有时一言不发，眼神悲凄，心里有事。"最后审查的结果是不了了之，汪曾祺被迫写了约十几万字的交代材料，成为他十年京剧创作的副产品。

那时，汪曾祺在异常压抑、孤独的境地下，竟发愤写出了《裘盛戎》《梁红玉》《一捧雪》等剧作。行内人士依然赞誉剧本的文学性，认为保持了他笔下人物有深度的特点。袁韵宜描述道，出演比较冷清，戏里不是很热闹。

他改编的新作《王昭君》一开始无人问津，后来总算由李世济出演。汪朗至今还记得父亲当时兴奋异常的情形："他自己把唱词、道白用工整的小楷抄成幻灯字幕，有一位观众看完戏后，竟专门找他探讨书法。"

后来不少朋友劝汪离开京剧团这块伤心之地，甚至有一次胡乔木当场找了一张烟纸，上面写了"汪曾祺到作协"几个字。汪还是没有离开，他觉得京剧团自由、松散，反而不像外界有的单位那么复杂。

在那段苦闷的日子，《受戒》、《大淖记事》已经开始谋篇成形。张滨江曾听他讲过《受戒》中的故事，梁清廉读了《受戒》初稿后，惊讶地说，小说还能这么写？她给杨毓珉看："我不懂，你看能发表吗？"杨毓珉在一次会上介绍《受戒》的内容，引起在场的《北京文学》编辑部负责人李清泉的注意。杨说："这小说现在各报刊不会发表的。"李清泉散会后说："我要看看。"就沿着这条线索索取《受戒》发表。

林斤澜说到汪的另一成名作《异秉》的发表经过：

> 汪曾祺当时跟文学界脱离，状态很懒。我说，把《异秉》交给我转寄吧。《雨花》的叶至诚、高晓声看后觉得很好，说江苏还有这么好的作家。但是两三个月没发出来，我写信问，叶至诚说："我们也讲民主，《异秉》在小组通不过。组长说，我们要发这样的小说，就好像我们没有小说可发了。"后来高、叶一定要发，高晓声还特意写了编者按。汪很欣赏编者按，认为他懂。

（1998年6月12日口述）

以后汪曾祺在小说创作上一发不可收，声名远扬。阎肃看了他的新作，打电话夸奖，汪哈哈大笑："巧思而已，巧思而已。"

阎肃这才意识到，原来的戏剧园地对他来说太窄小了，从《受戒》中找到了真正的汪曾祺。他对汪曾祺说："现在对头了。"汪曾祺说："老了，老了，找到了位置。"

阎肃有感而发："汪曾祺这个人没有城府，我没见过他发过火，从里到外都比较纯，甚至没有多少防人之心，他能瞧得上你就会跟你非常好。"他忆起"文革"中在上海写剧本时，与汪曾祺在街头小店喝黄酒长聊的情景:"我们不敢议论江青,也不提那该死的剧本,就是聊家乡的事、读过的好书、闻一多和《楚辞》及早年看过的好莱坞电影的明星,有一种穷人的乐趣。聊了契诃夫、易卜生、李商隐,说了不少西南联大、重庆抗战的事,后来他写的小说中画面、情节似乎都说过,但没有谈过《受戒》中的那个小和尚。很少谈论上面的事,无从谈起,也没有那个觉悟,只是有时看不惯而已。"

阎肃记得,"文革"初期他们谈过现代戏,认为京剧完全都搞现代戏不行,因为要失去很多表现手段,失去一些施展天地。

阎肃感慨而道:"他算是西南联大有才的学生,在文学上格外出众。古今中外的书读得多,记忆力好,经常纠正我记错的事情。对故里一往情深,对老师念念不忘,谈自己心仪的过去式女孩子。他有幽默感,谈吐中自然见风雅,年轻时也狂过一阵,女孩子一般都很喜欢这种幽默感、这种性情。他做淮扬菜蛮有味道,能做一手汪氏豆腐。后来基本上与世无争,不太争强好胜,不图一时之嘴快。"(1998年7月7日口述)

老友林斤澜评价道:"汪曾祺不问政治,不懂政治实际。但他对政治有幻想,有乌托邦的想法。"

汪曾祺曾在林斤澜面前表露过,对一位老友的变化甚感遗憾:"他后来变了,变得不潇洒,不清高,进了仕途就有所求了。"

汪曾祺颇为自负地说过:"喜欢我的人可能有风趣,我喜欢的人肯定有风趣。"

汪曾祺一生都弥漫着杨毓珉他们所说的书生气、士大夫气,成败俱在于此。1958年补划为"右派"的罪证是汪所写的鸣放小字报《惶惑》,结尾如此飘逸地写道:"我爱我的国家,并且也爱党,否则我就会坐到树下去抽烟,去看天上的云。"其中有一句最令领导们憎恶:"我愿意是个疯子，可以不感觉自己的痛苦。"这句话使他切切实实地付出痛苦的代价。

在1957年鸣放时，他在黑板报上写了一段感想："我们在这样的生活里过了几年，已经觉得凡事都是合理的，从来不许自己的思想跳出一定的圈子，因为知道那样就会是危险的。"他还要求开放人事制度，吸收民主党派人士参加，他觉得"人事部门几乎成了怨府"。

他的这些言论作为"基本错误事实"，成了1958年秋天补划"右派"的根据。他在给整风领导小组的一封信中，极为低调地承认了自己的错误：

> 我因为对许多问题想不通，在认识上和同志们有很大的距离，心里很急躁。所以在昨天的会上表现了那样对同志们不信任的态度，这是很不好的。
>
> ……我是有隐晦、曲折的一面，对人常有戒心，有距离。但也有另一面，有些感情主义，把自己的感情夸张起来，说话全无分寸，没有政治头脑、政治经验，有些文人气、书生气。

1979年3月中国民间文艺研究会复查小组写了平反结论："我们认为，把一个说了几句错话而且又已经做了检查的同志划为敌我问题，定为右派分子，是错误的。"笔者见到，在这份结论上汪曾祺没有写出任何意见，只是随兴填上龙飞凤舞般的硕大名字。

当年划"右派"之后，他回家向妻子转述单位领导林山和他谈话的内容时，忍不住哭出声来。当天下午他曾想留下一张字条，上面写着：我的事情我自己负责，与党无关。后来又有点后怕，认为这样的做法还是和党抗拒。

他凄惨地对妻子说："我现在认识到我有很深的反党情绪，虽然不说话，但有时还是要暴露出来。我只有两条路了，一条过社会主义关，拥护党的领导；另一条就是自杀，没有第三条路。"

后来他对人说，戴着"右派"帽子在农村劳动时心里很惨，唯一乐事就是六岁儿子汪朗用拼音写信，我不会拼音，逼着我学着用拼音给儿子回信。

儿子长大了。目睹父亲十年"文革"波折，他一次次地劝慰情绪起伏很大的父亲。儿子说，你没有什么了不起的事，跟江青又没有什么一致的思想认识，就是有点知遇之恩。儿子说了很多，父亲想了想，总是说："对！对！"

汪曾祺后来爱说："多年父子成兄弟。"一切又归于平淡，平淡如水。

在八宝山向汪曾祺告别时，北京京剧院开了一辆大轿车来，车上只坐了七个人，其中有三位工作人员。梁清廉感慨地说："当时感觉真不是滋味，剧团来的人这么少。单位的年轻人不认识汪曾祺，可以理解，而那些老演员一个都没来。戏曲界功利主义，你一辈子都弄不懂。"

晚年时汪曾祺很少跟单位打交道，与呆了三十多年、尝尽辛酸的剧团自我"割绝"。"文革"十年的梦幻般日子，似近似远，似真似假，他都疏于解释。去世前一年，《沙家浜》版权纠纷弄得心烦，他在电话中对采访的记者们大声嚷嚷一句话："我无可奉告……"

浩然

题记

  没有一个人能像浩然老师对我简单的上半生有这么重大的影响,他的作品直接构筑我最早的少年人生拼盘。在晦暗、困顿的20世纪70年代,他的清新而不混沌的文字陪伴我们这一代中学生,浸入我们的筋骨,让我们的贫乏生活有所依傍而不陷入彻底的空洞。至于作品的思想左倾和虚饰生活,那是"文革"以后才有所明白的。从我个体经验而言,在那样一个畸形时代,有没有浩然作品的存在是至关重要的,三卷本《艳阳天》和《幼苗集》涂抹了我们头顶可怜的文学天空。

  或许有朋友认为这种看法过于偏颇,失之不当。但有的时候,在一个寒苦、简单的年代,一本稍显合意的书籍就意味着全部的世界,它的缺点、不足会被忽略不计,它的多重滋味会被放大,沉淀于人的记忆深处而难于自拔。

曾经和一些文学界朋友探讨过,假如我们身处那样的年代,会否在意江青旁边的那个走红位置?会否依据本能往上贴近?在不同类型的生存环境中,人的趋附和迎合都是难免的,是可以被理解而不被过度谴责的。"文革"期间,浩然基本上没有依靠江青的权势去刻意整对立面,执意要往上爬,而是本分地去折腾写作的事情。在那种险象环生的大环境中,这已经是属于难得的做人品质,他自己无意有意间守住了一个做事的底线。换一个内心有陋习的人置身在他的位置,那很可能会恶行不断,劣迹斑斑。

在三河采访之后的几年间,与浩然老师有过较深的来往,他愿意说说心里话,但沉郁过多,很多思想疙瘩没有解开。如果他能够放松自己,彻底看透人世间的不平与不公,免除诸多烦心之事,或许就能一身轻盈地度过晚年,少受许多不该受的罪。

我看过他写在纸上的《文革回忆录》大纲,最醒目的是《艳阳天》、《金光大道》、《西沙儿女》背后的写作故事。可惜,他因身体原因迟迟未能完成,使我们缺失了"文革文学创作"专题研究中极为重要的原始素材。

最后,我还得说说心中的一点疑惑:很长时间内一直存有"'文革'八个样板戏一个作家"的提法,这个"一个作家"指的就是浩然。他自己也为这个弥漫全国的提法发愁,心里也颇有一股怨气,觉得不算准确,多少有一种污名化的感觉,但又无处诉说辩解。公平而论,"'文革'八个样板戏一个作家"是当年批判"四人帮"时极而言之的政治概念,是一个应急式的简单措辞,不能全面反映"文革"期间文学界实际发生的复杂状况。在我的记忆中,当时新华书店的橱柜里还是摆放相当一批的文学作品,全国有几十个作家还在活跃地写作、发表作品,当然他们的作品肯定带有不可磨灭的时代印记,在今天已经不为人们所知,其文学名气和创作价值早已被时间淹没。

我记得,当年我们高中生还是读过像《沸腾的群山》、《大刀记》、《海岛女民兵》、《征途》、《山花》、《剑》这样有一定水准的长篇小说,一度还互相传看,非常入迷。笼统地说,"'文革'中只有浩然一位作家在写作、出书","只红浩然一人"是不够公允的,当时此说出于政治批判需要是可以理解的,但放在今天还持这样的说法就需谨慎,应该慎用或不用。

浩然

20世纪80年代初,浩然与小孙女

作者与刘庆棠、浩然、浩亮、浩亮夫人曲素英在三河浩然家中

浩然：艳阳天中的阴影

1965年，浩然三十三岁，长篇小说《艳阳天》脱稿。当时他已成为文坛最为活跃的青年作家之一，《人民日报》刊登的文学刊物目录上经常可以找到浩然的名字。这一年，年轻气盛的浩然与文艺领导人在创作问题上产生冲突，这就埋下"文革"之初他积极投入运动的潜在心理原因之一。

1998年11月27日，六十六岁的浩然在河北三河市寓所接受笔者采访。他近几年曾患过两次重病，在语言表达上有些障碍，但记忆非常清晰：

《艳阳天》第一部出版后，影响大，来信很多。一些剧团要求改编，新凤霞要演，北京人艺蓝天野、田冲、朱旭也要改，北京京剧团的汪曾祺也来找我。

那时，周扬他们不了解我的经历，认为我是大学生，通过下乡收集材料创作。他们逼着我下去参加"四清"，不让我在城里修改长篇。张光年、张天翼他们专门找我谈话，郑重其事地谈心，握手时说："代表读者感谢您，写了一本好书。"接着就非让我下去。当时我年轻，不听话，骄傲自满，我说："肯定了好书，为什么不让写下去？我就不配合运动，我看老百姓脸色行事，作协别管我。"当场搞得很僵。上面给韦君宜压力，她也要赶我下去，我跟她吵起来。

我心里总认为作协不像文艺单位，不是在帮助工农作者。我对此耿耿于怀，"文革"中还就此写文章在《光明日报》发表，影响很不好。

我一气之下要求调离原单位《红旗》，结果《红旗》编辑部领导邓力群找我，说别走，我们《红旗》养一个作家养得起，我们支持你写，家中可以雇保姆。

浩然就留下来，在怀柔县得田沟开始写《金光大道》，这个村庄离县城有八十多华里。

北京人艺编剧梁秉堃1964年、1965年曾与于是之等人在北京八大处写剧本，时常与为出版社修改作品的浩然同住一个小院，对他的创作刻苦印象最深：

浩然这个人很有特点，很实在，特别像农民。那时他已写了七百多篇作品，不太爱看洋书，不太信那个。一个人闷在屋子里苦写，生活情趣不是太多。对别人很关心，帮你一定实实在在，不虚伪。我家有亲戚想买小推车，他就出过很多主意。

（1998年12月23日口述）

1966年"三家村"被揪出来，不明底细的浩然在县城给写作者作报告，回答提问时涉及"三家村"，被人打了小报告说是为"三家村"开脱。6月2日调回到北京市文联，老作家管桦说他："你发什么疯，被人揭发。"文联领导让他准备检查，文联的不少人认为浩然积极下乡，写东西有影响，对他没有意见，批评难以展开。没想到，以军宣队为主的工作组看了浩然的档案，认为他出身好，长期在农村写作，群众反映不错，便把他推到市文联革委会副主任的实权位置，由此开始了人们毁誉不一的几个月造反日子。

采访中,浩然对如何看待这一段生活坚持自己的看法:"'文革'这几年折腾太厉害,文联是砸烂单位。我是革委会的头,这么多风风雨雨算是混过来了。这段生活很别扭,人们看问题还不是实事求是,夹杂着过多的个人恩怨。"他表示,写回忆录写到这段时将是很困难的,因为很多东西跟自己拧着。

浩然平静叙述了"文革"初期经历的几件大事:

有人想搞杨沫,说《红旗》要约稿批《青春之歌》。我说,我原来从《红旗》出来的,去了解一下,没有这事。并贴出大字报,介绍我调查到的情况。结果一些人带着五十多个工人进文联找我,脸对脸吵了一通,他们骂我是"稿费资本家",我也骂。两次揪扯去《红旗》对质,《红旗》的人说用《红旗》牌子约稿的人很多,你们双方的理由都可以理解,把这事扯平了。最后没把杨沫揪出来,不了了之。

北大造反学生侯文正自称是高干子弟,想毕业以后留在北京。我和李学鳌不买他的账,产生矛盾。66年8月23日,他在文联搞队伍,写了大字报,大意是"庙小鬼大"、"池小王八多"。文联分了两派,造反乱套了。上午先折腾骆宾基、萧军,下午来了一车女八中红卫兵,说要揭开文联盖子。

他们给叫出来的黑帮分子挂牌子,从北边站到南边。后来叫到老舍,我急了。过去每次运动,都是市委保他过关。我知道他是大统战对象,周总理重视他,建国后写东西最多,他如果出错,我们责任担不起。我三次进去请军代表制止一下,他躺着不动,说:"群众起来了。"打电话到八分部,那边也说:"接受群众考验,不能阻拦。"等我最后一次出来,侯文正在讲话,要把老舍他们往卡车上装,女孩子拿皮带抽得厉害。老舍上卡车上不去,在后面用皮带抽。我找了一个人跟车去,看情况保老舍,找机会拉回来。以后他们在文庙烧戏装,去的人打电话说:"老舍挨打了。"

把老舍送回来时,用唱戏的水袖包着打坏的脑袋。街上跟进来的红卫兵让他继续交代,场面乱哄哄的。个矮的草明站在凳子上,揭发老舍"把《骆驼祥子》卖给美帝国主义"。我赶紧上去说:"把他送派出所。"老舍砸牌子碰到红卫兵,我又说:"他是现行反革命,送派出所去。"送走红卫兵已是夜里十一点,到派出所时我批评老舍:"你不能打红卫兵。回家休息吧,到医院看看,明天到机关开会。"给他家打电话,说司机不愿拉他,让孩子来接。

第二天一早到老舍家造反,我们这个组织也去了,贴大字报。有人议论说,听说老舍家里吵架。早上打电话问,家里人说,老舍一早就出去上班了。可是下午和晚上都没看到他。晚上我接到一个电话,说太平湖捞上一个尸首,是老舍。我派柯兴等人去了,并给老舍家中打电话,胡絜青说:"人都死了,你们处理吧。"

那天在门口接待舒乙,说:"你父亲死了,你赶紧跟姐妹商量怎么处理?"舒乙说:"我们也不知怎么办……"

老舍之死是市文联"文革"中最厉害、最重要的一件事。上面没有追查,直到今天也没有人来问我。我想起来,运动初期时我们还是想保老舍,老舍参加两三天,就提出"想养病"。我说:"你赶紧养去。"他在医院住了二十几天。

(1998年12月9日口述)

老作家管桦同在市文联经历"文革"风暴,对当时的复杂局面印象深刻：

老舍挨打，我们就找军代表，说老舍是党外人士，是歌颂共产党的，请你出去说说话。军代表不敢出去，他说，如果揪的是你们，我还能说。浩然到处打电话，求这个求那个，没人管。那时候，浩然说，老舍要出人命了，大家想办法救救他。红卫兵说老舍打他们，我们就说"法办"，给派出所打电话，想把他救到派出所。浩然又让我、李学鳌赶紧劝慰大家，你们不要往心里去，红卫兵是小孩子，是运动，心里想开一点。端木蕻良说，不往心里去。

骆宾基两口子被外面红卫兵揪走了，浩然说，骆宾基是机关作家，外面怎么乱揪人？我们几个人骑车把人要回来，对红卫兵说："我们也要搞运动，也要批斗骆宾基……"我们软硬兼施，还吓唬他们说，你们把毛主席的像挂歪了。有一天我们正开会，端木蕻良跑来说，红卫兵要抄书。浩然就与我们商议，也成立一个红卫兵组织，并由作家们自己把书封起来，并通知外边的人说，我们机关红卫兵已封存，外面的人抄家要先到机关登记。

（1998年10月25日口述）

市文联很快介入两派斗争，双方陷入不容对方喘气的对峙状态。老作家古立高回忆道，那时浩然造反没有负担，又写出好作品，跳得比较高，自己觉得最革命。他说话比较冲，有一股年轻人的脾气，开大会时拍着大腿、拍着桌子大声嚷嚷，用当时的那套语言说话。他老看不上剧作家杜印两口子，对他们表示气愤，因为杜印是国民党官僚出身，认为他作风不老实。闹派别时，看这个那个不顺眼，觉得端木蕻良历史复杂，又因骆宾基解放前被捕两次，认为他干净不了。古立高说:"浩然曾想拉我一块,觉得都是工农出身。后来他们乱揪乱弄,我就看不惯。有一次在会上我发言一个小时,浩然听了不高兴。我发言这样说他们这一派,说他们不执行党的政策。当时我感到,浩然太傲,跟以前日常接触的不一样了。但他眼界还是比较宽,不是个人主义很严重的人。"(1998年11月25日口述)

老作家草明是"文革"中浩然这一派的对立面,她在接受笔者采访时依然认为,浩然在乱七八糟的时候,不会正确对待我们这么一批资格老的人。

她说:"浩然是得意分子,那时太嚣张了,什么都否定人家,只有自己最好。他想当官,很容易走这条路。浩然他们斗过我,折磨过我们。江青重视了他们,他们的眼角都不看我们这些人。他们在江青那里得了宠,因为江青有权,他们觉得有利可图。从现在来看,浩然他们既没有得到什么好处,也没受到什么惩罚,群众中是会有看法的。事实上我们这批人没被打倒,群众对他们这些人却有看法,那是他们自己造成的。"

八十多岁的草明愤愤不平地表示:"为什么要那么折腾我们呢?为什么非要在人家头上才高兴呢?你们出生晚,我们是十来岁就参加革命,为什么非要向你们叩头呢?"(1998年12月8日口述)

"文革"期间,北京大兴出了一个拉小车往前推的模范典型王国福,中央准备树他,打算办一个事迹展览。上级挑选写作者,已在房山周口店公社下放劳动一年的浩然被选中,调到市委农村组。当时传说是江青下指示,说谁也不能写,让浩然写。但实际上这次并不是江青授意的,只是北京京剧团要改编《艳阳天》,江青审读完小说之后留下最早的好印象。

浩然解释说:"实际上是市委吴德点名的,并不是江青点的。吴德跟我们比较熟,他认为我的历史没问题,符合条件,让我搞王国福比较放心。"当时适逢周恩来主持召开"文革"中第一次出版会议,浩然他们所写的《王国福的故事》获姚文元通过,顿时就传开浩然是中央重视的人物。

不久《人民日报》发文章,说不要写真人真事。市委书记吴德怕惹事,就不让继续写王国福。浩然就把在大兴县小白楼和王国福老家山东文昌县收集到的王国福事迹糅到《金光大道》第一部的开头部分。

浩然在顺义、承德等地耐住寂寞写了几年《金光大道》,直到70年代初由于江青的重视而日渐活跃。有一次,送审《艳阳天》京剧本,江青突然发问:"浩然这个人在哪里?"有人回答说在北京文化组,江青当即要写信接见。由于经办人不知地址,只好把信送到人民文学出版社李季处,李季立即派司机转送浩然家。

在浩然的记忆中,当时接见场景又紧张又兴奋:

第一次见到江青是在天桥剧场看节目,陪同人有于会泳、刘庆棠、浩亮等。我觉得她抓了样板戏后,要抓小说来了。她让我坐到她旁边的沙发上,说:"这么年轻。"接着又说:"听说资产阶级不欣赏你,我们也不希望他们欣赏你。"

后来讨论电影《艳阳天》,江青说了小说哪处好,电影哪处不行,尤其重点说了对小石头行凶一场戏。她说了很多创作方面的话,我当时感到入情入理,比较内行。

过了几天,西沙海战结束了。有一天深夜两点,吴德把我带到钓鱼台。江青拿着已写好的信读给我们听,大意是打仗胜利了,我现在很忙,正开展批林批孔运动,离不开家,特派作家浩然、诗人张永枚、新华社记者蒋豪纪代表我慰问前线军民。江青告我赶紧给家里说一声,没钱就向地方先借。我说,老伴带几个孩子回老家，家里还剩两个孩子。江青说："赶紧给家里打电话。"

江青似乎对空军印象不好，不太信任，她调用海军飞机。我们三个人穿了军装，每人配了警卫员，一早就飞到广州。许世友、赵紫阳等广东领导到军队招待所看望我们，并要去江青的信，第二天印成铅字发到连队支部。我们坐直升飞机跑遍西沙诸岛，就除了一个无人岛没去。一天跑二三个岛，开了十几次会。我觉得自己只是文艺工作者，只有带信任务，只说几句应酬话。在会上一句话不说，由部队首长念信，因为江青没有交代说话任务。

当时海战后，就去了我们这一支慰问团。

那时在西沙刚把南越人赶走，看什么都好。大海真蓝，一尘不染，心中有一股爱国主义情绪。在舰队，看了部队打仗演习。回来时坐船，许世友、王首道参加了庆功会，在会上我还见到了江青拍女民兵照片的那位女民兵本人。

庆功会上我没讲话，张永枚也没讲。张永枚跟部队挺熟的，比较随便，有一次喝酒喝多，醉了。

张永枚写诗较快，几天就写出来了。于会泳、刘庆棠、浩亮和我们在文化部礼士胡同，还讨论过他写的诗。于会泳提出要改，张永枚坚持不改。后来这首长诗在《人民日报》发表。而我写小说比较慢，半个月内写了草稿，我给江青寄去看了，并说了如何构思。写第二部时为了补充素材，还特意到湛江去了一趟。一个月写完《西沙儿女》之后就交给上面，于会泳接到江青电话，说不看了，保留评论权，让作者自行处理。这事就算应付过去了。

由于对生活不熟悉,《西沙儿女》采用诗体形式,在形式上变变样,避免把故事写得那么细。把我所知道的我家乡抗战故事改造一下应用上去了。写这本书,热情很高,但又是应付差事,不足为法。

尤其第二部是在"批林批孔"的气氛下写的,写了阿宝参加路线斗争,参加"反击右倾翻案风",这么写都是跟着形势走的。江青没看这本书,她根本坐不下来,没时间读。

(1998年11月27日、12月9日口述)

笔者1998年12月5日晚电话采访了住在广州的原新华社记者蒋豪纪,他当时为新华社驻海南记者,离西沙较近,受新华社指派陪同参加那次活动。由于时间久远,他对当年的西沙之行记得有些模糊,对活动的背景不甚了解,总的感觉是浩然为人平和,做事不张扬。

原文化部副部长刘庆棠、浩亮当时都在钓鱼台现场,他们回忆道,江青弄了不少书籍摆在桌上,其中还有线装书,要浩然他们转交给前线。江青还表示,前线胜利了不起,你们在那多呆一段,把我们大家心情带去,书转交一下,是我们一点心意。抓紧时间收集材料,好好采访,如果材料够用的话,浩然可以写小说,张永枚写写诗、歌词。简单交代完毕后,浩然他们仓促准备行装,在十分紧张的情况下马上出发了。(1998年12月16日口述)

浩亮记得,江青当时叮嘱:"前线紧张,保证安全。"江青一再提道:"要创作好的作品,来反映西沙军民一致对敌。"浩然、张永枚显得很激动,连声表示要很好完成任务。

刘庆棠告诉笔者:《西沙儿女》写完后,打印了几份传阅,大家讨论这部作品。大家认为在这么短的时间里写得很动情,称赞他还是有生活积累的,一直在生活中。于会泳肯定作品站得住,又细心地提了一些枝节性意见。后来决定改编成剧本,由八一厂投拍。我说,要在作品基础上改出来。"

写完《西沙儿女》,浩然还是在意《金光大道》大部头的写作,他跟吴德商量,能否躲到安静处搞创作。吴德说,你不要走远,一找你就能马上赶回来。浩然就隐姓埋名来到京郊延庆县大庄,吃在供销社,睡在卫生所病床上。当地人也不知他的真实身份,有一天市委打电话找他,当地干部说没有此人。市委只好让当地干部用广播大喊浩然的名字,无奈之下他只好接了电话。吴德告他紧急赶到大寨开会,绝对不能延误。

曾在影片《艳阳天》中扮演萧长春的北影演员张连文当年也是一声令下从大兴安岭《沸腾的群山》摄制组召到中南海,并与浩然一起转运到大寨。他记得,当时临近中秋节,两位中南海陪同人员带了很多月饼。

当我从大兴安岭一路安排到了北京时,一早就送到中南海。我进了接待厅刚坐下休息,就看见浩然来了。我们见面很亲热,我问:"我们到哪儿去?"浩然说:"我也不知道具体情况,稀里糊涂就来了。"

等接到火车站,看到车厢外有"北京—太原"牌子,才知道我们要去山西。在火车上,听到广播说农业学大寨现场会在大寨胜利召开,我们才明白怎么回事!陪同我们的中南海信使带了很多月饼,给谁吃不知道。他们告诉我们,江青在大寨。

到了太原是中午,浩然说:"我年岁最大,中午饭我请了。"到了阳泉下车,外面大喇叭就喊:"长影的张连文同志出车站,有车接你。"那时我是演员,别人以为容易认我。

一辆212吉普车把我们一直拉到大寨,信使走了,我们看房间里都没人。到了大寨一个窑洞前,浩然上前打听,有一个穿军装的女人迎出来说:"会议已开始,怎么才来?"浩然悄悄告我,这是谢静宜。到了大餐厅,坐了几百人。谢静宜说:"他们到了。"我们正要低头找位子,江青站起来说:"还往哪走?就坐这。"让我们坐到她那一桌。那天江青把张天民骂了一顿,说无大错,还有小错。张永枚被江青点了几句,吓得有点神经质,每天早上老在一个地方扫地。有一次我刚扫完,他又扫,我走近告他,他竟从怀里拿出江青与他合影的照片给我看。

浩然在会上不怎么说话,不像张永枚那么患得患失,吓成那个样子。

江青说:"为什么找你们来?看你们有没有胆量重拍《创业》。"后来张天民又改了一个剧本叫《希望》,相当于《创业》重拍,把主人公改成女的。

那时北影正拍摄一部反映大寨的片子,剧名叫《山花》。

(1998年12月4日口述)

浩然告诉笔者,那次看完电影后江青又找了张永枚,问是听谁说的谣言?张永枚变得有些不正常,非常紧张,说话颠三倒四,一会儿说月亮很圆,一会儿说星星。跟他睡一屋,我外出串门,他老是把门反锁上,我好不容易才把他叫醒。听说他以后曾被送进精神病院,前几年他还给我寄过材料,有过一些联系。

浩然回忆了当时江青的烦躁状态:"我们听到风声,知道江青被主席批评了。在大寨白天劳动,时而下地剪花椒,陈永贵、李素文都来参加,江青比画表演一通。有时就整天看电影,一部接着一部。她一到会上就追查谣言,吃饭时也追问。"

江青当时提出在大寨"吃好,休息好,看(电影)好",她带了一汽车拷贝,夸这些外国、港台片摄影棒、故事棒、演员棒。浩然记忆中,放映的电影有《冷酷的心》《简爱》等,江青每次都乐意评价一番。有一天晚上看完电影后,江青还关心地问道:"吃得怎么样?大寨就是玉米棒子。"

娱乐之余,江青还因政治上的不快时而发怒。有一次吃晚饭,江青问:"最近听到很多谣言,你们谁听到了?"众人非常紧张,江青转头问浩然,浩然不敢说真话,只好说:"我是从山沟来的,闭塞,听不见什么。"江青问:"张永枚,听到没有?"张永枚回答:"听到一点,说江青同志是吕后……"江青一听炸了:"放他娘的狗屁。"时至今日,浩然还记得那天晚饭紧张到什么味道都没吃出来,人人一头冷汗。

回北京的火车上,于会泳对大家说,回去后对谁也不要说这里的事,否则会受干扰。浩然回京后就向市委汇报详情,并说要写建军五十周年剧本,已分配张天民写大庆,张永枚写赤水,浩然写井冈山。浩然不熟悉军队生活,有为难情绪。市委黄书记说,你的事难办。浩然说,你是领导,你得想办法。于是,就安排浩然除夕之夜住院,一开始送到朝阳医院,听说周扬住在那里,连忙换到三〇一医院,躲在单人病房里改写《金光大道》第三部。浩然记得,旁边的病房里,还住着老作家周而复和跳高运动员倪志钦。

浩然如实地谈到当时想法:"我厌烦一些活动,躲都没法躲,只能躲到医院里。"

1976年4月清明节发生"天安门事件",在清场之时,浩然接到市委一个紧急电话,要他赶快离京上《井冈山》创作组。组里有《南征北战》导演成荫,编剧除了浩然之外,还有王树元、陆柱国。他们基本上沿着井冈山至庐山的路线采访,然后准备到上海写本子。

当时浩然曾把自己一些烦恼心事告诉周围朋友、同事：

那时大家都在花市东兴隆街北京出版社写东西，那时出版社叫"毛著出版办公室"。那次浩然从大寨回来，说江青是疯子，胡乱骂人，听了毛骨悚然。浩然说，我没办法，不能不去。他几次跟我说："我能写作就心满意足了，我对上面躲都躲不过来，还当什么官？"让他去日本访问，他也推辞："我不去，写作不能打断。"

那时浩然看了我第一篇小说，半夜敲我的房间，给我说创作ABC，说出缺点和不足。我写了诗歌给浩然，他托人转给《北京文学》发表，那是我的处女作。

从"文革"前后文坛的情况来看，中国作家有个普遍毛病，就是对人的看法缺乏超度，缺乏更高层次的大悲悯。

（作家陈建功1998年12月8日口述）

江青是利用了他，但他没有借此踹别人。批判时嚷嚷几句可以理解，批判老作家，也是真真假假，在运动前期还是尽量保护人。

这么大的运动，从中央开始这么乱，一个个像喝醉酒似的。浩然能保持那样不简单，不借江青势力整对立面。每次从江青处回来，他都要向市委汇报。

浩然对农民是有感情的，写作很勤快，见缝插针，稍有空隙就躲在屋里写小说。时代就那么左，《金光大道》是那个时代的产物，值得后人研究。后来他要写《金光大道》新序，我劝过他，说别写了。

（老作家管桦1998年10月25日口述）

从西沙回来时，浩然给我们带来了珊瑚石，以前我们没有见过。他并没有向人炫耀此行。大概他以后又接受任务，上面想让他写南沙。

"四五"运动时，他对总理有感情，对外不吭声。

他内心里是矛盾的，他尊敬的老作家都完蛋了，就剩下他一个，这正常吗？相信他心里有自知之明。

那个时候他不愿回市文联宿舍楼，觉得回这个楼自己抬不起头来，别人看自己都是那么一个眼光。

（原北京作协秘书长郑云鹭1998年11月24日口述）

浩然曾经告诉我，他害怕在江青面前说错哪句话，招她不高兴。他有朴素的阶级感情，他写的东西都是歌颂，当年农民端着饭碗在村里听广播小说《艳阳天》。但他也吃了很大的亏，《金光大道》在很大程度上事实不能成立，与历史面貌不符，浩然在这点上扭不过来。

他过去介绍自己的创作经验，其中有一条是"反其道而行之"，就是说在现实中听到不好的事，就反过来找到好的一面来写。

写《西沙儿女》比较荒唐，作为政治任务压下来，在这么短的时间内仓促完成，他显得有些紧张。他被当成"江青的使者"，当成中央来的钦差大臣。他对战士们说："江青同志问你们好。"他发现江青与张永枚单独谈过，张在西沙说的不少话，他没有听过。从西沙回来后，怕江青召见他。

他不想谋权力，不想整人，也没有利用江青整对立面，只想搞创作。并没有因为红了起来，就跟着疯狂。

听说江青看过《艳阳天》，给予肯定过。江青也要找一些根子正、出身苦的人，她曾想让浩然当官，但浩然不干，说我都没有当过小组长。"文革"后,他跟我说过这事。他说过,害怕江青喜怒无常,弄不好就很危险,也不知哪一句话招她不高兴。

(原《新剧本》主编潘德千1998年11月28日口述)

他跟我们说,去西沙时部队领导把作战意图都汇报了,写不出来怎么交代?有难言之隐。他说:"我受罪了,在西沙硬板床上翻来覆去睡不着。"

有一次江青在人民大会堂接见,浩然坐在江青旁边。江青拿着一个档案袋,上面写着"狄福才"。这个人原在八三四一部队,是毛泽东派去文化组的。一会儿来了一个秘书,江青交代说:"这个人不可重用。"浩然听了吓了一跳,认为这是主席派来的,江青都说不可用,真是伴君如伴虎。从这时起,他就跟江青保持距离,不叫不去,叫他去也不往上贴,基本上哼哼哈哈。

浩然有朴实的农民底子,这同时也带来很多局限性。不管如何,"文革"中江青旁边的位置太特殊了,多少人想得到这个位置。在大起大落中,浩然本性没变,还能把握住自己,已属不易。

(剧作家梁秉堃1998年12月23日口述)

当时江青对浩然的写作才华倍加称赞,几次在不同场合表示对《艳阳天》的好感。《艳阳天》、《金光大道》拍成电影,江青也予以肯定。有时在钓鱼台开会,她会问:"浩然同志请来了吗?"在文艺会上曾这样说过,浩然是一位执行毛主席文艺路线的好作家,好就好在是按讲话精神一点一滴去做的,长期生活在基层,是一位高产作家。

当年文化部副部长序列中,由袁水拍分管文学方面。毛泽东曾称赞袁的诗,让袁把关毛诗译英文的工作。江青让袁当副部长,是看着毛泽东的面子。但江青嫌袁的岁数太大,不方便跑上跑下,而且袁胆子太小,顾虑重重。刘庆棠回忆道,江青确实有把浩然调到文化部的想法,只是没有正式谈过。江青说过,以后文化部应该团结浩然同志,多给他任务,多关心、帮助他。江青对张永枚就没说过这类话。(1998年12月16日口述)

面对三河寓所窗外的沉沉暮霭,浩然语调平缓地回忆道:

> 江青没透露过要让我当副部长,但我感觉到她要抓我。她对于会泳他们说:"你们几个有搞音乐、搞舞蹈的,没有搞文学的,你们要请教浩然同志,他是专家……"我说:"我从来没做过党的工作,连小组长都没当过……"江青指着我说:"你太客气了。"我听了出了一身冷汗,不知是正话还是反话。
>
> 又想当官又要创作是不行的,我对官场事情不太感兴趣,我干不了这事。不进这圈子只是表面知道一些事,一进这圈子就受不了。开会还要记录,连皱眉头都要记。我只是想,被江青重视的人不会挨整的,我可以踏实地搞创作。我曾跟吴德说,可别让我当官。吴德说,我当不了家,我不好说话。

(1998年11月27日口述)

刘庆棠透露,1975年、1976年间,继恢复《人民电影》等五大刊物之后,又酝酿筹办全国文联、作协,内部已有安排浩然担任相当领导职务的考虑。

刘庆棠介绍说,"文革"期间作家不敢写东西,老作家有顾虑,怕写出来成为批判对象,有"文艺工作危险论"的思想。当时上面还是想鼓励出新作品,希望不要怕犯错误,不要轻易扣帽子。(1998年12月16日口述)

在浩亮的印象中，浩然诚实朴素，说话跟他为人一样，很少夸夸其谈，本身就像是农民的缩影。（1998年12月16日口述）

1976年9月，浩然成为毛泽东治丧委员会中唯一的文学界代表。他跟老将军杨成武一起守灵，大会堂空调较冷，他年轻，守灵值班时间比老同志更长一些。他见到面有哀戚的江青，并说了一些致哀的话。

"四人帮"垮台时浩然正在上海出差，整理《井冈山》创作素材。消息是《收获》老编辑郭卓偷偷打电话告诉他的，说晚上有事到住处来。郭卓来后透露北京抓了几个人，上海不能久呆，让他赶快回京。郭卓的爱人是南京军区宣传部长，郭卓表示如果一时不好离开上海，请速到南京军区驻上海办事处，请部队用车直送南京。

郭卓走后，浩然他们胡乱猜抓了哪几个人，独独漏了王洪文。浩然说："出事了，赶紧走。"导演成荫说情形不太像，但也找了下去看景的理由，提前离开上海。

浩然谈到他坐飞机回到北京，明显感到气氛不同，从此开始了令他感慨万千的清查日子：

> 到了北京，才知道抓的叫"四人帮"。市委难保，一开始把我说成帮里的人，传闻特别多。我就去密云写《金光大道》第四部，还选了我当市人大代表和五届全国人大代表。
>
> 后来就成立专案组，开会背靠背整我。我看了一些发言稿，说我是江青的面首，从西沙回来先奔江青去了，机关司机在外面冻了一夜。这怎么可能呢？上钓鱼台从来不能用机关车，我都是坐派来的面包车进去的。机关让我交代，我如实地写了跟江青的几次见面经过。
>
> 作家整作家非常厉害，上线上纲，一些作家还到处鼓动，草明、阮章竞、雷加、黄钢等到《人民日报》请愿，一定要公

开批判我。但《人民日报》一直没见报。跟这四个人有些恩怨，跟草明本来关系不错，但她"文革"造反造错了，我不理她，她记了我的事。阮章竞是后来进文联的，左得不行，自己倒霉，就当投机分子，偏激得厉害。黄钢批《苦恋》时就跳出来了。

有一次召开科学家、作家会议，发了一条文艺会议消息，发言者名单中没我。因为那次会上大家抢着发言，我沉默，没发言。于逢和草明串联，《广州文艺》认为这是一个信号，就公开发表批《西沙儿女》的文章。张光年让《人民文学》转载。《北京日报》有压力，也组织人写文章，全国报刊转载了。当时我觉得，政治上算是完了，心里又害怕又委屈。

当时风声很大，茅盾的文章里点到了"八个样板戏一个作家"。我在政界没有熟人，没有后台。我给中宣部部长张平化写了一封信，从月坛北街家中直接送到钓鱼台收发室，但没有回音。

小范围的会和开大会，大家都保我，会开不下去。有的事我做了解释，有的事比较清楚就不解释了。整了一百天后，在工人体育馆开文联恢复大会，吴德参加了会议。我在会上做了检讨，念了一个小时，群众鼓掌，这样就算我解脱了。会场上没有喊口号。那天刚好是我大儿子结婚，我直接从会场到了婚礼现场。

后来《北京文学》想发表我的检讨，市委不同意。那时我无所谓高兴，开会时心里没底。有些人想把我撂倒，形势并不像他们预料的那样。

在这之前，我躲在密云，按照原有框架，在那种大气候影响下，写完《金光大道》第四部。这本书如果现在再写，照原来构思肯定写不出来。后来又开始写《山水情》,在顺义、密云、平谷、通县呆了十年。我对自己要求是,重新认识历史、生活、文学、自己,深入农村,甘于寂寞,从零开始,过去一切都不算了。

(1998年12月9日口述)

就在粉碎"四人帮"之前,根据浩然原著《西沙儿女》拍摄的同名影片即将完成。扮演男主人公陈亮的张连文记得,当时就等天气好转,再拍几天海战戏,就可以结束拍摄工作。

张连文向笔者讲述那段令他终身难忘的经历:

拍《西沙儿女》前后,同浩然接触时间较长,觉得他正派、博学,一看到他就觉得很亲切。对《西沙儿女》有不同看法是对的,剧本是由当时政治形势决定了调子,要做具体分析和批评,但不能因此轻易去扼杀一个作家。

前不久碰到当年剧组场记,他现在是电影厂副厂长。他还说能否把《西沙儿女》剪成一部单纯的风光短片,因为影片是水华导演,朱今明摄影,把西沙拍得像一串明珠,视觉效果美极了。

那时上海要拍《盛大的节日》,让我演以王洪文为原型的男主角。徐景贤听说我不愿演,就请我吃饭。我说,怕演不好。他说,你走不了的,还要拍第二部。主席逝世停拍一个月,我回北京向主席遗体告别。当时议论很多,我害怕动荡后以长江为界,不能从上海返回北京。临离开北京前,我跟爱人约好,一旦北京有风吹草动,立即打电话说"病了速回"。

后来到无锡拍外景戏,有一天刚拍完戏,有人告我,爱人打电话说病重,让我回去。我一听头"轰"地就大了,我爱人在电话里说:"你赶快回来,别拍了。电话里不好说,就是你在北京说的那事。"当时北京同去的还有八一厂的人,大家曾考虑一块步行回去。

过了两天,上影厂通知回去听中央文件,摄制组说还差两场戏就拍完,能否等两天再走。可是第二天早晨四点就让我们上了大轿车,到了嘉定,我看到贴了大字报:"坚决打倒王、张、江、姚。"我大喊一声:"标语!"就快速念了一遍,还没念完,车子已开过。一位摄影师说:"这是反标。"车厢里顿时鸦雀无声,有几分钟的大停顿。我吓坏了,怀疑自己是不是眼花了,这下子回去完了。还好,车子越往前开,标语就越来越多。

我相信在那种大转折的关头,浩然当时也会有同样的感觉。

浩然那时打扮土气,长期扎在农村基层。有一次我到他曾蹲点的村子,当地人谈起他都很亲切、自豪。今年我去青岛崂山一个村子,支书夫妇请我吃饭。他们说,就是因为《艳阳天》这本书,他们才结成夫妇的。吃饭时,书记念了第一句,媳妇就能接下第二句。

《艳阳天》写得比较扎实,在当时确实影响了一大批读者。

(1998年12月4日口述)

苦闷和寂寞成了浩然那段生活的主要特征,与浩然相识多年的北京人艺老编剧梁秉堃一次去月坛浩然家中看望,浩然到书店看书未归,老伴老杨感动地对梁秉堃说:"很长时间没有人来看他了!"过了一会儿浩然回家,愣住了,摇着客人的手流下眼泪。梁秉堃劝慰他,你不想当官,没有害人,你可以站得住的。

梁秉堃告诉笔者,草明和浩然矛盾较深,但是当草明女儿希望调回来时,浩然还是在他的位置上帮忙说话,经他的手协助调回。

陈建功回忆说，当时有一部分老作家不让浩然过关，而中青年作家反为浩然说话。年轻人认为，浩然可以清理自己的文艺思想，但他的人品没有什么可指责的。

80年代初担任北京市作协党组书记的陈模告诉笔者：

刘导生曾是团中央书记，后任北京市委书记、宣传部长。他调我去市文联，主要是整顿文联，把作家团结好。我当时听到风声，说文联是个是非之地，是个麻烦地方。我对刘导生说，造反派对工作会有阻力，但我凭党性办事。

去了以后，我们把造反派起家的人调离文联作协，认为他们继续呆下去不合适。有人说浩然是"四人帮"骨干，写过效忠信。我们认真查过，没有发现浩然写效忠信，仅有的七八封信只是"我愿意去开会"之类的事务性内容。我们向市委汇报，做了结论，认为他不是帮派分子，在"文革"中摔了跤，但没有完全陷进去。江青看中他，他没法拒绝。他只是一般性问题，不存入档案。

我们还认为浩然过去对一些老作家尊重不够，做了一些不恰当的事，检查不够。希望他要认错，还要认够，对自己要求要严。

我们说，对浩然要一分为二，肯定他做了不少工作，有过一些成绩，不要对他全盘否定。在会上还进一步宣布，"文革"的事到此结束，不要再搞成新的矛盾，不要再纠缠不放。

当时机关工作混乱，派性斗争厉害，开不成党的生活会。市委对此很焦急，希望我们对各方做工作。我们要浩然回到党内生活中来，不能不照面，有意见在会上提，不要每个月只派孩子取工资。浩然有顾虑："大家欢迎我来吗？""文革"中捧得高，又一下子跌下来，他没有完全缓过来。他开始时很勉强，心里不痛快，大家慢慢拉着他。

我们也做一些老作家的工作，说你们对浩然上纲也高一些，他只是一般性的政治错误。我们尽量让浩然检讨深刻一些，大家还是要团结起来，抛弃成见。

他后来又写了不少东西，总的来说反映了新变化、新人物，屁股还是坐到改革开放的这边。《苍生》还是有思想局限，对改革开放理解不是很透，对合作化留恋得太多。原来指望评上茅盾奖，但很多评委不同意。

浩然是从农民队伍中走出来的作家，对农村生活十分熟悉，创作非常刻苦。但农民生活气息、作风对他有深刻影响，包围太深了，内心里没有完全跳出来，感情发闷，有阴影，思想负担重，包袱太沉。

（1998年12月22日口述）

曾在北京市委宣传部工作多年的宋汛，1981年调任市作协秘书长。上任前，市委宣传部副部长、市文化局局长赵鼎新交代说，浩然是审查对象，但不是批判对象。赵鼎新说："浩然'文革'走红是客观事实，写了很多按当时思想倾向创作的作品，应该很好总结经验。没有发现他跟四人帮在政治上有直接关系，审查完了就完了，不能整得过分。"浩然那一段情绪低沉，一个人躲到三河，宋汛他们经常去看他，把他拉回来参加各种活动，让他逐渐恢复正常状态。他出任过《东方少年》、《北京文学》主编等职，80年代前期还当选过"优秀党员"。宋汛说："'文革'中浩然没有什么政治上的野心，只是想在创作上出人头地，这一点大家是同情的、理解的，也希望他能够反思自己，不要把自己封闭起来，心胸更开阔一些。"

宋汎介绍说，那时杨沫曾这样表示过，浩然跟"四人帮"没有见不得人的事，在政治上没有多大的野心，只想在创作上出人头地，对当时的创作条件、环境是满意的。但那时有些得意忘形，看到全国这么多名家受批、挨整，他的心里又是怎么想的呢？

宋汎对此认为："浩然是一个朴素的人，是党培养起来的，对党是感恩戴德的，是一个受益者。'文革'中对他不错，江青他们抬他。他对这些接受得很好，事后不能像大多数人那样反思。"近几年，宋汎重新读了《金光大道》，依然感觉到浩然当时完全接受了继续革命的理论框架，依此来设计作品。把大小事都移到两条路线斗争上来，图解当时政策，书中区里、县里的人物全按路线斗争划分，全部上纲上线。宋汎感慨而道："这难道是真正的农村生活吗？"（1998年12月22日口述）

笔者为此曾询问过浩然，他沉思了一会儿说："我也知道农民的苦处，我是在农民中熬出来的，农民的情绪我了解，那几年挨饿我也一块经历过。但是这些事当年能写进书里吗？不行啊！"

浩然坦率地承认，自己受清查的那段日子确实感到莫大委屈，觉得文艺界是是非非太多了，许多事说不清楚，不愿与文艺界有更多联系。他说："争来争去，耽误不少时间。我不愿去争这些，作家靠作品，我就认准这一条。书出来了，别人怎么说就让他说吧。"

他对过去岁月曾这样评价："那种处境的一度辉煌，在一个年轻的我来说，确实有所惬意，有所满足，同时也伴随着旁人难以知道和体味的惶恐、忧患和寂寞。"

他向组织上谈到，与江青在大场面见到十次左右，个别见面三四次，回来汇报一次。在人大会堂见面时，张春桥均在场。

据他介绍，《艳阳天》第一、二卷的稿费全部作为党费，通过单位党委上交。"文革"期间没有收到一分钱稿费,包括发行量很大的《西沙儿女》也是分文没有。而每个省都租了《金光大道》的纸型大量印刷,这自然也算无偿性的国家行为。多子女大家庭的生活补贴,就靠"文革"前存下的一些稿费接济。浩然说:"我老伴很会节省,冬天腌制很多大白菜。如果我不在家,连肉都不买。"

浩然躲在密云山沟里,力图回避外界干扰,顺着原有的构思写完《金光大道》第三、四部。小儿子、小女儿放寒假,就到密云村子里过。有一年春节,他借用古北口一个团级军用仓库,一个人躲在军营里写作。最后是在河北蓟县坦克一师驻地和承德避暑山庄烟雨楼,完成了《金光大道》全书。

颇令浩然不安的是,在坦克一师写作时,师部一位爱好文学的通讯干事时常给他生活上的照顾,替他买一些生活用品。等浩然遭到报刊批判时,那位干事也受到牵连、清查,最后被迫转业回到家乡山西运城。

管桦回忆,让浩然说清楚时,浩然确有一肚子怨气,想不通。郑云鹭、潘德千说,浩然觉得自己没有整过人,你们大家干什么整我呢?整得我一身是病。不过当时文联环境相对来说还是比较宽松,对浩然并没有公开点名批判,还是想保他过关,市文代会报告中只是不点名批他一小段,什么"八个样板戏一个作家"都是社会上流传的说法。宋汎解释说,那时解除他人大常委委员职务,可能是军宣队和上面布置的,我们做具体工作的人事先并不知情,而浩然对组织上就有了疑心。林斤澜感叹道,在工人体育馆开解脱大会时还是比较温和,没有过激言行,大家不想再斗了,都太累了。

"文革"期间,在派系斗争激烈的一次会议中,林斤澜曾冒着危险喊了一句:"浩然是一个好人!"说完这句话就跌倒在地。透过几十年的风雨变幻，林斤澜觉得浩然身上有了不少阶段性的变化，对新事物的接受也在变化，对很多事想开了，但有时也想不开，解不开，甚至在心里一直化不开。

林斤澜谈起几件让他难以忘怀的小事：

"文革"后，我有意请王蒙、邓友梅、从维熙、刘厚明、刘绍棠和浩然等朋友到家中吃饭，大家在一起聚聚，帮帮浩然。浩然很拘谨，话不多。而刘绍棠则相反，很豪放，他对浩然说，"文革"中你在通县会上指名大骂我，我当时已经是一个苦农民了，你怎么还那样呢？我们赶紧说，过去了就算了，大家重新开始。浩然也做了几句解释，绍棠也就一笑过去了。

浩然私下说，他最怕王蒙，觉得王蒙不爱说话，识人厉害，冷静。

1983年大家到市委党校学习，联系实际谈创作。别人说到"文革"用了"浩劫"一词，浩然就对这两个字接受不了，说"十年动乱"还能接受。这就在会上引起争议，有几个作家提出质疑。我记得浩然解释时说："又没有谁抢谁，怎么用'浩劫'？"其实这是劫难的意思。端木蕻良坐在我的对面，他摇着头低声自言自语："太惨了，太惨了……"端木的话含意是很多的，也是耐人寻味的。

（1998年12月14日口述）

现在浩然远避京城，安安静静地在三河寓所读书、写作、操持家务，割断了不少与外界的联系。老伴身体一直不好，他细心照料，家中有一份难得的农家老年夫妇相依为伴的氛围。他无事不进北京，只有老伴用药，才不顾自己身体状况，亲自进京找药配药，配完药就立即赶回家中。

每天不少时间他都要为周围地区的文学作者看作品、写序言，接待来访的文学青年。闲暇时他一个人静静地面对窗外，不言不语。《文革回忆录》只写了提纲，还没有具体展开。他觉得写作有难度，因为每个人有每个人的片面性。

他的出生地离他现在三河寓所只有十几里地，他感慨这一带有了喜人的变化。他说，他的大脑一直静不下来，在历史和现实之间慢慢地思索着。他诚恳地表示："改革开放不搞是不行的，要不人心会涣散的。"

他谈到《艳阳天》主人公萧长春的原型萧永顺前几年把房子卖了，跟儿子住在一起。他时常惦记这位老朋友的近况，当他听说萧永顺得了癌症，不禁唏嘘而叹。

1998年初秋，浩然在回答几位记者提问时曾表示："尽管有一些遗憾，但迄今为止，我还从未对以前的作品后悔过，相反，我为它们骄傲。"从一位农家子弟成为名正言顺、享誉全国的作家，浩然认为这是中国农民创造的奇迹。他对《金光大道》的一段表述一直为批评者所指责："如今看来，当时受到观念和水平的限制，有些东西不太恰当，特别是《金光大道》强化了阶级斗争和路线斗争，淡化了一些东西，但它们真实地记录了那时的社会和人，那时人们的思想情绪。""真实记录"这种看法引来了轩然大波，很自然地遭到激烈批评。

笔者曾看到浩然阅读批评文章时那种苦笑、默然的表情，他对问题的表态更加讳莫如深。他只是对笔者轻轻地说了一句："我的心太乱了。"

浩然的历史场

那天去北京方庄东方医院看病重中的浩然老师，手上抱着一束鲜花，心中忐忑不安。几年前在做有关"文革"文化专题史料时，曾数次驱车到三河市采访浩然老师，他的思维敏锐和身体利索都给我留下较深的印象。他曾对我说，得过两三次脑方面的病，但都扛过去了。中午吃饭时他不顾我们的劝说，执意要喝几口当地出产的酒，兴致颇高地说："没事，身体没事。今天难得高兴，难得啊。"

到了病房，看到浩然老师躺在床上不能言语不能识人，脸上皮肤尚好，一双大眼睛混沌地瞧着来人，过了一会儿嘴角一咧，竟有几颗眼泪从眼眶渗出。旁边的护工说，看到亲友来访，他都会有这样的表情，也许他能认出你来。

握着他骨关节突出的手掌，我许久难以说话。老人目不转睛地看着我，目光没有飘移。我觉得他的视线穿透很远，落到别人难以企及的、无可名状的某个时空深处。

一些朋友闲聊时，问及少年时的经历，我一再坚决表示："浩然是我小时的偶像。"大家都是从那个年代走过来的，"浩然"这个名字是那一代少年成长时共用的符号，每个人都会从他那里寻找到过去时代的某些碎片。今天对此或许可以批判，可以指责，可以反思，但当年围绕浩然所形成的一个历史场，对人们的熏陶和指引却是难以磨灭的，它是一种能够深入骨髓的东西。

当年对于农村的感觉，基本上都是靠长篇《艳阳天》建立起来的，以至于在高中读书时对上山下乡之类的事不发憷，甚至对农村生活有一种腻味十足的向往。细细琢磨书里复杂微妙的人物关系，很自然又被我移植到对现实人物的判断，像富农弯弯绕这类算计精明、从不吃亏的鲜明角色在生活中是很容易发现的。我觉得浩然的笔下有魔力，佩服他对人物游刃有余的把握，我们写作文时大都受了他的短句子、简洁白描等影响。

当时中学课本里收了不少浩然的短篇小说，所收的篇目大概仅次于毛泽东、鲁迅等文章和报刊社论。高二时学了浩然新作《一担水》，农民主人公身上大公无私的爽朗对我们有一种无形的影响，再写作文时也留意让笔下的工农兵人物豪情万丈，比起模仿鲁迅的《一件小事》顿时要神气许多。

浩然有一本名叫《幼苗集》的青少年读物，当年是班级红卫兵组织学习的必读书目。他用清新的笔调描述了一群农村少年是如何爱护集体荣誉、爱护公物的，品质的淳朴和风景的秀丽都让我们入迷。最关键的是他的文字洁净朴实，不拖泥带水，没有鲁迅文章那样的深奥，没有社论文章那股政治化的火气，也没有夹杂很多当时常见的让人生厌的八股气。对于我们这一代学生来说，得益于这种文字的滋润已经属于理想的事了。

1974年浩然写出了《西沙儿女》，我们读后颇感惊讶，主要一点是他还会写散文诗体，还会在很短写作时间内把当时政治军事斗争事件大杂烩地码在一起。多少年后我把当年的读书体会告诉他，老人苦笑地说："当时可苦死我了，好几个晚上在部队的铁床上翻来覆去睡不着，只好把小时候知道的抗战故事挪到西沙，加上反击战和'批林批孔'的内容。用散文诗写作是为了取巧,为了赶进度。"

我记得,他用了"不足为训"四个字来总结过去那段的写作生活。

1998年在做完老舍、汪曾祺等作家史料专题后,我就很想接着做一篇浩然老师的专题文章,《读书》的编辑叶彤也极为支持,认为由此可以深入到"文革"文艺重点人物的内心状态。就那么巧,有一天接受报社采访任务,到雁栖湖走了一趟。在游船上竟意外地见到浩然老师,他当时情绪极好,与周围的人谈笑风生,可以看出他在京郊、冀东一带有着很深的人脉关系,当地人不计文坛风雨变化而依然取敬仰的态度,也从侧面显示他在那一片土地的文名之盛与长年影响。

我找了一个空隙,把自己的采访意图告诉老人。想不到他"嘿嘿"一笑,一口答应下来,还详细地讲了一遍开车去三河的路线。

接下来的采访,对我来说已成了一生中难忘的经历。一方面与少年时候的文学梦想相关,另一方面又得以收集"文革"当事人口述的珍贵史料。我至今难忘的是,老人坐在寓所二楼书房的大书桌前,面对玻璃外还算整齐的县城大小建筑物,一动不动地平静讲述自己一路碰撞走来的创作经历。暮色越来越浓,老人的脸部轮廓线渐渐有些模糊。我坐在侧面记录的同时,看着融入夜色的老人头像,不由又搅起了从少年时代沿袭而来的特有的偶像情怀。藏在内心多少年的文学梦团在那种暮色苍茫的场景中生发开来,构成了我一生中最渴望时间停滞的感性片断之一。

他的记忆力在同龄人中算是出色的,连三十多年前与江青、姚文元的对话内容都可以大体复述出来。他详细叙说了他所知道的"文革"初期老舍挨斗受害的情景,说完后长叹一口气:"老舍去世是北京文联当时最大的事情之一,可是直到今天为止,没有任何组织向我问询过有关老舍的最后过程。我今天是第一次跟外人说得这么多,就是因为没有人问过我。"

根据这几次三河采访，我又陆续走访了二三十位有关当事人，完成了《浩然：艳阳天中的阴影》一文，在当年《读书》刊发后反响颇大。事后老人对文章还是满意的，唯独对女作家草明评说他的一段话十分在意。有一次他陪老伴来京看病，住在西三环万寿寺附近一家军队招待所里。我请老两口吃晚饭，那天老太太言语不多，在一旁瞧着老头激情讲话的样子就偷笑。我知道，浩然老师受"文革"牵累二十多年心结很深，有时在阴影中难以解脱。我轻言相劝，他总是摆摆手："没法说，没法说——"再劝他专心完成已拟提纲的《文革回忆录》，他又摊开手："有难度，每个人有每个人的片面性。"

春天的时候，我开车拉着刘庆棠、钱浩梁夫妇等三位老师应邀前往三河做客。浩然老师一早就在大厅等候，见面时摇晃着手不放，泪眼朦胧，反复地说了一句话："二十六年没见了，二十六年没见了——"作为"文革"文艺界核心人物，他们再次相逢时白发丛生，面有衰容，言语不达心意，应了"岁月磨人"那句老话。

可如今，老人躺在医院里面对历史再也说不出什么了，对任何批评也无言以答。对于亲友来访，已呈现植物人状态的老人居然会有一些细小的反应，这让不少老友们颇感惊异——对于人世间的温情还是有所感知的。

我只能在心里把暮色中的老人叙述的场景静静地定格。

我印象中的浩然几件琐事

一

十年前，我曾三次在河北三河采访浩然老人，基本上都是上午九点多开始，老人坐在寓所二层书房大书桌前，大致按着事先设定的范围做专题讲述。老人记忆力甚好，不需我做过多的提问，他就能说清事件的来龙去脉。作为一个注意观察生活的作家，他很注意钩沉一些细节，复述一些十分珍贵的当年现场对话（譬如江青派他和诗人张永枚慰问西沙军民的场景）。这些历史旧事，在他的内心里沉淀许久，也压抑了其中所蕴含的复杂情感。

面对玻璃外还算整齐的县城大小建筑物，老人在中午休息后能一直讲到傍晚五点多。每次离开三河时，老人总是执意站在门口，看着我走远了才回屋。临别时他总说，下次可以谈得再从容一些，再好好地谈几个问题。

从高速公路驱车回京需一个小时，高速路没有路灯，夜色显得浓厚，各种车辆争先恐后地往京城方向奔走。靠近城边，慢慢地可以看到北京城区耀眼、浮华的灯光群，北京像一个充满无尽魅力的巨大容器。这样的繁华是三河这么一个偏僻小城不能比的，而浩然几乎是自我放逐到小城的，抱定决心与京城过去的一切割离。

他说：我不愿住到城里，住在文联宿舍不愿见人，老是低头走路。

背着过去的包袱，老人没有走出十年浩劫的阴影，在人与事的许多枝节上没有求得一个彻底解脱。他来北京，有时偶尔来开个会，有时为多病的老伴求医抓药，总是当天来回。文联宿舍的熟人们很难见到他，只知道他在三河写书、扶助冀东文学新人等等，"文革"的纷争及清查的往事渐渐变得模糊，甚至偶尔提及都有一种不真实之感。

他的内心还是牵挂城里的一切，视野放及世界。记得有一次，他漫不经心地问我："最近文艺界有无大事？"我说："作协刊物要断奶。"他停顿一下，若有所思地说："《北京文学》还能凑合，有董事会。"他任过几届《北京文学》主编，这种牵挂就变得很实在。

有一次闲聊到某一个邻近国家的做法，他愤而说道："他们还是老一套。"这也是一种态度，间接表明他对中国改革开放的满意度。他诚恳地说过："不搞改革开放是不行的，要不人心会涣散的。"他对冀东大地上的变化是满心欢喜的，只不过对当地一些暴发户的做派看不惯，闲谈时多有愤激之言。

二

长篇小说《艳阳天》在"文革"时几乎家喻户晓，但它的出版却有一些小波折，让当年创作势头正旺的浩然碰到一点小挫折。

1998年11月27日，浩然在三河寓所谈了这段出书的经历，后来因为诸多原因，我没有引用到《浩然：艳阳天中的阴影》一文中。现在根据当时采访笔记，引述如下：

> 60年代初，我已经写了很多作品，入了中国作协，到《红旗》杂志社当编辑。当时不少作家都在西山八大处写书，如张长弓、杨沫、刘知侠等，我记得杨啸就在写《红雨》。我在八大处写完《艳阳天》初稿，就给出版社打电话请他们来看看。当时他们经常上山来看东西，譬如看李准、徐怀中的作品。而他们这次就不同，说你送来吧，不愿来取。我就利用一次下山进城的机会，送到人民文学出版社。
>
> 张瑞芳的爱人严励是上影厂的编剧，他想改我的短篇《朝霞红似火》，就让我去上海参与改编。在上海期间忽然接到《收获》以群的一封信，说《收获》要恢复，人文社把《艳阳天》书稿给他了。我知道了很恼火，人文社的人没有看书稿，就把它推给《收获》，他们就认为我没有生活，写不出好稿子。这部书稿别人看过，任彦芳几人看过都叫好，而出版社的人就没有看稿。
>
> 以群后来来找我，他喜欢《艳阳天》，他要把陈登科的《风雷》临时撤掉，换上《艳阳天》。他希望我抓紧时间改改《艳阳天》。

当时上海文艺出版社要跟北京的人文社合并，成为人文社的分社。我就趁此机会给上海文艺出版社写信，要把书稿给分社。过几天人文社专门来了一个人，到上海找我，说北京重视《艳阳天》，要出。

我回北京时，出版社还去机场接我，在家中看我，我很冷淡。当时有话传到我的工作单位《红旗》，都是出版社说的，说我去了一趟上海学坏了，竟敢对编辑说要撤回稿子。出版社要我下去参加"四清"，我仗着年轻气盛，不去，就请假到西山改《艳阳天》。跟人文社闹了那么一场，出书不易。

最近我遇见浩然口述中提到的老诗人任彦芳，他也证实当年《艳阳天》原稿确是压在一堆书稿的下面，编辑都没有看过。在长影厂任编剧的任彦芳执意要把书稿借回去阅读，从一大堆书稿下面费力地搬出来。任彦芳回忆说，看完后我们还给编辑时，对稿子赞不绝口。

《艳阳天》当初的冷遇跟后来的红火一对照，难免会给浩然带来一点沉郁。

三

在采访浩然的过程中，他在"文革"期间所采取的躲避办法给我留下较深的印象。

一些文艺界老人说，在"文革"当时复杂的政治环境中，江青又处于那个特殊的位置，人很难避免其中的诱惑和盲从。在当时极"左"的风潮下，浩然也做了一些错事说了错话，但他一心想给自己创造一个创作条件，也想出一些办法应付。

他几次跟我说，干不了官场的事，不进这圈子只是表面知道一些事，一进这圈子就受不了。开会还要记录，连皱眉头都要记下。我只是想，被江青重视的人不会挨整的，我可以踏实地搞创作。又想当官又想创作是不行的,不能脚踏两只船。

江青曾派他和诗人张永枚去西沙慰问前线军民,在西沙开了十几次大会,他一口咬定自己只是带信,没有交代说话任务,在热闹的大会上坚决不说一句话。有一次为了躲避上面的一项交差任务,他隐姓埋名地跑到延庆写作,到村里供销社吃饭,睡在卫生所病床上。

有一年江青、于会泳点名让他参加一个创作组,他想以不熟悉为由推托,去找市委黄书记。浩然说:"我弄不了。"黄书记说:"你的事难办。"浩然说:"你是领导,你得想办法。"黄书记只好说:"那就出去躲一躲。"后来就以血压高为幌子在大年三十住进医院。

浩然年轻时从事记者工作,跑遍冀东、京郊一带,与这一片土地有着紧密的情感联系。他说,当时只有一辆自行车做代步工具,靠了它走遍许多村庄。他还说,曾骑车到过十渡、怀柔、密云等山区,深入到农家采访,与不少固定的老关系户保持密切联络。

最熟悉的村庄莫过于顺义的焦庄户,这是当年抗战时因地道战而闻名的村子,他时常骑车来此走家串户,介入农家的生活,与干部村民打成一片。村支书萧永顺成为《艳阳天》主人公萧长春的原型之一,焦庄户发生的悲欢离合的故事也融进作品的字里行间。

我后来喜欢郊游,曾从城里开车到过十渡、焦庄户等村庄,路程约需一个多小时,对开车的我来说,路途已显得遥远。我到达村子后总是惊讶许久,想象浩然当年一路风尘骑车的情景,十年间能始终保持这种下乡状态,不能不佩服他的吃苦和耐力。我曾把这种钦佩告诉他,他笑了笑,说:"习惯了,就不苦了。"他又说:"我是农民出身,没什么的。"

他对江青的躲避是有意的,也是无奈之举。他认为,在"文革"那样的官场混事,有时耽误时间太多,很想把更多的时间留在基层,留在与农民的生活联系上。

浩然创作生涯中的亮点和不足、长处和局限性都很明显，作为"文革"文坛标志性的人物之一，他所留下的文字和教训应该成为后人研究那段历史的宝贵遗产。

时代符号的记忆碎片

一

2008年2月20日上午，我正在北京西城区三里河参加《炎黄春秋》杂志社新春作者联谊会，许多尊敬的老前辈老先生在会上热议民主与社会进步的话题，场面很热烈，我听得特别入神。十一点左右，《北京晚报》读书版孙小宁给我打来电话，问我是否知道浩然今晨逝世的消息。我听了以后悯然许久，思绪有些慌乱，在会议的氛围里明显显得走神。

我悄悄地向《炎黄春秋》编辑部的吴思、徐庆全报告了这个消息，他们听了略有诧异，不由自主地发出一声叹息。他们都是卓有成就的治史学者，面对浩然这个"文革"标志性人物的离去，多少都有一种莫名的、深沉的感慨，只是这种感慨不及言说，难以说全。

从会场出来后，我慢慢地踱到相隔几百米外的月坛北街，春日阳光特别温和，钓鱼台国宾馆外面的杨柳树在轻微地摇晃着。月坛北街与钓鱼台东门遥遥相对，街两旁大都是五六十年代建造的居民住宅，楼高三四层。这地方现在已远离闹市区，人迹稀少，而在"文革"期间因为邻近钓鱼台，却是一个人声鼎沸、政治性极强的区域，居住的人多为受信任的国家机关干部，出入基本无白丁。浩然七八十年代就在此大街安家，度过他一生中最为辉煌和最为苦楚的两段岁月，"月坛北街"成了他内心深处挥之不去、黑白分明的人生坐标。

十年前我三次驱车去河北三河，在采访之中浩然谈到月坛北街的往事，总是详而又详，在一遍遍叙述中，月坛北街与他缠绕在一起，有时他要费不少时间才能解析清楚，有时他仿佛陷入泥潭之中而不能自拔。但是细节总是及时地、可靠地流淌出来，帮助他找回当年或昂首阔步或遮帽过街的真切感觉，月坛北街人生两重天的境地是他后来不愿触及的，由此而来的困惑和不解伴随着他的下半生。北京市文联一些熟悉情况的老人总说："浩然心很重，一直没有解开心里的疙瘩，对过去的事总没有解脱出来。"

采访中，他几次说了这层意思："我的心很乱。"再深究，他就不愿多说。

涉及月坛北街的岁月，他有时是爱说的，而且披露的细节格外鲜活。譬如他说，"文革"中每次去钓鱼台见江青、张春桥等，都是坐上面派来的面包车进去的，从来不能用文联机关的车辆。他对当时大批判时一些人的发言颇感恼怒，这些发言者说他从西沙回来先奔江青去了，机关司机在钓鱼台外面冻了一夜。他大声地对我说："这怎么可能呢？上钓鱼台从来没有用过机关车。"

他又说了一件事，当时广东一家报刊发表批《西沙儿女》的文章，全国到处转载，他觉得自己在政治上算是完了，心里又害怕又委屈。他给中央某机关领导写了一封解释信件，就是从月坛北街家中直接送到钓鱼台收发室，也就是几百米的路途，他走得特别费劲茫然。信交出去，但没有回音，更增加心中的苦闷，坐在家中望着远处的钓鱼台方向而难于释怀。

他说的另一件事给我印象最深：一天上午他离家去参加市文联大会，他念了一小时检讨书就算解脱了，有了一种如释重负的感觉。那天正巧是他大儿子结婚，散会后他直接从会场到了婚礼现场。他说："事情就那么巧，总算那天很高兴。"

二

20日晚八点，接到浩然女儿通报的电话，我问了老人最后在医院的情况，她说："从去年10月开始，父亲的病情就很不稳定，医生让住到重症病房抢救，这几个月情况一直不佳，血压、器官都不太好，今年春节前就出现了病危。"

老人五年前住院后就已经不能认人，躺在病床上再也说不出什么。他从同仁医院移到方庄东方医院，静静地在十二层一间干部病房走完最后的日子，没有思考，也没有缠绕多少年的烦恼。

我每年总要去医院探望一两次，几年间觉得老人在家人和护工的细心照料下，没有什么特别的变化，只是腿部稍有萎缩。脸上皮肤尚好，甚至跟正常人一样光滑，细看起来竟还有一些红晕。只是他在病中曾用牙咬过嘴，在嘴角处留下一处咬破的伤口。

听护工大姐说，病重中的浩然老人对于亲友来访有时也会有一些细小的反应，对于人世间的温情还是有所感知的。

有一年春节前，护工大姐突然发现老人眼角流出几滴泪水，表情也有几分哀戚，她甚感诧异。过了几天她从家人的口中得知，相伴几十年的老人老伴就在那天不幸去世。护工大姐连连感叹：老人多少还有几分感应，真让人惊奇。

后来，护工大姐在床旁放置一个金鱼缸，有几条无忧无虑的鲜艳的小金鱼在缸内欢快地游玩着，老人总是侧着头目不转睛地盯着，看久了就会咧着嘴"嘿嘿"几声，脸上表露出一丝丝难得的愉悦神情。

三

浩然是我们那一代学生的集体偶像之一，"浩然"这个名字是我们在少年成长时共用的符号，每个人都会从他那里或多或少地寻觅到过去时代的某些碎片。《艳阳天》《金光大道》固然有天大的缺陷，但却是我们在万分苦闷之中最难得的必读之物,书中一些个性十足、读来亲切的人物（如精于算计的富农弯弯绕等）一直是我们念念不忘、时常叨唠的文学群像。

如果没有浩然的文字,我们头上那片文学的天空只能是更加无味和暗淡。在采访之余,我曾对浩然说:"您的作品影响了我们的一生,像《艳阳天》《幼苗集》当时不知读了多少遍。"他沉默了一会儿,说道:"谢谢,可是你们不知道的文艺界是非事太多了。"

我们特别在意作品的阅读效果,只存一份谢意;他依旧没有走出过去的阴影,只留一份沉滞。

这就是我们两代人的真实心境,中间相连着十年浩劫和改革开放的岁月,那种能够深入骨髓的东西依然在悄悄地发酵。这不能不让人感叹:岁月造化,人陷在残酷的政治运动中所面临的思想困境和性格悲剧,没法躲闪,难于排遣,这一点在浩然身上体现得十分鲜明,他是那个年代最具标本性的人物之一。

好几位文联老人说,在动荡复杂的政治环境中,受极左大风暴的左右,浩然难免做过一些错事,但基本上还是一个本分之人,没有因为受江青的重视而霸道。他采取能躲就躲、能拖就拖的办法,就是一心想给自己创造写作条件。

1998年秋他已与人民文学出版社签了《文革回忆录》的写作合同,但迟迟不见下笔。他告诉我,已拟定一个简略的初步提纲,手边还有完整的当年的日记本,写作时估计不会有大问题。我再三劝他早日动笔,他摊开手说:"有难度,每个人有每个人的片面性。"

《文革回忆录》只留下一份提纲,那些与时代风云紧紧相连的场景细节都随着老人的生病和离去而带走,这真是令人痛惜不已。唯有希望的是,他的家人将来有机会能够整理出版老人的日记,以此来弥补老人离世的遗憾。

严文井

题记

严文井老人去世后,他所在的人民文学出版社要出一本严老的纪念集子,严老的女儿严欣久老师希望我能写一篇收在集子中。写什么呢?我找到了那些年与严老的聊天记录,大都是事后补记的,现在一翻阅还真有如获至宝之感。当时我还算年轻,记忆力尚好,回家后基本上能完整地记下谈话内容,出入应该不大。

严老所谈的中宣部、作协的旧事,格外鲜活,里面藏着掖着许多值得回味的史实。像胡乔木、周扬和丁玲之间的波折、陆定一与胡乔木之间奇怪的正副部长关系,我们这些后人听了都觉得稀罕。还有一些事情有趣又耐人寻味,譬如50年代初期看电影《荣誉属于谁》,周扬与中宣部众处长们一再兴奋,事后证明对最高领导的揣摩都不得法。

等以后有合适的机会,再重新整理严老全部的谈话录,配合手中的史料,可以充足地写写这位可敬的老先生。补充一句:文中提到他曾费尽心思写一篇文章的开头:"我怕你,我讨过你的好,但我不算你喜欢的前列干部,因为我是一个笨蛋……"我当时写的是记述某文艺界领导,比较含糊,现在我要指明严老想写的对象是周扬。周扬是严老晚年谈话中几乎绕不过去的人物,他对周扬有怨恨,有不满,也有遗憾,在我们听来他口中的周扬是立体的、鲜活的,是官方文件报告中所体验不到的。

严文井与冰心

1958年,严文井在中国少年报社为北京市少先队员讲故事

严文井口述中的中宣部、作协琐事

2005年7月28日去八宝山送文坛老前辈严文井先生，我早到了半小时，就发现第一告别室门前已聚集二三百人，人群中以文井先生在人民文学出版社工作时的老同事居多，个个白发苍苍，大多一脸哀戚。门前横幅上不写别人常用的"沉痛悼念"等字样，而是独特地写道："你仍在路上。"进场致哀时放的是舒缓的西洋乐曲，透出人生一种从容、明朗的意味，让人体会到解脱一般的轻松，压抑的心境竟有些平复。我个人觉得这很像严老生前所喜欢的格式，不由对严老家人的安排生出不少敬意。

20世纪80年代中期我在中国作协机关工作时，很少能在会议场合见到严老。从老作协人的嘴里，知道他当年带着两个人（一个是后任丁玲的秘书陈淼，另一个就是我在作协时的老领导束沛德先生，时任作协党组秘书，两人在肃反、反右运动中均遭到冲击，先后被逐出作协）筹办了文协（作协前身），这个过程有些简单但也带有几分传奇。我奇怪，这个作协的开办人（或称创办者之一）为何与现在的作协关系这么疏离，与文坛纷争相隔如此之远？几位老同事说，作协某些高层人事安排对老头有些伤害，老头在延安鲁艺的学生都升至副主席的位置，而老头只挂了一个难于让人重视的闲职。从此老头毅然而然地采取了决绝的态度，对作协不敬而远之。这很令我诧异，这种个性化的举动在当时官场上是难得看到的。

与严老的接触大约在1991年，之后延续了较长的一段时间。翻开记录本，从日期上看有一阵还较为密集，大概是我在作协机关闲来无事，一有空就骑车去红庙老头家聊天。有时聊到傍晚，我就陪老头下楼去买猫食。他走路缓慢，有时甚至觉得是在走碎步。他自称从不锻炼，买猫食就是一次身体运动，就是一次与人民群众相互接触的运动。

我那时暗地里开始收集文坛史料，收集时间长了就有些痴迷，一碰到难题就到严老家去排忧解惑。1952年以后严老长期是中国作协的党组成员、副书记，作协书记处书记，身处文坛，历经多少风吹雨打。我曾用"阅人无数"来形容他在文坛的位置，他叫起来说："看了很多本不想看的事，也做了不少本不想做的事。"

我拿了一些作协往事问他，他答得很细，老头对自己的记忆颇有几分自信。但有时问到政治运动中的某些作协党组内幕，他竟流露茫然的表情，有些不快地说："今天才第一次听你说到。"他忿然地说："领导层里有更核心的人物，他们瞒着我、骗着我这么多年，很多事我不清楚。'文革'中人家造反派一问我，我说不知道，造反派都不相信，说我狡猾。"

对经历过的人和事，他一再说难以忘怀，并在劫难过后默默地、相当坚韧地去咀嚼。他跟不少朋友提到20世纪50年代初期放映电影《荣誉属于谁》时，中宣部机关众部长众处长们都觉得不错，夸奖声不断。但最高领导却有不悦神情，表态时语焉不详。周扬回来后多次与众秀才揣摩都不得要领，不知如何是好。等到高岗出事了才略有所悟，因为《荣誉属于谁》的后面有高岗的插手。最高领导对高岗的疑虑和防备当时是无法同周扬他们谈的。周扬此时方觉得有些后怕，庆幸当时没有进一步宣传影片的举措。

老人说了这么一个场景：解放初期胡乔木兼中宣部副部长，开会时他坐在主席台上，而正部长陆定一倒坐在台下受训一样听着，也与别人一样掏笔做记录。陆定一能够承受这种处境，众人也习惯于这种处境，似乎相安无事许久。说到这里，严老总是习惯性地总结一句："这其中有不少奥秘可寻。"

作家史铁生有一次在饭桌上听严老讲了这些故事，感慨而道："真是有趣。"又说，一个作家写作时都想象不出这样的细节，想象不出文人与官场还有如此值得回味的场景。

后来我就此又询问了20世纪50年代初期任中宣部秘书长、机关党委书记的熊复先生，他说严文井的表述是对的，胡乔木在部里是说得算的，陆定一的意见是可以不执行的。中宣部机关以人划线，确有几个小圈子在活动，互有防备，正常的部务会就不起作用了。熊老说："有一次很突然，习仲勋来当中宣部正部长，陆定一屈居副部长，我们不懂中央决策的原因，只是隐约知道陆定一犯了什么错误。可是后来不知什么原因，陆又官复原职了。我们在机关这样复杂、变动的情况下处境很困难，难以开展工作。"

严老讲了很多文人在风雨飘荡中跌宕起伏的故事，有爱有怜，有憎有恨。最令他感怀的是20世纪30年代作为小京派文人参加沈从文召集的茶会，与沈从文、林徽因、萧乾等品茗畅谈的场面使他铭记了温馨的内涵。他多次谈到与丁玲在延安共事的小细节，临结束时说了一句："丁玲算是一个作家。"见我诧异，他又补充一句："我称呼一个人为'作家'是不容易的。"

他记得周扬早年在延安时的自信，周扬几次对人说："在上海时党没有了，我们几个人就弄了一个小组织——"周扬的这点自信说了多次，在延安圈子内颇为自得，然而他也很快为此吃尽苦头，苦不堪言。

严老说，只要台下坐二三百人，周扬就能说两三个小时，有东西，但车轮子转的话很多。"1965年开青年作家创作会，底下人拿来周扬报告的原始记录稿，我坐在宾馆里就为如何整理稿子发愁，为上句子和下句子伤脑筋。"周扬最后只能请中宣部笔杆子改。

他多次谈到老诗人田间在1955年时的种种遭遇，说到诗人的不适和反弹。有一次为了收枪之事，田间不知不觉中受到刺激，突然在严老家中往外跑，边跑边喊："你们看，你们看——"刹那间意识上有些崩溃。田间在以后很长一段时间里没有缓过来，严老心里觉得内疚，有一次就积极提名田间参加访问埃及的文化代表团。没想到埃及人在访问时顺便搞了一个照片展，都是随手拍摄的，巧的是里面没有田间的身影。田间一下子又受到刺激，很激动地表示要向埃及政府提抗议。严老提到田间的另外一次波动："胡乔木这个人有时爱管人家写的诗，有一次在大会上就点名批评田间，说，田间你的诗怎么越写越差，越写越糟。田间一下子非常紧张，情绪上又控制不住了。"

他形容文艺界的不少领导人物在政治风雨中始终跟得很吃力，对高层领导之间的关系一向没有吃透，几次跟错。比如1959年、1962年原本要开会反左，但是紧接的就是风向大转弯，弄得一批人要斗争别人，一批人却要做检讨。他回忆道，庐山会议后作协党组书记邵荃麟念了彭德怀的信和全会决议，然后问与会者："你们懂了吗？"没有一个人吭气，大家怎么会想到中央开会竟是这种后果？当时连周扬都上不了庐山，谁也不知山上会议的开法，大家只是感到一种莫名的慌乱。

他讲到作协诸多人物的事例时，往往几句就能概括传神，如说一个人，"善辩，能在曲里拐弯中取胜"；再说一人，"他是某某的左右杀手，一生世故，集江湖上的经验，内心隐秘不向人说"；他又描述一个人的霸气："能在会上咆哮两个多小时，无人能敌。"他会说某某某没有味道，因为某某某在延安时招供说延安的南方特务都是他联系的，咬伤了很多人。周扬他们明明知道这个人的不足，却在解放后着力使用他，让他成为一名好用的政治运动能手。

他零零碎碎地谈了一些五六十年代高层的幕后琐事,从他的个人角度提供了有意味的片断:

胡乔木对周扬是暗暗使劲的,明知道胡风和周扬不对劲,偏要安排胡风担任《人民文学》编委,偏要发表路翎的小说。后来批路翎,有人说我是《人民文学》主编,是我让发表的。但我不怕,因为我知道是胡乔木同意的。当时胡乔木提议彭柏山担任作协党组书记,华东局不放,之后胡就考虑让邵荃麟来作协,邵是忠厚的,有时想下点命令,但总难于实现,没有掌握什么实际权力。

有一次丁玲和舒群吵架,胡乔木让我去开个小会解决。丁玲当着我的面大骂周扬,说了难听的粗话。后来胡乔木要我汇报,我就说了实情,胡听了就笑笑,可见他们之间是好的。丁玲借这个机会也等于向胡表明,她骂了周扬了。

有一次胡乔木请我转告周扬,让周赶紧搬到中南海,否则会犯错误的。口气大得很。我只好委婉地告诉周扬,说乔木同志劝你搬到中南海。我猜测,当时周扬兼文化部副部长,属于政务院文委系统,归周恩来管。而毛泽东想让周扬多掌握党的宣传系统,所以胡乔木就让周扬住进来。周扬是一个明白人,就每个星期到中南海住一次,两边来回跑。

胡乔木有一回想解散全国文联,胡风不同意,就写信给毛主席,说文联是统战组织,不可解散。毛主席就在信上批了"同意"。毛对胡乔木说,以后你别管文艺的事了。胡跟了毛这么多年,自然心领神会,以后就少管文艺的事。

有一次我去看严老,发觉他心事重重,细问之后才知老人所苦的是如何写好一篇新作,他甚至说早晨上卫生间时都坐立不安。他说,心里老想写一篇文章记述某文艺界领导,但不能写得中性含糊,要按着自己的思考去写，但这可能永远也写不出来，写了又有什么用呢？突然间他大声念出文章的开头："我怕你，我讨过你的好，但我不算你喜欢的前列干部，因为我是一个笨蛋——"老人脸涨得通红，念完后他沉默了半天，浮出一丝不易觉察的苦笑。我知道他偷偷地写了不少类似的手稿，零碎，甚至是只言片语，记录了他的最新的思考，也记下了回想往事时所特有的愤慨。

他说1965年被挤出作协调到人民文学出版社，是他一生中的一个险境。他说不去，周扬不轻不重地说："那也有几百号人呢。"因为前任两位社长冯雪峰、巴人是那样一个悲剧下场，谁去接任都觉得害怕。严老告诉我："巴人是冯雪峰的老朋友，调到人文社。可巴人1957年斗冯雪峰很狠，上纲上线，而巴人自己两年后也整倒了，后来死的时候是用绳索自缚的。我害怕，含着泪在心里说，不能去人文社，因为当社长都没有好下场。这是我当时不能告人的心里话。"他当时去找周扬说："我已经四十五岁，我想写些东西，搞一点创作。"周扬说："再干五年吧，如果那时我还在这圈子，我一定让你搞创作。"没想到不到一年"文革"便爆发了，周扬进了监狱，严老关在"牛棚"，因属于周扬黑帮分子屡次挨斗，处境更加不堪。老人谈到此仰头叹息："什么都无言可答了。"

文井老人在晚年已经是一个大彻大悟的人，对历史走向有着透彻的把握，也有深切的期待。在他们那一代文化人中持有这种思想探索的品质已属不易，尤其是老延安人具备这种反思的能力更是十分稀罕，可惜他没有机会把闪光的思想亮点展示给人们。想到他和像他一样勤于思索的老人经历如此坎坷思考如此之深，却没有留下此类文字，我觉得对我们这个国家民族都是无尽的损失。

在这样一个时代，寂寞无语有时是美丽的，结果却是异常残酷的。让人无言。

林希翎

题记

  这篇两千字文章是应《SOHO小报》许洋先生的邀请而写的。当时林希翎女士来京居住半年，我时常陪她在京城各处转悠，重回北大校园，陪同走访诸多朋友，回法国时我又开车送她到首都机场。许洋兄得知后希望我写写这位已不被国内年轻人知晓的大右派分子。

  在两千字有限的篇幅中写出一个人的坎坷和无奈，似乎有些困难，展开不易，点面结合也不好掌握。奇怪的是，写得极为顺利，通过自己的观察和追述，把主人公曲折的一生尽力勾勒出来。细想一下，这主要归功于林希翎女士身上的生动性与感染力，她的一举一动都很有"范儿"。

  2009年9月听到她在巴黎去世的消息，心中还是一片悲凉。她曾跟我说，她多年前曾与一位法国女研究者谈过以往的经历，已出版了一本法文回忆录。

所以她执意不想再多谈以往的事情。唉,就这么一错过,我没有再坚持,就遗失了很好的访谈机会。

多少人间苦难的样式轮番侵害,她的身心终生不得安宁。2010年11月,她的部分骨灰送回浙江温岭市箬横镇安葬,寥寥数人陪她走在故乡的山路上,圆号、军鼓组成的简易乡村乐队吹打着丧歌。"六位当年划为右派的老翁肃穆得让人侧目,他们挺胸直背,却步态僵硬。他们的帽子清一色托在手上,任银发被风吹起。"新闻报道简单的描写中,老翁们坚持要送最后一程的姿态让我们动容,林希翎女士在此刻不孤独。

林希翎重温未名湖

2004年，林希翎在北大

林希翎女士

在收集邓拓的专题资料时，有一天从潘家园旧货市场淘到一本"文革"时期由某群众组织编辑内部发行的《邓拓罪行录》，其中声称：1957年反右前学生大右派分子林希翎曾专程去《人民日报》办公室找邓拓密谈，内容相当反动，批判者因此把"漏网右派"的帽子扣到了邓拓的头上。

我就开始寻找远在法国巴黎的林希翎女士，一两个月后，一位老同志告诉了林在巴黎住宅的电话号码。一天晚上我用手机顺手拨了十几位数字，话筒里一个大嗓门把我的耳膜震得嗡嗡响。我赶紧说明了采访意图，她却问了我的岁数，然后淡淡地说：这个年龄对过去的事不好理解的。我慌乱解释后，停了一阵，她推说：最近身体不好，以后可以再谈。快挂上电话时听见她嘟囔一句——"邓拓是共产党内有独立思想的人。"

过了一些日子，我试探着再拨一次电话，想不到千里之外的她竟有了谈话的兴致（后来林悄悄地告我，她曾托人打听我的情况），把当年去找邓拓的过程详尽地说了一遍，连双方的对话都复述出来。对邓拓超前深刻的谈话的感念、对那个年代无法预料的瞬息万变，她说得绵密而又沉闷。

转眼到了年尾，单位组织去欧洲八日游。走之前我告诉了她，她说欢迎我去做客。巴黎的景点总是目不暇接，而我的心里不时暗暗地想象 1957 年整风时叱咤一时的她的模样。沿着塞纳河蜿蜒向前时，出租车司机对我这么一个中国人要去郊区偏僻的地方大为不解。到了小镇，面对山坡上一栋栋相似的小楼房，我下车后一片茫然，多亏出租车司机热心地带着我一家家询问，直到有一家门里传出"我来了我来了"的中国老太婆说话声。

林希翎女士个子不高，脸色稍稍黝黑，身子发胖，眼睛看人时很有精神，仿佛有一种穿透力。但我感觉她神情里有病容，她告我身体确是不适，因在家等我就没去医院。这使我不安，执意要她躺在床上说话。房间不大，只有一房一厅，厨房也不大，但书桌却占很大面积。她介绍说，自己住的是政府廉租房，离市中心较远，与法国邻居来往不多，略显孤单。

"我曾跟国内说过，只要给我平了反，我就回去定居。"她话说多了就带有哮喘声，这是季节一变化就犯的老毛病，好在她已入外籍可以享受免费治疗。

那时胡锦涛刚访问巴黎，林希翎与众多华人代表应邀在大使馆受到接见。她向我描述胡与她握手说话时极为客气，并有祝福之意。这是长久以来令她开怀的一件事情。

聊得尽兴了，夜幕似乎不自觉来临。我们在厨房煮了速冻饺子，两人吃时还酌了中国醋。她吃了一口说："我过日子简单，一点不讲究，老想着国内的事,对国内的什么事都关心。"她自称是法国底层的穷人，但却牵挂了中国的富裕。

她说的一件家事让我吃惊，让人感到政治依然离她这么近，近得有些可怕。她的大儿子原本在法国一家著名的军火公司工作，而且是近万名员工中唯一的华人，待遇相当不错。当科索沃战争爆发后，她坚决动员儿子退出公司，理由是西方大国生产的枪弹直接射击科索沃平民，这是她无法容忍的。儿子无奈之下只好选择离开，至今还未能找到新的满意工作，影响了一家妻儿三口的生计。

后来在北京她又说到这件事，谈到儿子的苦恼和怨恨，语气中带有一丝内疚："我以前老说反独裁，可是我自己在家里是否又有一点独裁呢？"2004年初我陪她重回北大，重新站在当年大饭厅发表演说的地方，我以为她会有一番怀旧的激情。可是那天恰好北大各系进行招收研究生的活动，横幅四处展开，年轻学子们在来回穿梭询问。林希翎也一头扎进人堆，不厌其烦地跟各系老师打听，整整历时一个多小时。钻出来时脑门上已有不少汗珠，她急切地说："我在给孩子找一个学习的机会，让他回来试试。"对儿子的牵挂和弥补成了她一时之重。

当年北大政治运动的中心地——大饭厅已经全部拆毁，变成了极为庞大的大礼堂。1957年鸣放时这里热闹万分，成为世界瞩目的新闻焦点，年仅二十三岁的林希翎在集会上激切的发言姿态也成了人们铭记的代表性动作。隔了半个世纪，在有些妩媚的春光里，她在自己人生最重要的"革命"现场却找不到记忆中的一点痕迹，但也没有什么懊恼的表情，只是笑盈盈地站在我的相机前时一遍遍地说"老了老了"。

此次重返北京，对于经济拮据的她来说是一次精打细算、不容大手大脚的消费过程。她在一家房屋中介公司找到一处平房，在临近平安大街的协作胡同里，房间只有十平方米，租金每月只有五百元，属于她可以承受的价格底线。本来冬天受寒容易诱发哮喘病，她却守在这间平房住了将近半年，每天出外忙于各种事务，她最忙碌的是联络诸多的旧关系，试探彻底平反的可能性。这是她后半生解不开的心结之一，也让她无心去干其他更重要的事情。

至今还有五个大右派没有拿掉"右派"的帽子，林希翎是唯一活着的一个。她知道其中的难度，但依然做着不懈的努力。房东一家人不管她是否摘帽，待她如家人，时常请她上饭桌。清早她就随房东大妈到什刹海散步，然后到早市买菜，普通市民一般的日常生活反而让她宽慰不少。

一次我陪她去看朱正、蓝英年先生，蓝先生清楚记得当年在高校批判林希翎的会场，气氛极为紧张，会议休息时林希翎却在乒乓球室与人打球，让旁人目瞪口呆。林希翎笑道："跟我比赛的都是高手，我那次把他们全部打败，后来他们就批我态度嚣张。"

在我所了解到的史料中，林希翎所表达的观点在当年无疑是尖锐的，她的学识才气和政治勇气也是少见的，因而她的人生悲剧比旁人更为沉痛——监狱劳改十几年，出狱时已近四十，婚后感情不和分手，小儿子刚刚十几岁又跳楼身亡。她没有为自己的付出而后悔，却对因自己而牵累别人深感不安。她曾与50年代任胡耀邦的秘书小曹恋爱，都要买家具准备结婚了，暴风雨打散一对恋人，小曹被发配到西北。林希翎回忆说："'文革'后我们已经各自成家，在北京相聚时抱头痛哭。"

我去香港中文大学复印了一些当年记录反右情况的内部资料，其中有记者们详细记录林希翎北大演讲的报道。外面寒风习习，林希翎在小平房里翻着这些涉及个人坎坷命运的复印件，半天不出声，只压低声音问了一句："一生如此，值得？"她很快又以典型的林式笑声回答了自己的疑问。

林希翎一谈起1957年往事，神态自若，语句生动，记下来就是一篇情理交融的好文章。可是有一次她应邀去九王爷府参加一个座谈会，不少与会者是冲着她而来的。我惊讶发现，她语速变得缓慢，略嫌重复，没有锋芒，也由于与国内生活脱节过久，某些段落过于陈旧。

这不能不感叹时间老人造化的能力。

我多次企图做一个她的1957年口述，她却执意于做1983年出国以后的口述，而且那时她杂事甚多，根本顾及不上。又是时间的错位，失去了取得历史旁证的最佳机会。当我开车送她去机场时，忍不住说："没做成反右的口述，我觉得是2004年我最大的遗憾，也是失误。"她淡然说："以后会有时间的。"

2004年，林希翎女士七十岁。2009年9月19日，她在法国巴黎去世。

提起林希翎这个名字来，现在很多年轻人已经不知道了，也没有兴致去打听。我却忍不住想问，这个曾经在20世纪50年代叱咤一时的人物，是否应该被人们记取呢？

1949年，周扬（左二）、茅盾（左三）、郭沫若（左四）在第一次文代会上

题记

  当时面对抄录的几十万字档案文本，不知从何处下手为好，也不知如何组织下一篇文章。在《读书》编辑叶彤的指点下，我慢慢地找到解放后老作家写作困难、无以适从的这个普遍创作现象，于是翻阅抄录的材料，从中排列组合，然后一条条按人名归类，抄在五百字一页的大稿纸上。

  记得1998年春节，我回福州家中过年，带去这几页抄得满满的大稿纸。探亲拜年之余，我就伏在饭桌上开始写东西，非常顺手，思绪缥缈，但心情多少是压抑的。那一代老作家的苦楚有谁能够知晓通透，他们创作上的集体不作为是时代的通病，谁也无法逃脱这个该死的魔咒。

  那一次回家，爸妈是六七十岁的人了，身体还算硬朗。他们都是福州制药厂的退休员工，文化水平不高，但经历过那个时代的腥风苦雨，多少明白政治运动的厉害后果。他们看到我在灯下写作这个题目，还是为我操心不止，生怕带来额外附加的危险。他们委婉地劝说我少写此类文章，以本职工作为重，不要再去弄过去的斗争事情。

因为从小在工厂区长大，我对工厂的几十年历史也大致有些见闻。我问了工厂熟悉的叔叔阿姨的近况，聊了他们在"文革"中的轶事。爸妈闲聊中说了诸多"文革"中社会上的惨事，比如某个叔叔吃完晚饭出了食堂被流弹击中、有个叔叔当了省革委会候补委员几年后又被凄惨地踢回原处、某个叔叔"文革"后遭报复被打后爬到尿桶前喝尿液自救、某个叔叔因是地主出身屡屡在会上被抽耳光，等等。在他们那一代人的记忆中，始终是凌厉的斗争氛围，是不容私情的严酷环境。从本质上说，在极左年代里，高级知识分子与普通工人基本的生存信息是相通的，面对的恶劣境遇是相似的，内心引发的恐惧波澜也是相近的。

妈妈在患重病近两年之后，于2011年2月离开人世。去世前，刚好《人有病　天知否》又再版，我把新书送到病榻前，虚弱的她看了几眼，说："别再写了，别出事，别太累了……"在度过不太平的过去岁月之后，她难免还会为儿女担惊受怕。

这是在我们这个普通家庭出现的果戈理式苦闷，这种苦闷在变相地发酵，潜移到平民阶层的骨子深处，时时作怪。暴风骤雨的政治运动过后，其后果估计要四五十年时间才能抵消，要通过几代人的记忆磨损才能更换。

这篇拙文运用了大量的作协档案素材，化大为小，压缩而成，我自己称之为"大材小用"。以后倘若有空余时间，期望还能重新整理这批素材，梳理过后或许还有新的发现，可以完成新的篇章。

果戈理到中国也要有苦闷

这几年间,在采访一批老作家时,不时听他们谈到1949年以后自身创作力的问题,他们脸上那种无奈、迷惘和痛惜的表情给人留下很深的印象。其实更准确地说,他们说话的口吻中也略带有一种庆幸、一种淡泊。少写或不写作品,或多或少地减弱了政治运动一次一次对他们的冲击力。创作是祸是福,是给人留下挨整的"罪证"还是留下传世的杰作,对于这一历史阶段的作家群体而言,他们的感慨是难以言尽的,他们很难面对那段不堪回首的创作心路。

90年代初一个冬天的上午,我坐在老诗人卞之琳家的客厅里,听老诗人整整两个多小时的诉说。暖人的冬日阳光照在他沧桑的脸庞上,略带南方口音的语调一直是平缓的,唯独说到烧手稿之事,他的音调有些变化,表情略有迟疑:

(40年代)我写了一个七八十万字的长篇,写抗战中男女知识分子的表现、心态,写他们的生活态度和精神面貌,有一些章节曾在香港刊物上发表。起名叫《山山水水》,分上下部。回国后觉得创作主题严格了,要写工农兵,不能反映小资产阶级,我就把它烧了。

(1990年12月18日口述)

卞之琳不愿意谈烧长篇手稿的细节,他沉默良久。后来他回忆欲写工农兵生活的创作经历："1953年,我作为第二批作家深入生活,到江苏的一个县,那里有一个合作社社长是全国劳模,曾受到中央领导接见。我们去后就感到那地方弄虚作假严重,那位劳模是用鲁迅小说创作法拼凑材料,东家西家的长处都归到自己,后来就垮了。我对这个人有了真切感受。其实1958年的大跃进在1953年就已经露出苗头了,领导上盲目大上,上趋下行,绕了一个大弯子。"这种真实感受落实到创作上显然不合时宜,卞之琳形容自己当时是"握着笔不知所措"。第二次他向何其芳请几个月的创作假,又到江苏,想写新作品,刚去后没多久就接到电报,要求他回京参加反胡风斗争。这样折腾数次,卞之琳在小说创作上颗粒无收,在诗作上也逐渐失去以往特色。50年代中期以后,政治运动接踵而来,为了躲避大祸临头,他很自然地封闭自己残存的创作念头。

卞之琳给自己的创作留下很长的空白,而老舍在1949年后先后写了几部反映新生活的剧作,他的笔是异常的勤快,外界不断有喝彩声。可老舍在小型内部座谈会却时常倒出一些苦水,让领导们、同行们帮助解决难题。1959年2月18日在文学创作工作座谈会小组会上,老舍又按自己的习惯说出苦衷:"内部矛盾怎么写,我心里结成大疙瘩,怎么办?这使人光去写历史题材,那是敌我矛盾,好表现。1951年的大杂院可写它落后,但1958年就进步了,内部矛盾的程度越来越少。私营老板现在把意见留在心里,矛盾是存在的,但表现出来的越来越少。如这次写妇女商店,有的丈夫不愿妻子去当售货员,我在初稿中写的像1951年的科员,于是之提出意见说这不成,我就改了现在这样,夫妻问题的矛盾就小多了,其他矛盾也是这样,这戏怎么写呢?"等别人说上几段,他又忍不住插话:"我再谈谈我的剧本,女店员对我讲小流氓的事情,我没写上,因为这如果让外国人看见,又抓到了材料,说北京的流氓很多。我写新北京,就不愿写上流氓,我改写小学生淘气,这戏剧性是减弱的。"

明知戏剧性减弱和人物变形,老舍为了时代大潮的需要和自己对新社会的期望,不得不在剧作中作出明显的"牺牲",时常留下今天看来十分幼稚的"败笔"。这种明知故犯的事例在老舍的创作中比比皆是,左怕右怕的心境真是难为了一代大师。善良的老舍还在会上对剧作中几类角色喊冤叫屈:"有时为了找矛盾,找戏剧冲突,有几行人倒了霉,总是成为攻击对象。如果写1958年的教授,就不应把他写成孔乙己的样子。这是表现矛盾的偷懒,专找这些人,老欺负。"天津作家方纪补充道:"天津的座谈会上,有人说有些教授不敢看电影、看戏,甚至也不敢看刊物。"

耐人寻思的是,老舍几部剧作中的知识分子角色也没有摆脱掉当时的创作模式,老舍说"专找这些人欺负"也包含着深深的自责。

在1959年这次会上,评论家萧殷的提问颇有几分书生气:"为什么不敢写内部矛盾?哪一级党委都没限制过,领导希望你写出矛盾帮助工作,如果你制造假矛盾或粉饰生活,他倒感到没意思,不敢写的原因多是自己怕出问题。"河南作协负责人于黑丁接着说:"为什么有些人不敢反映?有些同志不敢写内部矛盾,是怕引起麻烦,多一事不如少一事。"

像萧殷、于黑丁这样的话,老舍不愿在会上说,他只能绕开这个敏感话题。以后的几年间,心急口快的老舍偶尔还会在会上发几句牢骚,心里的那块大疙瘩似乎越结越大。在中国作协1961年6月16日第四期《整风简报》中,就记录了老舍在作协的一次发言,他说,剧院让他改《宝船》,但修改很难,把皇帝写胖了,写瘦了,都怕人说是影射领导。简报中称老舍这样的发言"很尖锐",当作一个思想动态向上反映。

老舍这许多年的牢骚话积少成多,连同他的所有作品,都在"文革"初期一一受到总清算。在太平湖自尽之前的一天长考,应该说是多少年心情郁闷的继续,是问天天不应式的思想斗争的总解脱。

如果说老舍遭难于1966年,那么身为文化部长、中国作协主席的茅盾却早在1964年就被人算总账,罪状之多令当时的茅盾感到无限的后怕。譬如在一本供内部批判使用的名为《关于茅盾的一些文艺观点》的出版物中,汇集了茅盾近十几年的"错误言论",其中关于题材方面的意见占七八成。如1956年茅盾在全国人大第一届第三次会议上发言:"观众和读者的普遍责备是两句话:干巴巴、千篇一律。干巴巴的病源在于概念化,千篇一律的病源在于公式化,在于题材的狭窄。"批判者认为此说是别有用心;1961年茅盾在鲁迅诞辰八十周年纪念大会上作报告,认为鲁迅作品的意境是多种多样的,批判者认定这是茅盾用鲁迅针砭今天的现实;1962年4月在纪念《讲话》二十周年的文章中,茅盾强调文艺工作的"缺点和错误",是因为对"讲话"的"生吞活剥",他在原稿中用了"轰轰烈烈、空空洞洞"八个字,发表时被删去,批判者据此认为这是贬低《讲话》的伟大意义;在《1960年短篇小说漫评》等几篇评论文章中,茅盾认为许多作品落了俗套,跳不出框框,常常显得简单、生硬、花样不多,有时简单化甚至造作,批判者指责茅盾这是想与党争夺青年作家,企图左右文学创作倾向。诸如此类,让茅盾感到山雨欲来的重压,犹如芒刺在背。从1964年起,经过特意安排,"作家茅盾"在文坛消失了,代之的是"民主人士沈雁冰",只是偶尔在某些政治性场面露面。在顾及自身安危、如履薄冰的情况下,他保持相当长时间的缄默。

茅盾对文化部长的职位是充满矛盾心情的,在1957年大鸣放中曾有"有职无权"的感慨。他曾多次有过辞职的念头，奇怪的是，他只是向作协领导人邵荃麟等提过此事，而很少向国务院文化系统负责人提出过。茅盾解放后在创作上苦恼，在部长位置上忧心忡忡，一直是从周恩来到文化部、作协负责人都深感棘手的难题，几次解决都未能如愿。譬如1956年9月18日，中国作协以刘白羽、张光年、林默涵、郭小川名义向周恩来、陈毅、陆定一、周扬送交《关于改进当前文艺工作的建议》，其中就建议由茅盾实际主持作协工作，辞去或虚化文化部的工作。报告中称"这样做是最适当的"，并认为在茅盾的影响下，易于把广大的党外作家特别是一向感到受冷淡的老作家团结在作家协会的周围。报告中还说："就茅盾本人来说，这样一来可以经常接触新老作家，经常接触创作问题，对他的艺术生活也有好处。他的长篇小说的写作屡因其他事务打断，使他深感苦恼。"

报告原稿中有一段这样的话："像茅盾这样的举世瞩目的作家，到了新社会反因忙于行政而写不出新的作品，以此下去我们会受到责难的。"或许这段话过于真实，语气过重，刺激性太强，在形成正式报告时被删去。这次报告送交上去，由于诸多原因，境况依旧。具有讽刺意味的是，到了"文革"前夜，受责难的恰恰是茅盾本人，而组织大批判的恰好是1956年这次报告的几位起草者。茅盾当时在小说创作上没有发表任何一个字，反而是评论文章惹了大祸，这使他内心深处的创作祸福感更加强烈。茅盾曾在家中偷偷续写《霜叶红于二月花》等长篇的片断，但大受环境影响，自信心屡受挫折，后来自己把手稿当作废纸随意处理，连家人都在很久以后才发现。

在1962年8月大连会议后期，茅盾曾有一段肺腑之言："我们是一个新时代，有新任务。如果写五风用暴露手段，那就反而成了时代的罪人。所以我们的任务更加微妙，我们不能像批判现实主义那样去写一个新时代，写起来是困难些。正因为困难，所以也是光荣，不要性急。有些东西现在不能写，有些也可以写，要写出本质的东西，而且给人以勇气和乐观。"（根据大连会议原始记录稿）

1957年3月曾是为数不多的言论放松时期之一，作家们有机会能够就一些问题进行切磋，茅盾在这些场合难得地与众人交换看法：

老舍：我的四个小孩都不学文艺。我们写不出东西，很痛苦，他们都看见了，不愿意像我们这样痛苦，所以他们不干文艺。一切人民内部矛盾反映到作品中就不可能出现大悲剧，王蒙小说发展下去，老干部的下场是投河，惊心动魄，这不合人民内部解决办法。我们的悲剧、讽刺剧不能像果戈理那样写，可我们这样写出来又不能赶上古典……

茅盾：我有过同样想法。现在有没有悲剧？一般说也可以说有的，如官僚主义是思想方法问题，碰得头破血流，也可写得痛快淋漓。

张天翼：王蒙问："看见缺点是否可以写？"解放前写暴露的东西，心想，必须推翻那个制度，问题简单。现在与华威先生根本不同了，但有缺点的，怎么写？对否定人物的批判态度，可以用同志态度，但并不妨碍尖锐地狠狠地把握。

曹禺：常常要求我应该怎样和自己想的、事实上怎样有很大区别，正面人物远比应该的复杂。写出一个人物，人家认为不是这样，自己则认为就是这样。大家说这不是典型环境中的典型性格，下笔就困难。

陈白尘：前几年无冲突论合法，要我们讽刺，但写不出来。果戈理到中国也要有苦闷。

巴金：主要是作家自己独立思考，自己做对了，就应对人民负责。

赵树理：悲剧定义在新社会可重新考虑，今天社会里有今天的悲剧。我自己算是大胆，但写前三十年还可以，参加工作以后就不好写了……

（摘自1957年3月8日、9日全国宣传工作会议小组记录）

在这次著名的宣传工作会议上，每天由中宣部办公室编印《问题汇集》，以不点名的方式每次汇总二十多个问题，细细归纳起来无非就是几个"老大难"问题，如"有人认为现在对人民内部不满与敌对情绪分不清，干预生活与歪曲现实分不清，香花和毒草分不清"，"有人认为不应当过多批评领导机关和领导同志，说这样会煽动群众来反对领导"等等，会上意见纷杂，时常交锋。这样的会议同往常一样，自然而然地就开成图一时之快的"神仙会"，所有的议题在当时大机器运转下都无法正视和解决，在随后而至的反右斗争中就不了了之。相反，被打成右派的人被人从会议记录中寻找罪证，不少与会者被保护过关，像茅盾这样在文坛有影响的人物虽然过关，但仍被内部排队为"中右嫌疑"。茅盾得知后锐气大减，从此说话更为谨慎。

当时，评论家侯金镜曾私下担忧，认为小说创作尤其是短篇小说在今后三四年内将出现歉收。这话不幸言中。1960年、1961年全国刊物普遍出现稿荒，编辑部内部叫苦不迭。

值得一提的是，在1957年3月这个早春的日子里，部分老作家萌生了修改或续写旧作的念头。各分会向作协总会汇报的一些创作规划中，重写旧作占了相当大的比重，但难度之大，使这些计划后来都成了泡影。如上海老作家王西彦写道："正在修改长篇《红色的土地》，因为正面人物写得不好，所以改起来很吃力。长篇是写湖南土改，生活不足，所以搞垮了。自己改造很差，也不能写知识分子改造，暂时没有创作计划。"张天翼3月12日写道："《金鸭帝国》没有写完,只写了两卷,想续写。但前面还要大改,或干脆另起炉灶。不过,这还值不值得写下去,我自己还有点怀疑,故亦未决定。"

张天翼对自己的创作信心不足,疑虑重重。他身为作协负责人之一,却屡屡奉命对老友们的创作进行"启发和帮助"。1959年初他受组织之托找李劼人,就《大波》的创作倾向谈了几点意见。他指出《大波》在处理历史人物方面,还有不明确的地方,如对辛亥革命时代各阶级各阶层的人物,缺乏具体的分析评价。这话说得颇重,看似"个人意见",实际代表有关领导方面的评价。张天翼还说："《大波》偏于生活细节的描写,如风土人情、婚礼仪式等,写得倒是很细致。"作为过来人,张天翼是理解老友避重就轻的创作苦衷的。话中多少带有批评的意味,只是张天翼在老友面前尽可能说得委婉、慎重一些。在中国作协组联室1959年第二期《情况汇报》中,还记录了张天翼同李劼人的一次谈话,张就李如何表现劳动人民的力量,提出了一些意见。

李劼人的反应是含糊的、无力的。1959年6月中旬,《人民文学》曾给他写信,希望他写一篇谈自己创作的文章。李回信拒绝,坚决地表示："不但目前不可能写,即今后永远也不可能。"说像梁斌的那种文章(指梁发表在《人民文学》六月号谈自己创作的文章)"是可一不可再的"。与别人相比较,他对《大波》的印数偏低颇有意见,认为自己作品"值不得推荐介绍"。

李劼人在十几年创作中情绪此起彼伏,处于一种身不由己的状态中。同为四川老乡,沙汀是李劼人创作上的"稳定器"之一,在帮助李劼人写作方面花费心思较多。然而,又有谁能知晓沙汀自己在创作上举步维艰的处境呢?

1957年春天,沙汀根据自己在农村生活的基础,一气赶写了四个描写合作社的短篇:《摸鱼》、《开会》、《老邬》和《在牛棚里》。发表后,柳青、周而复、欧阳山等老友都称沙汀对题材抓得很紧。可是没过多久,各种议论出现了,甚至包括相交几十年的老朋友的不同意见。艾芜、骆宾基感觉这几篇短篇反映的生活、人物,还有些消极的东西,还有旧的思想意识。艾芜同沙汀谈到《老邬》时,认为这个人物还有些落后的东西,还不够坚强。沙汀当即反驳说,作品中说得明白,老邬是1955年底才涌现出来的积极分子,要求他如何坚强、完善,是个苛求。

在反右斗争剧烈时,《收获》转来一封读者来信,沙汀也接到一封四川读者的来信,都对《开会》提出意见,觉得作品流露出来的情绪同右派一脉相承,挑拨干部与领导的关系。两封普通读者来信的严厉措词让沙汀吃惊不小,他特别请一个喜好文艺的报纸负责人,一个长期住在农村的记者审看作品,结果他们认为作品无问题,这才让沙汀稍微放心。1958年8月24日,沙汀给邵荃麟回信,详细剖析自己忐忑不安的心境,解答了邵荃麟来信中询问的几个问题:

  20日来信收到,昨晚一夜无眠,吃了药都没效,躺在床上,老是想着来信中提到的一些主要问题。我这个人不仅容易紧张,而且黏滞,缠住一件事情、一个思想就很不容易丢开……

  我碰到了具体处理上的困难,苦恼,结果写成了像现在这样子。现在想来如果干脆从正面写一个"韩梅梅",这不省事多了么?这不是轻视"韩梅梅",这是我的真情实意。的确,我现在是这样认识的,越是接触到消极现象,越是要努力塑造正面人物,否则文艺的武器作用从何而来?

  因为反映狮子滩水电站的一篇报道,这里一个年轻同志再三向我当面提意见,甚至是警告式的,当时给我刺激很大。一般说我写东西更小心了,而且从此很少写过特写。

为了创作上的问题,近一年多来,我是很紧张的,苦恼重重……

1959年春季,沙汀来北京开人代会,邵荃麟、刘白羽、张天翼找他谈话。沙汀诚恳地谈到自己面临最大的难题是放宽题材的问题,最大的苦闷是写不写旧底子。在中国作协1959年第二期《情况汇报》中,记载了这次谈话的大意:

有人曾说他(指沙汀)熟悉四川的农村和人物,但他自知那是过去的农村和人物,即所谓"在其香居茶馆"里的人物,在强调写"现代"、写"尖端"的情况下,继续写那些旧底子,一方面有顾虑,另一方面也不甘心。如果扔掉那些东西,致力于写今天,写现代,又一时难能和新的生活衔接上,写起来自然就格外吃力,有"负疚"、"欠债"的心情,苦恼了好久,曾有过离开短篇改行的思想,有过从事剧本和电影写作的打算。可是不管怎样,思想上还是没有解决问题。这次邵荃麟等同志坦率而又诚恳地和他交谈了这个问题,他又看了陈毅、周扬在创作座谈会的讲话记录,思想豁然开朗。

实际上,沙汀以后的作品明显减少,他想写的电影和话剧也迟迟不能下笔。

在沙汀苦闷的同时,周立波正在赶写《山乡巨变》下部,预计1959年10月完成。他采取这样一个创作原则:真实性和党性要结合,对党有利就写,不利就不写。他还以《暴风骤雨》为例,说有很多东西因为考虑到具体情况没写进去,曾有人批评不真实,但他觉得他的做法是对的。

尽管周立波在题材方面谨慎再三,然而在1964年大批判风暴来临之际，他还是挨了闷棍。当年8月3日下午召开作协全体党员大会，集中批判了三年来短篇坏作品，有发言者点到周立波的新作《扫盲志异》，认为该作品把封建思想、落后事物当作展览品，主题思想摸不透。发言者强调说："我到现在也弄不清立波同志写这篇小说的目的何在，拿'以小见大'来检验也检验不出什么'大'，什么时代精神！"周立波当场打断批判者的发言，愤愤不平地说："我插一句话，扫盲是个大事，还是个小事？我认为扫盲是个大事，以后我还要写，我们不能关在房子里只看到我们的文化水平高了。前天少奇同志还讲，在农村还有很多候补文盲。"这种当面对抗对于性格温和的周立波来说是少见的，但终究不能与形势对抗，十足书生气的周立波很快就"缴械投降"。

在众多的作家中，周立波是比较紧密地与组织保持联系的，他时常汇报、请教，哪怕是细小的个人活动或转眼而过的创作念头。在所有作协会员向作协汇报的计划、建议和要求中，周立波总是突出的、鲜明的。这一方面显示他极强的组织原则，另一方面也可看出他的小心、慎重，以此来加重自己创作的保护色彩。

在所接触的会员汇报材料中，有两份给我印象很深，一是赵树理写于"文革"前夕的一份思想检查，他列举了自己十几篇大小作品，其写作竟大多是"半自愿"或被迫性质，而一心一意所想写的长篇《户》却无从下笔；二是叶圣陶1956年回复作协的短函："希望出些题目，指明哪些方面该注意，值得写。"在此次回收的近百份会员汇报材料中，大多是申请创作假、请审阅作品、帮助联系出版，甚至帮忙借阅图书等内容，唯独叶圣陶这寥寥几个字与众不同，一针见血，让后人看了不禁怦然心动。

经过多年实践，作家创作恐惧症慢慢蔓延，已成为无法扭转的普遍现象。在1961年6月文艺工作座谈会上，各路文艺诸侯也无奈地涉及这个问题。刘白羽承认，在他所接触的十多位作家中，存在心情紧张的问题，写作上有顾虑，不知道怎么写。严文井说，创作上有一些清规戒律，作家当中存在一种紧张状态，再加上任务安排不当，创作时间得不到保证，都造成近几年创作减产。陈其通也承认，部队文艺工作执行政策有片面性，对于创作的要求不从实际出发或者干涉过多，致使目前的创作还不够旺盛。陈克寒在大会发言中说，我们在政治方面提出一些不合理的要求，提出一些过高、过急的要求，使文艺工作者难以办到，负担过重，心情不舒畅，结果是欲速反而不达。

田汉在会上大声说道，由于清规戒律多，弄得有些戏不能演了，常香玉能演出的只剩下红（娘）白（蛇传）花（木兰）三个戏，欧阳予倩的《黑奴恨》和阳翰笙、包尔汉写的剧本一道压了三年以上。

他希望周扬把"现代题材"这个概念再明确一下。

周扬能说什么呢？作为文艺工作的主要领导者，他又能说清什么呢？在他即将下台前夕，在1964年6月29日培养青年业余文学作者工作座谈会上，在长篇宏论之后，他最后突然说了这么一段，令与会者久久不能忘怀：

> 现在有这样的一种情况值得注意，有些写文章的人不敢写了，说《人民日报》社论上有的，我就写，没有的就不写。这样一来就没有创作了。

初版后记

仔细想一想，这篇后记实际上应是一封封未付邮的感谢信。

写这本书，前前后后大约历经十年。1993年从中国作家协会机关调到《北京青年报》工作后，基本上脱离了文学圈，再加上报社的任务较为紧张，几年内几乎中断了收集作家史料的活动，我自己一时也找不到写作的途径。

当初，我自定的目标是悄悄地写出一本《中国文坛运动史》。可是转悠若干年后，我明白自己的能力和水平实在不堪此重任，渐渐地有些灰心丧气。

记得那是1997年秋末，报社文化部同事尚晓岚告诉我，她曾同《读书》编辑部负责人汪晖介绍过我的情况，汪晖表示愿意同我谈一谈。准确地说，当时我真有点受宠若惊，不知所措。在西长安街电报大楼东侧的一家清真饭馆里，第一次见到了早闻名学界的汪晖和编辑叶彤。正是他们的鼓励和指点，才有了日后在《读书》不定期刊发的系列拙作。

在此，我特别感谢尚晓岚，正是她的牵线，结束了我多年茫然的状态；特别感谢汪晖和叶彤，他们的点拨和严格要求，才使我有效地找到写作的方式。尤其是叶彤一次次不厌其烦地对拙作提出修改意见，使我受益尤大，使我少走了许多弯路，让文章大为增色。

我也感谢曾发表拙作的《南方周末》、《黄河》、《书屋》、《社会科学论坛》等编辑部，他们和《读书》一样，都在背后推动我、督促我。

在几年采访中，得到数百位文学界内外人士的理解和支持，他们放下手头的工作，放弃了休息，接受了我的访问，并在史料查找方面积极替我排忧解难。没有他们，这本书是无法成形的。我只是这批中国文坛几十年风雨的亲历者口述的记录人，只是文学史料的一位整理者。请允许我在此，对书中出现的所有被采访者表示诚挚的谢意，谢谢你们的关照和鼓励！

我感谢《北京青年报》诸位领导和同事们的厚爱和宽容，报社内部的活跃气氛和进取精神也对我的学习有一个很大的推动。在这里，要特别提到《青年周末》一版编辑组何小娜、李立强、周燕，同一办公室的翟淑兰老师、陈新、张杰英、陈峻等，记者部《每日焦点》编辑组张力、袁力、孙丹平、楚贵峰，评论部董江宁、李玫、潘洪其、吴鑫、姬源等。这几年间，我作为这些集体中的一员，得到他们多方的帮助和包涵，令我永远难于忘怀。

然而，需要指出的是，尽管我一直希望尽可能地理清每一条发现的线索，翻阅每一页可能得到的材料，力图为本书的传主们建构一个主体的全息图像。可是要在一本书里完整地再现传主们在特定岁月中的每一时刻，显然是不可能的。这不仅是因为篇幅的问题，更主要的是还会有某些人证和物证未被及时地发现和查证，就此而言，我热切地盼望着那些曾经见证过事实而为我所未知的人们，能够时时给我以教正，以便我能在未来的岁月里加以及时修正和补充。

1999年陈明先生、范曾先生先后在报刊上撰文，对我所写的《丁玲的北大荒日子》《午门城下的沈从文》的部分内容表示不同的意见。我尊重和理解他们表达的心情，在我这一边没有公开发表文章辩驳和解释。现在借把《读书》发表的文章重新扩写编辑本书之际，再次采访了有关人士，核实材料，在一些事实方面做了相应修订。对此，由于不慎重造成的部分细节失实，我承担自己这一部分的责任，并向陈明先生、范曾先生表示歉意。但是，在更正几处细节的同时，我依然保留了主要的事实，并补充了一些新的史料，以便求教于行家和读者朋友。我相信，随着时间的流逝，事实真相会慢慢变得清晰起来。我们不是在追究、责怪个人的什么责任，而是探讨多少年政治运动凄风苦雨中的悲剧因素。范曾先生在《忧思难忘说沈老》一文中，对拙作的一些内容提出反驳的意见，文章最后写道："我只是感到中国知识分子曾经普遍受到左的路线的冲击，其间发生的一切，原因非止一端，然而大家同样概莫能外地在层出不穷的运动中颠簸，须要你表态、排队、坚定立场、表示忠诚等等，这其中包括我，也包括沈从文。"我个人同意范曾先生最后表白的这一观点，我也愿意在摆事实的基础上，同范曾先生进行有益的交流和争论。

中国作协原党组书记、著名评论家唐达成先生在看到范曾先生的反驳文章后，曾在一次电话交谈中关切地询问过，他最后告诉我一句话："一切以事实说话。"

唐达成先生在病中看完收在本书中的有关赵树理、老舍、沈从文、汪曾祺、浩然等文章后，曾在电话中谈了自己的感受，对我鼓励甚多，并提出一些问题让我注意。在他做完癌症手术后，坚持在病房或家中接受我的采访，谈了自己当年划了右派后在唐山柏各庄农场劳改的情景，他神色忧伤地说："那是一段不堪回首的日子！"可惜的是由于诸种原因，有关右派在柏各庄劳改的文章一直未能完成，只能留待将来了。

因此，我想把这本书献给唐达成先生，以寄托无尽的哀思和缅怀之情。

我在电脑前写作这些文章时，十岁的女儿陈宵晗时常站在背后默默地看着。时间长了，她也能记住郭小川、老舍、沈从文等名字和他们的作品。但是，要给她讲清文坛政治运动中的故事是异常地困难，我无法回答她的提问。我常常惘然地想到：等到她们长大后，她们能够理解上一个世纪中国知识分子所走过的苦难历程吗？能够解读中国作家集体的无奈表现和个人的辛酸故事吗？

唯独希望的是，女儿这一代人再也赶不上这本书中所讲述的政治运动，再也碰不上那些祸害全民族的人为灾害。这本书文字里构筑的一切成了绝对历史，一去而不复返，那将是民族、国家的福音，是我们和女儿这一代人的幸事。

最后要感谢前辈作家林斤澜老先生，他在北京6月酷暑中为本书写序。他说，他要写一个独特的序言，超离本书，宽泛地谈出对文坛的理解。林老长期在北京市文联工作和写作，目睹了北京文化圈几十年风云变幻。在我准备写作汪曾祺、浩然、老舍、沈从文等文章时，林老详细为我讲解北京市文联的历史演变和历次运动冲击程度，讲述了他所熟悉的京城文化人的故事，对我的写作帮助尤大。他在百忙中还抽出时间，为拙作的初稿提出不少宝贵的修改意见。

感谢尊敬的老作家王蒙先生对这组拙文的长久关注，在几次谈话中他曾指出文中的许多不足和缺陷。他对中国文坛几十年变幻风云的深刻见解、知人论世的独到、大气，对我拓宽眼界、改正谬误有莫大的影响。他在序中对我的鼓励，让我惭愧不安，也促使我今后要下更大的苦功，力争有所进步。

感谢人民文学出版社张福海、马玉梅、王培元等朋友对本书的关心和厚爱，他们付出大量的、辛勤的劳动，他们渊博的知识、丰富的经验和细致的工作使本书去掉许多粗陋之处，我对他们心存一份感激。

谢谢李颖明先生精美的美术设计，他既注重整体效果，又在细节上刻意加工，融进自己的思考和个性追求。

谢谢余韶文、张维国、刘晓春、尚晓岚、黄集伟、孙小宁、邵东、丁东、邢小群、谢泳等朋友，感谢他们在拙著的后期制作时予以的大力支持。

就在昨天，一位老朋友在通读完全稿后对我说："你应该感谢这个时代，它使你可以对历史多一份理性，对未来多一份期待。"我同意他的话。

作者

2000年6月24日于北京

再版后记

距《人有病 天知否》2000年初版,一晃已过九年,犹如"岁月如梭"这句老话所形容的时速。承蒙人民文学出版社的厚爱,拙著得以再版,心中只存谢意和愧疚。

《人有病 天知否》是十几年前在采访当事人、整理资料的基础上完成写作的,稍微完整的写作时间约为三年。当时身体状况不错,冲刺力较强,再加上内外部支持充分,写作时格外顺手。出书后得到朋友们的鼓励和批评,对我来说都是莫大的鞭策。

这九年间,自己也尝试过几个专题的史料收集,涉及的面已从文学渐渐地转到社会、经济等领域。由于工作较忙,身体时而不佳,写作计划迟缓,有负于诸多朋友的好意。

此次本书再版,与出版社商量,补进了我这几年间写的几篇短文。浩然先生是《人有病 天知否》出版时唯一在世的主人公,我得到老人很大的帮助和支持。他病重几年中,我时常去方庄东方医院探望,虽然无法对话,但坐在病床边的心理感受总是沉滞和郁闷。所写的小文就表达了当时探视和他去世后的情绪,可以作为《浩然:艳阳天中的阴影》一篇的后续补充。

在写作《人有病 天知否》前后,我曾多次访问严文井老人,他的好几段精彩的口述成了书中画龙点睛的出彩段落。在筹办严老去世纪念专集时，严老的女儿严欣久老师嘱我写一篇，我根据几年间陆续记录的笔记，选择了一些片断写成文章，通过严老零散而有分量的口述，可以还原20世纪50年代中宣部、中国作协的部分状态和人际关系，对于读者了解本书的时代背景和人物命运或许会有帮助。

林希翎女士一直是我关注的中国当代史当事人物，有过一些来往和受益很大的交谈。后来因故没有做成系统口述，至今还令我遗憾。林希翎女士的坎坷经历浓缩了六十年间中国知识分子命运的沧桑痕迹，具备了不可复制的标本意义。收录《林希翎女士》，只是想表达对林希翎女士的一份敬意，只是想从侧面提供一个令人感慨的人文故事，让更年轻一些的读者记取有这么一位不平凡的、被埋没的人物。

最后要特别感谢本书编辑马玉梅女士，她的认真和严谨使拙著改掉不少陋处。九年过去了，再次合作依然感受到她的诚恳和朴实，只是我的疏懒需要检讨和改进。

作者

2009年5月23日于北京

三联版后记

承蒙三联书店的好意和抬爱,他们能够再版印行拙著《人有病 天知否》,对我一生而言,这是非常励志、鼓舞的事件之一。2000年拙著由人民文学出版社出版,至今已过了整整一轮生肖。十二年中,由于自己的懒散和公事私事的繁杂,自己写的东西非常少,写作的手感也渐次弱化。这十二年在写作上是一个空当,是一个喘息。当然我自己也在工作空闲之余,到档案馆抄录一些感兴趣的材料,陆续走访一些老人,写作计划却迟迟未能实现。这只能怪自己不会抓紧时间,任由岁月胡乱空转过去。

三联书店的郑勇、唐明星、罗少强诸位为《人有病 天知否》的再版费尽心血,在此致以深谢。他们希望我能为书中主要人物篇章写一点题记,追忆当年采访情形和幕后花絮,为读者朋友阅读时提供一些写作背景和文章发表后的反应的介绍。遵嘱写完这一组题记,相隔十几年,想起当时的写书情景还有一种不确定的恍惚。但愿这一组新增加的题记能帮助读者朋友了解一些写作的初衷,还有一些难言的苦衷,一些曾经激动过我的感悟。

在这里,要再次感谢所有帮助过我鞭策过我的亲友们,感谢供职的《北京青年报》领导和同事的支持和包容。

要特别致谢的是,我的厦门大学中文系7701全体同学,这么多年他们给予我这个小弟弟无微不至的关爱。我们这个班集体凝聚三十多年的友情时时在发酵升温，读书时班级所蕴涵的学术素养至今还对我产生不小的影响。一个充满上进、民主学习、友爱第一的大学班级，对像我这样入学稚拙的小男生来说，是具有无比的熏陶能量的，我的写作和思索是带有7701印记的，受恩于7701，滋润于7701。谢谢厦门大学7701诸位兄长大姐，愿退休的未退休的都永远青春常在。

我的厦门大学中文系同班同学朱守道兄在全国人大常委会领导机关工作，书法艺术精湛，其作品深为海内外朋友喜爱，影响颇远。多年来他一直鼓励我写作，关心殷切，此次应邀题写书名，为拙著增光添色，体现同学老大哥的提携之情，在此深致谢意！

作者

2012年7月31日于北京